O REI

J.R. WARD

São Paulo
2014

UNIVERSO DOS LIVROS

Título original
The King

Diretor editorial
Luis Matos

Editora-chefe
Marcia Batista

Assistentes editoriais
Aline Graça
Nathália Fernandes
Rafael Duarte
Rodolfo Santana

Tradução
Cristina Tognelli

Preparação
Thiago Augusto

Revisão
Guilherme Summa
Giovanna Milhã

Arte e capa
Francine C. Silva
Valdinei Gomes

Dados Internacionais de Catalogação na Publicação (CIP)
Angélica Ilacqua CRB-8/7057

W259r

Ward, J.R.
O Rei /J.R. Ward; [tradução de Cristina Tognelli]. –
São Paulo: Universo dos Livros, 2014.
624 p. (Irmandade da Adaga Negra, v.12)

ISBN: 978-85-7930-712-6
Título original: The King

1. Vampiros 2. Ficção I. Título II. Tognelli, Cristina III. Série

14-0558 CDD 813.6

Universo dos Livros Editora Ltda.
Rua do Bosque, 1589 – Bloco 2 – Conj. 603/606
Barra Funda – Cep: 01136-001 – São Paulo/SP
Telefone/Fax: (11) 3392-3336
www.universodoslivros.com.br
e-mail: editor@universodoslivros.com.br
Siga-nos no Twitter: @univdoslivros

Em memória de

Jonah, também conhecido como Boo, o melhor writerdog.
Descanse em paz, nos veremos novamente no fim da minha estrada.

e

W. Gillette Bird Jr.

AGRADECIMENTOS

Com enorme gratidão aos leitores da Irmandade da Adaga Negra!

Muitíssimo obrigada por todo o apoio e orientações prestados por: Steven Axelrod, Kara Welsh, Claire Zion e Leslie Gelbman. Obrigada também a todos da New American Library – estes livros são o resultado de um verdadeiro trabalho em equipe.

Com amor ao Team Waud – vocês sabem quem vocês são. Isso simplesmente não teria acontecido sem vocês.

Nada disso seria possível sem: meu querido marido, que é meu conselheiro e que cuida de mim, além de ser um visionário; minha maravilhosa mãe, que me deu amor em quantidades que eu jamais conseguirei retribuir; minha família (tanto aqueles de sangue quanto os adotivos); e meus queridos amigos.

Ah, e a minha nova assistente, Naamah.

GLOSSÁRIO DE TERMOS E NOMES PRÓPRIOS

Ahstrux nohtrum: Guarda particular com licença para matar, nomeado(a) pelo Rei.

Ahvenge: Cometer um ato de retribuição mortal, geralmente realizado por um macho amado.

As Escolhidas: Vampiras educadas para servirem à Virgem Escriba. São consideradas membros da aristocracia, embora sejam voltadas mais para os assuntos espirituais do que temporais. Têm pouca ou nenhuma interação com os machos, mas podem acasalar com guerreiros a fim de reproduzir sua espécie, segundo a orientação da Virgem Escriba. Têm a capacidade de predizer o futuro. No passado, eram utilizadas para satisfazer a necessidade de sangue de membros solteiros da Irmandade, e tal costume foi colocado novamente em prática pelos Irmãos.

Chrih: Símbolo de morte honrosa no Antigo Idioma.

Cio: Período fértil das vampiras. Em geral, dura dois dias e é acompanhado por intenso desejo sexual. Ocorre pela primeira vez aproximadamente cinco anos após a transição da fêmea e, a partir daí, uma vez a cada dez anos. Todos os machos respondem em certa medida se estiverem por perto de uma fêmea no cio. Pode ser uma época perigosa, com conflitos e lutas entre os machos, especialmente se a fêmea não tiver companheiro.

Conthendha: Conflito entre dois machos que competem pelo direito de ser o companheiro de uma fêmea.

Dhunhd: Inferno.

Doggen: Membro da classe servil no mundo dos vampiros. Os *doggens* seguem as antigas e conservadoras tradições de servir seus superiores, obedecendo a códigos formais no comportamento e no vestir. Podem sair durante o dia, mas envelhecem relativamente rápido. Sua expectativa de vida é de aproximadamente quinhentos anos.

Ehnclausuramento: *Status* conferido pelo Rei a uma fêmea da aristocracia em resposta a uma petição de seus familiares. Subjuga uma fêmea à autoridade de um responsável único, o *tuhtor*, geralmente o macho mais velho da casa. Seu *tuhtor*, então, tem o direito legal de determinar todos os aspectos de sua vida, restringindo, segundo sua vontade, toda e qualquer interação dela com o mundo.

Ehros: Uma Escolhida treinada em artes sexuais.

Escravo de sangue: Vampiro macho ou fêmea que foi subjugado para satisfazer a necessidade de sangue de outros vampiros. A prática de manter escravos de sangue recentemente foi proscrita.

Exhile dhoble: O gêmeo mau ou maldito, o segundo a nascer.

Fade: Reino atemporal onde os mortos reúnem-se com seus entes queridos e ali passam toda a eternidade.

Ghia: Equivalente a padrinho ou madrinha de um indivíduo.

Glymera: A nata da aristocracia, equivalente à corte no período de Regência na Inglaterra.

Hellren: Vampiro macho que tem uma companheira. Os machos podem ter mais de uma fêmea.

Hyslop: Termo que se refere a um lapso de julgamento, tipicamente resultando no comprometimento das operações mecânicas ou da posse legal de um veículo ou transporte motorizado de qualquer tipo. Por exemplo, deixar as chaves no contato de um carro estacionado do lado de fora da casa da família durante a noite. Com isso, o carro é roubado.

Inthocada: Uma virgem.

Irmandade da Adaga Negra: Guerreiros vampiros altamente treinados para proteger sua espécie contra a Sociedade Redutora. Resultado de cruzamentos seletivos dentro da raça, os membros da Irmandade possuem imensa força física e mental, assim como a capacidade de recuperarem-se rapidamente de ferimentos. Não é constituída majoritariamente por irmãos de sangue. São iniciados na Irmandade por indicação de seus membros. Agressivos, autossuficientes e reservados por natureza, vivem apartados dos vampiros civis e têm pouco contato com membros das outras classes, a não ser quando precisam se alimentar. Tema para lendas, são reverenciados no mundo dos vampiros. Só podem ser mortos por ferimentos muito graves, como tiros ou uma punhalada no coração.

Leelan: Termo carinhoso que pode ser traduzido aproximadamente por "muito amada".

Lhenihan: Fera mítica reconhecida por suas proezas sexuais. Atualmente, se refere a um macho de tamanho sobrenatural e vigor sexual.

Lewlhen: Presente.

Lheage: Um termo respeitoso utilizado por uma submissa sexual para referir-se a seu dominante.

Libbertador: Salvador.

Lídher: Pessoa com poder e influência.

Lys: Instrumento de tortura usado para remover os olhos.

Mahmen: Mãe. Usado como um termo identificador e de afeto.

Mhis: O disfarce de um determinado ambiente físico; a criação de um campo de ilusão.

Nalla/nallum: Um termo carinhoso que significa "amada"/"amado".

Ômega: Figura mística e maligna que almeja a extinção dos vampiros devido a um ressentimento contra a Virgem Escriba. Existe em um reino atemporal e possui grandes poderes, entre os quais, no entanto, não se encontra a capacidade de criar.

Perdição: Refere-se a uma fraqueza crítica em um indivíduo. Pode ser interna, como um vício, ou externa, como uma paixão.

Primeira Família: O Rei e a Rainha dos vampiros e sua descendência.

Princeps: O nível mais elevado da aristocracia dos vampiros, só suplantado pelos membros da Primeira Família ou pelas Escolhidas da Virgem Escriba. O título é hereditário e não pode ser outorgado.

Redutor: Membro da Sociedade Redutora, é um humano sem alma empenhado na exterminação dos vampiros. Os *redutores* só morrem se forem apunhalados no peito; do contrário, vivem eternamente, sem envelhecer. Não comem nem bebem e são impotentes. Com o tempo, seus cabelos, pele e íris perdem toda a pigmentação. Cheiram a talco de bebê. Depois de iniciados na Sociedade por Ômega, conservam uma urna de cerâmica, na qual seu coração foi depositado após ter sido removido.

Ríhgido: Termo que se refere à potência do órgão sexual masculino. A tradução literal seria algo aproximado de "digno de penetrar uma fêmea".

Rytho: Forma ritual de lavar a honra, oferecida pelo ofensor ao ofendido. Se aceito, o ofendido escolhe uma arma e ataca o ofensor, que se apresenta desprotegido perante ele.

Shellan: Vampira que tem um companheiro. Em geral, as fêmeas não têm mais de um macho devido à natureza fortemente territorial deles.

Sociedade Redutora: Ordem de assassinos constituída por Ômega com o propósito de erradicar a espécie dos vampiros.

Symphato: Espécie dentro da raça vampírica, caracterizada pela capacidade e desejo de manipular emoções nos outros (com o propósito de trocar energia), entre outras peculiaridades. Historicamente, foram discriminados e, em certas épocas, caçados pelos vampiros. Estão quase extintos.

Transição: Momento crítico na vida dos vampiros, quando ele ou ela transforma-se em adulto. A partir daí, precisam beber sangue do sexo oposto para sobreviver e não suportam a luz do dia. Geralmente, ocorre por volta dos 25 anos. Alguns vampiros não sobrevivem à transição, sobretudo os machos. Antes da mudança, os vampiros são fisicamente frágeis, inaptos ou indiferentes para o sexo, e incapazes de se desmaterializar.

Trahyner: Termo usado entre machos em sinal de respeito e afeição. Pode ser traduzido como "querido amigo".

Tuhtor: Guardião de um indivíduo. Há vários graus de *tuhtors*, sendo o mais poderoso aquele responsável por uma fêmea *ehnclausurada*.

Tumba: Cripta sagrada da Irmandade da Adaga Negra. Usada como local de cerimônias e como depósito das urnas dos *redutores*. Entre as cerimônias ali realizadas estão iniciações, funerais e ações disciplinadoras contra os Irmãos. O acesso a ela é vedado, exceto aos membros da Irmandade, à Virgem Escriba ou aos candidatos à iniciação.

Vampiro: Membro de uma espécie à parte do *Homo sapiens*. Os vampiros precisam beber sangue do sexo oposto para sobreviverem. O sangue humano os mantêm vivos, mas sua força não dura muito tempo. Após sua transição, que geralmente ocorre aos 25 anos, são incapazes de sair à luz do dia e devem alimentar-se na veia regularmente. Os vampiros não podem "converter" os humanos por meio de uma mordida ou transferência de sangue, embora, ainda que raramente, sejam capazes de procriar com a outra espécie. Podem se desmaterializar por meio da vontade, mas precisam estar calmos e concentrados para consegui-lo, e não podem levar consigo nada pesado. São capazes de apagar as lembranças das pessoas, desde que recentes. Alguns vampiros são capazes de ler a mente. Sua expectativa de vida ultrapassa os mil anos, sendo que, em certos casos, vai além disso.

Viajante: Um indivíduo que morreu e voltou vivo do Fade. Inspiram grande respeito e são reverenciados por suas façanhas.

Virgem Escriba: Força mística conselheira do Rei. Também é guardiã dos registros vampíricos e distribui privilégios. Existe em um reino atemporal e possui grandes poderes. Capaz de um único ato de criação, que usou para trazer os vampiros à existência.

Preâmbulo

Século XVII, Antigo País

– Vida longa ao Rei.

Ante o som grave e profundo, Wrath, filho de Wrath, seguiu o instinto de olhar ao redor à procura do pai... Uma centelha de esperança de que a morte não tivesse ocorrido e que o grande regente ainda estivesse entre eles.

Mas, claro, seu amado pai permanecia no Fade.

Por quanto tempo essa procura dolorosa permaneceria?, perguntou-se. Era uma tolice inútil, ainda mais quando as vestimentas sagradas do rei dos vampiros estavam sobre ele, o cinto repleto de joias, o manto de seda e as adagas cerimoniais adornando seu próprio corpo. No entanto, sua mente pouco se importava com tal prova da sua recente coroação... Ou talvez fosse seu coração que continuasse a sofrer influência por tudo aquilo que agora o definia.

Sagrada Virgem Escriba, sem seu pai, ele estava só, mesmo estando cercado pelas pessoas que o serviam.

– Meu senhor?

Recompondo a expressão, ele se virou. Parado na soleira do salão de recepção real, seu conselheiro mais próximo se parecia com uma coluna de fumaça, alto e magro, coberto por um manto escuro.

– É uma honra cumprimentá-lo – o macho murmurou, inclinando-se para a frente. – Está pronto para receber a fêmea?

Não.

– Claro.

– Iniciaremos a procissão.

– Sim.

Quando o conselheiro curvou-se novamente e recuou, Wrath começou a andar pela sala de painéis de carvalho. Velas tremeluziam pelas correntes que de algum modo se infiltravam pelas paredes de pedra do castelo, e o fogo crepitando na lareira alta parecia oferecer luz, mas não calor.

A verdade era que não desejava nenhuma *shellan* – ou melhor, uma companheira, como parecia ser inevitável. O amor era necessário, e ele não tinha nenhum a oferecer a qualquer alma.

Pelo canto do olho, ele captou um brilho e, para passar o tempo antes que o temido encontro acontecesse, se aproximou das pedras preciosas que estavam dispostas sobre a mesa entalhada. Diamantes, safiras, esmeraldas, pérolas... A beleza da natureza capturada e fundida em ouro forjado.

As mais valiosas eram os rubis.

Esticando a mão para tocar as pedras rubras como sangue, ele pensou que era cedo demais para aquilo. Para ele ser rei, para aquele acordo nupcial, para as milhares de exigências que ele agora devia suportar e sobre as quais entendia tão pouco.

Precisava de mais tempo para aprender com o pai...

A primeira das três batidas reverberou pelo salão, Wrath ficou grato por não haver ninguém ali que o visse se retrair.

A segunda soou tão alta quanto a primeira.

A terceira exigiria a sua resposta.

Fechando os olhos, sentiu que era penoso respirar através da dor que sentia no peito. Queria o pai consigo – aquilo deveria estar acontecendo mais tarde, quando ele fosse mais velho, e não estivesse sendo guiado por um cortesão, mas pelo próprio pai. O destino, contudo, roubara do grande macho os anos que lhe eram devidos, e, por sua vez, reservou ao filho um tipo de afogamento ainda que houvesse ar ao seu redor para respirar.

Não posso fazer isso, Wrath pensou.

No entanto, quando a terceira batida sumiu no painel, ele aprumou os ombros e imitou a voz do pai.

– Entre.

Ante seu comando, a porta pesada se abriu, e seus olhos foram recebidos pela visão de um conjunto completo de cortesãos, os mantos cinza sóbrios idênticos ao do conselheiro que estava diante deles. Mas não foi isso o que ele percebeu. Atrás do grupo de aristocratas, havia outros, tremendos em suas estaturas, olhos estreitados... e foram esses que começaram a entoar um cântico num concerto murmurado.

Honestamente, ele temia a Irmandade da Adaga Negra.

Conforme a tradição, o conselheiro declarou em tom alto e claro:

– Meu senhor, tenho uma oferta a lhe entregar. Tenho a permissão para prosseguir com a apresentação?

Como se a filha do nobre fosse um objeto. Pensando bem, a tradição e as normas sociais arranjavam para que o propósito dela fosse o de procriação e, na corte, ela deveria ser tratada como qualquer outra égua parideira.

Mas ele faria aquilo? Não sabia nada a respeito do ato sexual, no entanto, caso a aprovasse, ele se envolveria naquele tipo de atividade depois do anoitecer seguinte.

– Sim – ele ouviu-se dizendo.

Os cortesãos entraram no salão aos pares, dividindo-se e formando um círculo ao redor do perímetro do salão. E o entoar do cântico se intensificou.

Os guerreiros magníficos da Irmandade entraram em marcha, os extraordinários corpos vestidos em couro negro e carregados de armas, a cadência das suas vozes e o movimento das suas formas tão sincronizados que pareciam apenas um.

Diferentemente dos membros da *glymera*, eles não se separaram, mas permaneceram ombro a ombro, peito a peito, numa formação compactada. Ele não conseguia enxergar o que havia no centro.

Mas conseguia sentir o cheiro.

E a mudança ocorrida em seu íntimo foi instantânea e imutável. Numa única batida do coração, o lento avanço da natureza da vida foi assolado por uma onda de percepção... Uma que, conforme os Irmãos se aproximavam, se transformou numa agressão com a qual ele não estava familiarizado, mas se sentia absolutamente desinclinado a ignorar.

Respirou novamente, mais daquela fragrância invadiu seus pulmões, seu sangue, sua alma – e não eram os óleos com os quais ela fora esfregada ou os perfumes que lhe foram aplicados nas roupas que a cobriam. Era a pele por baixo delas, a delicada combinação dos elementos femininos que ele sabia serem exclusivos dela e somente dela.

A Irmandade parou diante dele e, pela primeira vez, ele não se sentiu maravilhado ante a aura mortal deles. Não. Quando as presas se estenderam em sua boca, ele descobriu que o lábio superior se retraía num rosnar.

Chegou até a avançar um passo, preparado para afastar os machos à força, a fim de alcançar o que escondiam dele.

O conselheiro pigarreou, como se procurasse lembrar a congregação da sua importância.

– Senhor, essa fêmea está sendo oferecida pela linhagem dela para a sua apreciação com o propósito da procriação. Deseja inspecionar...

– Deixe-nos – vociferou Wrath. – Agora.

O silêncio chocado que se seguiu foi facilmente ignorado por ele.

O conselheiro abaixou o tom de voz.

– Meu senhor, se me permitir concluir as apresentações...

O corpo de Wrath se moveu por vontade própria, girando sobre si mesmo até que ele se deparasse com o olhar do macho.

– Saia. Agora.

Atrás dele, um riso se elevou em meio à Irmandade, como se tivessem apreciado ver o janotas ser colocado em seu lugar pelo governante. O conselheiro, entretanto, não achou nenhuma graça. E Wrath pouco se importou com isso.

Não havia mais o que discutir: o cortesão tinha muito poder, mas não era rei.

Os machos de cinza saíram da sala, curvando-se, e só restou a Irmandade. Num só movimento, deram um passo para o lado e...

Revelada em seu meio havia uma forma delicada coberta num manto preto dos pés à cabeça. Comparada aos guerreiros, a prometida parecia baixa, pequena – e, no entanto, foi a presença dela que o abalou.

– Meu senhor – um dos Irmãos disse com respeito –, esta é Anha.

Com essa apresentação simples, contudo eficiente, os guerreiros desapareceram, deixando-o a sós com a fêmea.

O corpo de Wrath assumiu o comando novamente, vagueando seus sentidos caóticos ao redor dela, perseguindo-a mesmo quando ela não se moveu. Sagrada Virgem Escriba, ele não quis nada daquilo. A sua reação à presença dela, a contração da sua virilha, tampouco a agressão que tomou a dianteira.

No entanto, mais do que tudo, ele jamais pensou...

Minha.

Foi como um raio no meio do céu noturno, mudando sua paisagem, cravando uma cortante vulnerabilidade em seu peito. E, mesmo com tudo isso, ele pensou que aquilo era certo. O antigo conselheiro do seu pai tivera boas intenções. Aquela fêmea era o que ele precisava para suportar sua solidão: mesmo sem lhe ver o rosto, ela lhe fez sentir a força em seu sexo, a figura pequena e delicada preencheu sua pele, a necessidade de protegê-la lhe deu uma prioridade e um foco que lhe vinham faltando.

– Anha – ele suspirou ao parar diante dela. – Fale comigo.

Houve um longo silêncio. Seguido pela voz dela, suave e doce, mas trêmula, invadindo seus ouvidos. Fechando os olhos, ele oscilou sobre os pés, o som ecoando em seu sangue e em seus ossos, mais adorável do que tudo o mais que ele já ouvira.

A não ser pelo fato de que ele não fazia ideia do que ela dissera.

– O que disse?

Por um instante, as palavras que vieram debaixo do véu não fizeram sentido. Mas a definição das sílabas foi registrada pelo seu cérebro:

– Quer ver outra?

Wrath franziu o cenho em confusão. Por que ele haveria de...

– Não removeu nada de minha figura – ele a ouviu dizer como se ele tivesse dado voz à sua pergunta.

De súbito, ele percebeu que ela tremia, o manto transmitia o movimento – e, de fato, havia uma vibração de medo em sua fragrância.

A excitação que sentia por ela anuviara qualquer outra percepção, mas aquilo exigia uma retificação.

Apanhando o trono, ele levou a pesada cadeira entalhada através do salão, a sua necessidade de lhe providenciar conforto concedendo-lhe maior força.

– Sente-se.

Ela praticamente caiu sobre o assento de couro – e quando ela apoiou as mãos sobre os braços do trono, ele imaginou os nós dos seus dedos embranquecendo, tamanha a força com que ela se segurou.

Wrath caiu de joelhos diante dela. Levantando o olhar, seu único pensamento, além daquele de possuí-la, foi de que jamais queria vê-la assustada.

Nunca mais.

Debaixo das camadas do manto, Anha estava sufocando de calor. Ou talvez fosse o terror que apertava sua garganta.

Não desejava aquele destino. Não o procurara. Entregaria a qualquer uma das jovens fêmeas que, no decorrer dos anos, a invejara: desde o seu nascimento, ela fora prometida ao filho do Rei para ser a primeira companheira – e por conta dessa suposta honra, ela fora afastada dos outros, confinada, protegida de qualquer contato. Educada num confinamento solitário, não conheceu o amor de uma mãe ou a proteção de um pai – ficara à deriva num mar de estranhos suplicantes, manipulada como um objeto precioso e não um ser vivo.

E agora, no evento culminante, no instante para o qual fora criada e jurada... Todos aqueles anos de preparação pareceram vãos.

O Rei não estava feliz: ele expulsara todos de qualquer que fosse o salão em que estavam. Não removera nenhuma peça de suas roupas, como era seu dever caso desejasse aceitá-la de algum modo. Em vez disso, ele andou de um lado para o outro, a sua agressividade deixando o ar carregado.

Muito provavelmente ela o enraivecera com sua temeridade. Não se devia oferecer sugestões ao Rei...

– Sente-se.

Anha acatou o comando, permitindo que os joelhos fracos cedessem sob seu corpo. Antecipou deparar-se com o chão frio e duro, mas havia uma cadeira almofadada para recebê-la.

Tábuas de madeira rangendo a informaram que ele a circundava novamente, as passadas pesadas, sua presença tão forte que ela lhe percebia o tamanho mesmo sem conseguir enxergar nada. Com o coração batendo forte, o suor escorrendo pela nuca e entre os seios, ela aguardou pelo próximo movimento – e temeu que ele fosse violento. Ele poderia matá-la ou deixá-la para o uso da Irmandade. Poderia despi-la, tomar sua virgindade e depois rejeitá-la – deixando-a arruinada.

Ou poderia simplesmente desnudá-la e aprovar sua forma, resguardando sua virtude para depois da cerimônia que se daria na noite seguinte. Ou quem sabe... como imaginara em seus sonhos mais fúteis... ele a observaria brevemente e a cobriria novamente com presentes de tecidos especiais, sinalizando sua intenção de colocá-la em meio às suas *shellans* – de modo que a sua vida na corte fosse mais fácil.

Ouvira coisas em demasia a respeito dos cortesãos para esperar qualquer tipo de gentileza por parte deles. E estava bem ciente de que, apesar de estar para se unir ao Rei, ela estava por conta própria. Se, contudo, ela tivesse um pouco de poder, talvez pudesse se remover daquilo até certo ponto, deixando as maquinações da corte e dos relacionamentos reais para as fêmeas com maior ambição e avareza...

As passadas pararam abruptamente, e houve o protesto do chão logo diante dela, como se ele tivesse mudado de posição de algum modo.

Aquele seria o momento, e seu coração congelou como se não quisesse atrair a atenção da lâmina de Sua Majestade...

Num momento rápido, o capuz saiu de sobre seu rosto, e uma brisa suave se libertou para os seus pulmões.

Anha arfou ante o que havia diante de si.

O Rei, o governante, o representante supremo da raça vampírica... estava ajoelhado diante da cadeira que lhe providenciara. E isso deveria ser bastante surpreendente, mas, de fato, a aparente súplica foi o que menos a abalou.

Ele era absolutamente lindo – e de todas as coisas para as quais ela procurou se preparar, jamais tinha contemplado aquela primeira magnífica impressão.

Os olhos eram da cor das folhas pálidas primaveris, e brilhavam como uma lua reluzente sobre um lago, enquanto a fitavam. O rosto era o mais belo que ela jamais vira, ainda que talvez isso não fosse elogioso o bastante, visto que nunca antes tivera permissão para olhar nada masculino. E o cabelo era como as asas de um corvo, caindo pelas costas largas.

Só que nem isso foi o que mais penetrou em sua consciência.

Foi a preocupação na expressão dele.

– Não tema – disse ele, numa voz que era aveludada e rouca. – Nada jamais a ferirá, pois eu estou aqui.

Lágrimas se formaram nos olhos dela. Em seguida, a boca se abriu sozinha, as palavras saltando:

– Meu senhor, não deveria estar ajoelhado.

– De que outro modo eu deveria receber uma fêmea como você?

Anha tentou responder, mas se viu presa no olhar dele, com a mente confusa – ele parecia irreal, aquele macho poderoso que curvou sua honra diante dela. Para se certificar de uma vez por todas, a mão se ergueu e se moveu para diminuir a distância entre eles...

O que estava fazendo?

– Perdoe-me, meu senhor...

Ele capturou a palma dela, e o impacto de pele contra pele a fez arquejar. Ou teriam sido ambos?

– Toque-me – ordenou ele. – Em qualquer parte.

Quando ele a soltou, ela pousou a mão trêmula sobre a face dele. Quente. Suave devido à passagem recente de uma lâmina.

O Rei fechou os olhos e se inclinou, o imenso corpo estremecendo.

Quando ele apenas ficou daquela maneira, ela sentiu uma onda de poder – não de um modo arrogante, não como uma ambição em benefício próprio. Foi apenas um avanço inesperado no que antes lhe pareceu uma ladeira escorregadia.

Como seria possível?

– Anha... – ele suspirou, como se o seu nome fosse um encantamento mágico.

Nada mais foi dito, porém uma conversa era desnecessária, todas as partes do discurso e do vocabulário tornando-se inúteis para fornecer qualquer nuance, quanto menos definição, do elo que se formava entre eles.

Ela, por fim, abaixou o olhar.

– Não gostaria de ver mais de mim?

O Rei emitiu um ronronar longo e baixo.

– Eu a veria por inteiro – e ver não seria nem a metade.

O odor da excitação masculina espessou o ar e, de maneira incrível, o corpo dela reagiu ao chamado. Mas, pensando bem, a agressão sexual dele era comandada pela sua força de vontade: ele não a tomaria naquele momento. Não, ao que tudo levava a crer, ele resguardaria a sua virtude até honrá-la e respeitá-la ao se vincular a ela.

– A Virgem Escriba atendeu às minhas preces de uma maneira miraculosa – sussurrou ela, piscando em meio às lágrimas. Todos aqueles anos de preocupação e espera, a bigorna suspensa sobre a sua cabeça por três décadas...

O Rei sorriu.

– Se eu soubesse que uma fêmea como você existia, eu mesmo teria procurado a mãe da raça. Mas eu não tinha tais fantasias – e isso é bom. Eu não teria feito outra coisa que não sentar e esperar até que você cruzasse meu destino, desperdiçando anos.

Com isso, ele se pôs de pé e foi até a amostra de vestimentas. As cores do arco-íris estavam todas representadas, e ela aprendeu desde a mais tenra idade o que cada matiz representava na hierarquia da corte.

Ele escolheu vermelho para ela. A mais valiosa de todas, o sinal de que ela seria favorecida entre todas as fêmeas dele.

A Rainha.

E essa honra deveria bastar. Só que quando ela imaginou as tantas outras que ele teria, a dor atingiu seu peito.

Quando retornou para junto dela, ele deve ter percebido a sua tristeza.

– O que a aflige, *leelan*?

Anha meneou a cabeça, e disse a si mesma que partilhá-lo não era algo que ela tinha algum direito de lamentar. Ela...

O Rei balançou a cabeça.

– Não. Existirá apenas você.

Anha se retraiu.

– Meu senhor, essa não é a tradição...

– Sou o governante ou não? Não posso ditar a vida e a morte dos meus súditos? – quando ela assentiu, uma máscara rígida se fez em seu rosto e a fez se compadecer de qualquer um que tentasse negar-lhe algo. – Portanto, eu determinarei o que é ou não a tradição. E haverá apenas você para mim.

Lágrimas frescas surgiram nos olhos de Anha. Ela queria acreditar nele, e mesmo assim aquilo parecia impossível – mesmo quando ele envolveu seu corpo ainda coberto com a seda cor de sangue.

– Você me honra – disse ela, fitando-o no rosto.

– Não o bastante – num giro rápido, ele caminhou até a mesa onde estavam as pedras preciosas.

O tamanho das joias foi a última coisa a passar pela cabeça dela quando ele lhe tirou o capuz, mas agora seus olhos se arregalavam ante tamanha demonstração de riqueza. Por certo não merecia tais coisas. Não até lhe dar um herdeiro.

O que, de súbito, não lhe pareceu uma tarefa árdua.

Quando ele se virou para ela, ela inspirou profundamente. Rubis, tantos que ela não conseguia contar – de fato, uma bandeja inteira... Incluindo o anel Saturnino que ela sabia ter sempre adornado a mão da rainha.

– Aceite isso e saiba a verdade – disse ele, quando mais uma vez se abaixou diante dos seus pés.

Anha sentiu a cabeça balançar.

– Não, não, isso é para a cerimônia...

– Que realizaremos aqui e agora – ele estendeu a palma. – Dê-me a sua mão.

Todos os ossos de Anha tremiam ao obedecê-lo, e ela arfou quando a pedra saturnina foi posta em seu dedo médio direito. Ao olhar para a pedra preciosa, a luz das velas se refratou nas facetas, cintilando com beleza com a mesma certeza de que o amor verdadeiro acendeu seu coração.

– Anha, você me aceita como o seu Rei e o seu companheiro, até que as portas do Fade lhe sejam abertas?

– Sim – ela se ouviu responder com força surpreendente.

– Então eu, Wrath, filho de Wrath, a aceito como a minha *shellan*, para proteger e cuidar, e a quaisquer filhos que tenhamos, do mesmo modo como cuidarei do meu reinado e dos seus cidadãos. Você será minha daqui por diante – seus inimigos são meus agora, a sua linhagem se misturará com a minha, as suas auroras e seus entardeceres serão partilhados somente comigo. Esse elo jamais será partido por forças internas ou externas e – ele fez uma pausa – haverá apenas uma fêmea em todos os meus dias, e você será essa única rainha.

Com isso, ele levantou sua outra mão e entrelaçou os dedos deles.

– Nada nos separará. Nunca.

Embora Anha não tivesse conhecimento daquilo no presente, nos anos futuros, enquanto o destino continuasse a se desenrolar, transformando o momento presente em história, ela se voltaria para aquele instante vezes e vezes sem conta. Mais tarde, refletiria que ambos estavam perdidos naquela noite, e a vista um do outro lhes deu o terreno firme de que necessitaram.

Mais tarde, quando deitada ao lado do companheiro ouvindo-o ressonar, ela saberia que o que parecera um sonho era, na verdade, um milagre vivo.

Mais tarde, na noite em que ela e seu amado fossem assassinados, quando seus olhos se pregassem no nicho onde escondera o herdeiro deles, o futuro deles, a única coisa que era maior do que eles dois... ela teria seu derradeiro pensamento de que tudo foi como deveria ter sido. Quer tragédia ou sorte, tudo fora predeterminado, e começara ali, naquele instante, com os dedos do Rei entrelaçados aos seus, quando os dois se uniram um ao outro por toda a eternidade.

– Quem a servirá nesta noite e neste dia, antes da cerimônia pública? – perguntou ele.

Ela detestou ter que deixá-lo.

– Eu deveria voltar para os meus aposentos.

Ele franziu o cenho. Mas logo a soltou e se demorou adornando-a com os rubis até que suas orelhas, pescoço e pulsos estivessem repletos.

O Rei tocou a maior das joias, a que pendia sobre seu coração. Quando as pálpebras se abaixaram, ela acreditou que ele tivesse se voltado para algo mais carnal em sua mente – talvez a estivesse visualizando sem as vestes, sem nada além da pele para emoldurar as correntes pesadas de ouro com seus toques de diamantes e aquelas incríveis pedras rubras.

A última peça do conjunto foi a coroa, e ele a ergueu da bandeja aveludada, colocou-a sobre a cabeça dela e depois se recostou para admirá-la.

– Você é mais brilhante do que elas – disse ele.

Anha olhou para si própria. Vermelho, vermelho, em todas as partes, a cor do sangue, a cor da vida. De fato, ela não tinha como imaginar o valor das gemas, mas não foi isso o que a emocionou. A honra que ele lhe fazia naquele instante era legendária – e ao pensar nisso, ela desejou que aquilo pudesse ser particular entre eles para sempre.

No entanto, isso não poderia ser. E os cortesãos não gostariam daquilo, considerou ela.

– Eu a levarei para os seus aposentos.

– Ah, meu senhor, não deveria se incomodar com isso...

– Não há nada mais com que me ocupar esta noite, eu lhe garanto.

Ela não teve como conter o sorriso.

– Como desejar, meu senhor.

Só que ela não sabia se conseguiria ficar de pé com todas essas...

Anha não ficou de pé sozinha. O Rei a apanhou e a pegou nos braços, erguendo-a do chão como se ela não pesasse mais do que uma pomba.

Em seguida, marchou pelo salão, abriu a porta com um chute e avançou pelo corredor. Estavam todos ali, a passagem tomada pela aristocracia e pelos membros da Irmandade da Adaga Negra – e, instintivamente, ela voltou o rosto para o pescoço de Wrath.

Tendo sido criada para o benefício do Rei, ela sempre se sentira um objeto, no entanto, essa sensação sumira quando esteve sozinha com o macho. Agora, exposta aos olhares invasivos, ela mais uma vez assumia esse papel, relegada à posição de uma posse em vez de uma igual.

– Aonde vais? – um dos aristocratas exigiu saber quando o Rei passou por eles sem dar-lhes reconhecimento.

Wrath prosseguiu andando, mas, obviamente, aquele cortesão não deixaria que lhe negassem aquilo que não lhe era de direito.

O macho se colocou no caminho dele.

– Meu senhor, é costume...

– Eu cuidarei dela em meus próprios aposentos nesta noite e daqui por diante.

A surpresa se fez no rosto magro e contraído.

– Meu senhor, essa honra cabe somente à rainha, e mesmo que já tenha tido essa fêmea, isso não é oficial até...

– Estamos devidamente vinculados. Eu mesmo realizei a cerimônia. Ela agora é minha, e eu sou dela, e, certamente, não deseja se colocar no caminho de um macho unido à sua fêmea – quanto mais do Rei com sua rainha. Deseja?

Houve um som de dentes rangendo contra dentes, como se a boca de alguém tivesse se aberto para logo em seguida se fechar com força.

Olhando além dos ombros de Wrath, ela notou os sorrisos nos rostos da Irmandade, como se os guerreiros apoiassem a agressividade. E os demais, de mantos? Não havia aprovação em suas expressões. Impotência. Súplica. Raiva sutil.

Sabiam quem detinha o poder, e não eram eles.

– Deveria ser acompanhado, meu senhor – um dos Irmãos disse. – Não pelo costume, mas em deferência aos tempos. Mesmo dentro da fortaleza, é apropriado que a Primeira Família seja protegida.

O Rei assentiu depois de um instante.

– Muito bem. Siga-me, mas – a voz baixou para um rugido – não toque nela, ou eu lhe arrancarei o apêndice que ofende a forma física dela.

Respeito genuíno e um tipo de afeto aqueceu a voz do Irmão.

– Como desejar, meu senhor. Irmandade, em formação!

Todos juntos, adagas retiradas das bainhas do peito, lâminas negras reluzindo sob os archotes que perfilavam as paredes. Enquanto Anha cravava os dedos nas vestimentas preciosas do Rei, os Irmãos emitiram um grito de guerra, as armas sendo erguidas acima das cabeças.

Numa coordenação nascida nas longas horas na companhia uns dos outros, cada um dos grandes guerreiros se ajoelhou num círculo e enterrou as pontas das adagas no chão.

Curvando as cabeças, numa única voz, eles disseram algo que ela não compreendeu.

E, no entanto, o palavreado era para ela: juravam-lhe obediência por ser a rainha.

Era o que deveria ter acontecido no anoitecer do dia seguinte, diante da *glymera*. Mas ela preferiu ali, e quando os olhos deles se ergueram, o respeito brilhou deles – direcionado a ela.

– Minha gratidão a vocês – ela se ouviu dizer. – E toda a minha honra ao nosso Rei.

Num piscar de olhos, ela e seu companheiro estavam cercados pelos tremendos guerreiros, o juramento dado agora aceito, os trabalhos começando de uma vez. Flanqueados pelos lados, bem como ela pressentira antes de ser apresentada, Wrath retomou a caminhada completamente protegido.

Por sobre o ombro do companheiro, além da montanha de Irmãos, Anha viu a congregação de cortesãos recuar conforme eles prosseguiam pelo corredor.

O conselheiro, diante de todos, com as mãos nos quadris e as sobrancelhas baixas... não se mostrava nem um pouco satisfeito.

Um tremor de medo a perpassou.

– Psiu – Wrath sussurrou em seu ouvido. – Não se preocupe. Serei gentil com a sua pessoa agora.

Anha corou e escondeu a cabeça no pescoço largo. Ele pretendia tomá-la quando chegassem ao destino predeterminado, o corpo sagrado entrando no seu, selando o compromisso visceralmente.

Viu-se chocada ao perceber que também queria aquilo. Naquele instante. Rápido. Com vigor...

E, no entanto, quando se viram finalmente a sós, quando se acomodaram na fantástica cama de seda... ela se viu grata por ele ser paciente, amoroso e gentil como prometera ser.

Foi a primeira de muitas, muitas vezes em que seu *hellren* não a desapontou.

Capítulo 1

Manhattan, Meatpacking District
Dias atuais

– Me dê a sua boca – Wrath exigiu.

Beth inclinou a cabeça para trás e se recostou nos braços do companheiro.

– Quer? Venha pegar.

O rugido que saiu do imenso peito foi um lembrete de que seu homem, na verdade, não era um homem. Ele era o último vampiro puro sangue do planeta – e no que se referia a ela e a sexo, ele era plenamente capaz de se tornar uma bola de demolição para pegá-la.

E não ao estilo metido a sensual idiota de Miley Cyrus – e desde que Beth estivesse disposta, claro. Só que, francamente, quando uma mulher tinha a oportunidade de ter dois metros de um gostoso metido em couro preto, que por acaso tinha olhos verde-claros que brilhavam como a lua e cabelos negros descendo pela já mencionada gostosura?

"Não" não só não fazia parte do seu vocabulário; era um conceito desconhecido.

O beijo que a assolou foi brutal, e ela queria que o fosse, a língua de Wrath invadindo sua boca enquanto ele entrava de costas pela abertura da porta do esconderijo secreto deles.

Bam!

O melhor som do mundo. Bem, o segundo melhor – sendo o número um aquele que seu homem fazia quando a penetrava.

Só de pensar nisso, seu centro se abria ainda mais.

– Ah, cacete – disse ele junto à sua boca, quando uma das mãos escorregou entre as coxas. – Quero isso... Ah, está molhadinha para mim, *leelan*.

Não era uma pergunta. Porque ele sabia a resposta, não sabia?

– Sinto o seu cheiro – ele gemeu ao seu ouvido antes de correr as presas pelo pescoço dela. – A coisa mais maravilhosa do mundo, a não ser pelo seu gosto.

A rouquidão em sua voz, a dureza dos quadris, a firmeza com que a pressionava; ela atingiu o orgasmo ali mesmo.

– Cacete, precisamos fazer isso mais vezes – ele ralhou ao pressioná-la ao encontro da sua mão, movimentando os quadris dela. – Por que diabos não viemos aqui todas as noites?

Pensar na confusão que os aguardava em Caldwell aplacou um pouco do calor que ela sentia. Mas logo ele começou a massageá-la com os dedos, friccionando a costura dos jeans contra sua parte mais sensível, enquanto a língua penetrava em sua boca do mesmo modo com que ele... Ah, sim...

Puxa vida, veja só que surpresa: tudo o que se referia ao fato de ele ser rei e à tentativa de assassinato e ao Bando dos Bastardos desapareceu.

Ele tinha razão. Por que diabos não agendavam um tempo para aquele pedaço de paraíso em intervalos regulares?

Entregando-se ao sexo, as mãos dela se enroscaram nos cabelos longos, sua suavidade em contraste com a dureza do rosto, a força do corpo incrível, o cerne de aço do seu desejo. Ela nunca fora uma daquelas tolas que sonhava com o Príncipe Encantado ou com um casamento de conto de fadas ou qualquer um dos musicais bobinhos da Disney. Mas mesmo para alguém que não tivera ilusões e nenhuma intenção de um dia assinar uma certidão de casamento, não havia nenhuma chance de ela ter se imaginado com Wrath, filho de Wrath, Rei de uma raça que ela, no passado, só acreditava ser um mito de Halloween.

No entanto, lá estava ela, de cabeça virada por um assassino com vocabulário de motorista de caminhão, uma linhagem real tão longa quanto seu braço, e comportamento mais do que suficiente para fazer Kanye West parecer um rejeitado sem amor-próprio.

Ok, talvez ele não fosse *tão* egocêntrico assim – ainda que, sim, ele provavelmente poderia interromper Taylor Swift num piscar de olhos, mas só porque rap e hip-hop eram seus estilos musicais prediletos e não por ser mais um a odiá-la.

No fim das contas, seu *hellren* era do tipo "do meu jeito ou de jeito nenhum", e o trono no qual ele se sentava significava que tal defeito era recebido de joelhos, como lei.

Uma tempestade perfeita. A boa-nova? Ela era a única exceção, a única pessoa que conseguia enfiar um pouco de sensatez nele quando ele estava verdadeiramente irritado. Também era assim com os outros Irmãos e suas companheiras: membros da Irmandade da Adaga Negra, o grupo de guerreiros de elite da raça, e cabeças duras, conhecidos por não serem fáceis de lidar. Pensando bem, quem iria querer um bando de molengas na linha de frente em qualquer guerra, especialmente quando os bandidos eram da laia da Sociedade Redutora?

E dos malditos do Bando de Bastardos.

– Não vou conseguir chegar até a cama – gemeu Wrath. – Preciso estar dentro de você agora.

– Então me tome no chão. – Ela sugou o lábio inferior dele. – Você sabe fazer isso, não sabe?

Mais grunhidos, e uma grande mudança na orientação do planeta quando ela foi suspensa do chão e deitada sobre o piso polido. O loft que Wrath usara no passado como antro de solteiro era um cenário perfeito: teto de catedral, decoração minimalista de depósito, e o matiz negro metálico de uma Uzi. Não se parecia em nada com a mansão da Irmandade em que moravam, e isso era ótimo.

Por mais lindo que aquele lugar fosse, todo aquele ouro, os candelabros de cristal, e a mobília antiga podiam ser um pouco sufocantes...

Riiiiiiip!

Com aquele barulho alegre, ela perdeu mais uma peça do seu guarda-roupa, e Wrath estava orgulhoso de si mesmo: presas cintilando longas como adagas e brancas como a neve, ele continuou transformando sua bela blusa de seda num pano de chão, rasgando o tecido sobre os peitos nus, botões voando para todos os lados.

– Era disso que eu estava falando – Wrath tirou os óculos escuros e sorriu, expondo os dentes brancos. – Nada no caminho...

Assomando-se sobre ela, ele abocanhou um seio enquanto as mãos seguiram para a cintura da calça jeans preta. Levando-se tudo em consideração, ele até que foi cuidadoso quando abriu o botão e desceu o zíper, mas ela sabia o que a aguardava...

Com um puxão violento, ele estragou o que fora um par de Levi's de apenas duas semanas.

Ela não se importava. Nem ele.

Ah, Deus, como ela precisava daquilo.

– Você tem razão, faz tempo demais – sibilou quando ele prosseguiu abrindo a própria braguilha, libertando uma ereção que ainda conseguia lhe roubar o fôlego.

– Desculpe – ele disse, segurando-a pela nuca e montando sobre ela.

Enquanto abria as pernas para ele, ela soube exatamente pelo que ele se desculpava.

– Não se desculpe... Ah!

A posse ardente era exatamente do que ela precisava – assim como a cavalgada firme, o peso sobre seu corpo, as nádegas nuas se debatendo contra o piso enquanto ele bombardeava dentro dela, as pernas se esforçando para contorná-lo para que ele se aprofundasse mais. Era dominação total, o corpo imenso como um pistão num bombeamento erótico que se movia mais rápido e com maior intensidade.

Porém, por melhor que fosse, ela sabia como transportar as coisas ao nível seguinte.

– Não está com sede ainda? – perguntou com uma fala arrastada.

Pausa. Molecular. Total.

Como se ele tivesse sido atingido por um raio de gelo. Ou quem sabe um caminhão.

Ao levantar a cabeça, seus olhos reluziam com tamanha intensidade que, se ela fitasse o chão ao seu lado, ela veria a própria sombra.

Enterrando as unhas nos ombros, arqueou-se na direção dele e inclinou a cabeça para o lado.

– Que tal algo para beber?

Os lábios dele se curvaram para trás das presas e ele emitiu o sibilo de uma cobra.

A mordida foi como uma apunhalada, mas a dor sumiu num doce delírio que a transportou para outra dimensão. Flanando e mergulhando ao mesmo tempo, ela gemeu e enfiou os dedos nos cabelos escuros, aproximando-o ainda mais enquanto ele sugava em seu pescoço e penetrava seu sexo.

Ela atingiu o clímax – e ele também.

Grande novidade.

Deus, depois da secura de... quanto tempo? Pelo menos um mês – algo inédito para eles –, ela percebeu o quanto ambos precisavam daquilo. Estática em excesso de todas as exigências que os rodeavam. Estresse demais poluindo as horas. Tanta merda tóxica que não tiveram tempo para processar um com o outro.

Como, por exemplo, depois do tiro no pescoço, eles conversaram a respeito? Claro, houve o comentário do tipo "Oh, meu Deus, você está vivo"... Mas ela ainda tinha sobressaltos toda vez que um *doggen* abria uma garrafa de vinho ao jantar ou que os Irmãos jogavam bilhar após o plantão.

Quem haveria de saber que uma bola de bilhar acertada se parecia tanto com um tiro?

Ela não. Não até Xcor decidir colocar uma bala na jugular de Wrath.

Dificilmente o tipo de informação que ela queria ter...

Por motivo nenhum, lágrimas encheram seus olhos e se libertaram, misturando-se aos cílios e descendo pelas faces enquanto outra rodada de prazer enchia seu corpo.

Então, a imagem de Wrath ferido tomou conta da sua visão.

Sangue no colete à prova de balas que ele usara. Sangue na camiseta preta. Sangue em sua pele.

Os tempos perigosos chegando, a feiura da realidade não mais um bicho-papão imaginário em seu closet mental, mas um grito em sua alma.

Vermelho era a cor da morte para ela.

Wrath ficou imóvel um segundo e ergueu a cabeça.

– *Leelan*?

Abrindo os olhos, ela sentiu uma onda de pânico por não conseguir vê-lo bem, por aquele rosto pelo qual ela procurava em cada sala, não importando a hora, ter desaparecido, pela confirmação visual da vida dele não estar mais ali para ela aproveitar.

Só que tudo o que ela precisava fazer era piscar. Piscar, piscar, piscar... E ele estava de volta para ela, tão claro quanto a luz do dia.

E isso a fez chorar ainda mais. Porque seu homem forte e amado estava cego – e ainda que isso não o diminuísse em nada em sua opinião, isso o roubava de algumas coisas fundamentais, o que não era justo.

– Ah, merda, eu te machuquei.

– Não, não... – Ela tomou o rosto dele entre as mãos. – Não pare.

– Eu deveria ter ido para a cama...

O modo garantido de fazê-lo se concentrar novamente era se arquear debaixo dele, e foi o que ela fez, ondulando-se e rolando os quadris para que ele a atingisse bem fundo. E, vejam só, a fricção foi percebida, deixando-o sem palavras e dividido.

– Não pare – ela repetiu, tentando atraí-lo para a sua veia – nunca...

Mas Wrath se conteve, afastando uma mecha de cabelos do rosto dela.

– Não pense nisso.

– Não estou.

– Está, sim.

Não havia razão para definir o que "isso" significava: tramas traiçoeiras. Wrath naquela mesa ornamentada, preso pela posição que ocupava. O futuro desconhecido, e não num bom modo.

– Não vou a parte alguma, *leelan*. Não se preocupe com nada. Entendeu?

– Beth quis acreditar nele. Precisava. Mas temia que aquela fosse uma promessa mais difícil de sustentar do que de fazer.

– Beth?

– Faça amor comigo – era a única verdade que ela conseguia dizer sem estourar a bolha em que estavam. – Por favor.

Ele a beijou uma vez. Duas. E começou a se movimentar de novo.

– Sempre, *leelan*. Sempre.

Melhor. Noite. De todas.

Quando Wrath se afastou de sua *shellan* uma hora mais tarde, não conseguia respirar, sangrava na garganta, e seu pau de Homem de Aço finalmente amolecera como um espaguete.

Mas com a resistência que ele tinha? Mais uns cinco, talvez dez minutos, antes que o senhor Felicidade voltasse a sorrir.

A cama imensa no meio da amplidão do loft sofrera um upgrade desde que Beth se vinculara a ele, e, enquanto se esticava de costas, teve que admitir que fazer sexo naquela coisa era muito melhor do que no chão. Dito isso, enquanto se recuperava, os lençóis eram desnecessários, pois ele poderia fritar um ovo no peito depois dos seus esforços. Cobertas, nem pensar. Travesseiros se perderam rapidamente por falta de cabeceira, mas a vantagem era o nivelamento de qualquer ponto da cama.

Às vezes, ele gostava de apoiar um pé no chão para cravar fundo.

Beth emitiu um suspiro mais longo e mais satisfeito do que um soneto shakespeariano – para não mencionar um constante "não para, não para..." momentos antes. O peito de Wrath se inflou como um balão de ar quente.

– Satisfeita? – perguntou ele com fala arrastada.

– Deus. Sim.

Mais sorrisos. Era *O Máscara* mais uma vez, um tremendo Jim Carrey, saído de um comercial de creme dental. E ela estava certa: o sexo fora mais do que fantástico. Transara com ela ao longo do chão até alcançarem o colchão. Em seguida, como o cavalheiro que era, colocou-a na cama... e a tomou mais umas três vezes. Ou quatro?

Ele poderia fazer aquilo a noite inteira.

Certo como um eclipse capaz de esconder a lua, seu relaxamento cósmico desapareceu e levou todo o calor consigo.

Não haveria mais *uma noite inteira* para ele. Não no que se referisse a passá-la com a sua fêmea.

– Wrath?

– Estou bem aqui, *leelan* – murmurou ele.

Quando ela rolou de lado, ele sentiu seu olhar, e apesar de a sua visão tê-lo finalmente deixado na mão, ele conseguia imaginar o cabelo negro longo e os olhos azuis em seu lindo rosto.

– Não está, não.

– Estou bem.

Mas que bosta, que horas seriam agora? Teria se passado mais do que a hora que ele supunha? Provavelmente. No que se referia a transar com Beth, ele poderia perder malditos dias.

– Passou da uma – disse ela com suavidade.

– Caramba.

– Ajudaria conversar um pouco? Wrath... Pode me dizer onde você está?

Ah, inferno, ela tinha razão. Ele vinha se afastando muito recentemente, recuando para um lugar em sua mente onde o caos não o alcançaria – não era ruim, mas era uma viagem solitária.

– Só não estou pronto para voltar ao trabalho.

– Não o culpo por isso – encontrou a boca dele e resvalou-a com os lábios. – Podemos ficar um pouco mais?

– Sim – mas não o bastante.

Um alarme sutil tocou em seu pulso.

– Maldição – apoiando o braço na testa, balançou a cabeça. – O tempo voa, não?

E responsabilidades o aguardavam. Tinha petições para revisar. Proclamações para rascunhar. E mensagens em sua caixa, malditos e-mails que a *glymera* arranjava dos seus traseiros do dia para a noite... embora esses estivessem diminuindo nos últimos tempos – um sinal provável de que o punhado de janotas estava conversando entre si. Nada bom. Wrath praguejou novamente.

– Não sei como meu pai fazia isso. Noite após noite. Ano após ano.

Só para acabar morto tão jovem.

Pelo menos, quando o Wrath mais velho estivera no trono, as coisas eram mais estáveis: os cidadãos o amavam e ele os amava. Nenhuma trama traiçoeira cozinhando nos quartos dos fundos. O inimigo viera de fora, não de dentro.

– Sinto muito – disse Beth. – Tem certeza de que não pode adiar algumas coisas?

Wrath se sentou, afastando os longos cabelos para trás. Enquanto encarava adiante, sem enxergar nada, desejou estar lá fora lutando.

Não era uma opção. Na verdade, a única coisa marcada em sua agenda era voltar para Caldie e se acorrentar novamente à sua escrivaninha. Seu destino fora selado muitos e muitos anos atrás, quando sua mãe entrara no cio e o pai fez o que um *hellren* deveria... E contrariando todas as possibilidades, o herdeiro deles fora concebido, e nascera, e depois fora criado por tempo suficiente para que visse ambos sendo assassinados por *redutores* bem diante dos seus olhos pré-trans ainda funcionais.

As lembranças eram claras como cristal.

Foi só depois da sua transformação que o defeito visual começou a se manifestar. Mas essa fraqueza era, assim como o trono, parte do seu dever hereditário. A Virgem Escriba prescrevera um plano de nascimento, um que amplificara os traços mais desejáveis em machos e fêmeas e criara um sistema social semelhante ao de castas da sociedade hierárquica. Um bom plano, até certo ponto. Como sempre nas merdas da Mãe Natureza, a lei das consequências não planejadas decidira tirar um sarro – e foi assim que o rei dessa linhagem "perfeita" acabara cego.

Frustrado, levantou-se da cama e, naturalmente, acertou um dos travesseiros caídos. Enquanto o chão escorregava debaixo dos seus pés, e seu equilíbrio fazia uma espécie de dança, ele ergueu as mãos para tentar se equilibrar, mas não sabia onde estava naquele espaço vazio...

Wrath caiu no chão, a dor explodindo do lado esquerdo, mas isso não foi a pior parte. Ele conseguiu ouvir Beth se aproximando pelos lençóis amassados.

– Não! – rugiu ele, afastando-se do alcance das mãos dela. – Eu consigo.

Quando sua voz ricocheteou no espaço vazio do loft, ele desejou atravessar o vidro da janela com a cabeça.

– Desculpe – murmurou, lançando o cabelo para trás.

– Tudo bem.

– Não quis gritar com você.

– Você tem suportado muito estresse. Isso acontece.

Céus, era como se estivessem falando de uma brochada durante o sexo.

Quando começara com toda aquela merda de Rei, ele passara pela tal coisa de resolução interna, se comprometera a usar a coroa, ser um cara decente, andar seguindo os passos do pai, blá-blá-blá. Mas a infeliz realidade era que aquilo era uma maratona que duraria toda a sua vida – e ele já estava sem fôlego após dois anos. Três. Pela duração da coisa até ali.

Em que droga de ano estavam mesmo?

Sabia muito bem que seu pavio era curto, mas ficar trancafiado no meio da sua cegueira com nada além das exigências com as quais ele pouco se importava estava deixando-o vulcânico.

Não, espere, isso era um pouco mais moderado do que a sua real temperatura – e a questão subjacente era a sua personalidade. Lutar era o seu chamado, e não governar a partir de uma cadeira.

O pai fora um homem da pena; o filho era da espada.

– Wrath?

– Desculpe, o que disse?

– Perguntei se você queria algo para comer antes de irmos embora.

Ele se visualizou voltando para a mansão, *doggens* por todos os lados, Irmãos entrando e saindo, *shellans* por toda parte... e sentiu como se não conseguisse respirar. Amava-os todos, mas, maldição, não existia privacidade ali.

– Obrigado, mas acho que vou comer alguma coisa na minha mesa mesmo.

Seguiu-se um longo silêncio.

– Tudo bem.

Wrath ficou no chão enquanto ela se vestia, o suave resvalar dos jeans subindo pelas longas pernas lascivas como um canto fúnebre.

– Tudo bem se eu usar a sua camiseta? – perguntou ela. – Minha blusa está arruinada.

– Sim, claro.

A tristeza dela tinha cheiro de chuva de outono e no ar que os envolvia parecia tão fria quanto para ele.

Caramba, e pensar que havia pessoas por aí querendo ser rei, pensou ele ao se levantar.

Puta loucura.

Se não fosse pelo legado do pai, e por todos aqueles vampiros que amaram verdadeiramente seu progenitor, ele teria jogado tudo pelos ares sem olhar para trás. Mas recuar? Não poderia fazer isso. Seu pai fora um rei para os livros de história, um macho que não apenas comandara pela virtude do trono em que se sentara, mas que inspirara devoção sincera.

Se Wrath perdesse a coroa? Seria o mesmo que urinar sobre o túmulo do pai.

Quando a palma de sua *shellan* escorregou pela sua, ele se sobressaltou.

– Aqui estão as suas roupas – disse ela, depositando-as em suas mãos. – E aqui estão os óculos.

Com um movimento rápido, ele a puxou para si, segurando-a contra seu corpo nu. Ela era uma fêmea alta, mas, mesmo assim, mal o alcançava nos peitorais, e quando ele fechou os olhos, encurvou-se sobre ela.

– Quero que saiba de uma coisa – disse ele ao encontro do seu cabelo.

Quando ela ficou imóvel, ele tentou encontrar algo que valesse a pena ser ouvido. Alguma corrente de palavras que pertencessem ao mesmo código postal do que se passava em seu peito.

– O quê? – sussurrou ela.

– Você é tudo para mim.

Aquilo foi tão absolutamente insuficiente – e, ainda assim, ela suspirou e se derreteu ao seu encontro como se aquilo fosse tudo o que ela quisesse ouvir. E um saco de batatas fritas.

Às vezes as pessoas tinham sorte.

E enquanto continuava abraçando-a, ele soube que faria bem em se lembrar disso. Contanto que tivesse aquela fêmea ao seu lado?

Ele superaria qualquer coisa.

Capítulo 2

Caldwell, Nova York

– Vida longa ao Rei.

Quando Abalone, filho de Abalone, disse essas palavras, tentou medir a reação dos três machos que bateram à sua porta, marcharam para dentro de sua casa e agora permaneciam parados em sua biblioteca, encarando-o como se estivessem medindo a sua mortalha.

Na verdade, não. Ele acompanhou apenas uma expressão – a do guerreiro desfigurado que estava mais afastado do que os outros, recostando-se contra o papel de parede de seda, com as botas de combate bem fincadas sobre o tapete persa.

Os olhos do macho estavam obscurecidos pelas sobrancelhas abaixadas, as íris tão escuras que não era possível determinar sua cor exata, se azul, marrom ou verde. Seu corpo era enorme e, mesmo em repouso, representava uma ameaça direta, uma granada com um pino frouxo. E a resposta dele ante o que fora dito?

Nenhuma alteração na expressão, o lábio leporino não mais que uma fenda, a mesma carranca. Nenhuma demonstração emocional.

Mas a mão da adaga se abriu e se curvou num punho cerrado.

Ficou claro que o aristocrata Ichan e o advogado Tyhm, que levaram o guerreiro até ali, haviam mentido. Aquela não era uma "conversa a respeito do futuro" – não, algo desse tipo sugeriria que Abalone teria alguma escolha.

Aquele era um tiro lançado contra o arco da sua linhagem, um aviso de todos a bordo, para o qual só existia uma resposta.

E, mesmo assim, as palavras saíram da sua boca daquele modo, e ele não poderia mudá-las.

– Tem certeza da sua resposta? – perguntou Ichan, com uma sobrancelha arqueada.

Ichan era um típico representante da sua linhagem e de seu patrimônio financeiro, refinado a ponto de demonstrar feminilidade a despeito do seu gênero, vestido num terno coordenado com a gravata, sem nem um fio de cabelo fora do lugar. Ao seu lado, Tyhm, o advogado, era igual só que mais magro, como se a sua destreza mental considerável gastasse o seu consumo calórico.

Ambos, bem como o guerreiro, estavam preparados para esperar pela mudança da resposta que receberam.

Os olhos de Abalone passaram para o pergaminho antigo emoldurado na parede ao lado das portas duplas. Não conseguia ler as letras miúdas no Antigo Idioma daquele lado da sala, mas não havia necessidade de se aproximar. Ele sabia cada palavra de cor.

– Não sabia que me fizeram uma pergunta – disse Abalone.

Ichan sorriu com falsidade e caminhou um pouco, passando os dedos sobre uma cumbuca de prata com maçãs, a coleção de relógios de mesa da Cartier sobre uma mesinha lateral, o busto de bronze de Napoleão na janela em alcova.

– Nós, obviamente, estamos interessados na sua posição – o aristocrata parou diante de um desenho em bico de pena sobre um cavalete. – Esta é a sua filha, não?

O peito de Abalone se contraiu.

– Ela está para ser apresentada, não está? – Ichan olhou por sobre o ombro. – Não está?

Abalone desejou afastar o macho do desenho.

De todas as coisas que considerava "suas", a sua preciosa filha, a única que ele e a sua *shellan* tiveram, era a lua em seu céu noturno, a alegria que marcava as horas domésticas, a sua bússola para o futuro. E ele desejava tantas coisas para ela – mas não nos termos da *glymera*. Não, ele desejava o que a *mahmen* dela e ele encontraram – pelo menos até que a sua fêmea fosse chamada para o Fade.

Desejava para a sua filha amor duradouro ao lado de um macho que cuidasse dela.

E se ela não fosse apresentada à sociedade? Isso talvez jamais acontecesse.

– Perdão – disse Ichan. – Você respondeu e eu não escutei a resposta?

– Sim, ela logo será apresentada.

– Sim. – O aristocrata sorriu novamente. – Sei que se preocupa com os pretendentes. Sendo eu mesmo pai, entendo seus sentimentos; com filhas, é preciso ter certeza de que se unam bem.

Abalone só soltou a respiração quando o macho voltou a caminhar lentamente pela sala.

– Não sente certa segurança em pensar que existem demarcações tão claras em nossa sociedade? A procriação correta resultou num grupo superior de indivíduos, e nos é solicitado pelos costumes e pelo bom senso preservar nossas associações com membros semelhantes de nossa raça. Consegue imaginar a sua filha se casando com um macho do povo?

As últimas palavras ficaram suspensas, carregando a entonação de uma exclamação e a ameaça de uma pistola armada.

– Não, não consegue – Ichan respondeu ele mesmo.

Na verdade, Abalone não tinha tanta certeza. Se o macho a amasse o bastante? Mas aquilo não vinha ao caso, vinha?

Ichan fez uma pausa para relancear para os retratos a óleo pendurados diante da vasta coleção da família de primeiras edições dispostas numa prateleira. As obras de arte eram, naturalmente, de ancestrais, com o mais proeminente deles suspenso sobre a cornija da imensa lareira.

Um macho famoso na história da raça, e da linhagem de Abalone. O Nobre Redentor, como era conhecido na família.

O pai de Abalone.

Ichan gesticulou, abrangendo não só a sala, mas a casa, todo o seu conteúdo e as pessoas debaixo daquele teto.

– Isso vale a pena ser conservado, e o único modo de isso acontecer é se os Antigos Costumes forem respeitados. Os princípios que nós, a *glymera*, buscamos apoiar são a verdadeira base daquilo que você tem esperanças de propiciar à sua filha. Sem eles, quem sabe onde ela poderá acabar.

Abalone fechou os olhos rapidamente.

E isso fez o aristocrata assumir uma voz mais gentil e generosa.

– Esse rei sobre quem mencionou com tanta reverência... ele está vinculado a uma mestiça.

Os lábios de Abalone se entreabriram. Como acontece com todos os membros do Conselho, ele fora informado a respeito da união real, e apenas isso.

– Pensei que ele tivesse se unido a Marissa, filha de Wallen.

– Na verdade, não. A cerimônia ocorreu cerca de um ano antes dos ataques, e presumiu-se que o Rei tivesse dado seguimento ao compromisso com a irmã de Havers, mas houve suspeitas quando Marissa subsequentemente se uniu a um Irmão. Mais tarde, fomos informados por Tyhm – ele indicou o advogado – que Wrath tomara outra fêmea, que *não* pertence à nossa raça.

Houve uma pausa, como se Abalone estivesse recebendo a oportunidade de mostrar surpresa ante tal revelação. Quando ele não se mostrou chocado, Ichan se inclinou e falou lentamente, como se estivesse se dirigindo a um deficiente mental.

– Se eles tiverem filhos, o herdeiro do trono será um quarto humano.

– Ninguém mais é puro sangue.

– Uma pena. Por certo concorda, porém, que existe uma tremenda diferença entre parentescos humanos distantes... e um rei que é substancialmente dessa raça horrenda. Mas mesmo que não se mostre ofendido – e, certamente, esse não é o caso –, as Antigas Leis estabelecem os ditames. O rei deve ser um macho de sangue puro... E Wrath, filho de Wrath, não pode nos dar isso num herdeiro.

– Admitindo-se que isso seja verdade...

– É verdade.

– O que espera de mim?

– Eu simplesmente estou colocando-o a par da situação. Não passo de um cidadão preocupado.

Então, por que chegar com a retaguarda protegida?

– Bem, agradeço por me manter informado...

– O Conselho terá que tomar providências.

– De que tipo?

– Haverá uma votação. Logo.

– Para rejeitar quaisquer herdeiros?

– Para demover o Rei. A autoridade dele é tamanha que ele pode mudar as leis a qualquer instante, erradicando a cláusula e, com isso, enfraquecendo ainda mais a raça. Ele tem que ser removido pela lei o mais rápido possível – o aristocrata relanceou para o retrato da filha de Abalone. – Quero crer que na sessão especial do Conselho, a sua linhagem será bem representada pelo seu brasão e pelas suas cores.

Abalone relanceou para o guerreiro recostado na parede. O macho mal parecia respirar, mas estava bem longe de estar dormindo.

Quanto tempo levaria até que a ruína recaísse sobre seu lar se ele não prometesse seu voto? E que forma ela tomaria?

Imaginou a filha lamentando a morte do único progenitor que restara e ficando desamparada pelo restante do seu futuro. Ele mesmo torturado e depois morto de alguma maneira violenta.

Pela Virgem Escriba, os olhos estreitos do guerreiro estavam fixos nele como se ele fosse seu alvo.

– Vida longa ao rei adequado – disse Ichan – é o que se deve dizer.

Com isso, o garboso "cidadão preocupado" saiu, esvaziando o cômodo juntamente com o advogado.

O coração de Abalone bombeou ao ser deixado sozinho com o guerreiro... E depois de um instante de silêncio gritante, o macho se ergueu e foi para a cumbuca de maçãs.

Numa voz baixa e carregada de sotaque, ele disse:

– Essas estão aqui para que as peguemos, não?

Abalone abriu a boca, mas tudo o que saiu foi um guincho.

– Isso foi um sim? – veio um murmúrio.

– Claro. Sim.

O guerreiro puxou uma adaga da bainha sobre o peito, a lâmina prateada tão longa quanto o braço de um macho. Num lance rápido, girou a adaga no ar, a luz brilhando na lâmina afiada, e com confiança certeira, apanhou o cabo e perfurou uma das maçãs.

Tudo isso sem interromper o contato visual com Abalone.

Retirando seu prêmio da cumbuca, os olhos se desviaram para o retrato.

– Ela é bem bonita. Por enquanto.

Abalone colocou o corpo diante do retrato, preparado para se sacrificar caso fosse necessário. Não queria que o guerreiro sequer olhasse para o retrato, quanto mais comentasse a respeito dele – ou fizesse algo pior.

– Até logo, então – disse o guerreiro.

Ele saiu com a maçã erguida, empalada até o cerne.

Quando Abalone ouviu a porta da frente fechar ao longe, quase desmaiou, despencando sobre o sofá estofado de seda com as pernas bambas e o coração acelerado. Mesmo com as mãos trêmulas, ele conseguiu tirar um cigarro da caixa de cristal e acender com um isqueiro pesado também de cristal.

Tragando, fitou o retrato da filha e sentiu terror puro pela primeira vez.

– Santa Virgem Escriba...

Houve sinais de perturbação no último ano: rumores e murmúrios indicando que o Rei estava perdendo as graças que tinha em certos quadrantes da aristocracia; boatos quanto a uma tentativa de homicídio; insinuações quanto à formação de um grupo de conspiradores prestes a atacar. E depois ocorreu a reunião do Conselho, em que Wrath se apresentou com a Irmandade e se dirigiu à assembleia com uma ameaça direta.

Fora a primeira vez que as pessoas viram o Rei desde... desde tanto tampo que Abalone nem mais se lembrava. De fato, ele não conseguia se lembrar quando alguém teve uma audiência com o governante. Claro, houve proclamações disseminadas – e editais progressistas, na sua opinião, já atrasados em muito.

No entanto, havia quem discordasse.

E, obviamente, estavam preparados para forçar a mão daqueles que não concordavam com eles.

Voltando-se para o retrato do pai, tentou encontrar uma medida de coragem dentro de si, algum tipo de fundamento no qual fincar os pés a fim de defender o que achava certo: e daí se Wrath se casara com uma mestiça, se a amava? Muitas das Antigas Leis que ele vinha alterando eram discriminatórias e, se isso servia de consolo, a *shellan* escolhida pelo Rei mostrava que ele agia de acordo com o seu discurso modernizador.

Entretanto, também havia um quê de escola antiga no Rei: dois aristocratas foram assassinados recentemente. Montrag. Elan. Ambos mortos violentamente em seus lares. Ambos associados com a dissidência.

Obviamente, Wrath não pretendia se recostar para assistir enquanto tramas eram maquinadas contra ele. A notícia ruim era que seus inimigos na corte também marcavam o território, trazendo sua própria força bruta.

Abalone enfiou a mão dentro do bolso do paletó e sacou seu iPhone. Encontrando um dos números em seus contatos, iniciou uma ligação e ouviu os toques com meio ouvido.

Quando um macho atendeu, ele teve que pigarrear.

– Preciso saber se você recebeu visitas.

O primo não hesitou.

– Sim, recebi.

Abalone imprecou.

– Não quero tomar parte disso.

– Ninguém quer. Mas e esse ângulo legal deles? – o primo suspirou profundamente. – A respeito do herdeiro? As pessoas estão reagindo favoravelmente.

– Não está certo. Wrath vem fazendo coisas boas, conduzindo-nos para um mundo moderno. Ele aboliu a escravidão de sangue e criou lares para mulheres molestadas e seus filhos. Ele tem sido justo e até mesmo tem lidado com proclamações...

– Eles o pegaram nessa, Abalone. Eles vão ganhar essa porque existem mais do que suficiente dos que sentem repulsa pela ideia de uma rainha mestiça e um herdeiro seriamente enfraquecido. – A voz do primo abaixou. – Não fique do lado errado disso, primo. Eles estão preparados para fazer o que quer que seja necessário para garantir votação unânime quando chegar a hora, e a lei é o que é.

– Ele pode mudá-la. Estou surpreso que ainda não o tenha feito.

– Sem dúvida teve outros assuntos mais urgentes para tratar do que se dirigir a livros velhos empoeirados. E, francamente, mesmo que ele tenha revisto a cláusula, não creio que ele tenha apoio suficiente para se manter.

– Ele pode retaliar a aristocracia.

– O que ele pode fazer – matar a todos nós? E depois?

Quando Abalone por fim desligou, fixou os olhos nos do pai. Seu coração lhe dizia que a raça estava em boas mãos com Wrath, mesmo que o Rei se isolasse de tantas maneiras. Mas seu primo tinha razão em muitos aspectos.

Depois de um tempo, fez outro telefonema que o deixou enjoado. Quando foi atendido, não se deu ao trabalho de muitos preâmbulos.

– Você tem o meu voto – disse secamente.

Antes que Ichan pudesse louvar o seu bom senso, ele desligou. E prontamente puxou o cesto de lixo para poder vomitar.

A única coisa pior do que não ter legado algum... era não ter coragem de viver de acordo com aquele recebido.

Enquanto Xcor saía da casa do aristocrata, aborreceu-se em ver que Ichan, o representante do Conselho, e Tyhm, o advogado, aguardavam-no sob o luar.

– Acredito que fomos bastante persuasivos – anunciou Ichan.

Tanto orgulho naquela voz arrogante – como se o macho já tivesse colocado o traseiro caído no trono.

Xcor olhou para a mansão estilo Tudor. Através dos vidros em forma de diamante, o macho que confrontaram estava ao telefone, fumando um cigarro como se os pulmões necessitassem mais de nicotina do que de oxigênio. Em seguida, ele parou e olhou para algo. Um momento depois, os ombros caíram em sinal de derrota, e ele levou o telefone mais uma vez à orelha.

O telefone de Ichan tocou, e ele sorriu ao pegá-lo no bolso.

– Alô? Que delicadeza sua telefonar... – houve uma pausa. – Oh, considero muito sensato da sua parte... Alô? Alô?

Ichan guardou o aparelho dando de ombros.

– Nem vou ficar ofendido por ele ter desligado na minha cara.

E mais um se deixa cair pela lógica.

Xcor agarrou a maçã roubada e a arrancou da adaga. Com uma mão certeira, começou a descascar a fruta, arrancando a casca rubra do seu centro branco crocante, dando voltas até formar uma tira curva sob a arma.

Ao contrário da sua forma predileta de homicídio, aquela nova abordagem legal para forçar a abdicação estava indo bem. Eles tinham mais meia dúzia de membros das Primeiras Famílias para encontrar e dar o recado, e depois chegaria a hora de tornar aquilo oficial no nível do Conselho. E depois? Homicídios teriam que acontecer – sem dúvida um ou todos os aristocratas com quem lidavam teriam ilusões a respeito de uma variedade monárquica.

Algo facilmente curado, contudo, e logo ele teria o que desejava.

– ... uma refeição do seu agrado?

Enquanto Ichan e Tyhm olhavam para ele, ele percebeu que tinha acabado de ser convidado para jantar fora.

Xcor deixou a lasca da casca de maçã cair na neve que cobria o chão. Sem dúvida o janotas da casa tinha lacaios que a apanhariam, ainda que, devido ao estado perturbado que o bom camarada estava, era bem capaz que ele saísse para espairecer entre as malditas topiarias e a veria por si mesmo.

Ameaças eram melhores quando feitas em diversos níveis.

– O campo de batalha me aguarda agora – disse Xcor ao cortar um pedaço da fruta e expor as presas, levando a adaga até a boca junto com o pedaço.

O barulho produzido pela mordida surtiu o efeito desejado.

– Sim, bem, claro, é verdade... – disse Ichan, as palavras como uma bailarina girando sobre sapatilhas de ponta em consonância com a orquestra.

Que lindo.

Em seguida, veio uma pausa, como se os dois achassem que a despedida tivesse que ser retribuída. Mas, quando Xcor simplesmente curvou uma sobrancelha, os dois se desmaterializaram como se houvesse emergências aguardando em seus lares.

Aqueles peões eram tão irrelevantes – já se utilizara de alguns antes e, sem dúvida, um ou ambos daqueles que acabaram de partir encontrariam seus túmulos graças a ele.

Dentro da mansão, o membro do Conselho que foram visitar ainda tinha a cabeça pendida – mas não por muito tempo. Alguém entrou na sala e, quem quer que fosse, o aristocrata não queria que soubessem que ele estava aborrecido. Ele se controlou, sorrindo e abrindo os braços. Quando uma jovem fêmea se aproximou dele, Xcor deduziu que se tratava da filha.

Ela era bela de verdade – o desenho se mostrara acurado.

Mas ela não era páreo para a outra.

Sem querer, lembranças fluíram em sua mente, imagens de pele e cabelos claros, e olhos capazes de detê-lo tal qual uma bala, misturadas com seus pensamentos até ele tropeçar nas botas mesmo estando parado.

Não, por mais bela e jovem que aquela filha fosse, ela não passava de um eco distante de solidão comparada à sua inalcançável Escolhida.

– Você tem que parar com isso – disse ele para a fria brisa noturna. – Pare com isso agora.

Uma bela ordem, de fato. E mesmo assim passaram-se diversos minutos até que ele se acalmasse o bastante para se concentrar e se desmaterializar daquele jardim.

Um piscar de olhos mais tarde, Xcor finalmente estava em seu habitat: o beco diante dele era um lugar urbano horrível, a neve suja pelos pneus após inúmeras passagens dos caminhões de lixo e de entregas que passaram por aquele naco repleto de restaurantes baratos. A despeito das rajadas frígidas de dezembro, o fedor de carne estragada e verduras deterioradas bastou para atiçar o interior das suas narinas.

Inspirando, ele procurou sinais da doçura doentia do inimigo.

Nascera deformado e fora largado no mundo pela fêmea que o parira. Criado no campo de guerra de Bloodletter, ele fora forjado como uma lâmina na cova de agressão e dor daquele sádico, tendo qualquer fraqueza arrancada de si até ele se tornar letal como uma adaga.

Aquele palco de combate era o seu lugar.

E não ficou sozinho por muito tempo.

Girando a cabeça, pousou o peso sobre as coxas. Um grupo de homens apareceu, dobrando a esquina, avançando como uma matilha. Quando o viram, pararam e se agruparam.

Xcor revirou os olhos e retomou sua caminhada na direção contrária...

– Quemerdacêtáfazendo? – veio o grito.

Virando, ele encarou os cinco. Eles vestiam algum tipo de traje de homem durão: jaquetas de couro, bonés com caveira, bandanas amarradas abaixo das cabeças.

Obviamente eles pretendiam ter se deparado com outra pessoa, ou outras pessoas...

Não era o tipo de adversário com que ele se ocupava. Primeiro, humanos eram fisicamente inferiores, era como morder aquela maçã de antes. Segundo, eles costumavam envolver outros da espécie deles, seja de propósito, através daquele odioso número de emergência 911, ou sem querer, provocando barulhos que alertavam passantes.

– Quemerdacêtáfazendo?!

Se ele ficasse calado, talvez aquilo se transformasse noutro número de música e dança? Que assustador.

– Toque a sua vida – disse ele num tom baixo.

– Toque a sua... Quetipodemerdaestrangeiraéessa?

Ou algo desse tipo. Os sotaques deles eram difíceis de compreender – além do que, ele não estava disposto a fazer o sacrifício de sequer tentar...

Do nada, um carro dobrou a esquina, os pneus perdendo a aderência quando o motorista pisou no freio.

Tiros foram disparados, ecoando na noite, dissipando o grupo, inclusive ele próprio.

Lugar errado, hora errada, pensou Xcor, quando levou um tiro de raspão no ombro, a dor se espalhando até a cabeça, impossibilitando-o de se desmaterializar.

Ele não queria tomar parte daquela disputa tola dos ratos sem cauda. Mas parecia que ele teria de se envolver.

Pois *não* morreria por conta de uma bala de um humano.

Capítulo 3

I-87, também conhecida como Estrada do Norte

Ah, o cheirinho de carro novo...

Uma combinação de tapete bem novo, óleo lubrificante ainda viscoso e cola seca apenas superficialmente.

Sola Morte adorava começos no departamento automotivo, motivo pelo qual sempre renovava os *leasings* dos seus Audis A4. A cada três anos, ela pegava um novo – às vezes até antes, se estivesse num programa que lhe permitisse antecipar um ou dois meses.

Portanto, ah, aquele sim era um território conhecido... A não ser pelo fato de que ela sentia o cheiro do paraíso do porta-malas de qualquer que fosse aquele sedã no qual estava presa.

Não era a maneira que ela pretendia encerrar a noite, mas, às vezes, o livre-arbítrio estava fora do seu alcance quando mais se precisava dele.

A pergunta no momento era: como sobreviver àquele sequestro e voltar para casa.

Dado seu ramo de trabalho como ladra, estava acostumada a improvisar em situações perigosas. Não era habilidosa como o MacGyver; não seria capaz de montar uma automática de nove milímetros com fita adesiva, um tubo de pasta de dentes, doze centavos e um isqueiro Bic. Mas era esperta o bastante para tatear, procurando por uma chave de roda, uma caixa de ferramentas... uma lata de refrigerante esquecida. Qualquer coisa que pudesse ser usada como arma.

Quando fora raptada de casa, não tinha nada consigo além da parca que vestia e o desejo desesperado de que, fosse quem a estivesse levando, o fizesse antes que a avó descesse e fosse arrastada para aquilo. A segunda coisa aconteceu. Quanto à primeira? Más notícias, pois ela não tinha sequer um celular consigo.

E até então, sua expedição palmar pelo porta-malas resultara num belo e abundante nada.

Também não fazia ideia de onde estava. Baseando-se no ronco do motor e na ausência de tampas de bueiros? Deviam estar na estrada – já fazia um tempo.

Caramba, como sua cabeça doía.

O que usaram para acertá-la? Um martelo?

Esticando as costas, apalpou a região lombar, pensando que talvez pudesse estar deitada sobre o compartimento do pneu estepe – e de ferramentas. Porém, não percebeu nenhuma costura no tapete. Talvez fosse daquele tipo que tinha que se levantar? Merda.

Tateando sobre a cabeça, voltou a verificar as paredes laterais, sentindo a aspereza da forração e da ondulação nos contornos das rodas... depois da rede que devia servir para prender as compras... um pedaço de papel dobrado que poderia ser um mapa, uma nota fiscal de alguma compra, uma lista das "Dez Melhores Maneiras de Torturar um Prisioneiro"...

Trazendo os joelhos dobrados para junto do peito, girou no espaço apertado, empurrando com as mãos e os pés, num ângulo que a cabeça não gostou nem um pouco.

– Jesus amado... – gemeu ao parar para respirar. – Cirque du Soleil está fora de questão como segunda opção de carreira.

Concluindo a sessão de estica e vira, finalmente conseguiu seu prêmio.

– Ora, ora...

Enfiando os dedos numa fenda no tapete, seguiu o contorno quadrado até encontrar argolas em ambos os lados. Soltando a cobertura do compartimento, abriu-o e encontrou...

Uma caixa de ferramentas? Um kit de primeiros socorros?

O prêmio vencedor da loteria se manifestando na forma de uma Smith & Wesson completamente carregada?

Enquanto se guiava somente pelo tato, tentando decifrar o formato do que estava ali dentro, foi lembrada do quanto apreciava sua visão.

– Peguei você – disse, enterrando as unhas na caixa e lutando com o trinco que a prendia.

Quando se ergueu, Sola percebeu que era a alça da tampa. Idiota.

Sua tranca era fácil de abrir, e dentro da caixa...

O cilindro devia ter uns 20 centímetros de comprimento e uns quatro de largura. Uma ponta tinha uma tampa com um remendo áspero e dentro dele... Que alegria.

Aquele sinalizador era sua única chance.

Apertando a mão ao redor do objeto, concentrou-se em tentar descobrir qual seria o seu destino final – além do necrotério, claro. O problema era que ela não fazia ideia de quanto tempo eles estavam naquela rota – mas e se estivessem indo para a casa de Benloise? Estariam se aproximando do destino. West Point não ficava muito longe de Caldie.

E aquilo era coisa de Benloise.

Uma retribuição da parte do distribuidor de narcóticos por sua pequena invasão e redecoração. O que, por sua vez, fora o seu modo de mandá-lo se "f" por aquela questão do pagamento.

Que envolvia Assail.

Fechando os olhos – mesmo sem conseguir enxergar absolutamente nada –, visualizou o homem, desde os cabelos negros reluzentes até os olhos profundos e o corpo que só poderia pertencer a um atleta... o oposto de um traficante que provavelmente tomaria toda a Costa Leste como território seu.

Por um instante de insanidade, deixou-se levar pela fantasia que ele viria ajudá-la a se livrar daquela confusão. Mas, claro, aquilo seria estranho de tantas maneiras: primeiro, nunca dependera de ninguém antes; segundo, aquela asneira de "salve-me, oh, meu príncipe encantado" bastava para fazê-la querer vomitar.

Mas seu orgulho estava passando para o banco de trás naquele assunto: ela conhecia Benloise muuuuuito bem. Seria preciso um milagre para se libertar, e Assail era o mais perto disso que ela conhecia. Uma pena que ele não daria pela sua falta tão cedo. Só se conheciam porque ela recebera – parcialmente – de Benloise para espioná-lo. Assail não gostara nada disso e virara a mesa.

O que conduzira a... outras coisas.

Balançando a cabeça até a dor fazer as coisas girarem na cabeça, lembrou-se de tudo o que era importante até se ver emboscada em sua própria cozinha: o jogo de gato e rato entre eles, a ameaça sedutora que ele lhe lançara, a descarga erótica que ela sentia só de estar na presença dele.

Tudo isso fora importante pra caramba.

O lance de dados mais recente, porém, zerara o placar. Agora ela se via num estado de sobrevivência, e caso isso não acontecesse, desejava que ao menos restasse algo para a sua avó enterrar.

Porque não estava querendo se enganar. Benloise não seria caridoso só porque, por um tempo, ela fora quase uma filha para ele, de certa forma. Ela não deveria ter forçado a barra. Maldito temperamento; sua raiva seria a sua derrota.

Deus, a avó...

Lágrimas ameaçaram cair, irritando os olhos, fazendo-a abaixar as pálpebras para impedi-las de cair.

Perdas demais na vida da avó. Coisas ruins em demasia. E isso, provavelmente, seria o pior de tudo.

A menos que Sola saísse dessa.

Quando sentimentos fortes e complicados demais para refrear ameaçaram dar curto-circuito no seu cérebro, esforçou-se para contê-los... e a solução para isso era uma surpresa. Contudo, ela seguiu seu impulso – do mesmo modo que pretendia usar o que encontrara no porta-malas.

Colocando sua única arma ao lado do quadril, uniu as mãos sobre o coração e inclinou a cabeça em oração, o queixo junto ao peito.

Abrindo a boca, esperou que as passagens decoradas de sua infância católica ressurgissem à sua mente e comandassem à língua o que dizer.

E elas agiram:

– Ave Maria, cheia de graça...

As palavras formaram uma cadência, uma batida como as do seu coração, o ritmo unindo-a a uma quantidade enorme de domingos do seu passado distante.

Quando terminou, ficou esperando algum tipo de alívio ou força... O que quer que se supunha alcançar com esse antigo ritual.

Nada.

– Maldição.

Palavras – não passavam de palavras.

A frustração a fez empurrar a cabeça para trás, acertando a parede – bem no lugar errado.

– Cacete!

Hora de cair na real, disse a si mesma ao tentar esfregar o ponto sensível na cabeça.

No fim das contas? Ninguém viria resgatá-la. Como sempre, só podia contar consigo mesma, e se isso não bastasse para sair daquela situação? Então morreria de algum modo verdadeiramente horrível, e sua avó sofreria. De novo.

E por falar em orações, Sola daria qualquer coisa para voltar no tempo e refazer aquela noite, fazendo uma pausa no momento em que voltara para casa e deixara de notar o sedã desconhecido estacionado do outro lado da rua. Em seu mundo perfeito refeito, ela teria sacado a pistola, colocado o silenciador antes de botar o pé dentro de casa. Teria matado os dois, depois subido as escadas para dizer à avó que mudaria a mobília de lugar bem do jeito que a senhora lhe pedira na semana anterior.

No véu escuro da noite, ela, então, levaria os dois homens para a garagem, daria ré no carro e os colocaria no porta-malas. Ou... mais provavelmente, um no banco de trás e o outro no porta-malas.

Para onde Judas perdera as botas. Tchau, tchau.

Depois de tudo isso, ela faria as malas da avó e sairiam dali em uma hora – mesmo estando no meio da noite.

A avó não lhe teria feito perguntas. Ela entendia o pé em que estavam as coisas. Vida dura, mente prática.

A caminho do nascer do sol, por assim dizer, para nunca mais serem vistas.

Viram? Um filme muito melhor. E talvez isso pudesse se tornar realidade, desde que Sola cuidasse do assunto quando os capangas de Benloise freassem e finalmente a deixassem sair.

Agarrando o sinalizador, começou a se preparar. Pensando em que ângulo tomaria. Como atacá-los.

No entanto, aquilo não passava de um pouco de masturbação mental, não? Tudo dependeria daquele átimo que, no fim, era imprevisível.

Enquanto sua mente se voltava para tais pensamentos, sua respiração se tranquilizou e os sentidos se aguçaram. Esperar já não era mais um problema; o tempo deixou de fazer sentido. Pensamentos já não importavam. O cansaço não existia.

Foi quando ela se ajustou nesse mundo entre o agora e o depois que algo verdadeiramente transformador aconteceu.

Viu bem claramente uma foto da avó. Tirada no Brasil quando ela devia ter uns dezenove anos. O rosto era liso e rechonchudo, de uma bela forma, a juventude reluzia em seu olhar, o cabelo estava solto e flutuava.

Se ela soubesse o que a aguardava na vida adulta, ela não teria sorrido.

O filho morto. A filha morta. O marido morto. E a neta, a única que restara?

Não, Sola pensou. Aquilo teria que acabar bem. Era a única opção.

Dessa vez, Sola não disse nada em voz alta – não havia palavras decoradas, nem palmas unidas. E não tinha certeza se acreditava em sua própria oração mais do que naquelas que lhe foram ensinadas. Mas, por algum motivo, ela se viu sussurrando fervorosamente ao ouvido de Deus:

Prometo, meu Senhor, que se o Senhor me tirar dessa, vou deixar essa vida para trás. Pegarei a vovó e sairemos de Caldwell. Nunca mais me colocarei em perigo e jamais voltarei a roubar ou cometer um ato pecaminoso. Essa é a minha promessa solene ao Senhor, juro pelo coração da minha avó.

– Amém – sussurrou em voz alta.

Iron Mask, Caldwell, Nova York

– Ai, Deus, ai, Deus, ai, Deus...

Enquanto Trez segurava a estudante universitária loira acima do chão, ele a prendia com firmeza pela parte posterior das pernas, mas estava bem tentado a largá-la no chão. O sexo estava adequado, bem parecido com uma pizza fria: mesmo sendo fria, ainda era uma pizza.

Mas não era da Bella Napoli da Sétima Avenida em Manhattan.

E aquela coisa toda com Deus? Era de apagar qualquer tesão, não porque ele fosse religioso nos termos humanos ou estivesse com inveja por ela estar se divertindo a valer enquanto ele pensava em pizza fria. A atuação pornográfica barulhenta com lançamentos de cabeça, que acabavam atingindo-o com as mechas estendidas, o estava irritando.

Fechando os olhos, tentou se concentrar na sensação do seu pau entrando e saindo. A mulher tinha peitos falsos imensos, duros como bolas de basquete, e um abdômen com algum balançar, e ele não conseguia definir o que era pior: o fato de não estar nem um pouco atraído por ela, a realidade de estar transando com aquela fêmea no banheiro do seu próprio clube – fazendo sua equipe apanhá-lo em flagrante assim que saísse – ou a possibilidade, mesmo que remota, de que o seu irmão viesse a saber daquilo por alguém.

Merda, iAm. O macho tinha um olhar que podia fazer um jogador de futebol americano em pleno ataque sentir como se estivesse com o traseiro descoberto.

Não era algo que Trez estivesse buscando.

– ... Deus, ai, Deus, ai, Deus...

Pelo amor de Deus, se ao menos ela conseguisse colocar alguns "céus" no meio...

– AIDEUSAIDEUSAIDEUS...

Inserindo a mão entre eles, ele resolveu dar um basta, acabando com o seu sofrimento. Massageando-a no clitóris, ele a fez gozar bem a tempo do seu pinto murchar e praticamente cair de dentro dela.

Ajeitando-a de volta sobre os pés, ele teve que ampará-la imediatamente, pois os joelhos dela dobraram.

– Ai... Deus... Você foi maravilhoso... Você...

Sim, eu sei, obrigado, querida. A única coisa que lhe importava agora era em quanto tempo ela colocaria as roupas.

– Você também, benzinho.

Trez se inclinou e apanhou... seria o sutiã ou uma blusa? A calcinha? Ou...

– Ah, não preciso da minha legging ainda... Preciso?

Aquilo era para cobrir as pernas?, pensou ele ao pegar o pedaço de pano. Era difícil imaginar que aquilo cobrisse mais do que uma mão ou talvez um daqueles peitos em forma de melão.

Quem tirara as pseudolegging? Não ele, pensou, mas não conseguia se lembrar, e não porque estivesse embriagado. Aquela sessão, assim como os sei lá quantos últimos anos de sua vida amorosa, não era apenas completamente, mas absolutamente esquecível.

Então, por que insistia em fazer e refazer aquilo?

Ok, não havia motivo para dar uma de iAm. Seu irmão era mais do que capaz de fazer aquele discurso. Toda. Maldita. Vez... Que estavam juntos.

– Papaizinho, eu te amo – disse a moça ao segurar seus bíceps e se agarrar a ele como se ele fosse um poste de dança. – Eu amo isso.

– Eu também.

– Você me ama, não ama?

– Sempre – olhou a porta e desejou poder fazer com que alguém batesse à porta. – Me dê o seu número, está bem? Porque tenho que voltar para o trabalho.

Deixa para que ela fizesse beiço, o que só o fez querer arreganhar as presas e sair a toda para fora do banheiro, atravessando a parede mesmo.

– Nós podíamos repetir a dose – sugeriu ela, num tom sugestivo, subindo na ponta dos pés para acarinhar o pescoço dele com o nariz.

Moça, eu mal consegui terminar uma vez, pensou. Uma repetição seria anatomicamente impossível.

– Por favooor, papaizinho... – mais afagos. Depois se afastou. – Por favor?

Só que quando ele a encarou, viu uma emoção verdadeira dentro dos olhos dela e quase se retraiu. Espelho... Ele sentiu como se estivesse olhando para si mesmo. Oco. Desraigado.

Ela era meia mulher.

Ele era meio macho.

Baseando-se apenas nisso, eram o par perfeito, dois filhos da mãe alquebrados, debatendo-se em jogos sexuais, tentando se conectar de maneiras que apenas garantiam que o isolamento deles se perpetuaria.

– Por favor?... – implorou ela, como se já estivesse se preparando para mais uma perda de uma série delas.

Fitando-a, ele percebeu que a considerara como qualquer outra pelo seu exterior, mas, assim como todas as pessoas, havia uma história por trás que a conduzira para aquele banheiro, lançando palavras de amor para um homem que nem era um homem.

Inferno, ele sequer era um vampiro normal.

Trez afagou o rosto dela com os nós das mãos, e quando ela virou o rosto na direção da mão dele, ele sussurrou:

– Feche os olhos.

A batida à porta foi definitiva, levando-se em consideração o volume e a firmeza. Não havia necessidade de uma segunda.

– Chefe? Problemas de segurança – disse a voz do outro lado.

A voz de Big Rob. Então, era um problema de segurança – e visto que o cara não procurara Xhex, ou ela tinha saído por algum motivo ou, mais provavelmente, mandara buscar Trez.

Os cílios falsos da loira se ergueram, mas não era o que ele queria.

– Um minuto, B.R.

– Certo, chefe.

– Feche os olhos – repetiu. Quando a loira o obedeceu, ele se acalmou, as batidas abafadas do baixo no clube sumindo, o cheiro do perfume forte demais dela, a dor no meio do seu peito... Bem, a dor permaneceu, mas o resto diminuiu de intensidade.

Buscando um lugar em sua mente, fez o que seu irmão lhe pedira: contrariamente ao que fizera com tantas daquelas mulheres, ele dispôs de tempo para apagar as lembranças da loira, desde a conversa mole que ela iniciara no bar até ele a conduzir até ali, para a experiência religiosa que ela tivera.

iAm estava certo, se Trez tivesse se dado ao trabalho de limpar suas travessuras durante todo aquele tempo, ele não teria arranjado confusão com aquela outra garota. E ele e o irmão não teriam acabado se mudando para a mansão da Irmandade. E aquela fêmea, Selena, não o teria enfeitiçado ainda mais...

Concentrando-se novamente na loira, resolveu não parar na rotina do "corretor branquinho". Em vez de deixar que os últimos vinte minutos ficassem no limbo, ele lhe deu a fantasia que ela procurava – que conhecera um cara que se maravilhara com ela e que eles transaram cinco vezes no banheiro antes que ela decidisse que era boa demais para ele.

O que, com seu novo modo de pensar, seria algo que ela faria com frequência.

Por fim, inseriu um pensamento de que ela deveria se vestir e arrumar a maquilagem. Na última hora, também colocou o pensamento de que ela teria o melhor ano – não, a melhor década – da sua vida.

Trez saiu do banheiro um segundo depois, zíper erguido, camisa para dentro, máscara de que tudo está bem no lugar. Big Rob aguardava na sombra, discreto como um cara do seu tamanho conseguia ser.

Aproximando-se do cara, Trez cruzou os braços sobre o peito e se recostou sobre a parede coberta com tecido. Ele não costumava cuidar de negócios no clube em si, mas a música estava alta o bastante, e a multidão estava suficientemente embriagada e desesperada, e, por último, porém não menos importante, ele sentia a necessidade de ficar de olho na loira. Certificar-se de que ninguém tentasse entrar antes que ela saísse.

Além disso, ele queria algum tipo de confirmação de que a deixara num estado melhor do que a encontrara.

Pelo menos um dos dois estaria melhor.

– Então, o que aconteceu? – Trez perpassou o salão escuro, seu monitoramento tanto uma segunda natureza sua quanto uma questão de treinamento: Sombras tendiam a ser observadores, mas depois de ter trabalhado com Rehv e agora como chefe daquele antro de perversidade, aquela era sua interface primordial.

Big Rob estalou os dedos.

– Alex apartou uma discussão cerca de uma hora atrás entre dois frequentadores não costumeiros. Os dois homens foram expulsos, mas o agressor voltou e está circulando pela nossa calçada.

A loira saiu do banheiro, com as roupas nos devidos lugares, maquilagem refeita, cabelo penteado em vez de voando para todos os lados – porém, melhor do que tudo, o queixo estava erguido, os olhos calmos e concentrados – e um sorriso secreto nos lábios que transportava sua aparência normal para um território encantador.

Enquanto ela avançava para a multidão, os olhos de Big Rob a seguiram, assim como os de muitos homens. Mas ela não pareceu se importar, sua autoconfiança não necessitava de um acompanhante.

Trez esfregou o meio do peito e desejou poder melhorar a si mesmo e mudar as coisas num átimo também. Pensando bem, nem toda a melhora do mundo mudaria o fato de que o s'Hisbe o queria de volta para ser o garanhão procriador pelo resto da sua vida.

– Chefe?

– Desculpe, o que disse?

– Quer que demos um sumiço no cara?

Trez esfregou o rosto.

– Vou eu mesmo lidar com ele. Como ele é?

– Branco, roupas pretas, cabelo de Keith Richards.

– Isso restringe um pouco – murmurou Trez.

– Você vai vê-lo logo na frente. Ele não está na fila.

Trez assentiu e atravessou a multidão, seguindo para a porta. No caminho, olhava as pessoas, inconscientemente procurando por sinais de conflito que poderiam passar de um empurrão para uma briga de beco.

Mesmo góticos viravam estudantes valentões de república se consumissem álcool suficiente.

No meio do caminho, captou um brilho metálico à direita, mas assim que parou e aguçou os outros sentidos além da visão, não encontrou nada. Retomando as passadas, saiu do clube, acenou para Ivan e o cara novo que estavam cuidando da entrada, e andou pela fila formada na frente, que estava repleta dos suspeitos de sempre.

Mas nada do tipo Kevin Spacey, uma pena, pois adorara o cara naquele filme.

Ninguém ali preenchia a descrição de Big Rob.

O cara devia ter ido dar uma volta.

Quando Trez virou para voltar para a entrada, foi atingido pelos faróis de um carro, e a dor fez com que ele desse uma de vampiro, esquivando-se da luz. Piscando para clarear a vista, de algum modo acabou na frente da fila e...

– Mas que merda... Ele não pode ficar aqui! Por que estão deixando ele entrar?

Quando Trez percebeu que era o alvo da discussão, parou e olhou por cima do ombro. O babaca devia ter por volta de um metro e setenta e cinco de altura, e pesar uns cinquenta quilos – e não era uma garota. Obviamente, o cara sofria de síndrome de Terrier, os olhinhos todos ouriçados quando encarou Trez, sua máscara de marrudão fazendo-o respirar pesadamente.

Provavelmente devia jogar World of Warcraft demais ou o que quer que fosse – o que o fazia se esquecer que caso você decida ser um bocudo, é melhor ser capaz de aturar as consequências.

Trez se inclinou sobre o cara e deu um minuto para que ele absorvesse a diferença em tamanho – e quem diria, a boca se calou e ficou assim.

– Sou o dono daqui – Trez disse num tom baixo. – Então, a pergunta correta seria: por que diabos *eu* o deixaria entrar? – Relanceou para Ivan. – Ele não é bem-vindo aqui. Nunca.

Houve umas trocas de palavras, mas ele estava fora. Sendo um Sombra, estava acostumado a que o encarassem – vampiros normais não sabiam o que fazer com os da sua raça e, francamente, ele tampouco se importava com eles. Na verdade, crescera com a crença de que não deveriam se misturar – pelo menos até Rehv entrar em cena e ajudar tanto ele quanto seu irmão no exílio. A princípio, não confiara no cara – até reconhecer que Rehv era como eles: um estranho num clube fechado de caras que ele não respeitava.

Ah, e quanto ao mundo humano? Todos deduziam que ele era negro e ligavam suas associações raciais próprias – boas ou ruins – a esse conceito –

mas aí estava a ironia. Ele não era nem "afro" nem "americano", portanto, nada dessa merda se aplicava a ele, apesar do fato de a sua pele ser escura.

No entanto, assim eram os humanos – tão absorvidos neles mesmos a ponto de apenas virem a si próprios em todas as situações. Nesse meio-tempo, havia tantas outras espécies entre eles, e eles sequer imaginavam.

Todavia, dito isso, se algum cretino sem noção tentasse vir com aquela idiotice de diferença racial para cima dele diante da sua própria porta? Então o idiota podia pastar.

De volta ao clube, as luzes estroboscópicas e o barulho o atingiram como uma parede de tijolos, e ele teve que se forçar a atravessar a resistência. Os *flashes* estavam fortes demais e o som era ainda pior, ricocheteando dentro do seu crânio até que o que quer que estivesse tocando se tornasse uma confusão indiscernível.

Que diabos seus funcionários estavam pensando? Quem disse que era para levantar o volume tão...

Ah, merda.

Esfregando os olhos, piscou algumas vezes e... Sim, lá estava ela, no quadrante da direita: uma fileira de linhas trêmulas que brilhavam como o sol através de um vidro estilhaçado.

– Cacete...

Cortesia da sessão de sexo no banheiro, a loira saíra com um novo sistema central – e ele estava prestes a enfrentar de oito a dez horas de enjoos, diarreia e graves dores de cabeça.

Como todos os que sofriam com enxaqueca, ele relanceou para o relógio. Tinha cerca de vinte minutos antes que a brincadeira começasse, e não podia se dar ao luxo de desperdiçá-los.

Andando rápido, empurrou os corpos, acenando com a cabeça para as garçonetes e os seguranças como se tudo estivesse bem. Depois, foi para a área reservada aos funcionários e entrou no escritório para apanhar a jaqueta de couro e as chaves, e vazou pela saída dos fundos para o estacionamento. Seu BMW o aguardava, e quando ele entrou, afivelando o cinto e acelerando, desejou ainda estar morando no Commodore, porque assim poderia pedir a um dos seguranças para dirigir.

Agora que morava na mansão da Irmandade, motoristas estranhos não seriam admitidos.

Claro, poderia ligar para o irmão. Mas iAm ofereceria seu comentário de tratamento silencioso no caminho inteiro, e não havia motivo para ele se submeter a tanto barulho: iAm era a única pessoa que ele conhecia que podia transformar o silêncio em algo mais penoso do que um jato alçando voo.

Quando seu celular tocou, ele pensou que era melhor ligar para avisar que não estaria disponível nas próximas horas.

Pegando o aparelho, olhou para ele e...

– Maravilha.

Não que ele pudesse deixar iAm ser atendido pela secretária. Passando o polegar pela tela, levou o aparelho ao ouvido, apesar de Nova York ser um estado que exigia as duas mãos no volante.

Seu irmão nem lhe deu a oportunidade de dizer alô.

– Você está com enxaqueca.

– Você não tem poderes psíquicos.

– Não tenho mesmo. Eu estava estacionando quando você saiu. Estou bem atrás de você, e só existe um motivo pelo qual você estaria saindo assim à uma da manhã.

Trez relanceou pelo retrovisor, e se sentiu muito orgulhoso de si mesmo – se virasse a cabeça em um certo ângulo, seria capaz de realmente enxergar os dois faróis.

– Pare o carro.

– Eu...

– Pare o maldito carro. Eu volto para buscá-lo depois que você estiver em casa.

Trez continuou dirigindo, seguindo pela Estrada do Norte, pensando que seria capaz de fazer aquilo.

Bom plano. Pelo menos até um carro se aproximar vindo da direção contrária e, conforme se aproximou, ele ficou completamente cego e não teve alternativa a não ser desacelerar. Piscando em seguida, ele teve toda a intenção de acelerar novamente e continuar, só que a realidade se fez ver: ele estava ficando sem tempo, e não só em relação à enxaqueca.

O s'Hisbe só aumentaria sua campanha para que ele voltasse para os territórios e só Deus sabia qual seria o movimento seguinte deles. Portanto, o que essa situação não precisava era que iAm visse o irmão morrendo diante dele.

Trez já fizera coisas demais para acabar com o irmão.

Um carro em bola de fogo *não* seria uma adição legal para os seus registros.

Desistindo, parou o carro no estacionamento, freou e apoiou a testa no volante. Mesmo fechando os olhos, a aura continuou, espalhando-se e mudando gradualmente para a parte superior. E quando ela desaparecesse? Hora da festa – e nada divertida.

Enquanto esperava que iAm parasse ao seu lado, ele pensou que irônico era fazer a coisa certa às vezes e se sentir completamente derrotado.

Capítulo 4

– Ok, o que temos aqui?

A pergunta seria mais: o que *não* temos aqui?, pensou Beth ao se inclinar sobre a parte do freezer dedicada exclusivamente a sorvetes.

Ao que tudo levava a crer, gestantes apreciavam a gostosura doce e fria. Tudo bem, a Escolhida gestante, Layla, gostava – e Beth vinha fazendo a mesma entrega todas as noites desde... Quando fora o cio da fêmea?

Deus, o tempo voou.

E conforme ela contava os dias, estava bem ciente de que não pensava na progressão da gravidez de Layla. O que ela calculava era a quantidade de horas que tinha passado naquele quarto, sentando-se perto... Na esperança de que uma das superstições se tornasse verdade.

Ela não ia até lá só para ser uma amiga gentil e que dá apoio.

Não. Ainda que fosse um mistério o motivo que a levava a crer que ela e Wrath precisassem de um bebê no meio de todo aquele drama... A Mãe Natureza, contudo, encurralara-a num tipo de esquina e não havia como voltar, não havia como tentar entender, não havia como barganhar com o impulso.

Não que ela tivesse necessariamente falado com Wrath a esse respeito nos últimos tempos. Como se ele já não andasse bastante ocupado. Mas, convenhamos, se ela conseguisse dar um empurrãozinho no seu cio...

Ela só queria um pedacinho seu e de Wrath – e quanto mais perigosas ficavam as coisas com o Bando de Bastardos, mais desesperadora se tornava essa necessidade.

De certo modo, isso era o comentário mais triste quanto a que ponto estavam.

Pelo menos algo dele sobreviveria caso o Bando de Bastardos fosse bem-sucedido em matá-lo...

A onda de dor ante tal pensamento foi tão grande que ela teve que se apoiar no freezer e demorou um tempo até que conseguisse se concentrar novamente no estoque de Breyers, Ben & Jerry's, Häagen-Dazs e Klondike.

Era muito mais seguro se preocupar com o sabor de sorvete que ela comeria aquela noite. Layla sempre queria creme – era o único sabor que ela conseguia suportar. Mas Beth estava aberta a sugestões, e graças ao apetite conhecido de Rhage, devia haver um zilhão de escolhas ali.

Enquanto buscava inspiração, o dilema veio direto da sua infância, um eco moderno dos dias em que ela podia pegar um dos seus dólares suados, andar meio quilômetro até o mercadinho do Mac, e demorar vinte minutos para pegar o mesmo sorvete de chocolate da Hershey's Dixie que sempre pegava. Engraçado, ela ainda se lembrava do cheiro do lugar, de uns bolinhos feitos pelo próprio Mac. E da caixa registradora, do modelo antigo com uma manopla manual.

Quando ela pagava, Mac sempre lhe dava uma colherzinha de plástico vermelha, um guardanapo e um sorriso – junto com os vinte e seis centavos de troco.

Ele sempre fora gentil com os órfãos que moravam em Old Lady. Pensando bem, havia muitas pessoas que eram gentis com ela e com as outras crianças que foram ou enjeitadas ou não tiveram sorte.

– Hortelã com lascas de chocolate – disse, esticando o braço para chegar ao fundo.

O ar frio a envolveu, e ela parou para se refrescar no freezer profundo.

– Ah, que bom...

Mesmo estando no meio de dezembro, ela se via querendo sentir frio, a pele se eriçando, os poros do rosto contraindo, o interior do nariz zunindo com toda aquela secura.

Todo aquele sexo ainda devia estar surtindo efeito.

Fechando os olhos, voltou à cena de Wrath a tomando no chão e arrancando as suas roupas. Tão bom. Tão aquilo de que precisavam.

Ainda que odiasse o modo como se sentia agora.

Ele estava tão distante, mesmo seu corpo estando apenas no escritório no andar de cima.

Talvez, aquele fosse outro motivo pelo qual ela desejava um filho.

Concentre-se, concentre-se.

– Creme, creme, onde está você?

Quando percebeu que creme estava em falta, ela teve que se contentar com o pote napolitano, contaminado com morango e chocolate. Sem problemas. Com uma extração cirúrgica precisa, ela conseguiria realizar a tarefa sem colocar nenhum dos sabores pecaminosos na tigela de Layla.

Saindo da despensa e entrando na cozinha, a fragrância adocicada de cebolas *sauté* e de cogumelos misturados a manjericão e orégano formaram a figura do Paraíso em seu olfato. Mas o néctar dos deuses não era para a Última Refeição e não havia um *doggen* ante a panela.

Nada disso. Era iAm – de novo. Levando-se em consideração que ele cozinhava para se desestressar, a vida de alguém devia estar uma droga.

O Sombra e seu irmão eram os mais recentes acréscimos à casa da Irmandade e, como proprietário e *chef* do ultratradicional restaurante Salvatore, iAm mais do que provara seus talentos com linguini, ainda que não se pudesse afirmar que Fritz aprovasse a presença dos tantos caldeirões do cara: como de costume, o mordomo pairava nas imediações, apoplético que um dos hóspedes da casa estivesse cozinhando.

– O cheiro está divino – elogiou ela, ao colocar os potes de sorvete na imensa ilha central com tampo de granito.

Ela não conseguiu pegar as colheres e as tigelas. Fritz agiu rapidamente, abrindo gavetas e portas, e ela não teve coragem de lhe dizer que não precisava ser servida.

– Então, o que é dessa vez? – perguntou ao Sombra.

– Bolonhesa – iAm abriu outro frasco de tempero e pareceu saber a exata quantidade sem ter que medir com uma colher.

Deparando-se com os olhos repuxados, Beth puxou a gola rolê da blusa para cima para esconder as marcas de mordida do pescoço. Não que ele parecesse se importar com isso.

– Onde está o seu irmão?

– Lá em cima – foi a resposta direta.

Ah. Assunto encerrado.

– Bem, acho que nos veremos na última refeição?

– Tenho uma reunião, mas parece que estão preparando cordeiro para vocês, foi o que ouvi.

– Ah, pensei que estivesse cozinhando para...

– Isso é uma terapia – disse ele, batendo a colher de pau na borda da panela. – É o único motivo pelo qual Fritz me deixa usar o fogão.

Ela abaixou o tom de voz.

– Pensei que você tivesse poderes especiais sobre ele.

– Acredite, se eu tivesse, eu os usaria – ele abaixou o fogo. – Com licença. Preciso ir dar uma olhada em Trez.

– Ele está ferido?

– De certa forma – ele fez uma leve mesura e saiu da cozinha. – Até mais.

Com a sua saída, o ar pareceu mudar, as moléculas na cozinha se acalmando como se o mau humor dele as tivesse eletrificado. Esquisito, mas ela gostava dele e do irmão dele: outro par de matadores treinados na casa não era algo ruim.

– Senhora, acredito ter tudo de que precisa – o mordomo apresentou-lhe tudo o que era necessário para se esbaldar com Breyer's numa bandeja de prata. – Para a senhora e para a Escolhida.

– Ah, Fritz, quanta gentileza, mas, na verdade, só preciso de uma tigela. Vou comer o meu sorvete direto da embalagem, por mais grotesco que isso pareça. Mas eu preciso de uma... ah, obrigada – ela sorriu quando o mordomo lhe entregou uma colher de sorvete. – Você lê mentes?

O *doggen* corou, o rosto marcado pelas rugas se rompendo num sorriso.

– Não, senhora. Todavia, há ocasiões em que consigo me antecipar.

Tirando a tampa do sorvete napolitano, ela mergulhou a colher nele, tomando cuidado para pegar somente o sabor creme.

– Tente sempre fazer isso.

Enquanto ele corava e abaixava ainda mais os olhos, ela desejou abraçá-lo. Mas da última vez que fizera isso, ele quase desmaiara devido à inadequação do gesto. Os *doggens* viviam segundo um código de comportamento rígido, e apesar de seu desejo maior ser o de servir bem, eles simplesmente não sabiam lidar com elogios.

E iAm já estressara o pobre homem.

– Tem certeza de que não posso servir para a senhora? – perguntou o mordomo com ansiedade.

– Sabe que gosto eu mesma de fazer isso.

– Então, posso levar a bandeja para cima para a senhora?

– Não, eu cuido disso – quando ele pareceu prestes a implodir, ela terminou de servir a porção de Layla e perguntou:

– Você se importaria de guardar o sorvete para mim?

– Sim, senhora, claro. E a colher também. Deixe que cuido disso.

Assim que ele saiu, lépido tal qual um ladrão com sua pilhagem, ela balançou a cabeça, pegou a bandeja e seguiu na direção da sala de jantar. Surgindo do outro extremo do vestíbulo, ela teve que fazer uma pausa para admirar tudo aquilo. Mesmo já tendo visto os três andares todas as noites nos últimos dois anos, o espantoso espaço ainda lhe parecia como se estivesse entrando num mundo diferente: do folhado a ouro ao piso de mosaico colorido, do teto de mural tão alto às colunas de malaquita e mármore, tudo era pura magia.

E pura realeza.

Na verdade, a mansão inteira era uma obra de arte, cada espaço da casa com um novo toque de luxo inspirador, um tom diferente estabelecido à perfeição em cada cômodo.

Certamente, ela jamais vivera daquela maneira antes que Wrath entrasse em sua vida – sequer esperara isso. Bom Deus, lembrava-se de quando os dois foram morar ali. De mãos dadas, passaram por todas as alas e andares, desde o porão das catacumbas até o espaçoso sótão. Quantos cômodos havia? Ela perdera a conta no quinquagésimo.

Loucura, loucura.

E pensar que não era a única coisa que herdara do pai. Dinheiro... também houve muito dinheiro.

A ponto de mesmo tendo dividido a metade de tudo com John Matthew depois que ele entrara em suas vidas, isso não ter feito nem cócegas no montante, apesar de o seu meio-irmão ficar com milhões e milhões.

Loucura total.

Atravessando o desenho da macieira em flor, ela chegou às escadas acarpetadas em vermelho sangue e partiu para o segundo andar. Tendo sido órfã a vida inteira, fora um choque descobrir que o pai soubera da sua existência, providenciara para que fosse bem cuidada e que nada lhe faltasse. Por tudo o que ouvira a respeito dele, Darius era assim mesmo. Nunca se esquivava dos seus deveres.

Deus, como gostaria de tê-lo conhecido.

Ainda mais agora.

Ao chegar ao alto da escadaria, encontrou as portas do escritório abertas, e viu seu homem onde ele mais detestava estar: encurvado sobre pilhas de papéis escritos em Braille, os ombros largos bloqueando boa parte do trono entalhado no qual se sentava, os dedos talentosos tracejando linha a linha, as sobrancelhas unidas atrás dos óculos escuros...

Tanto ele quanto George, seu adorado cão-guia, levantaram o olhar quando perceberam seu cheiro.

– *Leelan* – disse Wrath num suspiro.

O golden retriever se mexeu e se ergueu de sua posição enroscada no chão, balançando o rabo, o focinho armando um sorriso que o fez espirrar.

Ele só sorria para ela, mas, por mais que a amasse, ele não saía do lado de Wrath.

Apoiando a bandeja de prata numa mesinha do corredor, ela entrou e acenou para Saxton, que estava em seu costumeiro posto em um dos sofás franceses claros.

– Como vão os rapazes mais trabalhadores do planeta?

O advogado especialista nas Antigas Leis se ergueu de sua pilha de papéis e fez uma mesura, o belo terno alinhado acomodando os movimentos com graciosidade.

– A senhora me parece bem.

Sim, claro, nada como uma bela dose de amor...

– Obrigada – ela deu a volta na imensa escrivaninha e amparou o rosto do marido entre as mãos. – Olá.

– Estou tão feliz que você esteja aqui – suspirou ele, como se fizessem anos que não se viam.

Inclinando-se para beijá-lo na boca, ela soube que ele fechara os olhos mesmo não conseguindo ver por trás das lentes escuras.

E depois cuidou do cachorro.

– Como vai, George? – assim como no marido, ela deu um beijo no cão. – Cuidando do nosso Rei?

As batidas repetidas do rabo no chão perto do trono foram o maior sim que ela já ouvira.

– Então, rapazes, no que estão trabalhando? – perguntou, enquanto Wrath a puxava para o colo e afagava suas costas.

Era estranho. Antes de conhecê-lo, ela detestava os carinhos trocados pelos casais. Mas, vejam só, os tempos mudam.

– Apenas petições.

Entenda-se: "Merdas nas quais eu preferiria atear fogo".

– E temos mais duas dúzias delas – Saxton esticou o braço direito como se estivesse sentindo câimbras. – E depois temos que cuidar dc resoluções de conflitos e anúncios de nascimento e falecimento.

Wrath deixou a cabeça cair para trás.

– Não consigo deixar de pensar que existe um modo melhor de lidar com tudo isso. Detesto o fato de tê-lo transformado num secretário, Saxton.

O macho deu de ombros por sobre o bloco de notas.

– Não me importo. Faço qualquer coisa pelo trabalho.

– Voltando ao assunto, qual é o próximo?

Saxton pegou um pedaço de papel de dentro de um arquivo grosso.

– Muito bem. Então, este cavalheiro deseja tomar outra *shellan* para si...

Beth revirou os olhos.

– Como assim, como se fosse *Quatro Mulheres e Um Marido*, a edição vampírica?

– Isso está dentro da lei – Saxton balançou a cabeça. – Ainda que, francamente, sendo um macho gay, não entendo como alguém possa querer uma, muito menos múltiplas esposas – ah, não estou me referindo à senhora, minha rainha. A senhora valeria a exceção.

– Cuidado, advogado – grunhiu Wrath.

– Só estou brincando – o advogado replicou.

Beth sorriu ao vê-los à vontade um com o outro.

– Espere um segundo, então esse negócio de duas esposas é comum?

Saxton ergueu um ombro num gesto elegante.

– Costumava ser mais prevalente quando a população era maior. Agora nós temos menos de tudo: uniões, nascimentos e mortes.

Wrath encostou a boca no ouvido dela.

– Pode ficar para fazer uma pausa comigo?

O rolar dos quadris dele sugeriu que sua mente fizera um retorno para a posição horizontal. Ou vertical – só Deus e ela sabiam como ele era forte para segurá-la no ar pelo tempo que quisesse.

Quando seu corpo começou a se aquecer... ela lembrou do sorvete deixado no corredor.

– Pode me dar uma hora? Eu tenho que...

Um baque alto no topo das escadas do segundo andar fez com que todos virassem as cabeças.

– Que porra foi essa? – ralhou Wrath.

No beco do centro da cidade, Xcor se agachou e cobriu o ferimento a bala enquanto outros estampidos o cercavam e o cantar de pneus anunciava a chegada de mais membros da gangue.

Cobertura. Ele precisava de cobertura *naquele instante*. Aqueles humanos não se importavam com ele, mas a artilharia era tão pesada e imprevisível como um estouro de boiada.

Dando um salto para trás, encostou o corpo no prédio, e a dor no ombro o deixou atordoado. Não havia tempo para pensar naquilo. Olhou para a esquerda... Para a direita.

A única coisa que viu foi uma porta cerca de quatro metros dali, e ele abaixou no chão, rolando e sacando a pistola no processo. Deu dois tiros no trinco de aço e deu um chute forte, mergulhando na escuridão.

O ar ali dentro era fétido... e doce.

Enjoativo. Como a podridão da morte.

Rançoso... como um *redutor*.

Ao se fechar ali dentro, os tiros continuaram do lado de fora, e não demoraria para que as sirenes chegassem. As perguntas eram: quantos estariam mortos, quantos feridos? E será que alguns daqueles ratos sem cauda entrariam ali?

Chega, essas perguntas teriam que ser respondidas depois que ele descobrisse por que aquele lugar tinha o cheiro do seu inimigo.

Sacando a lanterna em forma de caneta, iluminou o chão sujo ao seu redor. A cozinha industrial estava obviamente abandonada, havia teias de aranha pendendo do ventilador de teto sobre o fogão e prateleiras vazias sobre as bancadas... o pó cobria todas as superfícies... os detritos de uma mudança apressada obstruíam o caminho até a porta.

Pondo-se de pé, Xcor movimentou o facho de luz em círculos. Baldes vazios e virados que um dia contiveram porções comerciais de molhos e iogurtes estavam espalhados sobre uma estação de preparação de alimentos, embalagens sem tampa de catchup e mostarda revelavam que seus conteúdos se tornaram sólidos, há muito passados da podridão para a mumificação. Mais adiante, uma fila de bandejas ao lado de uma lavadora industrial tinha alguns garfos e facas pousados, como se aguardassem que um lavador fantasma os mandasse para a máquina.

Pisando sobre os restos de pratos brancos, ele seguiu o cheiro que comandara sua ação.

A Sociedade Redutora era formada por humanos recrutados para a guerra contra os vampiros, fracos transformados de seu estado deplorável por Ômega – o efeito colateral era o fedor permanente de algo entre um veado morto há dois dias e leite azedo.

Era sempre possível encontrar o inimigo pelo olfato...

A câmara frigorífica de carnes da cozinha estava no canto mais distante, a porta aberta, seu interior contendo outra negritude que só Deus sabia o que havia dentro.

Ao esticar a mão para pegar a maçaneta, sua pele ficou clara sob a luz da lanterna, e o barulho dele abrindo ainda mais a porta foi tão alto que fez seus ouvidos zumbirem. Uma sucessão de passinhos enlouquecidos sugeriu que ratos de verdade fugiam ante a sua chegada, e ele deixou que eles passassem por cima das suas botas de combate.

O fedor era tão forte que encheu seus olhos de água.

O facho de luz entrou antes.

E lá estava ele.

Pendurado no meio do refrigerador enorme, suspenso por um gancho na nuca, um macho humano fazia uma excelente imitação de boi.

Xcor deduziu que fosse um macho por causa das calças e da jaqueta de couro. Identificação facial era algo impossível: os ratos o comiam desde o alto da cabeça, usando a corrente que o mantinha pendurado como uma via expressa até a refeição fragrante.

Então aquele, tragicamente, não era seu inimigo, mas apenas um cadáver.

Que decepção. Ele tivera esperanças de encontrar algo que lhe dissesse respeito, mas, em vez disso, apenas mais humanos...

O som do impacto de alguém cambaleando na escuridão o fez desligar a lanterna, seus sentidos em alerta máximo.

Mesmo com o fedor do seu amigo de gravata borboleta em forma de gancho, o cheiro cuprífero de sangue fresco chegou antes de quem quer que tivesse entrado. Assim como um gemido de alguém ferido.

Ah, alguém tinha um machucadinho...

Os barulhos continuaram enquanto as sirenes anunciavam a chegada da polícia de Caldwell – mas os sons estavam abafados, sugerindo que o recém-chegado à cozinha teve a ideia de fechar a porta.

– Merda!

Seu visitante fez alguns daqueles potes de plástico voar pelos ares conforme ele deu um encontrão na bancada. E mais imprecações. Um gemido como se ele estivesse se deitando, provavelmente sobre a bancada de aço inoxidável. E um resfolegar raso.

Perdendo a paciência com todo aquele drama, Xcor saiu de dentro do refrigerador. Ao contrário do homem ferido, ele tinha alguma noção do ambiente, e conseguiu ir direto até o cara, graças à sua audição e à lembrança de onde se localizava a ilha central.

No entanto, as coisas teriam ido muito melhor com visão também. Além dos evidentes benefícios da orientação, ele não apreciava a sensação de leveza que acompanhava a cegueira, nem o fato de que tinha que confiar na audição e no olfato para navegar. Também existia a realidade de que poderia haver algo aos seus pés, fazendo-o tropeçar.

Mas ele conseguiu se aproximar do humano ferido.

– Você não está sozinho – disse Xcor com fala arrastada na escuridão.

– O quê?! Ai, meu Deus! Quem...

– Você considera minha voz parecida com a de um de vocês? – Ele tomou cuidado para alongar as sílabas mais do que de costume, enfatizando o sotaque do Antigo Idioma, para o caso de ele não ter percebido.

Mais respiração. Pesada, muito pesada. Acompanhada pelo fedor acre do mais puro terror.

– Vocês, humanos... – Xcor deu mais uns dois passos para a frente, sem se importar mais em abafar as passadas. – O problema com vocês é que vocês não têm inimigos verdadeiros. Lutam entre si nos quarteirões da cidade ou nas fronteiras dos países, porque não há nada externo que os una. A minha raça, por outro lado? Temos um inimigo que requer certa coesão.

Não o suficiente para impedir as suas ambições ao trono, contudo.

Àquela altura, o humano começou a balbuciar tolices. Ou quem sabe fosse algum tipo de oração?

Tamanha fraqueza. Era deplorável – e aproveitável de acordo com uma moral autoritária.

Xcor ligou a lanterna.

Com o facho, o membro da gangue virou para o lado, o corpo ensanguentado limpando aquela parte da bancada.

Plasma... Tão bom quanto limpa-vidros, pelo visto.

Olhos arregalados se esforçaram para fora das órbitas, e a respiração pesada assobiou para fora da boca aberta, o antes cara durão agora bem abatido por causa da dor e do medo, que transformaram sua antiga coragem em nada além de apenas uma lembrança.

– Você deveria saber que existem outros caminhando entre vocês – disse Xcor num tom baixo. – Parecidos, mas não iguais. E nós estaremos sempre observando.

O homem se retraiu, não que houvesse para onde ir. A bancada era um espaço de trabalho para facas e peneiras, não um colchão para o traseiro de um homem adulto.

Mais um pouco e ele acabaria no chão.

– Quem... quem é você?

– Talvez uma demonstração visual seja melhor do que uma descrição.

Arreganhando as presas, Xcor apontou o facho de luz para o rosto, iluminando-o.

O grito agudo não durou muito. Graças à reação da adrenalina, o homem desmaiou, e o fedor da urina se elevou, sugerindo que ele tivesse perdido o controle das suas funções.

Bem engraçado, na verdade.

Xcor se moveu com rapidez, navegando com facilidade para a porta, graças à lanterna. Tomando posição próximo à porta, ele desligou a lanterna e deixou que o grito chamasse a devida atenção.

O Departamento de Polícia de Caldwell atendeu com admirável eficiência, com um bom número de policiais escancarando a porta, perpassando as lanternas pela escuridão.

No instante em que viram o membro da gangue, apressaram-se para dentro, e essa foi a deixa para Xcor partir.

Ao passar sorrateiro pela porta, ele ouviu a palavra "vampiro" se elevar em meio ao caos da conversa – e foi com um sorriso que ele se desmaterializou do meio do agrupamento.

Na época do Antigo País, ele e o seu Bando de Bastardos mantinham as especulações e os mitos vivos mostrando-se de tempos em tempos, sempre para indivíduos, e sempre de maneiras que se encaixavam nas concepções errôneas que os humanos tinham sobre a sua espécie.

Violadores de virgens. Fontes do mal que dormiam em caixões. Monstros noturnos.

Tanta asneira, ainda que a última descrição lhe coubesse bem.

E, na verdade, era agradável fazer algo parecido ali em Caldwell, tal qual um cão que marca seu território. Divertido também dar àquele irrelevante da bancada da ilha da cozinha algo que atormentasse suas lembranças em seus dias futuros na prisão.

As pessoas tinham que encontrar maneiras de se divertir onde podiam.

Capítulo 5

Quando John Matthew chegou à magnífica escadaria da mansão, a última coisa que tinha em sua cabeça era o passado.

Enquanto subia, ele estivera concentrado em, segundo a ordem de importância: deixar sua *shellan* nua antes da Última Refeição, deixá-la nua no quarto, e deixar sua *shellan* nua debaixo dele no quarto deles antes da Última Refeição.

Se ele ainda estaria vestido? Isso não lhe era uma grande preocupação, a não ser pela parte da cintura para baixo. E se a pressão fosse muito grande, ele podia muito bem pular a parte do quarto – desde que onde quer que acabassem tivesse um mínimo de privacidade.

Então, isso mesmo, a caminho do segundo andar, ele estava muito bem conectado com o presente e com a presença de Xhex – que, se tudo tivesse ocorrido conforme planejado, teria saído do Iron Mask uns quinze minutos atrás e já devia estar cuidando dos detalhes "nua" e "quarto".

No entanto, o destino ofereceu um desvio.

Ao chegar ao andar superior, as portas duplas do escritório de Wrath estavam abertas e, através delas, ele viu um retrato conhecido: o Rei sentado atrás da escrivaninha entalhada; a rainha em seu colo; George, o golden retriever, aos seus pés; e Saxton, antiga paixão de Blay e atual advogado de Wrath, sentado num sofá lateral. Como sempre, a imensa escrivaninha estava tomada de papéis, e o humor de Wrath estava uma merda.

Na verdade, a expressão grave fazia parte daquele cômodo, bem como a mobília francesa antiga, que se esforçava para sustentar os Irmãos durante as reuniões, e as paredes azul-claras, que pareciam mais adequadas para o dormitório de alguma garota chamada Lisette ou Louisa.

Mas o que ele sabia a respeito de decoração?

Parando para saudar os quatro, ele tinha toda a intenção de continuar seguindo para o seu quarto, encontrar sua parceira, possuí-la numa variedade de posições – e depois tomar um banho para a última refeição do dia.

Em vez disso... pouco antes de se virar... ele se deparou com os olhos de sua meia-irmã, Beth.

O instante de conexão foi feito, alguma combinação de neurônios acendeu seu cérebro, e a descarga elétrica foi grande demais para a sua placa-mãe: sem aviso, ele sofreu uma queda livre, o peso caindo para trás conforme a convulsão tomou conta dos seus músculos, deixando-o primeiramente plástico, depois, completamente rígido.

Ele desmaiou antes de chegar ao chão...

... E quando recobrou a consciência, a primeira coisa que registrou foi a dor na cabeça e na bunda.

Piscando devagar, descobriu que ao menos estava enxergando, o teto acima estava entrando em foco antes que a fileira de rostos concentrados fosse percebida. Xhex estava bem ao seu lado, a sua mão da adaga entre as palmas dela, as sobrancelhas abaixadas como se ela quisesse entrar na escuridão do seu desmaio para arrancá-lo de lá para si.

Como metade-*sympatho*, talvez ela pudesse fazer isso. Será que era por isso que ele tinha se recobrado com tanta rapidez? Ou fazia horas que ele desmaiara?

A doutora Jane estava ao lado dela, e, do seu outro lado, estavam Blay e Qhuinn. Wrath estava aos seus pés com Beth...

No instante em que a presença da irmã foi percebida, a atividade elétrica recomeçou, e quando uma segunda rodada de desmaio ameaçou, tudo no que ele pensava era: maldição, faz tanto tempo que isso não acontece...

Tinha achado que aquela porcaria tinha acabado.

Convulsões se mostraram um problema desde que encontrara Beth pela primeira vez – depois disso ocorreram outros episódios, sempre repentinos, sem nenhum tipo de padrão que ele pudesse discernir. A única coisa boa? Eles nunca aconteceram enquanto ele lutava e não ameaçaram sua vida...

Por vontade própria, seu corpo se ergueu, o tronco se levantando do tapete como se houvesse uma corda amarrada à caixa torácica e alguém acima dele o estivesse puxando.

– John? – chamou Xhex. – John, deite-se.

Algo se encheu em seu peito, um tipo de emoção crescente que tanto estava fora do seu alcance quanto era visceral. Esticando a mão para Beth, desejou que ela a segurasse – e quando ela se agachou e a segurou, a boca dele começou a se movimentar, os lábios e a língua encontrando padrões desconhecidos repetidamente... Mesmo que nenhum som rompesse a sua mudez.

– O que ele está tentando dizer? – Beth exigiu saber. – Xhex? Blay?

A expressão de Xhex se tornou impassível.

– Nada. Não é nada.

John franziu o cenho e pensou que aquilo era asneira. No entanto, ele não sabia, assim como Beth, o que era aquilo, e tampouco parecia capaz de impedir a comunicação.

– John, o que quer que seja, vai ficar tudo bem. – A irmã apertou sua mão. – Você está bem.

Pairando acima da sua *shellan*, o rosto de Wrath se transformou numa máscara implacável, como se ele tivesse captado alguma vibração e não tivesse gostado.

De repente, John sentiu a boca abrir num padrão diferente, outras coisas foram expressas; ainda que, maldição, ele não tivesse a mínima ideia do que fosse. Nesse meio-tempo, Beth franzia o cenho... assim como Wrath...

E foi isso.

Quando seu cérebro começou a sofrer um choque elétrico, sua visão se concentrou em Beth até tudo o que ele conseguia ver era ela.

Sem nenhum bom motivo, ele sentiu como se não a tivesse visto há um ou dois anos. E o significado das suas feições, os grandes olhos azuis, os cílios escuros, os longos cabelos negros... ressoaram em seu peito.

Não de um modo romântico.

Era algo completamente diferente, contudo igualmente poderoso.

Uma pena ele não ter conseguido permanecer consciente por mais tempo para descobrir o que era.

– Estamos prontos.

Assim que Assail terminou a sua segunda fileira de cocaína, endireitou-se da bancada de granito e fitou os primos: do outro lado da cozinha da sua casa envidraçada nas margens do rio Hudson, os dois estavam vestidos de preto dos pés à cabeça. Até mesmo as pistolas e as adagas não refletiam a luz.

Perfeito para o que ele havia planejado.

Assail rosqueou a tampa do seu vidrinho e guardou a droga no bolso do casaco de couro.

– Vamos, então.

Conduzindo-os pela porta dos fundos até a garagem, ele se lembrou do motivo que o fez trazê-los do Antigo País para Caldwell: sempre prontos, sem perguntas.

Nesse quesito, eles eram exatamente como as pistolas automáticas que carregavam dia e noite junto aos corpos capazes.

– Vamos para o sul – ordenou. – Sigam meu sinal.

Os gêmeos assentiram, os rostos perfeitamente idênticos, concentrados e sérios, os corpos poderosos preparados para disparar e despachar o que fosse necessário em qualquer situação. Na verdade, eles eram os únicos em quem ele confiava – e mesmo esse voto de confiança, baseado no sangue em comum, não era absoluto.

Quando Assail cobriu o rosto com uma máscara negra, eles fizeram o mesmo – e a hora de se desmaterializarem chegou. Fechando os olhos para se concentrar, ele lamentou a cocaína. Não precisara de fato do incentivo – considerando-se aonde estavam indo, ele já estava mais do que aceso. Nos últimos tempos, contudo, fungar o pó era bem parecido com vestir o casaco ou embainhar a sua .40 debaixo do braço.

Uma rotina.

Foco... Foco... Foco...

Intenção e desejo se uniram um segundo depois e sua figura física se fragmentou numa associação frouxa de moléculas. Concentrando-se no seu destino, direcionou-se a ele, sentindo os primos viajando pelo céu noturno com ele.

No fundo da mente, reconheceu que aquela excursão era fora do comum. Como homem de negócios, a vida para ele era calculada com base no retorno sobre um investimento: tudo o que ele fazia era previsto num retorno de um investimento feito. Motivo pelo qual estava envolvido no tráfico de drogas. Seria muito difícil ter margens melhores do que na venda ilegal de produtos químicos para os humanos.

Portanto, não, ele não era um salvador; ele era o oposto do bom samaritano. E no que se referia a vingança? Toda que ele executava era em benefício próprio, não de outro.

Entretanto, uma exceção seria feita neste caso.

Seu destino era uma propriedade em West Point, Nova York, uma respeitável casa de pedras aninhada numa grande extensão de jardins. Assail já estivera na propriedade antes – quando seguira certa ladra... e a observara não só invadir um sistema de segurança muito viável, mas também passear pela maldita mansão inteira sem levar nada.

Todavia, ela mudara uma das esculturas de Degas de posição, apenas um centímetro.

E as consequências para ela foram terríveis.

A situação, no entanto, seria revertida.

Violentamente.

Retomando sua forma no canto mais baixo do vasto gramado, ele se escondeu na fileira de árvores que delimitava a propriedade. Quando os gêmeos se materializaram ao seu lado, ele se lembrou da primeira viagem até ali, visualizando Sola em sua parca branca mesclando-se na neve, enquanto ela alcançava seu alvo em esquis.

Simplesmente extraordinário. Aquele era o único modo com que ele poderia descrever cada coisa a respeito daquela mulher...

Um grunhido de posse se ergueu em sua garganta – mais uma coisa que não se parecia em nada com ele. Raramente ele se importava com qualquer outra coisa que não fosse dinheiro... por certo não as fêmeas, e nunca, jamais uma humana.

Mas Sola fora diferente desde que ele percebera seu cheiro ao invadir a sua propriedade – e a ideia de que Benloise pudesse tê-la pego? Da casa dela? Onde a avó dela dormia?

Inaceitável.

Benloise não sobreviveria a essa escolha.

Assail começou a andar para a frente, medindo a paisagem com os olhos afiados. Graças à lua brilhante de inverno, podia muito bem ser dia, em vez de duas da manhã – tudo, desde o beiral do telhado até o contorno dos terraços e a construção externa nos fundos, estava claramente visível para ele.

Nada se movia. Nem no exterior, nem atrás das janelas escuras da casa.

Aproximando-se, ele deu a volta na casa, relembrando o *layout* dos terraços e dos andares. Tão aristocrático. Tão bem estabelecido. O oposto do que se espera de um traficante.

Talvez Benloise estivesse menos do que orgulhoso do modo como ganhava a vida.

– Entramos por aqui – disse Assail com suavidade, indicando o vidro da janela de uma varanda.

Penetrando tal qual um fantasma, ele voltou a se materializar no interior, parado, atento a passos, a um grito, a um rastejo, a uma porta se fechando.

Uma luz vermelha no alto de um dos cantos o avisou de que o sistema de segurança estava ligado e funcionando – e os detectores de movimento ainda não foram acionados pelo seu surgimento repentino. E no instante em que se movesse? O inferno desabaria sobre a Terra.

Esse era o seu plano.

Assail primeiro derrubou as câmeras de segurança. Depois, acionou o alarme ao pegar um charuto do bolso – em reação, a luz imediatamente começou a piscar. E enquanto ela piscava num ritmo de discoteca, ele aproveitou o tempo para acendê-lo, à espera de um bom número de braços fortes e pescoços grossos se precipitando até ali.

Quando isso não aconteceu, ele exalou por cima do ombro e avançou, seguindo para o primeiro andar com os primos em seus calcanhares. Enquanto avançava, ele batia as cinzas sobre os tapetes orientais e as cerâmicas de mármore italiano. Um cartãozinho de visitas para o caso improvável de que eles não se deparassem com ninguém: levando-se em consideração a retaliação que o homem considerava apropriada para uma simples modificação na posição de uma estátua, cinzas de charuto levariam o desgraçado ao limite.

Quando não encontrou nada na ala social da casa, seguiu para a ala dos empregados e encontrou uma cozinha vazia moderna e absolutamente sem nenhuma inspiração. Deus, que tédio – o esquema de cores cinza e cromado era como a sala de estar dos anciãos, e a mobília esparsa sugeria que a decoração não era uma prioridade nos espaços em que Benloise não costumava frequentar. Contudo, o mais importante, assim como nas salas, não havia traço do cheiro de Sola, nem de pólvora ou de sangue fresco. Também não havia nenhum prato na pia de três cubas, e quando abriu a geladeira, ele encontrou seis garrafas verdes de Perrier na prateleira de cima e nada mais...

Um par de faróis varreu as janelas, iluminando seu rosto, lançando sombras entre as pernas da mesa e dos encostos das cadeiras e a fileira de utensílios de cozinha.

Assail soprou uma nuvem de fumaça e sorriu.

– Vamos lá fora para recebê-los.

Só que o veículo que passara pela casa parou na construção externa – sugerindo que quem quer que tivesse chegado, não viera em resposta ao disparo do alarme.

Com as emoções em alta, ele, todavia, certificou-se de desabilitar as câmeras de monitoramento do exterior – e só depois arrancou a máscara para poder respirar melhor.

O sedã comum parou de frente para a garagem, e dois humanos brancos saíram dos bancos da frente, fechando as portas e dando a volta...

– Saudações, meus amigos – anunciou Assail ao apontar a sua .40 para eles.

Sendo bons ouvintes, transformaram-se em estátua assim que se viraram na direção da sua voz.

Caminhando até eles, Assail apontou o cano para o homem da direita, sabendo que os gêmeos julgariam corretamente seu foco e se concentrariam no outro. Quando diminuiu a distância, ele se inclinou e espiou através da janela do banco de trás, preparando-se para ver Sola em algum tipo de situação difícil...

Nada. Não havia ninguém ali atrás, ninguém amordaçado e amarrado, inconsciente, ou acovardada em submissão ante a surra que certamente estava por vir.

– Abra o porta-malas – ordenou Assail. – Só um de vocês... Você. Você abre.

Enquanto Assail seguia o homem, ele manteve a arma apontada para as costas do cretino, o dedo coçando no gatilho, pronto para apertar.

Pop!

O trinco do porta-malas se soltou e a tampa se levantou sem nenhum barulho, as luzes internas se acenderam...

Para iluminar duas mochilas de lona. Só isso. Nada além de duas mochilas de lona preta.

Assail soprou a fumaça do charuto.

– Maldição... Onde ela está?

– Onde está quem? – perguntou o homem. – Quem é você...

Numa onda de ódio puro, sua raiva levou a melhor sobre a mente, assumindo o controle.

O *pop!* número dois foi o som da bala partindo da pistola de Assail e perfurando o lóbulo frontal do cara. E o impacto lançou um borrifo de sangue sobre as mochilas, o carro e a passagem dos carros.

– Meu Deus! – exclamou o outro cara. – Mas que...

Raiva, não diluída por nenhum tipo de pensamento racional, fez Assail rugir um som terrível e horrendo ao apertar o gatilho mais uma vez. Por assim dizer.

O *pop!* número três derrubou o motorista, a bala entrando bem no meio dos olhos, o corpo caindo para trás numa narcoléptica queda livre.

Enquanto braços e pernas moles caíam na neve, a voz seca de Ehric se fez ouvir:

– Você sabe que poderíamos tê-los interrogado.

Assail mordeu a ponta do charuto, inspirando longamente a fim de não fazer nada de que se arrependesse contra sua própria linhagem.

– Pegue as mochilas e esconda-as onde possamos encontrá-las na propriedade...

No fim da passagem de carros, um carro saiu da estrada principal e avançou a toda.

– Finalmente – ralhou Assail. – Era de se esperar uma reação mais rápida.

Os freios assobiaram junto à casa, pelo menos até quem quer que estivesse ao volante visse Assail, o sedã e os primos. Então, os pneus se agarraram à neve quando o acelerador foi acionado mais uma vez.

– Pegue as mochilas – sibilou ele para os gêmeos. – *Vão.*

Iluminado pelos faróis, Assail abaixou a arma junto à coxa para que se escondesse entre as dobras do casaco de couro três quartos, e ordenou ao braço que ali ficasse. Ainda que isso o enfurecesse ainda mais, Ehric estava certo. Ele acabara de matar duas fontes de informação.

Mais provas de que ele estava fora de si quanto àquele assunto. E ele não poderia se permitir de novo um erro tão pouco característico.

Quando o sedã parou, três homens saíram e, de fato, eles vieram preparados. Múltiplos canos de pistola foram apontados na sua direção, e estavam firmes: aqueles rapazes já fizeram aquilo antes e, na verdade, ele reconheceu dois deles.

O guarda-costas da frente chegou a abaixar a automática.

– Assail?

– Onde ela está? – exigiu saber.

– O quê?

De fato, ele estava ficando bem aborrecido com aqueles franzidos confusos.

O dedo do gatilho de Assail começou a coçar novamente.

– O seu chefe tem algo que eu quero de volta.

Os olhos aguçados do brutamontes passaram para o primeiro sedã com o porta-malas aberto – e dado o elevar súbito das sobrancelhas, ele deve ter notado as solas do seu predecessor no asfalto.

– Nenhum deles conseguiu me dar uma resposta – explicou Assail. – Talvez você queira tentar?

Instantaneamente, a pistola do cara voltou à posição inicial.

– Que porra você está...

Vindo de lugar nenhum, os gêmeos apareceram e flanquearam o trio – e eles tinham muito mais poder de fogo, com as quatro palmas ocupadas com um quarteto de Smith & Wessons.

Assail manteve a sua arma onde ela estava, fora de ação, temporariamente.

– Sugiro que abaixem suas armas. Se não o fizerem, eles os matarão.

Houve um átimo de pausa – que se mostrou demorado demais para o gosto de Assail.

Num piscar de olhos, seu braço se levantou e *pop!* Ele atirou no mais próximo, fazendo a bala atravessar a orelha numa trajetória que deixou os outros dois ainda de pé.

Quando mais um peso morto caiu no chão, ele pensou: viu? Ainda restam muitos vivos respirando com quem trabalhar...

Assail abaixou o braço e soltou outra bufada de fumaça que flutuou até a luz dos faróis, maculando a luz de azul. Dirigindo-se ao par ainda de pé, ele disse num tom neutro:

– Vou lhes perguntar mais uma vez. Onde ela está?

Um belo tanto de conversa furada surgiu, nada que incluísse as palavras "mulher", "presa" ou "prisioneira".

– Vocês estão me cansando – disse ele, erguendo o cano mais uma vez. – Sugiro que um de vocês comece a ir direto ao ponto agora.

Capítulo 6

– Ele está vivo?

Beth ouviu as palavras saindo da sua boca, mas só estava parcialmente ciente de tê-las dito. Era simplesmente aterrorizante quando um cara tão forte quanto John Matthew desmaiava daquele jeito – e o pior? Ele recobrara os sentidos por um minuto e meio, tentara lhe comunicar algo e depois desmaiara novamente.

– Bom – disse a doutora Jane ao pressionar o estetoscópio contra seu coração. – Ok, preciso do medidor de pr...

Blay pressionou a alça murcha nas mãos da médica e a mulher trabalhou rapidamente, passando-a ao redor dos bíceps musculosos, e inflou o tubo interno. Houve um longo e alto sibilo, e Beth se inclinou ao encontro do seu *hellren* enquanto aguardavam os resultados.

Pareceu demorar séculos. Nesse meio-tempo, Xhex amparava a cabeça de John no colo – e, Deus, isso era o pior: alguém que você amava estava inconsciente, sem nenhuma pista do que aconteceria em seguida.

– Um pouco baixa – murmurou Jane ao abrir a tira de velcro. – Mas nada catastrófico.

Os olhos de John começaram a se abrir, as pálpebras levantando e abaixando.

– John? – Xhex disse rouca. – Você está voltando para mim?

Pelo visto, sim. Ele se voltou para a voz da companheira e levantou uma mão trêmula, segurando a palma dela e fitando-a nos olhos. Algum tipo de energia passou entre eles e, um momento depois, John se sentou.

Levantou-se. Estava apenas um pouco cambaleante quando se abraçaram apertado por um bom tempo.

Quando o irmão finalmente se voltou para ela, Beth se soltou de Wrath e abraçou o jovem macho com força.

– Eu sinto muito.

John se afastou e sinalizou: *Pelo quê?*

– Eu não sei. Eu só não quero... eu não sei.

Quando ela levantou as mãos, ele balançou a cabeça.

Você não fez nada de errado. Beth, de verdade, eu estou bem, está tudo bem.

Encontrando os olhos azuis dele, Beth vasculhou-os como se a resposta para o que acontecera e o que ele estivera lhe dizendo estivesse ali.

– O que você estava tentando me dizer? – sussurrou ela.

No instante em que ela ouviu o que disse, praguejou contra si mesma. Aquela não era a hora para aquilo.

– Desculpe, eu não tive a intenção de...

Eu disse alguma coisa?, ele sinalizou.

– Deixe-o respirar um pouco – sugeriu Wrath. – Xhex, é melhor você levá-lo para o quarto.

– Pode deixar – a fêmea de ombros largos avançou, passando um braço ao redor da cintura de John, e marchou com ele pelo corredor das estátuas.

A doutora Jane guardou seu equipamento na malinha preta.

– Chegou a hora de descobrir o que está causando isso.

Wrath imprecou baixo.

– Ele tem permissão médica para lutar?

Ela se colocou de pé, os olhos inteligentes se estreitando.

– Ele vai me odiar por isso, mas não. Quero realizar uma ressonância magnética primeiro. Infelizmente, para isso, temos que providenciar algumas coisas.

– Posso ajudar? – perguntou Beth.

– Tenho que ir falar com Manny agora. Havers não tem esse tipo de equipamento, nem nós – a doutora Jane passou a mão pelos cabelos loiros curtos. – Não faço ideia de como vamos levá-lo ao St. Francis, mas é para lá que devemos ir.

– O que acha que pode estar errado? – Beth quis saber.

– Sem ofensas, mas você não vai querer saber agora. Nesse instante, deixe-me começar fazendo alguns contatos e...

– Eu vou com ele – Beth encarou a *shellan* de V. com tanta firmeza que era um milagre não ter formado um buraco na testa da mulher. – Se ele tem que fazer esse exame, eu vou com ele.

– Muito bem, mas vamos restringir o grupo a um mínimo. Já vai ser bem difícil realizar isso sem ter que levar um exército conosco.

A companheira de Vishous se virou e começou a correr pelo corredor e, conforme avançava, gradualmente perdia sua forma, o peso do corpo e a sua presença se dissipando até ela se tornar uma aparição fantasmagórica flutuando pelo tapete.

Espectral ou sólida, não importava, Beth pensou. Preferia ser tratada por aquela mulher do que por qualquer outra pessoa no planeta.

Ah, Deus... John.

Beth se voltou para Blay e Qhuinn.

– Um de vocês sabe o que ele estava tentando dizer?

Ambos relancearam para Wrath. E prontamente menearam as cabeças.

– Mentirosos – murmurou ela. – Por que não querem me contar...

Wrath começou a massagear os ombros dela, como se quisesse acalmá-la – e isso não sugeria que mesmo que os detalhes lhe fossem desconhecidos pela cegueira, ele lera as emoções? Ele era assim. Sabia de alguma coisa.

– Deixe para lá, *leelan*.

– Não me venham com o clubinho só para machos... – disse ela, afastando-se e encarando a brigada de durões. – Ele é meu irmão, e estava tentando falar comigo. Mereço estar a par.

Blay e Qhuinn se ocuparam olhando para o tapete. Para o espelho acima da mesinha ao lado da porta do escritório. Para as unhas das mãos.

Obviamente, eles tinham esperança de que um buraco se abrisse debaixo dos coturnos.

Bem, que pena, rapazes, mas a vida não era um episódio do *Doctor Who*. E sabem do que mais? A ideia de que aquele par, além de cada um dos machos daquela casa, sempre dar preferência a Wrath deixava-a ainda mais irritada. Mas, além de bater os pés e parecer uma completa idiota, ela não tinha alternativa a não ser guardar a briga para mais tarde, quando ela e seu companheiro tivessem mais privacidade.

– *Leelan*...

– Meu sorvete está derretendo – murmurou ela ao andar e pegar a bandeja. – Minha noite seria maravilhosa se um de vocês fosse franco comigo. Mas é melhor eu esperar sentada, não é?

Quando ela marchou para longe, o mau agouro que ela sentiu não foi nenhuma novidade; desde que Wrath fora alvejado, ela sentia como se algo muito ruim estivesse para acontecer e, puxa, ver o irmão esticado no tapete melhorou em muito a sua paranoia.

Não mesmo.

Aproximando-se da porta do quarto que fora de Blay antes de ele se mudar para o de Qhuinn, ela se recompôs.

Não funcionou, mas ela bateu à porta de qualquer forma.

– Layla?

– Entre – foi a resposta abafada.

Equilibrando a bandeja de maneira desajeitada no quadril, foi difícil ter uma boa pegada na maçaneta...

Payne, a irmã de V., abriu a porta com um sorriso. Caramba, ela era uma presença marcante, ainda mais vestida em couro preto: ela era a única fêmea no revezamento das lutas de campo com os Irmãos – e ela devia ter acabado de voltar de um turno.

– Boa noite, minha rainha.

– Ah, obrigada – Beth suspendeu a bandeja e entrou no quarto cor de lavanda. – Estou trazendo provisões.

Payne balançou a cabeça.

– Acho que é necessário. Não acho que reste ainda alguma coisa no estômago dela... Na verdade, acho que ela se livrou de toda a comida que ingeriu na última semana também.

Enquanto sons de vômitos saíam do banheiro, as duas fizeram uma careta.

Beth olhou para o sorvete.

– Talvez seja melhor eu voltar mais tarde.

– Não ouse – exclamou a Escolhida. – Eu estou ótima!

– Não me parece...

– Estou com fome! Não ouse ir embora.

Payne deu de ombros.

– Ela tem uma disposição incrível. Venho aqui para me inspirar – mas não para entrar no cio, por isso é melhor eu sair agora.

Enquanto a irmã de V. dava de ombros de novo, como se o ciclo das fêmeas e todo o assunto ao redor de bebês não lhe fossem nada interessantes, Beth apoiou a bandeja na superfície de uma cômoda antiga.

– Bem, na verdade... É justamente isso o que eu espero.

A expressão apoplética de Payne a fez praguejar.

– O que quero dizer...

– Você e Wrath estão planejando ter um filho?

– Não, não, não... Espere um instante – ela ergueu as palmas para o alto, e tentou inventar um plano de fuga. – Hum...

O abraço de Payne foi tão rápido quanto uma rajada de vento e tão forte quanto o de um macho, expulsando o ar para fora dos pulmões de Beth.

– Mas que notícia *maravilhosa*...

Beth se desvencilhou daquelas barras de ferro.

– Na verdade, ainda não chegamos a esse ponto. Eu só... Olha só, não diga nada a Wrath sobre isso, ok?

– Então, você quer surpreendê-lo! Que romântico!

– Bem, sim, ele certamente ficará surpreso – quando Payne lhe lançou um olhar estranho, Beth balançou a cabeça. – Veja bem, sendo bem honesta, não sei se meu cio será considerado uma boa notícia.

– Mas um herdeiro ao trono poderia ajudá-lo. Se estiver pensando politicamente.

– Não estou, nem jamais estarei – Beth pousou a mão sobre a barriga e tentou imaginar algo além de três refeições e um punhado de sobremesas nelas. – Eu só... queria mesmo um bebê, e não tenho certeza se ele concorda com isso. Mas se acontecer... Bem, talvez seja uma coisa boa.

Na verdade, certo dia ele lhe dissera que não via filhos num futuro próximo. Mas isso já foi há um tempo atrás e...

Payne lhe deu um aperto rápido no ombro.

– Estou feliz por você... E espero que isso dê certo. Mas, como já disse, é melhor eu ir embora, porque se essa velha superstição for correta, não quero me ver em maus lençóis – virou-se para o banheiro parcialmente fechado. – Layla! Tenho que ir!

– Obrigada por vir! Beth? Você vai ficar, não vai?

– Sim, vou ficar.

Enquanto Payne saía, Beth estava elétrica demais para se sentar, a ideia de que estivesse escondendo algo de Wrath não lhe caía bem.

A conclusão era que precisavam se sentar para conversar, mas a questão era encontrar um quando.

E essa coisa de cio/filho não era a única coisa em sua cabeça. O confronto com Wrath e os rapazes ainda a aborrecia. Homens. Ela amava a Irmandade – cada um deles daria a vida por ela e sempre se colocou à disposição no que se referia a Wrath. Mas, às vezes, aquele "um por todos e todos por um" a enlouquecia.

Mais vômito. A ponto de Beth se retrair e cobrir o rosto com as mãos.

Prepare-se para isso, disse para si mesma. É muito legal ficar sonhando com bonecas e ursinhos de pelúcia, mimos e afagos, mas havia alguns pontos no que se referia à maternidade – e à gestação – para os quais era melhor ela se preparar.

Ainda que, naquele compasso, seu cio não parecia estar com pressa alguma para aparecer. Fazia quanto tempo que ia ali todas as noites? Bem, sim, ela estava se sentindo cheia de hormônios – ou talvez a vida simplesmente estivesse sendo difícil demais no momento.

Isso mesmo, e é nessa hora que você começa a pensar em ter um filho.

Ela devia estar louca.

Sentando-se na cama e esticando as pernas, ela apanhou a sua embalagem de Ben & Jerry's e a atacou com a colher. Enterrando-a no sorvete, desenterrou uma lasca de chocolate e esfarelou-a entre os molares, sem sentir nenhum sabor específico.

Ela nunca se mostrou uma comedora compulsiva antes, mas nos últimos tempos? Ela comia de tudo mesmo quando não estava com fome, e isso estava começando a dar sinais.

Dito isso, levantou a beira da camiseta, soltou o botão e desceu o zíper dos jeans.

Largando-se sobre os travesseiros, perguntou-se como era possível ir das alturas da paixão e da união para aquela depressão melancólica com tanta rapidez: naquele instante, ela tinha certeza de que jamais entraria no cio, quanto mais engravidaria... e estava casada com um cara que era um baita cabeça-dura.

Voltando a escavar, conseguiu desenterrar uma lasca enorme de chocolate e recomendou a si mesma que se controlasse. Ou... pelo menos, esperasse que o chocolate surtisse efeito e melhorasse seu humor.

Melhor viver com Ben & Jerry's.

Esse devia ser o *slogan* da empresa.

Finalmente a descarga do vaso se fez ouvir, seguida da água da torneira. Quando a Escolhida apareceu, o rosto de Layla estava tão branco quanto as vestes que ela usava – e o sorriso era tão resplandecente quanto o sol.

– Desculpe! – exclamou com alegria a fêmea. – Como está?

– O mais importante é como você...

– Estou me sentindo fantástica! – disse ao se aproximar do sorvete. – Ah, como isso é lindo! Bem o que eu preciso para acalmar as coisas por aqui.

– Tive que excluir o moran...

Layla levantou uma mão. Levou a outra até a boca. Balançou a cabeça.

Num respiro estrangulado, murmurou:

– Não posso nem ouvir a palavra.

Beth afastou a cena com um gesto de mão.

– Não se preocupe, não se preocupe. Nem temos O Sabor Que Não Deve Ser Nomeado aqui na mansão.

– Tenho certeza de que isso é uma mentira, mas vou acreditar, muito obrigada.

Quando a Escolhida subiu na cama com sua tigela, olhou de relance para ela.

– Você é tão gentil comigo.

Beth sorriu.

– Depois de tudo pelo que você passou, isso não me parece o bastante.

Quase perder o bebê... Para depois o aborto cessar como que por magia.

Ninguém soube o que houve de errado ou como isso se resolveu, mas...

– Beth? Algo a está incomodando?

– Não, por quê?

– Você não me parece bem.

Beth exalou e se perguntou se conseguiria se safar com uma mentira. Provavelmente não.

– Sinto muito – ela raspou a embalagem, pegando a última porção de sorvete de menta. – Eu estou... com a cabeça cheia.

– Gostaria de conversar a respeito?

– Só estou sobrecarregada diante de tantas coisas – deixou a embalagem de lado e encostou a cabeça atrás. – Sinto como se um peso pairasse sobre mim.

– Com a situação atual de Wrath, não sei como você consegue suportar as noites.

Houve uma batida à porta e, quando Layla respondeu, não foi uma surpresa quando Blay e Qhuinn entraram. Os dois guerreiros pareciam pouco à vontade, no entanto – e não por causa da Escolhida.

Beth se xingou mentalmente.

– Posso me desculpar com vocês agora?

Conforme Blay atravessava o quarto e se sentava ao lado de Layla, Qhuinn plantou os coturnos no chão e balançou a cabeça.

– Não tem do que se desculpar.

– Então fui só eu quem pensou ter atacado os pescoços de vocês? Ah, para com isso – e agora que se acalmara e estava adequadamente sob os efeitos do chocolate, ela precisava se desculpar com o marido; além de fazer com que ele conversasse com ela. – Não quis parecer uma mocreia.

– Tempos difíceis... – Qhuinn deu de ombros. – E eu não ligo para santos.

– Verdade? Mas você está apaixonado por um – Layla cantarolou.

Quando Qhuinn relanceou para Blay, seus olhos descombinados se estreitaram.

– Puxa vida se não estou... – disse com suavidade.

Quando o ruivo enrubesceu, a conexão entre os dois machos se tornou praticamente tangível.

O amor era uma coisa maravilhosa.

Beth esfregou o centro do peito e teve que redirecionar o assunto antes que se comovesse ainda mais.

– Eu só queria saber o que John estava dizendo.

A expressão de Qhuinn se fechou.

– Fale com o maridão.

– É o que vou fazer – e uma parte sua queria encerrar o encontro com a Escolhida e ir direto para o escritório de Wrath. Mas logo pensou nas petições nas quais ele e Saxton estavam trabalhando. Parecia egoísta demais invadir e interrompê-los.

Além disso, ela já estava à beira das lágrimas – e elas não eram do tipo que se derrama nos comerciais. Eram mais como aquelas que derramou no final de *Marley e eu*.

Fechando os olhos, repassou os últimos dois anos e se lembrou de como tinha sido entre ela e Wrath no início. Completamente apaixonados.

Ligados pelos corações e pelas almas. Nada além deles mesmos quando estavam em meio a uma multidão.

Tudo isso ainda existia, ela disse para si mesma. A vida, contudo, tem um modo de enevoar as coisas. Agora, se queria estar com o seu homem, ela tinha que entrar na fila e tudo bem – ela entendia trabalho e preocupações. O problema era que com bastante frequência, quando por fim conseguiam ficar a sós, Wrath ficava com aquele olhar.

Aquele que significava que ele estava com ela apenas de corpo presente. Não com a mente. Talvez nem mesmo com a alma.

Aquela viagem até Manhattan a lembrou de como as coisas tinham sido. Mas foram apenas umas férias, um intervalo na verdadeira vida deles.

Talvez existisse outro motivo para a sua necessidade de ter um filho. Talvez ela estivesse procurando a ligação visceral que tivera com ele...

– Beth?

Voltando a atenção ao presente, olhou para Layla.

– Desculpe, o que disse?

– O que gostaria de assistir? – perguntou Layla.

Puxa, Blay e Qhuinn já tinham saído.

– Hum... acho que quem vomita tem direito a escolher.

– Não é tão ruim assim.

– Você é demais, sabia?

– Não, não sabia. Mas posso dizer que desejo que você tenha a mesma oportunidade de... como se diz mesmo, *enfeitar* a coisa?

– Enfrentar. É *enfrentar* a coisa.

– Isso – a Escolhida pegou o controle remoto e colocou no canal da grade de programação. – Estou determinada a acertar todo esse vocabulário. Vejamos... *Millionaire Matchmaker*?

– Eu adoro a Patti.

– Eu também. Sabe, esse sorvete é de arrasar *caldeirão*.

– *Quarteirão*. Quer mais? Posso descer e...

– Não, vamos ver se esse desce – a Escolhida pousou a mão sobre o ventre. – Sabe, eu desejo mesmo isso para você e o Rei.

Beth olhou para o próprio corpo, desejando que ele acompanhasse a programação.

– Posso ser sincera?

– Por favor.

– E se eu for infértil? – as palavras explodiram para fora, o peito queimou com um medo tão profundo que ela tinha certeza de que deixaria cicatrizes.

Layla esticou a mão para pegar a dela.

– Não diga isso. Claro que você não é.

– Eu sou mestiça, certo? Nunca tive um ciclo normal quando eu era... Você sabe, antes que eu passasse pela transformação. Eu passava anos sem menstruar, e quando isso acontecia, simplesmente não parecia certo – não havia motivo para ser específica com a Escolhida, mas o que se apresentara como um ciclo menstrual era algo tão leve; nem um pouco parecido com o que as outras garotas descreviam. – E depois da minha transição, tudo isso cessou.

– Bem, não estou muito familiarizada com a maneira como os ciclos funcionam aqui embaixo, mas, pelo que entendi, você deve esperar seu cio uns cinco anos após a transição. A sua foi quando?

– Dois anos e meio – e assim ela se sentiu completamente louca. Por que haveria de se preocupar com algo que não estaria em seu horizonte pelos próximos três anos? – Antes que diga qualquer coisa, eu sei, eu sei... É absolutamente cedo demais se eu conseguisse antecipar as coisas agora. Um verdadeiro milagre. Mas a regra para as mestiças é que não existem regras, e eu tenho esperanças... – Ela esfregou os olhos. – Desculpe, vou parar com isso. Quanto mais eu digo isso em voz alta, mais eu percebo o quanto estou insana.

– Muito pelo contrário, eu a entendo completamente. Não se desculpe por desejar um filho ou por fazer o que for preciso para ter um. É perfeitamente normal...

Beth não teve a intenção de abraçar a Escolhida. Foi só que... num minuto ela estava recostada contra os travesseiros; no minuto seguinte ela estava segurando Layla.

– Obrigada – Beth disse com voz entrecortada.

– Santa Virgem do Fade – Layla retribuiu o abraço. – Mas pelo quê?

– Preciso saber que alguém me entende. Às vezes, eu me sinto muito sozinha.

Layla inspirou fundo.

– Sei o que está dizendo.

Beth se afastou.

– Mas Blay e Qhuinn estão cem por cento ao seu lado nisso.

A Escolhida simplesmente balançou a cabeça, com uma expressão estranha contraindo seu rosto.

– Não tem nada a ver com eles.

Beth esperou até que a outra fêmea preenchesse as lacunas. Quando não o fez, Beth não invadiu sua privacidade. Mas talvez... talvez as coisas não fossem tão descomplicadas como pareciam ser no exterior. Era fato sabido que a fêmea estivera apaixonada por Qhuinn a certa altura, mas parecera que ela se conformara por ele estar destinado a outro.

Obviamente, ela era melhor em esconder seus sentimentos em público do que as pessoas imaginavam.

– Sabe por que eu queria tanto isso? – Layla perguntou, enquanto as duas descansavam as cabeças sobre os respectivos travesseiros.

– Conte-me. Por favor.

– Eu precisava de algo meu. Assim como Qhuinn – ela relanceou na sua direção. – E é por isso que eu a invejo. Você está fazendo isso em conjunto com o seu parceiro. Isso é... extraordinário.

Deus, o que ela poderia dizer em resposta? "Qhuinn a ama de uma maneira especial"? Isso seria o mesmo que tentar curar uma fratura com uma aspirina.

Quando os olhos verde-claros da Escolhida se desviaram para a tela da TV, ela pareceu bem mais velha do que a sua idade.

Beth pensou que aquele seria um bom lembrete. Ninguém detinha a perfeição – e por mais que Beth estivesse sofrendo, pelo menos não estava carregando o filho do homem que amava... enquanto ele estava bem feliz e contente com outro.

– Não consigo imaginar o quanto isso deve estar sendo difícil para você – ela se ouviu dizer. – Amar alguém com quem você não pode estar.

Olhos arregalados voltaram a se encontrar com os seus – e havia o eco de alguma coisa que ela não conseguiu decifrar.

– Qhuinn é um bom macho – disse Beth. – Entendo por que você se importa tanto com ele.

Instante de desconforto. E então, a Escolhida pigarreou.

– Sim. De fato... Então, a Patti parece não gostar desse cavalheiro.

Maravilha, pensou Beth. Até agora, fizera o irmão desmaiar, brigara com o marido... E agora estava obviamente aborrecendo Layla.

– Não vou contar para ninguém – disse, na esperança de que isso melhorasse as coisas.

– Obrigada – a Escolhida respondeu após um segundo. – Serei eternamente grata por isso.

Forçando-se a se concentrar novamente, Beth descobriu que sim, Patti Stanger estava arrasando com um libertino de cabelos engomados.

Ele provavelmente violara a regra de "nada aqui, nem aqui, tampouco aqui" dela. Ou isso, ou ele aprontara uma bem grande com a pretendente.

Beth tentou se animar, mas a vibração estava ausente naquele quarto, como se mais alguém estivesse ali com elas, um espectro ou um fantasma, e não no sentido da doutora Jane.

Não, um peso se formara ali no ar.

Quando o episódio chegou ao fim, Beth consultou o relógio, mesmo a hora aparecendo na tela da TV.

– Acho que vou dar uma olhada em Wrath. Talvez seja a hora do intervalo dele.

– Ah, bom, e eu estou cansada. Talvez eu durma um pouco.

Beth saiu da cama e recolheu a tigela e a embalagem vazias, devolvendo-as para a bandeja de Fritz. À porta, relanceou para trás.

Layla estava recostada contra os travesseiros, os olhos fixos na TV como que hipnotizada. Mas Beth não acreditou. A fêmea era do tipo conversadora quando assistia a um programa, disposta a discutir com animação sobre tudo, desde o que as pessoas estavam vestindo até o modo como se expressavam ou sobre algum dramalhão que ela considerava chocante.

Naquele instante, porém, ela estava imitando Wrath – estava ali, sem estar, presente e ausente ao mesmo tempo.

– Durma bem – disse Beth.

Não houve resposta. E também não haveria nenhum sono para a fêmea.

Beth passou para o corredor das estátuas e... ficou parada.

Na verdade, não iria ver Wrath. Não confiava em si mesma naquele instante. Estava oscilando muito emocionalmente, para cima e para baixo, de um lado para o outro, e não estava totalmente certa se não tocaria no assunto do bebê no instante em que se visse sozinha com ele.

Não, antes de vê-lo, ela precisava de um pouco de equilíbrio.

Para o seu próprio bem.

E o de todo mundo.

Capítulo 7

Assail matou o humano número quatro logo depois de ter derrubado o número três.

E que a Virgem Escriba o ajudasse, ele estava morrendo de vontade de acabar com o último do trio que chegara com tamanha presteza. Queria descarregar uma bala nas entranhas do homem e vê-lo se contorcer e sofrer na passagem dos carros. Queria pairar sobre o moribundo e respirar o cheiro de sangue fresco e da dor. Depois queria chutar o cadáver quando tudo terminasse. Talvez acender uma fogueira.

Mas Ehric tinha razão. Quem ele interrogaria então?

– Contenham-no – ordenou, indicando o humano restante.

O irmão de Ehric ficou mais do que satisfeito em obedecer, prontificando-se a segurá-lo, passando um braço ao redor do pescoço grosso dele. Com um estalido maldoso, ele curvou o homem para trás.

Assail se aproximou da presa, aspirando o seu charuto cubano e exalando na cara do guarda-costas.

– Eu gostaria de ter acesso a essa garagem – apontou para a construção externa, imaginando que talvez ela estivesse ali. – Você vai fazer isso acontecer. Ou porque vai nos dar a chave ou porque meu sócio aqui vai usar a sua cabeça como um aríete.

– Eu não sei de merda nenhuma! Mas que porra! – ou algo semelhante. As palavras estavam estranguladas.

Que linguagem rude! Pensando bem, dada a disposição das sobrancelhas espessas de Cro-Magnon, deduzia-se que se estava lidando com bem pouco em termos de raciocínio.

Foi fácil ignorar a balbuciação.

– E agora, vamos usar uma chave ou um abridor de garagens... ou alguma parte da sua anatomia?

– Eu não sei de porra nenhuma!

Bem, já tenho uma resposta, pensou Assail.

Girando o charuto nos dedos, fitou a ponta alaranjada por um instante. Depois, aproximou-se e colocou a ponta ardente a um centímetro do pescoço do homem.

Assail sorriu.

– É muito bom que meu sócio o esteja segurando com tanta firmeza. Um repuxão para o lado errado...

Pressionou a brasa na pele do homem. Imediatamente, um grito rompeu a noite, fazendo um animal sair em disparada pelas moitas, tinindo nos ouvidos de Assail até que eles começassem a doer.

Assail afastou o charuto.

– Vamos tentar mais uma vez? Quer usar uma chave? Ou outra coisa?

A resposta abafada foi tão incompreensível quanto o odor de carne queimada era evidente no ar límpido.

– Mais oxigênio – murmurou Assail para o primo. – Para ele poder falar, por favor.

Quando o irmão de Ehric afrouxou, a resposta do homem explodiu para fora da sua boca.

– Controle remoto. Quebra-sol. Lado do passageiro.

– Ajude esse homem a pegá-lo para mim, sim?

O irmão de Ehric foi tão gentil quanto um martelo num prego, arrastando o prisioneiro sem nenhum respeito pelos contornos do carro – na verdade, mais pareceu que ele estivesse usando o corpo do homem para testar a integridade estrutural do capô e do bloco do motor.

Mas o controle foi encontrado e entregue por uma mão trêmula – e Assail era inteligente demais para usar o artefato ele próprio. Armadilhas eram algo com que estava familiarizado, e seria muito melhor outra pessoa que não ele acioná-la.

– Abra para mim, sim?

O gêmeo de Ehric empurrou o homem na direção da garagem, mantendo a pistola a centímetros da lateral da cabeça. Houve um bom bocado de tropeços e quedas, mas passos em falso desconsiderados, o guarda-costas conseguiu ficar ao alcance.

As mãos do homem tremiam tanto que ele precisou de diversas tentativas para apertar o botão correto, mas logo duas das quatro portas se erguiam. E, olha só, os faróis do sedã estavam apontadas bem para elas.

Nada. Apenas um Bentley Flying Spur de um lado e um Rolls-Royce Ghost do outro.

Praguejando, Assail entrou na construção. Sem dúvida, algum tipo de alarme silencioso fora disparado, mas ele não estava muito preocupado com isso. A primeira rodada da cavalaria já tinha chegado. Haveria um intervalo até o segundo esquadrão chegar.

A construção tinha dois andares e, considerando-se as janelas duplas térmicas e as proporções historicamente incorretas, podia-se deduzir que ela fora construída no século atual. Entrando na alcova à esquerda, não se surpreendeu em ver que tudo estava imaculado, o piso de concreto pintado de cinza, as paredes lisas como placas de gesso e brancas como papel. Não havia nenhum equipamento de jardinagem ali, nenhum cortador de grama, ou ancinhos e rastelos. Sem dúvida, havia um prestador de serviço para esse tipo de coisa, pois não haveriam de querer tal tipo de equipamento sujo e fedorento próximo daqueles bebês automotivos.

Enquanto ele se afastava da luz direta, as solas das suas botas marcavam suas passadas, ecoando ao redor. Não parecia existir um andar subterrâneo. Não havia nada além de um pequeno escritório, que era usado para estocar pneus de outra estação, coberturas de assentos e outros equipamentos automobilísticos.

Voltando ao andar térreo, Assail saiu do lugar com passadas rápidas. Ao se aproximar do guarda-costas, sentiu as presas descerem, as próprias mãos tremendo, a mente zunindo de uma maneira que o fez pensar em carros percorrendo as autoestradas alemãs.

– Onde ela está?

– Onde... está... quem?

– Dê-me a sua adaga, Ehric – quando o primo desembainhou uma adaga de quinze centímetros, Assail guardou a pistola. – Obrigado.

Aceitando o empréstimo, Assail encostou a ponta no pescoço do homem, chegando tão perto que conseguia sentir o cheiro do suor causado pelo medo saindo dos poros e o calor da respiração que bombeava para fora da boca aberta.

Obviamente, ele estava fazendo a pergunta errada.

– Onde mais Benloise mantém seus prisioneiros? – antes que o homem conseguisse responder, ele interrompeu: – Recomendo que seja cuidadoso com a sua resposta. Se não estiver sendo franco, eu saberei. Mentiras têm um cheiro bem característico.

Os olhos do homem se reviraram como se ele estivesse avaliando suas chances de sobrevivência.

– Eu não sei, eu não sei, eu não sei...

Assail cravou a adaga até ela penetrar a superfície da pele e o sangue se acumular na lâmina.

– Essa não é a resposta correta, meu amigo. Agora me diga, onde mais ele mantém as pessoas?

– Eu não sei! Juro! Juro!

Isso se perpetuou por um bom tempo e, tragicamente, não houve o cheiro de obstrução.

– Maldição – murmurou Assail.

Com um movimento rápido, ele silenciou a baboseira – e o quinto humano inútil caiu no chão.

Girando, ele olhou na direção da casa. Contra o contorno dos ângulos do telhado, além das árvores desfolhadas ao longe... um brilho sutil apareceu no céu do leste.

O anúncio da perdição.

– Temos que ir – disse Ehric em voz baixa. – Quando a noite cair, retomaremos a busca pela sua fêmea.

Assail não se deu ao trabalho de corrigir a escolha de palavras do primo. Estava distraído demais pelo fato do tremor que se iniciara nas mãos ter subido, uma erva daninha se espalhando pela pele, até que os músculos estivessem estremecendo.

Ele precisou de um minuto para identificar a causa, e quando o fez, uma grande parte sua rejeitou a definição.

Mas a verdade era bem simples... Pela primeira vez na sua vida adulta, ele estava com medo.

– Onde diabos fica esse lugar? No maldito Canadá?

Atrás do volante de um Crown Vic, Two Tone estava pronto para tomar uma bala se as reclamações continuassem. Aquela viagem de cinco horas no meio da noite já estava bem ruim, mas o desperdício de pele ao seu lado no banco de passageiro?

Se ele quisesse fazer um favor ao mundo, ele apontaria a pistola *naquela* direção, não na sua.

Seria uma imensa satisfação acabar com a chama piloto do maldito, mas, na organização, o papel de supervisor só o levava até certo ponto – e o direito de enfiar um desgraçado tagarela num caixão estava além desse limite.

– Olha só, onde é que a gente está?

Two Tone contraiu os molares.

– Estamos quase lá.

Como se o filho da puta tivesse cinco anos de idade e estivesse a caminho da casa da vovó! Céus.

Enquanto ele continuava dirigindo até os confins do mundo, os faróis do sedã capturavam a distância próxima à frente, iluminando as fileiras de pinheiros e as duas pistas que faziam curvas ao pé da montanha no meio da noite. No entanto, a aurora estava próxima, havia um tom suave de pêssego ao leste.

Que notícia maravilhosa. Logo estariam fora da estrada, poderiam lidar com a mercadoria e, finalmente, descansar um pouco.

Estreitando o olhar, inclinou-se sobre o volante. Tinha a impressão de que logo chegariam ao desvio...

Duzentos metros mais adiante, uma estrada de terra não marcada apareceu à direita.

Não havia por que acionar a seta, nem diminuir de velocidade. Apertou o pedal do freio e girou o volante, o carregamento batendo dentro do porta-malas.

Se ela tivesse adormecido, agora estava acordada.

A subida era íngreme, e eles tiveram que avançar mais devagar: dezembro significava um maldito acúmulo de neve naquelas regiões mais ao norte.

Ele só fora até aquela propriedade uma vez antes – e com o mesmo objetivo. O chefe não era alguém que se podia passar para trás, e, caso você o tentasse, você acabava sendo pego e levado ali, onde ninguém poderia encontrá-lo.

Ele não fazia a mínima ideia do que a mulher fizera para ofendê-lo, mas esse não era problema seu. Seu trabalho era capturá-la, desaparecer com ela e mantê-la presa até segunda ordem.

Mesmo assim, ele ficava pensando. O último idiota que ele levara ao esconderijo tinha roubado quinhentos mil dólares e doze quilos de cocaína. Que merda será que ela tinha feito? Ah, cacete, ele esperava não ter que ficar ali pelo mesmo tempo que o último trabalho durara.

Ele ficara com um machucado na articulação do ombro por conta daquele serviço.

O chefe não gostava de executar a tortura. Preferia assistir.

Difícil era pedir a compensação pelo serviço ao Estado de Nova York pelo que ele fizera ao cara.

Mas, tanto faz, Two Tone não ligava para essa parte do serviço. Ele não era como alguns caras que gostavam daquilo, tampouco como o chefão, que não gostava de sujar as mãos. Não, ele estava no meio-termo, contente em cuidar do assunto desde que lhe pagassem bem.

– Vai demorar muito até...

– Mais meio quilômetro.

– Está uma maldita geladeira aqui.

Vai ficar mais frio quando você estiver morto, filho da puta.

O chefe contratara aquele cretino uns seis meses antes, e Two Tone fora colocado com ele algumas vezes. Ele ficava desejando que o idiota acabasse levando uma bala do bom e velho modo, mas, até ali, estava sem sorte.

O desgraçado daria uma bela boia no rio Hudson.

Ou preencheria bem um buraco. Para falar a verdade, o nome dele não era Phil?*

Uma bela inspiração.

Após uma última curva na estrada, o desejado objetivo foi alcançado: o "chalé de caça" de um andar se misturava perfeitamente ao cenário, a construção baixa quase desaparecendo debaixo das moitas e sempre-vivas cobertas de neve. Na verdade, o exterior fora deliberadamente construído para parecer decadente. O lado de dentro, porém, era uma fortaleza com um bocado de segredos sombrios.

E o que estava no porta-malas seria acrescentado à lista.

---

* Phil tem o mesmo som do verbo "fill", que significa "encher, preencher", portanto, "preencher o buraco". (N.T.)

Ele nunca soube de uma mulher que tivesse sido levada para lá. Será que ela era sexy? Foi impossível deduzir isso pelo peso morto que carregaram para fora da casa.

Talvez ele pudesse se divertir um pouco enquanto passava o tempo.

– Que diabos é esse lugar? Parece uma casinha das antigas. Tem calefação?

Two Tone fechou os olhos e imaginou uma série de fantasias que envolviam derramamento de sangue. Em seguida, abriu a porta do motorista e saiu, esticando os membros. Caramba, que vontade de mijar.

Andando na direção da porta, murmurou:

– Tire a coisa do porta-malas, ok?

Não havia chaves com que se preocupar. O acesso era pela digital.

Enquanto avançava, ele precisou da lanterna para localizar a entrada propositadamente decrépita. Estava na metade do caminho, quando virou, seguindo seus instintos.

– Cuidado ao abrir isso aí – disse em voz alta.

Phil deu a volta no carro até a parte de trás.

– Que merda ela pode aprontar pra cima de mim?

Two Tone balançou a cabeça e murmurou:

– O seu funeral. Com um pouco de sorte...

No instante em que a tranca foi aberta, o inferno se abateu: a prisioneira explodiu como se estivesse impulsionada por uma mola... Ela encontrara uma arma. O brilho vermelho do sinalizador atravessou a escuridão, iluminando seu movimento enquanto ela enterrava a ponta brilhante bem no rosto da retaguarda idiota de Two Tone...

O grito de dor de Phil afugentou uma coruja do tamanho de um garoto de dez anos que estava na árvore próxima a Two Tone, obrigando-o a se abaixar.

Mas ele tinha que se levantar.

A mulher disparara numa corrida desenfreada – provando, como aquele sinalizador não provava, que, ao contrário de Phil, ela não era nenhuma idiota.

– Filha da puta! – Two Tone disparou atrás dela, seguindo os sons de folhagens se partindo conforme ela avançava pela mata. Passando a lanterna para a mão esquerda, apanhou a pistola.

O caso não devia estar tomando aquele rumo. De jeito nenhum.

A vadia era muito rápida, e conforme se arrastava atrás dela, ele soube que ela logo o deixaria para trás – e o último telefonema que ele queria fazer era para avisar o chefe de que perdera o seu "projeto".

Ele poderia ser a pessoa seguinte a parar no "chalé".

Descarregar a arma era a sua única chance. Rá-rá.

Derrapando até parar, encostou-se numa árvore e levantou o cano, disparando uma série de tiros, que ecoaram no alvorecer.

Houve uma imprecação em voz alta e, em seguida, os sons da fuga disparada cessaram. Em seu lugar? Um rastejar concentrado, como se ela estivesse se contorcendo no chão.

– Nota máxima – ele arfou ao trotar adiante.

Se fosse um ferimento letal, ele estaria tão ferrado quanto se a tivesse deixado escapar.

A luz da lanterna iluminava os arredores conforme ele se aproximava, evidenciando troncos e moitas, gramíneas e o chão coberto de neve.

E lá estava ela. Com o rosto voltado para as agulhas dos pinheiros, amparando um joelho junto ao peito. Só que ele não pretendia cair nessa. Só Deus sabia a carta que ela tinha na manga.

– Levante ou eu atiro de novo – ele engatilhou a arma novamente. – Levante o maldito traseiro.

Gemidos. Rolamentos.

Ele puxou o gatilho e atirou no chão ao lado da cabeça dela.

– Fique de pé ou o próximo vai atravessar o seu crânio.

A mulher empurrou o chão. Sujeira da mata se prendia às roupas pretas e à parca, e o cabelo escuro estava todo bagunçado. Ele nem se deu ao trabalho de lhe dar uma nota na escala de foda. A prioridade era levá-la ao abrigo.

– Mãos pra cima – ordenou, mirando a arma para o meio do peito. – Anda.

Ela mancava bastante, e ele sentiu o cheiro de sangue quando se colocou atrás dela. Nada de mais corridas para ela.

Demoraram quatro vezes mais para voltar ao carro e, quando chegaram, ele encontrou Phil no chão, inerte. A respiração entrava e saía da boca aberta dele, contudo, o chiado indicava que a dor era imensa.

Ao passarem, Two Tone olhou para o rosto dele. Merda... Queimaduras de terceiro grau em toda parte, e um daqueles olhos não seria recuperado. Só que o bastardo provavelmente sobreviveria.

Certo?

Maravilha. Lidaria com aquilo mais tarde.

Quando os dois chegaram à porta, ele soube que precisava assumir o controle da situação.

Com um movimento rápido, agarrou-a pela nuca e bateu a cabeça dela na parede de madeira.

Dessa vez, ela caiu no chão, e ele soube que ela não se levantaria por um tempo. Mas ele ainda lhe deu a chance de se mexer antes de guardar a pistola, pressionar o polegar contra o leitor de digitais e abrir caminho.

Acendendo as luzes, ele a segurou pelas axilas e a arrastou para dentro. Depois de trancá-los ali dentro, ele a puxou ao longo da escada de concreto... levando-a até o porão.

Havia três celas no andar de baixo, como aquelas vistas na TV, com barras de ferro, piso de concreto e leito de aço inoxidável à guisa de camas. Os vasos sanitários eram apenas funcionais, e não para o luxo dos prisioneiros, mas por conta do nariz sensível do chefe. Nenhuma janela.

Two Tone só respirou fundo depois de colocá-la na primeira delas e trancar a porta.

Antes de subir para confirmar a captura com a base, cobrir o Crown Vic com uma lona e lidar com Phil, ele foi para a cela adjacente e urinou pelo que pareceu ser uma hora e meia. Subindo o zíper, saiu e olhou para a parede manchada à sua frente.

O par de algemas pendentes de duas correntes de aço inoxidável logo seria usado.

Deixando de lado as complicações com Phil, ele quase sentiu pena da vadia.

Capítulo 8

Mais tarde, naquela manhã, um golpe veio voando pelo lado esquerdo de Wrath, e apesar do assobio provocado no ar, ele não conseguiu reagir a tempo: as juntas dos dedos o acertaram em cheio no maxilar, e a pancada ressoou em sua cabeça, que girava, sangue voando da sua boca.

A sensação foi *incrível.*

Depois de mais uma sessão dos infernos no trono com Saxton – de sete a dez horas da sua vida que ele não tinha como recuperar –, ele subira para o quarto que dividia com Beth. Sexo era o único pensamento em sua mente, o único escape que protegeria o planeta do seu mau humor.

Sua companheira não estava só dormindo, parecia ter desmaiado por completo.

Ele ficou mais ou menos uma hora olhando para o teto antes de chamar Payne e pedir que se encontrasse com ele no centro de treinamento.

Como Rhage costumava dizer, sexo ou luta para acalmar a ira. Sexo estava fora de cogitação, então lutar teria que servir.

Aproveitando a energia do impacto, ele seguiu a direção do movimento e redirecionou um chute que atingiu a oponente na lateral, desequilibrando-a e fazendo-a girar. Mas nada de a irmã de V. se esborrachar no tatame. Sua queda foi suave e rápida como a de um gato, e ele soube que ela tinha planos para ele.

Calculando e sentindo as mudanças no ar, o cheiro da fêmea lutadora e o som dos pés descalços vindo na sua direção numa cadência clara, ele soube que ela se aproximava agachada de frente. Preparando-se, ele se afundou apoiando-se nas coxas, e adorou a sensação dos músculos se contraindo para sustentar o corpo de cento e vinte quilos na posição ereta. Dobrando os cotovelos, esperou que ela estivesse ao seu alcance e depois desferiu um soco. Com os reflexos e a vantagem da visão, ela se esquivou e mergulhou para agarrá-lo pela cintura.

Payne não batia como uma garota, quer fosse com os punhos, os pés ou o corpo inteiro. Ela mais se parecia com um SUV, e por mais que suas bolas desejassem o contrário, ela o acertou em cheio.

Com uma imprecação, ele caiu de bunda, virou pelo cotovelo e ficou de costas como uma vadiazinha. Mas não ficou na posição.

E isso se mostrou um problema.

Enquanto caía em pleno ar, lembrou-se de ter se estatelado da cama em seu *loft* – e seu botão de ignição interno foi acionado: agressão genuína surgiu – num piscar de olhos, aquilo já não era mais um treino, ou o aprimoramento das suas habilidades, ou manter-se em forma. O instinto guerreiro foi libertado entre ele e a sua parceira de treinos.

Com um grunhido que reverberou pelo ginásio, ele pegou os antebraços de Payne numa pegada punitiva e virou o jogo, desvencilhando-a dele e enterrando-a de cara no chão.

Ela era uma fêmea corpulenta, musculosa e letal, mas não era páreo para o seu tamanho e a sua força, ainda mais quando montou sobre ela e passou um braço ao redor do seu pescoço. Com a garganta dela na curva do seu cotovelo, ele prendeu a mão livre no pulso grosso e se inclinou para trás para sufocá-la.

Redutores. Inimigos. Mortes trágicas que mudaram o curso da sua vida – e a de outros.

O distanciamento com a sua parceira. Frustração sexual. A suspeita de que Beth lhe escondia algo.

A frustração crônica que passou para uma carga de ansiedade que nunca o abandonava.

Medo. Desconhecido, muito bem enterrado e venenoso.

Ódio de si mesmo.

Em contraste com a escuridão da sua cegueira, tudo ficou branco, a raiva assumindo o comando mesmo sem ter para onde ir. E o efeito foi lhe dar ainda mais força do que seus ossos e músculos já tinham: mesmo quando as unhas de Payne se enterraram nos seus braços e ela se debatia num espasmo letal, nada foi registrado.

Ele queria matar. E iria...

– Wrath!

Em defesa de Payne, quem quer que estivesse gritando seu nome não importava para ele. Ele estava preso no caminho do homicídio, a percepção do que estava acontecendo estava perdida para ele...

Mais alguém chegou e começou a puxá-lo, enquanto os gritos com o seu nome aumentaram.

Debaixo dele, Payne estava sendo subjugada, a oposição lentamente abandonando seu corpo, para aquela rigidez eterna que era exatamente o que a sua raiva interna desejava. Um pouco mais era só o que bastava. Uma pressão mais forte. Um pouco...

Um som alto e repetitivo soou bem diante dele. Repetidas vezes, como um tambor, as batidas perfeitamente espaçadas. A única coisa que mudou foi o volume.

Ele aumentou.

Ou talvez estivesse gradualmente penetrando na sua fúria.

Wrath franziu o cenho quando a confusão continuou. Levantando a cabeça, parou de apertar com força por um instante.

George.

Seu adorável e dócil golden retriever estava bem diante dele, latindo tão alto quanto uma metralhadora, por certo exigindo que Wrath parasse e se contivesse naquele instante.

De uma só vez, a realidade do que ele estava fazendo o inundou.

Que merda havia de errado com ele?

Wrath soltou a pegada, mas não teve a oportunidade de se soltar. Quem quer que o estivesse puxando pelos ombros assumiu o comando, tirando o seu peso de cima da fêmea lutadora.

Ao cair de costas sobre o tatame, a respiração pesada e o som dos engasgos da sua oponente se misturaram às imprecações de quem quer que estivesse com eles – bem como a um protesto lamuriento.

– Que *diabos* você estava pensando?! – Agora havia outra pessoa diante dele. – Você quase a matou!

Levando as mãos à cabeça, um suor frio o cobriu por inteiro.

– Eu não sabia... – ele se ouviu dizer. – Eu não fazia ideia...

– Achou que ela conseguia respirar daquele jeito? – era a doutora Jane. Claro, ela estava na clínica e devia ter ouvido os latidos ou...

E iAm estava com eles. Ele conseguia sentir o Sombra mesmo que o cara, como de costume, não falasse muito.

– Desculpe... Payne... Eu sinto muito.

Bom Deus, o que ele fizera?

Ele odiava violência contra as fêmeas. O problema era que quando lutava com Payne, ele não pensava na irmã de V. como sendo uma delas. Ela era uma oponente, nada mais, nada menos – e ele tinha hematomas e até uns ossos quebrados para mostrar que, no que se referia a ela, nenhuma piedade era dada, tampouco pedida.

– Merda. Payne... – ele esticou a mão no ar vazio, farejando os resquícios do medo dela, bem como o cheiro da morte iminente. – Payne...

– Está tudo bem – a fêmea disse com voz rouca. – Verdade.

A doutora Jane imprecou uma série de palavrões.

– Isso é entre mim e ele – Payne interrompeu a cunhada. – Não é da sua...

Um acesso de tosse a interrompeu, e Jane rosnou:

– Quando ele quase a estrangula, claro que isso é problema meu!

– Ele ia me soltar...

– É por isso que você está roxa?

– Eu não...

– O braço dele está sangrando. Vai me dizer que não foram as suas unhas que fizeram isso?

Payne recuperou o ar.

– Isso se chama luta, não carteado!

A doutora Jane abaixou a voz.

– O seu irmão sabe exatamente a que ponto essa coisa está chegando?

Enquanto Wrath acrescentava suas imprecações à salada de frutas de palavras que começavam com a letra F, Payne grunhiu:

– Você *não* vai contar isso para Vishous...

– Dê-me um só bom motivo e talvez eu leve em consideração. De outra forma, ninguém vai me dizer o que eu posso ou não dizer para o meu maldito marido. Nem você, nem ele...

Wrath teve certeza de que ela lhe lançava um olhar penetrante.

– ... e certamente *nunca* a respeito de um assunto de segurança no tocante a um membro da família!

O silêncio que se seguiu foi marcado por uma hostilidade crescente. E Payne ralhou:

– Quantos ossos você consertou no Rei? Quantos pontos você deu? Na semana passada, você pensou que eu tivesse deslocado o ombro dele, e em momento algum você achou necessário correr para a *shellan* dele e relatar isso. Achou? *Achou?*

– Isso é diferente.

– Porque sou fêmea? Com licença, mas talvez queira olhar nos meus olhos quando usar dois pesos e duas medidas, doutora?

Cristo, era como se seu mau humor tivesse contaminado as duas. Pensando bem, suas ações deram início àquilo. Cacete...

Esfregando o rosto, ele ouviu o debate das duas.

– Ela tem razão.

Isso as calou.

– Eu não ia parar – ele se pôs de pé. – Portanto, eu contarei ao V., e nós não vamos mais fazer isto...

– Não *ouse* – a lutadora ralhou antes de ter novo acesso de tosse. Assim que se recobrou, ela voltou a ficar diante dele. – Nem pense em me desrespeitar desse modo. Luto com você aqui para aprimorar as minhas habilidades. Se você tomou vantagem de uma fraqueza, isso é minha culpa, não sua.

– Então você acha que eu só estava sendo duro com você? – perguntou com seriedade.

– Claro. E eu ainda não tinha desistido...

– Não pense nem por um segundo que isso teria me impedido.

Uma fissura de medo mudou as moléculas ao redor da fêmea.

– E é por isso que não vamos mais fazer isso – ele se virou na direção da doutora Jane. – Mas ela também tem razão. Isso não é da sua conta, portanto, fique fora disso.

– Para o inferno que eu...

– Não é um pedido, Jane. É uma ordem. E eu vou procurar V. assim que eu tomar um banho.

– Você sabe ser um idiota, sabia disso, Sua Alteza?

– E um assassino. Não se esqueça disso.

Partiu na direção do vestiário, sem se importar em segurar a guia de George. Quando sua trajetória saiu dos trilhos, o cachorro o corrigiu cortando seu caminho, direcionando-o para a saída certa.

– Vestiário – grunhiu ao entrarem no corredor de concreto.

George, conhecendo tanto a palavra quanto o ritual pós-treino, ajudou-o a navegar pelo corredor, as patas batendo no piso nu.

Ainda bem que o centro de treinamento era uma cidade-fantasma àquela hora do dia. A última coisa que ele queria era se deparar com alguém.

Com os Irmãos adormecidos, o extenso complexo subterrâneo estava vazio, desde a academia com sua sala de equipamentos, até o campo de tiro e as salas de aula, a piscina olímpica e o escritório que administrava tudo – bem como as salas de cirurgia da doutora Jane e de Manny e as salas de recuperação.

Embora Payne quase tivesse se tornado uma paciente.

Merda.

Percorrendo a mão pela parede, parou quando chegou à soleira.

– Quer esperar aqui? – perguntou a George.

Deduzindo pelo sacolejo da coleira e pelo barulho da cauda, o golden resolvera esperar do lado de fora na hora da chuveirada, o que era bem típico, pois não era um grande fã do calor e da umidade, devido à sua longa pelagem.

Empurrando a porta, Wrath conseguiu se orientar bem. Graças à acústica e a todos aqueles azulejos, ali era bem fácil de se movimentar pelo som – e pelo hábito. Além do que, espaços nos quais ele passara muito tempo na época em que tinha ainda um pouco da sua visão eram muito mais fáceis de lidar por conta própria.

Merda. E se o cachorro não o tivesse detido?

Wrath se largou ao encontro dos azulejos lisos, pendendo a cabeça. Céus.

Esfregando o rosto, a mente lhe pregou peças, lançando-lhe imagens do que poderia ter acontecido depois.

O gemido que se ergueu em sua garganta mais se pareceu com um apito de navio. A irmã do seu Irmão. Uma guerreira a quem ele respeitava. Arruinada.

Ele devia muito àquele cachorro. Como sempre.

Retirando a regata suada, deixou-a cair no chão enquanto abaixava os shorts de *nylon*. Usando uma mão na parede mais uma vez, ele andou para frente e soube quando chegou aos chuveiros porque o piso desceu. As torneiras estavam enfileiradas nos três lados, e ele foi direto para elas, sentindo os ralos redondos debaixo dos pés.

Escolhendo um ao acaso, virou a torneira e se preparou para receber o jato frio direto no rosto.

Deus, aquela onda de raiva. Era de uma intensidade já conhecida por ele – mas nada que ele quisesse de volta em sua vida. Aquela ardência pecaminosa que o sustentara todos aqueles anos entre a morte dos pais e o encontro com Beth e a subsequente união. Ele acreditara que aquilo se fora para sempre.

– Merda! – ele exclamou.

Fechando os olhos, ele espalmou as mãos no chuveiro e se sustentou nos braços. Seu mau humor fizera sua cabeça sentir como se tivesse pás de helicóptero dentro dele – e só restavam duas voltas para que elas separassem o crânio do resto do seu corpo.

Maldição.

Ele nunca pensara a respeito antes, mas "insanidade" costumava ser para ele um conceito bem hipotético para os sãos. Um termo depreciativo para lançar a alguém que você não respeitava; uma descrição aplicada para um comportamento inapropriado.

Parado sob o chuveiro, ele percebeu que a verdadeira insanidade não tinha nada a ver com tensão pré-menstrual ou "bater a cabeça na parede" ou beber demais e destruir um quarto de hotel antes de desmaiar. Não era dirigir como um louco, ou roubar um banco ou temporariamente descontar a raiva num objeto inanimado.

Era a remoção do mundo ao seu redor, um adeus às sensações e à percepção como se fosse a manipulação de uma câmera de vídeo – sua zona execrável interna ganhava um *zoom* e todo o resto – sua companheira, seu trabalho, sua comunidade, sua saúde e bem-estar – não só saía de foco... mas tornava-se completamente inexistente.

E a parte mais assustadora? O intervalo no qual você tem um pé na realidade e outro no seu purgatório pessoal – quando você sentia a realidade escorregar, escorregar, e se afastar...

Sem saber como, o equilíbrio de Wrath ficou louco, o mundo ao redor virou em seu eixo a ponto de ele não saber se tinha caído ou não.

Mas quando sentiu uma lâmina afiada debaixo do queixo, ele percebeu que alguém o prendia pelos cabelos.

– Nesse instante – disse um sibilo em seu ouvido –, sabemos duas coisas. Mas só uma muda as regras do jogo.

Capítulo 9

Aquela era uma enxaqueca bem ruim.

Quando iAm entreabriu a porta do quarto do irmão, o sofrimento do pobre desgraçado maculava o ar, dificultando a respiração – e até mesmo a visão.

Pensando bem, tudo estava escuro de propósito.

– Trez?

A resposta gemida não foi nada boa, uma combinação de um animal ferido e dor de garganta por ter vomitado. iAm levantou o pulso até a luz que vinha de trás e praguejou contra seu Piaget. Àquela altura, o filho da mãe já deveria estar se recuperando, o corpo escalando o buraco no qual a dor de cabeça o engolira.

Não era o caso.

– Quer alguma coisa para o estômago?

Resmungo, resmungo, gemido, resmungo?

– Ok , tenho certeza de que eles devem ter um pouco disso.

Resmungo, gemido, gemido. Murmúrio, murmúrio.

– Sim, isso também. Quer uns biscoitos Milano?

Gemiiiiidoooo.

– Entendido.

iAm fechou a porta e voltou para as escadas que levavam de volta para a junção entre o corredor das estátuas e o vestíbulo do segundo andar. Como no resto da casa, tudo estava silencioso como uma tumba, mas, ao chegar à grande escadaria, suas narinas de *chef* captaram os aromas sutis da Primeira Refeição sendo preparada na ala da cozinha.

Quanto mais se aproximava da toca dos *doggens*, mais seu estômago reclamava. Lógico. Depois que terminara o molho à bolonhesa, fora verificar o irmão e depois ficara horas na academia.

Onde vira muito mais do que apenas o interior da sala de pesos.

A última coisa que desejara era ter que tentar arrancar o Rei de cima daquela fêmea guerreira. Ele estivera saindo da sua sessão de exercícios quando ouviu alguém gritando e fora atrás para ver do que se tratava – onde encontrara, olha só, o Rei esganando aquela fêmea.

Desnecessário dizer que descobrira um respeito renovado pelo vampiro cego. Existiram bem poucas coisas que iAm não conseguira mover em sua vida adulta. Ele trocara um pneu usando seu braço como macaco. Ficara conhecido por movimentar panelões de molhos tão grandes quanto máquinas de lavar numa cozinha. Inferno, ele, na verdade, realocara uma lavadora e uma secadora sem pensar muito a respeito.

E depois tivera que levantar aquele caminhão de cima do irmão dois anos atrás.

Outro exemplo da vida amorosa de Trez se descontrolando.

Mas lá embaixo, no centro de treinamento, com Wrath? Não houve modo de mover o maldito. O Rei estivera completamente travado – e a expressão do seu rosto? Nenhuma emoção, nem mesmo uma careta causada pelo esforço. E o corpo? – ferozmente forte.

iAm balançou a cabeça ao cruzar a macieira em flor.

Tentar puxar Wrath equivalera a arrancar uma rocha. Nada se movia, nada cedia.

No entanto, o cão conseguiu. Graças a Deus.

iAm, normalmente, não gostava de animais pela casa – e, definitivamente, não era um amante de cachorros. Eram grandes demais, dependentes demais, os pelos – tudo demais. Mas agora respeitava aquele golden retriever...

Miaaauuuu.

– Merda!

Falando no diabo. Enquanto o gato preto da rainha se enrolava aos seus pés, ele foi forçado a dar uma de Michael Jackson, recuando para não pisar nele.

– Maldição, gato!

O felino o seguiu durante todo o caminho até a cozinha, sempre passando pelos seus tornozelos – quase como se soubesse que ele estivera pensando boas coisas a respeito do cachorro e quisesse estabelecer seus domínios.

Só que, claro, gatos não liam mentes.

Ele parou e encarou o bicho.

– Que diabos você quer?

Nem era uma pergunta, visto que ele não desejava dar abertura ao felino.

Uma pata preta erguida e...

Em seguida, o maldito gato pulou em seus braços, rolando de costas... e ronronando como uma Ferrari.

– Você só pode estar de brincadeira – murmurou. – Não gosto de você. Maldito.

– Senhor, posso ajudá-lo?

Quando Fritz, o mordomo *doggen* ancião, apareceu diante do seu grande rosto tal qual um cartaz de rua, iAm precisou de um segundo para recuar para seu lugar mental de felicidade. O que, infelizmente, era bem parecido com o filme *Jogos Mortais* – com partes de corpos de outras pessoas espalhadas por todos os cantos.

Mas essa era apenas uma fantasia induzida pelo estresse. Por exemplo, ele se lembrava de uma época, há muuuuito tempo, em que ele não se incomodava com tudo e com todos. Verdade. Mesmo.

Patada, patada, patada. Na sua camisa.

– Que inferno! – ele desistiu e deu uma coçada na barriga escura. – Ah, não, não preciso de nada.

O ronronar ficou tão alto que ele teve que se inclinar na direção do mordomo.

– O que disse?

– Fico feliz em ajudá-lo sempre que precisar.

– Ah, sim, eu sei. Mas eu vou cuidar do meu irmão. E ninguém mais. Estamos entendidos?

O gato agora esfregava a cabeça em seus peitorais. Depois, esticou-se ao encontro das coçadelas.

Deus, aquilo era horrível – ainda mais quando o rosto do mordomo já caído caiu ainda mais para o que, sem dúvida, eram joelhos trêmulos.

– Ah, caramba, Fritz...

– Ele está doente?

iAm fechou os olhos brevemente quando a voz feminina foi registrada. Fantástico. Outra parte interessada.

– Ele está bem – iAm respondeu, sem olhar para a Escolhida Selena.

Deixando os interessados para trás, ele seguiu para a despensa com o gato penetra e...

Certo. Como ele conseguiria pegar um carregamento de recuperação pós-enxaqueca das prateleiras com os braços cheios de...

Como era o nome dele?

Certo. Seria Gato Maldito, então?

Baixando o olhar para aqueles olhos grandes e contentes, iAm contraiu os lábios enquanto roçava debaixo do queixo, atrás da orelha.

– Ok, já basta disso – Brincou com uma das patas. – Agora tenho que colocá-lo no chão.

Assumindo o controle, ele tirou o gato da posição reclinada e foi colocá-lo no chão...

De algum modo, a coisa conseguiu enfiar as garras entre as fibras da sua blusa e ficar pendurado diante dele tal qual uma gravata.

– Você só pode estar de brincadeira.

Mais ronronados. Uma piscada dos olhos luminosos. Uma expressão de posse através da qual iAm interpretou que a interação entre eles se daria nos termos do felino – e de ninguém mais.

– Talvez eu possa ajudar? – Selena perguntou com suavidade.

iAm refreou uma imprecação e encarou o gato. Depois, a Escolhida. Mas a não ser que tirasse o pulôver, o Gato Maldito ficaria grudado nele.

– Preciso de um pouco daqueles Milanos, ali em cima – a Escolhida se esticou para pegar um pacote das delícias da Pepperidge Farm. – E ele também vai querer um pouco daquelas batatinhas fritas.

– Normais ou com lima?

– Normais – iAm jogou a toalha e voltou a servir o Maldito, e o gato imediatamente assumiu sua pose de bichano preguiçoso. – Ele também vai querer uns bolinhos Entenmann. E vamos levar três latas de Coca-Cola geladas, duas garrafas de água mineral sem gelo, e acho que é só.

Depois de uma das suas dores de cabeça, Trez precisava de hidratação, glicose e cafeína. Fazia sentido. Doze horas sem comida nem bebida não eram boas notícias. Sem falar nos vômitos e náuseas com os quais tinha que lidar.

Cinco minutos mais tarde, ele, a Escolhida e o Maldito Gato seguiam para o terceiro andar. Pelo menos, iAm conseguiu ajudar prendendo as duas garrafas de água debaixo dos braços. Fritz também providenciara uma daquelas sacolas com alça de supermercado para o resto das coisas.

Céus, como ele preferiria fazer aquele trajeto sozinho.

– Ele gosta muito de você – a fêmea comentou enquanto subiam.

– Ele é meu irmão. É melhor que goste mesmo.

– Ah, não... Eu me referia ao gato. Boo adora você.

– Esse sentimento *não* é recíproco.

iAm tinha toda a intenção de dizer para a fêmea que cuidaria de tudo dali por diante quando chegaram à porta do quarto, mas o Maldito ainda não queria ir a nenhuma outra parte.

E foi assim que a Escolhida Selena acabou no leito de Trez.

Exatamente o que a situação não requeria.

Obrigado, gato.

Assim que a porta se abriu, a luz entrou e, como era de se esperar, o facho de luz iluminou Trez bem quando o mastro grande e feioso dele se ergueu.

Alguém captara o cheiro da fêmea.

Ah, pelo amor de Deus.

E, apenas uma observação: por que o idiota não podia estar com uma aparência mais terrível? O irmão devia parecer pior do que um acidente automobilístico depois da maneira com que passara as horas do dia.

– Onde coloco isso? – a Escolhida perguntou aos dois e a nenhum deles.

– Sobre a mesa – murmurou iAm. Era o ponto mais distante da cama.

– Deixe-nos – foi o grunhido do paciente.

Ok, graças a Deus Trez finalmente estava tendo um momento de lucidez. A Escolhida poderia voltar a cuidar da vida, e ele e o irmão poderiam tentar começar a raciocinar novamente...

iAm percebeu que ninguém estava se mexendo. Trez, contudo, estava sentado, e a Escolhida estava paralisada tal qual um cervo flagrado por faróis no meio da estrada. E os dois olhavam para ele.

– O quê? – perguntou ele.

Quando finalmente entendeu, ele estreitou o olhar para o irmão.

– Você só pode estar brincando.

– Deixe-nos – foi tudo o que o desgraçado disse.

O Maldito Gato parou de ronronar nos seus braços, como se o animal soubesse que havia vibrações ruins no ar.

Mas uma coisa era certa: não se podia lidar com idiotas – e iAm estava quase pronto a parar de tentar.

Virando para a Escolhida, disse:

– Cuide-se.

Dito isso, ele levou o Maldito e seu próprio traseiro infeliz para fora dali.

Sem dúvida seria o melhor. Estava se sentindo como Wrath em relação ao seu irmão, e nada de bom viria disso.

Caminhando em direção às escadas, refez seus passos. A certa altura no caminho, voltou a cuidar do animal que trazia nos braços, as pontas dos dedos encontrando o queixo e iniciando movimentos circulares ali.

De volta à cozinha, que agora estava cheia de funcionários novamente num turno de trabalho, chegou a hora de se separar da sua sombra.

– Fritz.

O mordomo abandonou o trabalho de cortar legumes.

– Sim, senhor! Estou pronto para ajudar.

– Pegue isso – iAm afastou o gato de si, libertando as patas dianteiras do seu pulôver. – E faça o que tem que fazer com ele.

Ao se virar, ele sentiu vontade de olhar para trás para se certificar de que o Maldito estava bem. Mas, por que diabos faria isso?

Ele tinha que voltar para o Sal's para ver seus funcionários. Normalmente ia para o restaurante no começo da tarde, mas as coisas não estavam nada "normais", ainda mais com aquela enxaqueca. Agora, porém, com Trez se recuperando e, sem dúvida, logo se entretendo com a Escolhida, era hora de ele voltar para os trilhos.

Se ao menos conseguisse evitar entrar em parafuso.

Céus, Trez agora iria para a cama com aquela fêmea. E só Deus sabia aonde isso os levaria.

Bem quando chegou à saída, chamou por cima do ombro:

– Fritz!

Em meio à confusão da preparação da Primeira Refeição, o *doggen* respondeu:

– Pois não, senhor?

– Nunca vi nenhum peixe nesta casa. Por quê?

– O Rei não aprecia nenhum fruto do mar.

– Ele permitiria aqui na cozinha?

– Ah, sim, senhor. Contanto que não esteja na sua mesa e, por certo, jamais sobre o seu prato.

iAm encarou os painéis da porta diante dele.

– Quero que você consiga salmão fresco e o cozinhe no vapor. Para hoje à noite.

– Sim, claro. Eu deixarei pronto antes da Primeira Refeição para o senhor...

– Não é para mim. Odeio peixe. É para o Maldito Gato. Quero que ele coma isso com regularidade – abriu a porta. – E pegue alguns legumes frescos para ele também. Que tipo de ração de gato ele come?

– Somente a melhor. Hill's Science Diet.

– Descubra o que há nessa comida, depois quero tudo preparado manualmente. Nada industrializado daqui por diante.

A aprovação floresceu na voz do velho *doggen*.

– Tenho certeza de que o Mestre Boo apreciará o seu interesse especial.

– Eu não estou interessado naquela bola de pelos.

Totalmente aborrecido consigo mesmo e com todo o resto do planeta, ele saiu não só da cozinha, mas da mansão. Bem na hora. O sol se pusera e a luz sumia do céu.

Ele adorava a noite, e se demorou um instante para inspirar profundamente. O ar invernal fez suas narinas cantarem.

Se estivesse só, livre das amarras de Trez e da prisão imposta ao irmão pelos pais deles, ele teria escolhido um tipo diferente de existência. Estaria em algum lugar do oeste, vivendo da terra e longe de todo o resto.

Não que ele fosse apenas um recluso por natureza. Ele não via o valor de tantas coisas que outros viam. Em sua cabeça, o mundo simplesmente não precisava de outro iPhone, ou de um serviço de Internet mais veloz, ou da vigésima sétima loja de uma mesma franquia. Diabos, quem se importava se o vizinho tinha uma casa/um carro/um telefone/um trailer/um bilhete da loteria maior ou melhor? E era bom nem pensar no caso dos tênis. Não-sei-o-quê à frente da moda. Comerciais de maquiagem, dramas cinematográficos, consumidores compulsivos pela Internet ou idiotas humanos teleguiados que acreditavam de verdade no que seus pregadores lhes forçavam garganta abaixo.

E não, não eram apenas os humanos que acreditavam em todas essas tolices.

Os vampiros eram igualmente culpados – eles apenas se faziam de superiores em relação aos ratos sem cauda.

Tantos sublimando o que eram verdadeiramente, a fim de atender ao que lhes diziam sobre querer, precisar, procurar, adquirir.

Mas, pensando bem, ele não conseguira se libertar do drama do irmão, portanto, quem era ele para...

Quando o celular tocou no bolso da blusa, ele enfiou uma mão para pegá-lo. Ele sabia quem era antes mesmo de olhar para tela, aceitar a chamada e levar o aparelho à orelha.

Qualquer diminuta parte dentro dele que tivesse revivido, voltara a morrer no meio do peito.

– Vossa Excelência – ele saudou o sumo sacerdote. – A que devo essa honra?

Enquanto Assail andava de um lado para o outro na cozinha, consultou o relógio. Virou-se para a pia. Voltou para junto do bar. Olhou para o relógio uma vez mais.

Ehric partira vinte e um – não, não, vinte e dois minutos atrás – e o trajeto que ele tinha que fazer levava no máximo vinte e cinco.

O coração de Assail batia forte. Ele tinha planos para aquela noite, e aquela primeira parte era tão crítica quanto a conclusão.

Sacou o celular e digitou as teclas...

O bipe duplo que soou indicava que um veículo estava entrando na garagem.

Assail correu para o vestíbulo e escancarou a porta reforçada, para depois tentar enxergar através das janelas escurecidas do seu Range Rover blindado. Será que os primos tinham...

O protocolo exigia que tudo estivesse fechado antes de qualquer veículo sair, mas a impaciência e o medo que o afligiam lançaram qualquer regra sensata para os ares: andando a passos largos sobre o piso de concreto, aproximou-se do SUV enquanto Ehric desligava o motor e saía ao mesmo tempo em que o irmão.

Antes que Assail conseguisse avaliar as expressões dos primos ou pudesse exigir explicações, a porta de trás se abriu devagar.

Ehric e o irmão ficaram parados. Como se tivessem tido pouco controle sobre o carregamento que levaram até ali – e não sabiam o que poderia acontecer em seguida.

A humana mais velha que surgiu devia ter um metro e meio de altura e era forte como um armário. O cabelo era grosso e encaracolado, afastado do rosto enrugado, os olhos escuros fitavam com brilho e inteligência por trás de cílios pesados. Sob o casaco de lã puído preto, o vestido era simples, uma espécie de túnica floral azul, os sapatos de salto baixo e a bolsa combinando eram de couro – como se ela tivesse escolhido o melhor que tinha para vestir e aquilo fosse o que ela tinha no armário.

Ele se curvou diante dela.

– Seja bem-vinda, senhora.

A avó de Sola segurava a bolsinha bem junto do corpo.

– Minhas coisas. Eu trouxe.

O sotaque brasileiro dela era carregado, e ele teve que identificar as palavras para entendê-la.

– Muito bem – ele acenou para os primos e, ao seu comando, eles deram a volta no carro e pegaram três malas que não combinavam entre si. – O seu quarto está pronto.

Ela assentiu de modo breve.

– Siga em frente.

Quando Ehric se aproximou com a bagagem, levantou uma sobrancelha e a sua surpresa tinha fundamento. Assail não recebia ordens muito bem.

No entanto, naquele caso exceções seriam feitas.

– Sim, claro – Assail recuou um passo e inclinou-se uma vez mais, indicando a porta pela qual saíra.

Magnífica como uma rainha, a pequenina senhora andou rápido até os três degraus que conduziam até a casa.

Assail se apressou adiante para abrir a porta.

– Essa é a despensa. Mais para a frente, a cozinha.

Ele ficou para trás, engolindo a impaciência. Mas não havia pressa. Ele tinha que se certificar de que o império legítimo de Benloise estivesse sem os vendedores e os funcionários burocráticos antes de poder ir para lá. E isso levaria pelo menos mais uma hora.

Continuou seu *tour*.

– Mais além, a copa e um espaço de entretenimento – quando se adiantou no espaço enorme que tinha vista para o rio Hudson, fitou sua mobília esparsa com novos olhos. – Não que eu me importe com entretenimento.

Não havia nada de pessoal na casa. Apenas o "cenário" montado para vender a casa, vasos anônimos e tapetes e conjuntos de sofá e namoradeiras neutros. O mesmo valia para os quartos, existindo quatro no andar de baixo e um no segundo andar.

– O meu escritório fica ali...

Parou. Franziu o cenho. Olhou ao redor.

Teve que voltar para cozinha a fim de encontrar as outras pessoas.

A avó de Sola tinha a cabeça enfiada no freezer como se fosse um gnomo à procura de um lugar fresco em pleno verão.

– Senhora? – chamou Assail.

Ela fechou a porta e seguiu para os armários do teto ao chão.

– Não há nada aqui. Nada. O que vocês comem?

– Hum... – Assail se viu olhando para os primos em busca de auxílio. – Normalmente comemos na cidade.

O som de zombaria que a mulher emitiu devia equivaler a "que merda".

– Preciso de ingredientes básicos.

Ela girou sobre os sapatos reluzentes e pousou as mãos nos quadris.

– Alguém vai me levar ao supermercado.

Não foi uma pergunta.

E quando ela encarou os três, pareceu que Ehric e seu violento irmão assassino estavam tão perdidos quanto Assail.

A noite fora planejada minuto a minuto – uma passada no supermercado local não tinha constado na lista.

– Vocês dois estão magros demais – anunciou ela, indicando os gêmeos com a mão. – Precisam comer.

Assail pigarreou.

– Madame, a senhora foi trazida para cá para a sua segurança – ele não permitiria que Benloise subisse a aposta, por isso ele tinha que trancafiar um dano colateral em potencial. – E não para cozinhar.

– Já recusou meu dinheiro. Não fico de graça. Ganho a minha vida. É assim que vai ser.

Assail expirou longamente. Agora ele entendia onde Sola conseguira a sua aura de independência.

– Então? – exigiu saber. – Não dirijo. Quem me leva?

– Madame, não preferiria descansar...

– O corpo descansa quando morre. Quem?

– Ainda temos uma hora – Ehric considerou.

Enquanto Assail encarava o outro vampiro, a pequenina senhora ajeitou a bolsa no braço e assentiu.

– Então ele me leva.

Assail encontrou o olhar da avó de Sola e baixou um tom ao falar para que o que dissesse fosse respeitado.

– Eu pago. Estamos entendidos – a senhora não vai gastar nem um centavo.

Ela abriu a boca para argumentar, mas era teimosa, porém não tola.

– Então eu costuro.

– As nossas roupas estão em bom estado...

Ehric pigarreou.

– Na verdade, tenho alguns botões soltos. E a fita de velcro da jaqueta dele está...

Assail olhou por sobre o ombro e mostrou as presas para o idiota – sem que a avó de Sola notasse, claro.

Refazendo a expressão, voltou-se e...

Soube que havia perdido. A avó tinha uma das sobrancelhas erguidas, os olhos escuros tão firmes quanto o de qualquer inimigo que já tivesse enfrentado.

Assail meneou a cabeça.

– Não acredito que estou negociando com a senhora.

– E você concorda com os meus termos.

– Madame...

– Está acertado.

Assail ergueu as mãos para o alto.

– Muito bem. Vocês têm quarenta e cinco minutos. E só.

– Voltamos em trinta.

Dito isso, ela se virou e seguiu para a porta. Atrás dela, os três vampiros brincaram de pingue-pongue visual.

– Vão – Assail ralhou. – Os dois.

Os primos seguiram para a porta da garagem – mas não a alcançaram. A avó de Sola dera um giro, colocando as mãos nos quadris.

– Onde está o crucifixo?

Assail estremeceu.

– Como disse?

– Você não é católico?

Minha querida senhora, não somos humanos, ele pensou.

– Não, lamento.

Um olhar de raio laser o atingiu. Ehric. O irmão dele.

– Vamos cuidar disso. É a vontade de Deus.

E lá foi ela, marchando pelo vestíbulo, abrindo a porta e desaparecendo pela garagem.

Quando a pesada porta de aço se fechou automaticamente, tudo o que Assail fez foi piscar.

Os outros dois estavam igualmente surpresos. No mundo deles, o domínio era estabelecido pela força e pela manipulação por indivíduos de persuasão masculina. As posições eram ganhas ou perdidas em disputas de vontade que frequentemente eram sangrentas e resultavam em contagem de corpos.

Quando se vinha desse tipo de conceito, certamente não se esperava ser castrado em seu próprio território por uma mulher que sequer estava armada. E que provavelmente teria que subir numa escada para remover tal parte anatômica.

– Não fiquem aí parados – repreendeu Assail. – Ela é bem capaz de sair dirigindo sozinha.

Capítulo 10

– ... só uma muda as regras do jogo.

Enquanto o jato do chuveiro continuava a jorrar como se nada estivesse acontecendo, o som agradável da água caindo reverberava pelo vestiário – e a cabeça de Wrath continuava presa numa posição de torniquete: com uma adaga na jugular, e uma mão pesada no rabo de cavalo que caía pelas suas costas, ele não tinha como ir a parte alguma.

Cerrando os dentes, ele não sabia se devia ficar impressionado ou encorajar a lâmina a seguir seu caminho.

Mas não tinha tendências suicidas.

– Quais são elas, Payne? – ele rangeu.

A voz da fêmea foi um grunhido baixo em seu ouvido.

– Nós dois sabemos que você consegue sair dessa situação se escolher fazer isso. Num piscar de olhos, você pode me superar... Você mais do que provou isso no tatame.

– E a segunda?

– Se consegui pegá-lo uma vez, posso repetir isso. E talvez, da próxima vez, eu não vou gastar saliva tentando provar o fato de que sou sua igual.

– Sabe que sou o Rei.

– E eu sou a filha de uma deusa, filho da mãe.

Com isso, ela o soltou e recuou.

Cobrindo os genitais com as mãos, ele se virou para encará-la. Ele nunca vira Payne, mas lhe disseram que ela era parecida com o irmão, alta e imponente. Ao que tudo levava a crer, ela tinha o mesmo cabelo negro e os olhos gélidos também – e a inteligência era algo que ele mesmo podia julgar.

E também, evidentemente, ela tinha coragem.

– Posso matar você – disse ela com seriedade. – Quando eu bem quiser. Tampouco vou precisar de uma arma convencional. Sim, você é forte, reconheço isso. Mas existem coisas das quais sou capaz que você sequer consegue imaginar.

– Então por que não as usa?

– Porque não quero colocá-lo num túmulo. Você é necessário aqui. É um fator crítico para a raça.

Maldito trono.

– Então, o que está me dizendo é que se permitiria morrer lá na academia?

– Você não ia me matar.

– Ah, ia, sim – pensou ele, desgostoso.

– Escute aqui, Payne, nós podemos dar voltas e voltas nesse assunto pelo próximo ano e meio, e isso não nos levaria a lugar algum. Não vou mais treinar com você. Nunca mais.

– Você não espera que eu aceite um argumento baseado no meu sexo.

– Não, espero que respeite o meu relacionamento com o seu irmão.

– Não me venha com esse monte de asneira de novo. Sou maior de idade e, ainda por cima, vinculada. Não aceito de modo algum que meu irmão tenha algum tipo de controle sobre mim...

Ele lançou o quadril para a frente.

– Foda-se isso. Vishous é meu irmão. Você tem ideia do que aconteceria com ele caso eu a matasse? – ele gesticulou com uma mão na cabeça. – Será que consegue descer desse seu cavalo branco por um segundo e pensar a esse respeito? Mesmo que eu não desse a mínima para você, acha mesmo que eu faria isso com ele?

Houve uma pausa, e ele teve o pressentimento de que ela iria lhe responder. Mas quando nada foi dito, ele praguejou.

– E, sim, você está certa – disse ele. – Você luta bem o bastante para ser um Irmão – e eu treinei com eles por anos, então sei o que estou dizendo. Não estou parando por você ser uma maldita garota. É pelo mesmo motivo pelo qual Blay e Qhuinn não podem ir a campo juntos, e por que Xhex, caso ela decida lutar conosco, não seria alocada na mesma equipe de John.

É o motivo pelo qual a doutora Jane não pode operar o seu irmão ou você. Algumas coisas são simplesmente próximas demais, entende?

Contra o som da água que caía, ele a ouviu andar, os pés descalços quase imperceptíveis sobre os azulejos.

– Se você fosse irmão dele, e não irmã – continuou Wrath –, seria a mesma coisa. O problema sou eu, e não você. Portanto, faça um favor a si mesma e desça desse púlpito feminista em que está. Você está me cansando.

Um pouco duro demais, talvez. Mas ele já provara que ser civilizado estava além das suas capacidades no momento.

Mais silêncio. Até Wrath quase lançar as mãos para o alto em sinal de frustração – mas se lembrou que suas partes não precisavam ficar à mostra.

– Vamos lá, Payne. Reconheço que esteja com o orgulho ferido. Só que prefiro ter você viva e respirando em vez de me importar com seus sentimentos feridos.

Houve mais um intervalo de silêncio. Mas ela não saíra – ele sentia a presença dela como se a enxergasse. Ela estava bem diante dele, parada entre ele e a saída.

– Você acredita que não teria parado – disse ela com tranquilidade.

– Não – ele fechou os olhos, com arrependimento pesando em seu peito. – Eu sei disso. E como já disse, essa parte não tem nada a ver com você. Portanto, por favor, pelo amor de Deus, deixe esse assunto de lado e me deixe tomar banho.

Quando não houve mais nenhum diálogo, Wrath sentiu a raiva borbulhar de novo.

– O que foi?

– Deixe-me perguntar uma coisa.

– Isso não pode esperar até...

– Os Irmãos treinam juntos, correto?

– Não. Eles estão ocupados demais com aulas de tricô.

– Então, por que não treinam mais com você? – a voz dela se abaixou. – Por que você não se mantém em forma com eles? Isso mudou depois que você assumiu a coroa?

– Foi depois que fiquei completamente cego – ele explodiu. – Mudou depois disso. Quer a data exata?

– Fico imaginando se as pessoas vão concordar com isso que você está me dizendo, se eu sair perguntando por aí.

– Está sugerindo que eu consigo enxergar? – ele revelou as presas. – Mesmo?

– Não, estou questionando se seus Irmãos iriam para o tatame com você depois que você colocou a coroa sobre a cabeça. Tenho o pressentimento de que a resposta seria não.

– Quer explicar o motivo de isso ser relevante? – ele interrompeu. – Porque a sua outra opção é me ver perder as estribeiras de novo. E nós dois sabemos o quanto isso foi divertido da primeira vez.

Quando ela voltou a falar, a voz dela estava mais distante, e ele ficou com a impressão de que ela tinha ido para o arco que conduzia para onde estavam os armários.

– Acho que o único motivo pelo qual treinamos é por eu ser fêmea – quando ele abriu a boca, ela falou por cima dele. – E acho que você continuaria treinando comigo se eu fosse um macho. Você insiste em dizer que tudo tem a ver com o meu irmão, tudo bem. Mas acho que você é mais chauvinista do que imagina.

– Vai se ferrar, Payne. Sério.

– Não vou mais discutir isso. Mas por que não pergunta para a sua *shellan*?

– *O quê?*

– Pergunte a ela como ela se sente ao ter que lidar com você.

Ele cortou o ar com o punho.

– Saia daqui. Antes que me dê um motivo para eu esganá-la de novo.

– Por que ela não quer lhe dizer aonde vai enquanto você está trabalhando?

– *O que disse?*

– As fêmeas não escondem segredos dos companheiros que as respeitam. E é só isso o que vou dizer. Cego ou não, você precisa começar a se enxergar melhor.

Wrath marchou adiante sobre o piso molhado.

– Payne. Payne! Volte aqui agora, porra!

No entanto, ele estava brigando consigo mesmo.

A fêmea o deixara sozinho.

– Caceeeeete! – berrou ele a plenos pulmões.

Caceeeeete, pensou Trez ao respirar novamente.

A recuperação de uma enxaqueca era o mesmo que aterrissar suavemente ao se recobrar de um desmaio. Normalmente, o remédio era comida e descanso – porque Deus sabia que, apesar de ele estar num quarto escuro com nada além de *Howard 100* saindo do seu iPhone, ele não tinha dormido adequadamente.

Naquele instante, porém, ele vinha reconsiderando anos de tentativas e erros de volta ao normal: quando a porta se fechou atrás do seu irmão, e Trez se viu sozinho com a Escolhida Selena, todas as células do seu corpo formigavam.

Ah, caramba, ele tinha que acender uma luz, apesar de ainda ser um pouco cedo para que as suas retinas lidassem com qualquer fonte de luz...

Olá, deusa.

Selena era alta, e apesar de estar usando as vestes brancas tradicionais da sua posição, estava claro que tinha a constituição que toda fêmea deveria ter: nada escondia aquelas suas curvas, nem mesmo todo aquele tecido drapejado. E por falar em rostos bonitos, ela era toda lábios rosados e olhos azul-claros, as feições perfeitamente simétricas e projetadas para captar e prender olhares masculinos. E também havia o cabelo. Longo, espesso, e da cor da meia-noite, ela o portava ao estilo das Escolhidas, preso no alto da cabeça.

Para que você só ficasse querendo soltá-lo para passar os dedos ao longo dele.

Ela era perfeita de todas as maneiras.

E não dava a mínima para ele.

O que tornava a sua aparição em seu quarto com aquela sacola de coisas ainda mais notável.

– Você esteve muito doente – disse ela com suavidade.

Os olhos de Trez giraram em torno das próprias órbitas. A voz. Merda, aquela *voz*.

Espere, ela estava esperando uma resposta, não estava? O que ela tinha...

– Não, estou ótimo. Simplesmente ótimo.

E ficando duro como uma rocha, muito obrigado. Deus, esperava que ela não percebesse o cheiro da sua excitação.

– O que posso fazer por você?

Hum... Que tal tirar o manto e subir na cama? E depois me cavalgar como um pônei até eu desmaiar?

– Gostaria de comer essa comida?

– Que comida? – murmurou ele.

– O seu irmão preparou aquela sacola para você.

O cara estivera ali?, ele se perguntou.

– Você acabou de pedir que ele saísse.

Ah, devia ser.

– Ah, sim, isso mesmo.

Trez se recostou contra o travesseiro e fez uma careta. Quando quis esfregar as têmporas, sentiu-a se aproximando da cama – e com um movimento rápido, puxou a colcha pesada mais para cima na barriga.

Algumas vezes, "nu" queria dizer muito mais do que simplesmente "estou sem roupa alguma".

Caramba, a expressão dela era de preocupação. Ao ponto de ele ter que se esforçar para lembrar que um dia ela o dispensou. De verdade.

Isso mesmo, por mais deficiente que a sua memória recente estivesse – pelo menos no que se referia ao irmão sair do quarto –, ele conseguia se lembrar exatamente onde estava quando vira a fêmea pela última vez... assim como a resposta menos do que entusiasmada dela.

Também se lembrava precisamente como a conhecera. Ouvira o nome dela assim que Phury libertara as Escolhidas do Santuário da Virgem Escriba e Selena, junto com as outras, passara a viver nos Grandes Campos de Adirondack. Ele até a vira de tempos em tempos, mas algumas coisas estiveram acontecendo com Rehv e ele se distraíra.

Aquilo, contudo, passara. E ele e iAm foram até lá a pedido de Rehv – quando a encontrara adequadamente, somente os dois.

Ok, iAm estivera com ele, mas ele também deixara o cara fora da sua cabeça. Em retrospecto, no momento em que vira a fêmea, ele se esquecera do próprio nome, grande parte do seu vocabulário e setenta e cinco por cento do seu senso de equilíbrio.

Atração. Cósmica. Instantânea.

Pelo menos da sua parte.

Claro que ela não ficara tão afetada – ainda que ele tivesse esperanças. E tendências a perseguição. Na semana anterior, ele ficara andando pela mansão por muitas noites seguidas, na esperança de vê-la em meio a uma das suas visitas de serviço à Irmandade. Sim, porque nada afirmava mais categoricamente "quero sair com você" do que um mandado de segurança.

No fim, ganhara na loteria e conseguira "esbarrar nela". Carismático que era, ele lhe dissera o quanto ela era bela – sem passar uma cantada. Era de verdade. Infelizmente, e ao contrário das incontáveis humanas que ele conquistara, ela continuara sem se impressionar.

Portanto, mais uma vez, por que aquela visita agora?

Não que ele fosse olhar atentamente para essa pergunta.

– O que posso pegar para você? – perguntou ela. Ah, caramba, aquela preocupação sincera o envergonhava.

– Hum... Uma dessas Cocas, por favor?

Ah, siiim, o modo como ela se movimentou ao caminhar até a sacola... Tão suave e equilibrado, os quadris ondulando debaixo do manto, os ombros contrabalanceando, o seu...

Desviou o olhar das qualidades posteriores dela.

Mas, *uau*.

Quando ela se aproximou da cama, ele foi mais para o meio do colchão, desejando que ela se sentasse. Ela não se sentou. Inclinou-se e lhe entregou a garrafa plástica. Depois retrocedeu e manteve uma distância respeitável.

O refrigerante emitiu um sibilo quando ele girou a tampa.

– Por favor, conte-me o que o aflige.

As mãos dela se retorceram diante do corpo. Torcendo e retorcendo.

– Apenas uma enxaqueca – ele tomou um gole grande da garrafa. – Uau, isso aqui é muito bom.

A vista era ainda melhor.

– O que é isso?

– Coca-Cola – Trez parou antes de perceber que ela se referia ao seu problema. – Uma enxaqueca é um tipo de dor de cabeça. Nada de mais.

A não ser pelo fato de ter durado doze horas e ele ter se sentido à beira da morte.

Os belos olhos se estreitaram.

– Se não é nada de mais, por que o seu irmão estava preocupado?

– Ele é assim mesmo. Histérico – Trez baixou as pálpebras e bebeu um pouco mais. E mais ainda. – Néctar dos deuses, de verdade.

– Nunca pensei nele como sendo assim. Mas, claro, você o conhece melhor do que eu.

Enquanto ela continuava ali, ele desejou que ela mostrasse pelo menos metade desse interesse no seu peito à mostra: ele não era arrogante, mas normalmente as fêmeas olhavam para ele e não desviavam o olhar.

– Não se preocupe, ele vai ficar bem – resmungou. – E eu também.

– Mas você ficou aqui o dia inteiro... Desde que voltou ontem à noite.

Ele estava quase ficando aborrecido consigo mesmo quando pensou... Espere um minuto...

– Como sabe disso?

O fato de ela desviar o olhar rapidamente o fez se erguer de novo.

– O seu irmão mencionou algo lá embaixo.

Duvidava muito. iAm raramente falava com as pessoas, a menos que fosse necessário.

Então, ela devia tê-lo procurado. Correto?

Trez abaixou as pálpebras.

– Ei, importa-se em se sentar aqui? Está difícil ficar olhando para cima na sua direção.

Mentiroso.

– Ah, sim, claro.

Booooa.

Enquanto ela se acomodava na cama, e ajeitava o manto, ele sabia que estava abusando, mas convenhamos... Ele passara horas consideráveis deitado no chão defronte ao vaso sanitário pouco tempo atrás.

– Tem certeza de que não necessita de um curandeiro? – perguntou ela, os olhos hipnotizando-o ao ponto de ele apenas ficar olhando aqueles cílios longos subindo e descendo. – E seja verdadeiro comigo.

Ah, ele queria lhe contar tantas verdades. Mas não havia motivo para agir como um tolo.

– Foi só uma dor de cabeça que dura algumas horas. Verdade. E eu as tenho tido durante toda a minha vida adulta – meu irmão não as tem, mas ouvi dizer que meu pai, sim. Não são divertidas, mas não é nada que me faça mal.

– Seu pai faleceu?

Trez contraiu o rosto para garantir que nada transparecesse.

– Ele ainda está vivo. Mas está morto para mim.

– Por que motivo?

– É uma longa história.

– E...?

– Nada. Longa demais, complicada demais.

– Você tem outros planos para hoje? – isso foi dito num tom de leve desafio.

– Está se dispondo a ficar comigo?

Ela baixou o olhar para as mãos.

– Essa... longa história com os seus pais... É por isso que você tem um sobrenome?

Como ela sabia?

Trez começou a sorrir, e foi uma coisa boa ela ter abaixado os olhos, caso contrário, teria visto uma bela amostra de seus dentes brancos e brilhantes.

Alguém vinha mesmo investigando a sua vida... Não era interessante?

E quanto ao sobrenome?

– Isso foi inventado. Trabalho no mundo humano e precisava de um disfarce.

– Em que tipo de trabalho está envolvido?

Trez franziu o cenho, visualizando-se dentro da boate – e depois dentro do banheiro que usara como seu palácio de transas tantas vezes...

– Nada de importante.

– Então por que o faz?

Ele tomou uma última e longa golada da Coca e fitou o vazio.

– Todos precisam estar em algum lugar.

Deus, ele não queria mesmo entrar nessa parte da sua vida – a ponto de não se importar se ela tivesse que sair por falta de assunto. Num *flash*, imagens suas fazendo sexo com uma longa sucessão de humanas manifestaram-se diante de seus olhos, a ponto de fazer Selena sumir e ele sequer sentir seu perfume.

Para os Sombras, o corpo físico era uma extensão da alma – uma realidade que talvez fosse óbvia, mas, na verdade, era muito mais complicada, segundo a maneira como o s'Hisbe encarava. Conclusão: o que você faz com o seu corpo, o modo como o trata e cuida dele – ou não cuida – é diretamente passado para o seu cerne. E o sexo é, por sua natureza, o ato mais sagrado da forma física, nunca deve ser feito levianamente, e por certo, nunca, jamais, com os humanos nojentos, especialmente os de pele clara.

Para os Sombras, a pele clara equivale a uma doença.

Mas as regras não paravam na soleira da porta dos *Homo sapiens*. Fazer amor era algo completamente ritualizado no Território. O sexo era agendado entre os casais, ou metades, como eram conhecidos, papiros enrolados sendo trocados em corredores de mármore, consentimento requisitado e dado por uma série de diretivas prescritas. E quando tudo estivesse acertado? O ato jamais era consumado durante as horas do dia e nunca, jamais sem um banho ritual antes. Também era anunciado a todos, uma faixa especial era pendurada sobre a porta do quarto, uma forma polida de declarar que, a menos que o lugar estivesse pegando fogo e/ou alguém estivesse com hemorragia interna, não deveria haver interrupções até que um ou ambos participantes surgissem num tempo futuro.

A vantagem, depois de tantas barreiras? Quando as duas metades se encontravam, aquilo podia durar dias.

Ah, e uma observação: também nada de masturbação. Isso era considerado um desperdício de comunhão.

Portanto, sim, o seu povo não veria simplesmente com maus olhos a sua vida sexual, eles lidariam com ele somente com pinças para churrasco, ao mesmo tempo em que usariam um macacão à prova de elementos bioquímicos e uma máscara de solda: ele transara com mulheres às onze da manhã e às três da tarde e muuuuito antes do jantar. Ele as tomara em lugares públicos e debaixo de pontes, em boates e restaurantes, em banheiros e hotéis sujos – e no seu escritório. Talvez em apenas metade dos casos soube de seus nomes, e desse venerável grupo, ele talvez conseguisse se lembrar de uma entre dez.

E só porque haviam sido esquisitas ou tinham lembrado-lhe algo.

E no que se referia à pele clara? Ele não discriminara. Possuíra todas as raças humanas, algumas até ao mesmo tempo. O único setor que ele não fodera ou pelo qual não fora fodido foram os machos, mas só porque ele não se sentia minimamente inclinado.

Se se sentisse, também teria experimentado.

Imaginava que nem tudo estivesse perdido. Os Sombras acreditavam em remediação, e ele ouvira falar em rituais de limpeza – mas havia tanta coisa que um cara poderia fazer para remediar os danos...

A ironia, claro, foi que ele começara a se orgulhar de se arruinar àquele extremo. Imaturo, sim, mas era como se ele estivesse mostrando o dedo médio para a tribo e para todas as suas ridículas cretinices – mais ainda para a filha da rainha, a quem todos pensavam que ele devia estar com muita pressa em abocanhar regularmente pelo resto da sua vida.

Mesmo sem nunca tê-la conhecido, ele não estava interessado em ser um brinquedo sexual e não tinha intenção alguma de se apresentar de livre e espontânea vontade para ser preso numa gaiola dourada.

Mas era engraçado. A despeito de todas as coisas que odiava nas tradições em que fora criado, ele vinha descobrindo algum sentido nelas: ali estava ele, nesse estado pós-enxaqueca, próximo a ponto de poder beijar a fêmea que ele morria de vontade de idolatrar com o corpo. E, adivinha só? Toda aquela rebeldia que ele aproveitara o fazia se sentir tanto imundo quanto totalmente indigno.

Não que o ato em si fosse um dia acontecer com Selena – ele era um devasso, mas não tinha ilusões.

Merda.

Com um gemido, ele se deixou cair sobre os travesseiros novamente. Apesar da Coca e das doses de açúcar e cafeína, ele se sentia completamente exausto.

– Perdoe-me – murmurou a Escolhida.

Não diga que vai embora, ele pensou. Mesmo que eu não mereça de modo algum, por favor, não vá...

– Precisa se alimentar? – perguntou ela num fôlego só.

Trez sentiu o queixo cair. De todas as coisas que estava preparado para ouvir... Nem. De. Perto.

– Talvez eu esteja sendo muito atrevida – disse ela, com os olhos baixos. – É que você me parece tão cansado... E às vezes isso é o que mais ajuda.

Puta... merda...

Ele não sabia dizer se ganhara na loteria... ou se recebera uma sentença de morte.

Mas quando seu pau exigiu receber atenção, e seu sangue rugiu, a parte decente dentro dele, que há tanto estava enterrada, disse de modo tranquilo e persistente:

Não, ela disse. Nem agora nem nunca.

A dúvida era... Quem venceria, o anjo ou o demônio dentro dele?

Capítulo 11

Wrath alcançou o corredor do túnel subterrâneo do complexo a passos rápidos, os coturnos batendo em estrondos fortes que ecoavam ao redor até ele tomar parte de sua própria banda em marcha. Ao seu lado, George avançava em velocidade triplicada, a coleira balançando, as unhas ressoando sobre o piso de concreto.

O trajeto do centro de treinamento até a mansão demorava pelo menos dois minutos; de três a quatro, se você estivesse andando devagar, conversando com alguém. Mas não daquela vez. George o deteve diante da porta de segurança meros trinta segundos depois que eles deixaram o escritório atrás do depósito de suprimentos.

Escalando as escadas, Wrath tateou ao redor do teclado de segurança e digitou seu código. Com um estalido típico de um cofre de banco se abrindo, a tranca destravou e logo eles prosseguiam por uma passagem até a entrada controlada seguinte. Ultrapassando esse último ponto de checagem, surgiu no vestíbulo cavernoso, e a primeira coisa que Wrath fez foi farejar.

Cordeiro, para a Primeira Refeição. A lareira acesa na biblioteca. Vishous fumando seus cigarros enrolados à mão na sala de jogos.

Merda. Ele tinha que contar ao Irmão o que acontecera com Payne na academia. Inferno, tecnicamente, ele devia ao cara o direito a um *rytho*.

Mas isso podia esperar.

– Beth – disse ele ao cachorro. – Procure.

Tanto ele quanto o animal testaram e retestaram o ar.

– Em cima – ordenou ele ao mesmo tempo em que o cachorro puxou para a frente.

Ao chegarem ao patamar do segundo andar, o cheiro dela ficou mais forte – o que confirmou que estavam indo para a direção certa. A notícia ruim? Ele estava vindo da esquerda.

Wrath avançou pelo corredor das estátuas, passando pelo quarto de John e Xhex e pelo de Blay e Qhuinn.

Pararam antes de chegar ao de Zsadist e Bella.

Ele não precisou que o cachorro lhe mostrasse que haviam chegado ao seu destino – e ele sabia exatamente a quem pertencia o quarto diante do qual estavam: mesmo no corredor, os hormônios gestacionais espessavam o ar a tal extremo que era como estar atingindo uma cortina de veludo.

Motivo pelo qual Beth estava ali, não?

As fêmeas não escondem segredos dos companheiros que as respeitam.

Maldição. Não diga que a sua companheira queria um filho e estava fazendo algo a respeito sem conversar com ele.

Cerrando os dentes, ergueu os nós dos dedos para bater à porta, mas acabou batendo com o punho. Uma vez. Duas.

– Entre – respondeu a Escolhida.

Wrath abriu a porta e soube exatamente quando a sua *shellan* o viu: o cheiro pesado da culpa e do engodo flutuou pelo quarto até ele.

– Precisamos conversar – ele ralhou. E depois acenou no que esperava ser a direção em que Layla estava. – Por favor, nos dê licença, Escolhida.

Houve uma troca de palavras entres as fêmeas, formais da parte de Beth, nervosas da parte de Layla. Em seguida, sua companheira saiu da cama e atravessou o quarto na direção dele.

Não disseram palavra alguma um para o outro. Não quando ela fechou a porta atrás deles. Não quando andaram pelo corredor lado a lado. Nem quando chegaram à entrada do escritório dele, e ele disse a George que esperasse do lado de fora, fechando os dois do lado de dentro.

Mesmo ele estando familiarizado com a disposição da mobília francesa afetada, ergueu as mãos, tocando o encosto das cadeiras e de um sofá delicado com tapeçaria de seda... e depois o canto da escrivaninha do pai.

Quando deu a volta e se sentou no trono, pôs as mãos sobre os imensos braços entalhados – e segurou-os com tanta força que a madeira rangeu em protesto.

– Há quanto tempo você vem lhe fazendo companhia?

– A quem?

– Não se faça de tola. Isso não combina com você.

O ar se mexeu na sala, e ele ouviu os passos dela sobre o tapete Aubusson. Enquanto ela andava de um lado para o outro, ele conseguiu visualizá-la, as sobrancelhas unidas, a boca rígida, os braços cruzados sobre o peito.

A culpa se fora. E, em substituição, ela estava tão irritada quanto ele.

– Por que se importa com isso? – murmurou ela.

– Estou no meu direito de saber onde você está.

– O que disse?

Ele apontou um dedo numa direção genérica.

– Ela está grávida.

– Já notei isso.

O punho desceu com tamanha força que o telefone saiu do gancho.

– Você quer entrar no cio!

– Sim! – ela bradou de volta. – Quero! Isso por acaso é um crime?

Wrath exalou forte, sentindo como se tivesse sido atropelado por um carro. De novo.

Engraçado como ouvir o seu maior medo dito em voz alta fosse tão devastador.

Respirando fundo algumas vezes, soube que precisava escolher suas palavras com cuidado – apesar do fato de as suas glândulas adrenais terem se aberto completamente e estarem bombeando "ai, meu Deus" mais do que suficiente em seu sistema para que ele se sentisse mergulhando em terror.

No silêncio, o tom do telefone fora do gancho e o pedido para ser reconectado foi tão alto quanto as imprecações percorrendo suas cabeças.

Com uma mão trêmula, ele tateou ao redor até encontrar o bocal. Recolocá-lo no gancho exigiu algumas tentativas, mas ele conseguiu sem destruir o aparelho.

Bom Deus, como a sala estava silenciosa. E, por algum motivo, ele ficou muito ciente da cadeira em que estava sentado, de tudo, desde o assento duro de couro, os símbolos entalhados debaixo dos seus braços, até a região lombar que era roçada por um relevo elevado atrás dele.

– Preciso que você preste atenção – disse ele num tom monótono – e saiba que é a mais pura verdade. Eu não a servirei durante o seu cio. Nunca.

Foi a vez dela arfar como se tivesse recebido um golpe na barriga.

– Não posso... Não posso acreditar que tenha dito isso.

– Nunca, em tempo algum isso acontecerá. Eu nunca a engravidarei.

Existiam bem poucas coisas na vida que ele sabia com certeza. A única outra que lhe vinha à mente era o quanto a amava.

– Não vai – disse ela, rouca – ou não pode.

– Não vou.

– Wrath, isso não é justo. Você não pode simplesmente gravar isso numa pedra como se fosse uma das suas proclamações.

– Então eu devo mentir a respeito do que sinto?

– Não, mas pode conversar sobre o assunto, pelo amor de Deus. Somos companheiros, e isso afeta a nós dois.

– Discussões não mudarão a minha opinião. Se quer continuar a desperdiçar o seu tempo com a Escolhida, essa é uma decisão sua. Mas se os boatos são verdadeiros, e isso provocar o seu cio, saiba que você será drogada até ele passar. *Não* vou servi-la.

– Céus... Como se eu fosse algum tipo de animal que precisa ir ao veterinário?

– Você não faz ideia de como são esses hormônios.

– Isso... Vindo de um macho.

Ele deu de ombros.

– É um fato constatado pela biologia. Quando Layla estava no cio dela, todos nós na casa sentimos – mesmo uma noite e meia depois de terminado. Marissa ficou drogada por anos. É assim que é feito.

– Sim, talvez quando a fêmea não é vinculada. Mas da última vez que fui verificar, era o meu nome nas suas costas.

– Só porque está casada não quer dizer que precise ter filhos.

Ela ficou em silêncio por um minuto.

– Não lhe ocorre nem por um segundo que isso pode ser importante para mim? Não importante no sentido de "ah, quero um carro novo" ou "quero voltar a estudar", nem mesmo "que tal a gente marcar um encontro de vez em quando no intervalo entre você levar um tiro e fazer um trabalho que odeia". Wrath, essa é a fundação da vida.

E uma passagem para a morte – a dela. Tantas fêmeas morriam no parto, e se ele a perdesse...

Merda. Ele não conseguia sequer pensar hipoteticamente nisso.

– Não lhe darei um filho. Eu poderia disfarçar a verdade com um punhado de palavras sem sentido, mas, cedo ou tarde, você vai ter que aceitar...

– *Aceitar*? Como se eu tivesse sido atingida pelo espirro de alguém resfriado e tivesse que me resignar a tossir por alguns dias? – a descrença na voz dela era tão evidente quanto a raiva. – Você está ouvindo o que está dizendo?

– Estou bem ciente de todas as palavras que escolhi. Confie em mim.

– Ok. Muito bem. Por que não tentamos trocar de papel? Que tal se eu disser... Que tal assim: você vai me dar o filho que eu quero e isso é uma coisa com a qual *você* terá que se acostumar. Ponto-final.

Ele deu de ombros de novo.

– Você não pode me forçar a estar com você.

Quando Beth arfou, ele teve o pressentimento de que haviam entrado numa nova dimensão do relacionamento deles – e não era uma boa. Mas não havia volta.

Praguejando, ele meneou a cabeça.

– Faça um favor a si mesma e pare de fazer companhia àquela fêmea por horas todas as noites. Se você estiver com sorte, isso ainda não funcionou e podemos simplesmente esquecer o assunto...

– Esquecer o assunto... espere. V-você está... Você está... Perdeu a porra do seu juízo por completo?

Merda. A sua *shellan* nunca gaguejava, nem tropeçava em palavras e raramente praguejava. Acabara de fazer os três.

Mas isso não mudava nada.

– Quando você ia me contar? – ele exigiu saber.

– Contar o quê? Que você sabe ser um cretino completo? Que tal agora?

– Não, que você estava deliberadamente tentando precipitar o seu cio. Falando de coisas que afetam a nós dois...

O que teria acontecido se ela subitamente tivesse entrado no seu período enquanto estivessem juntos sozinhos durante o dia? Ele poderia ter cedido e...

Nada bom. Ainda mais se mais tarde ele descobrisse que ela estivera passando seu tempo livre com a Escolhida especificamente com esse objetivo.

Ele a encarou.

– Sim, exatamente quando essa conversa aconteceria? Não seria hoje, seria? Estava deixando para amanhã? Não? – ele se inclinou na direção da mesa. – Você sabia que eu não queria isso. Eu lhe *disse* isso.

Mais passos. Ele ouvia cada uma das passadas dela. Levou um tempo até que parassem.

– Sabe de uma coisa? Vou sair agora – ela anunciou. – E não só porque eu tenho que sair hoje. Preciso não ficar perto de você por um tempo. E depois, quando eu voltar, vamos conversar de uma vez... e ver os dois lados da questão... não! – ordenou quando ele abriu a boca. – Você não vai dizer nem mais uma maldita palavra. Se disser, tenho a sensação de que vou fazer as malas e sair daqui de uma vez por todas.

– Aonde você vai?

– Contrariamente à crença popular, você não tem o direito de saber onde estou todos os segundos do dia e da noite. Ainda mais depois dessa discussão.

Praguejando novamente, ele tirou os óculos e esfregou o nariz.

– Beth, escute, eu só...

– Ah, mas eu já ouvi você o bastante por ora. Por isso, faça-nos o favor de ficar bem onde está. De qualquer forma, no ritmo em que está, essa mesa e esse trono são tudo o que lhe restará. Você pode muito bem se acostumar a eles.

Ele fechou a boca. Ouviu-a se afastar. A batida da porta depois que ela saiu.

Ele estava prestes a saltar e ir atrás dela quando se lembrou de que a doutora Jane disse algo a respeito da ressonância de John no hospital humano. Ela só podia estar indo para lá, já que dissera ser importante que o acompanhasse.

Abruptamente, lembrou-se da convulsão e do que acontecera no meio dela. Confrontara Qhuinn a respeito do que John tentara dizer a Beth – se algo estava sendo dito à sua *shellan*, ele saberia dos detalhes, muito obrigado.

Eu a manterei a salvo. Cuidarei de você.

Ok, arquivando isso na pasta "mas que porra é essa". Normalmente, Wrath não tinha nada contra John Matthew. De fato, sempre gostara do garoto – a ponto de ser estranho a facilidade com que o guerreiro mudo entrara na vida de todos, e ali permanecera.

Um grande soldado. Com a cabeça centrada. E a ausência da voz não era um problema a não ser para Wrath, porque, obviamente, ele não enxergava a linguagem de sinais.

Ah, e quanto ao exame de sangue que dizia que ele era filho de Darius? Quanto mais tempo se passava ao lado do garoto, mais evidente era a conexão entre eles.

Mas ele queria respeitada a maldita linha divisória quando qualquer macho se interpunha entre ele e a sua companheira, sendo irmão de sangue ou não. Era ele quem manteria Beth a salvo e a protegeria. Ninguém mais. E teria confrontado John mais tarde, só que o mais extraordinário era que o garoto não sabia o que tinha dito: John não era versado o suficiente no Antigo Idioma para sustentar uma conversa e, mesmo assim, tanto Blay quanto Qhuinn confirmaram que foi aquilo mesmo que pareceu que ele estava dizendo com os lábios.

Mas tanto fazia. John se submeteria a um tratamento e, no que se referia a Beth, ele não seria um problema no fim. A história do bebê, porém...

Demorou um tempo até que Wrath desgrudasse as garras dos braços do trono e, ao sacudi-las, suas juntas arderam.

De qualquer forma, no ritmo em que está, essa mesa e esse trono são tudo o que lhe restará.

Que confusão. A conclusão era, no fim das contas... ele simplesmente não poderia perdê-la numa gestação. E por pior que fosse ter aquela fenda entre eles, pelo menos os dois ainda habitavam o planeta e continuariam assim: não havia a menor possibilidade de ele voluntariamente arriscar a vida dela por conta de um filho ou filha hipotético – que, a propósito, supondo-se que sobrevivesse à idade adulta, muito provavelmente sofreria sob o jugo do seu legado real tanto quanto ele.

E essa era outra parte importante para ele. Ele não tinha pressa alguma em condenar um inocente a toda aquela maldita coisa de realeza. Aquilo arruinara a sua vida – e essa não era uma herança que queria partilhar com alguém que ele indubitavelmente amaria quase tanto quanto a sua *shellan*...

Mudando de posição no trono, olhou para si mesmo... e franziu o cenho.

Mesmo não conseguindo enxergar nada, percebeu... que estava excitado. Uma ereção pulsante se espremia contra o zíper das suas calças de couro.

Como se tivesse algum lugar para ir. Naquele instante.

Pousando a cabeça na mão, ele entendeu imediatamente o que aquilo significava.

– Ah... Deus... *Não.*

– Gostaria de se alimentar?

Enquanto Selena aguardava a resposta para a sua pergunta, ela se esforçou ao máximo para ignorar o fato de que o incrível macho de pele escura na cama diante dela estava nu. Só podia estar. Com os lençóis enrolados na cintura, o peito estava exposto, os peitorais definidos e os ombros fortes iluminados pela luz suave no canto.

Era difícil imaginar por que ele se daria ao trabalho de vestir algo da cintura para baixo.

Santa Virgem Escriba, que visão aquela. E uma revelação – embora não fosse nem ignorante, nem ingênua. Ela podia ter sido mantida no santuário desde o nascimento um século atrás, mas como uma *ehros*, estava familiarizada com a mecânica do sexo.

A despeito do treinamento, contudo, o ato em si não fora o seu destino. O Primale antigo fora assassinado nos ataques logo depois que ela amadurecera, e seu substituto não fora nomeado por décadas e décadas. Então, quando Phury assumira o manto, ele mudara tudo, libertando todas elas ao mesmo tempo em que tomara para si uma *shellan* com quem era monógamo.

Ela sempre imaginara como devia ser o sexo. E agora, olhando para Trez, entendeu visceralmente por que as fêmeas se submetiam. Por que suas irmãs se arrumavam e se preparavam para o "dever" delas? Além disso, por que retornavam posteriormente para o dormitório com uma incandescência na pele, nos cabelos, nos sorrisos, nas almas?

Era angustiante vivenciar aquilo em primeira mão...

Abruptamente, ficou ciente de que ele não lhe respondera.

Enquanto ele continuava a fitá-la, ela se perguntou se o teria ofendido. Mas como? Era do seu entendimento que ele não tinha uma companheira: viera àquela casa com o irmão, não uma *shellan*, e nunca havia fêmea alguma em seus aposentos.

Não que ela tivesse tomado conta de todos os movimentos dele.

Apenas de grande parte.

Quando corou, disse a si mesma que por certo ele precisaria de uma veia após todo o sofrimento por que passara, não? Na verdade, o peso da sua doença se mostrava no rosto... o rosto lindo e firme, com os olhos amendoados escuros, os lábios proeminentes e esculpidos, maçãs do rosto altas e maxilar firme e forte...

Selena perdeu o fio dos seus pensamentos.

– Não pode estar falando sério – disse ele com a voz rouca.

As palavras soaram mais graves que de costume, e surtiram um efeito estranho nela. De repente, o calor em seu rosto floresceu em seu corpo todo, aquecendo-a internamente, relaxando-a de um modo que a fez temer um pouco menos o futuro.

– Estou – ela se ouviu dizer.

E aquela não seria uma obrigação. Não, naquele lugar tranquilo e quase escuro entre eles, ela o desejou – em seu pescoço, não no pulso...

Loucura, sua voz interior avisou.

Aquilo não era apropriado, e não só porque maculava os limites do trabalho que ela fazia ali naquela casa.

Fechando os olhos, ela detestou o fato de que, por todos os motivos sensatos, ela *deveria* se virar e sair daquele quarto naquele instante. Aquele macho, aquele macho resplandecente que era capaz de derreter até mesmo seus membros rígidos, não estava no seu futuro. Assim como o Primale não estava, nem nenhum outro macho, a bem da verdade.

Seu futuro fora determinado bem antes de ela ser envolvida pelo seu primeiro manto de Escolhida.

Depois de um longo momento, ele meneou a cabeça.

– Não, mas obrigado.

A rejeição a deixou nauseada. Talvez ele tivesse sentido os seus desejos inapropriados? Todavia... Ela podia ter jurado que ele sentia algo semelhante. Ele a detivera nas escadarias daquela vez, e ela teve tanta certeza de que ele a desejava...

Bem, pelo menos ela esteve em seu juízo certo ao afastá-lo.

Depois que se separaram, porém, o modo como ele a fitava pairara no ar, e foi então que ela começara a observá-lo pelos cantos.

Ele, contudo, não a estava fitando daquela maneira.

E tudo mudara depois da sua oferta. Por quê?

– É melhor você ir – ele indicou a porta. – Eu só preciso comer alguma coisa e logo fico bem.

– Eu o ofendi?

– Ah, Deus, não – ele fechou os olhos e meneou a cabeça. – Eu só não quero...

Ela não conseguiu entender o resto do que ele disse, porque ele esfregou o rosto e abafou as palavras.

Abruptamente, Selena pensou nos livros que lera na biblioteca sagrada do Santuário. Tantos detalhes das vidas aqui na Terra. Tão ricas e surpreendentes, as noites e os dias. Tão vívidas as histórias, até parecer que ela poderia esticar a mão e tocar aquele outro plano de existência. Ficara ávida por este outro lado, desenvolvendo um vício por suas histórias em toda a sua glória e sua tristeza: ao contrário de muitas das suas irmãs, que simplesmente registravam o que viam nas tigelas redondas de cristal, ela se tornara voraz em seu tempo livre, estudando o mundo moderno, as palavras empregadas, a maneira com que as pessoas se portavam.

Ela sempre teve a concepção de que aquilo era o mais próximo que chegaria da liberdade de escolha e de qualquer tipo de destino.

E isso ainda se aplicava, mesmo depois da libertação de Phury.

– Maldição, fêmea, não olhe para mim assim – gemeu Trez.

– Assim como?

Ele pareceu rolar os quadris e, quando murmurou outra coisa que ela não conseguiu entender, ela inspirou fundo e – Santa Virgem Escriba – o cheiro que exalava dele não era nada menos do que ambrosia para o seu nariz.

– Selena, você tem que ir, garota. Por favor.

Ele arqueou de volta aos travesseiros, o peito magnífico se contraindo, as veias do pescoço saltando.

– *Por favor.*

Obviamente, ele estava sofrendo – e, de algum modo, ela era a causa.

Selena remexeu no manto para mantê-lo no lugar ao se colocar de pé. Curvando-se sem jeito, ela abaixou a cabeça.

– Sim, claro.

Ela não se lembrava de ter saído do quarto ou de ter fechado a porta, mas devia ter feito isso: acabara no fim do corredor, parada entre a passagem trancada que conduzia para os aposentos privados da Primeira Família e a escadaria que a levaria de volta ao segundo andar...

O que percebeu em seguida era que estava de volta ao Santuário.

Na verdade, uma surpresa. Normalmente, quando terminava algum dever na Terra, ela acabava indo para a casa de campo de Rehv no norte. Ela apreciava a biblioteca de lá – os romances de ficção e as biografias eram fascinantes, e de algum modo menos invasivos que os volumes ali do Santuário.

Mas algo nela a levara para o seu antigo lar.

Como estava diferente, ela pensou ao olhar ao redor. Não mais uma fortaleza monocromática – agora apenas as construções, feitas de mármore imaculado, eram brancas. Tudo o mais vibrava com cores, do esmeralda do gramado, passando pelo amarelo, rosa e roxo das tulipas, ao azul claro das fontes. Mas a disposição era a mesma. O templo privativo do Primale permanecia fechado tanto para os claustros das escribas quanto para a enorme biblioteca de mármore, assim como a entrada trancada para os aposentos privativos da Virgem Escriba. Mais ao longe, os dormitórios das Escolhidas, onde elas tanto repousavam quanto faziam suas refeições, adjacentes aos banhos e espelhos d'água. E depois, oposto a tudo isso, havia a vasta fonte de informações com seus objetos, excentricidades e receptáculos de pedras preciosas.

Ah, quanta ironia, porém. Agora que havia cor para agradar aos olhos? Tudo estava desprovido de vida, as Escolhidas tendo deixado o ninho e ido viver suas vidas.

Ninguém fazia a mínima ideia de onde estava a Virgem Escriba – e também ninguém ousava perguntar.

A ausência era estranha e desconcertante. Todavia, bem recebida.

Quando os pés de Selena se puseram a andar, ficou claro que ela tinha algum tipo de destino em mente, mas, conscientemente, ela não sabia ainda. Pelo menos, isso não era extraordinário. Ela sempre foi introspectiva, normalmente por estar pensando no que vira nas cubas de clarividência ou lera nas lombadas dos volumes encapados em couro.

No entanto, ela não estava ponderando sobre as vidas de outrem.

O macho de pele escura estava... Bem, parecia não haver palavras suficientes para descrevê-lo, apesar do seu vasto vocabulário. E as imagens do que acabara de acontecer no quarto dele eram como as cores recém-chegadas ali – uma revelação de beleza.

Presa em pensamentos, ela continuou andando, passando além do centro de escribas, descendo pelos dormitórios e mais adiante, até se aproximar da fronteira das árvores, a qual, magicamente a expulsaria para o exato lugar em que entrara, caso atravessasse.

Só tarde demais ela percebeu onde seus pés a levaram.

O cemitério escondido estava cercado por um caramanchão, o outeiro propositadamente protegido das vistas por uma rede de folhagens tão verdejantes e espessas quanto um gramado vertical. Do mesmo modo, a entrada estava obstruída por um arco repleto de roseiras, e o caminho de pedras que serpenteava pelo interior era largo apenas o suficiente para uma pessoa.

Selena não tinha intenção alguma de entrar...

Os pés romperam o pacto da sua vontade, movendo-se adiante, como servos de um propósito maior.

Dentro do interior do confinamento das árvores, o ar estava ameno como sempre, mas um frio a perpassou.

Passando os braços ao redor de si mesma, ela odiou tudo a respeito daquele lugar – porém, mais do que tudo, a imobilidade dos monumentos: erguidos em frontões de pedra branca, as formas femininas estavam em diversas posições, os braços e as pernas graciosos neste e naquele ângulo em relação aos corpos nus. As expressões das estátuas eram serenas, os olhos imóveis fitando a vida após a morte no Fade, os lábios curvados para cima em sorrisos idênticos.

Ela pensou novamente no macho naquela cama. Tão vivo. Tão vital.

Por que viera até ali? Por que, por que, por que... para o cemitério...

Os joelhos curvaram-se ao mesmo tempo em que lágrimas correram soltas do seu coração, o choro levando-a ao chão, os soluços torturantes fazendo sua garganta doer.

Foi aos pés das irmãs que ela sentiu o destino da sua morte prematura vivamente.

No decorrer da sua vida, ela tinha achado que todos os ângulos do seu fim tinham sido explorados.

Ficar perto de Trez Latimer lhe revelou que ela estivera errada a esse respeito.

Capítulo 12

A Galeria de Arte de Benloise localizava-se no centro de Caldwell, a cerca de dez quarteirões dos arranha-céus e apenas dois da margem do Hudson. A construção simples, sem adornos, tinha três andares, com um espaço de exposições de pé-direito duplo no primeiro andar, o escritório da administração nos fundos, e o escritório estreito, tal qual uma pista de boliche, de Benloise logo abaixo do teto.

Quando estacionou o Range Rover no beco de trás, Assail respirou profundamente. Ele não inalara nenhuma coca antes de sair de casa porque queria estar com a mente afiada. Infelizmente, seu corpo estava inquieto pela falta de estímulo, e a preocupação de um viciado com o que não fizera confundia sua mente.

– Quer que entremos com você? – perguntou Ehric do banco de trás.

– Só um de vocês.

Assail saiu e esperou que eles se decidissem. Maldição, as mãos estavam tremendo, e apesar de mais neve cair do céu, ele começou a suar.

Seria melhor pegar a coca? Ele estava quase inoperante naquele estado.

Ehric se juntou a ele, dando a volta por trás do SUV.

– Qual o seu problema?

– Nada.

O que era uma mentira de muitas maneiras.

Ao se aproximarem da porta dos fundos, Assail desistiu. Enfiando a mão no bolso do peito do casaco Tom Ford, pegou seu frasquinho preto. Girou a tampa e encheu o conteúdo da colherzinha interna com uma porção do pó branco.

Snif.

Ele repetiu o gesto do outro lado, e depois deu uma fungada com as duas narinas de uma só vez para garantir que a coisa chegaria em casa.

O fato de ele imediatamente se sentir "normal" foi outro aviso que ele escolheu ignorar. Calmo e concentrado não era como ele devia estar se sentindo após duas fungadas, mas ele não iria perder tempo com isso. Algumas pessoas gostavam de café. Outros preferiam outra espécie de produto de coca.

A questão era saber o que o movia.

Quando se aproximou de uma pesada porta de aço – que era uma medida de segurança disfarçada de tratado sobre a indústria do mercado da arte –, não havia porquê tocar a campainha ou bater. O monstro de sete centímetros de espessura era algo com que dificilmente alguém deveria se dar ao trabalho de gastar as juntas.

E, de fato, as portas logo lhe foram abertas.

– Assail? Que que é? – o Neandertal do outro lado exigiu saber.

Um comando inspirador da gramática. E a saudação também lhe disse que Benloise e seus homens não sabiam quem tinha cometido os homicídios em West Point na noite anterior – de outra forma, era de se esperar que aquele titã da inteligência não agisse de maneira tão banal.

As máscaras pretas que eles usaram mostraram-se um equipamento bem útil. E o desarme das câmeras de segurança também foi essencial.

Assail sorriu sem mostrar as presas.

– Tenho algo a entregar ao seu empregador.

– Ele está esperando?

– Não, não está.

– Ok. Vamos lá.

– Este é meu sócio, a propósito – murmurou Assail, ao entrar na parte designada para o escritório. – Ehric.

– 'Tá. Logo vi. Vamos.

Avançando pelo espaço de teto elevado, as passadas do piso de concreto ecoaram até os canos e os fios suspensos na parte de cima. Era uma espécie de caos organizado. Uma fileira de mesas utilitárias, pilhas de arquivos, e algumas espécies de "arte" de tamanho grande obstruíam o imenso espaço. Nenhum funcionário. Nenhum telefone tocando. A face legítima do negócio atacadista de drogas de Benloise era fechada à noite.

Conforme esperado.

Na parte da galeria em si, ele lançou um olhar rápido ao redor, enquanto o guarda que lhes permitira a entrada desaparecia por uma porta camuflada no segundo andar.

Ninguém a não ser um par de seguranças parados de vigia no caminho que levava ao escritório de Benloise.

Assail olhou para os homens. Seus olhares estavam mais aguçados que de costume, o peso mudando de perna continuamente, as mãos se movendo como se sentissem a necessidade constante de se certificarem de que estavam armados.

– Noite adorável, não? – Assail comentou, acenando sutilmente com a cabeça para Ehric.

Quando os guardas pararam, o primo entendeu a deixa para dar uma voltinha, o vampiro caminhando ao redor da exibição de jornais rasgados moldados em diversas formas fálicas.

– Um pouco frio, claro. Mas a neve chega a ser pitoresca – Assail sorriu e pegou um dos seus cubanos. – Posso acender?

O da direita apontou para um aviso laminado na parede.

– Proibido fumar.

– Por certo uma exceção pode ser feita no meu caso? – ele cortou a ponta do charuto e deixou-a cair no chão. – Não é?

O cara de olhos castanhos olhou para baixo. Voltou a fitá-lo.

– É proibido fumar.

– Não há mais ninguém aqui – ele pegou o isqueiro. Abriu a tampa.

– Não dá pra fazê isso aqui.

Talvez Benloise especificamente os escolhesse baseado no vocabulário?

– Nas escadas, então?

O gênio relanceou para o parceiro. E deu de ombros.

– Acho que tudo bem.

Assail sorriu de novo e acendeu a chama.

– Deixe-me entrar, então.

Tudo aconteceu muito rápido. Aquele que vinha dialogando virou o tronco e abriu a trinca da porta – e, nesse instante, o outro escolheu se espreguiçar, curvando os braços para a frente do corpo.

Ehric se materializou diante do que se espreguiçava, batendo as mãos nos dois lados do rosto atônito e girando a cabeça. Para não ficar para trás,

Assail avançou com a adaga que retirara sorrateiramente da bainha do quadril, apanhando o cara que vinha estabelecendo as regras bem no ventre. O movimento seguinte foi o de apagar o isqueiro e tapar a boca do homem com a mão – sufocando o gemido que ameaçava denunciá-los.

Para concluir o assunto, ele tirou a lâmina com um puxão e foi para cima.

A segunda punhalada foi entre as costelas, bem no coração.

O homem caiu no chão num bamboleio frouxo.

– Diga ao seu irmão para preparar o Rover – sussurrou Assail. – E tire isso do caminho. Ele vai levar um ou dois minutos para parar de sangrar, e essa respiração forçada é audível.

Ehric passou para o modo de limpeza, agarrando os tornozelos grossos e puxando o moribundo para trás de um daqueles mostruários verticais.

Nesse meio-tempo, Assail entrou na escadaria escondida e acendeu o charuto, bufando nuvens escuras enquanto movia a mão do guarda de pescoço quebrado a fim de que a porta ficasse aberta. Ehric se uniu a ele um segundo depois, aceitando um cubano para si e também acendendo, deixando a porta se fechar atrás dele.

O linguista que fora avisar Benloise espiou por cima do corrimão na parte de cima.

– Que que é?

Dessa forma a frase era tanto uma saudação quanto uma pergunta. Era melhor anotar isso, pensou Assail.

Ele soprou uma nuvem azulada e indicou a porta fechada.

– Eles disseram que eu não podia fumar na galeria.

– Também não pode fumar aqui – o homem relanceou por sobre o ombro, como se seu nome tivesse sido chamado. – Ah, 'tá bom. – Ele se virou de novo. – Ele disse que vai levar um minuto.

– Então acho que vamos nos juntar a você.

O guarda-costas não estava na sua melhor noite, pois em vez de controlar a situação, ele simplesmente deu de ombros e permitiu que o inimigo se aproximasse dele, do chefe dele.

Que presente.

Assail costumava levar o tempo de que precisava, mas não naquela noite. Ele e Ehric subiram os degraus de metal a passos rápidos.

Já estavam na metade do caminho quando ele percebeu que havia cometido um erro. Provavelmente por conta da coca. Havia câmeras de segurança por toda parte naquele lugar – e ele não fizera nada a respeito delas.

– Mais rápido – sibilou ele para o primo.

Alcançando o degrau superior, Assail curvou-se para o segurança.

– Onde quer que eu apague isso?

– Não faço a mínima. Ele não devia ter deixado acender.

– Ah, bem, uma pena.

Seguindo a deixa, Ehric mais uma vez se desmaterializou, aparecendo atrás do segurança. Com um tapa, ele cobriu a boca dele e puxou o guarda para trás.

Apresentando um perfeito alvo cativo para Assail.

Com um movimento malévolo, ele passou a lâmina pelo pescoço com facilidade e a rapidez de uma tosse. E mais um exemplo de corpo caído.

Assail passou pela porta aberta, empurrando-a. Do outro lado do vasto espaço, Benloise sentava-se atrás da moderna mesa elevada, o brilho de uma luminária ao seu lado arrancando suas feições da escuridão de modo a rivalizar com um dos melhores retratos de Goya.

– ... vou para o norte agora mes... – Benloise parou de falar, a expressão tornando-se instantaneamente impassível. – Permita que eu volte a lhe telefonar.

O atacadista de drogas de Caldwell desligou tão rápido que o fone bateu no gancho.

– Acredito ter lhe dito para que esperasse, Assail.

– Verdade? – Assail olhou por sobre o ombro. – Talvez você deva ser mais claro com os seus subordinados. Apesar de, Deus bem sabe, ser bem difícil encontrar bons funcionários, não é mesmo?

O garboso homenzinho se recostou na cadeira em forma de trono, a expressão imutável. O terno escolhido naquela noite era um azul-marinho que enfatizava o bronzeado artificial e os olhos escuros, e, como sempre, o cabelo escasso fora penteado para trás da testa. Era possível sentir o cheiro do seu perfume dali do outro lado.

– Perdão por apressá-lo – o cavalheiro disse num tom educado que dizia "não sou traficante". – Mas tenho outro compromisso.

– Eu certamente detestaria detê-lo.

– E a sua intenção aqui é?...

Assail assentiu uma vez, e foi só o que bastou. Ehric apareceu atrás da escrivaninha elevada e prendeu o atacadista, arrastando-o da sua pesada cadeira pela cabeça. Um disparo de Taser mais tarde, e Benloise ficou flácido como uma boneca de pano num terno azul-marinho de belo corte.

Enquanto o primo jogava o homem por sobre o ombro ao estilo dos bombeiros, nada foi dito. Não havia por quê – eles tinham planejado aquilo antecipadamente: a infiltração, o controle da situação, a retirada.

Claro, teria sido muito mais satisfatório encenar um confronto de filme de Hollywood no qual Assail responderia à pergunta do atacadista quanto ao seu propósito ali em detalhes violentos. O mundo real dos sequestros e da intimidação, contudo, não permitia esse tipo de gratificação imediata.

Não se você queria pegar seu homem e ficar com ele.

Com Ehric em seus calcanhares, Assail passou a correr, atravessando o piso negro brilhante do escritório e descendo as escadas com entusiasmo. Ao chegarem à galeria, houve um instante de pausa, uma parada rápida para verificar a existência de algum som.

Nenhum. Apenas um resfolegar moribundo e abafado do guarda apunhalado e o cheiro de sangue do seu ferimento no ventre.

Saíram pela porta reservada somente aos funcionários até o escritório. Passaram pelas mesas e pelo móbile feito de partes batidas de carro.

O Range Rover estava estacionado tão perto da saída que quase entrava no prédio, e, com movimentos certeiros, Assail abriu a porta de trás e Ehric jogou Benloise no banco como uma bolsa de lona. Depois, foi só o *bam*, *bam* das portas se fechando e pneus cantando.

Partiram e trafegaram no limite de velocidade, no intervalo de uma batida de coração e da seguinte, Assail no banco de passageiro da frente, Ehric sentado atrás com o carregamento.

Assail consultou as horas. Total do tempo gasto, onze minutos e trinta e dois segundos, e ainda tinham algumas boas horas até o nascer do sol.

Ehric apanhou um par de algemas e as prendeu aos pulsos do "merchant". Em seguida, tratou de acordá-lo aos tapas.

Quando os olhos de Benloise se abriram, ele se encolheu como se estivesse num sonho ruim.

Num tom sério, Assail respondeu à pergunta que lhe fora colocada:

– Você tem algo que é meu. E vai me devolver antes do nascer do sol – ou vou fazer com que deseje nunca ter nascido.

Meia hora após o confronto épico com o marido, Beth estava no banco traseiro do Mercedes S600 da Irmandade com o meio-irmão ao seu lado e Fritz atrás do volante. O sedã era novinho, o cheiro maravilhoso de couro e tinta novos era um tipo de aromaterapia para os ricos.

Uma pena que não estivesse melhorando em nada o humor de Beth.

Enquanto ela olhava através dos vidros escuros, a descida da montanha coberta de neve até a estrada rural na sua base pareceu acontecer em *slow motion* – embora talvez isso se devesse à trilha sonora, que deveria ser Vivaldi ou Mozart, se ela resolvesse seguir o *ethos* de comerciais de carro, mas que era aquela feliz troca de palavras tóxicas com Wrath.

Merda. Seu *hellren* sempre foi autocrático, e isso não acontecia por causa da sua posição: foda-se a coroa; assim era a sua personalidade. E no decorrer dos dois últimos anos, ela o testemunhara atirar esse tipo de comportamento em incontáveis situações, quer com os Irmãos, a *glymera*, os empregados – diabos, até com o controle remoto. Mas com ela, ele sempre se portara de modo... bem, não subserviente. Nada disso. No entanto, ela sempre teve a sensação de que ele lhe fazia deferências. O que quer que ela quisesse, quando o quisesse... E que Deus ajudasse o pobre que atrapalhasse o seu caminho.

Portanto, sim, ela deduzira que com o assunto "filhos" seria o mesmo – que ele cederia, visto o quanto ter um bebê era importante para ela.

Em vez disso? Total oposto...

Um toque suave em seu cotovelo a lembrou de duas coisas: um, ela não estava sozinha no vasto banco de passageiros do sedã. Dois, ela não era a única pessoa com problemas.

– Desculpe – disse ela, abaixando as mãos que sequer notara ter levado ao rosto. – Estou sendo mal-educada, não estou?

Você está bem?, John sinalizou no interior pouco iluminado.

– Ah, sim, estou – ela deu um tapinha no ombro largo, sabendo que o caso das convulsões o preocupava, a viagem até a cidade, a ressonância, os resultados que se seguiriam. – O mais importante agora é: como *você* está?

Acho que a doutora Jane chegou bem ao centro médico.

– Pois é – Beth teve que balançar a cabeça, a gratidão por Jane e por seu parceiro humano, Manny Manello, contraindo-lhe a garganta. – Aqueles dois são demais. Cuidados médicos humanos são caros e difíceis de conseguir assim. Como os dois conseguiram arranjar isso, eu não sei.

Na minha opinião, isso é perda de tempo. Ele virou a cabeça para o outro lado. *Caramba, o que eu quero dizer é que já faz quanto tempo que eu tenho essas convulsões? E não acontece nada depois.*

– É mais seguro verificar todas as possibilidades.

O telefone de John emitiu um sinal, e ele virou a tela para poder enxergá-la.

É Xhex.

– Ela chegou bem também?

Sim. Ele exalou fundo. *Essa coisa de me levarem para lá de carro é ridícula. Eu poderia fazer essa viagem num piscar de olhos.*

– Sim, mas se você fosse apenas um humano normal, chegaria de carro. Assim é mais fácil sustentar a mentira, sabe disso.

Melhor ainda, podíamos ter deixado tudo isso de lado. Ele deu uma risada. *Vou te dizer. Tenho pena de quem se deparar com Xhex na porta. Ela estava preparada para varrer o hospital de cima a baixo – e quando ela fica assim? Você não ousaria lhe dizer não.*

O respeito brilhando nos olhos dele foi uma ferroada. Levando-se em consideração o modo como Wrath agira.

– Xhex é uma fêmea de sorte – disse Beth com secura.

É o contrário. Confie em mim... Por que está assim?

– Assim como?

Ele pareceu corar.

Como se estivesse prestes a chorar.

Ela afastou a preocupação dele com um gesto.

– Alergia. Sempre fico com os olhos marejados nesta época do ano. Talvez eu acabe comprando Claritin, já que estamos na cidade.

Em dezembro? Mesmo?

Foi a vez dela desviar o olhar, bem quando Fritz acelerou na estrada. Diminuiu a velocidade numa curva. Voltou a acelerar quando chegaram do outro lado. O Mercedes lidava com tudo com muita facilidade, o assento ultraconfortável absorvendo as mudanças do seu corpo, um calor suave sendo soprado na direção dos seus pés.

O slogan do carro deveria ser "Edição Sonífero".

Ainda que, nela, o efeito sedativo fosse um desperdício completo.

Tinha o pressentimento de que não dormiria nada até que ela e Wrath acertassem as coisas entre eles ou...

Outro tapinha no braço.

Sabe, você pode me contar qualquer coisa.

Beth lançou o cabelo para trás... só para, em seguida, voltar a ajeitá-lo sobre os ombros. O que fazer? Havia tantas alternativas, mas John já tinha coisas demais com que lidar.

Beth, é sério.

– Que tal se primeiro cuidarmos disso e...

Isso pode me dar outra coisa no que pensar, o que me faria muito bem. Quando ela não respondeu, ele suspirou. *Vamos, por favor. Estou preocupado com você.*

– Você é um amor, sabia?

E você não está me contando nada, está?

Ela ficou quieta por um instante. Mais adiante, a placa para a estrada do norte apareceu, o "I-87" brilhando sob a luz dos faróis. Se continuassem em frente, em vez de tomar uma das primeiras saídas para Caldwell, eles poderiam estar em Manhattan em meia hora. Mais ao sul, entrariam na Pensilvânia e depois Maryland...

– Já desejou poder desaparecer por um tempo? – ela se ouviu dizer.

Antes que Xhex aparecesse na minha vida? Claro. Mas agora...

Deus, e pensar que era de Wrath que ela desejava se afastar. Nunca imaginou tal coisa.

O que está acontecendo, Beth?

Houve outro longo silêncio, durante o qual Beth sabia que John tinha esperanças de que ela formasse numa frase alguns substantivos e verbos coerentes para ele.

– Ah, você sabe, apenas uma situação conjugal.

Ele meneou a cabeça.

Ah, sei, já passei por isso. É uma droga.

– É verdade.

Por fim, ele sinalizou.

Você pode usar a casa de Darius, sabe disso, não? Se precisar de um pouco de espaço. Você a deu para mim, o que foi demais, mas eu sempre penso nela como sendo metade sua também.

Ela visualizou a mansão ao estilo clássico americano encravado no território humano, e seu peito ardeu.

– Obrigada, mas eu vou ficar bem.

E mesmo que não ficasse, o último lugar para o qual iria era onde ela e Wrath se apaixonaram.

Às vezes, as boas lembranças eram mais difíceis de lidar do que as ruins.

Pode, ao menos, me dar uma ideia do problema? A minha cabeça está entrando em parafuso com as possibilidades.

Demoraria ainda de quinze a vinte minutos para que chegassem ao complexo médico St. Francis. Um tempo longo demais para continuarem num silêncio desajeitado. No entanto, parecia uma violação da privacidade sua e de Wrath falar sobre o assunto... Ou talvez isso fosse apenas uma desculpa para esconder o fato de que não queria explodir em lágrimas.

– Você se lembra de alguma coisa das convulsões? Quero dizer, quando você está tendo elas.

Pensei que estivéssemos falando de você.

– Estamos – quando ele se virou para ela, Beth sustentou seu olhar. – Você estava me dizendo alguma coisa. Bem no meio, você olhou para mim e começou a articular alguma coisa. Consegue lembrar o que era?

Ele franziu a testa como se estivesse consultando o seu banco cerebral, o olhar desfocado.

Não consigo... Eu só... Cheguei ao topo da escada, olhei para dentro do escritório de Wrath, vi você... e só quando Xhex me levou pelo corredor para o nosso quarto é que voltei a mim.

– Disseram que era no Antigo Idioma.

John balançou a cabeça.

Impossível. Quero dizer, consigo ler um pouco e entender também, se alguém se dirige a mim. Mas não sei falar nessa língua.

Ela inspecionou as pontas dos cabelos, mesmo sabendo que não haveria nenhuma dupla, já que um dos *doggens* o aparara na semana anterior.

– Bem, existe alguma coisa que você queira me dizer mesmo assim? – ela relanceou na direção dele. – Você pode ser sincero comigo a respeito de qualquer coisa. Wrath tem o quê... uma dúzia de Irmãos. Eu só tenho você.

John franziu o cenho de novo.

Não, eu...

Um tremor repentino começou nas mãos dele, interrompendo o que quer que ele fosse sinalizar – em seguida, ele se lançou contra o encosto, o corpo ficando rígido.

– John! – Beth tocou no irmão. – John... Ah, meu Deus...

Quando ele revirou os olhos, o branco dos globos oculares surgiu repentinamente como se ele estivesse morrendo.

– John, volte!...

Inclinando-se para a frente, ela bateu no vidro da divisória.

– Fritz!

Quando o mordomo abaixou o vidro escuro, ela exclamou:

– Acelere... Está tendo outra convulsão!

Os olhos chocados de Fritz passaram para o retrovisor.

– Sim, senhora. Imediatamente!

O velho mordomo pisou fundo no acelerador, e enquanto o Mercedes passava voando pela rampa de entrada da estrada, ela tentava ajudar John. No entanto, a convulsão tomara conta dele por completo, as costas duras e esticadas como uma espingarda, as mãos curvadas sobre o peito como as garras de Drácula.

– John – ela implorou com a voz partida. – Fique comigo, John...

CAPÍTULO 13

– Diga que ele está recobrando os sentidos de novo.

Enquanto falava, Assail olhava pelo vidro da frente do Rover, o cabo da adaga bem firme na mão direita. Estavam mergulhados nos limites arborizados da periferia de Caldwell, nenhuma luz de nenhuma residência atravessando a fileira de árvores, nenhum outro veículo indo ou vindo pela estradinha gelada de mão dupla.

Benloise despertara rapidamente, só para em seguida "desmaiar" de novo. O que poderia ser mentira.

– Ainda não – murmurou Ehric. – Mas está vivo.

Não por muito tempo.

– E nu – o lutador acrescentou.

Assail virou para trás bem quando o primo largou a faca de caça. Nu, de fato. O tal terno de Benloise fora rasgado, o tecido fino não passando de tiras, a camisa de seda não servia nem mais para pano de chão. Todas as joias também foram retiradas, desde o relógio de diamantes Chopard até o anel de sinete de ouro, da pulseira à pesada corrente de ouro.

As peças estavam amontoadas no porta-copos, junto com o celular do qual fora retirada a bateria para que qualquer sinal de GPS fosse cortado.

Talvez ele estivesse mesmo inconsciente. Era difícil imaginá-lo não se debatendo para impedir tudo isso.

– Quanto tempo mais? – Assail exigiu saber.

– Por aqui já deve estar bom – disse Ehric.

O irmão do macho pisou no freio, colocou o câmbio na posição de estacionamento, e desligou o motor. Assail saiu de imediato, olhou ao redor e reafirmou o isolamento. Nenhuma luz de nenhuma construção. Nenhum som de carros. Nada em lugar algum.

– Apague os faróis.

A neve cessara, e o luar aparecera no céu sem nuvens. Havia luz suficiente atravessando os pinheiros.

Assail embainhou a adaga e estalou os dedos.

– Tire-o daí.

Ehric lidou com o peso morto com incrível destreza, visto que Benloise estava despido e largado, praticamente uma mala sem alça.

O traficante recobrou a consciência bem quando foi colocado ao encontro dos contornos frios do Rover, e o movimento que anunciou isso foi uma combinação de braços e pernas se mexendo como os de uma marionete.

Os primos prenderam o homem contra o SUV – e o grande Ricardo Benloise já não parecia assim tão poderoso: ele sempre pareceu autoritário em seus ternos, mas sem o auxílio das calças e paletós feitos sob medida ele era apenas uma compilação de concavidades enrugadas, as costelas protuberantes, a barriga flácida avançando sobre os ossos pontudos, os joelhos mais espessos que as coxas e os tornozelos.

– Não vamos perder tempo – anunciou Assail num tom baixo. – Diga onde ela está.

Nenhuma resposta. O corpo de Benloise podia estar fraco, mas a mente, os olhos, estavam mais afiados do que nunca. Apesar de estar em desvantagem mortal, a vontade dele era inflexível.

Não que isso fosse durar muito.

Assail esticou a mão e golpeou o homem com o dorso da mão.

– Onde ela está!?

A cabeça de Benloise virou de lado quando o tapa foi desferido, lançando sangue sobre a jaqueta de Ehric.

– Onde ela está!? – Assail bateu mais uma vez no atacadista, as juntas dos dedos batendo com tanta força que, por certo, doeriam depois. – *Onde ela está!?*

Os primos suspenderam o prisioneiro um pouco mais quando ele começou a desmoronar.

Assail o segurou pelo pescoço e ajudou nesse processo até que os pés de Benloise estivessem a quinze centímetros do chão.

– Eu vou matar você. Aqui. Agora. Se não me contar onde ela está.

Os olhos de Benloise reviraram, mas acabaram se deparando com os de Assail. E mesmo assim ele nada disse.

Assail segurou mais forte, até comprimir a passagem de ar.

– *Marisol.* Você vai me contar para onde a levou.

A boca de Benloise se abriu em busca de oxigênio, os braços finos puxando o que o segurava, as pernas se debatendo fazendo com que os calcanhares batessem no para-lama.

– Marisol. Onde ela está?

Aqueles olhos nunca se desviaram dos de Assail – em diferentes circunstâncias, alguém poderia admirar a teimosia do homem. Naquele momento, no entanto, apenas aumentava a frustração.

– Onde ela está?

Com a mão livre, Assail alcançou as bolas do homem, que estavam atrofiadas junto ao corpo, virando-as.

O grito que se seguiu ficou preso na garganta, visto que a pegada de Assail silenciou o som. E ele queria fazer muito mais, mas não poderia matar o desgraçado. Ainda não. Comandando a mão a afrouxar, ainda demorou um instante para os dedos obedecerem.

Benloise tossiu e arfou, o sangue caindo dos lábios cortados sobre o peito nu.

– Onde ela está?

Nenhuma palavra foi dada em resposta.

O maldito não cederia. Não daquela maneira, pelo visto – e enquanto a palma de Assail coçava para pegar a adaga, ele não confiava em si mesmo com aquela lâmina afiada.

Estripar o filho da puta não era o que ele mais queria.

Assail se aproximou.

– Você vai querer prestar bastante atenção agora. Está me acompanhando?

A cabeça de Benloise pendeu, mas os olhos permaneceram abertos – com isso, Assail foi para trás do SUV. Abrindo o porta-malas, ele suspendeu o homem amordaçado e atado que sequestraram antes de seguir para a galeria.

O irmão de Benloise não se debateu. Pensando bem, Ehric o havia atacado por trás na casa de Eduardo, atingindo a veia do pescoço com uma seringa cheia de heroína. O homem também estava nu, e sua visível melhor forma física sugeria que ele era tanto mais jovem quanto mais vaidoso – os músculos desenvolvidos estavam cobertos por uma camada de bronzeado artificial.

Assail o jogou aos pés de Benloise.

Ele não esperava que a surpresa mudasse a situação. Mas o que se seguiria, sim.

Enquanto o Benloise mais velho assistia, Assail rolou o homem inconsciente de costas, retirou a mordaça e pegou uma segunda seringa. Em seu interior, Naxolone, o antídoto normalmente usado nos prontos-socorros para combater as overdoses do narcótico, era um líquido claro – e quando ele cravou a agulha na veia do braço de Eduardo, não demorou muito para que a chama piloto voltasse a acender.

Eduardo acordou num rompante, o tronco erguendo-se da neve.

Assail segurou o maxilar do homem com força. Virando-lhe a cabeça de lado, ele grunhiu:

– Diga olá para o seu irmão... Seja educado.

Com os olhos arregalados, Eduardo imediatamente começou a falar em espanhol, e Assail o curou desse impulso pegando a adaga e apontando-a para o rosto dele.

– O seu irmão tem um lugar para o qual leva as pessoas que vai matar. Onde fica?

– Não sei do que você está...

Assail montou sobre o homem e agarrou o cabelo no alto da cabeça – como Eduardo usava uma boa quantidade de produtos cosméticos, ele estava ensebado, mas Assail conseguiu manter uma boa pegada. Colocando a lâmina sob o queixo do homem, ele se certificou de falar bem devagar e pausadamente.

– Para onde ele leva as pessoas? Sei que existe um lugar, privado e seguro. Não é na casa dele. Nem no centro da cidade.

O Benloise mais velho finalmente falou apressado, as palavras para o irmão saindo guturais e pontuadas por uma respiração entrecortada. Em resposta, os olhos de Eduardo ficaram ainda mais arregalados, e não era necessário saber espanhol para entender a mensagem: se você disser algo, eu mesmo te mato.

Assail posicionou o corpo entre os dois e encarou Eduardo nos olhos.

– Vou machucar você agora.

Escolha um lugar, qualquer lugar...

Assail resolveu começar pelos ombros. Com uma punhalada rápida, ele cravou fundo a lâmina na carne abaixo da clavícula – doloroso, porém nada fatal.

Quando seus ouvidos zuniram por conta do grito, ele manteve a adaga no lugar. E segurou o cabo.

– Onde fica? – quando não recebeu uma resposta imediata, girou a adaga. – Para onde ele as leva?

Mais giradas. Mais gritos.

Nesse instante, Ricardo voltou a falar, a voz interferindo no desenrolar do drama para reforçar a mensagem. A agonia venceria, contudo – isso Assail garantiria.

Contendo-se um pouco para dar um tempo para o pobre Eddie descansar e se recuperar, ele observou o cabo da adaga subir e descer no ritmo da respiração torturada.

Ah, como os poderosos caíam... Eduardo sempre fora o *controller* financeiro garbosamente vestido. Mas lá estava ele, o cabelo desgrenhado, os olhos injetados, a neve espalhada sobre o corpo nu.

Assail olhou para ele com toda a compaixão designada a um atropelado ainda moribundo.

– Não lhe dê ouvidos. Se o fizer, eu o matarei lentamente. O único modo de se salvar é me contando o que eu preciso saber.

Ricardo bradou algo categoricamente.

– Não ouça o que ele diz – Assail manteve o olhar preso em Eduardo. – Fale comigo. Salve-se.

Eduardo continuava querendo ver o irmão, mas Assail mudava de posição, impedindo o olhar cheio de pânico, até Eduardo gemer, os olhos se escondendo no rosto crispado de dor.

Assail lhe deu um tempo a mais, até perder a paciência. Pegando a adaga, avisou:

– Vou machucá-lo mais uma vez.

– Fica no norte! – gritou Eduardo. – Na Estrada do Norte! Norte! Ao sul de Iroquois Peak! A única estrada que chega à propriedade parte da base! Siga meio quilômetro e verá a passagem de carros.

Ao encontro do SUV, Ricardo explodiu, a fúria evidente em cada sílaba, mesmo que o conjunto da frase ficasse perdido por falta de tradução.

Assail inspirou fundo pelo nariz. Não sentia nenhum cheiro de logro vindo de Eduardo. Sangue fresco, claro, e o odor acre do terror. E também uma ponta de vergonha, que lembrou a Assail o cheiro de legumes podres num porão.

O homem dissera a verdade, e ele sabia disso.

– Coloque Ricardo no carro – disse Assail com aspereza. – Espere – ele chamou quando os primos obedeceram. – Virem-no.

Assail mudou de posição, ficando atrás de Eduardo, suspendendo o tronco mole do homem. Atravessando a distância que o separava de Ricardo com o olhar, ele disse sombrio:

– Você tira de mim, eu tiro de você.

Soltando a adaga do ombro do outro, correu a lâmina no contorno da garganta de Eduardo.

Ricardo tentou desviar o olhar, o torso se torcendo entre os primos.

– Isso é apenas o começo, Ricardo – Assail largou o homem engasgado e ensanguentado no chão como o lixo que era. – Estamos apenas começando.

Aproximou-se de Benloise.

– Entretanto, acreditei que fosse importante que você tivesse uma última lembrança da fraqueza do seu irmão. Apenas pense que, se ele tivesse sido tão forte quanto você, ele teria morrido de maneira honrosa. Mas, pena, esse não era o destino dele.

Assail foi para o banco de passageiro na frente. Pegou o frasco de coca.

Enquanto aspirava duas colheres em cada narina, os primos colocavam Ricardo no compartimento de trás, e o barulho da fita adesiva atestava o quanto seus parentes se certificavam de fazer a coisa certa.

Levantando a mão para acender a luz interna, Assail abriu um mapa do estado de Nova York com três letras A em vermelho – e não fazia ideia do que procurar.

Ehric se pôs atrás do volante e colocou o iPhone diante do rosto de Assail.

– É uma viagem de cinco horas.

A cabeça de Assail começou a zumbir. Mesmo tendo Benloise sob a sua custódia, ele estava aterrorizado com o que podia estar sendo feito com Marisol. Cinco horas era tempo demais. Demorado demais, em vista das vinte e quatro horas prévias em que ela já estava desaparecida.

Maldição, por que Benloise tinha que ser tão estratégico?

– Então é melhor irmos logo – Assail disse entredentes.

Capítulo 14

O Commodore era o *lugar* para se viver no centro de Caldwell. Com vinte andares de altura, o condomínio dava para o rio Hudson e era dividido em apartamentos com bastante metragem quadrada além de cozinhas e banheiros modernos. Janelas do teto ao chão significavam que a vista nas quatro direções era tanto parte da decoração quanto o que quer que os proprietários colocassem nos espaços, e havia boatos de que as celebridades, buscando uma folga de Manhattan, usavam-no como ponto de apoio.

Falando nisso, havia até mesmo um heliporto no alto do prédio.

iAm desceu no décimo oitavo andar e abriu a trava de cobre que ele e o irmão insistiram em instalar quando se mudaram para lá cinco anos antes.

Andando pelo apartamento de 280 metros quadrados, seus sapatos não fizeram muito barulho, mesmo o piso estando desprovido de tapetes e a mobília moderna ser mínima não apenas em termos de estilo, mas também em quantidade.

Maldição, a vista ainda era maravilhosa. Ainda mais assim, à noite, sem nenhuma luz interna acesa. A cidade estava com seu rosto noturno, tudo reluzindo, desde a colcha de retalhos de luzes acesas nos arranha-céus até os arcos duplos das pontes gêmeas, as linhas vermelhas das luzes traseiras dos carros e os fachos amarelados dos faróis, movendo-se ao longo da margem logo abaixo.

Era fácil esquecer que o coração de Caldie era um lugar sujo com tanta pobreza quanto riqueza – se não mais: dali de cima, isolado da realidade, com o som das sirenes e o fedor do lixo removidos pela distância, era tentador acreditar na versão sanitizada da fundação da cidade.

Mas ele não era nenhum tolo.

Do lado oposto, havia portas de correr que davam para o terraço e, após acender as luzes, foi até elas e as entreabriu. Uma brisa fria entrou, agitando o ar abafado de dentro. Seu visitante ainda levaria uma hora para chegar, mas ele queria garantir que o lugar parecesse habitado. Voltando para a cozinha aberta, bagunçou-a um pouco, colocando alguns pratos já limpos no escorredor de pratos e sujando a bancada com... vejamos... uma ou duas colheres. Um saco de batatas fritas murchas comido pela metade. Uma edição da revista *GQ* aberta numa página que mostrava uma jaqueta da qual Trez gostaria.

Em seguida, foi fazer café.

Ele e seu irmão não tinham intenção alguma de voltar a viver lá, mas ele tinha que manter o lugar, porque era importante que o s'Hisbe não soubesse que tinham se mudado: um grupo de busca em Caldwell não serviria de nada. Ainda mais se, de algum modo, ele culminasse numa visita à mansão da Irmandade.

iAm virou na direção das portas de vidro. No terraço, uma figura se materializara no meio da noite como um fantasma, o manto açoitado pelo vento que varria a lateral do prédio.

– Bem-vindo – iAm disse ao sumo sacerdote num tom neutro. – Chegou cedo.

Ok, qual deles perdera a noção do tempo?

A figura avançou até a soleira, caminhando de maneira tão controlada e suave que você poderia jurar que ele estava sobre uma esteira rolante.

– Estou convidado a entrar? – perguntou a voz seca.

O coração de iAm saltou numa batida.

Cacete, aquele *não* era o sumo sacerdote.

Com o manto cobrindo-o da cabeça aos pés, ele deduziu saber quem viera vê-lo.

Aquilo era pior. Muito pior.

O capuz de algoz deveria ter servido de pista.

– Bem, estou ou não? – era quase possível ouvir o riso desagradável.

– Sim, entre – iAm disse, subitamente enfiando a mão debaixo da jaqueta. Com um estalido, ele soltou o fecho do coldre sobre a sua Glock. – Jamais esperei vê-lo em minha casa.

– Interessante. Não pensei que fosse tão ingênuo – o macho teve que abaixar a cabeça para entrar. – E esta casa também não é do seu irmão?

Cristo, iAm só conseguia pensar na figura da Morte.

Pensando bem, s'Ex, como executor da rainha dos Sombras, matara coisas suficientes para encher um ou dois cemitérios. E ele tinha a constituição de algo que provocava a morte. O macho tinha dois metros e quinze de altura e passava de cento e trinta quilos – fácil. E aquela voz, saindo debaixo do capuz? Maldade pura.

– Ouvi dizer que nunca permitiu a entrada de AnsLai – disse ele, ao fechar a porta de correr. – Estou emocionado.

– Não fique. Na verdade, o sumo sacerdote pensou que este lugar estivesse contaminado demais pelo contato com os humanos. Café?

– Isso virou um encontro? – diferente do sumo sacerdote, s'Ex não tinha paciência alguma para as regras da corte ou para a formalidade observada entre os membros do s'Hisbe. Pensando bem, a governante suprema não o mantinha ao seu lado por causa do seu charme. – E, sim, por que não? Gosto da ideia de você me servir.

iAm cerrou os molares, mas não se irritaria. O s'Hisbe aumentara a aposta em mil quilômetros, enviando aquele cara em vez do sumo sacerdote, portanto, as coisas já tinham começado com o pé esquerdo.

Dando a volta no balcão de granito, ele pegou duas canecas do armário com porta de vidro e desejou que o desgraçado não quisesse leite no seu café. Enquanto esperava que a cafeteira borbulhasse e soprasse ao fim do seu ciclo, a última coisa que ele esperava era que s'Ex se aproximasse e se sentasse numa das banquetas altas – normalmente, o executor investigaria o lugar.

Infelizmente, isso significava que ele já tinha feito isso.

– Então, você e o seu irmão têm andado ocupados ultimamente – s'Ex colocou os braços imensos sobre o balcão e se apoiou neles. – Não têm?

– Importa-se em abaixar o capuz? – iAm fitou a malha que cobria o rosto. – Quero ver seus olhos.

– Que romântico.

– Nem perto disso.

– Sabe, você não tem muito em que se apoiar no que se refere a exigências.

– Você odeia usar esse capuz. Não faça desaforo.

– Ao contrário de certas pessoas, o dever não me incomoda.

– O caralho que não.

A pequena pausa lhe disse que o atingira em algum nível. Mas isso não durou muito.

– O café ficou pronto. Traga o meu, sim?

iAm se virou de costas para que seu maxilar contraído não aparecesse.

– Açúcar?

– Já sou doce o bastante.

Ah, claro.

iAm se aproximou com as canecas.

– Se quiser um canudinho para isso, está sem sorte. Desculpe.

s'Ex se revelou com um puxão rápido, sem trejeitos, do capuz sobre a cabeça – apesar de a coisa pesar, no mínimo, uns dez quilos.

E, sim, debaixo dela, havia exatamente o que iAm se lembrava. Pele escura, muito escura. Olhos negros astutos. Símbolos cerimoniais raspados na cabeça. Tatuagens brancas descendo desde o pescoço e que continuavam em cada centímetro quadrado da sua pele.

E uma observação: aquelas tatuagens não eram feitas com tinta. Era veneno, injetado na pele de tal forma que, quando a derme morria, ela se "descoloria". A maioria dos machos, para provar sua masculinidade, tinha uma pequena no braço – e adoeciam por dias. Ninguém, *ninguém mesmo* mesmo, tinha o que s'Ex tinha.

O maldito era um monstro. Especialmente quando sorria – por algum motivo, talvez a sobrecarga de testosterona, as presas estavam sempre aparentes.

– Feliz agora? – perguntou ele lentamente.

– Essa não é a palavra que eu usaria – iAm sorveu um gole da sua caneca. – Então, a que devo essa honra?

Ou chute no saco, no caso.

s'Ex sorriu de leve – o que era ainda pior do que seu sorriso amplo.

– Então, você e o seu irmão têm se mantido ocupados.

– Você já disse isso.

– Já vim aqui algumas vezes. Por nenhum motivo em especial – apenas uma passadela. Vocês dois não têm ficado muito aqui. Ocupados com as fêmeas?

– Trabalhando.

– Dia e noite, então. Uau... preocupados com dinheiro? Precisam de um empréstimo?

– Não de você. Não posso arcar com os juros.

– Muito bem. – Os olhos negros se estreitaram nos dele. – Então, onde têm estado?

– Por aí. Aqui, agora, obviamente.

– Acho que não moram mais aqui.

– Então por que está sentado em algo que é meu?

– Aposto que se eu for até o seu quarto, o armário vai estar vazio.

– E imagino que invasão de propriedade faça parte dos seus "passeios" – a menos que tenha mudado seu estilo.

s'Ex se recostou e cruzou os braços por debaixo do manto.

– Não seria rude da minha parte se eu entrasse aqui e fuçasse nas coisas? Seria impensável.

– Está dizendo que não fez isso – iAm revirou os olhos. – Mesmo?

– Não. Ou eu poderia estar mentindo. Como você, ao dizer que mora aqui.

– Talvez você só tenha vindo enquanto estávamos fora.

– Ok, vamos pensar em hoje à noite. Por que está de casaco? Por que as colheres sobre a bancada estão limpas? Ah, e aquela revista? É do mês passado. E mesmo assim está aberta, como se você a estivesse "lendo". – ele até fez o gesto das aspas no ar. – E um saquinho de batatas fritas aberto não é o mesmo que um armário cheio de comida.

Maldição.

– A *GQ* não é considerada contrabando no Território?

s'Ex sorriu novamente.

– Sua Alteza gosta de me manter feliz. O que posso dizer?

Isso ou a própria rainha tinha medo do cara.

iAm abaixou as pálpebras até a metade.

– Fale.

– Pensei que estivesse fazendo isso. Ou estávamos usando linguagem de sinais sem que eu percebesse?

Só que o executor ficou sério, franzindo o cenho diante da caneca intocada.

E quanto mais o silêncio se estendia, mais estranhas as coisas ficavam. s'Ex não era de perder tempo, não tinha paciência – normalmente, o filho da mãe era tão decidido quanto uma serra elétrica.

iAm esperou por dois motivos: um, que outra escolha tinha?; dois, já estava acostumado a isso àquela altura.

Graças a Trez, ele era mestre em "Não há nada que eu possa fazer".

Os olhos de s'Ex voltaram-se para ele novamente.

– O sumo sacerdote está vindo para lhe dizer que o tempo de Trez está se acabando. A rainha quer o que lhe prometeram, e a filha está pronta para recebê-lo. Qualquer demora daqui por diante provocará tremendas repercussões. Portanto, de verdade, se você tem algum modo de fazer seu irmão andar na linha, faça isso. Agora.

– Ela vai fazer você matá-lo, não vai? – iAm perguntou com seriedade.

O executor balançou a cabeça.

– Ainda não. Vou começar com os seus pais. A sua mãe primeiro. Depois seu pai. E não vai ser nada bonito – O olhar do macho não titubeou nem por um instante. – Recebi ordens para prendê-la e raspar a cabeça dela primeiro, depois estuprá-la e cortá-la em pedaços, para que morra lentamente. Seu pai vai testemunhar tudo, e depois farei ainda pior com ele. Se você os honra de algum modo que seja, fale com o seu irmão. Faça-o ir para o Território. Faça-o fazer a coisa certa. Ela não vai parar até apanhá-lo – e só para que fique bem claro: não hesitarei em fazer o meu trabalho.

iAm apoiou as mãos na bancada de granito e se inclinou sobre os braços. Seu relacionamento com seus pais era... enrolado, para usar um termo do Facebook. Mas isso não significava que ele os queria mortos e/ou profanados.

Quando s'Ex se pôs de pé e lançou o capuz de executor sobre o ombro, iAm se ouviu dizer:

– Você não tocou no seu café.

– Você podia tê-lo envenenado – o executor deu de ombros. – Não me arrisco com ninguém, lamento.

– Esperto – iAm mediu o macho. – Mas você é profissional, não?

– Tenho minha reputação por um bom motivo, iAm.

– Sei disso – ele praguejou baixo. – Estou bem ciente do seu trabalho.

– Não me incentive. Não tenho pais e queria tê-los tido. Não estou ansioso para que isso aconteça.

– Maldição, isso não depende de mim – iAm fechou os dois punhos. – E, para ser franco, não sei se Trez vai se importar. Ele os odeia.

s'Ex meneou a cabeça.

– Essa notícia não é nada boa. Para nenhum de vocês.

– Por que diabos ela não pode simplesmente escolher outra pessoa?

– Não é uma pergunta que eu estaria fazendo se fosse você. – s'Ex olhou ao redor do apartamento. – Lugar agradável, a propósito. Bem ao meu estilo – e eu tenho apreciado a vista quando venho aqui.

iAm estreitou o olhar ante o tom daquela voz grave. Filho da mãe...

– Você entende, não entende?

– O quê? Que alguém queira sair do Território? Ser livre para viver a própria vida? – abruptamente, o rosto de s'Ex se transformou numa máscara. – Não sei do que está falando.

O executor se virou e andou de volta para as portas corrediças. Enquanto se movimentava, o manto oscilava por trás dele, o corpo se movendo com a graça de um predador.

– s'Ex.

O macho olhou por sobre o ombro.

– Sim?

iAm esticou a mão e pegou a caneca que servira ao convidado. Levando-a aos lábios, deu um belo gole, terminando a bebida de uma vez só, mesmo queimando a garganta.

Quando ele depositou a caneca vazia na bancada, o executor se curvou.

– Você é mais honrado que a maioria, iAm. E é por isso que eu vim procurá-lo. Eu gosto mesmo de você; não que isso vá ajudá-lo mais do que esta noite.

– Agradeço por isso.

O executor olhou ao redor, como se estivesse guardando lembranças para mais tarde.

– Quando eu voltar ao s'Hisbe, farei o que estiver ao meu alcance para postergar as coisas, mas isso depende de você. Pode ser o seu irmão quem está com a corda no pescoço – mas é você quem tem que levá-lo aonde ele precisa ir.

– Ele não está limpo. Sabe disso, não?

– Como assim?

– Ele vem transando com humanas. Muitas humanas.

s'Ex lançou a cabeça para trás e gargalhou.

– Era o que eu esperava. Se eu estivesse do lado de fora, era o que eu faria.

– Aposto que a sua rainha não vai gostar disso.

– Ela também é a sua governante... E eu não tomaria esse rumo, se eu fosse você – s'Ex apontou o indicador do outro lado. – Ela o fará passar por uma purificação, e se ele sobreviver – o que não é uma conclusão precipitada – ele jamais será o mesmo. Confie em mim, é melhor você calar a boca no que se refere à vida amorosa dele. Ah, e AnsLai não sabe que eu vim. Vamos guardar esse segredinho, está bem?

Depois que o executor saiu e desapareceu em pleno ar, iAm avançou e fechou a porta. Depois, seguiu até o bar na outra ponta do espaço aberto e se serviu de uma dose de bourbon.

Parecia que a carta de "saída livre da prisão" de Trez tinha um buraco: seu vício em sexo não se tornaria algo indesejável como eles esperavam.

Maravilha.

E se s'Ex não tivesse aparecido ali e lhe tivesse dito para ficar quieto? Só Deus sabia o que poderia ter acontecido.

Ele nunca ouvira falar nessa purificação, mas podia imaginar.

Uma coisa era certa: nunca, nem em um milhão de anos, ele pensou que deveria um favor ao insensível executor. Pensando bem, parecia que Trez não era o único a enjeitar as restrições do Território.

A pergunta era: e agora? Ele tinha cerca de dez minutos para descobrir isso, antes que o sumo sacerdote aparecesse ali.

Capítulo 15

– Nunca pensei que o veria novamente. Disseram que você tinha saído da cidade.

Quando o chefe do departamento de neurologia do St. Francis se inclinou sobre a tela do computador, ele parecia estar falando sozinho. De fato, Manny Manello não respondeu, e pareceu não se importar com isso.

Beth se aproximou um pouco para dar uma olhada melhor – ainda que, convenhamos, as múltiplas imagens do cérebro do irmão não significassem muita coisa para ela. Tinha esperanças, contudo, de que o cara no jaleco branco com as credenciais impressionantes visse as coisas por um ângulo diferente.

A antessala sombria na qual estavam todos espremidos parecia algo saído de um episódio de *Jornada nas Estrelas*, com equipamentos de alta tecnologia que giravam e piscavam, a imensa máquina de ressonância magnética na sala separada por uma janela de vidro espessa e opaca. E também o neurologista, sentado diante da mesa de controles, se assemelhava a um tipo de Tenente Sulu ao encarar as telas de computador, os teclados, um ou dois aparelhos de telefone, outro laptop.

– Quanto tempo durou a última convulsão? – o neurologista perguntou distraído.

– Cerca de quinze minutos – Beth respondeu quando John relanceou para ela.

– Algum formigamento ou zunido?

Quando John meneou a cabeça, Beth disse:

– Não, nada.

John saíra de dentro do tubo oco uns dez minutos antes e trocara de roupa, tirando o avental hospitalar e recolocando seus jeans relativamente inócuos e camiseta do Giants. O acesso intravenoso colocado para injetar o contraste no corpo já fora tirado, um pequeno Band-Aid branco fora colocado no lugar da agulha, e ele também já voltara a calçar os coturnos.

Ele havia deixado as armas em casa. Xhex, contudo, estava completamente armada ao seu lado, com um boné de basebol da Nike puxado sobre os olhos. Payne era a outra retaguarda, a guerreira vestida de preto e com o mesmo tipo de casaco largo que a esposa de John.

Beth deu um novo puxão no boné dos Red Sox. Já fazia um bom tempo desde que alguém a vira no mundo humano, e ela não conhecia ninguém em especial naquele hospital, mas não havia motivo para acrescentar outra complicação àquela viagem.

– Ah, Deus, permita que ele esteja bem – pensou ela, quando o médico voltou a olhar para as imagens.

Logo atrás dele, não que o homem estivesse ciente disso, a doutora Jane também espiava as imagens em preto e branco por cima do ombro dele – em sua forma fantasmagórica total.

Quanto mais olhos, melhor.

– O que você vê? – perguntou Manello.

Para o seu crédito, o neurologista não olhou para trás até estar bem certo – e se dirigiu a John quando finalmente olhou para a multidão.

– Não há nada de anormal que eu consiga ver.

Deixa para um suspiro coletivo de alívio. E a primeira coisa que John fez foi agarrar o corpo magro de Xhex e arrastá-la para perto de si, o mundo, obviamente, desaparecendo para os dois.

Enquanto Beth os fitava, ela sabia que devia se concentrar na boa notícia. Mas, em vez disso, tudo o que ela conseguia pensar era em como ela não só estava sozinha enquanto esperava para saber se o irmão tinha algum tipo de embolia, tumor ou só Deus sabia que tipo de horror havia em seu cérebro, como também existia um metafórico elefante – cor-de-rosa – de traseiro enorme entre ela e seu marido que não desapareceria tão cedo.

Rosa. Da cor das meninas.

Ou talvez não. Talvez fosse azul-claro.

– Todas as estruturas cerebrais parecem normais...

O médico se lançou num discurso cheio de termos médicos que, felizmente, significou alguma coisa para Manny, a julgar pelos seus acenos. Mas os pombinhos ignoraram tudo, e seu estado de absorção foi, de verdade, algo bonito de se ver.

Pelo menos até as lágrimas de alívio se misturarem às de tristeza, e tudo ficou borrado para Beth.

Hora de pedir licença.

Murmurando algo a respeito de dar um telefonema, ela foi para o corredor. O departamento de imagens ficava isolado no porão de um dos muitos prédios do St. Francis e, fora da saleta, havia uma bela quantidade de nada acontecendo: nenhum paciente para ser transportado, nenhum carrinho com suprimentos sendo empurrado, nenhum funcionário correndo em sapatos de solas de borracha.

Pousando a cabeça entre as mãos, ela encostou a bunda na parede e escorregou até o chão. Graças a Deus, John parecia estar bem. Com isso, pelo menos uma parte da sua família estava ok.

Preciso que você preste atenção e saiba que é a mais pura verdade. Eu não a servirei durante o seu cio. Nunca.

– Merda – pensou ela, esfregando os olhos. Agora ela tinha que voltar para casa e lidar com aquilo tudo.

Um pouco depois, o grupo surgiu do comando central, e ela se colocou de pé, tentando não parecer outra coisa além de aliviada pelo exame de John.

O neurologista estava encarando o cheque que tinha nas mãos e balançava a cabeça.

– Céus, Manello. Você ganhou na loteria?

Algo assim. Graças aos investimentos de Darius, cinquenta mil para o departamento de neurologia era uma doação de nada.

E pensar que tudo o que o jaleco branco teve que fazer foi enfiar o irmão numa máquina que fazia barulho por meia hora.

– Só estou grato por ter nos recebido – murmurou Manello.

O médico se virou para John enquanto dobrava o cheque e o colocava no bolso.

– Bem, ainda recomendo os remédios anticonvulsivos, mas se você se opõe veementemente a eles, a única coisa que lhe digo é que tente manter um registro dos quandos e dos ondes. Veja se existe um padrão – talvez haja, talvez não. E saiba que estou aqui se precisar de mim. Lembre-se do que eu disse: só porque eu não consigo ver nada não significa que você esteja livre para sempre. Os episódios estão acontecendo porque há algo errado. E ponto.

– Obrigado, cara – Manello estendeu a mão. – Você é o melhor.

Os ex-colegas se cumprimentaram com um aperto de mãos.

– Sempre que precisar, falo sério. E... sabe... se um dia quiser voltar, eles o aceitariam num piscar de olhos. Você faz falta aqui.

O olhar de Manny se desviou para Payne, e o sorriso secreto que se formou nos lábios dele foi fonte de mais um "ahhh".

– Não... estou tranquilo, mas obrigado.

Mais papo pro ar. Bons velhos tempos. Tchau. Obrigado de novo.

E então, o contingente vampírico se separou uma vez mais do humano, Manny conduzindo-os em meio ao labirinto de corredores azulejados desprovidos de cor que pareciam exatamente iguais – a ponto de ela se convencer de que estavam perdidos. Errado. Ou o cara tinha uma bússola em seu lóbulo frontal ou se lembrava bem de seu local de trabalho de uma década atrás – porque, no fim, eles chegaram ao térreo e saíram pela porta giratória pela qual tinham entrado.

Fritz os aguardava na calçada, o imenso Mercedes preto mais parecendo pertencer a um diplomata. Mais um motivo pelo qual o carro era útil: as pessoas tendiam a não querer atrapalhar, como se seus ocupantes fossem verdadeiramente importantes ou armados até os dentes. Fritz recebia mais sinais para passar direto em faróis e estacionamento do que ela jamais vira. Por outro lado, ele dirigia de maneira exatamente oposta a como andava.

O mordomo ancião não tinha um pé de chumbo. A maldita coisa era feita de tungstênio...

"*Vamos voltar agora?*" John sinalizou diante do rosto dela, como se já tivesse tentado chamar a sua atenção.

– O qu... Ah, desculpe – ela afastou os cabelos para as costas. – Não quer ir com Xhex?

– Tenho que ir para a boate – a fêmea disse. – Sem Trez, preciso controlar a casa.

E essa era uma desculpa boa e plausível – só que foi impossível ignorar os olhares de lado que foram trocados no grupo.

– A questão aqui não sou eu – murmurou ela.

Claro que não, sinalizou John. *Você está me fazendo um favor voltando comigo. Para me fazer companhia, entende.*

Fritz ficou mais do que satisfeito em se adiantar para abrir a porta para ela e, enquanto abaixava a cabeça para entrar no sedã, ela notou Manny dando um selinho em Payne, e John beijando Xhex com vontade.

Enquanto uma onda de pavor se apossava dela, ela pensou com carinho em se embebedar em vez de confrontar o marido. O único problema era que isso não resolveria nada e, além disso, ela sempre desprezara as mulheres que ficavam bêbadas. Nada mais feio, nem mais patético.

John entrou pela porta oposta, e logo o Mercedes flanou para longe, seguindo a pista debaixo da *porte cochère* e tomando a rua que dava a volta no centro médico. Com placas como PRONTO-SOCORRO, REABILITAÇÃO FARNSWORTH e CENTRO YARDLEY DE COLUNA, era como uma autoestrada com saídas para cidades que você, realmente, jamais gostaria de visitar.

Ao seu lado, o irmão continuava olhando para ela, como se ela fosse um pavio de dinamite que ele media o quanto ainda restava antes que a coisa toda fizesse um *bum* Technicolor.

– Estou bem.

Ok, não vou pressionar. Mas tome.

– Hum? – ele respondeu sua pergunta entregando-lhe um lenço branco. – Por que eu pr...

Fantástico. Ela tinha começado a chorar.

Realmente, fantástico.

Enquanto ela enxugava as lágrimas que nem percebera que derramara, balançou a cabeça e contou tudo.

– Eu quero um bebê.

Puxa vida... isso é fantástico, o irmão sinalizou. *Isso é...*

– Um pesadelo, na verdade. Wrath não quer.

Ah, o irmão articulou com a boca.

– Pois é. Isso mesmo. E eu descobri isso pouco antes de sairmos.

Meu Deus, você não deveria ter vindo.

– Eu precisava sair de casa. E queria ajudar você.

Bem... Wrath, provavelmente, só está preocupado com você. É uma coisa assustadora para as fêmeas. Com isso, seu rosto se contraiu. *O que quero dizer é: Xhex não é ligada em crianças e, confesso, fico aliviado com isso.*

Revirando o quadrado de algodão nas mãos, ela deixou a cabeça pender contra o encosto.

– Mas se eu estou disposta a assumir o risco, eu sinto que ele deveria me apoiar. E, a propósito, ele não colocou seus argumentos em termos de estar preocupado com a minha saúde. Foi só, "não vou servi-la no seu cio". Ponto.

John assobiou baixinho.

– Eu sei. Não foi o nosso melhor momento – ela relanceou de novo para o irmão. – Invejo você e Xhex. Vocês parecem tão sintonizados.

Rá! Você deveria ter nos visto no ano passado. John deu de ombros. *Não achei que conseguiríamos superar.*

– Verdade?

Lógico. Ela queria sair para lutar e não achei nada de mais – até entender que ela poderia ser ferida. Ele rodou o dedo ao lado da têmpora. *Isso me deu um nó na cabeça. Quero dizer, como macho, a sua mulher é sua de uma maneira que acho que as fêmeas não apreciam. No que se refere a Xhex, eu literalmente não controlo as minhas emoções, os meus pensamentos, as minhas ações, se elas se referirem à segurança dela. É um tipo de psicose.*

Quando ela não respondeu, ele tocou em seu braço para se certificar de que ela prestasse atenção.

Parece que é com isso que você e Wrath estão lidando. Sim, você pode pensar "é por causa do bebê", mas dada a taxa de mortalidade entre as fêmeas? Para ele, isso só deve ser uma questão da sua sobrevivência – e ele está escolhendo isso em vez de qualquer filho ou filha.

Deus, talvez isso a transformasse numa bruxa, mas... Ela não queria mesmo ver o lado de Wrath nesse assunto. Ainda mais dito assim, tão racionalmente, considerando-se, claro, que fosse assim que ele se sentisse.

Ela ainda estava magoada e raivosa demais.

– Ok, muito bem, talvez tudo isso seja verdade. Mas me deixe fazer uma pergunta: você um dia negaria um filho, se Xhex quisesse um? – quando ele não respondeu, Beth disse: – Viu? Você não negaria.

Tecnicamente, eu não respondi.

– Mas está na sua cara.

É, mas é fácil para mim porque ela não quer um filho. Talvez eu me sentisse diferente se ela quisesse. Os riscos são reais, e os recursos médicos só têm eficácia até certo ponto.

– Eu ainda digo que o corpo é meu, então a decisão é minha.

Mas você é a preocupação primordial dele. Portanto, ele tem direito a um voto.

– Um voto é uma coisa. Um veto real é outra, completamente diferente – ela balançou a cabeça de novo. – Além disso, se você é capaz de articular a posição de um macho vinculado, ele também deveria. Ele não tem passe livre só porque é Rei – quando a lembrança das palavras do confronto deles voltaram, ela ficou nauseada. – A solução dele é me drogar. Como se eu fosse um tipo de animal. Eu... eu não sei se consigo superar isso.

Talvez você precise de um tempo. Sei lá... ficar afastada enquanto está irritada. Depois você volta e conversa.

Ela pousou a mão sobre o estômago, e enquanto media a almofada de gordura que agora estava ali, ela se sentiu uma idiota por fazer companhia a Layla, comendo sorvete. Ela não estava mais próxima do seu cio, se é que um dia ele viria – e, se viesse, seria no seu próprio tempo. Tudo o que conseguira foi deixar as calças apertadas e abrir uma fenda entre ela e o marido.

Nas palavras do Doutor Phil: como isso está funcionando para você?*

Ótimo, Phil. Simplesmente maravilhoso.

Inferno, talvez devesse assistir mais ao canal OWN. As reprises do Doutor Phil passavam por, sei lá, cinco horas todas as manhãs, de segunda a sexta-feira. Por certo, ele deve ter feito algum programa com casais que discordavam sobre ter filhos.

– *Por que não vai ficar na casa do nosso pai?* – sinalizou John.

Ela pensou na mansão.

– Acho que não. Não quero nem pensar naquele lugar.

Como que à espera de uma deixa, as imagens dela e de Wrath no início do relacionamento deles a atingiram com força – especialmente a lembrança do primeiro encontro oficial deles. Deus, as coisas foram tão perfeitas na época, os dois se apaixonando com tanta facilidade. Wrath a levara para a casa e vestira um terno Brooks Brothers pela primeira e

* Phil McGraw é um psicólogo dos Estados Unidos que se tornou conhecido do grande público ao participar nos programas de Oprah Winfrey como consultor de comportamento e relações humanas. Em 2002, Phil lançou o seu próprio programa de televisão. (N.T.)

única vez no relacionamento deles. Sentaram-se à mesa de jantar, e Fritz os servira.

Foi lá que Wrath lhe disse que seu gosto era de...

Com um gemido, ela pôs a cabeça entre as mãos e tentou respirar calmamente. Não deu certo. Seu cérebro parecia ter o equivalente mental de uma arritmia, pensamentos e lembranças do passado feliz e preocupações sobre um futuro sombrio misturados numa confusão só.

A única coisa que lhe era clara?

John tinha razão. Ela ainda não podia voltar para casa. No instante em que visse Wrath, ela partiria para cima dele, e isso não os levaria a parte alguma.

Deus bem sabia que já tiveram aquela conversa antes. Uma reprise só tornaria as coisas piores.

– Ok – ouviu a si mesma dizendo. – Muito bem. Mas preciso comer primeiro.

Combinado, John sinalizou.

Capítulo 16

Ao tomar forma ao lado da clínica da raça, Wrath sentiu Vishous se materializando – e se ressentiu por ter que ser acompanhado por uma maldita babá. Mas, pelo menos, os conhecimentos médicos de V. seriam valiosos.

– Quatro metros em linha reta – o irmão anunciou. – Um metro de piso limpo à sua frente, depois disso, há neve no chão.

Wrath avançou com um pé e bateu no asfalto. Com mais um passo, a neve absorveu o impacto dos seus coturnos.

Não havia como trazer George dessa vez. A cegueira já não era uma virtude em tempos de paz para um governante, mas, durante uma guerra? Era uma fraqueza crítica e nada chamava mais a atenção do que um cão guia.

Naturalmente, o retriever ficara apoplético por ter sido deixado para trás, mas com Beth já irritada com ele, claro que ele tinha que alienar o pobre cão. Em seguida? A Irmandade. Embora o grupo de cabeças-duras filhos da mãe fosse tenaz demais para ser afetado por qualquer coisa abaixo de uma bomba H.

– Pare – disse V.

Wrath parou ao mesmo tempo em que cerrava os molares. Mas isso era melhor do que dar de cara com a lateral do prédio.

Houve uma pausa, durante a qual V. inseriu o código que mudava toda noite, e eles entraram num saguão baixo, o cheiro de antisséptico característico de hospitais anunciando que, de fato, estavam no lugar certo.

E, merda, ele se sentiu nauseado. O peito doía, a cabeça estava latejando e a pele parecia fina demais para os seus ossos.

Obviamente, um caso de cretinice.

Em estado terminal, muito provavelmente.

– Saudações, meu senhor – disse uma aguda voz feminina, que, mesmo através do microfone, se mostrava impressionada. – Já estamos chamando o elevador para o senhor.

– Obrigado – disse V., rangendo os dentes.

Sim, o irmão odiava Havers por uma série de motivos. Pensando bem, Wrath também o odiava.

Bastava pensar que quando o bom doutor tentara matá-lo poucos anos antes, isso lhes pareceu muito relevante. Agora? Comparado a Xcor e ao Bando de Bastardos, um jaleco branco com gravata borboleta e óculos de aro de tartaruga era um passeio no parque.

Cacete, ele desejava poder voltar aos tempos do pai, quando as pessoas respeitavam o trono.

Houve o som de um elevador se abrindo, e V. tocou a parte posterior do braço de Wrath. Juntos, entraram no compartimento, e depois de um *bing* e das portas correndo, uma sensação de mergulho confirmou que eles estavam descendo.

Quando as portas voltaram a se abrir, Vishous tomou cuidado com as orientações: aproximou-se a fim de ficarem ombro a ombro, e permaneceram assim, sem dúvida parecendo a um observador casual um guarda-costas protegendo o Rei da raça.

Em vez de funcionar como um par postiço de olhos.

Murmúrios repentinos na sala de espera foi um indicador de que estavam num espaço público. E a acolhida na recepção foi do mesmo modo agitada.

– Meu senhor – uma voz feminina disse quando um ranger soou, como se uma cadeira tivesse sido empurrada. – Por aqui, por favor.

Wrath virou a cabeça na direção da voz e assentiu.

– Obrigado por nos encaixar.

– Sem dúvida, meu senhor. É uma honra rara ter a sua presença em nosso...

Blá-blá-blá.

A boa notícia era que ele foi rapidamente conduzido para uma área particular com interrupção mínima. E só restou esperar. Não muito, porém. E ele podia apostar que Havers estaria colocando seus tênis de corrida pra chegar rápido aonde eles estavam.

Não que o almofadinha puritano soubesse para que Nikes serviam.

– Será que todos os hospitais têm que ter Monets nas paredes? – Vishous lamentou.

– Aposto como os pôsteres são baratos.

– Isso aqui é uma pintura de verdade.

Ah. Sim. Obviamente estavam numa suíte VIP.

– Só pode ser coisa do Havers. Um clichê mesmo na Sotheby's.

– Ele deve ter trazido do Antigo País. Tolo sem gosto. Depois que você viu um maldito nenúfar, você já viu todos. E eu detesto rosa. Detesto de verdade. Embora lilás seja pior.

Enquanto Wrath esticava a mão para sentir as coisas, pensou nas pinturas impressionistas que vira quando seus olhos ainda funcionavam um pouco. Visão borrada – nada como uma obra de arte de um pintor meio-cego sendo vista por um cara meio-cego.

Surrealistas com seus contornos aguçados seriam muito melhores se ele quisesse...

Uau. Sua mente não queria mesmo pensar no motivo pelo qual ele estava ali.

– Uma mesa de exames está colocada bem à sua frente.

– Não vou ser examinado – murmurou Wrath.

– Tudo bem, o sofá de seda da avó de alguém está à sua direita.

Quando ele fez o retorno para se dirigir ao sofá, pensou em quanto amava ter seus médicos residentes. Uma pena que a doutora Jane e Manny não pudessem responder às suas perguntas nesse caso. E, supostamente, ele poderia obter informações de outro modo, por exemplo, mandando Fritz ali para fazer perguntas. Mas, às vezes, as informações em primeira mão eram a única maneira de agir: ele tinha que perceber o cheiro do médico quando o macho falasse. Era o único modo de ter certeza de que ele estaria dizendo a verdade.

– Você vai me dizer o que estamos fazendo aqui – exigiu V.

Um estalido seguido de um raspar e, um momento depois, o cheiro de tabaco turco fez com que boa parte do cheiro de antisséptico, se não o cheiro todo, sumisse.

Quando Wrath nada disse, V. praguejou.

– Sabe que Jane pode cuidar disso, o que quer que seja.

– Ela sabe sobre o cio das vampiras? Não? Não achei que soubesse.

Isso calou o irmão por um minuto.

No silêncio, Wrath sentiu uma necessidade desesperadora de andar, mas isso não seria possível, já que ele não queria derrubar toda a elegante decoração de Havers.

– Fale comigo.

Wrath balançou a cabeça.

– Não tenho nada de bom a dizer.

– Como se isso já o tivesse impedido antes.

Felizmente, Havers escolheu esse momento para entrar – só para parar assim que entrou na sala de exames.

– Lamento... – disse ele a Vishous –, mas não é permitido fumar aqui.

O tom de V. soou entediado.

– A nossa espécie não fica com câncer. Ou isso é uma novidade para você?

– É por causa dos tanques de oxigênio.

– Existe algum aqui?

– Hum... Não.

– Bem, então não vou atrás de um.

Wrath interrompeu o debate.

– Feche a porta – idiota... – Eu só tenho que lhe fazer algumas perguntas. E diga ao seu enfermeiro que saia, sim?

– Sim... Claro.

O medo permeou o ar quando o enfermeiro saiu e fechou a porta, e Wrath não tinha como culpar o cara por estar nervoso.

– Como posso ajudá-lo, meu senhor?

Wrath visualizou o macho de cabeça, imaginando se Havers ainda usava os óculos no rostinho de universitário de primeira linha, e o jaleco branco com o nome bordado perto da lapela. Como se pudesse haver alguma confusão na clínica sobre quem ele era.

– Quero saber o que você pode fazer para parar o cio de uma fêmea.

Som de grilos. Muitos grilos.

Bem, a não ser pelo murmurar de V., que pareceu começar com C e terminar com A-C-E-T-E.

Depois de um instante, houve um ranger, como se o bom médico tivesse se sentado ao lado de Wrath no sofá.

– Eu... hum... não sei bem como responder isso, meu senhor.

– Tente – Wrath disse com secura. – E rápido. Não tenho a noite inteira.

Sons baixos sugeriam que o macho estava remexendo algo. Uma caneta? Talvez o estetoscópio?

– Ela... hum... a fêmea já começou?

– Não.

O silêncio que se seguiu o fez desejar que não tivesse ido ali. Mas agora não iria embora, e não só por já não saber onde ficava a porta.

– Não é a minha *shellan*, a propósito. É uma amiga minha.

Céus, é como se ele tivesse uma DST ou algo parecido.

Mas, pelo menos, isso relaxou o médico. No mesmo instante, a vibração do macho se acalmou, e a boca começou a trabalhar.

– Infelizmente, não tenho uma boa resposta para lhe dar. Até aqui, não encontrei um modo de deter o começo do ciclo. Tentei diferentes drogas, mesmo as disponíveis para as humanas – a questão é que as vampiras têm um hormônio extra que, quando disparado, cria um sistema de reação irresistível. Como resultado, as pílulas e as injeções contraceptivas humanas não surtem nenhum efeito nas nossas fêmeas.

Wrath balançou a cabeça. Ele deveria ter sabido – nada no ciclo reprodutivo de uma vampira era fácil.

Virgem Escriba idiota. Ah, sim, claro, vá em frente e crie uma raça e, já que está fazendo isso, por que não lhe dá algumas coisas bem barras-pesadas. Perfeito.

Havers prosseguiu, o assento rangendo de novo como se ele tivesse mudado de posição.

– Acalmar a fêmea durante o seu sofrimento é o único método com que tive sucesso. O senhor precisa de um kit para essa sua amiga, meu senhor?

– Um kit?

– Para o tratamento do cio.

Ele pensou em Beth fazendo companhia para Layla. Só Deus sabia há quanto tempo isso vinha acontecendo... Mais importante do que isso, ele temia que tivesse dado certo: ele ficara completamente excitado na presença da sua *shellan*. Sim, isso não era nada extraordinário – a não ser pelo fato de que estiveram discutindo e sexo era a última coisa na sua cabeça.

Os hormônios dela já podiam estar fluindo.

Ou isso, ou ele estava ficando paranoico.

Também uma possibilidade.

– Sim – ele se ouviu dizer. – Quero um kit.

Houve o som de algo sendo escrito.

– Bem, preciso que o macho responsável por ela assine isso, ou o *hellren* dela, o pai ou o macho mais velho da casa. Não me sinto seguro em mandar esse tipo de narcótico sem que haja um responsável e, claro, será necessário que haja alguém para administrar isso nela. Ela não só estará comprometida pelo cio, como também, sejamos honestos, as fêmeas não ficam com a cabeça no lugar no que se refere a isso.

Por algum motivo, Wrath pensou em Payne acusando-o de misoginia.

Pelo menos nisso Havers o superava...

Ah, merda... Como ele iria assinar alguma coisa? Em casa, na sua escrivaninha, Saxton sempre marcava a linha de assinatura com uma série de...

– Eu assino – V. interferiu rapidamente. – E a minha *shellan*, que é médica assim como você, cuidará de tudo.

– *Você* é vinculado? – o médico deixou escapar. Como se as chances de um meteoro cair sobre a clínica fossem maiores. – Quero dizer...

– Dê-me o papel – disse Vishous. – E a sua caneta.

Deixa para mais rabiscos e um silêncio ainda mais desagradável.

– Qual o peso dela? – Havers perguntou, e um barulho de papéis se seguiu, como se ele estivesse guardando algo num arquivo.

– Não sei – disse Wrath.

– Gostaria que eu visse a fêmea em questão, meu senhor? Ela pode vir aqui quando lhe for mais conveniente, ou eu posso marcar uma visita...

– Sessenta e dois quilos – disse V. – E chega de conversa. Pegue as drogas para que possamos dar o fora daqui.

Enquanto Havers tropeçava nos próprios sapatos ao sair da sala, Wrath se inclinou para trás e bateu a cabeça no gesso que nem sabia que havia atrás dele.

– Quer me contar que porra é essa que está acontecendo? – o irmão ralhou. – Porque estou tirando diversas conclusões e nenhum de nós precisa disso, já que você podia muito bem só me responder uma maldita pergunta.

– Beth tem passado seu tempo livre com Layla.

– Porque ela quer...

– Um bebê.

Um fluxo renovado de tabaco turco atingiu as narinas de Wrath, sugerindo que o irmão tinha acabado de tragar novamente.

– Então você tem intenção de ter um filho?

– Nunca. Que tal "nunca"?

– Amém – abruptamente, os coturnos de V. começaram a soar pela sala, aquele passeio algo a se invejar. – Não que eu não respeite Z. e sua família. Graças àquelas duas fêmeas, ele é quase normal... o que é um milagre. Que bom para ele, não? Mas essa coisa não é para mim. Ainda bem que Jane se sente da mesma forma.

– É. Ainda bem.

– Beth não está no mesmo navio?

– Não. Não está nem no mesmo porto, oceano ou qualquer parte de onde quer que a sua metáfora more.

Wrath esfregou a testa. Por um lado, era ótimo ter alguém que concordasse com ele a respeito desse assunto de não ter filhos – isso o fazia se sentir menos como se estivesse errado ou sendo cruel com Beth. Por outro lado, esse acordo que Vishous tinha com Jane? Não que você desejasse a merda pela qual você passava para o seu irmão. Nada disso. Mas, maldição, ele poderia andar uma maratona naqueles sapatos confortáveis, muito obrigado.

Enquanto o irmão andava e fumava e os dois esperavam o retorno de Havers com as drogas... por algum motivo, ele pensou nos pais.

As lembranças que tinha da mãe e do pai se pareciam com os trabalhos de Norman Rockwell* – bem, traduza para a linguagem do Antigo País e com o cenário modificado para um tema de castelo medieval. Mas, sim, aqueles dois tinham o relacionamento perfeito. Sem discussões, sem raiva, apenas amor.

Nada nunca se interpunha entre eles. Nem o trabalho do pai, ou a corte em que viviam, tampouco os cidadãos a quem serviam.

Harmonia perfeita.

Era apenas mais um modelo estabelecido no passado que ele não conseguia acompanhar...

V. emitiu um som estranho, parte arquejo, parte imprecação.

– Engasgou na fumaça? – Wrath comentou secamente.

---

* Pintor e ilustrador americano, cujos desenhos e pinturas são famosos pela meticulosidade e exatidão de traços e cores. (N.T.)

Bem ao seu lado, a cadeira onde Havers estivera sentado não rangeu, parecia mais ter praguejado... Como se V. tivesse largado o peso do corpo sobre a coisa.

– V.?

Quando o Irmão finalmente respondeu, a voz soou baixa, bem baixa.

– Estou te vendo...

– Não, não, não... – Wrath exclamou. – Não quero saber, V. Se você está tendo uma das suas visões, *não* me conte o que é...

– ... parado num campo branco. Branco, tudo branco ao seu redor.

O Fade? Ah, inferno.

– Vishous...

– ... e você está falando com...

– Ei! Cretino! Eu já te disse que não quero saber quando vou morrer. Ouviu bem? Não quero saber.

– ... o rosto no céu.

– A sua mãe? – Cristo bem sabia que a Virgem Escriba andava desaparecida por algum tempo. – É a sua mãe?

Merda. Ele não queria encorajar aquilo.

– Escute, V. Você tem que voltar. Não sei lidar com isso, cara.

Houve uma imprecação baixa, como se o Irmão estivesse se recobrando.

– Desculpe, quando isso vem assim de repente, é difícil controlar.

– Tudo bem – mesmo não estando. Nem um pouco.

Porque o problema das premonições de Vishous, à parte o fato de elas sempre se tratarem de pessoas mortas, era que não se sabia quando aconteceriam. Aquilo ali podia ser a respeito de Wrath batendo as botas dali a uma semana. No ano que vem. Setecentos séculos mais adiante.

Se Beth morresse... Ele não iria querer viver...

– Tudo o que posso dizer é – V. exalou novamente – que vejo o futuro em suas mãos.

Bem, pelo menos isso era genérico e óbvio, como uma previsão astrológica de uma revista – do tipo que qualquer um pode ler e achar que se aplica a si mesmo.

– Faça-me um favor, V.

– O quê?

– Não veja mais nada a meu respeito.

– Isso não depende de mim, depende?

Verdade. Assim como o seu futuro.

Mas a boa notícia era que... ele não precisaria mais se preocupar com o cio de Beth. Graças àquela visitinha infeliz à clínica, ele poderia cuidar do assunto quando fosse a hora.

Sem correr o risco de uma gestação.

Capítulo 17

1664

– Leelan?

Quando não houve resposta, Wrath, filho de Wrath, bateu novamente à porta do quarto.

– Leelan, *posso entrar?*

Sendo Rei, ele não esperava por ninguém, e não existia quem o impedisse de fazer algo.

A não ser a sua preciosa companheira.

E, como naquela noite, quando havia festivais, ela desejava se enfeitar reservadamente, permitindo-lhe acesso só quando ela já havia se preparado para as suas vistas e adoração. Era algo absolutamente encantador – assim como os seus aposentos matrimoniais ficavam perfumados por causa dos óleos e loções. Como de costume, mesmo após um ano da união deles, ela ainda baixava o olhar e sorria furtivamente quando ele a cortejava. Assim como ainda acordava com ela junto dele a cada crepúsculo e depois se deitava para descansar no alvorecer junto do seu lindo e caloroso corpo.

Mas havia uma emoção diferente agora.

Quando houve a espera para se aproximar dela... e ter a permissão para entrar.

– Entre, meu amor – a voz soou do outro lado da porta de carvalho pesada.

O coração de Wrath deu um salto. Virando o ferrolho pesado, ele abriu a porta com o ombro... e lá estava ela. A sua amada.

Anha estava do lado oposto do quarto, ao lado da lareira, que era grande o suficiente para acomodar um macho adulto. Sentada ante a sua penteadeira, que ele aproximara do fogo para lhe garantir calor, dava-lhe as costas, os longos cabelos escuros descendo em cachos grandes pelos ombros e cintura.

Wrath inspirou fundo, o perfume dela mais importante que o oxigênio que preenchia seus pulmões.

– Ah, como você está adorável.

– Você nem me viu direito...

Wrath franziu ante a rigidez na voz dela.

– O que a incomoda?

A sua shellan *se virou de frente.*

– Nada. Por que pergunta?

Ela estava mentindo. O sorriso era uma versão atenuada do seu esplendor costumeiro, a pele pálida demais, os olhos caídos nos cantos.

Conforme ele avançava sobre os tapetes de pele, o medo tomou conta dele. Quantas noites desde que o cio dela viera e se fora? Catorze? Vinte e uma?

Apesar do risco para ela, eles rezavam com fervor pela concepção – e não só por causa de um herdeiro, mas para ter um filho ou uma filha para amar e cuidar.

Wrath afundou de joelhos ante sua leelan, *e se lembrou da primeira vez em que fizera isso. Fizera bem em se unir àquela fêmea, e ainda mais em colocar seu coração e sua alma naquelas mãos gentis.*

Somente nela ele podia confiar.

– Anha, seja honesta comigo – ele ergueu a mão e tocou seu rosto, imediatamente retraindo a mão. – Você está fria!

– Não estou – rebateu ela, abaixando a escova e colocando-se de pé. – Estou vestida neste veludo vermelho de que você tanto gosta. Como posso estar fria?

Por um instante, ele quase se esqueceu das suas preocupações. Ela era uma visão maravilhosa naquela cor profunda e rica, a fita dourada sobre o corpete captando a luz da lareira bem como todos os rubis: de fato, ela estava usando o conjunto completo naquela noite, as pedras reluzindo nos lóbulos das orelhas, no pescoço, nos pulsos e nas mãos.

Todavia, por mais resplandecente que estivesse, havia algo inadequado.

– Levante-se, meu hellren *– comandou ela –, e vamos prosseguir com as festividades. Todos o aguardam.*

– Eles podem aguardar mais – ele não tinha intenção alguma de ceder. – Anha, fale comigo. O que aconteceu?

– Você se preocupa demais.

– Você sangrou? – perguntou ele com firmeza. O que significaria que não havia filho dentro dela.

Ela pousou uma mão delgada sobre o ventre.

– Não. E eu me sinto... perfeitamente bem. É a verdade.

Wrath estreitou o olhar. Havia, claro, outra questão que poderia estar pesando em seu coração.

– Alguém lhe foi cruel?

– Nunca.

Nisso ela mentia, por certo.

– Anha, você crê que haja algo que escape ao meu conhecimento? Estou bem ciente do que transpira na corte.

– Não se preocupe com esses tolos. Eu não me preocupo.

Ele amava a resistência dela. Mas aquela bravura era desnecessária – se ao menos soubesse quem a atormentava, ele cuidaria do assunto.

– Eu acredito que devo lidar com os comentários.

– Não diga nada, meu amor. O que está feito está feito – você não pode desfazer a apresentação. Tentar silenciar toda e qualquer crítica ou comentário sobre mim nos levará a uma corte vazia.

Tudo começara na noite em que ela lhe fora trazida. Ele não seguira o protocolo, e, a despeito do fato de que os desejos do Rei eram soberanos sobre a terra e todos os seus vampiros, havia quem desaprovasse o fato de ele não a ter despido; de ele ter lhe dado o conjunto de rubis e o anel de rainha; que tivesse conduzido ele mesmo a união; que ele a tivesse transportado imediatamente para ali, para os seus aposentos particulares.

Os críticos em nada foram aplacados quando ele consentira com uma cerimônia pública. Tampouco eles, mesmo após um ano, passaram a acolher a sua parceira. Jamais se mostraram rudes com ela em sua presença, evidentemente – e Anha recusava-se a dizer qualquer palavra sobre o que acontecia às costas dele.

Mas o odor da ansiedade e da depressão dela era familiar demais para ele.

Na verdade, o tratamento da corte em relação à sua amada enraivecia-o ao ponto da violência – e criara uma fenda entre si e os que o rodeavam. Ele sentia como se não pudesse confiar em ninguém. Nem mesmo na Irmandade, que supostamente seria a sua guarda particular e aqueles em que ele deveria ter mais fé, até mesmo desses machos ele suspeitava.

Anha era tudo o que ele tinha.

Inclinando-se na direção dele, as mãos dela aninharam seu rosto.

– Wrath, meu amor – ela pressionou os lábios nos dele. – Vamos prosseguir com o festival.

Ele a segurou pelos braços. Os olhos dela eram como lagos nos quais poderia se afogar, e o único terror que conhecia neste mundo mortal era de que um dia eles poderiam não estar mais aqui para que ele os fitasse.

– Pare de pensar – sua shellan *implorou. – Nada me acontecerá, nem agora, nem nunca.*

Trazendo-a para junto de si, ele ajoelhou-se e pousou a cabeça contra seu ventre. Enquanto as mãos acarinhavam-lhe os cabelos, ele olhou a penteadeira dela. Escovas, pentes, recipientes com cores para seus lábios e olhos, uma xícara de chá ao lado do bule, um fatia de pão que ela apenas mordiscara.

Coisas tão prosaicas, mas por ela tê-las agrupado, tocado, consumido, tiveram o seu valor agregado: ela era a alquimia que transformava tudo, e ele, em ouro.

– Wrath, temos que ir.

– Não quero. É aqui que quero estar.

– Mas a sua corte o espera.

Ele disse algo vil que desejou que as dobras do veludo tivessem abafado. Imaginou que não, dado o riso dela.

No entanto, ela tinha razão. Havia muitos agrupados à sua espera.

Ao inferno com todos.

Pondo-se de pé, ele lhe ofereceu o braço, e quando ela enganchou o dela na curva do seu cotovelo, ele os conduziu para fora do quarto passando pelos guardas do palácio perfilados ao longo do corredor. Um pouco mais adiante, desceram uma escada em curva, e os sons da aristocracia reunida se elevavam cada vez mais.

Ao se aproximarem do salão principal, ela se apoiou ainda mais nele, e seu peito inflou, a estatura aumentando como resultado da confiança dela nele. Ao contrário de muitos cortesãos, ávidos por dependência, a sua Anha sempre preservara certo decoro orgulhoso dentro de si – portanto, quando, ocasionalmente, ela necessitava da sua força de algum modo, era um presente especial para a sua faceta mais masculina.

Não havia nada que fizesse seu sexo masculino mais apaixonado.

Quando a cacofonia se tornou tão alta a ponto de abafar os sons dos seus passos, ele se aproximou do ouvido dela.

– Nós lhes daremos um breve boa-noite.

– Wrath, você tem que se mostrar disponível...

– Para você – disse ele ao se aproximarem da última curva. – É para você que eu tenho que estar disponível.

Quando ela corou belamente, ele riu – e se viu em ardente antecipação pela aproximação da privacidade deles.

Dobrando a última esquina, ele e sua shellan *se depararam com portas duplas que eram para uso exclusivo deles, e dois Irmãos se adiantaram para recepcioná-los segundo os costumes formais.*

Santa Virgem Escriba no Fade, ele odiava essas festas da aristocracia.

Quando trompetes anunciaram a sua chegada, os portais foram abertos e as centenas reunidas silenciaram-se, os vestidos coloridos e as joias reluzentes rivalizando com a pintura no teto acima das cabeças bem penteadas e com o piso de mosaico sob seus sapatos de seda.

A certa altura, quando o pai ainda estava vivo, ele se lembrava de ter ficado bem impressionado pelo salão principal e pelo refinamento da aristocracia. Mas agora? Mesmo o interior sendo tão vasto quanto um campo de caça, e as duas imensas lareiras idênticas serem do tamanho das residências dos civis, ele não tinha mais ilusões de grandeza e honra.

Um terceiro membro da Irmandade anunciou num tom retumbante:

– Sua Alteza Real, Wrath, filho de Wrath, regente de tudo o que existe dentro e fora do território da raça, e a rainha Anha, amada filha de sangue de Tristh, filho de Tristh.

Apressados, os aplausos obrigatórios se fizeram e ecoaram, cada aplauso individual se perdendo na multidão. Em seguida, foi a vez da resposta real. De acordo com a tradição, o Rei jamais deveria abaixar a cabeça ante qualquer alma viva, portanto, era dever da rainha agradecer à assembleia com uma mesura.

A sua Anha representou com graça e firmeza invejáveis.

Então, foi a vez dos reunidos reconhecerem a fidelidade com os machos se curvando e as fêmeas fazendo mesuras.

Depois disso, com a troca das formalidades, ele tinha que passar pela fila de cortesãos e cumprimentá-los um a um.

Avançando, ele não se recordava qual festividade era aquela, em que página do calendário ou fase da lua estavam. A glymera *conseguia arranjar incontáveis motivos para se reunirem, a maioria deles parecendo inúteis, considerando-se que os mesmos indivíduos apareciam nas mesmas ocasiões.*

Claro, as roupas eram diferentes. E as joias que cobriam as fêmeas.

E, nesse meio-tempo, enquanto jantares eram preparados e saboreados, e ofensas e menosprezos eram trocados a cada respiração, havia assuntos importantes para tratar: o sofrimento dos comuns por causa das secas recentes, as invasões por parte dos humanos, as agressões por parte da Sociedade Redutora. A aristocracia, contudo, não se preocupava com tais coisas – porque, segundo eles, esses problemas eram geralmente enfrentados por "vira-latas sem nome nem rosto".

Contrariamente às mais básicas leis de sobrevivência, a glymera *via pouco valor na população que cultivava a comida que eles consumiam, construía as moradas em que residiam e costurava as roupas que lhes cobriam as costas...*

– Venha, meu amor – a sua Anha murmurou. – Vamos cumprimentá-los.

Ao que tudo levava a crer, ele parara sem perceber.

Retomando os passos, os olhos se concentraram em Enoch, que sempre estava à frente da fila dos machos de vestes cinza.

– Saudações, Vossa Alteza – disse o cavalheiro, num tom como se ele fosse o mestre de cerimônias. – E à senhora, minha rainha.

– Enoch – Wrath olhou para os cortesãos. Doze machos dispostos em termos de hierarquia, e, segundo tal, o último da fila mal passara da sua transição, de uma família de sangue importante, mas de poucos recursos. – Como estão?

Não que ele se importasse. Ele estava mais interessado em saber quem dentre eles aborrecera a sua amada. Por certo um, se não todos. Ela não tinha criadas, por vontade própria, portanto, aquelas eram as únicas figuras com as quais ela tinha algum contato na corte.

O que fora dito. Quem o dissera.

Foi com certa medida de agressão que ele prosseguiu pela fila e cumprimentou cada um de acordo com o protocolo. De fato, aquela antiga sequência de endereçamento particular em meio a uma reunião pública era uma maneira de reconhecer e reafirmar a posição dos conselheiros dentro da corte, uma declaração da sua importância.

Ele conseguia se lembrar do pai fazendo exatamente aquilo. A não ser pelo fato de que o macho parecia verdadeiramente valorizar o relacionamento com seus cortesãos.

Particularmente naquela noite, o filho não estava onde o pai estivera.

Que tivera a...

A princípio, achara que a sua amada tivesse tropeçado e precisasse mais da força do seu braço. No entanto, não foi a passada que ela perdeu. Mas o equilíbrio...

Todo ele.

A sensação de arrasto em seu braço o fez virar a cabeça, e foi assim que ele viu acontecendo, a forma vital da sua shellan *relaxando e caindo para trás.*

Com um grito, ele se esticou para apanhá-la, mas não foi rápido o bastante. Enquanto a multidão arfava, Anha caiu no chão, olhos cegos olhando para ele, sem nada ver, a expressão tão vazia quanto um espelho sem reflexo, a pele ainda mais pálida do que estivera no quarto.

– Anha! – gritou ele, deixando-se cair no chão ao lado dela. – Anha!...

Capítulo 18

Sola despertou num rompante, o rosto afastando-se rapidamente do chão frio de concreto, o corpo esticado de uma maneira artificial. Virando-se para ficar de barriga para baixo, o cérebro processou a sua localização num segundo: uma cela com três paredes sólidas e uma com barras. Nenhum aquecimento, nenhuma janela, luz encaixada no teto, vaso sanitário de aço inoxidável.

Nenhum companheiro de cela, nenhum vigia que conseguisse ver.

Em seguida, uma verificação no corpo: a cabeça tinha focos de dor na nuca e na frente, mas isso não era tão ruim quanto o que acontecia na coxa. O desgraçado com a marca de nascença escura cobrindo metade do rosto alvejara-a uns quinze centímetros acima do joelho; o fato de ela conseguir levantar o tornozelo do chão sugeria que não havia nenhum osso quebrado, mas aquele era um caso de muitos "ais"... A sensação de ardência, juntamente com o latejar, bastava para deixá-la nauseada.

Silêncio.

Do outro lado da cela, próximo à parede, um par de correntes foram afixadas no concreto, e as amarras de pulsos que pendiam em suas pontas eram a promessa de um terror.

Bem, isso e as manchas acima e abaixo do arranjo.

Nenhuma câmera de segurança que conseguisse enxergar. Pensando bem, Benloise era desconfiado. Talvez ele usasse uma câmera de celular para repassar a sua versão de filmes domésticos?

Sem fazer ideia de quanto tempo tinha, ela se levantou...

– *Cacete.*

Colocar o peso sobre a perna direita era o mesmo que pegar um atiçador de brasas e enfiá-lo no ferimento. E depois fazer um gingado de tuíste à la Chubby Checker.

Que tal evitarmos isso, heim?

Ao olhar para o vaso sanitário, que estava a um metro e meio de distância, ela praguejou novamente. Aquela sua perna seria uma grande desvantagem tática, porque era difícil caminhar sem fazer o arrastar de um zumbi, que tanto fazia barulho quanto a retardava.

Tentando avançar sem ser percebida, e em vez de criar um distúrbio bem audível, ela usou o vaso, mas não deu descarga. Depois, recuou para onde estivera antes. Não sentiu necessidade de testar as barras ou ver se a porta estava trancada.

Benloise não curtia construções malfeitas e não contrataria um idiota.

Sua única tentativa seria subjugar o guarda com uma arma, mas como isso aconteceria em sua situação atual, ela não fazia a mínima ideia. A menos que...

Voltando ao chão, ela se colocou na exata mesma posição na qual acordara. Fechando os olhos, distraiu-se momentaneamente pelas batidas do coração.

Altas. Muito altas mesmo.

Ainda mais ao pensar na avó.

Ah, meu Deus, ela não podia terminar ali. E não daquele jeito – aquilo não era uma doença ou um acidente automobilístico numa estrada. Aquilo envolveria sofrimento deliberadamente infligido – e depois? Benloise era exatamente o tipo de patife doente que mandaria um pedaço seu para ser enterrado.

Mesmo se o endereçado fosse uma participante inocente de toda aquela feiura. Enquanto visualizava a avó recebendo apenas um pé ou uma mão para depositar num caixão, ela descobriu que seus lábios se mexiam.

Deus, por favor, permita que eu saia dessa viva. Pelo amor de vovó. Apenas permita que eu sobreviva, e eu juro que vou sair dessa vida. Vou levá-la para algum lugar seguro, e eu nunca, jamais, vou fazer algo errado novamente.

Ao longe, ela ouviu um barulho, como se uma porta estivesse sendo destrancada, e depois uns murmúrios.

Forçando a respiração a um ritmo normal, ela observou através do véu formado pelos cabelos, ouvindo as passadas se aproximando.

O homem que desceu a escada era aquele da imensa marca de nascença. Vestido com calças pretas de combate e uma camiseta justa, ele estava sério, descabelado e fulo da vida.

– ... idiota maldito, morrendo desse jeito. Pelo menos calou a boca.

Ela fechou os olhos... e outro barulho de tranca.

Abruptamente, a voz estava muito mais próxima.

– Acorda, vadia.

Mãos rudes a seguraram pelo braço e a deitaram de costas, e ela precisou de todo o seu autocontrole para não arfar em agonia, tanto por causa da cabeça quanto pela coxa.

– Filha da puta! Acorda!

Ele a estapeou no rosto, e quando ela sentiu gosto de sangue, logo deduziu que o lábio estava cortado, mas essa dor era apenas uma gota num balde comparada à da coxa.

– Vadia! – outro tapa, ainda mais forte. – Não tente dar uma de esperta!

O peito dela se elevou quando ele a agarrou pela frente da parca, abrindo-a, e quando a cabeça raspou contra o concreto, ela não conseguiu refrear um gemido.

– Isso mesmo, eu vou te acordar – ele abriu a camisa com um puxão, e fez uma pequena pausa. – Legal...

O sutiã dela tinha uma abertura frontal, e ele o abriu com um dedo, o ar frio golpeando-lhe a pele.

– Ah... sim... Isso mesmo...

Ela cerrou os dentes quando ele a espalmou, e teve que forçar as pernas a ficarem inertes quando ele seguiu para o cós da calça. Bem como com o sinalizador no porta-malas do carro, ela só teria uma chance ali, e ela precisaria que ele estivesse adequadamente distraído.

Mesmo sentindo como se estivesse prestes a vomitar novamente.

O guarda lhe tirou os jeans junto com a calcinha numa série de puxões firmes, as nádegas nuas batendo ao encontro do chão áspero e frio, enquanto ele puxava e arrancava.

– Você me deve isso, sua sacana... Agora vou ter que contar a ele sobre aquele merdinha que você matou... mas que inferno essas botas!

Ele soltou os cadarços com pressa e puxou as botas, uma depois da outra. E enquanto ele se ocupava, houve a tentação de chutá-lo no rosto, mas ela não teria força suficiente naquele ângulo para fazer algum tipo de estrago, e caso lutasse cedo demais e perdesse, ele sem dúvida a prenderia naquela maldita parede.

Quando a mão foi para o meio das pernas dela, ela não conseguiu combater o medo do seu corpo ante a invasão – não importando o que o seu cérebro comandasse, as coxas se contraíram ao redor do pulso dele.

– Está acordada agora? – ele grunhiu. – Você quer isso, não quer?

Relaxe, ela disse a si mesma. Você só está esperando por uma coisa.

A mão dele recuou. E logo o som do zíper sendo aberto lhe deu um incentivo extra para deixar as pernas afastadas. Ela precisava que ele tentasse montar em cima dela.

E, adivinha só? Foi o que ele tentou.

Afastando-lhe as pernas ainda mais, ele se colocou sobre as mãos e os joelhos e começou a entrar em posição.

Uma chance. E ela a aproveitou.

Com uma súbita onda de energia, ela se ergueu e agarrou as bolas do filho da puta como se tivesse a intenção de castrá-lo.

Puxando o mais forte que conseguia, ela ignorou os gritos de dor da coxa e da cabeça e girou com todas as forças que tinha. O guarda emitiu um berro agudo, como um cachorrinho que caiu numa frigideira funda, e pendeu de lado.

Foi só o que ela precisou. Tirando-o de cima dela, ela se pôs de pé enquanto ele protegia o pau e as bolas, curvando-se em posição fetal.

Olhando rapidamente ao redor, ela precisava de...

Cambaleando, ainda de meias, ela tirou uma das correntes que tinham sido designadas para ela e a arrastou pelo chão. Enrolando-a no punho, os elos pesados formaram uma gaiola ao redor da sua mão fechada.

Ela voltou para o homem, montando-o nos ombros.

– Quer dar uma bela trepada, cretino? Que tal isso?

Erguendo o braço acima da cabeça, ela desceu o peso com o máximo de força que conseguiu juntar, atingindo-o no crânio. O homem imediatamente emitiu um grito e tentou se cobrir no alto, os braços formando uma barreira ao redor do crânio.

Tudo bem. Lobotomia mais tarde.

Ela golpeou abaixo das costelas, à procura da parte mole que protegia os rins e o baço. Uma vez depois da outra, até ele tentar outra posição defensiva. De volta à cabeça – mais firme dessa vez, até começar a suar mesmo estando quase totalmente nua e o ar do porão estar bem gelado.

De novo.

E de novo.

E mais uma vez.

Em qualquer lugar em que ela conseguisse encontrar um ponto vulnerável.

E uma coisa estranha aconteceu: durante a surra, ela tinha todas as forças do mundo; era como se estivesse possuída, os ferimentos assumindo o banco de trás em deferência à necessidade suprema de garantir a própria sobrevivência.

Ela jamais tinha matado antes. Roubado das pessoas? Desde que tinha onze anos, claro. Mentira quando necessário? Sim. Invadira todo tipo de lugar no qual não fora convidada? Com certeza.

Mas a morte sempre lhe pareceu um nível para o qual não queria ir. Como heroína para um usuário de cocaína, aquilo era o auge... E depois que esse limite fosse cruzado? Bem, então você seria um criminoso de verdade.

A despeito de tudo isso, porém, alguns minutos ou horas ou dias depois... ela se ergueu acima do corpo ensanguentado.

Inflando ar para dentro dos pulmões, ela deixou o braço pender para o lado. Enquanto a sua força diminuía, a pegada na corrente se desfazia e os elos se desenrolaram do seu punho, caindo no chão com um sibilo.

– Mexa-se – ela arquejou. – Você tem que se mexer.

Céus... Quando rezava pelo seu salvamento, ela não considerara que Deus pudesse lhe dar o poder de quebrar um dos Dez Mandamentos.

– Mexa-se, Sola. Você tem que se *mexer*.

Tonta, nauseada, com uma dor de cabeça tão ruim que a sua visão focava e desfocava, ela tentou pensar.

Botas. Ela precisaria das botas, elas eram mais essenciais do que calças na neve. Arrastando-se, ela pegou a primeira, só para vê-la escorregar da mão.

Sangue. Estava coberta de sangue, na mão direita mais especificamente.

Limpando a mão na parca solta, ela voltou a trabalhar. Uma bota. Depois a outra. Cadarços frouxos, mas com nós duplos.

De volta à vítima.

Ela parou um segundo para absorver a bagunça.

Merda, ela veria aquilo por trás das pálpebras por muito, muito tempo.

Presumindo que sobrevivesse.

Fazendo o sinal da cruz sobre o peito, ela se abaixou próxima ao outro e tateou. A pistola que encontrou foi um presente de Deus, bem como o iPhone que... merda, estava protegido por senha. Além disso, não estava recebendo sinal, embora isso talvez mudasse no andar de cima.

Tudo de que ela precisava era a função "chamada de emergência" e depois poderia se livrar da coisa.

Ao sair da cela, ela trancou as barras atrás de si. Ela tinha bastante certeza de que o cara estava morto, mas filmes de terror e toda a franquia dos filmes do Batman sugeriam que serviço completo era uma boa pedida no que se referia aos bandidos.

Rápida inspeção. Duas celas idênticas àquela em que estivera trancada. As duas vazias. E só.

Na parte aberta, havia uma espécie de corredor e um lance de escadas, e ela levou uma eternidade para chegar lá. Maldita perna. Parando antes de subir, aguçou os ouvidos. Nenhum som de alguém se movendo no andar de cima, mas ela sentia o cheiro inconfundível de hambúrguer.

Devia ter sido a última refeição do seu sequestrador.

Sola se manteve na lateral dos degraus, a pistola empunhada à frente, o rastejo da bota direita mantido a um mínimo mesmo ela tendo que parar e recobrar o fôlego duas vezes.

O primeiro andar tinha muitas luzes acesas e nada muito além. Um par de camas num canto, uma pequena cozinha funcional com pratos sujos na pia...

Havia alguém deitado numa terceira cama ao lado do banheiro.

Por favor, que seja o outro cara morto, pensou... E, merda, que espécie de noite era aquela em que aquilo sequer estava em seu radar?

A pergunta retórica foi respondida quando ela se aproximou para dar uma olhada.

– Ai... – tapando a boca com a mão, ela virou de costas.

Ela provocara aquilo com o sinalizador? Meu Deus... E aquele cheiro não foi provocado por alguém fazendo um Big Mac caseiro. Aquilo era pele humana queimada até ficar crocante.

Foco, ela precisava de foco.

A única janela do lugar era daquele tipo pequena que se via em porões e que era colocado bem no alto, impossibilitando que se olhasse para fora. E só havia três portas: a que ela usara para subir do porão, a outra que estava aberta e revelava um vaso sanitário e a última... que certamente parecia reforçada.

Havia uma barra de empurrar do lado interno.

Ela não se preocupou em procurar mais armas. A .40 que ela tinha na mão bastava, mas ela atravessou o cômodo para apanhar um pente extra de munição de cima da bancada da pia...

Olá, bilhete premiado da loteria.

Chaves de carro haviam sido largadas casualmente ao lado da munição, e se ela não estivesse com tanto medo, teria parado um segundo para chorar como uma garotinha.

Sim, claro, qualquer que fosse o carro em que estivera, provavelmente tinha um rastreador de GPS, como o celular.

Mas comparado à alternativa de sair dali a pé?

Ela aceitaria num piscar de olhos.

Mancando até a porta, a visão falseando um pouco, ela apertou a barra.

E bateu com força no painel de aço.

Nada aconteceu.

Tentando de novo e de novo, ela descobriu que a porta estava trancada pelo lado de fora. Maldição! Ao verificar as chaves do carro, viu que não havia mais nada ali.

Ah, não...

Bem ao lado da porta, havia um quadrado pequeno com um sensor de segurança.

Claro que tinha de ser a digital. Pelo lado de fora *e* de dentro.

Relanceando por sobre o ombro, olhou para o corpo, mais especificamente para a mão que estava caída, pendurada na metade do caminho até o chão.

– Merda.

Voltando para o defunto, ela percebeu que arrastá-lo não seria nada divertido. Ainda mais com a sua perna. Mas que outra opção ela tinha?

Olhando ao redor, ela...

No canto, numa escrivaninha improvisada, havia uma cadeira de escritório com rodinhas, daquelas que se vê em escritórios. Até tinha braços almofadados.

Melhor do que arrastá-lo pelo chão, certo?

Errado. Colocar o cara do sinalizador no rosto naquela coisa foi mais difícil do que ela imaginou – e não porque *rigor mortis* fosse a questão, pois ele parecia ter morrido bem depois que ela o derretera. O problema era a cadeira que continuava a deslizar toda vez que ela aproximava o peso morto – rá, rá – do assento almofadado.

Não iria funcionar. E, só para constar, o fedor da pele era como um treinador de futebol americano incentivando o seu estômago a se revirar.

Soltando o corpo, que já estava metade para fora da cama, ela cambaleou para o banheiro, e os vômitos secos ajudaram taaaanto: primeiro, não havia nada dentro dela para ela vomitar e, segundo, se antes ela já achava que a sua concussão estava ruim, agora...

Voltando para junto do cadáver, ela se aproximou dos ombros, e o puxou pelas axilas, e apoiou o peso na perna boa. As botas bateram no chão, uma a uma, quando ela o tirou completamente da cama, e os saltos das Timberlands se arrastaram por todo o caminho até a porta. Felizmente, o guarda tinha braços longos o suficiente para ser pivô dos Knicks, por isso ela conseguiu parar a cerca de um metro e vinte do seu objetivo.

O cotovelo dele até se curvou na direção correta.

O polegar foi direto aonde ela precisava, e a luz na base do leitor passou de vermelho para laranja piscante.

No instante em que saísse de lá, ela entraria no carro e aceleraria e...

Vermelho.

O leitor voltou a ficar vermelho. A impressão digital dele não funcionou.

Largando a mão, ela se encolheu dentro da pele e pendeu a cabeça. Quando um desmaio ameaçou, ela respirou fundo algumas vezes.

O outro guarda estava trancado na cela do porão, e ela mal conseguira arrastar esse pelo piso. Como é que ela iria subir com aquele cara que ela matara?

Isto é, o outro cara que ela matara.

E, merda, ela trancara o cara lá embaixo. E se a cela também se abrisse só com a leitura digital? Era possível que ela acabasse morrendo de fome primeiro.

A menos que Benloise chegasse logo.

Recostando-se na parede e apoiando as mãos na perna boa, ela tentou pensar, pensar, pensar...

Parecia que Deus levara suas preces ao pé da letra: ela saíra do porta-malas depois do primeiro "ajude-me, Senhor". O segundo "Senhor, por favor, deixe-me sair" só a libertara da cela, mas não da casa.

Ao fazer uma terceira prece, ela foi bem mais específica.

Ah, Senhor, prometo deixar a vida que levo se o senhor me deixar ver o rosto da minha avó de novo. Espere, espere, isso poderia acontecer se ela estivesse à beira da morte e, de algum modo, a avó chegasse até ali ou fosse a um hospital. *Meu Senhor, se eu ao menos puder olhar nos olhos dela e souber que nós duas estamos a salvo... Juro que a levarei para algum lugar distante e nunca mais me colocarei em perigo.*

– Amém – disse ela ao se esforçar para se endireitar.

Respirando fundo, ela encontrou forças para voltar para a escada e...

Sola parou. Virou de frente para a bancada onde encontrara a chave do carro e a munição extra. Cravou os olhos numa solução que um dia lhe seria absolutamente repugnante, e prova, sem dúvida, de que Deus estava prestando atenção.

Parecia que as coisas estavam melhorando.

De uma maneira distorcida.

Capítulo 19

– Ali está – disse Assail, apontando por trás do para-brisa. – A saída.

Ele esperara uma vida inteira pela estradinha quase escondida, coberta de mato, que finalmente resolveu aparecer uns quinze metros mais adiante.

Como o telefone de Ehric instruíra, eles tinham seguido a Estrada do Norte o tempo todo até o parque Adirondack, passando por um lugar chamado Lago Plácido bem como por uma montanha que, levando-se em consideração o que tinham no porta-malas, parecia bem adequada.

Montanha Sangrenta.

E ele não vira algo a respeito de uma estação de esqui chamada Killington?* De fato, seu tipo de recreação.

A viagem fora muito longa. Horas e horas, cada quilômetro sobre os pneus do Range Rover como uma sucessão de obstáculos a serem superados.

– Já era hora – murmurou Ehric, ao virar o volante quando toparam com uma faixa infeliz de terra.

A subida que se seguiu era mais adequada a cabritos montanheses, mas, felizmente, a tração superior do Rover transformava qualquer que fosse a versão dos Goodyear sobre os quais eles cavalgavam em cascos razoáveis. Isso, contudo, mostrou ser mais um retardo infindável, a ponto de Assail se convencer de que eles tinham escolhido o caminho errado: embora Benloise estivesse com eles, talvez o homem tivesse dado algum tipo de ordem segundo a qual, caso ele não entrasse em contato com os

* "Killington" refere-se a "matança", do verbo "to kill", i.e., "matar". (N.T.)

sequestradores dentro de certo tempo, quem quer que estivesse sob sua custódia deveria ser eliminado.

Assail apoiou o cotovelo na porta e pousou o rosto contra a palma. O fato de a sua Marisol ser uma fêmea o deixava doente. Machos sabiam ser bem duros com membros do seu próprio sexo; pensar em todas as coisas que podiam ser feitas com uma mulher era um pesadelo que ele rezava para não se manifestar.

– Mais rápido – grunhiu.

– E correr o risco de perder o para-choque? Depois temos que descer dessa pilha de rochas.

Bem quando Assail estava prestes a rugir, o fim da estradinha se apresentou abruptamente e sem ostentação. Uma estrutura de concreto de um único andar com o charme de um canil apareceu e, antes mesmo que se aproximasse, ele destrancou a porta do carro e saiu num salto...

Nesse mesmo instante, a porta do lugar se abriu de repente.

E, pelo resto da sua vida, ele jamais se esqueceria do que saiu de lá.

Marisol estava nua da cintura para baixo, a parca que ele reconhecia chicoteava atrás dela conforme ela avançava na noite. Iluminada e cega pelos faróis, ela brilhava em vermelho, o sangue escorrendo pelas pernas e pelo torso, o rosto pálido como a morte enquanto ela apontava a pistola adiante.

– Marisol! – exclamou ele. – Não atire! Sou eu, Assail!

Ele levantou as mãos para o alto, mas ela não conseguiria enxergá-lo.

– Sou Assail!

Ela cambaleou e parou, mas, como uma boa garota, manteve a pistola erguida, piscando sem poder enxergar.

– Assail?

A voz dela, que saiu entrecortada de desespero, mudou-o para sempre: assim como a visão dela, ele ouviria aquele tom formar as duas sílabas do seu nome por muitos anos por vir.

Em seus pesadelos.

– Marisol, querida Marisol... vim buscar você.

Ele queria dizer a Ehric que desligasse os faróis, mas ele não sabia quem mais havia ali dentro com ela e se alguém a perseguia.

– Marisol, venha até mim.

O modo como a mão dela tremeu quando a levou até a cabeça o fez querer ir até ela. Mas ela parecia incerta quanto ao que era realidade e o que poderia ser um fantasma da sua imaginação. E com aquela pistola, ela estava tão perigosa quanto vulnerável.

– Marisol, prometi à sua avó que eu a salvaria. Venha até mim, minha querida. Venha até a minha voz.

Ele levantou os braços na escuridão.

– Assail... – quando ela deu o primeiro passo para a frente, ele percebeu que ela estava mancando. Muito. Mas, claro, parte daquele sangue devia ser dela.

– Ela vai precisar de cuidados médicos – disse em voz alta. Maldição, como conseguiria tratamento para ela?

E se ela morresse no caminho de volta?

Quanto daquele sangue era dela?

Quando ela deu mais um passo e outro, e mesmo assim ninguém surgiu atrás dela, ele teve esperanças de que nem tudo o que a cobria fosse dela.

– Venha até mim – ele ouviu a própria voz se partir, e conseguia sentir Ehric lançando-lhe um olhar chocado de dentro do SUV. – Minha querida...

Marisol moveu a mão trêmula para amparar a visão, e, por algum motivo, isso ressaltou o fato de ela estar nua.

A garganta dele doeu tanto que ele mal conseguiu engolir.

Que se foda.

Assail enfiou a arma no cinto e correu para a frente para se encontrar com ela em mais da metade do caminho.

– Assail... É você mesmo? – ela sussurrou quando ele se aproximou.

– Sim. Por favor, não atire... Venha até mim, minha adorada.

Quando ela emitiu um soluço, ele a segurou e a puxou ao seu encontro, o cano da pistola dela encostando no seu esterno. Caso puxasse o gatilho, ela o mataria no ato.

Ela não puxou.

Com um soluço, cedeu à força dele, e ele a suspendeu do chão quando ela se largou. Ela não pesava quase nada, e, por algum motivo, isso o aterrorizou ainda mais.

Como era de se esperar, ele permitiu apenas um momento de comunhão – depois precisou levá-la para a segurança.

Pegando-a no colo, ele se virou e correu para o Rover blindado, correu na direção dos faróis como se eles fossem uma zona de segurança dos céus.

Ehric e o irmão anteciparam o que ele queria à perfeição.

Saltaram do carro e deixaram abertas as portas de trás enquanto removiam Benloise do porta-malas e mantinham o homem longe de vista.

Marisol não sabia da presença dele.

Depositando a sua fêmea na parte de trás, Assail abriu o saco de dormir que havia trazido, junto com água e barras energéticas que trouxera para ela. Cobrindo-lhe a nudez, segurou-a firme quando ela teve um acesso de tremedeira.

– Marisol – disse ele ao se afastar um pouco. – Coma. Beba. Ehric, meu primo, a levará...

As unhas dela cravaram no antebraço dele, apesar do suéter grosso que ele usava.

– Não me deixe!

Ele tocou o belo rosto.

– Preciso terminar um trabalho aqui por um instante. Há coisas que requerem atenção. Eu a encontrarei na estrada – ele se virou para trás. – Ehric! Evale!

Os dois machos se aproximaram e, por um instante, ele considerou levá-la ele mesmo dali.

Mas não, a vingança precisava ser executada, e era ele quem deveria cuidar da medida dela.

– Minha querida, olhe para os meus parentes – ele se recostou para que eles pudessem se inclinar e mostrar os rostos, e ficou grato por eles terem a sua mesma cor de cabelo e pele, e por seus rostos serem tão parecidos com o seu. De fato, já haviam pensado que os três fossem irmãos. – Eles a levarão para a segurança e colocarão a vida deles antes da sua. Logo me juntarei a vocês. Não me demorarei, prometo.

Os olhos frenéticos e arrasados passaram de um para outro como se ela tentasse desesperadamente se controlar.

– Vão – sibilou Assail, relanceando para a construção. – Vão agora!

Contudo, ele considerou impossível se afastar de Marisol. Ela sofrera abusos, e seu estado de nudez sugeria que...

Ehric segurou o braço dele.

– Fique tranquilo, primo. Ela será tratada como uma irmã preciosa para nós.

Até mesmo Evale falou, para variar:

– Ela será bem cuidada, primo.

Assail partilhou um momento de conexão com os machos, palavras de gratidão sufocando-lhe a garganta. No fim, tudo o que conseguiu fazer foi se curvar.

Depois teve que se inclinar novamente para dentro do SUV.

– Não me demorarei.

Seguindo os instintos, sem estar consciente de ter tomado tal decisão, ele beijou Marisol na boca.

Minha, ele pensou.

Forçando-se a se concentrar, ele apanhou a mochila, fechou a porta do SUV e se afastou. Ehric, bendito seja ele, foi cuidadoso ao dar a volta com o veículo a fim de que Benloise não fosse iluminado pelos faróis – em seguida, o Rover acelerou pelo caminho desnivelado.

Ah, como ele desejava que a trilha fosse asfaltada. Desejou que houvesse uma maldita estrada com limite de velocidade de cento e vinte quilômetros por hora. Ou, melhor ainda, que tivesse vindo de helicóptero.

Depois que os faróis se foram, ele colocou um aparelho na cabeça e acendeu luzes de minerador. Depois se aproximou de Benloise, agarrou-o pela fita adesiva que o prendia pelos tornozelos e puxou-o por sobre o terreno coberto de neve até a entrada que estava aberta.

Largando-lhe as pernas, pegou a pistola e apontou para o homem.

– Só para garantir que você ficará quietinho – grunhiu Assail.

Pop!

Benloise se encolheu, tentando proteger as entranhas – tarde demais. A bala já estava lá dentro fazendo seu trabalho tranquilamente: por mais doloroso e debilitante que fosse, ferimentos intestinais demoravam para alcançar seu objetivo.

Embora Assail não estivesse pensando em deixar o maldito esperar muito tempo pela sua morte.

Caminhando até a construção, manteve a pistola pronta e os olhos aguçados.

O que encontrou no interior o fez parar.

Logo ao lado da porta aberta, uma mão cortada largada no chão, como se seu propósito tivesse terminado e já não servisse para nada. O corpo ao qual estivera ligada estava bem... não, aquele cadáver tinha duas mãos... ainda que nenhum rosto.

Portanto, havia pelo menos mais um ali.

A sua Marisol claramente lutara pela sua liberdade como uma *banshee*.*

Andando pelo espaço aberto, não viu nada de valor ou interesse, nem nada que pudesse deter um indivíduo. Mas no canto oposto, havia um lance de escadas para um piso inferior.

Ele deu mais uma olhada em seu prisioneiro. Benloise permanecia na neve logo do lado de fora da porta, os olhos escuros abertos e piscando sem nenhum padrão, o lábio superior recuado para trás, mostrando as coroas de porcelana reluzindo na luz ambiente.

Melhor levá-lo para dentro.

Assail se aproximou e puxou o homem para que ficasse de pé. Quando Benloise não conseguiu se sustentar, demorou um tempo para que ele conseguisse arrastar os seus sessenta e cinco quilos para dentro. Depois, juntos, desfilaram até a escada.

Desceram para o porão, os pés inúteis de Benloise balançando atrás deles como bolas.

E lá estava o mal.

O piso inferior era constituído de um espaço aberto com três celas e uma parede de terror. Uma delas não estava desocupada. Havia um homem com rosto e pescoço brutalizados deitado de costas, fitando o que, esperava, fosse o Inferno. O braço direito fora puxado por entre as barras da cela, e o toco anunciava que era dele a mão cortada.

Por um instante, Assail sentiu o coração arder de orgulho desolador. Marisol saíra de lá sozinha. Não importava o que tinham lhe feito, ou se seus recursos tivessem sido escassos, ela triunfara sobre seus captores, não só levando-os a cair de joelhos, mas aos seus túmulos...

Foi nesse instante que entendeu estar perdido.

Estava apaixonado por aquela mulher – verdade, era doentio sentir algo tão profundamente em meio a carnificina e violência, mas seu coração estava onde estava.

Enquanto Assail visualizava Marisol acorrentada junto àquela parte maculada de parede de concreto, ele se enfureceu a ponto de enlouquecer, um estouro de touros atravessando seu corpo, seus milhares de cascos levando-o à loucura.

---

* Pertencente às lendas irlandesas. A *banshee* provém da família das fadas, e é a forma mais obscura delas. Quando alguém avistava uma *banshee*, sabia logo que seu fim estava próximo. Os dias restantes de sua vida podiam ser contados pelos gritos da *banshee*: cada grito era um dia de vida e, se apenas um grito fosse ouvido, naquela mesma noite estaria morto. (N.T.)

Girando na direção de Benloise, ele arreganhou as presas e sibilou como o vampiro que era...

Apesar de ter levado um tiro, o traficante se encolheu.

– *Madre de Dios!*

Assail se agachou, aproximando-se do rosto do homem.

– Isso mesmo! Sou um pesadelo recaindo sobre você!

Havia apenas uma corrente pendida na parede. A outra estava largada no chão dentro da cela fechada, o sangue que pintava os elos provava que aquela era a arma utilizada por Marisol.

E seria usada novamente.

Assail se desmaterializou atrás das barras e apanhou a corrente pegajosa e com cheio de cobre.

Ah, Marisol, se você não tivesse sido tão corajosa...

Quando Assail se desmaterializou novamente, Benloise já não era mais o homem de negócios controlado que costumava dar as cartas. Diferentemente dos cadáveres, do sangue, até mesmo da perda do irmão e da ameaça à sua vida – durante os quais ele conseguiu manter boa parte da sua compostura –, conhecer a verdadeira identidade de Assail o levou ao limite.

Gemendo, choramingando e rezando, o homem perdeu o controle da bexiga, a urina formando uma poça ao sair do pau encolhido no piso de concreto.

Assail foi até a parede e prendeu a corrente mais uma vez. Felizmente, não havia nada fresco na superfície manchada. No entanto, logo haveria.

Maltratando o corpo mijado e desengonçado de Benloise, Assail mordeu a fita adesiva que unia os pulsos do homem e o algemou à parede como um Cristo, encurtando as correntes até o torso ficar encolhido.

Assail tirou a mochila das costas e abriu seu zíper. Ao olhar para a quantidade de explosivos que trouxera consigo, viu que havia mais do que suficiente para explodir aquela construção. Olhou para Benloise. O homem não parava de chorar, balançando a cabeça como se esperasse acordar.

– Você está consciente – Assail rangeu os dentes. – Mas isso não durará muito tempo.

Virando-se na direção da cela, visualizou Marisol ali, aterrorizada... e pior.

O coração saltou dentro do peito. Se ele explodisse aquele lugar... Benloise estaria livre, morto de uma só vez... Talvez indo para o Inferno, mas, como não havia como saber como era a vida após a morte, parecia muito mais prudente transgredir no lado real do sofrimento.

Primeiro, ele planejara matar o contrabandista. Depois, armar os explosivos e detonar o lugar de longe.

Mas aquilo não lhe parecia muito justo. Marisol sofrera...

Um grunhido vibrou em seu peito... como se seu corpo estivesse protestando contra a perspectiva de ser ludibriado pela morte.

– Não – disse a si mesmo –, melhor assim.

Uma pena que apenas uma parte sua acreditasse nisso.

Assail voltou a fechar o zíper da mochila e a colocá-la nas costas. Indo primeiro para uma, depois para outra corrente, inspecionou-as para ver se estavam firmes. De fato, estavam bem presas no lugar. O mesmo valia para as algemas nos pulsos.

Segurando Benloise pelo queixo, forçou a cabeça do homem para trás.

Com outro sibilo, mordeu a pele sobre a carótida, arrancando um pedaço e cuspindo no chão. O sangue tinha um bom sabor na sua boca e os caninos tilintaram em antecipação, pedindo mais. Só que eles teriam o pedido negado.

A mordida foi apenas um símbolo daquilo que ele, como macho, era levado a fazer por instinto e costume a fim de proteger sua fêmea. E ele teria arrancado o pescoço por completo se Benloise não gostasse de uma tortura.

Enquanto sua presa falava apressada naquele idioma estrangeiro, Assail controlou-se para deixar o homem vivo. A crueldade exigia autocontrole naquelas circunstâncias – e isso, normalmente, não seria um problema.

Nada envolvendo Marisol fora normal, porém.

Assail estapeou o homem para que se calasse. Apontando o indicador para o rosto dele, ele grunhiu:

– Ela não era sua para você a pegar. Ouviu bem? Não era sua. *Minha.*

Antes que perdesse as estribeiras, partiu para as escadas, deixando as luzes acesas para que Benloise soubesse muito bem onde estava: uma prisão feita por ele mesmo com nada além dos restos de um dos seus guarda-costas para lhe fazerem companhia.

Subindo os degraus dois de cada vez, Assail sabia que havia a possibilidade de alguém ir para lá para libertar o traficante, mas que ela era remota. Benloise era muito reservado, e com Eduardo morto, as únicas pessoas que dariam pela sua falta eram os guardas e seus funcionários – considerando-se a maneira cautelosa com que o homem operava, haveria um intervalo antes que as tropas se unissem e descobrissem que cada indivíduo não só ignorava seu paradeiro, como também não houvera contato nenhum do superior deles com qualquer um da equipe.

Depois disso? Era uma pergunta em aberto se um deles de fato procuraria pelo chefe. As pessoas que operavam no submundo fugiam quando as coisas se complicavam assim. Ninguém se arriscaria a ser morto ou preso pelas autoridades humanas só para salvar a pele de outro.

Benloise iria morrer lentamente, sozinho.

E quando alguém encontrasse os corpos dentro da construção? Neste ano... no próximo... dali a uma década?

A fachada construída por Benloise seria descoberta.

No andar de cima, Assail fez uma busca no amplo cômodo. Encontrou mais dois telefones, que desligou, retirou as baterias e colocou na mochila. Deixou as armas e a munição, e foi cuidadoso ao trancar a porta e testar se estava mesmo fechada.

Estava.

Andando ao redor da construção quadrada, encontrou um tanque de combustível nos fundos. Verificando o registro, viu que havia apenas um quarto da sua capacidade. Considerando-se o frio àquela altitude, ele deduziu que o suprimento duraria apenas um ou dois dias.

Os corpos estariam guardados num ambiente um tanto fresco. Algo bom para abafar o cheiro, não que muito fosse escapar, já que as janelas eram pequenas e estavam fechadas.

Ele estava para sair quando notou um carro estacionado na lateral.

Aproximando-se, levantou a cobertura e testou as portas. Trancadas.

Se o explodisse, a bola de fogo atrairia atenção, e isso era indesejável. Recolocou a cobertura no lugar.

Fechando os olhos para se desmaterializar, viu a sua Marisol saindo daquela porta. E foi quando estremeceu que se uniu ao ar noturno, lançando suas moléculas para o sul, para a área de descanso a aproximadamente trinta quilômetros ao sul da Estrada do Norte.

Reassumindo sua forma, ele sacou o celular e ligou para Ehric.

Um toque. Dois. Três.

– Ela está bem – disse o primo em vez de cumprimentá-lo. – Ela comeu e bebeu um pouco de água. E está ansiosa para vê-lo.

Assail se encolheu dentro da própria pele.

– Muito bem. Estou onde combinamos.

– Fez tudo o que precisava?

– Sim. Alguém atrás de você?

– Nem atrás nem na frente, estamos a apenas cinco quilômetros de você.

– Vou esperar aqui.

Desligando, olhou para o celular. Seu primeiro instinto era levá-la para a sua casa, mas ela precisava de cuidados médicos... E haveria de querer se limpar e se vestir antes que a avó a visse.

A ligação seguinte de Assail foi para casa, e quando a mulher de sotaque pesado atendeu, ele se viu piscando para evitar as lágrimas.

– Senhora – ele disse rouco. – Ela...

– Não morta – gemeu a mulher. – *Meu Deus*, diga que ela...

– Ela está viva. Estou com ela.

– O quê? Repita, por favor.

– Viva – embora ele não soubesse se ela estava bem. – Ela está viva e sob os meus cuidados.

Discurso frenético agora, na língua materna. Embora Assail não conhecesse nenhuma das palavras, o significado estava não apenas claro, mas era algo com que ele concordava.

Obrigado, Virgem Escriba, pensou ele, apesar de não ser religioso.

– Estamos longe de Caldwell – ele lhe contou. – Talvez não cheguemos antes do alvorecer. Nesse caso, chegaremos em casa somente após o pôr do sol.

– Falar com ela? Posso?

– Claro, senhora – logo adiante, um par de faróis subiu uma rampa na estrada e desceu na sua direção, descansando na saída da rampa. – Só um instante, e eu a colocarei para falar com ela.

O Range Rover se direcionou até ele, os faróis piscando quando Ehric desacelerou.

– Ela está aqui, senhora – disse ele, ao abrir a porta de trás.

Marisol estava enrolada no saco de dormir, e sua coloração estava melhor – pelo menos até ela olhar para ele e o pouco de rubor que tinha nas maçãs do rosto desaparecer.

Enquanto Assail ficava sem entender, Ehric virou para trás, olhou para ele e se retraiu. Com um círculo rápido, ele indicou o próprio rosto.

Ah, merda. Assail devia estar com o rosto sujo de sangue.

– A sua avó – ele disse rápido, empurrando o aparelho para Marisol.

Como esperado, isso redirecionou a atenção da fêmea e, quando ela aceitou o aparelho como se ele estivesse lhe oferecendo uma boia salva-vidas, ele fechou a porta.

Virando-se, seguiu para o banheiro público atrás dele a passos rápidos, localizou o masculino e entrou no corredor de urinóis e baias de vasos sanitários.

Sobre uma das pias, olhou para um dos painéis chatos de aço que serviam como espelho.

– Cacete.

Não era o que a fêmea gostaria de ter visto, ainda mais depois do que fora sujeitada após ser sequestrada: seu rosto estava mesmo coberto por sangue, o maxilar e os lábios manchados e as presas... as pontas estavam aparecendo.

Tinha esperanças de que ela tivesse se retraído por ter notado *apenas* o sangue seco.

Inclinando-se para baixo, tentou virar as torneiras e apanhar a água em concha com as mãos, mas as torneiras eram do tipo que têm que ser pressionadas para funcionarem. O processo demorou demais, enchendo apenas uma palma e levando-a ao rosto repetidas vezes. E não havia nada com que se enxugar.

Secando as mãos nas roupas, verificou os cabelos, que, graças a Paul Mitchell, resguardavam um pouco da sua bela aparência...

Ele estava mesmo tentando parecer mais bonito naquela situação? Que ridículo.

Ao voltar para junto do Range Rover, sabia que teria que dar um terceiro telefonema depois que sua Marisol tivesse terminado de falar com a avó. Sua fêmea necessitava de cuidados médicos.

Mas, para onde ir? No Antigo País, não havia médicos disponíveis da raça para ele e os primos. Felizmente, contudo, ele e seus parentes podiam confiar num humano ou noutro que os veria à noite sem fazer perguntas.

Ele não tinha esse tipo de arranjo no Novo Mundo.

Havia apenas uma pessoa que ele poderia contatar, e tinha esperanças de que houvesse uma solução à altura dos seus padrões.

Marisol merecia o melhor. E ele não se contentaria com nada menos do que isso.

Capítulo 20

Sentado no banco de trás do Mercedes, John Matthew olhou através do para-brisa enquanto a irmã hesitava diante da porta da casa do pai deles. A porta dupla da mansão estava escancarada, e ele entrara e acendera a luz do vestíbulo para ela.

A silhueta demarcava o brilho que invadia a noite, a figura escura como uma sombra lançada.

Céus... Se ela tivesse um filho, ele seria o futuro Rei ou rainha. Isso, certamente, ampliava a questão de ter ou não ter...

– Podemos partir, senhor? – perguntou Fritz no banco da frente.

John assobiou uma nota ascendente, depois esfregou o rosto e relaxou no banco. Estava completamente exausto. O contraste que inseriram na sua veia o fez se sentir esquisito, sem falar da ansiedade enquanto estivera dentro do aparelho durante o tempo em que a máquina emitia sons regulares ao seu redor. Ressonância magnética aberta, o caralho. Sim, claro, melhor do que ser enfiado dentro daquele tubo enorme e selado como se fosse pasta de dente, mas dificilmente foi uma situação tranquila.

Ah, sem falar que pendendo sobre a cabeça havia o machado feliz e contente do talvez "você tem um tumor". Com o sotaque de Arnold Schwarzenegger.

Pelo menos, ao que tudo levava a crer, ele não tinha que se preocupar com isso. Ficaria bem. Isso mesmo. Absolutamente...

Merda. E se ele tivesse um episódio enquanto estivesse lutando?

Que seja. Não se preocuparia com isso...

Com um *bing!*, seu telefone anunciou a chegada de uma mensagem de texto. Apanhando o aparelho, ele franziu o cenho ao que Tohr mandara para todos: *Presença extra necessária na clínica. Hora estimada da chegada dos visitantes: 55 min. Mandem suas posições. Imediatamente.*

John digitou rapidamente:

A caminho. Dispon...

Ele não sabia como terminar a mensagem. Assim que chegassem em casa, ele pediria a Fritz que fizesse uma mala para Beth... E depois teria que encontrar Wrath. Falar sobre a encrenca. Contar ao Rei que a companheira dele não voltaria para casa naquele dia seria tão agradável quanto uma das suas convulsões, mas alguém tinha que revelar os planos dela para o cara... e evidentemente não seria Beth.

Ela fora bem direta ao lhe contar que não estava com pressa alguma de conversar com o marido.

Ou estar por perto, ao que tudo levava a crer.

Depois que saíram do hospital, ela pedira a Fritz que os levasse para dar uma volta antes que ela se acomodasse, uma sugestão de John, num restaurante chinês na Trade – que, *por acaso*, ficava no fim da rua do Iron Mask... Não que John não conseguisse cuidar da irmã, mas era bom saber que haveria reforços mais do que o suficiente a um quarteirão de distância graças à companheira dele e à sua equipe de seguranças da pesada.

Enquanto comeram, Beth ficou praticamente calada, embora seu apetite tivesse sido grande o suficiente para ela terminar o bife com brócolis dela e se servir da comida dele além de devorar doze biscoitos da sorte. Quando acabaram, ela não quis voltar para o carro, por isso ficaram andando pela rua Trade até não haver mais tempo de sobra.

Evidentemente, ela se sentira dividida entre ficar na cidade e voltar para casa.

Caramba, ele sentia muito por ela. Que confusão.

Mas, engraçado, por mais que odiasse ter que se meter, não havia nada que ele não fizesse por ela. Nada.

Deus, o que será que ele tentara dizer durante as convulsões?

Cerca de vinte minutos mais tarde, Fritz os levou à segurança do complexo secreto da Irmandade. Circundando a fonte no meio do pátio, ele estacionou num espaço entre o GTO roxo de Rhage e o novíssimo R8 todo preto de V.

O Irmão ainda tinha o Escalade, claro. Mas a versão mais nova dele.

Saindo do carro, John caminhou com o mordomo até a entrada. Ao contrário da casa do pai, aquela mansão era mais uma fortaleza do que um lar, as enormes paredes de pedra erguendo-se do solo, tão indestrutíveis quanto a montanha na qual fora construída.

Se a Costa Leste fosse bombardeada por algum motivo, aquele lugar, Twinkies e baratas eram só o que sobraria.

John cutucou o mordomo no braço bem quando Fritz alcançava a maçaneta de bronze.

Você pega as coisas dela?

– Sim, claro – o *doggen* parecia preocupado. – Conforme ela solicitou.

As implicações de a rainha se hospedar em outro lugar que não em seu quarto ao lado do companheiro dela não passaram despercebidas a Fritz, mas ele era discreto demais para fazer perguntas ou causar alarde. Em vez disso, ele apenas irradiava ansiedade, a ponto de que se você tivesse marshmallows num espeto, conseguiria derretê-los ao redor da aura do *doggen*.

Entrando no vestíbulo, John mostrou o rosto para a câmera de segurança e esperou que abrisse. Desde que a Primeira Família se mudara para ali, não havia chaves na casa, nenhum modo de obter acesso a menos que alguém de dentro o deixasse entrar.

Um instante depois, a trava destrancou, e eles puderam entrar no magnífico átrio frontal. Tanto ouro, tantos cristais, e aquelas colunas de mármore colorido? Era o palácio de um czar realocado nas montanhas na periferia de Caldwell.

Como será que o pai conseguira aquilo?, John se perguntou. Em meados de 1914?

Não fazia ideia. E o mais impressionante? Por quase um século, Darius conseguira, de algum modo, impedir que os humanos espreitassem a privacidade da propriedade e manter os *redutores* longe dali... e os *sympathos* ignorantes da sua localização. Aquele local, e seu centro de treinamento subterrâneo, não fora comprometido em toda a sua história. Mesmo durante os ataques.

Uma tremenda conquista. Um legado.

Deus, como queria ter conhecido o pai. Desejou que o Irmão ainda estivesse por ali, certamente porque ele teria algum conselho quanto a como contar a Wrath sobre o que estava acontecendo.

Parando diante da figura da macieira em flor, John deixou Fritz seguir em frente, subindo a escadaria equiparável à do Palácio de Buckingham em passadas rápidas.

Wrath estava sem dúvida em seu escritório no andar de cima, mas antes ele precisava de um tradutor.

Merda.

A quem ele pediria...

– Onde ela está?

John fechou os olhos ante a exigência... e levou um minuto antes que ele conseguisse se virar para a sala de bilhar: como esperado, debaixo do arco, o Rei estava vestido em couro preto, as mãos travadas nos quadris, o queixo empinado para a frente.

Mesmo ele sendo cego, e usando óculos escuros, John sentiu como se o macho estivesse olhando para a frente. Bem. Na. Direção. Dele.

De súbito, o som ambiente que John nem se dera conta de estar ouvindo sumiu: os Irmãos que estiveram jogando atrás de Wrath suspenderam todo movimento, toda conversa, até que somente uma das canções de Eminem do *Marshall Mathers LP 2* soasse no fundo.

– John. Onde está a minha companheira?

Ante aquele olhar penetrante, John se adiantou. Isso mesmo, quase todos os Irmãos estavam com Wrath ali; sem dúvida perceberam seu mau humor e se aproximaram com reforços.

Examinando os corpos imensos, travou contato com V. e sinalizou: *Preciso de você.*

Vishous assentiu e entregou o taco para Butch. Esmagando o cigarro num cinzeiro de cristal, aproximou-se.

Wrath mostrou as presas.

– John, com Deus como minha testemunha, eu acabo com você se você...

– Calma aí, grandão – V. ralhou. – Eu vou traduzir. Quer ir para a biblioteca, lá podemos...

– Não, porra, só quero saber onde a minha *shellan* está! – Wrath bradou.

John começou a sinalizar, e enquanto a maioria das pessoas traduzia as frases sequencialmente, V. esperou até que ele tivesse terminado o relato completo.

Alguns dos Irmãos murmuraram no fundo ao mesmo tempo em que meneavam as cabeças.

– Na biblioteca – V. ordenou ao Rei de um modo que John jamais teria ousado. – Você vai querer ouvir isso na biblioteca.

Coisa errada a dizer.

Wrath se virou para o Irmão e avançou com tanta rapidez e acuidade que ninguém estava preparado. Num minuto V. estava de pé ao lado do Rei, no seguinte ele estava se defendendo de um ataque não só não provocado como também... bem, cruel.

E a situação ficou uma loucura.

Como se Wrath soubesse que estava no fio fino de uma navalha, largou V. e passou a atacar a sala de bilhar. A primeira coisa com que se deparou foi a mesa perto da qual Butch estava recostado, e quase não houve tempo para o policial salvar o cinzeiro: Wrath pegou a lateral da mesa e a ergueu como se não passasse de uma mesa de carteado, o hipopótamo de mogno e ardósia voando tão alto que balançou o candelabro pendurado, seu peso tão grande que rachou o piso de mármore na sua queda.

Sem nem respirar, o Rei partiu com uma força 5 da Escala Fujita* pra cima da próxima vítima... o pesado sofá de couro do qual Rhage acabara de saltar.

Imagine um "sofalicóptero".

A coisa veio na direção de John, subindo um metro e meio, os braços mudando de posição ao girar e girar, almofadas voando por todos os lados. Ele não levou isso para o lado pessoal – ainda mais quando o colega voou na direção do bar, quebrando prateleiras, garrafas batendo nas paredes, no chão, no fogo crepitante da lareira.

Wrath não havia terminado.

O Rei pegou uma mesinha lateral, levantou-a acima da cabeça e a atirou na direção da TV de plasma. Ela não acertou a tela, mas conseguiu partir um espelho antigo – mas mesmo assim a Sony não durou muito. A mesa de centro que estivera entre os dois sofás alcançara esse intento, matando a imagem sem som de dois caras de Boston e do velhote com o bastão rebatendo na DirectTV.

Os Irmãos deixaram que Wrath prosseguisse. Não que temessem se machucar. Inferno, Rhage se adiantara para interceptar o primeiro sofá, impedindo-o de arrancar um pedaço do arco de entrada. Eles só não eram idiotas.

---

* Escala Fujita é a escala que mede a intensidade dos tornados. A intensidade 5, com ventos de 420 a 511 km/hora, destrói tudo em seu caminho. (N.T.)

A equação era simples: Wrath – Beth x Uma noite inteira sem dormir = besta psicótica.

Melhor seria deixá-lo se cansar acabando com aquele lugar. Mas, caramba, como doía olhar aquilo...

John pulou de lado quando um barril de chope veio voando na direção da sua cabeça. Felizmente, Vishous conseguiu pegá-lo antes que a coisa atingisse o piso de mosaico do átrio, o que seria mais difícil de consertar.

– Precisamos mantê-lo aqui – alguém murmurou.

– Amém – outro respondeu. – Se ele sair pela casa, isso vai ficar uma merda tão grande que nem Fritz vai conseguir limpar.

– Eu cuido disso.

Todos se viraram para encarar Lassiter. O anjo caído com mau comportamento e mau gosto generalizado ainda pior apareceu de lugar nenhum e, para variar, parecia sério.

– Que merda é essa? – V. exigiu saber quando o anjo levou uma caneta fina dourada aos lábios.

No fim, aquela não era uma Bic chique. Com uma rápida soprada, Lassiter disparou um dardo do outro lado da sala e, quando acertou Wrath no ombro, o impacto foi como se o Rei tivesse sido alvejado no peito.

Ele caiu direto, o corpo enrijecendo e despencando tal qual uma árvore.

– Que merda você fez! – V. deu uma de Wrath ao partir para cima do anjo. Mas Lassiter encarou o Irmão.

– Ele ia acabar se machucando, acabando com a casa e com um de vocês, seus idiotas! E não fique assim tão ouriçado. Ele só vai tirar um cochilo...

Wrath roncou alto.

Movendo-se com cautela, a Irmandade se aproximou como se estivessem observando um grande urso pardo, e John foi com eles. Enquanto um círculo se formava ao redor da Bela Adormecida, um tanto de imprecações foi emitido baixinho.

– Se você o matou...

Lassiter guardou o instrumento dourado.

– Ele parece morto?

Não, na verdade: o pobrezinho parecia em paz consigo mesmo e com o mundo, a cor do rosto forte, o corpo tão relaxado que os coturnos estavam pendidos de lado.

– Santa... Virgem... Escriba...

Todos olharam para o arco de entrada. Fritz estava parado ali com uma Louis Vuitton na mão e a expressão de alguém que tivesse testemunhado um acidente de carro.

John fechou os olhos.

Desejou como nunca que Beth tivesse entrado na casa, trancado a porta como prometido e relaxado lá pelo resto do dia.

Um integrante do casal havia sido abatido. Ninguém precisava de uma reprise.

Capítulo 21

Depois que Fritz e John foram embora, Beth finalmente pôs os pés dentro da casa do pai e, ao entrar, o avançar incessante da passagem do tempo pareceu recuar. Em questão de momentos, minutos, horas, dias... depois semanas e meses... desapareceram.

De repente, ela voltou a ser quem era antes de conhecer Wrath: uma humana de vinte e poucos anos que morava com o gato num apartamento tipo quitinete apertado, tentando vencer na vida com nada nem ninguém para apoiá-la. Claro, adorava partes do seu trabalho, mas o chefe, Dick, o Cretino, fora um misógino do pior dos pesadelos. E ganhava tão bem que pouco lhe sobrava depois de pagar aluguel – e havia pouca chance de receber um aumento no *Caldwell Courier Journal*. Ah, e romances de qualquer espécie eram tão fictícios e longínquos quanto *O Cavaleiro Solitário*.

Não que ela tivesse interesse pelos homens. Nem por mulheres.

A não ser por aquela única vez, no acampamento da banda...

Fechando a porta, certificou-se de se trancar. Fritz tinha uma chave, então, quando voltasse com as suas coisas, ele teria como entrar – ninguém mais, porém.

Enquanto o silêncio da casa a rodeava, sentia-se cada vez mais como numa jaula. Como diabos ela fora parar ali? Passando um dia inteiro longe de Wrath? Nessa hora, na noite anterior, no canto deles em Nova York, uma separação como essa seria impensável.

Entrando na sala à esquerda, ela vagueou um pouco, lembrando-se como, quando inicialmente chegara ali, estivera convencida de que

Wrath fosse um traficante, um criminoso, um assassino. Ao menos estivera errada quanto aos dois primeiros, e ele provara o último ao quase matar Butch O'Neal diante dela num beco.

Após esse pequeno horror, eles foram para ali, onde encontraram Rhage no banheiro de baixo, dando pontos em si mesmo. Foi depois disso que Wrath a levara até o quadro, pelas escadarias mal iluminadas que conduziam ao covil escondido no subterrâneo.

Onde ele lhe contara quem ela verdadeiramente era.

O que ela era.

Foi como cair na toca do coelho... A não ser pelo fato de ter feito algum sentido no que se referia ao que tanto a confundira a respeito de si mesma: o desligamento com as pessoas que a rodeavam, a sensação de não pertencer a lugar algum, sua inquietação que vinha crescendo conforme ela se aproximava da transição.

E pensar que ela acreditava que tudo o que precisava era sair de Caldwell.

Nada disso. Sua transição estivera se aproximando e, sem Wrath, ela teria morrido. Sem dúvida.

Ele a salvara de tantas maneiras. Amara-a com o corpo e com a alma. Dera-lhe um futuro com o qual ela jamais imaginara.

E agora? Tudo o que ela mais queria era voltar ao início. As coisas tinham sido tão fáceis na época...

Olhando o retrato que ia do teto ao chão do rei francês, ela apertou o interruptor que soltava a pintura a óleo da sua moldura dourada de duas toneladas. Enquanto a coisa se abria, ela meio que esperava que o caminho para baixo estivesse escuro, afinal, há quanto tempo ninguém morava ali? Mas, como sempre, tudo estava limpo, sem poeira no chão, nem nos objetos, as lamparinas a gás tremeluzindo em suas celas de ferro forjado, os degraus de pedra rústica e as paredes se curvando até o porão.

Céus, até o cheiro era o mesmo. Um pouco úmido, mas não sujo.

Passando os dedos pela pedra desnivelada, ela desceu até o subterrâneo. As duas suítes lhe deram a escolha de ir para a esquerda ou para a direita, e ela escolheu a da esquerda.

Aquela que fora o abrigo contra o sol do seu pai.

Os retratos dela ainda estavam ali, todos os tipos de fotos em tantas molduras cobrindo a escrivaninha, as mesinhas de cabeceira, a cornija sobre a lareira.

A imagem específica pela qual procurava estava junto ao rádio-relógio.

Era a única da sua mãe, mas um único vislumbre na mulher era suficiente para lembrar-lhe de onde conseguira os espessos cabelos negros, o formato do rosto e a postura dos ombros.

Sua *mãe.*

Que tipo de vida ela tivera? Como Darius a conhecera? Pelo que Wrath lhe contara no começo, os dois não ficaram juntos por muito tempo antes que ela descobrisse quem Darius era de verdade, e recuara rapidamente. Só depois que descobriu que estava grávida, ela o procurou, assustada com o que ela traria ao mundo.

E morrera ao dar à luz.

E Darius permanecera fora de cena depois disso, assistindo de longe, na esperança de que a filha não herdasse o lado vampírico.

Alguns mestiços nunca passavam pela transição. Alguns não sobreviviam. E aqueles que conseguiam e surgiam do outro lado como vampiros eram sujeitados a regras biológicas diferentes e imprevisíveis. Beth, por exemplo, podia se expor à luz do sol contanto que passasse protetor solar e usasse óculos escuros. Butch, por sua vez, não conseguia se desmaterializar.

Portanto, só Deus sabia o que aconteceria nessa questão de gravidez. Mas, se tivesse sorte, ela entraria no cio e Wrath, de algum modo, se conformaria e ela daria a luz à...

Pensando bem, fora assim que a sua mãe morrera, não?

– Merda.

Sentando-se sobre o colchão, levou a cabeça às mãos. Talvez Wrath tivesse razão. Talvez essa coisa de concepção fosse perigosa demais mesmo. Mas isso não desculpava o modo como ele a tratara, e não colocava um fim à discussão.

Céus, sentada ali, rodeada pelas fotos que Darius tirara dela, ela estava ainda mais convencida de querer um filho.

Abaixando os braços, apanhou o BlackBerry, inseriu a senha, e verificou se havia alguma mensagem que ela não tivesse percebido. Nenhuma. Virando e revirando o objeto, desejou que fosse um iPhone. V., contudo, não se opunha somente à Apple; ele estava convencido de que o legado de Steve Jobs era a raiz de todos os males no mundo...

Às vezes, os casais se entendiam melhor por telefone.

E só porque Wrath não tinha agido bem, isso não significava que ela tinha que seguir seu exemplo. Se pretendia ter algum espaço nas próximas doze horas, mais ou menos, ela precisava mesmo fazer a gentileza de lhe contar isso pessoalmente, sem usar o irmão como mensageiro.

O problema era que Wrath já não tinha mais um celular. Não precisava de um – depois de assumir oficialmente as obrigações de Rei, ele se "aposentara" da Irmandade, seguindo os costumes, as leis e o maldito bom senso. Não que isso o tivesse impedido de levar um tiro.

No entanto, havia telefones espalhados por toda a mansão.

Seis da manhã. Ele provavelmente ainda estaria trabalhando no escritório.

Apertando as teclas, ela esperou pelo primeiro toque. Pelo segundo. Um terceiro.

Não havia mais caixa de mensagens para Wrath porque a *glymera* abusara completamente do número que lhe fora dado. Motivo pelo qual ele acabara ficando com o e-mail dos infernos.

O número seguinte que ela tentou foi o da cabeceira da cama deles, um que não era conhecido e que, na verdade, ela nunca escutara tocar antes. Sem resposta.

Àquela altura, ela tinha diversas alternativas. A clínica no centro de treinamento, para o caso de ele estar machucado. Mas como isso poderia ter acontecido? Ele já não saía mais de casa. A cozinha, a não ser pelo fato de a Última Refeição já estar praticamente sendo servida, e Wrath não estaria naquele caos sem ela; mesmo ele nunca tendo dito isso, ela tinha a sensação de que lugares cheios e barulhentos o deixavam pouco à vontade, porque seus sentidos de audição e olfato eram sobrecarregados, dificultando para ele o posicionamento das pessoas no espaço.

Só havia mais um número para tentar.

Enquanto procurava a pessoa em sua lista de contatos, outra parte do passado voltou para ela.

Visualizou Tohr passando pelas portas de correr do seu velho apartamento, o Irmão pairando, grande como qualquer pesadelo o faria. Mas ele se mostrara, como sempre foi, um aliado. A noite em que dividiram umas Sam Adams e biscoitos de aveia e *Godzilla* fora o começo de uma verdadeira amizade.

Ele estava num momento tão diferente agora. Perdera Wellsie. Conhecera Autumn.

E Beth também já não era mais a mesma.

Quando completou a ligação, só foi necessário um toque antes que fosse atendida.

– Beth.

Ela franziu o cenho ante o tom estranho de Tohr.

– Você está bem?

– Sim, estou, claro. Estou feliz que tenha ligado.

– Hum... Por quê? – Será que Wrath contara à Irmandade que ela não voltaria para casa? Provavelmente não. – Deixa pra lá. Eu só... estou procurando por Wrath. Sabe onde ele está? Tentei o escritório e o nosso quarto, mas ele não atendeu.

– Ah, é. Realmente.

Como assim?

– Tohr, o que está acontecendo?

Quando um medo genuíno tomou conta do seu peito, a mente se afastou dela. E se...

– Nada. De verdade... Bem, temos um visitante especial inesperado vindo para a nossa clínica, por isso estou meio ocupado aumentando a segurança.

Ah, bom. Estava sendo paranoica. Mas isso era melhor do que ter razão.

– Quanto a Wrath, da última vez em que o vi... – houve uma pausa. Depois um barulho, como se o cara estivesse passando o aparelho para a outra orelha. – Ele estava relaxando um pouco.

– Relaxando, como?

– Dormindo.

Beth sentiu o queixo cair.

– Dormindo?

– É. Ele estava descansando.

– Mesmo?

Lá estava ela, se descabelando, confusa com o que pensava e sentia, repassando o relacionamento deles, planejando conversas, se contorcendo toda. E, nesse meio-tempo, veja só, ele estava fazendo uma *siesta*...

– Que maravilha – ela se ouviu dizer. – Fico muito feliz por ele.

– Beth...

– Olha só, tenho que desligar – sim, estava ocupada, muito, muito ocupada. – Se ele acordar, diga que...

Não, não que havia telefonado. Os homens não eram os únicos a terem a permissão de manter o orgulho; as mulheres não tinham que ser o "sexo frágil".

– Na verdade, eu mesma digo. Estarei na casa do meu pai, limpando algumas coisas. – É, porque a casa estava uma verdadeira bagunça. – Mas volto à noite.

O alívio evidente vindo do outro lado da linha foi como um golpe.

– Ah, uma boa novidade. Estou muito feliz com isso.

– Ok, então... – não sabia por que, mas não conseguia desligar.

– Beth, você ainda está aí?

– Sim, estou – ela se viu esfregando a coxa para cima e para baixo. – Olha só, posso te perguntar uma coisa?

– Sim, claro.

Afinal, Wellsie e Tohr tiveram suas discussões, algumas das quais Beth ouvira antes que a bela ruiva fosse levada tão precocemente. Caramba, Wellsie nunca tivera medo de dizer exatamente o que pensava para ninguém, inclusive ao seu *hellren*. Ela nunca fora esquentada sem motivos, claro, mas ninguém iria gostar de irritá-la a não ser que fosse absolutamente necessário.

As pessoas a respeitavam.

O que será que pensam de mim?, Beth pensou.

– Beth?

Certamente, se alguém poderia ajudá-la com Wrath, e não mencionar o assunto, esse alguém era Tohr. Na verdade, normalmente era ele o enviado quando as pessoas precisavam de ajuda com o Rei.

– Beth, o que foi?

Abrindo a boca, ela teve a intenção de se abrir, mas havia um problema: a pessoa com quem precisava falar era Wrath. Qualquer outra pessoa seria apenas um tapa-buraco.

– Você ainda torce pelo monstro?

Houve uma pausa. Em seguida, o Irmão riu em sua marca registrada de barítono.

– Vai me dizer que está passando uma maratona do *Godzilla*?

Beth ficou feliz por estar sozinha. Porque tinha a sensação de que o sorriso em seu rosto era mais triste do que qualquer lágrima.

Ela só queria voltar no tempo, quando as coisas eram mais simples. Mais fáceis. Mais próximas.

– Só estou pensando nos bons velhos tempos – disse num rompante.

Na mesma hora, a voz de Tohr ficou mais séria.

– É. Eles foram... bons.

Ah, merda. Mesmo ele estando apaixonado e comprometido com Autumn, devia doer lembrar da primeira esposa... e do filho que eles estavam esperando.

– Sinto muito... Eu...

Ele se recuperou mais rápido do que ela.

– Não se sinta mal por isso. O passado é o que é, bom e ruim, já escrito e imutável. E existe conforto nisso.

Lágrimas arderam nos olhos dela.

– O que quer dizer?

Houve uma longa pausa.

– As boas partes são luminosas porque você confia nelas. E as partes ruins não podem ficar mais trágicas pelo mesmo motivo. O passado é seguro porque é indelével.

Subitamente, ela pensou de novo no primeiro encontro que ela e Wrath tiveram no andar de cima. Por mais que o retrospecto o pintasse com cores favoráveis, não fora bem assim, não?

Pensando bem, ele se mostrara bravo quando ela chegara naquela noite. A ponto de, na metade do jantar de quatro serviços, ela ter pensado em se levantar e ir embora.

Dificilmente a perfeição que a nostalgia mostrava.

– Você tem razão, Tohr.

– Sim – ele pigarreou. – Sabe, não está tarde demais. Você ainda pode voltar se sair agora.

– Não tenho que me preocupar com o sol, lembra?

Ela conseguia praticamente ver o dar de ombros dele pelo telefone.

– Não tenho nada a dizer a esse respeito. Não mesmo.

Apiedando-se dele, mudou de assunto, prometendo cuidar de si mesma e voltar quando escurecesse.

Depois de desligar, esticou-se na cama o pai. Fitando o teto, imaginou Darius fazendo o mesmo durante o dia, às vezes com Wrath do outro lado do corredor no outro quarto.

Wrath fora um verdadeiro recluso antes de a conhecer. Ele lutara sozinho, dormira sozinho, e não se relacionara absolutamente com nada que se referisse ao trono; antes de se unir a ela, ele se recusara a reinar.

Ela não conseguia contar a quantidade de pessoas que lhe agradecera por trazê-lo de volta, como se o seu amor fosse alguma poção mágica que transformara uma fera num... bem, se não num cara completamente civilizado, pelo menos em alguém disposto a arcar com suas responsabilidades.

Ele foi mesmo cochilar?

Pensando bem, quando foi a última vez em que ele realmente dormira um dia inteiro? Não desde que levara um tiro.

Pouco antes que seus olhos se fechassem, ela se ergueu e armou o alarme de segurança no painel sobre a cabeceira. Inserindo o código certo, ela armou o dispositivo e voltou a se deitar.

A combinação de oito números? Sua data de nascimento, mês, dia e ano.

Outro exemplo de como, bem antes de ela entrar no mundo dos vampiros, o pai pensara nela: fora V. quem instalara o sistema de segurança de ponta e que o mantinha atualizado, mas Darius escolhera o código há muitos anos.

Esticando a mão para apagar a luz, ela voltou a se acomodar sobre a colcha.

Momentos depois, voltou a acendê-la.

Quando se está sem seu marido, perfeitamente segura era algo relativo.

Capítulo 22

Sola não se lembrava de ter sentido tanto frio.

Envolvida por um saco para dormir, com os aquecedores soprando um ar quente em seu rosto, ela não conseguia parar de tremer na parte de trás do Range Rover.

Pensando bem, havia uma meia dúzia de motivos para estar em estado de choque, do tipo que começava com a sua cabeça e fazia seu corpo inteiro ficar entorpecido de frio.

Mudando de posição, a coxa emitiu um grito, lembrando-a de que também havia uma questão física em andamento. Quanto sangue havia perdido?

– Estamos quase lá.

A cabeça se voltou na direção da voz carregada de sotaque. Mesmo quase não tendo luz alguma dentro do SUV, ela conseguia visualizar o rosto de Assail com precisão: olhos profundos da cor da luz do luar, sobrancelhas bem marcadas, lábios fartos, maxilar firme. O bico de viúva e o cabelo negro da cor do azeviche.

Entre um piscar de olhos e o seguinte, havia sangue na parte inferior do rosto... e dentes bem pontudos.

Ou isso fora um pesadelo? Ela estava tendo dificuldades para discernir o que era realidade.

Abriu a boca para falar. Nada saiu dela.

– Minha cabeça... não está boa...

– Está tudo bem – num impulso, ele esticou a mão, mas depois a deixou cair, como se não soubesse o que fazer com ela.

Sola se esforçou para engolir, a boca estava seca.

– Mais água, por favor?

Ele se moveu tão rápido como se estivesse à espera da possibilidade de agir. Quando ele abriu a tampa de uma garrafa Poland Spring, ela fez menção de empurrar o saco de dormir para poder liberar as mãos... e ficou presa. O tecido de nylon parecia pesar tanto quanto uma camada de asfalto.

– Fique parada – disse ele com suavidade. – Deixe que eu a sirva.

– As minhas mãos não estão funcionando.

– Eu sei – ele aproximou a boca da garrafa dos lábios dela. – Beba.

Mais fácil dizer do que fazer. Os dentes começaram a tiritar.

– Desculpe – murmurou quando a água se espalhou.

– Ehric, quanto mais? – ele questionou.

O Range Rover parou subitamente.

– Acho que chegamos... em algum lugar.

Sola franziu o cenho ao olhar por sobre o ombro do motorista diante dela. A cerca frágil que os faróis iluminavam era do tipo que se via em fazendas de gado, daquelas abandonadas. Metade estava pendida para um lado, as velhas tábuas e o ferro enferrujado mais uma confusão do que algo organizado.

– Para onde vamos? – perguntou rouca. – Pensei que íamos... para casa.

– Primeiro temos que tratar de você – Assail repetiu o gesto de esticar a mão e depois abaixá-la antes de tocá-la. – Você precisa... está ferida e não podemos deixar que a sua avó a veja assim.

– Ah. É – céus, esquecera-se de que estava parcialmente nua, machucada e necessitando de um belo e demorado banho. – Obrigada.

– Não pode ser aqui – murmurou o motorista.

Assail relanceou pelo para-brisa e arregalou os olhos, a coisa não parecia o que ele esperava também.

– Vá até aquele caixote.

Enquanto se aproximavam do que parecia uma casinha de passarinho num pau torto, o motorista abaixou o vidro...

E uma voz brusca e desencarnada falou pela coisa:

– Já vi vocês. Passem pelos portões.

Como por magia, o "miserável" sistema de portões se abriu ao meio, movendo-se com suavidade e silenciosamente. A estrada além estava coberta de neve, porém bem cuidada. E, um pouco depois, depararam-se com outra barreira. Essa menos frágil, e também mais alta, feita com malha de ferro, também enferrujada, porém, parecendo firme presa a estacas. Dessa vez não tiveram que parar, a cerca se abriu diante deles, dando-lhes passagem.

E continuaram em frente.

Quanto mais avançavam, os sistemas de segurança se tornavam mais modernos e mais imponentes até se aproximarem de algo parecido com alguma propriedade do governo: torres de concreto tão altas quanto aquelas sob as pontes de Caldwell ancoravam um painel de metal do tamanho de um *outdoor*. E depois daquilo? Uma parede de seis metros de altura com arame farpado no topo e placas com aviso contra invasores a cada cinco metros.

Parecido com *Jurassic Park*, Sola pensou.

– Impressionante – comentou o motorista.

Assim como nos outros portões, esse foi aberto antes que eles parassem diante do evidente posto de controle, com seu teclado, alto-falante e câmera de segurança.

– Isso é... uma base militar? – murmurou Sola.

Talvez Assail fosse um policial disfarçado, e, nesse caso...

– Preciso de um advogado? – exigiu saber.

– Para quê? – Assail permaneceu concentrado no que aconteceria, encarando a frente assim como o motorista.

– Você vai me prender?

A cabeça dele se virou rápido, as sobrancelhas unidas.

– Do que está falando?

Sola relaxou no banco. Se ele estava mentindo, merecia um Oscar. E se não estivesse... Bem, talvez essa fosse a maneira de Deus atender às suas preces: um modo garantido de tirá-la daquela vida era lançá-la no sistema judicial.

O túnel subterrâneo no qual entraram se equiparava ao Lincoln ou ao Holland, com suas luzes fluorescentes e a faixa amarela no meio, e a descida inclinou o Range Rover num ângulo agressivo.

– Estamos em Caldwell? – perguntou.

– Sim.

Assail se recostou e, na pouca luz ali, ela o viu colocar a mão dentro da parca.

Sola franziu o cenho.

– Você... Você está pegando uma arma?

– Não confio você a ninguém que não seja eu mesmo – voltou-se para ela. – E eu fiz uma promessa para a sua avó. Você será devolvida sã e salva, e sou um homem de palavra. Pelo menos no que se refere a isso.

Quando seus olhos se encontraram, ela sentiu algo diferente dentro do peito. Parte era medo, e isso a confundia. Com a situação em que se envolvera, era melhor seu salvador se armar com uma .40 e se preparar para usá-la.

A outra metade... não era nada em que desejasse se aprofundar.

O túnel terminou num estacionamento que a fez se lembrar daquele sob a Arena de Caldwell: teto baixo, amplo espaço, uma elevação que desaparecia numa curva, sugerindo múltiplos andares.

– Onde estamos? – perguntou ao pararem ao lado de uma porta fechada.

Como resposta, a porta foi aberta e uma equipe médica saiu, com médicos, enfermeiras, macas e tudo o mais.

– Obrigada, Virgem Escriba – murmurou Assail.

Ah... Merda. Os jalecos brancos não estavam sós, estavam acompanhados por três homens imensos: um loiro com um rosto que pertencia às telas de cinema, um militar com corte escova e uma expressão dura de açougueiro, e depois um reforço verdadeiramente assustador com o crânio à mostra e uma cicatriz que dividia a face e se curvava até a boca.

Não, aquilo não era o governo americano.

Não, a menos que se tratasse de um departamento secreto.

Assail esticou a mão para abrir a porta.

– Fique no carro.

– Não vá – disse Sola num rompante.

Ele olhou para trás, na direção dela.

– Não tema. Eles estão em débito comigo.

Seu salvador aproximou a mão dela novamente, mas, dessa vez, não se deteve. Resvalou-lhe o maxilar com uma leveza que, caso ela não o tivesse visto fazer, não teria nem notado.

– Fique.

E ele se foi, a porta batendo com força. Através do vidro escurecido, ela viu quando um quarto homem saiu pelo corredor bem iluminado. Aquele não era nenhum contador... Com um casaco de peles até o chão e uma bengala, ele estava vestido como um cafetão das antigas, o cabelo moicano e sorriso sardônico se encaixando à perfeição à imagem.

O homem e Assail ofereceram a mão um ao outro ao mesmo tempo. Enquanto ficaram unidos, trocaram palavras...

Havia algo errado. Assail começou a fechar a expressão, depois pareceu furioso. Mas quando o homem de moicano deu de ombros e pareceu não mudar de ideia, Assail finalmente entregou a pistola e se deixou revistar para que encontrassem as outras escondidas. E só depois que seus homens desceram do carro e se sujeitaram ao mesmo tratamento, o cafetão acenou para que a equipe médica se aproximasse do veículo.

Quando eles abriram a porta, uma ponta de medo fez Sola puxar o saco de dormir até o queixo...

A mulher que enfiou a cabeça na parte de trás do carro era bonita, com cabelo loiro curto e olhos verdes-escuros.

– Olá, sou a doutora Jane. Eu gostaria de dar uma olhada em você, se permitir.

A voz dela era equilibrada. Gentil. Calma.

Mesmo assim, Sola não conseguiu se mover, nem responder.

Pelo menos não até que Assail aparecesse atrás da médica.

– Está tudo bem, Marisol. Ela vai cuidar de você.

Sola se viu encarando os olhos dele por um bom tempo. Quando ficou satisfeita com o que viu, sussurrou:

– Tudo bem.

E foi então que a sua tremedeira finalmente parou.

Assail não estava nem um pouco feliz com os coldres vazios, mas Rehv deixara bem claro: ou ele e os primos se desarmavam, ou a fêmea humana não seria tratada.

Foi a única vez em que Assail consentiu em ficar vulnerável, e ele odiou isso. Mas era necessário.

– E o nome dela é Marisol – ele se ouviu dizer quando a médica loira começou a falar baixo. – Sola.

À sua esquerda, ele conseguia sentir Rehv encarando-o, e o *lídher* do Conselho não era o único. Os três Irmãos de guarda eram profissionais demais para revelar qualquer coisa, mas ele sabia que estavam se perguntando o motivo de ele aparecer na soleira deles com uma humana. Ferida. Pela qual ele estava disposto a entregar as suas armas.

– Não, fique aí, Marisol. Nós damos a volta para o outro lado – a médica recuou e acenou para a sua equipe. – Os sinais vitais estão baixos, porém estáveis. Tiro na coxa direita. Possível concussão. O estado de choque é uma preocupação. Pode ter sofrido outros traumas que não quer me revelar.

Assail sentiu como se o sangue tivesse lhe fugido da cabeça, mas não permitiu que a propensão ao desmaio fosse além...

– Você – exclamou ele –, para trás.

O macho... ou... Deus, aquele era um *homem* de verdade?... parou de repente.

A médica responsável, a fêmea, disse:

– Esse é o meu parceiro, o doutor Manello. Ele...

– Não vai tratar dela – Assail arreganhou as presas. – Ela está despida da cintura para baixo.

Ele ficou vagamente ciente de que todos congelaram olhando para ele. Também notou o cheiro que subitamente pairou sobre a cena. Ele não se demorou em nenhuma das impressões ao encarar o homem, preparado para atacá-lo na garganta se ele continuasse a dar a volta no Rover.

O cara levantou as mãos como se estivesse diante de uma arma.

– Ok, ok. Vamos relaxar. Se quer que eu saia, eu saio.

Recuando, ele foi para junto dos Irmãos, balançando a cabeça, mas sem dizer nada.

A médica pousou a mão no braço de Assail.

– Nós vamos colocá-la na maca. Por que não vem comigo? Você pode assistir e ficar por perto.

Assail parou de rosnar e pigarreou.

– Farei isso. Obrigado.

Na verdade, ele fez mais.

Quando a médica abriu a porta de Marisol, ele odiou o modo como sua mulher se retraiu antes mesmo que ela pudesse se impedir. E os olhos dela ficaram cravados nos dele.

– Você gostaria que eu a ajudasse a sair? – perguntou ele antes que a equipe médica pudesse se mexer.

– Sim. Por favor.

A sensação de deixar os outros de lado e ser o macho que cuidava da sua fêmea foi boa demais: entrando no interior do SUV, ele a amparou nos braços, tomando cuidado para levar o saco de dormir junto para que ela não ficasse exposta...

O sibilo que ela tentou controlar o nauseou, mas ele tinha que tirá-la de lá, e depois que ele se endireitou, ela pareceu encontrar uma posição em seus braços que não pareceu lhe causar muito desconforto.

A cabeça dela caiu contra seu ombro e lá ficou.

– Eu a carregarei – informou à médica.

– Talvez seja melhor... Hum, tudo bem – a médica levantou as mãos quando as presas dele foram expostas novamente. – Tudo bem. Siga-me.

O Irmão Rhage era o primeiro no corredor, e os outros dois guerreiros ficaram para trás, guardando a retaguarda com os primos.

Assail andou o mais calmamente que conseguiu, cada retesar dos membros de Sola ou inspiração profunda comunicando a dor dela direto ao peito dele até que fossem os pulmões dele ardendo, a respiração arfante a sua, a coxa doendo a dele.

Prosseguindo, eles passaram por uma quantidade infindável de salas, para algumas ele olhou, para a maioria ele nem se deu ao trabalho. Pelo pouco que ele notou, havia salas de aula, um escritório vazio... algo que parecia uma sala de interrogatório. E quando ele já estava se convencendo de que estava indo para outro código postal, a médica finalmente parou e indicou o caminho para uma sala de exames.

A maca no centro estava diretamente abaixo de um equipamento de luzes pendentes, e quando ele se aproximou e começou a transferir Marisol para a superfície coberta por um lençol, ele ficou contente porque a médica não acendeu o candelabro... A sala azulejada já parecia iluminada demais, os armários de aço inoxidável e as prateleiras por trás de vidros reluzindo para ele, a mesinha com rodinhas com seus instrumentos uma ameaça, ainda que aquelas ferramentas devessem servir de ajuda nas mãos corretas.

Santa Virgem no Fade, o rosto de Sola estava acinzentado de dor e de exaustão ali, com os joelhos erguidos até o peito, aquele saco de dormir azul agarrado a ela como uma segunda pele.

– Vou pedir a todos que saiam e esperem no corredor – disse a médica, afastando os Irmãos, os primos e o médico humano. – Não, não, vamos ficar bem. Isso mesmo, tchau, tchau... – Depois, num tom mais baixo, ela sibilou: – Ele é um macho vinculado. Vocês vão querer lidar com isso se eu tiver que fazer um exame interno?

Macho... vinculado? Ele?

Enquanto os Irmãos começavam a discutir com ela, Assail assentiu com seriedade para os guerreiros e para Rehv.

– Vocês não terão problemas da minha parte. Vocês têm a minha palavra.

Só que ele também se questionou se a privacidade de Marisol também não merecia ser protegida dele.

– Marisol – disse com suavidade. – Talvez fosse melhor se eu...

– Fique.

Ele fechou os olhos.

– Tudo bem.

Indo para junto da cabeça dela, ele deu as costas para o corpo dela a fim de manter contato visual, mas sem ver nada que comprometesse a privacidade dela.

A médica se aproximou dela e falou com suavidade e gentileza:

– Se você se deitar, vai ser ótimo. Se não se sente segura, eu compreendo, posso erguer a cabeceira da maca para você.

Houve um longo silêncio.

– Qual o seu nome mesmo? – perguntou Marisol, rouca.

– Jane. Meu nome é Jane. Atrás de mim está a enfermeira, Ehlena. E nada com que você não consinta vai acontecer, ok? Você está no comando.

De fato, ele tinha a sensação de que iria gostar daquela médica.

– Ok. Muito bem – Marisol segurou a mão dele e se deitou, com o rosto crispado até estar completamente deitada. – Ok.

Ele esperava que ela o soltaria assim que estivesse acomodada. Ela não fez isso – e seus olhos não desgrudaram dos dele. Não quando a médica desenrolou o saco de dormir dela e a cobriu com uma coberta. Não enquanto perguntas a respeito de uma possível concussão foram feitas e os reflexos testados. Não enquanto aquele ferimento da coxa foi cutucado e investigado. Nem mesmo quando uma máquina de raio-X portátil foi levada até ela e lhe tiraram chapas de vários ângulos.

– Tenho ótimas notícias – disse a médica um pouco depois ao se aproximar com um laptop. No monitor, havia a imagem do fêmur forte e grosso de Marisol. – Não só a sua concussão é fraca, como também a bala a atravessou. Não há indícios de que haja algum osso quebrado ou fissurado. Portanto, a nossa principal preocupação é o risco de infecção.

Eu gostaria de limpar completamente a ferida e lhe ministrar alguns antibióticos, além de medicação para a dor. Como isso lhe parece?

– Estou bem – Marisol disse.

A doutora riu ao deixar o laptop de lado.

– Juro que você se encaixaria muito bem aqui. É sempre isso o que os meus pacientes me dizem. Ainda assim, respeito a sua inteligência, e sei que não vai colocar a sua saúde em risco. O que me preocupa é a sepse. Você me disse no carro que levou um tiro há vinte e quatro horas. Isso é tempo demais para as coisas ficarem cozinhando aí dentro.

– Deixe-nos cuidar disso, Marisol – Assail se ouviu dizer. – Vamos aceitar o conselho dela.

Marisol fechou os olhos.

– Ok.

– Bom, muito bom – a médica fez algumas anotações no laptop. – Só mais uma coisa.

– O quê? – perguntou Assail, quando houve uma grande pausa.

– Marisol, preciso saber se há algum outro lugar em que você possa estar ferida.

– Qualquer... outro lugar? – foi a resposta murmurada.

Assail conseguia sentir a doutora encarando-o.

– Você se importaria de nos dar licença por um minuto?

Antes que ele pudesse responder, Marisol apertou a mão dele com tanta força que ele fez uma careta.

– Não – disse ela com secura. – Nenhum outro lugar.

A médica pigarreou.

– Você pode me contar qualquer coisa, sabe disso, não? Qualquer coisa que seja pertinente ao seu tratamento.

Abruptamente, o corpo de Marisol voltou a tremer do mesmo modo como tremera no banco de trás do Range Rover. Apressada, como se estivesse arrancando algo da pele, disse:

– Ele tentou me estuprar. Isso não aconteceu. Eu o peguei primeiro...

De uma só vez, os sons da sala de exames cessaram. A ideia – não, a realidade – de que alguém a tinha tratado mal, machucado, maculado seu corpo precioso, tentado...

– Você está bem? – alguém perguntou. A enfermeira. Devia ser...

– Ele vai cair! – a médica exclamou.

Assail se perguntou com quem estavam falando... e perdeu a consciência.

Capítulo 23

– Fale, curandeiro – exigiu Wrath ao lado do corpo imóvel de sua shellan. *– Fale!*

Santa Virgem Escriba, ela parecia morta.

De fato, imediatamente após o desmaio de Anha, ele a carregara até o quarto conjugal deles, os Irmãos acompanhando-os, os aristocratas e seus jogos sociais inúteis deixados para trás. Fora ele quem deitara a amada na plataforma elevada enquanto o curandeiro era chamado, e fora ele a afrouxar o corpete do vestido. Os Irmãos se retiraram assim que o médico de confiança chegara com os instrumentos de seu ofício, e depois só restaram os três, o fogo crepitante e o grito que atormentava a sua alma.

– Curandeiro, o que tem a dizer?

O macho olhou por sobre o ombro de sua posição agachada ao lado de Anha. Com o manto negro de sua posição social espalhado no chão, ele mais se parecia com um pássaro gigante prestes a alçar voo.

– Ela está perigosamente comprometida, meu senhor – enquanto Wrath se retraía, o médico se levantou. – Acredito que ela esteja esperando um filho.

Um vento frio o atingiu, da cabeça aos pés, apagando a sensação de ter um corpo.

– Ela está...

– Grávida. Sim. Soube assim que apalpei o ventre. Ele está duro e distendido, e o senhor me disse que ela recentemente passou pelo seu cio.

– Sim – sussurrou ele. – Então essa é a causa do...

– Esse não é um sintoma do início de uma gestação, visto que ela não está sangrando. Não, acredito que esse mal se deva a algo diverso. Por favor, meu senhor, aproximemo-nos do fogo para não incomodar o descanso dela.

Wrath permitiu-se ser levado para junto das chamas protegidas.

– Então ela está com febre?

– Meu senhor... – o médico limpou a garganta, como se estivesse preocupado com uma morte que não tivesse a ver com a rainha. – Perdoe-me, meu senhor...

– Não me diga que não tem nenhuma explicação – sibilou Wrath.

– Preferiria que eu o ludibriasse? O coração dela está fraco, a coloração acinzentada, a respiração é superficial e intermitente. Pode existir alguma dificuldade interna que não tenho como avaliar devido a qual ela esteja sucumbindo. Eu não sei.

Wrath voltou os olhos para a sua companheira. Ele nunca fora de sentir medo. Agora, o terror se agarrara à sua pele, possuindo-o como um espírito maligno, assumindo o controle.

– Meu senhor, eu lhe diria para alimentá-la. Agora e com a frequência que ela possa processar a sua veia. Talvez a carga de energia que venha do senhor possa reverter essa situação... Por certo, se há alguma esperança para ela, é o senhor. E se ela despertar, dê-lhe água fresca, nada de cerveja. Nada que possa causar maior depressão ao sistema dela...

– Saia.

– Meu senhor, ela...

– Deixe-nos, agora!

Wrath teve ciência do homem cambaleando para a porta. E por melhor que fosse o curandeiro, Wrath sentiu uma ira se elevar dentro do peito, propensa a recair sobre qualquer um que estivesse ao seu alcance.

Quando a porta se fechou uma vez mais, Wrath se aproximou da plataforma em que estava a cama.

– Meu amor – disse em desespero. – Anha, meu amor, acorde ante minha voz.

De joelhos, mais uma vez.

Wrath posicionou-se sobre os joelhos ao chão próximo à cabeça dela. Afagando-lhe os cabelos nos ombros e sobre o braço, ele teve o cuidado de não colocar seu peso sobre ela.

Avaliando-lhe a respiração, ele tentou fazer, com a força do pensamento, que ela respirasse mais profundamente. Queria regressar para a noite anterior, quando despertaram juntos e ele olhara nos olhos dela e os viu cintila-

rem cheios de vida. A verdade é que sua mente se contorcia ao pensar que conseguia se lembrar com tamanha especificidade tudo sobre aquele momento, aquela hora, aquela noite, os cheiros da refeição que partilharam, as conversas que tiveram quanto ao futuro e as audiências que se dariam na corte.

Ele sentia como se a clareza das lembranças devesse ser uma porta pela qual ele pudesse passar e através da qual pegasse na mão dela, e sentir seu perfume, e a leveza no coração que acompanhava a saúde e o bem-estar... e trazê-la ao presente nesse estado.

Mas essa era apenas uma fantasia, claro.

Desembainhando a adaga cerimonial, ele ergueu a lâmina polida e cintilante. Quando a manga pesada e as joias e adornos preciosos de ouro atrapalharam, ele arrancou o casaco refinado e o largou para trás. Quando ele aterrissou num roçar, com todas aquelas gemas batendo no carvalho duro, ele passou a adaga sobre o pulso.

Ah, desejou que fosse sobre a garganta.

– Anha, querida, sente-se para mim. Levante a cabeça, meu amor.

Erguendo-a sobre o antebraço livre, ele aproximou o fio de sangue fresco dos lábios dela.

– Anha, beba de mim... Beba de mim...

Os lábios dela se abriram, mas não fora a concordância dela que causara isso. Não, foi apenas pelo ângulo da cabeça.

– Anha, beba... Volte para mim.

Enquanto gotas rubras caíam na boca dela, ele rezou para que elas, de algum modo, descessem pela garganta, dessa forma entrando nas veias, reavivando-a com sua pureza.

Esse não era o destino deles, pensou. Deveriam estar juntos por séculos e séculos, não separados apenas um ano após terem se conhecido. Aquilo não... era para eles.

– Beba, meu amor.

Ele manteve o pulso firme no lugar até o sangue ameaçar jorrar para fora dos lábios dela.

– Anha?

Baixando a cabeça para a mão fria dela, ele rezou por um milagre. E quanto mais ele ficava ali, mais ele se aproximava dela num estado que distava da morte em uma batida de coração.

Se ela falecesse, ele iria com ela. De um modo ou de outro.

Santa Virgem Escriba, aquilo não era eles.

Wrath não despertou, mais pareceu uma boia que se ergueu de águas profundas para emergir em uma superfície turbulenta.

Ele, evidentemente, estava na escuridão da sua cegueira, e, como de costume, abriu o braço na direção oposta da cama...

Bang!

Wrath levantou a cabeça e franziu o cenho. Tateando ao redor, encontrou coisas parecidas com livros, um cinzeiro, um porta-copos.

Fogo queimando na lareira.

Ele não estava em seu quarto. E Beth não estava com ele.

Virando-se de lado, ergueu-se, o coração saltando dentro do peito, a arritmia deixando-o tonto.

– Beth?

No porão do seu cérebro, ele reconheceu que estava na biblioteca do andar de baixo da mansão da Irmandade, mas seus pensamentos eram como vermes em solo úmido, revirando desnecessariamente, sem ir a parte alguma.

– Beth...?

Um ganido distante.

– George?

Ganido mais alto.

Wrath esfregou o rosto. Perguntou-se onde estariam seus óculos. Pensou estar no sofá da biblioteca, diante da lareira.

– Ah... cacete... – gemeu ao tentar se colocar na vertical.

Ficar de pé foi um ato incrível. Com a cabeça girando, e o estômago contraído como um punho cerrado, ele teve que agarrar o braço do sofá ou desmoronaria ali mesmo.

Oscilando pelo espaço vazio, ele não encontrou as portas, mas, sim, acabou se deparando com elas, os painéis pesados batendo em seu peito. Tateando para encontrar a maçaneta, ele abriu o ferrolho e...

George explodiu para dentro do cômodo, o golden correndo em círculos, os espirros sugerindo que ele estava sorrindo.

– Ei, ei...

Wrath queria voltar para o sofá porque não queria que todos os olhos funcionais da casa o vissem daquele modo, mas seu corpo pensava diferente. Quando caiu com o traseiro no chão, George se aproveitou da oportunidade para pular em cima dele, quase virando uma coberta.

– Ei, grandão, ainda estamos aqui... – afagando o peito largo do cachorro, ele enterrou o nariz no pelo e deixou que o cheiro de cachorro bom e limpo fizesse algum tipo de aromaterapia para ele. – Onde está a mamãe? Você sabe onde ela está?

Pergunta idiota. Ela não estava ali. E por sua culpa.

– Que merda, George.

Aquela cauda imensa batia nas suas costelas e o focinho o farejava, as orelhas virando de um lado para o outro. E isso foi bom, foi normal, mas a sensação não durou muito.

– Que horas será que são?

Maldição... Perdera a cabeça com V. e com John, não perdera? E isso não fora nem metade. Ele tinha uma vaga lembrança de ter acabado com a sala de bilhar, mandando tudo pelos ares, brigando com quem quer que estivesse por perto, em seguida, uma soneca. Ele tinha quase certeza de que alguém o drogara, e não podia dizer que culpava quem quer que tivesse feito isso. Se não tivesse sido apagado por um tranquilizante, não sabia quando teria parado.

E ele não desejou ferir nenhum dos seus Irmãos e nenhum dos funcionários. Nem acabar com a casa.

– Merda.

Parecia que essa era a extensão do seu vocabulário.

Caramba, ele deveria ter permitido que V. o tivesse trazido para ali e lhe contado o que estava acontecendo. Mas, pelo menos, só havia dois lugares em que a sua companheira poderia estar. Um era o Abrigo, de Marissa, o outro era a velha casa de Darius. Sem dúvida era isso o que John tinha tentado lhe contar.

Cacete, pensou. Beth e ele não eram assim. Não era assim que eles deveriam acabar.

A bem da verdade, as coisas sempre pareceram fado com ela, desde a época em que entrara em sua vida a sensação de completude que ela lhe trouxe, tudo sempre lhe pareceu obra do destino. Claro, tinham discussões. Ele era um teimoso de cabeça quente, e ela não aceitava as suas cretinices. Ponto.

Mas nunca essa separação. Jamais.

– Venha, garoto. Precisamos de privacidade.

George saiu de cima dele e deixou que Wrath se levantasse do chão. Depois de fechar as portas, ele embarcou num jogo de encontrar o telefone. Que tipo de castração. Mãos à frente, tronco inclinado, pés se arrastando, ele foi batendo em coisas e as tateava, tentando descobrir se era uma poltrona, uma cadeira, uma mesinha...

A mesa pareceu ser a última coisa que encontrou, e ele descobriu onde estava o telefone quando a mão derrubou o aparelho do gancho. Levou o aparelho à orelha, localizou as teclas com a ponta dos dedos e depois teve que desligar para conseguir linha antes de começar a teclar os números.

Visualizando os dez números com a cerquilha e o asterisco na base do arranjo de doze teclas, ele apertou a sequência de sete números e esperou.

– Abrigo, boa tarde.

Ele fechou os olhos. Desejou que estivesse perto do anoitecer, assim poderia sair atrás dela.

– Ei, Beth está aí?

– Não, lamento, mas ela não está. Posso anotar um recado? – enquanto ele fechava os olhos, a fêmea disse: – Alô? Tem alguém aí?

– Nenhum recado.

– Posso dizer a ela quem ligou para o caso de ela vir para cá?

Ele imaginou o que a recepcionista faria se ele dissesse quem era.

– Eu a encontrarei em algum outro lugar. Obrigado.

Quando desligou, ele sentiu a cabeça grande de George cutucar sua coxa. Bem típico do cachorro – querer ajudar.

Wrath manteve o dedo no gancho, empurrando-o. Ele não sabia se estava pronto para outro sinal de linha. E se ela não atendesse no próximo número? Não teria nenhuma porra de ideia de onde ela estaria. E a ideia de que teria que procurar Vishous ou John para ter esse tipo de informação era vergonhoso demais para suportar.

Enquanto apertava as teclas de uma sequência diferente, ele pensou consigo...

Não consigo acreditar que isso esteja acontecendo com a gente... Nós não somos... assim.

Capítulo 24

Virando a cabeça no travesseiro, Sola ficou olhando para a porta do quarto de hospital que lhe fora dado. Contudo, não olhava para ela de fato.

Em vez disso, *flashes* do sequestro ficavam repassando ante seus olhos, bloqueando todo o resto: sua chegada em casa e o golpe na cabeça. A viagem de carro. A perseguição na neve. E depois a cela e o guarda que tentara estuprá-la.

A batida à porta a fez dar um pulo. E foi engraçado, ela sabia quem era.

– Estou contente que você tenha voltado.

Assail entreabriu a porta, e colocou a cabeça para dentro, como se tivesse medo de assustá-la.

– Está acordada.

Ela subiu a coberta até o queixo.

– Não cheguei a dormir.

– Não? – empurrando mais a porta, ele entrou com uma bandeja de comida. – Tive esperanças... Bem, quem sabe não gostaria de algum alimento?

Sola inclinou a cabeça.

– Seu modo de falar é tão antiquado.

– O inglês não é a minha língua materna – ele colocou a bandeja numa mesinha com rodas. – Tampouco é o meu segundo idioma.

– Provavelmente é o motivo pelo qual gosto tanto de ouvi-lo.

Ele parou ao ouvir as palavras dela e, sim, talvez, se ela não estivesse tão anestesiada pelos remédios, ela não tivesse admitido tal coisa. Mas, diabos...

Abruptamente, olhou para ela, uma luz intensa nos olhos dele fazendo-os parecerem mais tremeluzentes do que de costume.

– Fico contente que a minha voz a agrade – disse, rouco.

Sola se concentrou na comida ao começar a se sentir aquecida por dentro pela primeira vez desde... tudo.

– Obrigada pelo esforço, mas não estou com fome.

– Você precisa de alimento.

– Os antibióticos estão me deixando enjoada – indicou o saco de soro pendurado num gancho ao lado da cama. – O que quer que esteja aí...

– Eu a alimentarei.

– Eu...

Por algum motivo, ela relembrou da noite na neve, quando ele a seguira da sua propriedade até onde ela estacionara o carro. A conversa ameaçadora no escuro... Céus, ele a assustara demais. Mas não foi medo que ela sentiu.

Assail aproximou uma cadeira que estava do outro lado do quarto. Estranho, não era uma daquelas frágeis de plástico que normalmente se encontram nas clínicas; era algo saído da Pottery Barn, acolchoada, confortável e com uma bela estampa. Ao se sentar, ele não coube, não porque estivesse acima do peso. Ele era grande, o corpo poderoso diminuindo os braços e o espaldar da cadeira, as roupas escuras demais para a cor clara...

Havia manchas de sangue na jaqueta dele, amarronzadas e secas. Na camisa. Nas calças.

– Não olhe para isso – disse com suavidade – tome. Para você, escolhi apenas o melhor.

Levantando a tampa, ele revelou...

– Onde diabos estou? – ela perguntou ao se inclinar e inspirar fundo. – Será que Jean-Georges tem uma divisão hospitalar ou algo assim?

– Quem é Jean-Georges?

– Um *chef* famoso de Nova York. Ouvi falar dele no canal Food Network – ela se ergueu, fazendo uma careta quando a coxa lhe chamou a atenção com um "ei, garota". – Eu nem gosto de carne assada, mas isso está com uma cara maravilhosa.

– Pensei que o ferro lhe faria bem.

A fatia de carne estava espetacularmente cozida, com uma crosta crocante que ele cortou com...

– Esses talheres são de prata? – ela perguntou a respeito do garfo, da faca e da colher, que ainda estavam sobre um guardanapo dobrado de maneira elegante.

– Coma – ele aproximou um corte preciso da sua boca. – Coma para mim.

Sem maiores incentivos, a boca dela se abriu por vontade própria, como se não fosse aceitar nenhum atraso por conta de um "sei comer sozinha".

Fechando os olhos, ela gemeu de prazer. Isso mesmo, não estava com fome. Nem um pouco.

– Essa é a comida mais saborosa que já comi.

O sorriso que iluminou o rosto dele não fazia sentido algum. Era radiante demais para ser causado apenas por ela estar comendo, e ele devia saber disso, porque virou a cabeça a fim de que ela visse apenas uma parcela da sua expressão.

Pelos quinze, vinte minutos seguintes, os únicos sons no quarto, à parte pelo soprar do ar da calefação, foram os dos talheres luxuosos batendo no prato de porcelana. E, sim, apesar dos seus protestos, ela comeu a fatia imensa de carne, as batatas ao forno com molho branco e o creme de espinafre. Bem como o pãozinho que por certo fora feito em casa. E a torta de pêssegos. E ela ainda bebeu um pouco da água gelada e do café que veio numa garrafa térmica.

Ela provavelmente teria comido o guardanapo, a bandeja, os talheres de prata e a mesinha se lhe dessem essa chance.

Caindo contra os travesseiros, pousou a mão sobre a barriga.

– Acho que vou explodir.

– Vou colocar isso no corredor. Com licença.

De onde estava, ela observou cada movimento que ele fez: a maneira como se levantou, segurou as laterais da bandeja com as mãos longas e elegantes, se virou e andou com suavidade.

E por falar em etiqueta à mesa... Ele manuseara os talheres de prata com ostentação polida, como se estivesse habituado àquele tipo de coisa em casa. E não derramara sequer uma gota ao lhe servir o café. Nem derrubara nada da comida ao levá-la à sua boca.

Um perfeito cavalheiro.

Difícil conciliar isso com o que ela vira quando ele lhe entregara o celular para falar com a avó. Então, ele pareceu atordoado, com sangue caindo pelo queixo como se tivesse arrancado um pedaço de alguém. As mãos também estavam vermelhas de sangue...

Levando-se em consideração que ela matara todos naquele lugar horrendo antes de sair, ele obviamente levara alguém consigo.

Ah, Deus, ela era uma assassina.

Assail voltou e se sentou, cruzando as pernas na altura do joelho, não com tornozelo sobre a coxa, como costumam fazer os homens. Cruzando os dedos, levou-os à boca e a encarou.

– Você o matou, não matou? – ela perguntou com suavidade.

– Quem?

– Benloise.

O olhar magnético foi desviado para outro lugar.

– Não vamos falar sobre isso. Sobre nada disso.

Sola dobrou a ponta da coberta com imenso cuidado.

– Não posso... Não consigo fingir que a noite passada não aconteceu.

– Vai ter que fazer isso.

– Matei dois homens – ela virou os olhos para ele e piscou rapidamente. – Eu matei... dois seres humanos. Ah, meu Deus...

Cobrindo o rosto, ela tentou ficar sã.

– Marisol... – houve um ranger quando ele aproximou ainda mais a cadeira da Pottery Barn. – Querida, você precisa tirar isso da sua mente.

– Dois homens...

– Animais – disse ele com rispidez. – Eram animais que mereciam o pior. Todos eles.

Abaixando as mãos, ela não se surpreendeu ao ver que a expressão dele era letal, mas não sentiu medo dele. Contudo, estava assustada com o que fizera.

– Não consigo... – ela gesticulou para a lateral da cabeça. – Não consigo arrancar as imagens da...

– Bloqueie-as, querida. Apenas se esqueça de que isso um dia aconteceu.

– Não posso. Nunca. Eu deveria me entregar para a polícia...

– Eles iam matar você. E se tivessem matado, você acha mesmo que ficariam de alguma forma com a consciência pesada? Posso lhe garantir que não.

– Isso é culpa minha – fechou os olhos. – Eu deveria ter sabido que Benloise retaliaria. Eu só não pensei que seria algo nesse nível.

– Mas, querida, você está a salvo...

– Quantos?

– O que disse?

– Quantos... você matou? – ela exalou com força. – E, por favor, não tente me enganar fingindo que nunca o fez. Eu vi o seu rosto, lembra? Antes de você lavá-lo.

Ele desviou o olhar, e passou a mão no queixo como se ainda houvesse sangue nele.

– Marisol. Guarde isso, em algum lugar bem profundo... e deixe estar.

– É assim que você lida com isso?

Assail balançou a cabeça, a boca se afinando.

– Não. Eu me lembro dos meus homicídios. De cada um deles.

– Então você odeia o que teve que fazer?

Os olhos dele permaneceram nos dela.

– Não. Eu aprecio.

Sola fez uma careta. Descobrir que ele era um assassino sociopata era a cereja na cobertura de um *sundae*, não era?

Ele se inclinou.

– Nunca matei sem motivo, Marisol. Eu me delicio com as mortes porque eles mereceram o que lhes aconteceu.

– Então, você protegeu outros?

– Não, sou um homem de negócios. A menos que me cruzem o caminho, fico muito mais contente em viver e deixar viver. Todavia, ninguém passa por cima de mim, tampouco permito que os meus sejam comprometidos.

Ela o avaliou por muito tempo e nem uma vez ele desviou o olhar.

– Acho que acredito em você.

– Você deveria.

– Mas ainda é um pecado – ela pensou em todas as orações que fez e sentiu uma culpa nunca sentida antes. – Sei que cometi crimes no passado... mas nunca feri alguém, a não ser financeiramente. O que já é ruim o bastante, mas, pelo menos, não queimei...

Ele segurou sua mão.

– Marisol. Olhe para mim.

Demorou um tempo até que ela conseguisse.

– Não sei como viver comigo mesmo. Realmente eu não sei.

Enquanto sentia o coração batendo forte dentro do peito, Assail percebeu que estivera errado. Imaginara que assegurando a segurança física de Marisol e cuidando de Benloise traria fim àquele capítulo horroroso da vida dela.

Depois que ela estivesse sob seu controle, e ele garantisse que ela voltasse para a avó, então o passado estaria esquecido.

Errado. Tão errado. E do sofrimento emocional, ele não sabia como resgatá-la.

– Marisol... – o tom em sua voz era um que ele jamais ouvira antes. Pensando bem, implorar não era um hábito seu. – Marisol, por favor.

Quando as pálpebras dela finalmente se ergueram, ele se descobriu respirando novamente. Com elas abaixadas, a imobilidade dela o lembrava demais o outro resultado que poderia ter acontecido.

O que dizer a ela, porém?

– De fato, não posso fingir que entendo o conceito de pecado no qual você acredita, porque a sua religião é diferente da minha, e respeito isso – Deus! Ele odiava aquele hematoma no rosto dela por tantas razões. – Mas, Marisol, as ações que você tomou foram em nome da sobrevivência. A *sua* sobrevivência. O que você fez lá é o motivo pelo qual você tem ar nos pulmões agora. A vida requer fazer o que é necessário, e você fez.

Ela se virou como se a dor fosse grande demais. E depois sussurrou:

– Eu queria poder... Inferno, talvez você esteja certo. Eu tenho que voltar demais no tempo com uma borracha para me tirar do ponto em que eu estava duas noites atrás. Isso tudo foi o ápice de tantas coisas.

– Sabe que, se quiser, você pode mudar o seu curso. Pode deixar de se misturar com tipos como Benloise.

O fantasma de um sorriso tocou seus lábios quando ela olhou para a porta.

– Sim, eu concordo com isso.

Ele inspirou fundo novamente.

– Existe outra saída para você.

Mesmo ela apenas assentindo, ele teve a sensação de que ela estava em paz com a ideia de sua aposentadoria. E, por algum motivo, isso o fez querer chorar, não que ele fosse admitir isso para ninguém, nem para ela mesma.

Conforme ela começou a se tranquilizar, ele a fitou, memorizando tudo, desde os cabelos ondulados escuros que foram lavados quando ela tomou banho ali, até as faces pálidas e os lábios perfeitamente formados.

Pensando em tudo pelo que ela passara, ouvindo-a dizer que não fora estuprada, mas só porque matara o desgraçado primeiro...

Aquele na cela, ele pensou. Aquele cuja mão ela usara para sair do prédio.

Seu corpo inteiro doía por ela, de verdade.

– Sinto você me encarando – ela disse com suavidade.

Assail se recostou e esfregou as coxas.

– Perdão! – relanceando para o outro lado do quarto, ele odiou pensar em usar a porta, ainda que, provavelmente, devesse deixá-la descansar. – Está sentindo dor?

Marisol voltou o rosto para ele novamente, os olhos castanhos procurando os dele.

– Onde estamos?

– Que tal responder a minha pergunta primeiro?

– Não é nada com que eu não possa lidar.

– Devo chamar a enfermeira?

Ele estava no meio do processo de se levantar quando ela ergueu a mão e o deteve.

– Não, por favor. Não gosto do modo como os medicamentos me fazem sentir. Agora eu só preciso estar cem por cento conectada com a realidade. Senão, vou pensar que estou... lá... de novo.

Assail voltou a se sentar e quis muito, mas muito mesmo voltar para o norte para matar Benloise de uma vez. Abafou o impulso, lembrando-se do sofrimento pelo qual o homem estava passando, caso o coração dele ainda estivesse batendo.

– Então, onde estamos?

Como responder a isso?

Bem, por mais que a realidade distorcida fosse algo que ela desejasse evitar, isso *não* aconteceria com o fato de ele não ser humano, mas, na verdade, um membro de uma espécie que ela associava a Drácula. Muito obrigado por isso, Stoker.

– Estamos entre amigos – talvez isso fosse um pouco longe da verdade. Mas Rehv dera o que lhe fora pedido quando necessário – provavelmente em resposta à pessoa "processada" por Assail, se não diretamente a favor do Rei, então certa e inegavelmente beneficiando-o.

– Você tem alguns amigos bem extravagantes. Você trabalha para o governo?

Ele riu.

– Deus, isso não.

– É um alívio. Eu estava imaginando se você me prenderia ou tentaria me transformar numa informante.

– Eu lhe garanto, as idas e vindas do sistema legal humano não me preocupam nem um pouco.

– Humano...?

Praguejando num sussurro, ele dispensou a palavra num aceno.

– Você sabe o que quero dizer.

Quando ela sorriu, as pálpebras farfalharam.

– Desculpe, acho que estou quase cochilando. Foi toda aquela comida.

– Permita-se descansar. E saiba que, quando acordar, eu a levarei para casa.

Ela se endireitou.

– A minha avó ainda está naquela casa...

– Não, ela está sob os meus cuidados. Eu jamais a deixaria onde estava, exposta, vulnerável...

Sem nenhum aviso, Marisol passou os braços ao redor dele, passando por cima dos ombros e segurando-o com tanta força que ele sentiu cada tremor do corpo dela.

– Obrigada – ela agradeceu com voz aquebrantada ao encontro do pescoço dele. – Sem ela, eu não tenho nada.

Assail tomou muito cuidado ao retribuir o abraço, descansando as mãos de leve nas costas dela. Inspirando a essência dela, seu coração doeu novamente ao pensar que um homem qualquer a tocara de outra forma que não com adoração.

Ficaram abraçados por um bom tempo. E quando ela finalmente voltou a se recostar e olhar para ele, Assail não conseguiu evitar e a acariciou o rosto com os dedos.

– Estou sem palavras – disse com voz emocionada.

– A respeito de quê?

Tudo o que ele conseguiu fazer foi balançar a cabeça e encerrar a conexão entre eles, levantando-se. Ou isso ou ele iria para aquela cama com ela.

– Descanse – disse com voz rouca. – Ao anoitecer, eu a acompanharei em segurança até a sua família.

E então, ela e a avó poderiam viver com ele. E assim ele saberia que ela estaria sempre a salvo.

E nunca mais se preocuparia em relação a ela.

Assail se apressou em sair antes que ela fechasse os olhos. Simplesmente não suportava a imagem dela de olhos fechados.

Saindo do quarto, ele...

Parou de súbito.

Do outro lado do corredor, os primos gêmeos estavam apoiados contra a parede, e eles não tiveram que levantar o olhar. Já o encaravam assim que ele surgiu, como se estivessem à espera de que ele saísse a cada segundo em que estivera lá dentro.

Eles não disseram nada, nem precisaram.

Assail esfregou o rosto. Em que mundo ele pensava que poderia manter duas humanas na sua casa? E foda-se o para sempre, ele não conseguiria fazer aquilo sequer por uma noite. Porque o que diria quando ficasse evidente que ele não podia sair durante o dia? Ou permitir a luz do sol dentro de casa? Ou...

Tomado de emoção, ele enfiou a mão no bolso da frente das calças pretas e tirou seu frasquinho de cocaína, rapidamente acabando com o que restara.

Só para se sentir ligeiramente normal.

Depois, pegou a bandeja deixada no chão.

– Não olhem para mim desse jeito – murmurou ao sair andando.

Capítulo 25

– Wrath!

Ao gritar o nome do marido, Beth se ergueu num salto dos travesseiros e, por um instante, não entendeu onde estava. As paredes de pedra, a roupa de cama de veludo não eram...

A casa de Darius. O quarto que não fora o do pai, mas aquele que Wrath usara quando precisara de um lugar para ficar. Aquele para o qual ela passara quando não conseguira dormir.

Ela devia ter acabado dormindo sobre a colcha...

Ao longe, um telefone começou a tocar.

Tirando o cabelo do rosto, ela encontrou uma coberta sobre as pernas, uma que não se lembrava de ter colocado ali... e a mala bem ao lado da porta... e uma bandeja de prata na mesinha de cabeceira.

Fritz. O mordomo devia ter passado durante o dia.

Esfregando o esterno, ela olhou para o travesseiro desocupado ao seu lado, para os lençóis arrumados, para a ausência de Wrath... E se sentiu pior do que na noite anterior.

E pensar que tinham chegado ao fundo do poço. Ou que espaço para respirar fosse ajudar...

– Droga! Wrath? – ela chamou ao saltar da cama.

Correndo para a porta, ela a escancarou e atravessou o corredor, seguindo apressada para o quarto do pai, mergulhando em direção ao telefone sobre uma das mesinhas.

– Alô? Alô? Alô...?

– Oi.

Ao som da voz grave, ela se deixou cair na cama, apertando o aparelho na mão, aproximando-o da orelha como se assim pudesse trazer seu homem para ela.

– Oi – fechando os olhos, ela não se deu ao trabalho de impedir as lágrimas. Deixou-as cair. – Oi.

A voz dele soou tão rouca quanto a dela.

– Oi.

Houve um longo silêncio, e tudo bem. Mesmo ele estando em casa e ela ali, era como se estivessem se abraçando.

– Eu sinto muito – disse ele. – Sinto de verdade.

Ela deixou um soluço escapar.

– Obrigada...

– Desculpe – ele deu uma risadinha. – Não estou sendo muito articulado, estou?

– Tudo bem. Eu também não estou lá muito bem... Eu estava sonhando com você, acho.

– Um pesadelo?

– Não, sentindo a sua falta.

– Não mereço isso. Eu estava com medo de ligar para o seu celular caso você não atendesse. Pensei que se talvez alguém estivesse com você, essa pessoa poderia atender e... Bem, eu sinto muito.

Beth exalou fundo e se recostou nos travesseiros. Cruzando os tornozelos, ela olhou para as fotos de si mesma.

– Estou no quarto dele.

– Está?

– O quarto que você usava não tem telefone.

– Deus, já faz tanto tempo que não vou a essa casa.

– Eu sei. Traz muitas lembranças.

– Aposto que sim.

– Como está George?

– Com saudades de você – houve um baque surdo, o som dele afagando o pelo do cachorro. – Ele está bem aqui comigo.

A boa notícia era que os assuntos neutros eram o modo perfeito de mergulhar os dedos dos pés na piscina do relacionamento deles. Mas o assunto maior ainda pairava.

– Então, a cabeça de John está bem – disse ela, remexendo na manga da camisa. – Mas acho que você já deve ter ficado sabendo que tudo correu bem lá no hospital.

– Hum, na verdade, não. Eu, bem... meio que fiquei... fora do ar.

– Eu telefonei.

– Telefonou?

– É. Tohr disse que você estava dormindo. Conseguiu descansar um pouco, finalmente?

– Hum... sim.

Quando ele se calou, o segundo silêncio foi do tipo preparatório, a contagem regressiva para o que contava de fato. E como ela não sabia bem como tocar no assunto, o que dizer, como...

– Não sei se lhe contei muita coisa a respeito dos meus pais – disse Wrath. – Além de como eles...

Foram mortos, ela terminou a frase por ele em sua cabeça.

– Eles foram um casal unido pelos céus, para usar um termo humano. Quero dizer, mesmo eu sendo jovem, lembro-me deles juntos, e a verdade é que imaginei, quando eles morreram, que aquele tipo de coisa tinha se acabado com eles. Como se eles fossem um amor do tipo que acontece uma vez a cada milênio ou algo assim. Mas então eu conheci você.

As lágrimas de Beth eram quentes enquanto continuavam seu caminho lânguido pelas faces dela, algumas caindo no travesseiro, outras encontrando o caminho até o ouvido dela. Esticando a mão, ela puxou um lenço de papel da caixa e enxugou-as sem fazer som algum.

Mas ele sabia que ela estava chorando. Ele tinha que saber.

A voz de Wrath se tornou frágil, como se ele estivesse tendo dificuldade para se controlar.

– Quando levei um tiro naquela noite há poucos meses, e Tohr e eu nos apressamos da casa de Assail, não tive medo de morrer, nem nada assim. Claro, eu sabia que a coisa estava feia, mas eu já passei por muita coisa e sabia que conseguiria sobreviver... porque nada nem ninguém me afastaria de você.

Segurando o telefone com o ombro, ela dobrou o lenço em quadradinhos precisos.

– Ah, Wrath...

– Quando o assunto é você ter um filho... – a voz dele se partiu. – Eu... eu... eu... ah, pelo amor de Deus, eu fico me debatendo com as palavras, mas é porque eu não as tenho, Beth. Simplesmente não tenho. Sei que você quer tentar, entendo isso. Mas você não passou quatrocentos anos vendo e ouvindo histórias de como as vampiras morrem no parto. Não consigo... simplesmente não consigo tirar isso da cabeça, entende? E o problema é que sou um macho vinculado e, por mais que eu queira lhe dar o que você quer, existe um lado meu que não quer ouvir a razão. Não quer... não no que se refere a arriscar a sua vida. Eu queria ser diferente, porque isso está me matando, mas não posso mudar o que sinto.

Inclinando-se de lado, ela puxou outro lenço da caixa.

– Mas hoje em dia temos a medicina moderna. Temos a doutora Jane e...

– Além disso, e se a criança for cega? E se ela tiver os meus olhos?

– Eu amarei a ele ou a ela do mesmo modo, posso garantir isso.

– Mas pergunte a si mesma ao que estaremos expondo essa criança, geneticamente falando. Sim, claro, consigo tocar a vida. Mas você acha, nem por um instante que seja, que não sinto falta da minha visão todos os dias? Eu acordo ao lado da fêmea que amo e não consigo ver seus olhos à noite. Não sei como você está quando se arruma para mim. Não consigo ver o seu corpo quando estou dentro de você...

– Wrath, você faz tantas coisas...

– E a pior parte? Não posso protegê-la. Nem sequer saio mais da mansão... e isso é por causa tanto da minha posição quanto da minha cegueira... ah, e não se engane. Legalmente, se tivermos um filho, ele vai me suceder. Ele não terá escolha, assim como eu não tive, e eu odeio o que faço. Odeio todas as noites da minha vida... Céus, Beth, eu odeio sair da cama, odeio aquela maldita escrivaninha, odeio as proclamações e toda aquela porcaria e ter que ficar encurralado em casa. *Eu odeio.*

Meu Deus, ela sabia que ele não estava feliz, mas não fazia ideia de que a coisa fosse tão séria.

Pensando bem, quando foi a última vez que conversaram daquele jeito? As tarefas noturnas juntamente com o Bando de Bastardos e toda aquela porcaria...

– Eu não sabia – ela suspirou. – Quero dizer, eu sabia que você estava infeliz, mas...

– Não gosto de falar sobre isso. Não quero que se preocupe comigo.

– Mas me preocupo mesmo assim. Sei que tem andado estressado, e eu queria poder ajudar de alguma maneira.

– É isso o que estou querendo dizer. Não há como ajudar, Beth. Não há nada que ninguém possa fazer e, mesmo que a minha visão fosse perfeita e os riscos de uma gestação não fossem nada de mais, eu não gostaria de passar essa porcaria para a próxima geração. É uma crueldade que eu não faria a ninguém, muito menos a um filho meu – ele riu com escárnio. – Inferno, eu deveria deixar o maldito trono para Xcor. Ele bem que mereceria.

Beth balançou a cabeça.

– Eu só quero que você seja feliz – na verdade, aquilo não era verdade. – Mas não posso mentir. Eu te amo, e mesmo assim...

Caramba, ela sabia como ele se sentia em relação a não encontrar as palavras certas.

Ele encontrara um modo de conversar, porém.

– Eu quase não consigo explicar – ela apertou a mão sobre o peito. – É um vazio que eu sinto no meio do peito. Não tem nada a ver com você ou como eu me sinto em relação a você. É algo dentro de mim... é como se um interruptor tivesse sido ligado, sabe? E eu gostaria de poder me explicar melhor, mas é difícil de descrever. Eu nem sabia exatamente o que era, até uma daquelas noites, quando Z. levou Bella para o nosso apartamento em Manhattan e eu fiquei de babá... eu estava passando o tempo na suíte deles, com Nalla dormindo no colo, e eu fiquei olhando para todas aquelas coisas de bebê que eles têm no quarto. O trocador, os móbiles, o berço... as toalhinhas, e mamadeiras e chupetas... e eu pensei: eu quero isso. Tudo isso. O lixo para as fraldas, os patinhos de borracha, os dias sem dormir. O cocô e o cheirinho gostoso de bebê na hora do banho, o choro e o conforto, o rosa e o azul-bebê tão clichês, dependendo do que for. E, veja bem, pensei muito a respeito. Pensei mesmo. E foi um choque tão grande que pensei, é uma fase, uma ilusão cor-de-rosa da qual vou sair.

– Quando você... – ele pigarreou. – Há quanto tempo foi isso?

– Mais de um ano.

– Caramba...

– Como eu disse, já faz um tempo que eu me sinto assim. E pensei que você pudesse mudar de ideia. Sei que não era uma prioridade sua – ela tentou ser diplomática nesse ponto. – Pensei... bem, agora que estou dizendo isso, percebo que nunca disse a você como eu estava me sentindo. Simplesmente não houve tempo.

– Eu sinto muito. Sei que já me desculpei, mas... maldição.

– Está tudo bem – ela fechou os olhos. – Entendo a sua posição. Não é que eu não tivesse notado você todas as noites querendo estar em qualquer outro lugar menos onde você estava.

Houve outra grande pausa.

– Tem mais uma coisa – ele disse depois de um tempo.

– O que foi?

– Acho que você vai entrar no cio. Logo.

Mesmo sentindo o queixo cair, no fundo da mente dela algo se acendeu.

– Eu... Como você sabe?

As mudanças de humor. A vontade de comer chocolate. O ganho de peso...

– Droga – disse ela. – Eu... hum... ai, que *droga*.

E isso *mais ou menos* resumia as coisas, Wrath pensou ao se recostar no encosto da poltrona da biblioteca. Aos seus pés, George estava esticado sobre o tapete, a cabeçorra apoiada nos coturnos de Wrath, oferecendo apoio.

– Não tenho como ter certeza – Wrath esfregou a têmpora. – Mas como seu companheiro, serei afetado assim que os seus hormônios começarem a fluir, o meu sangue corre mais quente, as minhas emoções estão mais fortes, o meu humor está por um fio. Por exemplo, você não está em casa agora, certo? E estou me sentindo mais eu mesmo do que nas últimas duas semanas. Mas durante a nossa discussão? Eu estava meio louco.

– Duas semanas... É mais ou menos o tempo em que tenho estado com Layla. E você estava meio fora de si mesmo.

– Agora – ele esticou um indicador para enfatizar um ponto mesmo ela não estando pessoalmente com ele –, isso não é desculpa pelo modo como me comportei. É apenas um contexto. Consigo falar com você pelo telefone e me controlar o suficiente para poder me explicar. Quando você está comigo? Repito, isso não é uma desculpa e não é culpa sua, mas fico me questionando se isso não é em parte a causa do que está acontecendo.

Inclinou-se de lado e pôs a mão no seu cachorro; George levantou a cabeça, procurando, farejando e dando uma lambida. Afagando as ondas longas que cresciam no peito largo, Wrath as puxava e alisava sobre as patas de George.

– Deus, Wrath, quando não acordei ao seu lado agora há pouco...

– Horrível. Eu sei. Aconteceu o mesmo comigo, ou talvez um pouco pior. Eu não sabia se tinha ferrado tudo de uma vez. Do tipo, sem volta.

– Não, nada disso – houve um barulho, como se ela estivesse se mexendo na cama. – E acho que eu sabia que a gente estava andando na paralela nos últimos tempos. Só não percebi quanto tempo perdemos... e outras coisas. Indo a Manhattan, saindo juntos, conversando de verdade. Já faz um tempo.

– Honestamente, esse é mais um motivo pelo qual não quero filhos. Mal consigo me ligar a você agora. Não tenho nada a oferecer a um filho.

– Isso não é verdade. Você seria um pai maravilhoso.

– Em outro universo, talvez.

– Então, o que vamos fazer? – ela perguntou, depois de um momento.

Wrath esfregou os olhos. Maldição, ele se sentia numa ressaca.

– Não sei. Não sei mesmo.

Cada um dissera o que pensava do modo que deveria ter sido feito logo da primeira vez. Com sensatez. Com calma.

Na verdade, a culpa tinha sido dele, não dela.

– Sinto muito – repetiu ele. – E não tenho como dizer isso o bastante, e por tantos motivos. Mas não há nada que eu possa... Caramba, eu estou ficando exausto de me sentir tão impotente.

– Você não é impotente – disse ela secamente. – Já estabelecemos isso muito bem.

Tudo o que ele podia fazer era grunhir em resposta.

– Quando vai voltar para casa?

– Agora. Vou dirigindo, acho que tem um carro extra por aqui em algum lugar.

– Espere até o anoitecer.

– Wrath, já passamos por isso. Fico perfeitamente bem na luz do sol. Além disso, já são quatro e meia. Não falta muito.

Ao visualizá-la sob a luz do sol, ele sentiu o estômago arder, e se lembrou de Payne chamando-o de chauvinista enrustido. Mas em comparação a se preocupar com a sua *shellan*, era muito mais fácil decretar um *eu proíbo*. O problema era o que isso fazia com Beth.

Ele não podia colocá-la numa gaiola de ouro só para não enlouquecer com a segurança dela.

E talvez essa coisa de gravidez fosse para ele apenas um matiz mais forte de covardia...

– Ok – ele se ouviu dizer. – Tudo bem. Eu te amo.

– Também te amo. Wrath, espere. Antes que desligue...

– Sim? – quando houve um silêncio prolongado, ele franziu o cenho. – Beth? O que foi?

– Quero que faça uma coisa por mim.

– Qualquer coisa.

Demorou um pouco até ela falar. E quando terminou, ele fechou os olhos e deixou a cabeça cair para trás.

– Wrath? Ouviu o que eu disse?

Cada palavra. Infelizmente.

E ele estava prestes a lançar um "nem pensar", quando lembrou como era acordar sem tê-la ao seu lado.

– Ok – cerrou os dentes. – Sim, claro. Faço isso.

Capítulo 26

Enquanto fitava seu reflexo no espelho do seu closet, Saxton puxou as pontas da gravata borboleta e apertou o nó. Quando soltou a seda, ela manteve sua forma e simetria como um cachorrinho bem treinado.

Dando um passo para trás, alisou os cabelos bem cortados e vestiu o casaco de inverno Marc Jacobs. Puxou uma manga, depois a outra, em seguida esticou os braços para que as abotoaduras sob o terno aparecessem.

Aquelas não eram as do brasão da família.

Ele já não as usava mais.

Não, aquelas eram da Van Cleef & Arpels dos anos 1940, com safiras e diamantes incrustados em platina.

– Coloquei a colônia? – olhou para os frascos Gucci, Prada e Chanel, os três perfilados numa bandeja espelhada com alças de latão. – Nenhum comentário de nenhum de vocês?

Uma fungadela rápida num pulso. Sim, aquele era Égoïste, e estava fresco.

Virando-se, caminhou sobre o piso creme de mármore de veios fortes, entrando no quarto branco sobre branco. Passando pela cama, teve vontade de rearrumá-la, mas isso era puro nervosismo.

– Só vou dar uma arrumada.

Afofou os travesseiros e recolocou a manta que ficava por cima, deixando-a na exata posição em que a colocara antes de ir se vestir, olhando para o relógio Cartier sobre a mesinha de cabeceira.

Não havia mais como postergar.

E mesmo assim ele olhou para o sofá branco e para as poltronas brancas. Inspecionou o tapete de angorá branco. Aproximou-se da lareira para se certificar de que seu Jackson Pollock estivesse alinhado.

Aquela não era a sua casa antiga, a vitoriana na qual Blay uma vez passara o dia. Aquela era a sua outra casa, uma Frank Lloyd Wright de um andar, que ele comprara no segundo em que fora colocada à venda, por que, como ele não o faria? Havia tão poucas delas disponíveis.

Claro, ele teve que realizar umas reformas clandestinas na expansão do porão, mas vampiros há muito vinham se misturando aos humanos e lidando com seus irritantes inspetores de obras e companhia.

Consultando seu Patek Philippe novamente, perguntou-se por que motivo estaria se submetendo à odiada peregrinação. Mais uma vez.

Era como no maldito *Feitiço do Tempo**. Mas, pelo menos, não acontecia com grande regularidade.

Ao subir as escadas, estava parcialmente ciente de estar remexendo na gravata de novo. Destrancando a porta no alto, emergiu na lustrosa cozinha anos 1940 com todos os equipamentos modernos reproduzidos ao estilo de *Eu amo a Lucy*.

Toda vez que ele caminhava pela casa, com sua mobília dos Jetsons e absoluta ausência de rufos e babados, era como voltar no tempo, para a América pós-Segunda Guerra Mundial, e isso o acalmava. Ele gostava do passado. Gostava das marcas das diferentes épocas. Apreciava morar em espaços que pudesse tornar o mais autênticos possível.

E ele não pretendia voltar para a casa vitoriana tão cedo. Não depois de ele e Blay basicamente terem começado ali.

Ao seguir para a porta da frente, só de pensar no macho seu peito se contraiu, e ele parou, concentrando-se na sensação, as lembranças que voltavam com ela, a mudança na sua pressão sanguínea e os padrões de pensamento.

Depois que os dois romperam, o que ocorreu por iniciativa sua, ele lera muito a respeito da dor do luto. As etapas. O processo. E fora engraçado... estranho até, a melhor fonte de informações fora um livreto tratando da perda do seu animal de estimação. Ele trazia perguntas numa

* *Feitiço do Tempo* (*Groundhog Day*) é um filme norte-americano, estrelado por Bill Murray, em que a personagem principal encontra-se repetindo o mesmo dia diversas vezes. (N.T.)

espécie de questionário, como o que seu cachorro ensinou para você, o que você sente mais falta em seu gato ou quais seus momentos favoritos com a cacatua.

Ele não teria admitido para ninguém, mas respondera cada uma delas e isso ajudara. Até certo ponto. Ele ainda dormia sozinho e, apesar de ter feito sexo, em vez de deixar o passado para trás, isso só o fez sofrer mais.

Mas as coisas estavam melhores do que já foram. Pelo menos ele tinha um sistema operacional normal quase pela metade. Nas primeiras noites, ele era um morto-vivo. Agora, porém, ele tinha uma casquinha sobre a ferida, e comia e dormia. Existiam alguns gatilhos, porém – como toda vez que via Blay ou Qhuinn.

Era tão difícil ficar feliz por alguém que você amava... quando ele estava com outra pessoa.

Como em tudo na vida, há coisas que se pode mudar e outras, não.

Dito isso...

Fechando os olhos, desmaterializou-se e tomou forma novamente num jardim coberto de neve tão grande quanto um parque, e tão bem mantido quanto. Pensando bem, seu pai detestava qualquer coisa imperfeita: as plantas, a grama, os objetos de arte, a mobília... os filhos. A grande mansão mais adiante devia ter uns quatro mil e quinhentos metros quadrados de área construída, as diferentes alas tendo sido acrescentadas ao longo dos anos por gerações de humanos. Fitando-a em meio à noite invernal, Saxton se lembrou do motivo pelo qual o pai comprara a propriedade, quando ex-alunos a deixaram para a Union College: era o Antigo País no Novo Mundo, o lar longe da terra natal.

Tradicionalista, o pai se deliciara ao voltar para as raízes. Não que um dia as tivesse abandonado.

Aproximando-se da entrada, as lamparinas a gás em cada lado da imensa porta tremeluziram, lançando uma luz antiga sobre as pedras entalhadas que de fato foram feitas no século XIX como parte do estilo gótico. Ao parar, pensou em não apertar a campainha, pois os criados o estariam esperando. Eles, assim como seu pai, estavam sempre apressados para deixá-lo entrar e logo sair da casa, como se ele fosse algum documento a ser processado ou um jantar a ser servido e logo retirado.

No entanto, ninguém abriu a porta antecipadamente.

Inclinando-se, ele puxou a corrente de ferro com a cobertura de veludo para gerar o som de um sino.

Não houve resposta.

Franzindo o cenho, ele recuou um passo e olhou para o lado, mas isso não o levou a nada. Os arbustos estavam meticulosamente aparados, impossibilitando que se espiasse por entre os vitrais em forma de diamante nas janelas de chumbo.

Ficar trancado do lado de fora de casa era bem uma prova do relacionamento entre eles, não era? Pelo que sabia, Tyhm sempre desejou um filho – macho, mais especificamente. Rezara à Virgem Escriba para ter um. E ele teve seu desejo atendido.

Infelizmente, havia um senão que acabou se mostrando uma quebra no acordo.

Bem quando ele pensava se devia tocar a campainha de novo, a porta foi aberta pelo mordomo. O rosto do *doggen* estava impassível como sempre, mas o fato de ele não se curvar ante o primogênito do mestre era um comentário bem claro sobre a sua opinião quanto a quem estava para deixar entrar.

Nem sempre fora assim naquela casa. Mas a sua mãe morrera, e seu segredinho viera à tona...

– Seu pai está ocupado no momento – e foi só. Nada de "Posso pegar seu casaco?", ou "Como vai?", ou nem mesmo um "Como está frio esta noite".

Nem mesmo uma conversa a respeito do tempo era-lhe dispensada.

Por ele, tudo bem. Nunca gostara do cara mesmo.

Quando o mordomo deu um passo para o lado e se concentrou na parede coberta por seda oposta a ele, andar diante daquele olhar fixo foi o mesmo que ser atingido por uma cerca elétrica, ainda que Saxton já estivesse acostumado. E soubesse para onde ir.

O salão feminino ficava à esquerda, e quando ele entrou no cômodo cheio de fru-frus, ele colocou as mãos dentro dos bolsos do casaco. As paredes cor de lavanda e tapetes amarelo-limão eram alegres e brilhantes e a verdade era que, mesmo que colocá-lo ali fosse um modo de insultá-lo, ele preferia aquele lugar ao equivalente dos cavalheiros do lado oposto coberto por painéis de madeira.

A sua mãe morrera cerca de três anos antes, mas aquele não era um santuário pela perda dela. Na verdade, ele tinha a sensação de que o pai nem sentia saudades de sua fêmea.

Tyhm sempre se mostrara mais interessado na lei, acima até das questões da *glymera*.

Saxton parou. Virou na direção do fundo da sala.

Ao longe, vozes se misturavam, e isso era pouco usual. A casa era costumeiramente silenciosa como uma biblioteca, os empregados andando nas pontas dos pés, os *doggens* tendo desenvolvido um sistema complexo de gestos através dos quais se comunicavam a fim de não perturbarem o mestre.

Saxton aproximou-se de um segundo conjunto de portas. Ao contrário das que conduziam ao vestíbulo, elas estavam fechadas.

Entreabrindo um painel, Saxton deslizou para dentro de um cômodo octogonal onde os volumes do pai com capa de couro das Antigas Leis eram mantidos. O teto devia ter uns nove metros de altura, todas aquelas prateleiras eram de mogno, as cornijas acima das portas entalhadas em relevo tipicamente gótico, ou pelo menos uma reprodução do século XIX desse estilo.

No centro do espaço circular, havia uma imensa mesa redonda, cujo tampo de mármore... se mostrou uma surpresa.

Estava coberto de volumes abertos.

Relanceando para as prateleiras, viu diversos espaços vazios nas fileiras infindáveis de livros. Uns vinte.

Quando um alarme soou na base do seu crânio, manteve as mãos nos bolsos e se inclinou sobre os livros, passando os olhos sobre o palavreado exposto...

– Ah, Céus...

Sucessão.

Seu pai estava pesquisando as leis de sucessão.

Saxton ergueu a cabeça na direção das vozes. Eram mais altas naquela sala, embora ainda abafadas por outro par de portas fechadas do outro lado.

Qualquer que fosse a reunião, ela estava acontecendo no escritório particular do pai.

Algo muito raro. O macho nunca permitia ninguém ali, sequer recebia clientes em casa.

Aquilo era sério, e Saxton não era idiota. Havia uma conspiração contra Wrath em meio à *glymera* e, obviamente, seu pai estava envolvido.

Não existiam motivos para se preocupar com a geração seguinte de rei se não estivessem tentando atingir o atual.

Andou ao redor da mesa, observando cada página. Quanto mais via, mais preocupado ficava.

– Ah... Merda – murmurou uma rara imprecação.

Aquilo era ruim. Muito ruim...

O som da porta se abrindo no escritório o mobilizou. Correndo silenciosamente, voltou para o salão feminino e fechou as portas atrás de si.

Estava admirando o John Singer Sargent acima da lareira quando o mordomo entrou, chamando-o dois minutos mais tarde.

– Ele o receberá em breve.

Não havia por que agradecer. Apenas seguiu atrás da desaprovação do *doggen*, e se preparou para receber mais do mesmo de seu pai.

Normalmente, ele odiava ir para lá.

Mas não naquela noite. Não, naquela noite, ele tinha um propósito muito maior do que se opor ao que, sem dúvida, seria mais uma tentativa do pai de convencê-lo a se endireitar.

Purrrrrrrrrrrrrrrr.

Trez franziu a testa ante esse barulho. Entreabrindo um olho, encontrou o irmão de pé perto da sua cama, Boo, o gato preto, nos braços do macho, e uma expressão de desaprovação estreitando o olhar gélido.

Do seu irmão, não do gato.

– Vai passar mais uma noite deitado em cima do próprio traseiro – iAm ralhou.

Não era uma pergunta, então por que se dar ao trabalho de responder...

Gemendo ao se sentar, Trez teve que se sustentar nos braços para manter o tronco ereto. Pelo visto, enquanto esteve fora de combate, o mundo se tornara um bambolê e o planeta girara e girara ao redor do seu pescoço.

Perdendo a batalha, voltou se deitar.

Enquanto o irmão continuava de pé, ele entendeu que aquele era o chamado da sereia para voltar à realidade. E ele queria atender, queria mesmo. Seu corpo, contudo, estava sem combustível.

– Quando foi a última vez que você se alimentou? – iAm exigiu saber.

Ele mudou a direção do olhar e evitou a pergunta.

– Desde quando virou amante de animais?

– Eu odeio esse gato maldito.

– Dá pra notar.

– Responda.

O fato de que sequer se lembrava quando... não, nada, branco total.

– Vou mandar alguém – murmurou iAm. – E depois você e eu vamos conversar.

– Vamos conversar agora.

– Por que, para você fingir mais tarde que não ouviu?

Bem, era uma boa ideia.

– Não.

– Eles vão atrás do nosso pai e da nossa mãe.

Trez voltou a se sentar e, dessa vez, não precisou de ajuda extra. Merda. Ele deveria ter esperado isso do s'Hisbe, mas...

– Como?

– Como? – o irmão parou de coçar o gato atrás das orelhas para coçá-lo debaixo do queixo. – Eles vão começar com ela.

Ele esfregou o rosto.

– Céus. Eu não esperava que o sumo sacerdote fosse tão...

– Não foi ele. Nada disso. Ele foi a *segunda* pessoa que veio me ver na noite passada.

– Que horas são? – embora o fato de ele conseguir enxergar a noite pelas janelas parcialmente respondesse a pergunta. – Por que não me acordou quando chegou em casa?

– Tentei. Três vezes. Eu ia chamar um guincho se você não acordasse dessa vez.

– Então, o que o sumo sacerdote disse?

– É com s'Ex que você tem que se preocupar.

Trez abaixou as mãos. Encarando o irmão, soube que devia ter ouvido errado.

– Pode repetir? Quem?

– Não é o tipo de nome que preciso repetir, é?

– Ah, meu Deus – por que diabos o executor da rainha tinha visitado seu irmão? Pensando bem... – Eles estão aumentando as apostas, não estão?

iAm se sentou na beira da cama, o peso fazendo com que o colchão pendesse.

– Estamos ante um impasse, Trez. Chega de fingimento, chega de persuasão. Já usaram a cenoura, agora vão usar o chicote.

Quando Trez pensou nos pais, mal conseguiu visualizar seus rostos. A última vez em que os vira fora... Bem, essa era outra coisa sobre a qual não se lembrava. Mas sabe o que era claro como o cristal? A propriedade em que viviam. Mármore em todos os lugares. Acessórios de ouro. Tapetes de seda. Criados por todos os lados. Joias penduradas em candelabros para criar um efeito reluzente.

Eles não começaram assim, e essa era outra coisa que ele conseguia visualizar: ele nascera num apartamento modesto de dois quartos na periferia da corte, bom o bastante para os padrões normais.

Nada comparado com o que conseguiram quando venderam o seu futuro.

E, depois disso? Enquanto eles subiam de vida? Ele fora enviado para ser educado pelos criados da rainha, sozinho num quarto branco. Só depois que ele se recusou a beber e a comer por noites e noites que iAm fora enviado para junto dele.

E foi assim que o relacionamento disfuncional deles começou.

E, desde então, de algum modo, iAm se tornara o responsável por fazê-lo seguir em frente.

– Você se lembra de quando os viu pela última vez? – ele se ouviu perguntando.

– Numa festa. Você sabe, para a rainha.

– Ah... É verdade – os pais estiveram sentados com os Primários da rainha, como eram chamados. No meio e na frente. Sorrindo.

Eles sequer cumprimentaram iAm e ele quando eles entraram, o que não era incomum. Depois de vendido, ele se tornara propriedade da rainha. E depois de requisitado para conter a situação, nem iAm era mais deles.

– Eles nunca se arrependeram, não é? – murmurou Trez. – Sou só uma mercadoria para eles. E que preço bom eles conseguiram.

iAm ficou calado, como de hábito. Apenas ficou lá, afagando o gato.

– Quanto tempo eu tenho? – perguntou Trez.

– Você tem que ir hoje – olhos escuros se desviaram. – Agora, por exemplo.

– E se eu não for... – não havia razão para responder isso, e iAm nem se deu ao trabalho: se ele não se levantasse da cama e se entregasse, seus pais seriam assassinados. Ou pior.

Provavelmente, muito pior.

– Eles eram parte do sistema – disse. – Aqueles dois de fato conseguiram o que desejaram.

– Então você não vai.

Assim que colocasse os pés no Território, ele nunca mais veria o mundo exterior. Os guardas da rainha o prenderiam num labirinto de corredores, a fim de que ele se transformasse no equivalente masculino de um harém, separado até mesmo do irmão.

E, nesse meio-tempo, os pais tocariam a vida, sem preocupações.

– Ela olhou para mim – murmurou. – Naquela noite da festa. Os olhos dela se encontraram com os meus, e ela me lançou um sorriso secreto de superioridade. Como se tivesse tomado todas as decisões certas, com o benefício extra de não ter que lidar comigo. Que merda de mãe faz esse tipo de coisa?

– Portanto, vai deixá-los morrer.

– Não.

– Então você vai voltar.

– Não.

iAm balançou a cabeça.

– É uma questão binária, Trez. Sei que está irritado com eles, com a rainha, e com mil outras coisas. Mas chegamos a uma encruzilhada, e só há duas opções. Você precisa mesmo entender isso, e eu vou voltar com você.

– Não, você vai ficar – enquanto a mente confusa tentava pensar em todas as variáveis, o cérebro sibilou, sem nenhuma ideia. – Além disso, eu não vou.

Merda, ele precisava se alimentar antes de tentar lidar com aquilo.

– Cacete, aquele sangue humano é uma merda – murmurou, esfregando as têmporas como se a fricção pudesse inicializar seu QI. – Sabe de uma coisa? Não posso falar sobre isso agora... e não estou dando uma de cretino. Eu, literalmente, não consigo pensar.

– Vou mandar alguém – iAm se levantou e foi para a porta que separava as suítes deles. – E depois você vai ter que se decidir. Você tem duas horas.

– Você vai me odiar? – ele disse num rompante.

– Por causa deles?

– É.

Demorou um pouco antes que ele conseguisse uma resposta. E o gato parou de ronronar, a mão de iAm parada em seu pescoço.

– Não sei.

Trez assentiu.

– Muito justo.

A porta se fechou, e o irmão já estava a caminho quando o cérebro de Trez engasgou ao dizer um "espere".

– Não a Selena – ele exclamou. – iAm! Ei! Não a Selena!

Se ele já não confiava em si mesmo perto dela numa noite boa... A última coisa de que precisava era ficar perto dela agora.

Capítulo 27

Quando bateu à porta diante dele, Wrath não sabia que merda estava fazendo ali. Talvez tivesse sorte e ninguém estivesse ali para atender.

Ele precisava de mais tempo antes de fazer algo daquele tipo...

Pedido negado. A porta se abriu, e uma voz grave disse:

– Oi. E aí?

Enquanto ele tentava pensar em uma resposta para aquilo, fechou os olhos atrás dos óculos.

– Z...

– Eu mesmo. Oi – o Irmão pigarreou. O que fez o silêncio voltar. – E então. O que foi?

Abruptamente, o universo lançou um tiro em suas bolas: o choro de uma criança.

– Escuta só, eu a estava tirando do berço. Você se importa?

Wrath passou uma mão pelos cabelos.

– Não, não, vai em frente.

– Quer que eu vá até o seu escritório depois?

Ele ficou imaginando como seria o quarto deles, e visualizou o lugar de acordo com o que Beth lhe contara ter visto ali. Abarrotado, pensou. Acolhedor. Alegre.

Rosa.

Um lugar em que Z. nem morto seria encontrado antes de ter conhecido Bella.

– Wrath? O que está acontecendo?

– Você se importa se eu entrar?

– Hum... Claro, entre. Quero dizer, Bella está na academia, portanto teremos um pouco de privacidade. Mas você vai ter que...

Squiiiiiip!!

– ... tomar cuidado por onde pisa.

Wrath levantou o coturno e o objeto no qual pisara, o que quer que ele fosse, voltou a inflar.

– Cacete. Quebrei?

– Na verdade, acho que é um brinquedo de cachorro. Isso mesmo, tenho quase certeza de que ela pegou com George lá embaixo. Quer de volta?

– Ele tem muitos. Ela pode ficar com esse.

Ao fechar a porta, Wrath estava bem ciente de que estavam falando dos seus filhotes, só que o seu tinha quatro patas e um rabo.

Pelo menos ele não tinha que se preocupar com George sucedendo-o e ficando cego.

A voz de Z. soou mais grave dentro do quarto.

– Você pode se sentar na ponta da cama se avançar quatro metros adiante.

– Obrigado.

Ele não queria muito ficar estacionado, mas, caso ficasse de pé, ele haveria de querer andar pelo quarto e não demoraria até que tropeçasse em alguma coisa que não fosse um brinquedo.

No canto, Z. falava baixinho com a filha, as palavras rolando em algum tipo de ritmo como se ele estivesse falando cantando. Em resposta, havia todo tipo de arrulho.

E logo surgiu algo que pareceu terrivelmente claro.

– Papa.

Wrath se retraiu por trás dos óculos, e deduziu que era melhor acabar logo com aquilo.

– Beth quer que eu converse com você.

– A respeito?

Ao imaginar o Z. que ele conhecia tão bem, visualizou o Irmão que ele estivera convencido de que um dia explodiria e levaria consigo meia dúzia deles: crânio raspado, rosto marcado, olhos que foram negros e opacos como os de um tubarão antes da chegada de Bella. Hoje eles eram amarelos, desde que ele não estivesse irritado, e isso não acontecia mais, a menos que ele estivesse no campo de batalha.

Uma grande reviravolta.

– Você a está segurando? – perguntou Wrath.

Houve uma pausa.

– Assim que eu conseguir prender esse laço nas costas... segure firme, garota. Ok, lá vamos nós. Ela está usando um vestido rosa que Cormia fez. Eu odeio rosa. Mas nela eu gosto, só não conte isso para ninguém.

Wrath flexionou os dedos.

– Como é?

– Não odiar a cor rosa totalmente? Um cacet... caramba, bem castrante.

– Hum.

– Não me diga que Lassiter está metrossexualizando você também. Eu ouvi que ele disse a Manello para fazer uma pedicure, mas estou rezando para que seja apenas um boato.

Era difícil de ignorar a facilidade com que o Irmão estava conversando. De um modo verdadeiramente normal. Em retrospecto, ele tinha uma família, a sua *shellan* estava segura, e ele vinha desaparecendo no porão com Mary com frequência por quanto tempo mesmo?

Ninguém sabia precisamente sobre o que conversavam lá embaixo. Mas todos podiam imaginar.

– Na verdade, não sei por que estou aqui – confessou Wrath de modo rude.

Mentiroso.

Passadas avançaram, seguidas de um ranger ritmado, como se o macho tivesse se acomodado numa cadeira de balanço e se movimentasse para frente e para trás. Ao que tudo indicava, Nalla gostou da posição em que estava, porque continuou com aquele arrulhar.

Um guincho suave sugeriu que Z. tivesse pegado outro brinquedo e a estivesse mantendo ocupada.

– Isso é a respeito de Beth passando tempo com Layla?

– Eu sou o único que não sabia?

– Você não sai muito do escritório.

– Mais um motivo para não querer ter um filho.

– Então é verdade.

Wrath abaixou a cabeça e desejou ter a visão de volta só para fingir que estava inspecionando alguma coisa. A colcha. Suas botas. Um relógio.

– É, Beth quer um – ele balançou a cabeça. – O que eu quero saber é: como você fez? Engravidar Bella, isto é, você deve ter ficado aterrorizado com a ideia.

– Não houve nenhum planejamento. Ela entrou no cio e quando a coisa fica séria... Quero dizer, eu tinha as drogas. Implorei para que ela me deixasse cuidar dela dessa forma. No fim, porém, fiz o que um macho faz para ajudar sua fêmea a superar a situação. A gestação foi complicada, mas o parto me assustou mais do que tudo pelo que passei na vida.

Levando-se em consideração que o cara fora um escravo sexual por quanto tempo mesmo? Isso quer dizer alguma coisa.

– Depois – Z. disse lentamente –, não dormi por umas vinte e quatro horas. Levou tudo isso para eu me convencer de que Bella não teria uma hemorragia e que Nalla estava viva e continuaria assim. Inferno, acho que pareceu mais uma semana...

– Valeu a pena?

Houve um longo silêncio, e Wrath podia apostar sua bola esquerda que o Irmão estava fitando o rosto da filha.

– Posso dizer que sim, porque as duas sobreviveram. Mas se esse não tivesse sido o caso? A minha resposta seria diferente, por mais que eu ame a minha filha. Como todo macho vinculado, é em Bella que eu me concentro antes de tudo, mesmo antes da minha filha.

Wrath estalou os dedos de uma mão. Passou para a outra.

– Eu acho que Beth tinha esperanças de que você mudasse a minha opinião.

– Não posso fazer isso. Ninguém pode... É a ligação de todo macho vinculado... Você deveria ir procurar Tohr. Eu caí de paraquedas nisso, e sou o desgraçado mais sortudo na face do planeta por ter dado certo. Tohr, por sua vez, escolheu isso. Ele, de algum modo, teve a coragem de lançar os dados, mesmo conhecendo os riscos. E Wellsie morreu de todo modo.

Abruptamente, Wrath se lembrou de ter descido até o escritório do centro de treinamento à procura do guerreiro com toda a Irmandade atrás dele. Encontrou-o com John, um telefone junto ao ouvido do irmão, uma aura de desespero marcando tudo, desde o rosto pálido até a pegada firme no aparelho e o modo como a expressão dele congelou ao levantar o olhar e encontrá-los todos lá, na soleira.

Céus, a lembrança era tão vívida, como se tudo tivesse acontecido no dia anterior. Mesmo que nesse meio-tempo Tohr tivesse se unido a Autumn e tocado a vida, na medida em que todo macho seria capaz.

Wrath meneou a cabeça.

– Não sei se posso tocar nesse assunto com o Irmão.

Deixa para novo silêncio demorado, como se Z. também estivesse pensando naquela noite. Mas logo Z. disse com suavidade:

– Ele é seu Irmão. Se puder fazer isso por alguém... esse alguém é você.

No minuto em que pisou no magnífico vestíbulo da mansão, Beth parou de imediato.

A princípio, ela não conseguiu identificar o pedaço de madeira partido que estava de lado sob o arco de entrada da sala de bilhar, mas logo a pele verde rasgada a denunciou: era a mesa de bilhar. Parecia que alguém a tinha atacado com uma serra elétrica.

Aproximando-se, ela espiou e sentiu o queixo cair.

Tudo estava destruído. Desde os sofás e a iluminação, até a TV e o bar.

– Ele está bem – uma voz masculina disse atrás dela.

Girando sobre si mesma, ela fitou os olhos amarelos de Z. Nos braços do Irmão, Nalla usava um lindo vestido rosa com decote império e uma saia rodada que em poucos meses já não caberia mais nela. Que fofura. Pequenos sapatinhos Mary Janes reluziam em seus pés, e um laço multicolorido torto prendia seus cachos.

Seus olhos também eram amarelos, como os do pai, mas o sorriso era de Bella, franco, confiante e amigável.

Meu Deus, como doía vê-los. Ainda mais por conhecer a causa da destruição daquela sala.

– Ele ligou para mim – disse ela.

– É por isso que veio para casa?

– Eu viria de qualquer modo.

Z. assentiu.

– Bom. A noite passada foi uma loucura.

– Eu percebi – ela relanceou por sobre o ombro. – Como ele...

– Parou? Lassiter lançou um dardo nele. Ele caiu como uma pedra, tirando um cochilo demorado e profundo.

– Não era isso o que eu ia perguntar, mas... tudo bem – Beth esfregou as mãos frias. – Hum, você sabe onde ele está?

– Ele me disse que você pediu para ele vir conversar comigo.

Ela o fitou e pensou na primeira vez em que o vira. Deus, a aparência dele era aterrorizante, e não só por causa da cicatriz. Na época, seu olhar era glacial, como um foco letal que ia direto para o meio do peito dela.

Agora? Ele era como um irmão para ela... a não ser no que se referia a Wrath. Wrath sempre viria antes para ele.

– Pensei que talvez isso fosse ajudar – Deus, que desculpa mais esfarrapada. – O que eu quero dizer é...

– Ele foi procurar Tohr.

Beth fechou os olhos. Depois de um instante, disse:

– Eu não desejo nada disso, sabe... Só para ficar bem claro.

– Acredito nisso. E também não quero isso para vocês.

– Talvez a gente encontre um meio – quando se voltou para a escada, uma onda de exaustão a atingiu como uma tonelada de tijolos. – Escute, se você o vir... diga que subi para tomar um banho. Foi um longo dia para mim também.

– Pode deixar.

Ao passar pelo Irmão, ficou chocada quando a mão dele pousou em seu ombro e deu um apertão em sinal de apoio.

Bom Deus, se lhe dissessem há alguns anos que aquele guerreiro ofereceria a qualquer pessoa algo que não fosse um arma apontada para a cabeça, ela jamais teria acreditado. Nem pensar. E o fato de ele estar segurando um bebê digno de comerciais da Gerber em seu braço musculoso, e que a tal filha fitasse o rosto marcado pela cicatriz com total e absoluta admiração?

Porcos com asas. Gelo no inferno. Miley Cyrus vestida.

– Desculpe – disse rouca, sabendo que a contrapartida pela proximidade da Irmandade era que todos se preocupavam verdadeiramente uns com os outros.

Os problemas de um eram de todos.

– Vou dizer a ele que você chegou bem em casa – disse Z. – Vá descansar. Você parece acabada.

Ela assentiu e foi para as escadas, arrastando o corpo um passo de cada vez. Ao chegar ao segundo andar, espiou pelas portas duplas abertas do escritório dele.

O trono e a escrivaninha imensa atrás da qual ele ficava pairavam como monstros, a madeira velha e os entalhes antigos uma representação tangível das linhas sucessórias que serviam à raça por... quanto tempo? Ela não sabia. Sequer conseguia imaginar.

Tantos casais sacrificando o primogênito para uma posição que, pelo que ela via, não só era ingrata, como inequivocamente perigosa.

Seria capaz de colocar sua carne e seu sangue ali?, perguntou-se. Sentenciaria alguém de cuja criação participara a um lugar em que seu marido se sentava e sofria?

Atravessando a soleira, cruzou o tapete Aubusson e parou diante de dois dos símbolos da monarquia. Visualizou Wrath ali, com a papelada e o trabalho infindável, tal qual um tigre de um zoológico, bem nutrido, bem cuidado... todavia, aprisionado.

Relembrou dos seus tempos no *Caldwell Courier Journal*, do editor, Dick, o Cretino, com seu clube só para garotos enquanto tentava espiar pela sua blusa. Ela desejara sair dali tão desesperadamente, e a sua transição e Wrath foram seus salvadores.

E quanto a Wrath?

Como ele poderia se livrar daquilo?

Excluindo a abdicação, sua única outra saída era... ser assassinado por Xcor e o Bando de Bastardos.

Uau. Que futuro promissor.

E a sua solução era ameaçar a própria vida ao engravidar. Não era de admirar que ele tivesse perdido a cabeça.

Passando os dedos pela beira intricada da mesa, descobriu que os desenhos na verdade formavam uma trepadeira. E havia datas entalhadas em meios às folhagens...

Os reis e as rainhas. Seus filhos.

Um legado longo do qual Wrath era a manifestação atual.

Ele não abriria mão daquilo. De jeito nenhum. Se ele se sentia impotente agora, desistir do trono o mandaria diretamente para a beira do precipício. Ele já perdera os pais cedo demais... Deixar seu legado para outro? Esse seria um golpe do qual ele jamais se recuperaria.

Ela ainda queria ter um filho.

Contudo, quanto mais ficava ali, mais se perguntava se isso valia a pena caso tivesse que sacrificar o homem que amava. E esse seria o resultado – além disso, presumindo-se que ela conseguisse engravidar e dar à luz um bebê saudável, e se ele fosse um filho, ele acabaria ali.

E se fosse uma filha? Com quem quer que ela casasse, ele acabaria assumindo e então a sua filha teria o prazer de observar seu parceiro enlouquecer de tanta pressão.

Uma grande herança para todo modo.

– Maldição – suspirou.

Ela sabia que Wrath era o Rei ao se unir a ele, mas, para ela, na época, já era tarde demais. Ela estava completamente apaixonada, e se o trabalho dele fosse segurança ou chefe supremo do Estado, ela já estava amarrada.

Na época, não pensara no futuro. Só estar com ele já bastava.

Mas, convenhamos, se ela tivesse considerado as implicações...

Não. Ainda assim, ela teria usado o lindo vestido vermelho de Wellsie e marchado, assustando-se ao ver seu nome gravado nas costas de Wrath.

Na alegria e na tristeza. Na saúde e na doença, em termos humanos.

Repletos de filhos... ou sem eles.

Quando, por fim, se virou, aprumou os ombros e saiu da sala com a cabeça erguida. Seus olhos estavam límpidos, o coração em paz e as mãos firmes.

A vida não era um *buffet à la carte*, onde você enche seu prato com o que deseja. Você não pode escolher a entrada e os acompanhamentos para depois voltar para se servir de mais quando talvez você ainda tenha três porções de carne, mas acabou seu purê. Inferno, quando pensava racionalmente no assunto, conseguir Amor Verdadeiro com Feliz no Casamento e Vida Sexual Ardente já era uma combinação bem rara.

Existiam bons motivos para que eles não tivessem filhos. E talvez isso mudasse no futuro; talvez Xcor e os Bastardos fossem parar nos seus túmulos, e a *glymera* os aceitasse e a Sociedade Redutora parasse de matar...

Porcos voando.

Inferno congelando.

Miley plantando seu traseiro provocante numa cadeira e o mantendo ali para o bem geral.

Enquanto Beth subia para a escadaria particular que conduzia ao terceiro andar, desejou ter chegado a essa conclusão antes que Wrath tivesse ido procurar Tohr, mas essa era outra colisão iniciada por ela que ela não tinha como impedir.

No entanto, ela poderia impedir o avanço daquela situação.

Por mais que doesse, ela escolheria outro caminho e os tiraria daquela infelicidade.

Pelo amor de Deus, ela não era a primeira mulher no planeta que não teria filhos apesar de desejá-los. E não seria a última. E quanto a todas aquelas fêmeas? Elas seguiam em frente. Tocavam a vida... e não tinham Wrath com elas...

Ele mais do que bastava para ela.

E toda vez que pensasse o contrário? Voltaria para o escritório e se sentaria diante daquela escrivaninha... E se colocaria no lugar do seu *hellren* por um tempo.

Ela não queria decepcionar o pai e nem chegara a conhecê-lo. Para Wrath, ser Rei era o único modo de honrar o dele – e quanto a não querer sujeitar a geração seguinte ao trono?

Era apenas um modo de proteger os filhos que nunca teria.

Os Rolling Stones estavam certos. Às vezes, você não consegue o que quer. Mas se você tem tudo de que precisa?

A vida é boa.

Capítulo 28

– O seu primo vai se casar.

Depois que Saxton foi conduzido pelas portas do escritório do pai, essa foi a sua recepção.

– Lá vamos nós – pensou.

E quando voltassem a se falar, seria para mencionar que esse mesmo primo teria um bebê macho que cresceria sendo "normal". Esse devia ser seu "presente" de aniversário, o relato de algum parente vivendo o tipo de vida certo, com legendas de que ele era uma vergonha para a sua linhagem e um grande desperdício do DNA do seu pai.

De fato, as alegres atualizações se iniciaram logo depois que o pai descobriu que ele era gay, e ele se lembrava de cada declaração, organizando-as como estátuas feias na cornija da sua memória. A que ele menos gostava? A notícia de que um macho gay que saíra com outro macho gay da espécie e acabara sendo surrado num beco por um grupo de humanos.

Seu pai não sabia que estivera se referindo ao filho naquela época.

O crime homofóbico fora o clímax do seu primeiro encontro com Blay, e ele quase morrera em decorrência dos ferimentos. Não houve como procurar ajuda médica. Havers, o único médico da raça, era um tradicionalista devoto, e costumava recusar tratamento a homossexuais conhecidos. Procurar um médico humano não fora possível. Existiam clínicas abertas vinte e quatro horas por dia, mas ele precisara de toda a sua energia para voltar para casa e sentira vergonha demais para procurar ajuda.

Mas Blay aparecera. E tudo mudou para eles.

Por um tempo, pelo menos.

– Você ouviu o que eu disse? – reclamou o pai.

– Que ótimo para ele. Que primo é esse?

– O filho de Enoch. Foi arranjado. As famílias vão ter um final de semana de celebração.

– Na propriedade deles aqui ou na Carolina do Sul?

– Aqui. Chegou a hora de a raça reestabelecer as tradições aqui em Caldwell. Sem a tradição, não somos nada.

Entenda-se: você é inútil a não ser que siga o programado.

Embora o pai dissesse a ordem de modo muito mais sábio.

Saxton franziu o cenho ao olhar finalmente para o macho. Sentado atrás da escrivaninha, Tyhm sempre fora magro ao estilo de Ichabod Crane,* em seus ternos que pendiam como cortinas fúnebres de seus ombros ossudos. Comparando com a sua última visita, ele parecia ter perdido peso, a expressão afiada sustentando a pele do rosto como as varas de uma tenda de acampamento.

Saxton não se parecia em nada com o pai, os cabelos e os olhos escuros, a pele pálida e o corpo magro não eram o que a loteria genética lhe designara. Em vez disso, ele e a mãe eram como duas ervilhas da mesma vagem, tanto na personalidade quanto na aparência, loiros de cabelos acinzentados com uma coloração saudável na pele.

O pai observara com certa frequência o quanto ele se assemelhava à *mahmen* dele, e, em retrospecto, ele não sabia ao certo se isso fora um elogio.

– Então, no que tem trabalhado? – o pai murmurou, tamborilando os dedos no mata-borrão de couro.

Acima da cabeça do macho, o retrato do pai dele pairava em desaprovação idêntica.

Ao se sentir preso pelos dois pares de olhares estreitados, Saxton sentiu o desejo irresistível de responder àquela pergunta com honestidade: ele era, afinal, o Primeiro Conselheiro do rei. E, mesmo naqueles tempos, em que o respeito à Monarquia andava em baixa, isso não deixava de ser impressionante.

Ainda mais para alguém que reverenciava a lei como seu pai.

Mas não, pensou Saxton. Ele manteria isso para si mesmo.

– Estou onde estou – murmurou.

---

* Ichabod Crane, personagem de *A Lenda do Cavaleiro sem Cabeça*, de Washington Irving. (N.T.)

– Trustes e espólios são um ramo bem complicado. Estou surpreso que o tenha escolhido. Quem são alguns dos seus clientes mais recentes?

– Sabe que não posso divulgar tal informação.

O pai desconsiderou tal coisa.

– Não seria ninguém que eu conheço, estou certo.

– Não. Provavelmente não – Saxton procurou sorrir. – E o senhor?

O comportamento mudou de pronto, o desgosto sutil sumindo e sendo substituído por uma máscara que tinha a característica revelatória de uma pedra de granito.

– Sempre existem coisas que exigem a minha atenção.

– Claro.

Enquanto os dois continuavam trocando frases, a conversa permaneceu irrelevante e entrecortada, e Saxton passou o tempo colocando a mão no bolso e segurando seu iPhone. Havia planejado sua partida, e ficou imaginando quando poderia aproveitar a deixa.

Ela logo chegou.

O telefone da escrivaninha, aquele feito de modo a parecer "antigo", tocou um sino eletrônico, o mais parecido que um aparelho feito de outra coisa que não latão poderia soar.

– Vou embora – disse Saxton, recuando um passo.

O pai fitou o mostrador digital bem escondido... e pareceu se esquecer de como atender.

– Adeus, p... – Saxton se deteve. Desde que a sua orientação sexual fora revelada, essa palavra com *p* era pior do que *puta*, pelo menos quando usada por ele.

Quando o pai apenas acenou ante a sua partida, ele se sentiu aliviado. Normalmente, o pior das suas visitas era a despedida: enquanto ele se preparava para sair, o pai o confrontava com mais uma tentativa fracassada de convencer o filho a se converter – era a caminhada da vergonha sempre repetida.

Saxton não se revelara para a família. Nunca tivera a intenção de que seu pai soubesse.

Mas alguém dera com a língua nos dentes, e ele tinha quase certeza de quem fora.

Portanto, toda vez que ia embora, ele revivia a lembrança de ser expulso de casa cerca de uma semana após o falecimento da mãe: fora chutado para fora, com as roupas do corpo, sem dinheiro e sem lugar para ficar mesmo com a aurora se aproximando.

Mais tarde, ficara sabendo que todos os seus pertences foram queimados na floresta atrás da mansão.

Mais um uso útil para tanta metragem.

– Feche a porta ao sair – resmungou o pai.

Ele estava mais do que contente em obedecer: fechando a porta com cuidado, pela primeira vez não se demorou sofrendo. Olhando para a esquerda e para a direita, aguçou os ouvidos.

Silêncio.

Movendo-se rapidamente, voltou ao vestíbulo, depois passou pela biblioteca e fechou as portas atrás de si. Sacando o telefone, começou a tirar fotos, o coração batendo rápido enquanto isso. Não se preocupou com os ângulos ou em tirar as fotos numa sequência correta, a sua única preocupação era o foco e se a luz era suficiente...

O estrondo de portas se abrindo diretamente atrás dele o fez virar de pronto.

O pai parecia confuso parado na soleira que dava para o seu escritório.

– O que está fazendo?

– Nada. Eu só estava observando os seus livros. São impressionantes.

Tyhm relanceou para as portas que Saxton tinha fechado, como se estivesse imaginando o motivo de elas estarem fechadas.

– Você não devia ter entrado aqui.

– Desculpe – disfarçadamente, ele guardou o telefone no bolso, inclinando o tronco para o lado como se indicando os livros. – Eu só... quis admirar a sua coleção maravilhosa. A minha tem capa de tecido.

– Você tem o conjunto das Antigas Leis?

– Sim. Comprei-o de um espólio.

O pai avançou e tocou as páginas do volume aberto mais próximo dele numa mesa redonda. O modo amoroso com que afagou as palavras, o papel, o objeto inanimado... sugeria que talvez Saxton não fosse o maior desapontamento da sua vida.

Pois se a lei o desapontasse? Isso acabaria com ele.

– Do que se trata isso? – Saxton perguntou com suavidade. – Ouvi dizer que o Rei levou um tiro e agora... isso aqui fala de sucessão.

Quando não houve resposta, ele começou a pensar que deveria se apressar em sair. Havia uma grande possibilidade de que o pai estivesse metido com o Bando de Bastardos, e seria tolice acreditar que Tyhm hesitaria, por um segundo sequer, em entregar seu filho gay ao inimigo.

Ou, no caso do pai, ao aliado.

– Wrath não é um Rei para a raça – Tyhm meneou a cabeça. – Nada de bom aconteceu desde que o pai dele morreu. Esse sim era um regente. Eu era jovem na corte, mas lembro de Wrath, e enquanto o filho não se importa com as tradições... o pai era um rei eminente, um macho sábio com paciência e majestade. Uma falha grande na geração atual.

Saxton fitou o chão. Por algum motivo absurdo, notou que os sapatos estavam brilhantes. Todos os seus sapatos eram bem lustrados. Limpos e reluzentes.

Encontrou dificuldade para respirar.

– Pensei que a Irmandade estivesse... Cuidando bem das coisas. Depois dos ataques, eles mataram muitos assassinos...

– O fato de você usar "depois" para modificar "ataques" é tudo o que se precisa saber. Um comentário vergonhoso – Wrath não se deu ao trabalho de governar até se casar com aquela mestiça. Só depois, quando pensou em contaminar o trono com os genes humanos bastardos dele, ele decidiu ser Rei. O pai dele teria odiado isso... Aquela humana, usando o anel da mãe dele? É uma desgraça que não pode... – ele pigarreou. – Simplesmente não pode ser apoiada.

Enquanto as implicações disso eram compreendidas por Saxton, ele conseguiu sentir o sangue fugir da cabeça. Ah, meu Deus... Por que não viram isso acontecer?

Beth. Eles o demoveriam por intermédio dela.

O pai ergueu o queixo, o pomo de Adão protuberante como um punho cerrado diante da garganta.

– E alguém tem que fazer alguma coisa. Alguém tem que... Agir quando escolhas ruins são feitas.

Como ser gay, Saxton terminou a frase por ele. E depois, ele entendeu...

Era como se o pai estivesse se unindo aos esforços só porque não podia fazer nada a respeito do seu próprio fracasso como pai.

– Wrath será demovido do trono – disse Tyhm com força renovada. – E outro que não tenha se desgarrado dos valores primordiais da raça será colocado em seu lugar. É a consequência adequada para aquele que não faz as coisas da maneira apropriada.

– Ouvi dizer... – Saxton fez uma pausa. – Ouvi dizer que foi uma união baseada no amor. A de Wrath e da rainha. Que ele se apaixonou por ela ao ajudá-la a passar pela transição.

– O desviado normalmente se expressa no vocabulário dos virtuosos. É um ato deliberado de tentar nos agradar. Isso não significa que tenham agido bem ou que as escolhas pobres deles devam ser apoiadas pelas massas. Bem ao contrário, ele envergonhou a raça e merece o que vai receber.

– Você me odeia? – perguntou Saxton de repente.

Os olhos do pai se ergueram dos livros que ele usaria para pavimentar o caminho para a abdicação. Quando seus olhares se encontraram acima dos planos para a destruição de Wrath, Saxton foi reduzido a uma criança que só queria ser amada e valorizada pelo único pai que lhe restava.

– Sim – respondeu o pai. – Odeio.

Sola puxou os jeans novos até os joelhos e fez uma pausa. Preparou-se antes de erguer o cós por cima da coxa enfaixada.

– Nada mau – murmurou ao continuar a puxá-los até o traseiro, depois abotoá-los e subir o zíper.

Um pouco frouxos, mas depois que ela vestisse a camisa branca de mangas compridas e o suéter preto macio que lhe deram, ninguém notaria. Ah, e os tênis Nike eram do tamanho certo, e ela até gostou do esquema de cores preto e vermelho.

Indo para o banheiro do quarto do hospital, deu uma olhada nos cabelos no espelho. Brilhantes e macios por ela tê-los secado com o secador.

– Você está...

Girando sobre os calcanhares, ela encontrou Assail parado junto à cama. O olhar dele queimou e o corpo dele pairava enorme.

– Você me assustou.

– Peço desculpas – ele se curvou de leve. – Bati algumas vezes e quando você não respondeu, fiquei preocupado que tivesse caído.

– Isso é... gentil da sua parte – bem, *doce* não podia ser associado a ele de modo algum.

– Está pronta para voltar para casa?

Ela fechou os olhos. Queria dizer que sim, e, claro, precisava ver a avó. Mas também estava com medo.

– Dá para... ver? – perguntou ela.

Assail se aproximou, andando devagar, como se ela estivesse bem perto de morrer de susto. Levantando a mão, afastou o cabelo para os ombros. Depois tocou as laterais do rosto.

– Não. Ela não vai perceber nada.

– Graças a Deus – Sola exalou. – Ela não pode saber. Entende?

– Perfeitamente.

Virando o rosto para a porta que dava para o corredor, ele lhe ofereceu o cotovelo... como se a estivesse acompanhando para uma festa.

E Sola aceitou só porque queria senti-lo perto de si. Conhecer o seu calor. Estar próxima do seu tamanho e da sua força.

Era um tipo de inferno diferente enfrentar a perspectiva de se deparar com os olhos da avó.

– Não pense nisso – disse ele, enquanto a levava ao longo do corredor. – Tem que se lembrar disso. Ela enxergará em seu rosto se você o fizer. Não aconteceu nada, Marisol. Nada mesmo.

Sola percebeu vagamente os guardas que os haviam recebido na chegada colocando-se atrás deles. Mas ela tinha tantas coisas com que se preocupar, e aquele punhado de homens não puxara o gatilho quando entrara naquele complexo. Difícil de imaginar que eles se dessem ao trabalho de fazer tal coisa na saída.

Um deles se adiantou e abriu a porta de aço para eles, e o Range Rover estava bem onde fora estacionado. Ao lado dele, os dois primos de Assail esperavam com seriedade, observados por mais daqueles caras de aparência perigosa.

Assail abriu a porta de trás do carro para ela e lhe ofereceu a mão. Ela precisava disso. Entrar no SUV fez sua coxa doer até seus olhos ficarem marejados. Mas depois de ter entrado, ela conseguiu afivelar o cinto sozinha, puxando-o adiante do corpo e prendendo-o.

Sola franziu o cenho. Através do vidro escurecido, observou Assail passar de homem em homem, estendendo a mão. Nenhuma palavra foi dita, pelo menos não que ela tivesse visto, mas não havia necessidade.

Olhares sérios se depararam com os olhos de Assail e acenos sutis de cabeça foram feitos como sinal de respeito, como se um acordo tivesse sido selado entre eles.

Depois disso, os primos entraram na frente e Assail entrou atrás junto dela, e eles foram embora.

Ela tinha apenas uma vaga lembrança de todos aqueles portões e barricadas pelos quais passaram para chegar ao lugar, mas ela acreditou que para sair demoraria um tempão.

Pelo menos era o que queria. Ela tinha alguma esperança de que se tempo suficiente passasse, ela convenceria a garotinha que tinha dentro de si de que não quebrara o Décimo Mandamento duas vezes, quase fora estuprada e tivera que desfigurar um corpo para sair do inferno.

Infelizmente, já estavam de volta à Estrada do Norte, seguindo a direção sul para o centro de Caldwell, numa batida e meia de coração mais tarde. Ou, pelo menos, foi o que pareceu.

Ao se aproximarem das pontes que os levariam por cima do rio e além na direção da floresta, para a fortaleza de Assail, seguiram...

Maravilha, seu cérebro não estava acompanhando as coisas.

Esfregou os olhos, tinha que se acalmar.

O que não aconteceu.

– Sabe, você pode ter razão – disse baixinho.

– A respeito de quê? – Assail lhe perguntou ao seu lado.

– Talvez tudo tenha sido um sonho. Um pesadelo horrível...

O Range Rover entrou na ponte que levava para o oeste por sobre o Hudson e, com o trânsito livre, eles deveriam chegar à casa de Assail em cinco, dez minutos.

Virando-se para trás, ela olhou para o centro que se distanciava, todas aquelas luzes como estrelas caídas na terra.

– Não sei se consigo vê-la – ouviu a si mesma dizer.

– Nada aconteceu.

Observando a cidade ficando cada vez menor, ela comandou ao cérebro que fizesse o mesmo com as visões, cheiros e sensações que estavam próximos, tão próximos: o tempo era uma estrada, e seu corpo e sua mente estavam viajando nele. Por isso, ela precisava cravar o tempo no acelerador e deixar o inferno das últimas quarenta e oito horas para trás.

Antes que percebesse, entravam na estradinha estreita, que acabava na península que Assail possuía. E seu estômago afundou quando a casa de vidro surgiu, sua iluminação dourada jorrando para fora, no cenário, como se o lugar fosse um pote de ouro.

Foram para os fundos, os faróis dando a volta na mansão. E lá estava ela, na janela da cozinha, a cabeça erguida para espiar, as mãos buscando um pano de prato... A avó de Sola observava, aguardando, e depois foi para a porta dos fundos.

De pronto, tudo sumiu da mente de Sola quando ela levantou a mão para tentar segurar a maçaneta.

Assail segurou o braço dela.

– Não. Só depois de entrarmos na garagem.

Ao contrário do resto da viagem, procurar proteção demorou demais – aquela porta reforçada descia tão devagar que era como se tivessem todo o tempo do mundo.

No instante em que ela se fechou, Sola saiu em disparada do SUV, correndo para a porta. Estava trancada, e na sua mente, a única coisa que podia fazer era segurar a maçaneta com mais força e puxar mais...

Alguém a destrancou, porque ela ouviu um clique distante e logo a porta se abriu.

A avó estava do lado oposto da antessala baixa, parada no meio da cozinha, o pano de prato amassado junto ao rosto, os cheiros da comida caseira permeando o ar de amor.

Sola correu quando a avó abriu os únicos braços que sempre estiveram presentes para ampará-la.

Ela não sabia conscientemente o que estava dizendo, mas, dos dois lados, as palavras jorraram. Até a avó empurrá-la um pouco e capturar seu rosto entre as mãos surradas pelo tempo.

– Por que pede desculpas? – ralhou a mulher, afastando as lágrimas com os polegares. – Nada disso. Nunca.

Sola mais uma vez foi levada para junto do peito generoso da avó. Fechando os olhos, ela afundou e deixou a mente se fechar.

Só aquilo importava. Estavam juntas. Estavam seguras.

– Obrigada, meu Deus – sussurrou. – Obrigada, Senhor.

Capítulo 29

Claro que tinha que ser Selena.

Assim que Trez ouviu a batida à porta do quarto, ele inspirou fundo... isso mesmo, o cheiro dela a precedeu, passando por debaixo da porta.

Seu corpo ficou rígido na mesma hora, o pau se estendendo no baixo ventre, empurrando o peso da manta.

Mande-a embora, uma parte sua dizia. Se ainda há alguma decência em você, mande-a embora...

Não era o melhor dos argumentos: afinal, estava contemplando a possibilidade de mandar os pais para o túmulo. Portanto, quanto de escoteiro ainda havia dentro dele?

Ele deteve essa espiral de pensamentos. Estava morrendo de sede de sangue, o que pensava não fazia muito sentido. Primeiro, alimentar-se. Depois... pensar.

Certo. Voltando ao "por favor, Selena, não".

O problema era que... quem mais poderia servi-lo? Ele não vira nenhuma outra Escolhida andando pela casa a não ser ela e Layla, que estava fora de serviço. E se ele não aceitasse a veia que estava sendo-lhe oferecida, sua única opção era seguir para a boate e se aproveitar de meia dúzia de humanas, o que era tão apetitoso quanto a perspectiva de beber lubrificante de motor.

Também havia a questão de estar com a energia tão baixa que não tinha certeza se isso bastaria. Outro fato engraçado? Ele achava que era incapaz de ficar de pé para vestir um par de calças. Portanto, como diabos ele iria para o Iron Mask...

A batida suave se repetiu.

Empurrando a mão para baixo das cobertas, ajeitou a ereção para que ela ficasse o mais achatada possível, e esse contato o fez cerrar os dentes.

Você vai ter que fazer isso com ela, disse para si mesmo. Uma vez e nunca mais.

– Selena... – merda, o som do nome dela saindo dos seus lábios fez com que ele sentisse como se a mão ainda estivesse segurando o pau.

Ah, não, espere, ele ainda não o largara.

Quando ela abriu a porta, ele puxou o braço debaixo das cobertas e o encarou para que ficasse parado.

Santa Maria, Mãe de Deus... citando o policial de Boston.

Ela parecia linda como sempre, naquele manto branco com o cabelo preso no alto, mas a sua inanição a transformou numa visão transcendental que foi direto para o quadril. Sua pélvis imediatamente começou a se curvar, o pau implorando por alguma coisa, qualquer coisa por parte dela.

Aquela era uma péssima ideia, ele pensou.

E, óbvio, Selena hesitou à porta, olhando ao redor como se reconhecesse a eletricidade no ar.

Era a última chance dele de mandá-la embora.

Ele não a aceitou.

– Feche a porta – disse num tom tão grave que a voz saiu rouca.

– Você está sofrendo.

– Feche.

Clic.

Só havia um abajur aceso, aquele ao lado do sofá, e a luz amarelada pareceu atuar como um amplificador, aumentando tudo dentro do quarto, tudo do lado de fora sendo silenciado.

Pensando bem, talvez fosse a cor dos olhos dela causando isso.

Ao se aproximar, ela suspendeu uma manga, expondo o pulso pálido. Em reação, as presas dele não desceram, mas apontaram rapidamente para fora no maxilar. Merda, ele não queria o que ela estava oferecendo. Ele a queria no pescoço... Queria que ela estivesse nua e debaixo do seu corpo, os caninos no seu pescoço enquanto seu pau...

Gemendo, ele inclinou a cabeça para trás e segurou a coberta nas mãos.

– Não se preocupe – disse ela apressada. – Tome, beba de mim.

Apesar do ar no quarto, os pulmões dele começaram a ansiar por oxigênio, a respiração superficial entrando e saindo pela sua boca aberta.

E quando a mão dela o segurou no braço, ele gemeu de novo, tentando se desvencilhar. Cerrando os dentes, ele soube que aquilo era uma coisa *muito* ruim.

– Selena, não posso... Eu não posso fazer isso...

– Não entendo.

– Você deveria ir embora... – cacete, as palavras mal saíam da sua boca. – Saia ou eu vou...

– Alimente-se – ela o interrompeu. – Você tem que se alimentar.

– Selena...

– Você tem que tomar a minha veia...

– ... é melhor você ir...

Eles falavam um por cima do outro, sem chegar a lugar algum, quando enfim ela assumiu o controle. A princípio, ele acreditou que a sua mente estivesse inventando coisas, mas não, havia cheiro de sangue fresco no quarto. Do dela.

Ela cortara o pulso.

Grande erro.

Com um grunhido, ele partiu para cima dela... Mas não para o pulso. As mãos soltaram a coberta e a seguraram, prendendo-a pelos ombros e lançando-a sobre seu colo para deitá-la no colchão.

Numa fração de segundo, montou nela, a coberta se dobrando entre eles, as mãos dele segurando-a pelos pulsos no travesseiro acima da cabeça dela.

Um olhar chocado dela o deteve. E mesmo assim, ele não conseguiu sair de cima.

Ele não arfava, ele respirava como um trem de carga, o corpo todo rijo, os músculos estremecendo.

– Merda... – gemeu, abaixando a cabeça.

Saia de cima dela, ordenou ao corpo. Porra, saia de cima d...

Uma ondulação debaixo do seu corpo levou um tempo para ser registrada. Mas logo ele percebeu que era ela. Ela estava... se movendo contra ele, e não de um modo como quem quer se libertar. Os olhos dela, a princípio alarmados, agora estavam brilhantes, os lábios partidos ao se arquear contra ele.

Ela o desejava. Puta que o pariu, o cheiro dela invadia suas narinas, o sangue dela corria quente e rápido como o seu.

– Selena – gemeu ele –, me desculpe...

– Pelo quê? – perguntou ela, rouca.

– Por isso.

Ele atacou o pescoço dela, as presas penetrando fundo, o sangue fluindo para a sua língua, descendo pela garganta. E enquanto ele se alimentava dela, seu corpo bombeava contra a coberta, desesperadamente tentando encontrar o centro dela em meio às camadas de lençóis, o pau latejando, a fricção tornando tudo muito pior.

Enquanto ele bebia com vontade, um grunhido reverberou em seu peito, preenchendo o ar com o som de um macho conseguindo o que queria, ou, pelo menos, parte do que queria. De certo modo, talvez fosse bom que ele estivesse necessitando tanto de sangue. De outro modo, o desejo sexual teria tomado a dianteira.

Contanto que tudo o que ele fizesse fosse se alimentar? Disso eles conseguiriam se recuperar.

Qualquer coisa além, e eles estariam...

Minha, uma voz dentro dele anunciou.

Minha.

Selena acreditara estar preparada para aquilo. Pensara estar pronta para ir ao quarto dele, encontrar Trez na cama e deixá-lo beber do seu pulso. Presumira estar pronta para cumprir seu dever e manter o segredo de querê-lo para si.

Em vez disso, ela fora arrebatada. Pelo poder libertado por ele, pelo ataque ao seu pescoço... pelo desespero sexual com o qual o desejava. E havia mais. Esmagada pelo peso dele, sentindo os quadris empurrarem e recuarem sobre ela, sabendo que ele lhe tomara a veia, ela ficou, pelo menos momentaneamente, destemida em relação às estátuas do cemitério. Como poderia temê-las agora? Não com seu corpo assim, com os braços e pernas, o sexo, frouxos, quentes e desesperados para recebê-lo.

Abrindo os olhos, ela olhou para o teto acima dos ombros escuros.

– Tome... – ela gemeu ante o grunhido dele. – Me tome...

Em resposta, os dedos dele escorregaram para as palmas dela, entrelaçando-se aos dedos dela, segurando-a em vez de prendê-la, a barba por fazer contra a pele dela. Ela teve o instinto de afastar as pernas e, assim que ela o fez, a pressão do torso bombeando se direcionou para o seu centro, empurrando, esfregando, mas tudo era muito difuso. Ela queria que estivesse concentrado.

Ela queria que estivessem nus enquanto ele fazia aquilo.

Não havia como se mexer, porém. Trez a mantinha presa, e a frustração que ela sentia era amplificada pela avidez que se enraizara, a negação do que ela queria aumentando seu desejo. Empurrando com as palmas, ela não foi a parte alguma, a sua força era nada comparada com a dele.

– Mais – ela gemeu ao curvar a espinha para cima, os seios se contraindo dolorosamente, o coração batendo forte contra suas costelas.

Cada sugada em seu pescoço, cada aspirada das suas veias, toda a sucção dele, levava-a mais para perto de uma espécie de precipício – e nunca antes ela desejou tanto cair. Mesmo sem saber onde aterrissaria, ela não conseguia imaginar subir ainda mais sem se partir ao meio.

Errado.

A não ser quando ele parou.

Com uma imprecação, ele pareceu ter que se esforçar para recuar e, mesmo assim, ele não se afastou muito do pescoço. Com as presas para fora da pele, a cabeça ficou pensa por um bom tempo. Até ele começar a lamber as perfurações para fechá-las.

Isso não pode acabar assim, ela pensou freneticamente. Não pode.

– Sinto muito – disse ele numa voz gutural.

– Por favor... por favor... – ela disse rouca. – Não pare...

Isso fez com que ele levantasse a cabeça. Ah, Santa Virgem Escriba, ele estava magnífico. Os lábios entreabertos, os olhos negros vidrados, um leve rubor no rosto, ele estava tanto saciado quanto faminto, o animal macho apenas parcialmente alimentado.

E ela estava bem ciente quanto a que parte da refeição dele estava faltando.

Contudo, quando ela tentou tocá-lo, suas mãos empurraram algemas de ferro.

– Possua-me – implorou. – Embaixo... Preciso de você lá.

– *Caralho* – exclamou ele, saltando de cima dela, quase caindo para fora da cama.

De pé, ele pareceu ter perdido a coordenação, mas logo seguiu para o banheiro e bateu a porta com força.

O frio a envolveu. E não só porque o corpo dele já não cobria o seu. Era vergonha. Embaraço.

Mas como podia ter entendido errado?

Sentar-se exigiu algumas tentativas. E quando finalmente se ergueu dos travesseiros, afastou a confusão dos seus cabelos e puxou as lapelas do manto para o seu lugar. Virando-se, ela olhou para onde estivera deitada. Seu sangue era uma mancha rubra brilhante contra os lençóis brancos.

O pulso, onde o cortara, ainda sangrava.

Cuidando disso com a própria língua, desceu as pernas de cima da cama. Pareciam fracas demais para sustentar o peso do seu corpo, mas ela não tinha escolha a não ser comandar para que voltassem a trabalhar.

Seguindo para perto da porta do banheiro, pousou uma mão sobre a madeira. Do outro lado, ela o ouvia respirando fundo.

Ao abrir a boca, com a intenção de se desculpar pela temeridade e depois sair, ela inspirou fundo...

O cheiro da excitação dele estava mais forte do que nunca, e ela franziu o cenho. Ele ainda a desejava. Então, por que...

Pelo menos sua mortificação se aplacaria.

– Trez?

– Desculpe.

Testando a maçaneta, descobriu que a porta estava destrancada, mas quando ela começou a abrir, ele exclamou:

– Não! Não...

Quando o cheiro da excitação se tornou ainda mais pungente em seu nariz, ela espiou dentro do banheiro. Ele estava do outro lado, apoiado entre as pias, a cabeça baixa. E qualquer que fosse o tormento por que ele passava, o corpo sabia muito bem qual era a sua opinião.

A ereção dele era... tão incrível quanto o resto do corpo.

– Feche essa maldita porta! – ele berrou.

Só que ela não daria ouvidos a isso. Não depois da sua visita ao cemitério lá em cima. Não depois de ser lembrada, naquela mesma manhã, do que a aguardava: seu corpo apenas começava o processo da morte, mas ela bem sabia que, assim que as juntas começassem a ranger, o tempo seria crucial.

Aquela podia ser a sua única oportunidade para estar com um macho, e queria aquilo. Na verdade, ela o desejaria mesmo se seu futuro não estivesse arfando em seu pescoço.

E o corpo dele desejava o seu. Evidentemente.

Por todos esses motivos, ela empurrou a porta por completo.

– Inferno – murmurou ele. Depois, mais alto. – Selena, *por favor*.

– Eu quero... isso.

Ele balançou a cabeça.

– Não quer.

– Eu quero... você.

– Não pode, pelo amor de Deus, Selena, machuquei você.

– Não machucou.

Ele olhou por cima dos músculos definidos dos braços. Os olhos dele eram de um verde reluzente.

– Não force a barra agora. Você não vai gostar do que vai acontecer.

– Vai me fazer implorar?

O corpo imenso dele oscilou, como se ela tivesse lhe tirado as forças em vez de lhe dado.

– Não faça isso com nenhum de nós, Selena. Não hoje.

Ela franziu o cenho.

– Hoje?

Ele agarrou uma toalha e envolveu a cintura.

– Apenas vá. Eu estou... grato por ter me dado o que preciso. Mas não posso fazer isso agora.

Dando-lhe as costas, ele ficou de pé, olhando para uma parede branca.

Selena puxou as lapelas do manto.

– O que o afli...

– Pelo amor de Deus! Já estou fodendo os meus pais, ok? Não quero acrescentar você à minha lista.

– Do que está falando?

Quando ele não respondeu, ela se aproximou, os sapatos de tecido não produzindo som algum. Quando o tocou no ombro, ele deu um salto.

– Trez...

Ele se virou e recuou ao mesmo tempo, batendo na parede.

– Por favor...

– Fale comigo.

Os olhos frenéticos a fitaram por completo, o rosto, os ombros, o corpo.

– Não quero conversar agora. Eu quero...

– O quê? – sussurrou ela.

– Você sabe o que... estou fadado ao inferno... quero você. Por isso, você tem que sair daqui, porra.

Eles se encararam por um tempo enorme. E então ela resolveu assumir o comando.

Pegando a tira da cintura, as mãos de Selena tremiam quando puxou o laço e deixou o tecido cair no chão. Desenrolando-se, o manto se dividiu, expondo o centro do corpo dela, o arco dos seios fazendo pender as duas metades, segurando-as.

Mas o sexo estava à mostra. E os olhos dele desceram... e lá ficaram.

Os lábios de Trez se partiram, as presas se alongando novamente; foi a vez de ela oscilar sobre os pés enquanto seu cerne reagia ainda mais, florescendo entre as pernas, enviando um chamado.

Que ele atendeu caindo de joelhos.

Ela não sabia bem o que esperava, mas não era o que ele fez em seguida.

Esticando as mãos, ele as deslizou por baixo das metades do manto na altura da cintura dela. O calor foi a sua primeira impressão, e ela foi seguida por uma imediata sensação elétrica, um chiado que foi transmitido por ele para ela através das palmas largas.

Ele era tão alto que a cabeça dele lhe chegava logo abaixo dos seios, e tudo o que ela conseguia pensar era em correr as mãos pelos cachos macios e miúdos...

Ela perdeu essa iniciativa quando a boca dele resvalou seu esterno. E depois o alto ventre. E depois o umbigo.

Ele se curvava para trás sobre os calcanhares ao se agachar, e ela... Ele ia...

Selena gemeu e quase caiu quando ele resvalou o alto do seu sexo desnudo com os lábios; as mãos em sua cintura eram o que a mantinham erguida.

A carícia era suave e gentil, o rosto e o nariz esfregavam sua pélvis, os lábios beijavam o exterior da sua fenda.

E ela quis mais.

Bem quando ela estava tentando formar as palavras, a língua se estendeu numa lambida exploratória, a invasão tão lânguida que ela não se assustou ante a estranheza do ato. E depois ela voltou, entrando novamente, provando mais uma vez dela.

Ele ronronava.

Caindo para a frente, ela se apoiou nos ombros dele, afastando as pernas, mesmo que se tornasse impaciente ante o esforço que era ficar de pé: ela queria toda a sua concentração voltada para ele e para o que ele estava fazendo com ela. Preocupar-se com equilíbrio e coordenação...

Ele resolveu seu problema erguendo-a no ar e deitando-a no tapete diante da banheira de quatro garras.

Entregando-se ao que viria, ela levou os braços para cima da cabeça e arqueou o tronco, os seios formando um pico que afastou as laterais do manto, o corpo se revelando para ele.

– Inferno dos diabos... – ele cerrou os dentes ao viajar com os olhos desde a cabeça até os seios bicudos... descendo pelo abdômen até o sexo e as pernas.

A mão escura era um contraste contra a palidez da pele dela, enquanto ele a afagava demoradamente da clavícula até os seios. Capturou-lhe o peso na palma, e ela gemeu e ondulou, os joelhos se dobrando para cima, afastando-se.

A toalha dele caiu do corpo, expondo a beleza imberbe e o sexo formidável.

– Possua-me – ordenou ela. – Ensine-me.

Capítulo 30

As lágrimas do seu Irmão foram como uma chuva de verão sobre o asfalto quente.

Enquanto Wrath voltava do centro de treinamento, cada palavra que ele e Tohr trocaram, cada sílaba, e os silêncios entre elas ressoaram como as dores após um combate: dentro dos ossos, dentro da medula, ele sentiu os resquícios da conversa que tiveram ao lado da piscina.

Um comentário continuava voltando para a sua mente:

Elas são vazias sem um filho, e nós somos vazios sem elas.

Provavelmente foi a única coisa que conseguiu atravessar seu medo: para ele, acordar sem Beth foi o pior tipo de revelação, e se era assim que ela se sentia sem um bebê, então a cama ficaria fria para ambos com o passar do tempo.

Veja ele. Ele tinha uma vida que odiava, faltava-lhe apenas uma alucinação para se tornar um psicótico. Não desejava isso para ela, e ele sabia muito bem que estar ao lado da pessoa amada não era o bastante se você estivesse verdadeira e fundamentalmente infeliz.

O problema? O fato de ele entender o ponto de vista dela não mudava as coisas que o preocupavam. Só o fazia sentir que a incompatibilidade entre eles era ainda mais visceral.

George espirrou.

Wrath trocou a guia de mão, inclinou-se, afagou os flancos do cachorro e disse:

– Este túnel sempre afeta o seu focinho, não?

Deus, que diabos ele faria? Presumindo que ela entrasse no cio... Mas talvez ele estivesse equivocado, e isso os salvaria. Mas por quanto tempo? Cedo ou tarde, ela entraria em seu período fértil.

Quando George sinalizou que era hora de parar e subir as escadas, Wrath inseriu o código, abriu a passagem e, um instante depois, estavam no vestíbulo, dando a volta na escadaria. A Primeira Refeição já fora servida, e a Irmandade ali presente conversava, as vozes graves e fortes. Parando, ele atentou para o grupo e se lembrou da noite em que Beth fizera a transição. Ele viera do porão da casa de Darius, e ele dera um curto-circuito na mente dos Irmãos ao tomá-la nos braços diante de todos.

Fazia sentido. Na época, eles nunca o tinham visto com uma fêmea.

E quando ele voltara da cozinha com o bacon e o chocolate de que ela necessitava para aplacar a fome pós-transição, encontrou a Irmandade com um joelho apoiado no chão ao redor dela, as cabeças tombadas, as adagas cravadas no chão.

Eles a tinham reconhecido como a futura rainha deles. Mesmo que ela não entendesse isso na época.

– Meu senhor?

Wrath olhou por sobre o ombro com o cenho franzido.

– Oi, e aí, conselheiro.

Enquanto Saxton se aproximava, o cheiro que vinha dele anunciava coisas ruins.

– Devo falar com o senhor.

Por trás dos óculos, Wrath fechou os olhos.

– Tenho certeza de que sim – murmurou –, mas tenho que ir para a minha Beth.

– É urgente. Acabei de vir...

– Escute aqui, sem querer ofender, mas eu deixei a minha *shellan* em segundo plano por... merda, nem sei quanto tempo. Hoje à noite, ela vem primeiro. Quando eu tiver terminado, se houver tempo, eu apareço. – inclinou a cabeça para baixo. – George, leve-me até Beth.

– Meu senhor...

– Assim que eu puder, meu chapa. Mas nem um segundo antes.

Com rápida eficiência, ele e o cachorro correram pela escada e seguiram para a porta que dava para o terceiro andar...

De lugar nenhum, uma sensação repentina o fez tropeçar até esticar a mão e se segurar numa parede.

A estranheza, porém, passou assim que o atingiu. O equilíbrio voltando, os coturnos firmes novamente no chão.

Ele virou a cabeça para a esquerda e para a direita, como fazia quando ainda tinha algum resquício de visão. No entanto, não havia nada vindo na sua direção. Ninguém o empurrando pelas costas. Nenhuma rajada violenta de vento vindo da sala de estar do lado oposto. Nenhum brinquedo largado no chão no qual tropeçar.

Estranho.

Tanto faz. Ele queria ir até a sua Beth, e ele sentia que ela estava no andar de cima, nos aposentos particulares deles.

À sua espera.

Quando ele iniciou a derradeira escada, pensou nos pais. Por tudo o que ouvira, eles o desejaram muito. Não houve discórdia quanto a esse assunto. Rezaram para que ele nascesse e se esforçaram, e ele lhes foi entregue pelo destino ou por sorte.

Desejou que ele e Beth também estivessem de acordo. Desejou mesmo.

Enquanto Anha ouvia seu nome ao longe, sentiu como se estivesse se afogando.

Mergulhada na inconsciência, ela sabia que estava sendo chamada e queria responder ao chamado. Era seu companheiro, seu amado, seu hellren *que falava com ela. E, mesmo assim, ela não conseguia se comunicar com ele, sua vontade presa por um peso muito grande que se recusava a libertá-la.*

Não, não era um peso. Nada disso, era algo introduzido em seu corpo, algo estranho à sua natureza.

Talvez o bebê, pensou ela, horrorizada.

Mas não era para ser assim. O bebê concebido em seu ventre deveria ser uma bênção. Um golpe de sorte, um presente da Virgem Escriba para garantir o rei seguinte.

Todavia, fora depois do seu cio que ela começara a se sentir adoentada. Escondera os sintomas e as preocupações o quanto pôde, amparando seu amado das preocupações que floresceram dentro dela. No entanto, perdera essa batalha, caindo no chão ao lado dele durante o festival...

A última coisa que ouvira distintamente fora ele chamando seu nome.

Engolindo, ela sentiu o gosto conhecido de vinho do sangue dele, mas o poder que sempre acompanhava beber de sua veia não se seguiu.

A doença a clamava, pedaço a pedaço, roubando-lhe as faculdades bem como as funções.

Ela morreria pelo que quer que aquilo fosse.

Adeus, ela queria dizer adeus para Wrath. Se não pudesse reverter aquilo, pelo menos poderia lhe dar o seu doce amor antes de seguir para o Fade.

Convocando o que lhe restava de forças, ela puxou a corda que a prendia ao falecimento, puxando em desespero, rezando pelas forças de que necessitava para vê-lo uma vez mais.

Em resposta, suas pálpebras se ergueram lenta e sutilmente, mas, sim, ela viu seu amado, a cabeça baixa, o corpo largado ao lado da plataforma da sua cama.

Ele chorava abertamente.

A mente comandou à mão que se esticasse, a boca a se abrir e falar, a cabeça a se virar na direção dele.

Nada se moveu; nada foi dito.

A única coisa que aconteceu foi uma lágrima que se avolumou no canto do olho, acumulando-se até pender dos cílios e cair pela face gélida.

E quando isso aconteceu, ela voltou a fechar as pálpebras, seu adeus dado, sua força acabada.

De súbito, uma névoa branca se formou nos cantos da sua visão escura, as lufadas substituindo a cegueira que a cercava. E do seu desenrolar e estranha iluminação, uma porta se aproximou dela, avançando como se tivesse nascido da nuvem.

Soube sem que lhe dissessem que, caso a abrisse, se alcançasse a maçaneta dourada e abrisse o portal, ela seria recebida no Fade e não haveria retorno. Também estava ciente de uma convicção de que, caso não agisse num tempo determinado, ela perderia a sua oportunidade e ficaria perdida no limbo.

Anha não queria ir.

Temia por Wrath sem ela. Havia tão poucos em quem confiar na corte, tantos a serem temidos.

O legado deixado pelo pai dele era pobre. Isso só não ficara evidenciado no começo.

– Wrath... – disse ela na névoa. – Ah, Wrath...

O tom de anseio em sua voz ecoou ao redor, ressoando em seus próprios ouvidos como também no cenário branco.

Erguendo o olhar, ela teve esperanças de que a Virgem Escriba lhe aparecesse em seu manto esplendoroso e se apiedasse dela.

– Wrath...

Como ela poderia partir da Terra quando tanto dela seria deixado para trás...

Anha franziu o cenho. A porta diante dela parecia ter recuado um pouco. A menos que tivesse imaginado isso?

Não, ela estava recuando. Lenta e inexoravelmente.

– Wrath! – gritou. – Wrath! Eu não quero ir! Wraaaaath!

– Sim?

Anha gritou ao girar o corpo, virando-se para trás. A princípio, ela não fazia ideia do que a confrontava: era um garotinho de talvez sete ou oito anos, cabelos negros, olhos pálidos, o corpo tão magro que seu pensamento imediato foi o de alimentá-lo.

– Quem é você? – perguntou, apesar de saber. Ela sabia.

– Você me chamou.

Ela pousou a mão no baixo ventre.

– Wrath...?

– Sim, mahmen *– o jovem focou os olhos na porta, que parecia antiga. – Vai cruzar para o Fade?*

– Não tenho escolha.

– Mentira.

– Estou morrendo.

– Não tem que fazer isso.

– Estou perdendo a luta.

– Beba. Beba o que há na sua boca.

– Não posso. Não consigo engolir.

A cadência das palavras deles aumentava, cada vez mais rápidas, como se ele soubesse que ela estava ficando sem tempo... e, por extensão, ele também.

Aqueles seus olhos, de um verde tão claro... e havia algo de errado neles. As pupilas eram pequenas demais.

– Não consigo beber – repetiu ela. Santa Virgem Escriba, a sua mente estava mais confusa do que antes.

– Siga-me, e você conseguirá.

– Como?

Ele esticou a mão para ela.

– Venha comigo. Eu a levarei de volta para casa, e então você beberá.

Ela olhou para a porta. Havia uma força nela, um puxão que a fazia querer apanhá-la e completar o círculo que começara assim que ela desmaiara no chão.

Mas o que ela sentia pelo filho era mais forte.

Virando-se, ela deu as costas para o portal.

– Leve-me de volta ao seu pai?

– Sim. De volta para ele e para mim.

Andando em frente, ela segurou a mão quente do filho em vez da maçaneta da porta, e liderá-la foi o que ele fez, acompanhando-a para fora da névoa branca, para longe da morte que a cercara...

– Wrath? – sussurrou na escuridão que os envolveu.

– Sim?

– Obrigada. Eu não queria ir.

– Eu sei, mahmen. *E, um dia, você me retribuirá.*

– Verdade?

– Sim. E tudo ficará bem...

Ela não ouviu o resto do que ele disse, pois uma sucção a puxou, uma explosão repentina se deu em seu interior, o empurrão atingindo-a em todas as partes ao mesmo tempo. Depois, um vento forte a atingiu no rosto, afastando seus cabelos, deixando-a sem fôlego.

Anha não sabia onde iria parar.

Tudo o que pôde fazer foi rezar para que o que se aproximara dela tivesse sido de fato seu filho... e não algum tipo de monstro que a levara para o mau caminho. A única coisa pior do que não voltar seria ter-lhe a eternidade roubada junto daqueles a quem amava...

– Wrath! – exclamou ela em meio ao redemoinho. – Wraaaaaath!

Capítulo 31

Trez sabia que nada daquilo deveria estar acontecendo.

O modo como sugara o pescoço de Selena em vez do pulso. Aquele rala e rola na cama. E, absolutamente, o fato de ela estar deitada num tapete, os seios expostos para os seus olhos, seu sexo pronto para ser tomado, a essência dela totalmente excitada.

– Possua-me – ela disse na voz mais sexy que ele já ouvira. – Ensine-me.

O olhar dela estava fixo nele e, de certo modo, ele não entendia. Ela o rejeitara antes, e depois... ela o queria agora?

– *Quem se importa* – Sua ereção latejou. – *Quem se importa? Coma-a! Ela nos quer!*

A nós. Como se houvesse duas partes dele. E, de fato, isso não parecia tão idiota quanto parecia. Seu pau, na verdade, estava dando a sua opinião.

– Selena – gemeu. – Você tem certeza? Se eu provar mais de você... de qualquer parte sua... não vou conseguir parar.

Inferno, ele mal estava conseguindo sustentar aquela pausa.

Ela esticou a mão e a percorreu pelo braço dele, afagando-o.

– Sim.

– Eu não deveria estar fazendo isso – ele se ouviu dizer.

Cale a boca! Sente-se!

Ótimo, agora ele estava incorporando o pai de Howard Stern.

– Selena, eu não... estou à altura.

– Eu quero você. E isso o deixa à altura.

Eu disse pra você não ser idiota, seu imbecil.

Sim, definitivamente esse era Ben Stern.*

Trez baixou as pálpebras e cambaleou, pensando que devia ser uma jogada cruel do destino receber tal tipo de oferta bem naquela noite.

– Por favor – pediu ela.

Ah, cacete. Como é que ele poderia lhe dizer não?

Quando voltou a abrir os olhos, ele não sabia como faria com que os dois acabassem inteiros depois do sexo. Aquele era o pior momento possível para criar um novo problema, mas ele não se afastaria dela: ele se sentia ferido em lugares que nem sabia que existiam, e aquilo seria algum tipo de Band-Aid, algo que o ajudaria.

Mesmo que apenas temporariamente.

Ao menos daria o seu melhor para que aquilo fosse bom para ela.

Movendo-se para cima de Selena, ele amparou os braços em cada lado do corpo ondulante e lenta e inexoravelmente abaixou a boca até que ela estivesse a milímetros da dela.

– Sem volta – grunhiu.

Ela prendeu os braços ao redor do pescoço dele.

– Sem arrependimentos.

Muito justo.

Para selar o acordo, ele a beijou, resvalando a boca na dela, orientando-a a se abrir até que ela mesma o fizesse. A língua já lhe penetrara o sexo, mas só um pouco. Inferno, ele mesmo ficara chocado com aquela lambida. Agora? Não havia controle. Esticou-se completamente sobre ela, fundindo a boca à dela, inclinando a cabeça para o lado ao afundar em seus lábios.

Era uma estranha dicotomia. Ele estava tão pronto para tomá-la, preparado para afastar-lhe as pernas e enterrar-se naquele lugar quente e úmido entre as coxas dela e, sim, ele queria marcá-la internamente com seu gozo, deixar seu cheiro nela inteira, dentro e fora, a fim de que nenhum macho jamais ousasse tocá-la, olhar para ela.

Mas, mesmo assim, ele tinha todo o tempo do mundo para beijá-la.

---

* Howard Stern é um locutor, humorista e escritor americano, conhecido pelo seu humor escatológico e cujo pai, Ben Stern, roubou a cena num episódio de *America's Got Talent*, ao ser chamado para o palco e dizer a um candidato o que dizia para o filho quando ele fazia alguma tolice: "Don't be stupid, you moron" ("Não seja um idiota, seu imbecil"). (N.T.)

Pensando bem, ela era doce como um vinho gelado, suave como uma dose dupla de bourbon, forte com um Porto. E ele se embebedou antes mesmo de levantar a cabeça para respirar.

Mas ele não conseguiria ir devagar para sempre. Havia outro lugar para onde ele queria voltar.

Enquanto beijava o caminho descendo pelo pescoço, ele lamentou as marcas que deixara na veia dela, e esfregou-as com os lábios uma vez, duas.

– Desculpe – disse, rouco.

– Pelo quê?

Ele teve que fechar os olhos quando aquela voz rouca penetrou no seu nevoeiro, deixando-o ainda mais excitado. O que ela perguntou mesmo? Ah, sim...

– Eu não deveria ter sido brusco.

– Bem, eu não me importei com você me prendendo. Nem um pouco.

Ah, como isso o fazia imaginar coisas.

– Você vai voltar para onde você estava? – perguntou ela.

Ah, com certeza...

– Sim... agora mesmo. Se você quiser...

A ondulação do corpo dela e aquele gemido foram o melhor "sim" que ele já ouviu.

Tentando segurar a fera que existia dentro dele, ele a beijou na clavícula e depois teve que recuar só para olhar para ela. Os seios eram os mais lindos que ele já vira: o corpo dela era perfeito, os mamilos túrgidos sobre os montes brancos, a pele macia, a respiração uma zombaria para o seu autocontrole.

Ele foi tão cuidadoso quanto tinha sido com a boca.

Esticando a língua, lambeu o círculo ao redor do mamilo e, a julgar pelo modo como as mãos dela o seguraram pelos cabelos, ela aprovou.

– Ah... – ela gemeu.

Ele sorriu antes de sugá-la. Mamou-a e se deitou de lado, descendo uma mão pela cintura, pelo quadril, pela coxa... Pelo interior da coxa.

Ela abriu caminho, o corpo se afrouxando confiante enquanto ele a sugava e a penetrava mais com o seu toque, mais e mais para cima. Ele estava quase no cerne dela, e planejando exatamente onde afagá-la quando...

A imagem de uma humana invadiu sua mente.

A princípio, ele não conseguiu entender que merda seu cérebro tinha tossido para fora... mas depois reconheceu a mulher aleatória com quem transara no carro um ano atrás. E a clareza foi terrível. Ele viu tudo em HD, o batom sujando os dentes da frente dela, o rímel borrado debaixo dos olhos, o implante malfeito, no qual um dos mamilos estava estrábico.

Mas nada disso foi a pior parte.

Não, o pior foi o modo como a cabeça dela subia e descia, para cima e para baixo, porque ele estava dentro dela. O pau estava dentro do sexo dela, entrando e saindo, o ritmo mais acelerado para que ele pudesse acabar logo com aquela sessão.

A sua ereção, aquela com a qual ele estava prestes a penetrar Selena, estivera numa fossa. Estivera em... centenas de humanas sujas que não mencionaram sexo seguro ou testes para DST ou se já tinham ou não contraído Aids por permitirem que promíscuos como ele se enfiassem em suas calcinhas.

O fato de ele não poder contrair essas doenças não importava nem um pouco.

Imundície era imundície.

Recuando, ele sibilou e fechou os olhos, tentando ordenar uma evacuação de tudo isso.

– Trez?

– Desculpe, eu... – balançando a cabeça, ele voltou a se concentrar nos seios dela, e sentiu-se nauseado por tanta autodepreciação. – Eu só...

Outra humana entrou em sua mente, aquela corretora de imóveis com quem ele transara no armazém que ele acabara de comprar: visualizou as mãos dela contra a parede enquanto ele a pegava por trás, o anel de noivado reluzindo no dedo.

– Me desculpe... – ele grunhiu. E balançou ainda mais a cabeça, como se as lembranças fossem objetos que ele pudesse derrubar da sua mesa de consciência. – Eu...

Numa rápida sucessão, ele viu a morena que ele deixou chupar seu pau no escritório. A ruiva com quem transara junto à loira no banheiro da boate. O *ménage à trois* com as universitárias, a gótica no cemitério, a garçonete do Sal's, a farmacêutica, quando ele fora comprar Motrin certa tarde, a *bartender*, a mulher que vira numa concessionária de carros...

Cada vez mais rápido, até que as imagens ficassem como balas uma depois da outra, atingindo seu cérebro.

Ao se afastar de Selena, pareceu-lhe tanto bizarro quanto absolutamente apropriado que a única coisa que conseguia pensar era que os Sombras estavam certos.

Sexo com as humanas o contaminou.

E ele estava pagando o preço por esse veneno, ali, naquele instante.

Sentado à mesa da cozinha, Assail só conseguia encarar os primos. A dupla de assassinos contratados, traficantes e guarda-costas não só tomou banho antes da refeição, como agora se recostava contra as cadeiras, faltando pouco para abrir o botão das calças.

Quando a avó de Marisol se levantou mais uma vez, Assail meneou a cabeça.

– Madame, a senhora precisa apreciar o alimento que preparou com tanto empenho.

– Eu estou – ela foi até a bancada, onde cortou mais pão. – Esses meninos, eles têm que comer mais. Magros demais, magros demais.

Naquele ritmo, ela transformaria seus seguranças em... como era mesmo a expressão? Come-e-dorme.

E sabe o que mais, apesar de estarem satisfeitos, aqueles dois ainda aceitaram mais uma fatia de pão caseiro, diligentemente espalhando manteiga nelas.

Inacreditável.

Assail desviou o olhar para Marisol. A cabeça dela estava baixa, o garfo testando a comida do prato. Ela não comera muito, mas abrira o frasco de tampa acobreada que a doutora Jane lhe dera, e tomara uma das pílulas cinza e laranja.

Ele não era o único a observá-la. Os olhos de águia da avó monitoravam tudo: cada movimento do garfo, cada gole do copo d'água, todo o não comer que estava acontecendo.

Marisol, por sua vez, não olhava para ninguém. Depois do emocionante reencontro com a avó, ela se fechara, seu olhar permanecendo na comida, a voz limitada a sins e nãos a respeito de condimentos e temperos.

Ela recuara para um lugar no qual ele não queria que ela ficasse.

– Marisol – disse ele.

A cabeça dela se ergueu.

– Sim?

– Gostaria que eu lhe mostrasse o seu quarto? – no instante em que isso saiu da sua boca, ele olhou para a avó. – Se a senhora me permitir, claro.

De acordo com os costumes antigos, a fêmea sênior seria a *tuhtora* de Marisol, e apesar de ele raramente demonstrar respeito pelos humanos, parecia apropriado mostrar atenção à mulher.

A avó de Marisol assentiu.

– Sim. Tenho as coisas dela. Ali.

Havia uma mala de rodinhas estacionada ao lado do arco da sala principal.

Enquanto a avó voltava para seu prato, ele podia jurar que havia um sorrisinho na boca dela.

– Estou exausta – Marisol se levantou e apanhou o prato. – Sinto como se pudesse dormir para sempre.

Não vamos falar sobre isso, ele pensou, levantando-se também.

Depois de ela beijar a bochecha da avó e falar com ela na língua materna, colocou o prato na pia, e depois foi apanhar a mala. Ele desejou pôr o braço ao redor dela. Não o fez. No entanto, apanhou a mala antes dela.

– Permita-me.

A docilidade com que ela cedeu lhe disse que ela ainda sentia dor. E, tomando a liderança, ele a levou para as escadas. Havia dois lances: um que ia para o seu quarto, outro que descia para o porão, onde havia cinco quartos.

A avó e os primos estavam no andar de baixo.

Relanceando por sobre o ombro, ele a viu calada e sóbria logo atrás, os olhos abatidos, os ombros caídos por um cansaço que era mais do que apenas físico.

– Eu lhe darei o meu quarto – ele lhe disse. – Só para você.

Não seria apropriado ficar com ela. Não enquanto a avó estivesse na casa.

Ainda que fosse lá que ele quisesse ficar.

– Obrigada – murmurou ela.

Antes de se dar conta do que estava fazendo, ele desejou com a mente que a porta reforçada se abrisse, expondo os degraus de mármore preto e branco muito lustrosos.

Ai... caramba, pensou ele.

– Detectores de movimento – disse ela sem titubear.

– De fato.

Enquanto ela subia os degraus, Assail tentou não notar os movimentos do corpo dela. Parecia o auge do desrespeito, ainda mais com ela mancando.

Mas, Santa Virgem Escriba, ele a desejava como nada nem ninguém mais.

Seus aposentos ocupavam o andar superior inteiro, o espaço octogonal propiciando trezentos e sessenta graus de vista para o rio, para o distante centro urbano de Caldwell, e para a extensão de floresta a oeste. A cama era redonda com uma cabeceira encurvada, sua plataforma ficando bem no meio do quarto debaixo de um espelho de teto. A "mobília" era toda embutida: armários de raiz de nogueira serviam como mesinhas de cabeceira, cômodas e a área da escrivaninha não atrapalhavam em nada as paredes de vidro.

Apertando um interruptor ao lado da porta, ele acionou as cortinas, que deslizaram dos seus compartimentos escondidos, a extensão ondulando ao se travarem ao fim.

– Para sua privacidade – disse ele. – O banheiro é por aqui.

Ele esticou o braço e apertou outro interruptor. O esquema de cores do quarto era amêndoa e creme, e se repetia no piso de mármore, nas paredes e nas bancadas do banheiro. Engraçado, ele nunca se importara com a decoração, mas agora estava satisfeito com os tons relaxantes. Marisol merecia a paz conquistada nas suas árduas batalhas.

Enquanto ela andava pelo banheiro, seus dedos tracejavam as linhas do mármore como se tentasse pôr os pés no chão novamente.

Girando, ela o encarou.

– Onde você vai dormir?

Ele nunca foi de hesitar ao estabelecer sua posição, ainda assim, pigarreou antes de falar:

– Lá embaixo. Num dos quartos de hóspedes.

Ela cruzou os braços diante do peito.

– Não há nenhuma outra cama aqui em cima?

Ele sentiu as sobrancelhas se erguerem.

– Tenho um colchão extra.

– Você pode ficar? Por favor.

Assail se viu pigarreando mais uma vez.

– Tem certeza de que isso é apropriado, com a sua avó aqui?

– Estou tão assustada que, se eu ficar sozinha, nunca vou conseguir dormir.

– Então ficarei contente em atender o seu pedido.

Ele só tinha que se certificar de fazer apenas aquilo...

– Legal. Obrigada – ela fitou a Jacuzzi debaixo do peitoril da janela. – Isso parece fantástico.

– Permita-me enchê-la para você – ele se adiantou e abriu as torneiras de latão, a água uma corrente límpida e logo aquecida. – Ela é bem funda.

Não que ele a tivesse testado.

– Há uma cozinha utilitária aqui – ele abriu uma porta camuflada, revelando uma geladeira pequena, um micro-ondas e uma cafeteira. – E existem alguns mantimentos no armário, caso você sinta fome.

De fato, ele era um mestre no óbvio, não era?

Silêncio embaraçoso.

Ele fechou o armarinho.

– Vou descer enquanto você cuida...

O colapso de Marisol chegou sem aviso, os soluços abalando seus ombros, enquanto ela escondia o rosto nas mãos e tentava abafar o barulho.

Assail não tinha experiência alguma em confortar fêmeas, mas se aproximou dela sem nem pensar.

– Minha querida – murmurou, ao trazê-la para junto do peito.

– Não posso fazer isso... Não consigo...

– Não pode o quê? Fale comigo.

Abafada na camisa dele, a resposta saiu clara o suficiente.

– Não consigo fingir que não aconteceu – ela levantou a cabeça e seus olhos estavam luminosos devido às lágrimas. – É o que eu vejo toda vez que pisco.

– Psssiu... – ele ajeitou uma mecha de cabelo atrás da orelha dela. – Está tudo bem.

– Não está...

Amparando o rosto dela entre as mãos, ele tanto sentiu raiva quanto impotência.

– Marisol...

À guisa de resposta, ela agarrou os pulsos dele, apertando forte, e no silêncio que se seguiu ele teve a sensação de que ela estava lhe pedindo alguma coisa.

Bom Deus, ela queria algo dele.

Foi a imobilidade do corpo dela, a selvageria do seu olhar, aquele aperto em seus pulsos.

Assail fechou os olhos brevemente. Talvez ele estivesse interpretando mal tudo aquilo, mas ele não tinha tanta certeza... De todo modo, não era possível que ela estivesse pensando claramente, depois de tudo pelo que passara.

Ele recuou um passo.

– A banheira está quase cheia – disse com aspereza. – Vou confirmar as acomodações da sua avó, está bem? Pode me chamar se precisar de algo antes que eu volte.

Indicando o interfone, ele rapidamente saiu, fechando a porta atrás de si. Recostando-se contra ela, desejou bater a cabeça na parede algumas vezes, mas não quis alertá-la quanto ao seu conflito.

Passando a mão pela frente das calças, teve a intenção de rearranjar a ereção em uma posição socialmente aceitável, porém, no instante em que o contato foi feito, ele gemeu e soube que tinha que cuidar de certas coisas.

Ele mal conseguiu chegar ao banheiro do escritório do primeiro andar. Trancando-se, ele apoiou as mãos na bancada de mármore e pendeu a cabeça.

Ele só ficou assim por três batidas de coração.

O cinto foi aberto com a rapidez de um pano caindo, e o zíper da calça fez o mesmo favor, e logo seu pênis, duro como uma rocha e latejante, explodiu dos quadris.

Mordendo o lábio inferior, ele se espalmou e começou a empunhar, o peso do corpo totalmente apoiado no braço, o prazer tão intenso a ponto de doer.

O gemido que ele emitiu ameaçou se difundir pela casa, mas não havia nada que ele pudesse fazer a respeito. Ele estava envolvido demais para se deter ou para alterar o curso das suas reações.

Mais rápido, para cima e para baixo, até que morder o lábio já não fosse o suficiente: ele teve que virar o rosto para o braço e morder os bíceps, as presas afundando no músculo através do suéter e da camisa.

O orgasmo o atingiu com força, os picos afiados como adagas penetrando-o, a ejaculação apanhada pela palma livre enquanto ele se cobria.

Mesmo no clímax, ele honrou sua Marisol: deliberadamente livrou a mente das imagens dela, determinado a tornar aquilo um mero ato físico.

Quando tudo terminou, ele não se sentiu nem um pouco aliviado.

E se sentiu sujo mesmo depois de ter se limpado.

Capítulo 32

Beth encontrou o kit de medicação na pia do banheiro. Depois de se assustar com a condição da mesa de bilhar e de todo o resto, ela subira e imediatamente atravessara o quarto para ir tomar banho, onde encontrara a bolsinha de couro entre a pia dela e de Wrath.

A princípio, ela pensou que fosse uma caixinha de óculos de um dos pares de Wrath, só que ela era macia e mole.

E foi quando ela esticou a mão para apanhar a coisa que a primeira onda a atingiu.

Um ar úmido e quente floresceu em todo o seu corpo, da nuca até as pernas, do rosto e garganta até a barriga e depois descendo até os pés.

Como se ela tivesse ligado o chuveiro.

Dispensando a sensação, ela abriu o zíper da caixinha, revelando o kit. Nada de óculos. Em vez disso, havia um frasco de vidro com um líquido transparente nele e três seringas, tudo bem amarrado como se fossem numa viagem de carro e quisessem atender à obrigatoriedade do cinto de segurança. A etiqueta do frasquinho estava virada para baixo, e ela o girou para ver o que era.

Morfina.

Ela nunca vira nada do gênero entre as coisas de Wrath. E não foi difícil imaginar que ele pudesse ter procurado a doutora Jane – ou, ah, inferno, até mesmo Havers – para se preparar para o caso de ela entrar...

Outra onda de calor a assolou, e ela franziu o cenho para a ventilação do teto. Talvez Fritz tivesse que dar uma olhada no sistema de aquecimento central...

Quando seus joelhos cederam sem nenhum aviso, ela mal teve tempo de se segurar na bancada, o kit se espalhando pela pia de Wrath, seus dois frascos de perfume Chanel sendo derrubados. Com o gemido de um animal ferido, ela tentou se erguer, mas o corpo não atendia.

Ele seguia o seu caminho.

Um poder tremendo e vulcânico explodiu para fora dela, despindo-a de toda força para impedir que ela caísse no chão. Caída, ela se enroscou em si mesma, amparando o baixo ventre, suspendendo os joelhos até o peito. O mármore fresco mal registrado quando um incêndio florestal de repente se alastrou sob sua pele, transformando-se numa necessidade premente, num desejo sexual sobrepujante que exigia uma coisa e uma coisa somente.

Seu parceiro.

Virando-se de costas, ela rolou de lado e depois de barriga para baixo. Agarrando-se ao piso liso, ela esfregou as coxas, tentando encontrar algum alívio, algum respiro da dor que tomava conta de tudo.

Quantas horas? Quantas horas Layla dissera que aquilo durava?

Vinte e quatro? Não, mais...

Beth gritou quando outra onda atravessou seu corpo, o suor brotando dos seus poros, as presas descendo das gengivas.

E uma parte distante sua tomava ciência de que aquilo era apenas o começo. Apenas a primeira artilharia, e ia piorar. Conforme o tempo passasse, seus hormônios a deixariam incapacitada de todo o resto a não ser respirar.

E pensar que ela se prontificara para aquilo?

Loucura.

O cio era como um par de punhos torcendo seu corpo a ponto de ela ter certeza de que devia ter alguns ossos fraturados. Não, não, aquilo ia matá-la, como não poderia? E a necessidade de fazer sexo? Aquilo sequer se tratava de conceber um filho... Era uma questão de sobrevivência...

Wrath.

Ah, Deus, ele subiria para ali. Assim que terminasse de falar com Tohr. E a encontraria no chão e... depois?

Mesmo em meio ao caos dos hormônios, conseguiu pensar que ele ficaria numa terrível posição: servi-la e viver com as consequências que odiava ou vê-la sofrer.

O que ele jamais faria.

As palmas deslizaram no piso liso conforme ela erguia o torso de mil quilos do chão. Subindo pelos puxadores das gavetas como se eles fossem degraus, ela teve que fazer uma pausa na bancada, a vista embaçando, os olhos tentando focalizar enquanto o corpo implorava pelo sexo que simplesmente não poderia ter.

Antes que sucumbisse inteiramente àquilo, cuidaria de certas coisas ela mesma.

As mãos tremiam tanto que ela precisou de algumas tentativas para conseguir segurar o kit, mas, por fim, ela conseguiu apanhá-lo e levá-lo consigo para o chão. Intervalo para nova pausa no piso frio. Mas não muito. Os acessos vinham cada vez mais fortes e mais rapidamente.

Os dedos desajeitados tiraram o frasco do elástico, fazendo-o escorregar para longe.

Ela chorava quando arrastou o corpo na direção do frasco, o braço esticado, a mão tateando...

– Beth... – disse uma voz – ah, meu Deus... *Beth*...

Uma palma masculina desceu dos céus, à sua procura, tentando localizá-la no ar e, em meio à sua confusão, ela tentava entender os comos e os porquês, só que seu corpo fez a conexão por ela.

Wrath.

Conforme os coturnos surgiram no seu campo de visão, seus hormônios explodiram, reagindo à presença dele, aumentando a um nível que fazia com que o Inferno não estivesse na Terra, mas sob sua pele, fervendo seu sangue, fazendo seu sexo urrar por algo que somente ele podia lhe dar.

Mas que jamais teria.

– Vai... – ela gritou, numa voz entrecortada. – Pode me drogar... ou me dê as...

Wrath se ajoelhou ao seu lado.

– Beth...

– Me dê as drogas! Eu mesma faço isso...

– Não posso deixar...

Prendendo-o com o olhar, ela não tinha forças para brigar com ele.

– Me dê as malditas drogas!

O corpo de Wrath começara a reagir no instante em que pusera os pés nas escadas e subira para seus aposentos e, quando chegou ao banheiro, ele entendeu exatamente o que estava acontecendo. Assim como qual seria a solução: todos os seus instintos urravam para que servisse a sua fêmea, aplacasse seu sofrimento do único modo que importava.

Sacudindo-se, ajoelhou-se e tateou por ela, seguindo o som da voz dela e o debater do corpo contra o piso de mármore. Ela estava jogada, retorcia-se de dor, perdida nos espasmos do cio.

– Me dê as malditas drogas!

Levou um instante para que a exigência dela fizesse sentido, e logo ele percebeu que aquele era um momento na vida quando o caminho apresentado se bifurcava e, em sua cabeça, nenhuma das alternativas era boa.

– Wrath... – ela gemeu. – Wrath... apenas me drogue.

Ele pensou no kit que deixara sobre a bancada. Tudo o que precisava fazer era abri-lo, encher a seringa e injetar a morfina nela. E então, o sofrimento seria aplacado...

Apenas parcialmente, uma parte sua observou...

Uma onda renovada de desejo varreu o corpo de Beth, o arfar dela se elevando a um grito, os membros se chocando contra ele quando ela teve outro espasmo.

Ele não teve muita certeza quando tomou a decisão. Mas, de repente, as mãos partiram para o botão do cós da calça, a medicação esquecida, a direção escolhida.

– Segure firme, *leelan* – ele grunhiu ao libertar a ereção. – Segure firme, estou chegando...

Pode apostar.

A não ser quando procurou as pernas dela e tentou tirar-lhe os jeans, isso demorou um século: o corpo dela se debatia, as coxas se abrindo e fechando enquanto ela virava e se revirava no chão, mas quando ele finalmente tirou os malditos das pernas dela ele não perdeu mais tempo. Forçou-a ficar quieta, segurando-a pelos quadris e então...

Beth gritou o nome dele ao ser penetrada, as unhas se enterrando nos ombros dele, os seios se comprimindo ao encontro do peito largo. Ele gozou imediatamente, as bolas se contraindo e depois se libertando. Não estava preparado para a reação dela. Enquanto ela gozava junto com ele, o seu sexo o ordenhou, contraindo toda a sua extensão, quase arrancando o pau do seu corpo...

Ele gozou de novo. Com tamanha violência que mordeu a própria língua.

Bombeando contra ela, dentro dela, ele enrijeceu novamente e ficou enlouquecido... até seu corpo precisar de uma pequena pausa para se recuperar. E foi nesse instante que sentiu a diferença que fazia para ela: Beth também estava numa breve pausa, a tensão em seu corpo relaxando como se as moléculas estivessem recobrando o fôlego.

Mas antes que conseguisse se parabenizar, ele sentiu algo mais. A tristeza permeava o ar, o tempero triste detendo-o e fazendo com que ele virasse a cabeça como se pudesse fitá-la nos olhos.

– Não chore – disse, rouco. – *Leelan*, não...

– Por que está fazendo isso? – ela gemeu. – Por quê...?

Só existia uma resposta. Para aquela noite... e para todo o sempre.

– Porque eu te amo mais do que qualquer coisa.

Mais até do que a si próprio. Mais do que qualquer futuro filho.

A mão trêmula dela resvalou seu rosto.

– Tem certeza?

Ele respondeu voltando a se mexer dentro dela, os movimentos rotatórios entrando e saindo do sexo lubrificado. E a reação dela? O som que ela emitiu era parte um ronronar, parte um grunhido, os hormônios voltando a se elevar.

Por algum motivo, ele pensou na visão de Vishous.

Estou te vendo parado num campo branco. Branco, tudo branco ao seu redor. E você está falando com o rosto no céu.

O futuro está em suas mãos.

Céus, ele sentia como se o Fade estivesse respirando no seu cangote, perseguindo-o, e mesmo isso sendo verdade para todo ser vivo, ele se sentia na mira, como se a sua data de validade estivesse ali, logo na dobra da esquina.

Isso não significava que Beth viveria mais do que ele. Muito pelo contrário. A causa mais provável do seu fim... Era o fim dela.

Abaixando a cabeça para o pescoço dela, ele passou os braços por trás do corpo dela e se empenhou no que tinha em mãos. Ceder, desistir, seguir em frente era como saltar de um despenhadeiro – o salto era a parte fácil, porque uma queda livre não custava nada.

Era a aterrissagem que matava.

Capítulo 33

Sola fechou os olhos ao afundar o corpo ainda mais na banheira. Enquanto o nível da água subia, cobrindo tudo menos o pescoço e a cabeça, seu calor a fez perceber como estivera fria, não na superfície da pele, mas dentro da medula.

Fitando o corpo na luz tênue, sentia-se divorciada dele, e ela não era nenhuma idiota. Permitir que um patife a apalpasse para que ela pudesse sobreviver na noite anterior criara essa separação... A questão, agora, era: como recuperar a conexão?

Ela conhecia uma solução certa.

Mas ele a deixara sozinha ali.

Caramba, ela estava tendo dificuldades para seguir o sábio conselho de Assail. Fingir que aquelas horas, aquele medo, aquele horror jamais existiram parecia tão desafiador quanto passar pela experiência em si. Mas qual era a sua outra opção? Não podia respirar o mesmo ar que a avó com tudo o que fizera e vira diante da sua mente.

Fitando-se novamente, ela moveu as pernas. Em meio à ondulação da água, ela viu a bandagem na coxa distorcer-se e formar-se, distorcer-se e formar-se. Esticando a mão dentro da água, ela puxou, arrancando o adesivo completamente. Ela sabia que não deveria molhar os pontos ainda... Ops.

Onde mesmo Assail a levara para ser tratada? O lugar era rico, desde o sistema de segurança até o complexo médico, incluindo todas as pessoas. Seu cérebro tentava encontrar um sentido em tudo aquilo, e a única conclusão a que chegara era "governo".

Mesmo ele tendo rido ante sua conclusão, ela não conseguia pensar em nenhuma outra explicação.

Mas ele não a prendera.

Fechando os olhos, perguntou-se como ele conseguira encontrá-la. E exatamente o que fizera com Benloise. Merda, a imagem do sangue no rosto de Assail, ao redor da boca...

Quem assumiria o controle em Caldwell agora?

Era óbvio.

Erguendo uma mão para fora da água, ela afastou os cabelos. A umidade estava subindo pelo seu comprimento, aquecendo a base na nuca, fazendo-a transpirar.

Deus, era tudo tão tranquilo ali.

Vivera naquela casa com a avó por quase uma década e estava acostumada ao barulho da vizinhança: carros passando, cachorros latindo ao longe, crianças gritando e brincando enquanto jogavam basquete nas entradas das garagens. Ali? Somente a água se movendo contra a beira da banheira enquanto ela movimentava as pernas, e ela sabia que o silêncio não se devia somente à ausência de casas nas redondezas. Aquele lugar fora construído como uma fortaleza, e tinha seus truques. Truques de alto nível.

Relembrou a primeira noite em que fora ali, a pedido de Benloise. A sua missão fora espionar Assail e seu castelo, e o que ela descobrira a confundira: aquelas cortinas holográficas estranhas; as câmeras de segurança. E o homem em si.

Talvez estivesse pensando demais. Talvez Assail e seus camaradas fossem do tipo que se preparam para o apocalipse, com muito afinco...

Fechando os olhos, deixou tudo de lado e apenas flutuou na água. Ela tinha passado pelo inferno, e seu corpo já tinha suportado agitação demais, muito obrigada...

Abruptamente, as emoções ressurgiram, tantas que era impossível refrear.

Erguendo-se, a água se movimentou e molhou o chão.

– Droga.

Quanto tempo demoraria até ela se sentir normal? Quantas noites de medo, e distrações na hora das refeições, e acessos de choro escondidos seriam necessários?

Saindo da banheira, apanhou uma toalha felpuda de cima da bancada e se retraiu quando ela entrou em contato com a pele. Era como se seus nervos estivessem em alerta máximo, com cataventos girando a cada resvalada do tecido, a cada lufada do ar saindo da ventilação no teto, todos os arrepios da água evaporando...

– Você é linda.

O calcanhar molhado guinchou quando ela se virou na direção da porta. Assail pairava nas sombras, uma presença escura e indistinta que a fez se sentir mais do que nua.

Houve um instante de eletricidade quando seus olhos se encontraram.

E, então, ela abaixou a toalha.

– Preciso de você.

O som que ele exalou foi de um tipo de derrota, mas ela não se importou. Ela conseguia sentir o chiar no ar entre eles, e sabia que não era unilateral.

– Agora – exigiu.

– Como posso dizer não... – sussurrou ele naquela voz carregada de sotaque.

Ele se aproximou e a segurou pelo rosto, com as mãos grandes e quentes... e foi um alívio tão grande tê-lo se curvando e resvalando os lábios nos seus, pregueando sua boca, acalentando-a ao mesmo tempo em que a excitava. E logo ela se viu suspensa no ar, nos braços dele, sendo carregada até o quarto.

Com uma gentileza incrível, ele a deitou sobre a colcha como se ela estivesse na iminência de se partir – o que era bem plausível. Mesmo com seu corpo reagindo a ele, afrouxando e se derretendo, ela estava no limiar de se romper.

Mas aquilo ajudaria.

Ela o puxou pelos ombros quando ele se acomodou ao seu lado na cama, como se ele estivesse preocupado em não prendê-la de algum modo que a aterrorizasse. Só que ela queria que o corpo dele a prendesse; queria sentir a pressão sobre ela no colchão, substituindo a lembrança com a realidade; trocando a sua consciência com o contato.

Sola o puxou para si. Afastando as pernas para abrir espaço, a ereção dele, confinada atrás das calças, foi direto para o centro dela, as calças pregueadas resvalando contra a pele sensível dela, fazendo-a gemer... da maneira certa.

Mais beijos, mais língua entrando em sua boca, as palmas em seus seios. Ele era melhor do que a água da banheira para as suas dores e sofrimento, ainda mais ao rolar o quadril contra o dela, esfregando o sexo dela com a promessa do seu, envolvendo-a com facilidade. Quando os mamilos enrijeceram a ponto de ficarem doloridos, ele pareceu saber do que ela precisava em seguida, rompendo o contato com a boca e percorrendo com beijos o caminho até eles.

A língua foi preguiçosa ao lamber ao redor de um deles, depois do outro, antes de sugar a ponta, puxando-a.

Arqueando em direção ao prazer, ela afagou as costas dele, as ondas espessas propiciando-lhe mais do que o suficiente em que se agarrar... enquanto ela olhava para o espelho no teto.

Observando-o fazer amor com ela.

– Ah, Marisol... um banquete para os olhos... – as pálpebras estavam caídas quando ele ergueu a cabeça para olhar para o corpo dela. – Você é o sonho de todo macho.

Dificilmente. Ela era magra como um garoto, quase sem quadris, e os seios eram grandes apenas o suficiente para exigirem o uso de um sutiã... Só que assim, naquela luz suave, sobre a cama redonda, debaixo do olhar penetrante dele, ela era tão voluptuosa quanto qualquer outra mulher do planeta, completamente excitada e pronta para ser agradada pelo seu homem.

Mesmo ele não sendo de fato seu.

Voltando a abaixar a cabeça, ele retomou o trabalho de cuidar dos seios mais um pouco, enquanto os dedos desceram para o quadril e a parte externa da coxa. Para cima e para baixo, ele acarinhou sua coxa, enquanto a sugava e mordiscava.

Depois, ele escorregou a mão para o meio delas, substituindo a ereção recoberta, passando sobre seu sexo úmido uma vez, duas... para depois esfregar.

Ele recapturou a boca dela enquanto os dedos sondavam.

Por uma fração de segundo, ela se retraiu e enrijeceu, o corpo se lembrando da última vez em que aquilo acontecera.

Assail imediatamente parou com tudo. Encarando-a, a sua expressão ficou sombria a ponto de parecer violenta.

– O quanto você foi machucada?

Sola apenas balançou a cabeça. Não queria pensar nisso, não quando o alívio estava tão perto que ela quase conseguia tocá-lo.

– Marisol. Quanto?

– Pensei que eu devesse esquecer o que aconteceu.

Os olhos dele se fecharam como se ele estivesse sofrendo.

– Eu não quero que você sofra. Nunca mais. Mas, especificamente, nunca desse modo.

Deus, ele era maravilhoso, aquele lindo rosto transformado pela agonia em seu favor.

Ela esticou a mão e afagou-lhe a testa, esticando as rugas que tinham se formado.

– Apenas fique comigo. Transforme isso para que seja apenas você e não... nada nem ninguém mais. É disso que eu preciso agora.

Toda vez que Assail achava que aquela fêmea não tinha mais como surpreendê-lo, Marisol o levava para outro nível, mais profundo. Naquele caso, a ideia de que algum homem tivesse brutalizado seu corpo sagrado... Virgem Escriba no Fade, seu cérebro literalmente se fechava num congestionamento de agressão e agonia.

No entanto, um toque só dela era o bastante para redirecioná-lo dessa violência.

– Não pare – ela suspirou ao afagar o pescoço dele com o nariz...

O gesto inocente disparou uma reação imediata nele, as presas cedendo dentro da boca, a urgência em marcá-la ao sugá-la na veia era quase tão forte quanto sua resolução permanente de não permitir que ela soubesse quem ele era de verdade.

Ela já fora suficientemente traumatizada...

As mãos dela seguiram para a camisa para puxá-la de dentro das calças. E depois ela se ocupou com o cinto.

Só que ele não se permitiria se distrair. Não até que soubesse...

– O que ele fez com você? – exigiu saber.

Quando Marisol se deteve, uma parte dele se perguntou por que ele a pressionava, ainda mais ante o conselho que ele insistira em dar.

– Eu fiz o que tinha que fazer para distraí-lo – disse, seca. – E depois o ataquei nas bolas.

Assail exalou.

– Deveria ter sido eu a matá-lo.

– Para defender a minha honra?

Ele estava totalmente sério ao olhar para ela.

– Absolutamente.

Os olhos dela pareceram se prender aos dele.

– Debaixo disso tudo, você é um cavalheiro de verdade, não é...

– Matei Benloise – ele se ouviu dizer. – De um modo que o fez sofrer.

As pálpebras dela se abaixaram brevemente.

– Como soube que foi ele quem me sequestrou?

– Eu a segui na noite em que invadiu a casa dele.

– Então era você – ela balançou a cabeça. – Eu podia jurar que havia alguém comigo. Mas não tinha certeza. Jesus, você me faz sentir vergonha no que se refere a seguir o rastro de alguém...

– Por que foi até lá? Eu fiquei me perguntando quanto a isso.

O sorriso que ela lançou estava carregado de ironia.

– Porque ele me mandou parar de segui-lo e se recusou a me pagar o total do montante combinado. Quero dizer, eu estava preparada para manter o meu lado do acordo, mas alguma coisa o assustou. Você?

Ele assentiu uma vez, tomando-lhe a boca de novo, bebendo do gosto dela.

– Nada mais disso para você.

– Do quê?

– Desse tipo de trabalho.

A rigidez dela retornou, mas só por um segundo.

– Concordo.

Deus, era isso o que ele precisava ouvir e nem sabia: a ideia de que ela estaria segura causou uma agitação tão grande que ele teve que piscar várias vezes para superar.

E assim que ela passou, Assail se despiu rapidamente, os tecidos finos flutuando pela beira da cama até o chão. Em seguida, estava pele contra pele, sustentando-se acima das coxas afastadas, o pênis rijo, mas feliz em esperar.

Quando, por fim, posicionou a cabeça na entrada do sexo dela, ele entendeu que se perderia para sempre se completasse o ato. Ou talvez isso fosse uma mentira. Talvez... ele já estivesse perdido desde a primeira vez em que se encontrara com ela na neve.

Penetrando-a lentamente, sentia-a arquear contra seu peito, observando os olhos revirarem para trás, e desejou que nunca tivessem se encontrado. Por melhor que aquilo fosse, ele não precisava de uma fragilidade como ela em sua vida. Mas, tal qual uma ferida coberta por sal, ela estaria permanentemente em sua pele.

Pelo menos ela ficaria ali com ele, sã e salva.

Esse era o seu único consolo.

Movendo-se devagar, com cuidado, ele entrou e saiu do abrigo úmido dela, o pau sendo afagado por todos os lados. Teve que cerrar os dentes e travar a lombar para sustentar o ritmo, ele queria ir cada vez mais rápido, mas não era uma opção.

E, sim, ele sabia exatamente o que ela queria: ela o estava usando como uma borracha, e ele estava mais do que satisfeito em assumir o papel.

Qualquer coisa por ela...

Marisol se reposicionou, envolvendo-o com as pernas, angulando-se para que ele atingisse mais fundo. Uma investida mais tarde, ela o segurava firme pelos ombros. E o ápice estava perto dela, tão perto.

– Estou com você – disse ele ao encontro do seu cabelo. – Solte-se que eu a seguro.

A cabeça dela pendeu para trás, as unhas se enterraram e o corpo se retesou, e ele parou, sentindo os repuxões em sua excitação, as sutis compressões que o prendiam.

Virando o rosto para o pescoço dela, ele só teve a intenção de ficar perto, de senti-la mais, estar mais próximo das necessidades dela.

Mas ela se moveu inesperadamente, arqueando o corpo, mudando de posição, e o pescoço dela se pressionou contra sua boca... suas presas.

O arranhão foi o de menos. O sabor dela foi tudo.

Antes que conseguisse se conter, ele a arranhou mais profundamente.

Sua Marisol gemeu e desceu as mãos para os quadris dele, puxando-o como se quisesse que ele voltasse a se movimentar.

– Estou tomando pílula – disse ela de uma vasta, vasta distância.

A mente enevoada dele não entendeu o que aquilo significava, mas o som da voz dela foi o bastante para fazê-lo voltar para a realidade. Lambendo a ferida que provocara, ele tanto a fechou quanto levou mais sangue dela para dentro de si, ainda que fosse uma quantidade ínfima perto da que ele queria.

– Continue – ela pediu. – Por favor... não pare.

Assail ficou tentado a entender mal aquilo e mordê-la como se deve, tomá-la por completo. Mas não faria isso sem a permissão dela. Um estupro se dava de muitos modos – e uma violação era uma violação, ainda mais quando apenas um lado tirava prazer do ato.

Entretanto, ele concluiria o ato sexual.

Segurando-a com mais firmeza, mergulhou e emergiu, mergulhou e emergiu, balançando os quadris.

No último instante, retraiu-se e gozou sobre a barriga dela, os espasmos jorrando seu cheiro sobre a pele dela.

Por mais que ele quisesse mais daquilo – e pretendesse possuí-la em seguida –, ele não completaria o ato dentro dela até que ela soubesse toda a verdade a seu respeito. Só depois disso, ela poderia decidir honestamente se o queria ou não como amante.

Com os lábios contra o ouvido dela, disse:

– Mais, sim...

O gemido que ela emitiu foi uma resposta perfeita. E mesmo antes que ele tivesse desvanecido, antes que as unhas se enterrassem novamente em seus flancos e as pernas o comprimissem, ele voltou a se mover, o sexo moderado pelo seu respeito por ela, e, no entanto, ainda mais vívido por conta do comedimento.

Nunca antes ele esteve com uma mulher, ou uma fêmea, daquele modo.

Depois de anos fazendo sexo, ele sentiu como se, finalmente, estivesse com alguém pela primeira vez.

Capítulo 34

Ajoelhando-se diante da plataforma do leito, Wrath contava os intervalos entre as respirações da sua amada, medindo as inspirações enquanto elas empurravam o braço que ele esticara sobre a cintura dela. Os intervalos entre as inspirações cada vez maiores, as expirações cada vez mais lentas.

E, nesse meio-tempo, seu próprio coração continuava a bater e seus pulmões faziam o seu trabalho, e seu corpo continuava funcionando.

Parecia tão cruel... E ele teria trocado sua saúde pela dela num instante. Teria lhe dado tudo só para mantê-la consigo, mas, como isso não era possível, ele pousou a palma no cabo da sua adaga encrustado de joias e a colocou entre eles.

Concentrando-se nos lábios entreabertos, ele deixou a adaga num ângulo apontado direto para o seu coração. Os suportes da plataforma foram construídos com painéis firmes de carvalho, e, por acaso, estavam na altura correta para o que ele necessitava: apoiando a ponta do cabo da arma para a madeira, ele manteve a adaga para cima em sua mão e se inclinou, medindo a distância que ele tinha que ultrapassar.

Pousando o esterno na ponta da lâmina, ele empurrou o suficiente para sentir uma fisgada.

Satisfeito com o ângulo, ele virou a faca e inseriu a ponta na madeira, entalhando um círculo em seus veios, criando um ninho para a base. Enquanto ele entalhava, parecia um desperdício gastar as últimas respirações de Anha com tais esforços; ele deveria estar se concentrando nela e somente nela.

Mas era necessário tomar algumas medidas.

Se a perdesse antes de cuidar daquilo, era possível que sua tentativa fosse falha, e ele precisava garantir que não houvesse chance de sobrevivência...

– O que... você está... fazendo?

A cabeça de Wrath se ergueu. A princípio, ele não compreendia a visão diante dele.

Sua Anha virara o rosto pálido para ele e o fitava por baixo de pálpebras pesadas.

A ponta da adaga escorregou do poleiro que ele estava criando, afundando no pulso da mão com que ele se sustentava. O corte não foi percebido.

– Anha...?

A língua dela lambeu o sangue dos lábios.

– Nosso filho...

Na verdade, ele não ouviu o que ela disse. Lágrimas surgiram em seus olhos e seu coração bateu forte, e ele se perguntou primeiro se aquilo não seria um sonho... uma consequência por ter dado cabo da própria vida, apunhalando-se bem no lugar em que seu amor por ela era mais vivo.

Mas não, ela estava tentando tocá-lo no rosto. Tocá-lo com reverência, como se ela também não conseguisse compreender seu retorno à consciência.

– Anha! – ele pressionou os lábios aos dela e depois enxugou as próprias lágrimas do rosto frio dela.

Abruptamente, o conselho do curandeiro lhe veio à mente, e ele se apressou em levar seu pulso à boca dela.

– Beba, meu amor, não fale comigo agora. Beba. *Antes de mais nada, você tem que beber!*

Sua Anha teve dificuldade apenas por um instante, antes de conseguir beber adequadamente. E de novo. E uma terceira vez.

Quando ela gemeu e fechou os olhos, não foi por desconforto ou medo. Não, foi por uma satisfação vital, como se ela estivesse aplacando uma fome que a fazia sofrer e a agonia estivesse diminuindo.

– Beba... – disse ele, quando tudo ficou ainda mais embaçado. – Meu amor... Tome de mim e volte...

Afagando os cabelos dela, ele fitou a adaga. E rezou para que aquele milagre permanecesse com eles. Que ela continuasse reavivada e logo se recuperasse...

– Meu senhor?

Ao som da voz grave, Wrath virou a cabeça sem remover a sua veia dos lábios dela. O Irmão da Adaga Negra Tohrture estava junto à porta fechada do quarto, tendo entrado silenciosamente.

– Ela despertou – Wrath disse rouco. – Graças à Virgem Escriba... ela despertou.

– Sim – disse o Irmão. – E eu necessito falar com o senhor.

– Não pode esperar... – ele voltou a se concentrar na amada. – Deixe-nos...

O Irmão avançou, e aproximou os lábios do ouvido de Wrath, a fim de que nenhuma palavra escapasse.

– A aparência dela é a mesma do seu pai quando ele morreu.

Wrath piscou. Levantou o olhar.

– O que disse?

O Irmão tinha os mais incríveis olhos azuis, de uma cor que rivalizava com as pedras de água marinha que haviam sido compradas especificamente para o vestido de primavera de Anha.

Voltando a se inclinar para baixo, ele sussurrou uma vez mais:

– O seu pai apresentou isso na noite em que morreu.

Quando o Irmão se endireitou, aqueles olhos não vacilaram. Nem sua expressão. Tampouco o corpo.

Uma centelha de raiva fez Wrath cerrar os punhos. A última coisa que queria que se intrometesse naquele espaço sagrado de esperança era qualquer lembrança daquela outra noite de perda... quando se apressara para o castelo cavalgando um garanhão negro, atravessando a floresta, arriscando a própria vida a fim de regressar a tempo.

De fato, por mais que desejasse que os capítulos daquela história ficassem afastados da sua mente, eles lhe voltaram com clareza: ele sofrera ferimentos durante as horas de luz do dia, uma escorregada e uma queda em seus aposentos que o fizeram cair sobre uma ponta de metal. Aquele ferimento o impossibilitara de se desmaterializar, mas ele estivera bem o bastante para partir do castelo quando recebera o chamado para ir até uma das Famílias Fundadoras.

Quando partira ao cair da noite, ele não tivera a intenção de retornar até a noite seguinte.

Mas a Irmandade fora buscá-lo uma hora mais tarde.

Quando conseguira voltar ao castelo, já era tarde demais. Seu pai se fora.

E no que se referia às aparências, era verdade que algumas mortes mostravam sua origem: os assassinados, os mutilados, os idosos... No caso do pai, todavia, o Rei parecera apenas adormecido, o corpo lavado e vestido nos mantos cerimoniais, o cabelo penteado, as luvas e os sapatos nos lugares como se ele pretendesse sair andando do túmulo.

– O que está dizendo? – Wrath balançou a cabeça. – Eu não posso...

Outro sussurro em seu ouvido:

– Observe as unhas.

Enquanto os olhos de Anha se abriam e se arregalavam ante a presença do Irmão, Wrath se inclinou e a beijou na testa.

– Não se preocupe, meu amor.

No mesmo instante, ela se acalmou sob o seu toque e sua voz, continuando a se alimentar ao cerrar novamente os olhos.

– Isso mesmo – murmurou ele. – Beba o que posso lhe prover.

Quando ele teve certeza de que ela estava acomodada novamente, relanceou para as mãos dela e franziu o cenho. As unhas estavam... azuis.

As mãos do pai estiveram enluvadas.

– Venha mais tarde – disse ele ao Irmão. – Eu o chamarei.

Tohrture assentiu e caminhou para a porta. Antes de sair, disse claramente:

– Não permita que ela se alimente de nada que não tenha sido provado antes.

Veneno? Aquilo foi causado por... veneno?

Quando seus aposentos foram fechados novamente, Wrath sentiu uma calmaria estranha se apossar dele: força e objetivo retornaram-lhe enquanto a sua Anha continuava a sugar da sua veia, as pequenas sorvidas se transformando em verdadeiros goles. E quanto mais ela tomava, mais a cor da morte abandonava seus dedos.

Após a morte do pai, ele se apagara no mundo, até ela ter sido trazida para ele e se tornar a força motriz não só das respirações dos seus pulmões e das batidas do seu coração, mas do seu reinado como Rei.

E pensar que seu pai pôde ter sido tirado dele? E agora sua amada fêmea?

Ao pensar na expressão de Tohrture... soube que existiam inimigos na corte. Inimigos capazes de matar.

A ira ferveu sob a superfície, transformando-o por dentro... do mesmo modo que aço e ferro eram forjados.

– Não se preocupe, meu amor – disse ele, segurando-lhe a mão. – Eu cuidarei de tudo.

E sangue será derramado como as lágrimas que você verteu em sua dor.

Sim, ele era o Rei. Mas antes de tudo o mais, ele era o hellren *daquela magnífica fêmea – e ele teria o seu* ahvenge.

Capítulo 35

– Dentre tantas coisas sobre as quais eles tinham que estar certos...

Enquanto Trez permanecia deitado no chão frio do banheiro, ele cobriu os olhos com o antebraço. Estava bem ciente de que seu pau estava murchando, todo aquele sexo sem sentido que fizera roubando todo o vento do seu veleiro e muito mais.

Mas ele estava ainda mais ciente de quem estava ao seu lado, nua sobre o tapete de peles.

Merda, ele tinha que colocar aquela toalha de volta sobre o quadril e...

– Quem são "eles"?

Agarrando o tecido felpudo, ele nem conseguia olhar para Selena.

– O meu povo.

– Sobre o que eles têm razão?

– Por que você ainda está aqui?

Quando percebeu como aquilo tinha soado, ele se ergueu – e percebeu o retraimento dela.

– Desculpe, eu... só não entendo como você me tolera.

Maldição, ela estava absolutamente comestível sentada ali, o manto cobrindo nada além dos ombros, os mamilos ainda rijos, as pernas arranjadas de modo que, se ele se movesse apenas um pouquinho, ele conseguiria ver...

Selena puxou o manto por sobre o corpo, e por mais que isso fosse sofrido para ele, era a coisa certa a fazer em tantos níveis. Ele arruinara o que estivera acontecendo entre eles.

Mas pelos motivos certos.

– Sinto muito – disse ele, pensando que isso deveria estar tatuado na sua testa para que pudesse enxergar no espelho, todas as manhãs, todas as noites.

Ele jamais deveria ter levado as coisas tão longe. Nunca.

– Por ter parado?

– Não, não lamento isso – quando ela se retraiu, ele quis se chutar nas bolas. – O que quero dizer é... Merda. Eu não sei. Eu não sei de nada agora.

Houve um silêncio demorado. E depois ela disse com calma:

– Você precisa saber que não há nada que não possa me contar.

– Cuidado com isso... É difícil fechar a caixa de Pandora.

– Nada – os olhos delas estavam totalmente claros ao fitá-lo. – Não tenho nada a temer, de você ou por você. No entanto, acredito que você me deva uma explicação. Desde que não tenha intenção de continuar e só para que eu não me culpe por isso.

Uau, ok. Se ele a achava sexy antes? Agora, ela estava no território das deusas. Beleza física era uma coisa; ter coragem era algo ainda mais atraente.

E ela tinha razão.

– Muito bem – disse ele, sentindo-se um refugo absoluto. Mas ela tinha o direito de saber. – Transei com muitas humanas nos últimos dez anos, e nenhuma delas importava para mim até esta noite, com você. E acho que vou condenar meus pais a uma morte angustiante. Fora isso, estou bem.

As sobrancelhas dela se ergueram. Mas ela não se retraiu; não saiu correndo. Contudo, houve algumas respirações profundas.

– Talvez seja melhor nos concentrarmos na segunda metade disso. Sobre o que, em nome da Virgem Escriba, você está falando?

– É uma tremenda confusão... Eu sou uma confusão.

Ela aguardou, obviamente esperando que ele continuasse.

– E você não me disse nada.

Fitando-a nos olhos, ele sentiu um tremendo respeito por ela.

– Deus... como é possível que você exista?

– Ainda não contou nada – ela sorriu devagar. – Apesar de eu gostar da maneira como está olhando para mim.

Trez meneou a cabeça, sabendo que ela merecia muito mais do que ele seria capaz de lhe oferecer.

– Você não devia. Não devia mesmo.

– Isso cabe a mim decidir. Agora fale, se está tão determinado a me afastar de você, então use palavras para me convencer da sua feiura.

– A vida sexual ainda não fez isso?

– Sou treinada como *ehros*. Tenho a expectativa de que os machos transportam sua semente em todas as direções e distâncias.

Ele estreitou os olhos. O rosto dela subitamente se tornara impassível, e isso contava bastante.

– Há mais uma coisa.

– Que é...

– Estou prometido para alguém.

Ela quase conseguiu esconder seu tremor. Quase.

– De fato.

– É. De fato. E se eu não aparecer, os meus pais serão assassinados.

– Então não está apaixonado?

– Nunca a vi. E nem quero.

Parte da tensão abandonou a Escolhida.

– Não sabe nada sobre ela?

– Nada. A não ser pelo fato de ela ser filha da rainha.

Aqueles incríveis olhos ficaram ainda mais arregalados.

– Então, você fará parte da realeza.

Ele pensou em quanta diversão Wrath vinha tendo em seu trono e como Rehv vinha se distraindo como chefe dos *sympathos*. Pelo menos eles tinham permissão para sair à noite. Bem, mais ou menos, no caso de Wrath.

O seu futuro seria somente uma bela gaiola dourada.

– Meus pais me venderam quando eu era bem jovem – ele se ouviu dizendo. – Nunca tive uma chance, sabe? A menos que eu retorne ao Território, os dois não vão viver muito tempo.

A cabeça de Selena se inclinou para o lado, a mente obviamente se ocupando em pensar.

– Não existe possibilidade de negociação?

– Nenhuma.

– Seus pais não podem devolver o que receberam?

Ele pensou no sorriso cínico da mãe na noite em que a vira pela última vez.

– Mesmo que pudessem, não acho que o fariam.

As sobrancelhas dela se ergueram novamente.

– Tem certeza?

– Seria coerente com o comportamento deles.

– Não perguntou?

– Não, não perguntei. Mas isso envolveria o meu retorno ao s'Hisbe, e isso não é possível.

– Não há ninguém que você possa enviar em seu lugar?

Ele visualizou iAm indo para o Território. O contrato era específico para Trez, então nem o sumo sacerdote, nem s'Ex poderiam pegá-lo em troca. No entanto, poderiam pegá-lo como refém. Ou algo pior.

E isso faria Trez voltar.

– Acho que não. Meu irmão é o único que eu poderia enviar, mas não posso arriscar. Não vou colocá-lo em perigo.

– E você acha que os seus pais vão...

– Não, eu *sei* que eles serão mortos. – Ele massageou a nuca. – Sabe, tanta coisa nisso tudo é triste, mas acho que o pior é o fato de que nem posso fingir que me importo com aqueles dois. É como se... eles fizeram um trato com o diabo. Se algo ruim acontecer, eles só vão receber aquilo que lhes cabe.

Infelizmente, porém, a despeito do que acontecesse com a mãe e o pai... o débito ainda existiria.

Mesmo se s'Ex os retalhasse em pedacinhos, Trez ficaria na fila pelo que eles o contrataram.

O que fora arranjado... não tinha como ser desfeito. E enquanto continuava olhando para Selena, ele lamentou essa verdade mais do que nunca.

As mãos de Selena estavam tremendo. Começaram quando Trez dissera que estivera com... quantas humanas, exatamente?, ela se perguntou.

Santa Virgem Escriba, pelo menos tente controlar o tremor das mãos. Quando Trez se calou, ela esticou os dedos e depois os flexionou, na esperança que isso controlasse as coisas antes que ele enxergasse através da sua fachada de tranquilidade. Ela tinha a nítida sensação de que ele soubesse que a tinha perturbado, ele não diria mais nenhuma palavra... e momento íntimo que se abrira inesperadamente entre eles era ainda mais sagrado do que a experiência sexual que ele prometia ser.

– Não tive pais – disse ela baixinho. – Mas não consigo imaginar ter um filho... e vendê-lo.

Trez assentiu, o braço dobrado para cima para continuar a esfregar a base da nuca.

– Pois é... Quero dizer, meus pais me valorizaram. O problema era que eu era uma mercadoria para eles, algo para ser negociado. Você espera isso de vendedores de carros ou comerciantes de tapetes e pessoas que gerenciam supermercados e shoppings. E, veja bem, eu gostaria de ser um desses filhos da mãe bem ajustados para poder ser do tipo: "Eles não me quiseram, mas ainda tenho valor, blá-blá-blá", mas as coisas não ficaram assim para mim. Na minha cabeça – ele formou um círculo diante da têmpora –, eu não sou nada. Eu não sou... nada.

Subitamente, Selena quis chorar. Ver aquele macho magnífico... e saber que, em seu coração, ele não via nada do que era? Aquilo era um crime... Um crime causado pelas pessoas que mais deveriam se preocupar com ele.

– É por isso que você esteve com humanas? – ela se ouviu perguntando.

No silêncio que se seguiu, foi difícil até mesmo respirar: ela temia a resposta dele. Por muitos motivos.

– É. – Ele praguejou baixinho – sabe, eu estava com essa mulher... pouco antes de ficar com enxaqueca...

Isso foi na outra noite, ela pensou, querendo se encolher...

– E ela estava tão vazia quanto eu me sentia. Apenas dois corpos vazios se unindo. E não significou nada, e é isso o que eu venho fazendo todos esses anos. Exercício físico e só.

Selena se debateu com a coisa certa a dizer, algo que fosse normal e sinalizasse que ela estava à vontade com o que ele lhe dizia... quando, na verdade, isso estava dilacerando seu coração. Mesmo não devendo.

Ela passara quanto tempo com ele? Uma hora? Duas, no máximo?

A morte iminente a estava deixando precipitada...

– Eu poderia salvá-los – disse ele, quase que para si mesmo. – Se eu me sacrificar, posso salvar meu pai e minha mãe.

Ele virou a cabeça rapidamente para o lado, e algo estalou.

– Permita-me – murmurou ela, movendo-se para trás dele.

Afastando as mãos dele do caminho, ela segurou os ombros de ferro e os apertou como ele fizera, tentando relaxar um pouco as fibras musculares. Enquanto se concentrava nele, a pele macia escorregava sobre cordões de tensão, mas aquilo era a única coisa que parecia estar sendo alcançada.

Ele gemeu.

– Você é incrível.

– Acho que não estou fazendo nada.

As mãos dele cobriram as dela brevemente.

– Está, sim. Mais do que imagina.

Selena continuou a massagem e pensou no seu passado.

– Como já disse, eu não tive um pai e uma mãe convencionais. Fui educada junto das minhas irmãs e por elas. Eu fui necessária para dar continuidade às tradições, mas não posso afirmar que tenha sido desejada por alguém. Clamada, isso sim. Portanto, de certa forma, posso imaginar como se sente; produzido, mas não nascido, pois, na verdade, *nascido* implica que você foi esperado, desejado.

Ele inclinou a cabeça para trás e a encarou.

– É. Isso mesmo.

Ela lhe sorriu e colocou-o de volta na posição anterior.

– Se meus pais forem assassinados, sinto que vou para o inferno – murmurou ele.

– Mas você não pode ser culpado por isso, porque jamais consentiu no acordo.

– Como disse?

– Você foi prometido quando era incapaz de dar o seu consentimento. De fato, parece que nunca lhe perguntaram nada. Portanto, a sua incapacidade de cumprir o acordo e as consequências disso são dos seus pais, não suas. Isso tudo é a seu respeito e, mesmo assim, não tem nada a ver *com* você.

– Deus...

Quando ele se interrompeu, ela franziu o cenho.

– Sinto muito. Não quis ser presunçosa.

– Não foi. Você é... perfeita.

– Dificilmente.

– Quero fazer algo por você.

Ela parou.

– O quê?

Porque ela tinha algumas ideias.

– Algo que valha a pena.

Ela fitou o tapete de peles no qual estivera deitada. Ah, isso valeria a pena...

– Mas não consigo pensar em nada.

Selena suspirou.

– A sua presença já basta.

Trez votou a cobrir as mãos dela com as suas e as puxou para a frente de modo que ela o envolvesse pelos ombros. Segurando-a ali, encostou a cabeça na dela.

Quando ele inspirou, seu grande torso se expandiu e ela foi levantada do chão, depois devolvida para ele.

– Obrigado – disse, numa voz emocionada.

– Não fiz nada.

– Você me fez sentir como se eu não fosse mau. E hoje, isso significa tudo.

– Ah, nunca que você é isso – sussurrou, pressionando um beijo na bochecha dele. – Não você, nunca.

Fechando os olhos, ela se segurou nele, e se descobriu unindo-se a ele em alma. A ponto de não saber como deixá-lo. Não apenas naquela noite, mas... quando o destino finalmente a clamasse.

– Você já comeu? – ele perguntou depois de um tempo.

– Na verdade... não – o estômago dela roncou. – E estou com fome.

– Vamos descer. Meu irmão está fazendo um dos seus molhos ou, pelo menos, imagino que sim. Ele faz isso toda vez que tenho enxaqueca.

Selena soltou-se e foi se recostar...

Sem nenhum aviso, a coluna dela se rebelou, as vértebras travando naquela posição. Trez, por outro lado, levantou-se com facilidade, e quando ofereceu a palma para ajudá-la, ela só conseguiu fitá-lo.

Enquanto a confusão se formou nas belas feições, ela imaginou que poderia muito bem aceitar a ajuda dele. Àquela altura, ela se via incapaz de levantar-se do chão.

– Devagar – disse, rabugenta. – Por favor?

Trez franziu o cenho, mas foi gentil ao erguê-la de pé.

– Você está bem?

Ela levou um tempo para prender o manto. Nesse meio-tempo, as juntas estavam urrando, particularmente as do quadril e das costas.

Forçando um sorriso, ela tentou não se assustar. Mas fora assim que começara com as suas irmãs. Cada uma delas.

– Vamos? – disse com determinação.

Os olhos escuros de Trez se estreitaram ainda mais. Mas logo ele deu de ombros.

– Sim, claro, só preciso me vestir.

– Vou esperar no corredor.

Somente com muita força de vontade, ela atravessou o quarto e foi para o corredor. Quando conseguiu fechar a porta atrás de si, ela estava quase sem fôlego...

Instantaneamente, seu corpo vivenciou uma mudança interna de grande poder. De um modo que só podia ser uma coisa: alguém estava no cio.

– A rainha? – pensou, atônita, ao fitar a entrada protegida para os aposentos da Primeira Família.

Isso seria fantástico.

Recostando-se contra a parede, ela pensou na massagem nos ombros de Trez e desejou que existisse um equivalente para seu corpo. Não havia nenhum. Nenhuma cura, nenhum retardo para a doença.

Não havia como saber quanto tempo lhe restava.

Capítulo 36

Beth não teve alternativa senão ceder às exigências estrondosas do seu corpo. E o único alívio que conseguia? Toda vez que Wrath gozava dentro dela, havia uma breve trégua, antes que o desejo sobrepujante voltasse a crescer.

– Tome a minha veia – Wrath disse, rouco. – Sorva...

Ela nem sabia se estava de costas ou de barriga para baixo, mas no instante em que o pescoço dele se aproximou da sua boca, ela o mordeu com precisão: as presas desceram e ela as usou com força para perfurar a pele de Wrath, rompendo a superfície e afundando, libertando a outra coisa de que ela precisava dele.

Ah, a força que vinha dele. Enquanto sua boca se enchia, ela, mais uma vez, se viu impressionada com o impacto incrível do sangue dele nela. Com as forças diminuindo, apesar de o cio ainda estar presente, e com o corpo todo dolorido como se tivesse sido atropelada por uma enfardadeira, ela se sentiu fortificada desde a primeira golada, mais capaz de seguir em frente, apesar de parecer que ela não tinha escolha nesse assunto.

Ao soltar a veia dele para inspirar um pouco de ar, ela não conseguiu acreditar que se prontificara para aquilo. Ela devia ter ficado doida, algum tipo de visão romântica a respeito de ter um bebê interferindo em doze diferentes tipos de realidade.

Voltando para o pescoço de Wrath, ele, de algum modo, conseguiu continuar a bombear apesar de ela estar grudada na sua veia, a ereção entrando e saindo, as estocadas profundas e as retiradas sustenidas ressonando no corpo dela, a cabeça balançando para cima e para baixo, os quadris absorvendo o peso dele. Molhados de suor, os corpos se moviam juntos com uma comunhão tão absoluta que ela não sabia onde ela terminava e ele começava.

Uma súbita mudança de ritmo sugeriu que ela estava prestes a vivenciar outro orgasmo, e ela precisava que ele...

Wrath lançou a cabeça para trás, e as presas dela rasgaram a garganta dele, mas ele pareceu não se importar.

Não pareceu nem notar.

Jesus, como ele era magnífico: em meio ao torpor do sexo, ela o viu se retesar, os lábios curvados para trás, as presas expostas, o cabelo voando para trás do bico de viúva na testa, enquanto os olhos verdes cegos se arregalaram e depois se fecharam com força.

E logo foi a vez dela, seu cerne contraindo a ereção dele, desejoso de que ele ejaculasse dentro dela, o prazer tão agudo que era um tipo de agonia.

Assim que as contrações começaram a diminuir, ela se preparou para a onda seguinte, preparou-se para que mais uma rodada de desejo opressor tomasse conta...

Quando ele não veio de pronto, ela olhou ao redor, como se o cio fosse uma terceira pessoa que poderia ter acabado de sair do...

Puxa, uau... Ainda estavam no banheiro. No chão.

Wrath desabou ao lado dela, a cabeça caindo tão longe e com tanta força que ela ouviu quando a testa dele se chocou contra o mármore.

Enquanto a pausa se alongava, ela deveria começar a sentir frio, mas o inferno dentro do seu corpo aquecia a ambos muito bem...

Um chiado veio de cima da banheira, e ela se virou para ver. As persianas estavam sendo abaixadas, os painéis se travando nos parapeitos.

Então aquilo vinha acontecendo há... oito horas? Nove?

Não havia barulho vindo dos andares de baixo, mas, muito provavelmente, os Irmãos foram todos afetados pelos seus hormônios. As fêmeas também.

Wrath se ergueu, os músculos doloridos, os braços trêmulos.

– Como você está?

Beth abriu a boca para responder, mas somente um grasnido saiu.

– Você ainda vai querer a minha veia – disse ele, afastando uma mecha de cabelo do rosto dela. – Vai precisar.

– E quanto... – a voz dela se partiu e ela pigarreou. – E quanto a você?

Ele parecia esquelético, as maçãs do rosto afundadas como se tivesse perdido dez quilos, mas balançou a cabeça.

– A minha única preocupação é você.

A imagem dele ficou borrada quando as lágrimas surgiram.

– Eu sinto muito – murmurou ela. – Ah, meu Deus... eu sinto muito.

– A respeito de quê?

– Isso... tudo.

Ele balançou a cabeça.

– Isso teria acontecido cedo ou tarde.

– Mas eu...

Wrath baixou a boca para a dela e a beijou com suavidade.

– Chega disso. Vamos seguir daqui por diante. O que quer que aconteça... nós vamos saber lidar, ok?

Não houve tempo para ela responder. Abruptamente, o cio acelerou novamente, aquela onda se elevando, o calor se desenrolando em seu sexo e indo direto para o coração.

– Ai, meu Deus – ela gemeu. – Pensei que tivesse terminado.

– Ainda não – ele não pareceu nada surpreso. – Ainda não encerramos essa questão...

iAm estava na cozinha, diante do fogão, quando pressentiu a presença do irmão. Ele nem precisou se virar da panela de cozido que estava preparando: o ar no cômodo mudara, e não de um bom modo.

Trez também não estava sozinho. E soube disso não por ter captado o cheiro de Selena... Mas por ter captado o do irmão.

iAm praguejou baixinho ao mexer no cozido. O filho da mãe tinha se vinculado.

Fantástico.

Inferno, iAm tinha alguma esperança de que, com todos os hormônios flutuando pela casa, qualquer sexo que aqueles dois tivessem partilhado tivesse sido apenas o resultado do cio de outro.

Bela teoria. A não ser pelo fato de os Sombras serem imunes a esse tipo de porcaria.

– Não era para ter sido você a servi-lo – iAm murmurou, colocando mais sal na mistura.

– Cuidado com seu tom.

iAm girou sobre os calcanhares e encarou o cretino.

– Tenho uma ideia. Que tal se você, só para variar, tomar uma decisão ajuizada a respeito de uma fêmea. Aí então eu não terei que ficar irritado.

A Escolhida parada ao lado de Trez ergueu o queixo.

– Se quer culpar alguém, não se dirija a ele. Eu escolhi ir até ele, mesmo você tendo requisitado outra.

iAm se voltou para sua panela.

– Ótimo. Parabéns e bem-vinda à família.

O irmão se materializou quase em cima dele, virando-o e segurando-o pelo pescoço.

– Peça desculpas a ela.

iAm se inclinou em direção àquela mão de aço, arreganhando as presas.

– Vá se foder, Trez.

– Quer provar? – o irmão rosnou. – Você quer um maldito...

– Vá em frente. Eu desafio você...

– Não me pressione...

– Estou tentando salvar a sua pele! Maldito...

Enquanto os dois se aproximavam de uma explosão que rivalizaria à de Wrath da outra noite, a Escolhida se aproximou e disse com calma:

– Ele me contou. Tudo. E fico surpresa que vocês dois estejam sozinhos nessa situação. Portanto, que tal a Última Refeição em vez de uma briga, hum?

iAm virou a cabeça na mesma hora que Trez.

Enquanto os dois se viravam para fitar a Escolhida calma e absolutamente controlada, Trez fez o impensável: abaixou a mão. Recuou. Cruzou os braços sobre o peito.

Ele ainda estava fundamentalmente furioso, mas o chamado para que recuasse foi obedecido com tamanha facilidade, que alguém podia se perguntar se aquela coisa de vínculo não poderia ser útil... até certo ponto.

iAm encarou o irmão.

– Não sei o que dizer para você.

– Selena, pode nos dar licença um segundo?

A Escolhida assentiu.

– Talvez eu volte para o norte. Isso lhes dará bastante espaço.

Trez franziu o cenho.

– Você não tem que ir.

Os olhos de Selena passaram de um para outro.

– Na verdade, acho que tenho, sim. Sabe onde estarei e, por favor, não acabem um com o outro. Isso só vai piorar as coisas.

iAm se preparou para assistir a um adeus nauseante, mas a fêmea o impressionou ainda mais ao apenas se inclinar antes de sair. Sem alarde.

Merda, ele quase poderia gostar dela. Se não estivesse tão bravo com o idiota do irmão...

– Quero me encontrar com s'Ex. Hoje.

iAm cruzou os braços e se recostou no fogão.

– Você acha que vai conseguir convencê-lo? Fui franco com o cara, e ele está mais do que pronto a fazer seu trabalho.

– Tem como falar com ele?

– Tenho.

– Diga a ele para vir me procurar ao meio-dia no nosso apartamento.

– Esse é o prazo para você voltar ao s'Hisbe – quando o irmão nada disse, iAm levantou as sobrancelhas. – Você vai se entregar, é isso?

– Arranje o encontro.

iAm praguejou baixo e longamente. Sim, queria chutar o traseiro do irmão, mas, absoluta e completamente, não queria que ninguém mais o fizesse.

– Trez.

– Faça isso.

– Não a menos que me diga o que vai fazer.

– Pensei que você quisesse que eu voltasse.

– Então é isso o que você está fazendo? Me diga uma coisa, está pretendendo levar a sua Escolhida junto? Formar uma linda família ou alguma merda assim?

– Ela não é minha.

– Você já contou isso para os seus hormônios?

Trez cortou o ar com a mão.

– Não sei do que está falando...

– E esse é o seu maldito problema.

– Apenas chame o executor. Isso é tudo o que tenho a dizer.

Enquanto Trez girava sobre seus calcanhares, iAm disse com brusquidão:

– Não posso permitir que você volte.

Trez parou. Olhou por sobre os ombros.

– O que foi? – iAm reclamou.

– Eu só... Não sei. Acho que não esperava por isso.

Hora de voltar para o molho. Cozido. Que merda ele estava preparando mesmo?

Levantando a tampa, ele pegou a colher de pau e mexeu devagar. Ele preparara tudo, desde o caldo de galinha até os sachês de temperos que flutuavam pela superfície da mistura fragrante.

– iAm?

– Não me importo se eles morrerem. – Ele observou fatias de cenoura e quadrados de cebola subirem à superfície do caldo espesso. – Sei que deveria, porque são meus pais, mas pensei a respeito e, sinto muito, se eles podem ser egoístas, eu também posso. A minha família somos eu e você, e eu escolhi isso acima de qualquer pessoa.

– Caramba... acho que eu precisava ouvir isso.

Ele lhe lançou outro olhar profundo.

– Você duvidou? Algum dia?

Trez cruzou a cozinha e estacionou num dos banquinhos altos junto ao balcão.

– Existem limites.

iAm teve que rir.

– Jura?

Indo para os armários da esquerda, ele pegou duas tigelas, depois puxou uma das gavetas e pegou colheres de sopa. Despejando o cozido, ele serviu o irmão primeiro.

Trez experimentou e gemeu.

– Está fantástico.

Quando iAm experimentou, ele teve que concordar, mas manteve isso para si. Orgulho era um traço indesejável, mesmo que merecido.

– O que você vai fazer a respeito da Escolhida? – iAm perguntou.

Trez deu de ombros, apenas um *tantinho* indiferente demais.

– Nada.

– Não sei bem se isso vai dar certo.

Trez encarou o cozido.

– Ela é apenas mais um motivo para ficar fora. Não que eu precise.

– Ela disse que você contou tudo para ela. É verdade?

Demorou um pouco antes que Trez assentisse devagar.

– É. Quase tudo.

– O que, exatamente, você deixou de contar?

Aqueles olhos escuros se ergueram por um tempo.

– Dá pra repetir?

iAm apanhou a tigela agora vazia e a levou para o fogão para enchê-la novamente.

– Eu não contei como a coisa vai ficar feia – Trez disse com suavidade quando mais cozido lhe foi servido.

– Então você mentiu.

Houve silêncio longo.

– É. Menti.

Porque, depois que a rainha eliminasse seus pais, a tribo iria atrás de iAm. Ele seria o próximo degrau na escada da intimidação, porque não poderiam ir atrás de Trez. Ele tinha que estar inteiro.

iAm se viu assentindo.

– Provavelmente, uma sábia decisão.

Capítulo 37

Era fácil pensar em Deus olhando para o nascer do sol acima do rio Hudson.

Enquanto ficava sentada na varanda deserta da casa de vidro de Assail, ela ficou olhando para a água fria e preguiçosa. Pequenas centelhas cor de pêssego e amarelas tremulavam na grande expansão de gelo e, do outro lado, o grande globo laranja coroava os edifícios do centro da cidade.

Ela saíra daquela prisão, pensou pela centésima vez. E quaisquer cicatrizes que pudessem ter se formado dentro dela, seu corpo estava intacto, sua mente funcionava, e a sua segurança, pelo menos a curto prazo, estava garantida.

Recuando para todas as suas orações, ela não acreditou que elas tivessem sido atendidas. O desespero fez com que ela emitisse aquelas palavras, mas, na verdade, não esperou que alguém estivesse ouvindo.

A questão era: sustentaria o seu lado do acordo?

Caramba, teria sido muito mais fácil se um anjo alado tivesse descido e a libertado, depositando-a ali por magia. Em vez disso, ela mesma fizera todo o trabalho, Assail cuidara do depois, e um daqueles primos ameaçadores dele deu uma de chofer na viagem de volta de cinco horas para a sanidade. Ah, também houve aquelas pessoas no complexo médico.

Meros mortais tocados pela mão de Deus? Ou uma série de eventos aleatórios que por acaso aconteceram como aconteceram? O fato de a sua vida ter sido poupada era um caso de intervenção divina... ou nada mais significante do que uma bola de bingo sendo escolhida no lugar de outra?

Um barquinho de pesca apareceu diante dela, seu único ocupante manobrando o motor traseiro, controlando a velocidade e a direção.

Puxando a manta pesada ao redor do corpo, ela pensou em todas as coisas que fizera, começando quando tinha uns nove, dez anos. Começara batendo carteiras, treinada pelo pai, e alcançara o patamar dos roubos mais elaborados com a ajuda dele. Depois, quando ele foi parar na prisão, e ela e a avó se mudaram para os Estados Unidos, conseguira o emprego de caixa de restaurante e tentara sustentar a ambas. Quando isso se mostrara difícil, colocara sua experiência para funcionar e sobrevivera.

A avó jamais lhe fizera perguntas, mas sempre fora assim, a mãe também, a não ser no que se referia ao envolvimento de Sola naquele tipo de vida. Infelizmente, a mulher não vivera o bastante para causar algum impacto, e depois que ela se fora, o marido e a filha, deixados para trás, tornaram-se muito próximos.

Naturalmente.

Mais cedo ou mais tarde, ela acabaria sendo pega. Inferno, o pai, que sempre fora melhor do que ela naquilo, morrera na prisão.

Visualizando-o da última vez em que o vira, lembrou-se dele no julgamento, vestido com as roupas da prisão, as mãos algemadas. Mal olhara para ela, e não porque estivesse envergonhado ou emocionado.

Àquela altura, ela já não lhe era mais útil.

Esfregando os olhos, pensou que era muita burrice ainda se magoar com isso. Mas, depois de passar tanto tempo tentando fazer com que ele sentisse orgulho dela, tentando conquistar algum tipo de aprovação, encontrar alguma conexão, percebera que, para ele, ela era apenas mais uma ferramenta do seu trabalho no mercado negro.

Saíra do tribunal antes de saber se ele fora condenado ou não, e fora direto para o apartamento dele. Invadindo, encontrou o bolo de dinheiro guardado num esconderijo na parede atrás do chuveiro, e o usou para livrar a ela e a avó daquele legado.

A papelada para entrar nos Estados Unidos fora falsificada. A notícia que receberam de parentes cerca de três semanas mais tarde fora real: o pai fora sentenciado à prisão perpétua.

E depois, fora assassinado atrás das grades.

Com a avó não só viúva, mas também sem filhos, Sola tomara a dianteira como provedora, do único modo que sabia, da única maneira que funcionava.

E agora lá estava ela, sentada no deque da casa de um barão das drogas, enfrentando o tipo de dilema moral com o qual nunca esperara se deparar...

Observando um pescador qualquer desligar o motor e jogar o anzol.

Mesmo o cara tendo desligado o motor, ele não estava parado. A correnteza do rio o carregava, o barquinho deslizando pela vista, uma embarcação humilde diminuída pelos edifícios distantes.

– Quer café da manhã?

Sola se virou.

– Bom dia.

A avó arrumara o cabelo encaracolado ao redor da cabeça, o avental amarrado na cintura, e um vislumbre de batom nos lábios. O vestido simples de algodão fora feito à mão, por ela, claro, e os sapatos marrons de algum modo pareciam alinhados.

– Sim, por favor.

Quando ela foi se levantar, a avó gesticulou com as mãos retorcidas para que se sentasse.

– Fica no sol. Você precisa de sol, está pálida. Parece uma vampira.

Normalmente, ela teria insistido um pouco, mas não naquela manhã. Estava agradecida demais por estar viva para fazer outra coisa que não obedecer.

Retornando para a vista, ela descobriu que o pescador estava saindo do seu campo de visão pela direita.

Se não tivesse rezado, ela teria saído daquele lugar de alguma forma. Era uma sobrevivente, sempre fora; e fizera o que fizera num estranho tipo de piloto automático, abafando as emoções e as sensações físicas e fazendo o que era necessário.

Portanto, se olhasse para o futuro, para as correntezas da vida que a levavam para fora do campo de visão, por assim dizer, sair do submundo era a coisa mais sensata a fazer.

Independentemente de qualquer "acordo" que tivesse feito com Deus.

Ela acabaria na prisão ou morta, e ela acabara de testar as águas geladas do cenário mortal. Não era para lá que ela queria ir.

Piscando ante a luz crescente, ela desistiu de observar e fechou os olhos, deixando a cabeça pender para trás. O calor em seu rosto a fez pensar em Assail.

Estar com ele fora o mesmo que tocar o sol e não ser incinerada. E seu corpo desejava mais... Inferno, apenas um pensamento fugidio a respeito dele era o bastante para transportá-la de volta àqueles momentos na cama, a noite tão silenciosa, os arfares tão altos.

Quando seus seios ficaram túrgidos, ela sentiu uma poça se formar entre as coxas...

– Sola, está pronto – a avó anunciou atrás dela.

Pondo-se de pé, ela se inclinou sobre a amurada de vidro da varanda, tentando enxergar o pescador. Não conseguiu. Ele se fora.

Estava frio ali, pensou ao estremecer.

– Sola? – foi a insistência gentil.

Estranho. Normalmente, a voz da avó era como as mãos da mulher, nunca suaves. De fato, ela falava como cozinhava: sem rodeios, livremente.

Mas agora seu tom era o mais gentil que Sola já ouvira.

– Sola, venha comer.

Sola fez uma última tentativa para ver o pescador. Depois se virou e encarou a avó.

– Eu te amo, vovó.

A senhora apenas assentiu quando os velhos olhos se inundaram.

– Vem, ou vai pegar friagem.

– O sol está quente.

– Não o bastante – a avó retrocedeu e a chamou com um gesto. – Você tem que comer.

Quando Sola entrou na casa, parou de imediato.

Sem precisar olhar, ela soube que Assail descera as escadas e a encarava.

Droga, não sabia se conseguiria deixá-lo para trás.

Depois de ficar trancafiado no quarto pelos últimos dias, Trez descobriu que o mundo era uma infinidade de sensações, como ser atingido no rosto por luzes estroboscópicas e carregar alto-falantes nos ouvidos. Tomando a Estrada do Norte na direção de Caldwell, ele se viu pegando os óculos de sol e desligando o rádio...

Saído sabe-se lá de onde, um idiota costurou duas faixas da estrada e o cortou.

– Olha por onde vai! – ele gritou para o para-brisa, pressionando a buzina.

Por uma fração de segundo, desejou que o cara atrás do volante do Dodge Charger resolvesse persegui-lo na estrada. Ele queria bater em alguma coisa. Merda, provavelmente seria um bom treino, antes do seu encontro com s'Ex. O senhor Charger, porém, apenas levou a sua sobrecarga de testosterona e seu pau do tamanho de um lápis até a saída seguinte, lançando-se na frente de uma minivan e de uma picape no processo.

– Babaca.

Com um pouco de sorte, o desgraçado acabaria num fosso sem cinto de segurança.

Uns dez minutos mais tarde, Trez abandonou a região dos noventa quilômetros por hora e entrou num labirinto de ruas de mão única. Confrontado por tantos faróis e sinais de pare, seu cérebro sofreu uma paralisia e ele se esqueceu do caminho até o edifício...

Quando uma buzina soou atrás dele, ele cerrou os molares e afundou o pé no acelerador. No fim, ele foi forçado a dirigir pelos arredores, visualizando os mais de vinte andares do Commodore, gradualmente se aproximando do prédio e encontrando a rampa que conduzia à garagem subterrânea. Enquanto descia, ele pegou o seu crachá de trás do espelho retrovisor e o passou no leitor, depois avançou até uma das suas vagas demarcadas.

A viagem de elevador pareceu demorar cinquenta anos e depois ele pisou na passadeira acarpetada. O apartamento era mais para o fundo, e ele entrou pela entrada social, não a de serviço, usando a sua chave de cobre.

Ao entrar na cozinha, ele viu duas canecas de café sobre a bancada, um saquinho de batatas fritas já aberto e a cafeteira pela metade.

Parou perto da *GQ* aberta. Já a tinha lido.

– Bela jaqueta – murmurou ao fechar a revista.

Não havia por que fazer as luzes se acenderem. O dia estava ensolarado e brilhante e todo aquele vidro permitia a entrada de bastante luminosidade...

A figura preta imponente que chegou ao terraço era como o arauto do julgamento final, se um dia chegasse a vê-lo.

Avançando, Trez abriu a porta usando a mão e saiu, fechando-a atrás de si.

A voz de s'Ex por debaixo do capuz de executor parecia um tanto divertida.

– O seu irmão me convidou para entrar.

– Não sou o meu irmão.

– Sim. Já notamos isso – enquanto o algoz da rainha cruzava os braços diante do peito, os antebraços impressionantes se avolumaram mesmo debaixo das dobras do tecido. – A que devo a honra da minha presença?

O fato de estar quase congelando do lado de fora pareceu bem apropriado.

– Não quero que mexa com meus pais.

– Então você precisa voltar. Resolvido – o executor se inclinou para a frente. – Não me diga que me chamou até aqui na esperança de negociarmos. Hum? Por certo você não é tão idiota assim.

Trez arreganhou as presas, mas depois recuou.

– Você quer uma coisa. Todos têm um preço.

O algoz levantou o braço para tirar o capuz. As feições por trás do tecido negro eram tão belas quanto um pecado... e os olhos tinham o calor de um granito.

– Por que eu arriscaria a minha vida pelos seus pais? Se eu desobedecer ordens, existem consequências... E nenhum de vocês vale isso.

– Você pode falar com a rainha. Ela lhe dá ouvidos.

– Vamos imaginar que isso seja verdade, mas não estou dizendo que seja. Por que eu faria isso por você?

– Porque você quer uma coisa.

– Visto que você parece saber de tudo, exatamente o que você acha que é... – disse o executor num tom enfastiado.

– Você está preso lá como qualquer um deles. Lembro-me de como é isso, e posso garantir, a vida deste lado daqueles muros é muito melhor.

– E é por isso que a sua aparência está essa merda?

– Pense bem. Posso conseguir para você o que você quiser. *Qualquer coisa.*

Os olhos do algoz se estreitaram.

– Poupá-los não vai livrar você.

– Matá-los não vai me levar de volta. E é por isso que você faria isso, não? Por isso, procure a rainha, conte a ela que falou diretamente comigo e que eu não dou a mínima se você os matar. Depois sugira arrancar deles tudo o que receberam: a propriedade em que vivem, as roupas e joias que compraram pelo valor recebido, a comida dos armários. Tudo. Isso devolverá a integridade da rainha. Ela não perderá nada, não lhe faltará nada...

– Tolice. Ela não terá uma metade para a filha. Toda essa "restituição" não resolve o fato de que a princesa não tem um companheiro.

– Não serei eu. Estou garantindo isso agora. Vocês podem acabar com o meu pai e com a minha mãe, podem me ameaçar fisicamente, podem detonar a minha casa...

– E se eu o levar agora?

Trez puxou a arma que colocara às costas na cintura da calça. Não a apontou para s'Ex. Colocou-a bem debaixo do queixo.

– Se tentar fazer isso, eu puxo o gatilho. Então você terá um cadáver em mãos, e, a menos que a filha dela seja doentia, ela não vai me querer mais.

s'Ex ficou absolutamente imóvel.

– Você ficou completamente louco.

– Qualquer coisa que você quiser do mundo exterior, s'Ex. Você cuida disso para mim, e eu tomo conta de você.

Enquanto o carrasco da rainha considerava o acordo, Trez respirou suavemente e pensou nas únicas duas pessoas que contavam. Selena... Céus, ele a desejava, mas ele não prestava para a Escolhida. Inferno, mesmo se esse acordo arriscado desse certo, ele ainda seria um cafetão, e não havia como mudar o passado.

E também havia iAm.

A ideia de perder o irmão era... ele não conseguia nem colocar em palavras. Mas o macho ficaria melhor sem ele, caso ele não conseguisse resolver esse problema.

– Estou surpreso que queira tanto salvar os seus pais – disse s'Ex casualmente.

– Está de brincadeira? Se eles perderem tudo, isso será pior do que a morte para eles. O que eles fizeram comigo arruinou a minha vida e a do meu irmão. Isso é vingança. Além disso, como já disse, não importa o que fizer com eles, eu não vou voltar.

O algoz se afastou e caminhou ao longo do terraço, o manto voando ao seu redor como a promessa de violência, as baforadas da sua respiração como a de um dragão soltando fogo.

Depois de um tempo, ele cruzou as mãos atrás das costas e voltou.

Demorou um pouco até ele voltar a falar e, quando o fez, não estava olhando para Trez. Ele fitava o apartamento através do vidro.

– Gosto desse lugar.

Trez continuou com a arma no queixo, mas sentiu uma pontada de... esperança? Bem, não uma emoção tão alegre, por certo. Mas talvez houvesse, depois de tudo, uma solução.

s'Ex ergueu uma sobrancelha.

– Três quartos, dois banheiros e um lavabo, bela cozinha. Excelente iluminação. Mas as camas são o melhor... camas bem grandes ali.

– Se quiser, é seu.

Enquanto os olhos de s'Ex se voltavam para ele, Trez ouviu a frase "pacto com o diabo" se repetir em sua mente.

– Mas falta alguma coisa.

– O quê?

– Mulheres. Quero que mulheres sejam trazidas para mim aqui. Eu lhe digo quando. E quero três ou quatro de cada vez.

– Fechado. Diga a quantidade e a hora que eu as trago para cá.

– Quanta certeza.

– Que diabos acha que faço para viver?

Os olhos de s'Ex se iluminaram.

– Pensei que fosse proprietário de uma boate.

– Não vendo apenas álcool – murmurou ele.

– Hum, que delícia de trabalho – o executor franziu o cenho. – Só para que não haja dúvidas, ela pode ordenar que eu vá atrás do seu irmão.

– Então eu vou ter que te matar.

s'Ex jogou a cabeça para trás e gargalhou.

– Quanta arrogância.

– Deixe-me ser bem claro. Se tocar em iAm, eu vou te encontrar. A sua última respiração será minha, e o seu coração ainda estará quente quando eu o arrancar do seu peito e o comer cru.

– Sabe, é um milagre não sermos amigos.

Trez esticou a mão livre.

– Chegamos a um acordo?

– Ainda há que se considerar a rainha. Pode ser que eu não seja capaz de dissuadi-la. E só para que você saiba, se ela não aceitar, o seu tempo terá acabado.

– Mate-os, então. – Ele sustentou o olhar de s'Ex sem hesitação. – Estou falando sério.

O algoz inclinou a cabeça, como se estivesse considerando todos os ângulos.

– Sim, claro que sim. Encontre-me aqui amanhã ao meio-dia com uma amostra... e eu verei o que posso fazer no Território.

Antes que s'Ex desaparecesse, o macho apertou rapidamente a palma que lhe era oferecida. E logo ele sumiu, como um pesadelo sumindo ao acordar.

Infelizmente... Trez sabia que o macho voltaria.

A pergunta era, com que tipo de resposta. E com que tipo de apetite.

Capítulo 38

Uma hora após o entardecer, Abalone saiu de casa, desmaterializando-se do seu jardim lateral. A noite estava muito fria, e quando tomou forma novamente na propriedade de uma das mais ricas famílias da *glymera*, ele se demorou um instante respirando até que as narinas ficassem dormentes.

Outros se aproximavam, os machos e as fêmeas aparecendo no escuro, endireitando os casacos de pele e as roupas finas e as joias antes de caminharem para a luz.

Com o coração pesado, ele seguiu.

As grandes portas entalhadas da mansão estavam sendo seguradas por *doggens*, os empregados imóveis em seus uniformes, nada além de umas mosquinhas volantes.

A dona da casa estava parada debaixo do candelabro do vestíbulo, o vestido vermelho de alta costura caindo até o chão em camadas de seda. As joias eram rubis, as centelhas nas orelhas, na garganta e nos pulsos eram uma ostentosa demonstração.

Por nenhum motivo em especial, ele pensou que as pedras rubras da verdadeira rainha da raça eram maiores, melhores e mais brilhantes. Ele vira um retrato a óleo majestoso da fêmea ainda no Antigo País e, mesmo diluído pela tinta e pela passagem do tempo, o Rubi Saturnino e seu conjunto tiveram uma resplandecência que destruiria a farsa diante dele.

O companheiro da anfitriã não estava em lugar algum. Mas, pensando bem, aquele macho tinha dificuldade em permanecer de pé por longos períodos.

Não se demoraria muito ainda no mundo, pensou ele.

A fila dos recém-chegados prosseguia rapidamente, e logo Abalone estava beijando o rosto empoado da fêmea.

– Estou muito contente que tenha podido vir – disse ela com pompa, torcendo a mão para trás. – A sala de jantar, por favor.

Quando os rubis cintilaram, ele visualizou a filha assim, uma grande dama numa grande casa com olhos apáticos.

Talvez o castigo por não concordar com aquela afronta ao trono valesse a pena. Ele encontrara amor com a sua *shellan* pelos anos em que ela estivera na Terra, mas isso fora um caso de sorte, percebera. A maioria dos seus contemporâneos, agora assassinados nos ataques, teve relacionamentos sem amor, sem sexo, que se desenrolavam no circuito social e não ao redor da mesa de jantar.

Ele não queria isso para a filha.

Contudo, se o amor acontecera para ele, por certo existia uma possibilidade para ela dentro da *glymera*.

Certo?

Entrando na sala de jantar, descobriu que ela estava exatamente como estivera quando o Rei se dirigira a eles todos bem recentemente: a mesa longa e comprida retirada e as vinte e tantas cadeiras arranjadas em fileiras. Nesta noite, porém, os sobreviventes da aristocracia estavam ao lado das companheiras.

Normalmente, as *shellans* não eram incluídas nas reuniões do Conselho, mas não havia nada de normal naquela reunião. Nem na última.

E, de fato, os reunidos deveriam estar mais sóbrios, ele pensou ao escolher uma cadeira tapeçada com seda no fundo: em vez de demonstrarem qualquer respeito pelo significado histórico, eles estavam conversando entre si, os cavalheiros vociferando, as damas virando as mãos desse ou do outro lado para que as joias cintilassem.

Abalone estava sozinho na fila de trás e, em vez de cumprimentar os conhecidos, ele abriu o botão do terno e cruzou a perna no joelho. Quando alguém acendeu um charuto, ele pegou o seu e fez o mesmo, só para ter algo para fazer. E quando um *doggen* imediatamente colocou um cinzeiro próximo ao seu cotovelo, ele agradeceu e se concentrou em bater as cinzas.

Ele era insignificante para todos eles porque, já há muito tempo, decidira que era melhor ficar imperceptível. Sua linhagem testemunhara em primeira mão as crueldades da corte e da sociedade, e ele aprendera essa lição lendo os diários que lhe foram passados. A verdade era que ele tinha recursos financeiros que todos eles, coletivamente, mal conseguiriam equiparar.

Muito obrigado, Apple.

O melhor investimento que alguém nos anos 1980 poderia fazer. E, depois, a grande farmacêutica nos anos 1990. E antes disso? As corporações de aço e as companhias de trem na virada do século.

Ele sempre tivera jeito para entender onde os humanos queriam ir tanto com seu entusiasmo quanto com suas necessidades.

Se a *glymera* soubesse disso, sua filha seria uma "*commodity*" de grande valor.

Motivo pelo qual ele jamais mencionara sua fortuna.

Incrível como a sua linhagem prosperara pelos séculos. E pensar que deviam tudo isso ao pai do Rei.

Dez minutos mais tarde, a sala estava cheia, e isso, mais do que o efeito causado por uma festa, foi sinal de que a *glymera* ao menos demonstrava alguma apreciação pela magnitude do que estavam fazendo. Estar elegantemente atrasado não convinha naquela noite – as portas se fechariam...

Ele consultou o relógio.

... agora.

Como esperado, houve o som reverberante das pesadas portas se fechando.

Todos se sentaram e se calaram, e foi então que ele pôde contar as cabeças e finalmente ver quem faltava. Rehvenge, o *lídher*, claro, pois era aliado de Wrath e ninguém romperia esse laço. Marissa também estava ausente, ainda que o irmão, Havers, estivesse ali, mas também ela se vinculara àquele Irmão que ninguém conhecia de verdade e que, supostamente, era da linhagem de Wrath.

Obviamente, ela também faltaria...

As portas de madeira do lado direito da lareira se abriram e seis machos passaram por ela. No mesmo instante, a assembleia se endireitou nas cadeiras. Ele reconheceu dois deles de imediato, o de aparência aristocrática na frente e o feioso com lábio leporino de trás que fora visitá-lo com Ichan e Tyhm. Os quatro no meio eram tons do mesmo matiz:

corpulentos, olhos aguçados de guerreiros, que estavam alerta, mas não nervosos, a postos, mas sem disparar à toa.

O controle era o que mais assustava neles.

Somente os destemidos podiam estar relaxados naquela situação...

A dona da casa conduziu seu *hellren*, o macho encurvado como a ponta da bengala que usava com a mão livre, os cabelos brancos, o rosto marcado como pregas num tecido.

Ela o acomodou como se ele fosse uma criança, arrumando seu casaco, alisando a gravata vermelha lustrosa.

Depois se dirigiu ao grupo, as mãos unidas como as de uma soprano prestes a libertar uma ária com a casa cheia. Sua felicidade ante a atenção era absolutamente inapropriada, do ponto de vista de Abalone.

Na verdade, aquilo tudo era um pesadelo, pensou, batendo as cinzas no cinzeiro mais uma vez.

Enquanto a boca dela se mexia, expelindo agradecimentos e reconhecimentos, ele se perguntou o que aconteceria com ela depois que o seu "amado" fosse para o Fade. Indubitavelmente, isso dependeria de um testamento e se aquela era uma segunda união e se havia filhos da linhagem que a precederiam na corrida aos bens.

Ichan foi o seguinte a subir no palco.

– ... cruzamento... ação necessária... trabalho de Tyhm para expor a fraqueza posta ante a raça... companheira mestiça... herdeiro um quarto mestiço...

Era a retórica que lhe fora exposta, a recapitulação feita apenas para fingir que aquela era a primeira vez que eles ouviam a respeito do assunto. Mas tudo fora preparado, as expectativas traçadas previamente, as repercussões justificadas como necessárias.

Abalone relanceou para o outro lado da sala. Tyhm, o advogado, estava parado com toda a predisposição de um cabide, o corpo alto e magro retesado na vertical. Estava nervoso, os olhos absortos, piscando demais.

– ... o voto de desconfiança deve ser unânime nesta maioria absoluta do Conselho. Além disso, as suas assinaturas serão afixadas com os brasões neste documento preparado por Tyhm – Ichan ergueu um pergaminho com os símbolos do Antigo Idioma desenhados com cuidado em tinta azul, e depois indicou uma fila de fitas multicoloridas, uma tigela de prata de lei com velas vermelhas e uma pilha de guardanapos de linho branco. – Todas as suas cores estão representadas aqui.

Abalone relanceou para o imenso anel de sinete ajustado em sua mão. Era o mesmo que o pai usara, o timbre gravado tão fundo no metal que, mesmo depois da passagem de séculos, o contorno, as curvas e os ícones eram evidentes.

Sem dúvida, o ouro deve ter sido brilhante quando forjado, mas agora era fosco devido ao desgaste do honrado uso dos machos de sua família. Muito honrado.

Aquilo era errado, pensou mais uma vez. Toda aquela maquinação contra Wrath era equivocada, orquestrada apenas para servir às ambições dos aristocratas que não estavam à altura do trono; eles não se importavam com a pureza do herdeiro ao trono. Aquilo era apenas o vocabulário designado para justificar seus objetivos.

– Podemos votar? – Ichan olhou para a audiência. – Agora.

Aquilo era *errado*.

A mão de Abalone começou a tremer tanto que ele acabou deixando o charuto cair no chão – e não conseguia se mover para apanhá-lo.

Diga não, ordenou a si mesmo. Defenda aquilo que...

– Todos em favor digam "sim".

Ele não disse nada. Mas não porque ele tivesse coragem de ser o único "não" quando a discordância foi solicitada.

Nem nessa hora sua boca se abriu.

Abalone deixou a cabeça pender quando o martelo bateu na madeira.

– A moção foi aprovada. A votação de desconfiança foi realizada. Vamos, agora, nos juntar para enviar essa mensagem de mudança para a nossa raça.

Abalone se inclinou e apanhou o charuto. O fato de ele ter feito um buraco no verniz do piso pareceu-lhe apropriado.

Naquela noite, ele estava deixando um borrão no legado dos seus ancestrais.

Em vez de se aproximar do pergaminho, permaneceu onde estava enquanto cada representante das famílias e todas as fêmeas se ergueram e postaram-se perto de Ichan, fazendo sua parte enquanto brasões e fitas eram afixados. Era como observar atores em cena, cada um deles aproveitando seu momento sob os holofotes, o foco só neles.

Será que sabiam o que estavam fazendo?, pensou. Entregando o reinado a quem... a Ichan? Como uma fachada para aqueles guerreiros? Aquilo era desastroso...

– Abalone?

Estremecendo ante o som do seu nome, ele ergueu o olhar. A sala inteira o fitava.

Ichan sorriu de lá da frente.

– Você é o último, Abalone.

Agora era a oportunidade de corresponder às expectativas do nome do avô. Agora era o momento de dar voz à sua opinião a respeito do que considerava um crime...

– Abalone – Ichan ainda sorria, mas havia uma exigência clara em seu tom. – É a sua vez. Pela sua linhagem.

Quando ele pousou o charuto no cinzeiro, a mão tremia ainda mais, a palma estava suada. Pigarreando, levantou-se, pensando na coragem da sua linhagem, no modo como seu ancestral fizera o que era certo, apesar dos riscos.

A imagem da sua filha atravessou a fonte de emoções.

E ele sentiu os olhos dos outros como milhares de *lasers* concentrados nele.

Com intenção de matar.

Quando Wrath ouviu uma batida na porta abobadada dos seus aposentos matrimoniais, ele praguejou baixinho e a ignorou.

– Wrath, você precisa receber quem quer que seja.

Ele pegou mais uma colherada da sopa que fora preparada diante dele, feita com legumes que ele mesmo fora apanhar da terra. O sabor era sutil, o caldo fragrante, os nacos de carne de uma vaca recém-abatida dos seus estábulos.

Que ele mesmo matara.

A batida soou novamente.

– Wrath – Anha admoestou-o, erguendo-se um pouco mais sobre os travesseiros. – Você está sendo requisitado por outros.

Ele não fazia ideia que horas eram, se era dia ou noite, quantas horas ou noites se passaram desde que ela voltara para ele. E não se importava. Assim como pouco se importava com os caprichos da corte e as preocupações dos cortesãos...

Mais batidas.

– Wrath, dê-me a colher e atenda a essa porta – sua fêmea comandou.

Ah, isso o fez sorrir. Ela retornara verdadeiramente.

– Seu desejo é uma ordem – disse ele, depositando o prato de sopa no colo dela e entregando-lhe a colher.

Preferiria continuar ele mesmo alimentando-a, mas vê-la conseguir lidar com o esforço sem derramar nada e desempenhar o processo de enviar mais alimento para o estômago? Isso o acalentava.

Infelizmente, porém, uma mortalha ainda pairava sobre suas cabeças: nem ele nem ela falaram sobre o filho, sobre a possibilidade do ocorrido a Anha ter lhes roubado o que mais desejavam.

Era algo doloroso demais para discutir, ainda mais ante a revelação feita por Tohrture...

– Wrath, a porta.

– Sim, meu amor.

Caminhando sobre os tapetes, sentia-se pronto a decapitar quem quer que ousasse intrometer-se no processo de cura.

Só que, ao abrir a porta, ficou inerte.

No corredor, a Irmandade da Adaga Negra se aglomerava, os corpos dos guerreiros obstruindo o que, de outra forma, era um espaço mais do que amplo.

O instinto de proteger a sua shellan *o fez querer empunhar uma adaga enquanto saía do quarto e fechava a porta às suas costas.*

De fato, essa necessidade de defender seu território o fez cerrar o punho, mesmo ele nunca tendo sido treinado para lutar. Mas ele morreria para salvá-la...

Sem dizerem nada, as adagas negras foram desembainhadas, a luz das tochas iluminando as lâminas letais.

Com o coração acelerado, ele se preparou para um ataque.

Só que ele não ocorreu: como um só, eles se abaixaram sobre um joelho dobrado, inclinaram as cabeças e golpearam o chão, as adagas arrancando lascas do chão de pedra.

Tohrture ergueu os incríveis olhos azuis primeiro.

– Comprometemo-nos ao senhor e ao senhor somente.

E depois todos o fitaram, o respeito refletido em seus rostos, os corpos estupendos preparados para serem chamados ao serviço para ele, por ele... e somente desse modo.

Wrath pousou a mão sobre o coração e não conseguiu falar. Não percebera, até aquele momento, o quanto se sentira só, apenas sua shellan *E ele contra o mundo, o que parecera bastar. Até então.*

E aquilo era tão oposto à glymera. *Os gestos dos cortesãos eram sempre feitos em público e não tinham mais profundidade do que uma performance qualquer: uma vez executada, era passado.*

Mas aqueles machos...

Por tradição e costume, o Rei não se curvava diante de ninguém.

Todavia, ele se curvou naquele instante. Com profunda reverência.

Lembrando-se de palavras que ouvira seu pai dizer, pronunciou:

– Sua promessa é aceita com gratidão pelo seu Rei.

Depois, acrescentou algo dele mesmo:

– E é retribuída. Prometo a vocês, a cada um de vocês, que lhes darei a mesma fidelidade que me ofereceram e que aceitei.

Ele fitou cada um dos Irmãos diretamente nos olhos.

Seu pai utilizara aqueles machos especialmente criados pela sua força, mas a aliança dele fora primordialmente com a glymera.

O instinto disse ao filho que o futuro estaria mais protegido se o oposto fosse verdade: com aqueles machos atrás de si, ele e a sua amada e os filhos que viessem a ter, teriam mais chances de sobrevivência.

– Há alguém que deseja encontrá-lo – disse Tohrture da sua posição no chão. – Ficaríamos honrados em ficar de guarda aqui à sua porta, enquanto atende a essa necessidade em seus escritórios.

– Não deixarei Anha.

– Se preferir, prossiga até seus outros aposentos. Esse é alguém com quem necessita falar.

Wrath estreitou o olhar. O Irmão estava resoluto. Todos eles estavam.

– Dois de vocês venham comigo – ouviu a si mesmo dizendo. – O restante permaneça aqui para protegê-la.

Com um grito de guerra satisfeito, a Irmandade se ergueu num movimento único, os rostos duros e inflexíveis sendo o máximo de comentário sobre como andava a situação. Porém, enquanto se organizavam diante da porta de sua companheira, Wrath soube, em seu coração, que eles disporiam de suas vidas por ele e por sua shellan.

Sim, pensou ele, sua guarda pessoal.

Quando ele partiu, Tohrture se pôs adiante dele, e Ahgony veio logo atrás, e enquanto os três prosseguiam, Wrath sentiu a proteção encapotando-o tal qual uma cota de malha.

– Quem nos espera? – disse Wrath baixo.

– Nós o fizemos entrar desapercebidamente – foi a resposta sussurrada. – Ninguém pode saber a identidade dele, ou ele não viverá por mais do que duas semanas.

Foi Tohrture quem abriu a porta, e por conta do seu tamanho, ele não conseguia ver quem...

No canto oposto, uma figura encapuzada e debaixo de um manto estava de pé, mas não parada: quem quer que fosse, estava tremendo, o tecido dobrado sobre ele animado pelo medo que continha dentro do corpo.

A porta foi fechada por Ahgony, e os Irmãos não saíram dos seus flancos.

Inspirando fundo, Wrath reconheceu o cheiro.

– Abalone?

Mãos pálidas estremeceram até alcançarem o capuz e removê-lo.

Os olhos do macho jovem estavam arregalados, o rosto desprovido de cor.

– Meu Senhor – disse ele, caindo ao chão, inclinando a cabeça.

Era um cortesão jovem sem família, o último da linhagem de janotas, estando ali graças ao sangue em suas veias e nada mais.

– O que quer? – perguntou Wrath, inalando pelas narinas.

Ele captou o cheiro do medo, sim, mas havia algo mais. E quando o definiu, ficou impressionado.

Nobreza não era uma emoção costumeiramente percebida pelo olfato. Era mais a jurisdição do medo, da tristeza, da alegria, da excitação... Mas aquele rebento, saído a não mais do que um ano de sua transição, que pouco aumentara seu corpo em estatura e peso, tinha um objetivo por baixo do seu medo, uma motivação que só poderia ser... nobre.

– Meu senhor – disse ele, de modo entrecortado –, perdoe a minha covardia.

– Em relação a quê?

– Eu sabia... Eu sabia o que eles fariam e não... – um soluço lhe escapou. – Perdoe-me, meu senhor...

Quando o macho se descontrolou, viu que havia duas abordagens possíveis. Uma agressiva, a outra conciliatória.

Ele sabia que iria mais longe com a última.

Aproximando-se do macho, ofereceu-lhe a palma.

– Levante-se.

Abalone pareceu confuso ante o comando. Mas logo aceitou a mão e a direção que o conduziram até uma das cadeiras de carvalho entalhadas junto à lareira.

– Hidromel? – ofereceu Wrath.

– N-n-não, obrigado.

Wrath se acomodou diante do macho, a cadeira protestando sob seu peso de um modo que a de Abalone não fizera.

– Respire fundo.

Quando o comando foi obedecido, Wrath se inclinou para a frente.

– Fale comigo com sinceridade, e eu pouparei o que teme. Ninguém lhe fará mal, contanto que não haja falsidade.

O macho levou o rosto às mãos. Depois respirou fundo mais uma vez.

– Perdi meu pai antes de minha transição. Minha mãe também, que morreu no leito do parto. Com essas partidas, sou como o senhor.

– É terrível ficar sem os pais.

Abalone abaixou as mãos, revelando olhos firmes.

– Eu não deveria ter descoberto isso. Mas, há três alvoradas, eu estava nos porões do castelo. Não conseguia dormir, e minha melancolia me fez caminhar pelo subterrâneo. Eu não portava vela alguma, e meus pés estavam protegidos por sapatos de couro macio, portanto, quando ouvi vozes, eles não perceberam a minha aproximação.

– O que viu? – perguntou Wrath com gentileza.

– Há um quarto escondido. Abaixo da cozinha. Nunca o vi antes, porque a porta tem uma fachada combinando com as paredes de lá debaixo, e eu não a teria notado se não... porque o painel falso não estava devidamente fechado. Preso a uma pedra, havia uma abertura através da qual meus olhos conseguiram enxergar. Dentro, havia três figuras formando um círculo ao redor de um caldeirão sobre um fogo. As vozes estavam abafadas, enquanto um deles acrescentava algumas ervas no que quer que estivessem aquecendo. O odor era horrível, e eu estava prestes a dar as costas e continuar com minhas preocupações... quando ouvi seu nome.

Os olhos de Abalone se fixaram a uma distância média, como se ele estivesse vendo e ouvindo novamente aquilo que recontava.

– Mas não era o seu. Era o do seu pai. Eles discutiam como ele adoecera e morrera e tentavam determinar a quantidade exata para alguém de menor tamanho – o macho balançou a cabeça. – Eu me retraí. Depois me apressei. Minha mente estava girando com o que eu testemunhara, e eu me convenci... de que devia ter imaginado aquilo. Por certo, eles não poderiam estar falando do seu pai, da sua companheira. Porque... eles juraram fidelidade ao senhor e à sua linhagem. Então, como puderam deixar que seus lábios dissessem tais coisas para que outros ouvidos ouvissem? – olhos sem malícia se depararam com os de Wrath. – Como puderam fazer aquilo?

Controlando a fúria interna, Wrath esticou a mão, apoiando-a sobre o ombro do jovem. Mesmo os dois não tendo uma diferença grande de idade, ele sentiu como se estivesse falando com uma geração completamente diferente da sua.

– Não se preocupe com as motivações deles, filho. Os impuros são frustrantes para os honrados.

Os olhos de Abalone pareceram se empoçar.

– Convenci-me de que estivera errado. Até a rainha... – Ele pousou o rosto nas palmas. – ... Santa Virgem Escriba no Fade, quando a rainha desmaiou no chão, entendi que faltara para com o senhor. Soube que eu não era diferente dos que lhe causaram o mal, porque eu não impedi o que eu deveria...

Para evitar um descontrole completo, Wrath apertou o ombro magro.

– Abalone... Abalone, fique tranquilo.

Quando um mínimo de compostura retornou, Wrath manteve a voz controlada, mesmo que internamente estivesse em ebulição.

– Você não é responsável pelas ações dos nefandos.

– Eu deveria tê-lo procurado; eles mataram a rainha.

– A minha companheira está viva e bem – não havia por que se alongar na sua quase morte. – Garanto-lhe que ela está, de fato, bem.

Abalone se arqueou.

– Graças à Virgem Escriba.

– E você está perdoado. Entendeu? Eu o perdoo.

– Meu senhor... – disse o macho, caindo mais uma vez no chão e encostando a testa no anel de diamante negro que Wrath usava. – Não mereço isso.

– Sim, merece. Por ter me procurado, você pode reparar os prejuízos que busca. Pode levar um dos Irmãos até esse local secreto?

– Sim – respondeu o macho sem hesitação. Pondo-se de pé, ele vestiu o capuz. – Vou lhes mostrar agora.

Wrath acenou para Ahgony.

– Vai com ele?

– Meu senhor – disse o Irmão, aceitando a ordem.

– Só mais uma coisa, antes que vá – disse Wrath com um grunhido. – Consegue me dizer quem eram?

Os olhos de Abalone se firmaram nos seus.

– Sim. Cada um dos três.

Wrath sentiu os lábios se curvarem num sorriso, mesmo ele não sentindo nenhuma alegria em seu coração.

– Bom. Isso é muito bom, filho.

Capítulo 39

Havia uma vantagem em viver sozinho e ser renegado pelo único parente vivo: quando você não volta para casa após um dia inteiro fora, ninguém fica apreensivo ante o seu possível fim.

Certamente não recebera muitos telefonemas, Saxton pensou, sentado diante das portas duplas do escritório de Wrath.

Ajeitando-se no banco ornamentado, olhou para o corrimão folheado a ouro. Silêncio. Nem mesmo os *doggens* estavam fazendo limpeza. Em retrospecto, algo estava acontecendo naquela casa, algo importante, ele sentia isso no ar, e, por mais que não tivesse muita experiência com fêmeas, ele sabia do que se tratava.

Alguém estava no cio.

Claro que não era a Escolhida Layla novamente. Mas já ouvira dizer que o cio de uma fêmea podia desencadear o de outras e, obviamente, aquilo acontecera.

Deus, ele esperava que não fosse Beth, pensou, esfregando os olhos cansados.

Havia coisas para serem cuidadas antes que ela...

– Sabe onde ele está?

Saxton olhou por sobre o corrimão novamente. Rehvenge, o *lídher* do Conselho, conseguira subir metade da escadaria sem que a sua presença tivesse sido notada.

E, ao que tudo levava a crer, algo mais também acontecia: como de costume, o macho formava uma figura imponente com seu casaco de marta e a bengala vermelha, mas sua expressão desagradável o colocava num terreno absolutamente letal.

Saxton levantou um ombro.

– Também estou esperando por ele.

Rehv bateu os pés no último lance do segundo andar e caminhou até a porta do escritório para ver por si só que não havia ninguém lá. Depois, franziu o cenho, girou sobre os sapatos LV e olhou para o teto, ao mesmo tempo em que se rearranjava discretamente dentro das calças.

E, nessa hora, empalideceu.

– Isso é a Beth?

Não havia razão para definir o "isso".

– Acredito que sim.

– Ah, pelo amor de Deus – o *lídher* se sentou num banco oposto, e foi nesse instante que Saxton notou o tubo de papelão fino e longo que ele carregava. – As coisas só ficam piores.

– Ficaram – sussurrou Saxton. – Não ficaram?

A cabeça de Rehv virou e os olhos cor de ametista se estreitaram.

– Como sabe?

Você me odeia?

Sim, odeio.

Saxton desviou o olhar.

– Tentei avisar o Rei. Mas... Ele estava indo cuidar da sua *shellan.*

– Você não me respondeu.

– Fui à casa do meu pai só para dizer que eu ainda estava vivo. E, enquanto eu estava lá, vi tudo isso. – Pegou seu celular e foi passando as fotos na tela, mostrando-as a Rehv. – Consegui tirar essas daqui. São livros das Antigas Leis, todos abertos em referências a herdeiros e sangue. Como já disse, tive esperanças de conseguir falar com ele ontem à noite.

– Não teria feito diferença – Rehv passou a mão sobre o cabelo cortado em moicano. – Eles já tinham os planos todos orquestrados...

Do lado oposto, perto do corredor das estátuas, a porta que conduzia ao andar superior se abriu. E de dentro delas surgiu...

– Puta merda – Rehv balançou a cabeça e murmurou. – Agora conhecemos a aparência de um zumbi de um apocalipse.

Aquele pesadelo desamparado de olhos pesados e membros descoordenados só trazia uma vaga lembrança do Rei; os cabelos longos, úmidos pelo banho tomado, ainda caíam a partir do famoso bico de viúva no alto da testa, e os óculos escuros eram os mesmo, e, sim, a regata preta e as calças de couro eram o uniforme dele. Mas todo o resto estava errado. Ele perdera tanto peso que as calças pendiam soltas em suas pernas, o cós apoiado no quadril, e mesmo a suposta camiseta justa sobrava sobre o peito. E o rosto também não estava nada bom. A pele se encolhera sobre os ossos da face e do maxilar... e o pescoço dele... Santa Virgem Escriba, o pescoço...

As veias dos dois lados foram sugadas tantas vezes e com tamanha força que ele mais se parecia um figurante do *Massacre da Serra Elétrica.*

E mesmo assim, o macho flutuava sobre uma nuvem. O ar que o precedeu era suave como uma brisa de verão, a satisfação e a alegria eram como uma bolha que o envolvia.

Uma pena arruinar aquilo.

Wrath reconheceu a dupla de imediato, e, quando parou, a cabeça se virou de um lado para o outro, como se avaliasse as expressões deles. Em vez disso, Saxton sabia que eram as suas auras.

– O quê.

Caramba, a voz estava rouca, não passava de um sussurro. No entanto, havia força por trás dela.

– Precisamos conversar – Rehv bateu o tubo na palma como se fosse um bastão de basebol. – Agora.

Wrath respondeu com uma fileira de imprecações. E depois ralhou:

– Mas que merda, vocês não podem ao menos me dar uma hora para alimentar a minha *shellan* depois do cio dela?

– Não. Não podemos. E precisamos dos Irmãos. Todos eles – Rehv se pôs de pé com a ajuda da bengala. – A *glymera* votou a sua expulsão, meu amigo. E precisamos planejar uma resposta à altura.

Wrath não se moveu por um bom tempo.

– Baseados em quê?

– Na sua rainha.

O rosto já pálido se tornou definitivamente mais branco ainda.

– Fritz! – berrou o Rei a plenos pulmões.

O mordomo se materializou da sala de estar do segundo andar, como se estivesse esperando ser convocado.

– Sim, senhor?

Foi com a mais completa exaustão que o Rei murmurou:

– Beth precisa de comida. Leve tudo o que ela possa querer. Eu a coloquei na banheira, é melhor ir dar uma olhada. Ela está fraca, e não quero que ela desmaie e se afogue.

Fritz se curvou tanto que foi um milagre o rosto envelhecido dele não resvalar o tapete.

– Imediatamente. Já vou já.

Enquanto o *doggen* se apressava, Wrath o chamou novamente.

– E pode levar meu cachorro para fora? E depois trazê-lo para o meu escritório.

– Claro, senhor. Será um prazer.

Wrath se virou e ficou de frente para as portas abertas do escritório, como alguém se dirigindo à forca.

– Rehv, chame a Irmandade.

– Imediatamente. E Saxton precisa estar nessa reunião. Alguém tem que opinar sobre a legalidade de tudo isso.

Wrath não respondeu. Apenas entrou na sala azul-clara, uma sombra viva no meio de toda aquela mobília fina francesa.

Naquele instante, Saxton conseguia ver o peso sobre o macho, sentir o calor do fogo que ardia sob aqueles pés, sentir a situação sem possibilidade de vitória que se apresentava na curva daquela estrada. Wrath era a proa do navio da raça e, por isso... atingiria as geleiras primeiro.

Aquilo tudo era tão ingrato. As horas que o macho passara acorrentado à mesa do pai, a papelada passada diante dele, um borrão de páginas preparadas por outras pessoas, apresentados por Saxton, regidas por Wrath e depois enviadas para o mundo.

Um fluxo infindável de necessidades.

Pondo-se de pé, Saxton ajeitou as roupas que estava vestindo desde que fora para a casa do pai e descobrira a verdade tarde demais.

O que viria em seguida? Estava do lado de Wrath, e não só porque ele e o pai não se davam bem.

Ele sabia muito bem o que era ser forçado num molde que não lhe servia e depois ser demonizado por desapontar as convenções.

Ele e Wrath eram semelhantes.

Tragicamente.

Em silêncio e com o coração pesado, Sola vagueou pela casa que partilhara com a avó, indo de cômodo em cômodo, vendo tudo sem ver nada.

– Posso contratar alguém para fazer isso – disse Assail com tranquilidade.

Parando na cozinha, ela parou junto à mesinha redonda e olhou pela janela. Mesmo sem nenhuma luz externa acesa, ela visualizou o jardim dos fundos, vendo-o coberto de neve. Vendo Assail parado no frio.

Um pouco frustrante. Fora para lá com caixas de papelão abertas para embalar seus pertences e não ficar pensando naquele homem. Mas enquanto abria armários e calculava quanto papel jornal precisaria, ele era tudo o que ocupava a sua mente. Não a casa que estava desocupando, não as coisas que teria que deixar para trás, não os anos que se passaram desde aquele dia de outono em que ela e a avó foram até ali e decidiram que sim, aquela casa serviria para elas.

Muito tempo se passara.

E, ainda assim, a única coisa na sua cabeça era o homem atrás de si.

– Marisol?

Ela olhou por sobre o ombro.

– Desculpe, o que disse?

– Perguntei por onde gostaria de começar.

– Hum... pelo andar de cima, acho.

Saindo da sala de estar, ela pegou algumas das caixas, enfiou um rolo de fita adesiva no braço e subiu. Chegando em cima, decidiu... o seu quarto.

Demorou pouco a abrir as caixas, passar a fita com aquele barulho de quem rasga um tecido, os dentes ajudando em vez de tesoura, os quatro lados se tornando sólidos e capazes de conter objetos.

A avó vinha lavando e passando as roupas de Sola por tanto tempo que já sabia quais eram as suas favoritas e as levara para a casa de Assail. O que restava na cômoda eram as segundas opções, e ela as jogou na caixa sem se preocupar em dobrá-las com cuidado: calças de ginástica lavadas tantas vezes que já tinham desbotado; camisetas com gola rolê sem elasticidade no pescoço, mas ainda funcionais; sutiãs um pouco gastos nas taças; malhas que tinham se avolumado; jeans dos tempos do colégio que ela usava para avaliar quanto estava pesando.

– Tome – disse Assail com gentileza.

– O quê... – ela olhou para o lenço que ele lhe oferecia e só então percebeu que estivera chorando. – Sinto muito.

Antes que percebesse o que estava fazendo, sentou-se na cama. Depois de enxugar os olhos, ficou olhando para o lenço, esfregando o tecido delicado com os dedos.

– O que a aflige? – perguntou ele, os joelhos estalando quando ele se ajoelhou ao lado dela.

Levantando o olhar, ela estudou o rosto dele. Deus, ela não conseguia acreditar que um dia o considerara rude. Ele era... Lindo.

E seus extraordinários olhos da cor do luar eram poças de compaixão.

Mas ela tinha a sensação de que aquilo mudaria.

– Eu tenho que ir embora – disse, rouca.

– Desta casa? Sim, claro. E nós a colocaremos à venda, e você...

– De Caldwell.

A imobilidade que o abateu foi tão pronunciada quanto uma explosão de atividade – tudo mudou, mesmo ele permanecendo na mesma posição.

– Por quê?

Ela inspirou fundo.

– Eu não... não posso ficar com você para sempre.

– Claro que pode.

– Não, não posso – ela voltou a atenção novamente para o lenço. – Vou partir ao amanhecer, e vou levar a minha avó comigo.

Assail se levantou numa explosão e começou a andar pelo quarto apertado.

– Mas você está a salvo comigo.

– Não posso tomar parte na vida que você leva. Eu simplesmente... não posso.

– Minha vida? Que vida?

– Sei o que vai acontecer daqui por diante. Com o desaparecimento de Benloise, você vai ter que conseguir o seu produto em algum outro lugar, e vai resolver esse problema de uma maneira que o coloque encarregado não só do abastecimento dos diversos varejistas de Caldwell, mas de toda a Costa Leste.

– Você não sabe quais são os meus planos.

– Mas eu te conheço. Dominar é o que você faz... – e isso não é uma coisa ruim. A menos que você seja alguém tentando se livrar – ela movimentou a mão para frente e para trás – disso tudo.

– Você não tem que fazer parte do meu trabalho.

– Não do modo como estão as coisas, e você sabe disso. – Ela olhou para ele. – Poderia ser verdade se você fosse um advogado, mas você não é.

– Todavia, você considera me abandonar uma opção melhor?

Engraçado, uma parte sua se animava ao vê-lo se referir aos dois como se fossem um casal. Mas a realidade abafava essa diminuta centelha de felicidade.

– Acha que vai começar uma carreira nova?

O silêncio que se seguiu foi a resposta que ela esperava.

A voz dele soou aborrecida.

– Não entendo a mudança brusca de direção.

– Fui sequestrada de dentro da minha casa, mantida em cativeiro e quase fui estuprada – quando ele se retraiu como se tivesse sido estapeado, ela praguejou. – É só que... chegou a hora de ir para o mundo legal e ficar nele. Tenho dinheiro o suficiente para não ter que trabalhar de imediato e tenho outra casa.

– Onde?

Ela abaixou os olhos.

– Não é aqui.

– Você não vai nem me contar para onde vai?

– Acho que você viria atrás de mim. Estou frágil demais agora para dizer não.

Um cheiro repentino permeou o ar, e ela olhou ao redor, pensando naquelas amostras de perfume que vinham nas revistas. Mas nada havia mudado, eram apenas os dois sozinhos na casa, sem nenhum aromatizador ligado numa tomada à vista.

Ele atravessou o carpete barato e se assomou sobre ela.

– Não quero que você vá.

– Talvez isso me transforme numa louca, mas fico feliz com isso – ela levou o lenço dele aos lábios e os esfregou com ele. – Não quero ser a única a sentir isso.

– Posso mantê-la afastada dos meus negócios. Você não terá que saber de nada a respeito das operações, da distribuição e do fluxo de caixa.

– A não ser pelo fato de que, enquanto eu for a sua namorada, ou sei lá o que, eu serei um alvo. E se a minha avó morar com você, ela também será. Benloise tem família, não aqui nos Estados Unidos, mas na América do Sul. Cedo ou tarde, o corpo dele vai aparecer, ou a sua ausência será notada, e talvez eles não descubram nada. Mas talvez descubram.

– Você crê que eu não possa protegê-la? – ele interpelou com arrogância.

– Eu achava que conseguia cuidar de mim. E aquela sua casa? Eu a investiguei, você bem sabe, e ela é uma fortaleza, admito. Mas as coisas acontecem. Pessoas invadem. Pessoas... Se machucam.

– Não quero que você vá.

Ela levantou o olhar para o dele e soube que nunca, jamais, se esqueceria da aparência dele de pé, no meio do seu quartinho, as mãos sobre os quadris, uma carranca no rosto, um ar de confusão cercando-o.

Como se ele estivesse acostumado a conseguir o que queria em todos os aspectos da sua vida e não compreendesse o que estava acontecendo.

– Vou sentir saudades – disse ela, com voz emocionada. – Todos os dias, todas as noites.

Mas ela precisava ser ajuizada. A atração estivera presente desde o começo, e ele ter ido salvá-la acrescentou uma nova dimensão a tudo aquilo, uma ligação emocional forjada na estufa do seu terror e dor. O problema? Nada daquilo servia de base para um relacionamento sólido.

Inferno, ela o conhecera enquanto o espionara para um importador de drogas. Ele a perseguira por ter invadido sua propriedade. Um seguira o outro à noite, até que ela o visse fazendo sexo com outra mulher, pelo amor de Deus... E depois viera a quase tragédia e um pouco de um sexo incrível que se mostrara uma espada de lâmina dupla em sua recuperação.

Sola pigarreou.

– Eu só preciso ir embora. E por mais que isso doa... É isso o que eu vou fazer.

Capítulo 40

Aqui embaixo é melhor para fazer o anúncio, pensou Wrath, avançando pela sala de jantar com George ao seu lado.

Tomando seu lugar na cabeceira da mesa de nove metros, esperou pela chegada de todos. De jeito nenhum ele teria aquele tipo de reunião com o traseiro sentado no trono do pai. Isso não aconteceria. E não havia motivo para excluir ninguém da casa. Aquilo afetaria a todos.

E nada de reunião prévia também. Ele não precisava de nenhum tipo de conclave particular com Rehv e Saxton, no qual saberia os detalhes e depois teria que se sentar enquanto eles repetiriam tudo para os demais. Ele não tinha nada a esconder da família, e nada tornaria aquilo mais fácil de ouvir.

Retirando os óculos escuros, esfregou os olhos e pensou em outro motivo pelo qual estava grato por não estar no andar de cima... era perto demais de Beth. Fritz lhe garantira que ela já estava na cama se alimentando, mas, uma coisa que ele sabia a respeito da sua *shellan*, era que ela era bem capaz, mesmo depois das dificuldades do cio, de descer para se encontrar com ele e se reconectar com o mundo externo.

E se aquilo se referisse a ela? Ela não tinha que ficar sabendo de imediato. Deus bem sabia que haveria tempo mais do que suficiente para contar a ela...

– Sente-se – murmurou Wrath, recolocando os óculos. – Você também, Z.

Ele conseguia sentir a hesitação de Phury na soleira da porta ao lado do seu gêmeo e, no instante de constrangimento que se seguiu, Wrath balançou a cabeça.

– Nada de beijar o anel, está bem? Apenas me deem um pouco de espaço.

– Muito justo – murmurou Phury. – O que você precisar.

Então, eles foram prevenidos. Isso, ou Wrath estava tão ruim quanto se sentia.

Enquanto os outros chegavam sozinhos ou em grupos, ele conseguia detectar pelo cheiro quem era quem e em que ordem chegavam. Ninguém disse nada, e ele imaginou que Phury estivesse fazendo sinais para as pessoas, dizendo-lhes para que fechassem a matraca e ficassem na deles.

– Estou à sua direita – anunciou Rehv. – Saxton está ao meu lado.

Wrath acenou na direção de todos de forma geral.

Algum tempo depois, Tohr disse:

– Estamos todos aqui.

Wrath tamborilou os dedos na mesa, o cérebro tomado pelos odores de tristeza e ansiedade em seu olfato, assim como pelo silêncio.

– Fale, Rehv – exigiu Wrath.

Houve o som suave da cadeira sendo empurrada para trás e depois o rei dos *sympathos* e *lídher* do Conselho da *glymera* começou a se debater com algo. Houve o som de algo de abrindo... seguido de algo sendo desembainhado.

E depois um pergaminho, bem comprido, sendo desenrolado. Com bastante de algo resvalando na mesa.

As fitas das família, Wrath deduziu.

– Não vou ler essa merda – reclamou Rehv. – Não vale o meu tempo. A conclusão é que todos colocaram seus brasões nisso. Pelo parecer deles, Wrath não é mais o Rei.

Uma fonte de raiva explodiu das gargantas de toda a casa, muitas vozes se misturando e se elevando até o teto, os sentimentos eram os mesmos.

E, na verdade, foi a *shellan* de Butch, Marissa, sem dúvida, a fêmea mais refinada da casa, que resumiu melhor a situação:

– Malditos filhos da puta.

Wrath teria rido em outras circunstâncias. Inferno, nunca a vira praguejar antes. Não sabia que algo daquele calibre poderia passar por aqueles lábios.

– Baseado em quê? – alguém perguntou.

Wrath interrompeu todo o palavrório com duas palavras:

– Minha companheira.

Silêncio absoluto se seguiu.

– Mas a vinculação foi totalmente legal – observou Tohr.

– Mas ela não é totalmente vampira – Wrath esfregou as têmporas e pensou no que ele e Beth fizeram nas últimas dezoito horas. – E isso significa que caso tenhamos filhos, tampouco eles serão.

Céus, aquilo era o caos. Um caos absoluto. Ele poderia ter uma chance caso não tivesse filhos e então o trono passaria para um parente próximo. Butch, por exemplo. Ou qualquer filho que o Irmão e a companheira dele viessem a ter.

Bem, agora... Agora as apostas eram outras, não...?

– Ninguém mais é sangue puro...

– ... não estamos na Idade Média...

– ... precisamos tirá-los disso...

– Isso é simplesmente ridículo...

– ... por que eles estão perdendo tempo com...

Wrath aquietou o caos, cerrando o punho e batendo-o na mesa.

– O que está feito está feito – Deus, como aquilo doía. – A pergunta é o que fazer agora. Qual será a nossa resposta, e quem diabos eles acham que vai reger?

Rehv falou:

– Vou deixar que Saxton lide com os aspectos legais da primeira parte, mas posso responder a segunda. É um cara chamado Ichan, filho de Enoch. Diz aqui – barulho de pergaminho – que ele é um primo seu?

– Quem é que pode saber? – Wrath se remexeu na cadeira. – Nunca o conheci. A pergunta é: onde está o Bando de Bastardos? Eles devem estar envolvidos nisso.

– Não sei – disse Rehv ao enrolar novamente a proclamação. – Isso me parece um tanto sofisticado para o gosto de Xcor. Bala na cabeça é mais o estilo dele.

– Ele está por trás disso – Wrath balançou a cabeça. – O meu palpite é que ele vai deixar baixar a poeira, matar esse filho da puta do Ichan e depois vai fazer com que o nomeiem.

Tohr se pronunciou:

– Você não pode simplesmente alterar as Antigas Leis? Como Rei, você pode fazer o que quiser, não pode?

Quando Wrath acenou na direção de Saxton, o advogado se levantou, a cadeira raspando no piso.

– O que o voto de desconfiança faz, sob o ponto de vista legal, é remover todos os poderes do rei de comandar e reinar. Qualquer tentativa agora de mudar o palavreado seria nulo ou cancelado. Você ainda é o Rei, no sentido de ter o trono e o anel, mas, na prática, não tem mais poderes.

– Então, eles podem indicar outra pessoa? – Wrath perguntou. – Simples assim?

– Temo que sim. Encontrei uma nota processual escondida que diz que, na ausência de um Rei, o Conselho pode indicar um regente de fato com uma maioria absoluta, e foi isso o que fizeram. Esse trecho foi redigido para ser acionado em tempos de guerra, para o caso de toda a Primeira Família ser varrida sem deixar herdeiros.

Já passei por isso, obrigado, pensou Wrath.

Saxton prosseguiu:

– Eles precipitaram essa cláusula e, infelizmente, do ponto de vista legal, ela é valida, mesmo sendo usada de uma maneira não contemplada pelos peritos legais originais.

– Como não percebemos isso? – alguém questionou.

– A culpa é minha – disse Saxton, bruscamente. – E, por isso, diante de todos, peço demissão e remoção do corpo dos advogados. É imperdoável que eu tenha deixado passar...

– Que se foda – disse Wrath, exausto. – Não aceito a sua...

– Foi o meu próprio pai quem fez isso. E eu deveria ter pesquisado o assunto. Eu deveria...

– Basta – repreendeu Wrath. – Se seguir essa linha de pensamento, eu deveria ter sabido há muito tempo, já que meus antepassados escreveram essa merda. O seu pedido de demissão não será aceito. Portanto, pare de falar dessa merda e sente esse seu maldito traseiro. Vou precisar de você.

Caramba, ele tinha *ótimas* habilidades interpessoais.

Wrath praguejou um pouco mais, depois murmurou:

– Então, se entendi direito, não há nada que eu possa fazer.

– Do ponto de vista legal – Saxton disse –, isso estaria correto.

Na longa pausa que se seguiu, ele se surpreendeu consigo mesmo. Depois de ter se sentido infeliz não só por séculos antes de decidir viver seguindo o legado do pai, mas também nas noites atuais no trabalho, alguém haveria de pensar que ele estaria aliviado. Toda aquela papelada em cima dele, as exigências da aristocracia, todas as coisas antiquadas... ah, sem falar no "preso em casa", "sem lutar com Payne" e "atrofia na mão da adaga" que acompanhavam tudo aquilo.

A ponto de ele se sentir um bonequinho de porcelana.

Portanto, sim, ele deveria estar extasiado por se livrar de toda aquela porcaria.

Em vez disso, ele não sentia nada além de desespero.

Era como se estivesse perdendo os pais novamente.

No fim, Wrath teve que ir ver a câmara secreta por si mesmo. Escondendo sua forma com um manto humilde para que ninguém soubesse que era ele, Wrath prosseguiu pelo castelo com Ahgony, Tohrture e Abalone, que também retomara seu disfarce.

Movendo-se rapidamente entre os corredores, passaram por habitantes da mansão, por doggens, *cortesãos e soldados. Livre de todas as mesuras e costumeiros cumprimentos que seriam seu dever como Rei, eles avançaram com muita presteza, os confins do castelo se tornando mais rústicos conforme prosseguiam em áreas afastadas da corte, entrando nas jurisdições dos criados.*

Os cheiros também eram diferentes ali. Nenhuma flor fresca, ou ramos de especiarias, tampouco fêmeas perfumadas. Aqueles alojamentos amplos eram escuros e úmidos, e as lareiras não eram limpas com regularidade rígida, portanto havia uma sugestão de fuligem em cada inspiração. No entanto, ao se aproximarem da cozinha, as fragrâncias gloriosas de cebolas assadas e de pão quente se sobrepuseram a todo o resto.

Não chegaram a entrar na cozinha. Em vez disso, tomaram uma escada estreita de pedras que conduzia ainda mais para baixo. Na base, um dos Irmãos apanhou uma tocha acesa de seu candelabro na parede e a levou com eles.

Sombras se formaram, então, espalhando-se no chão de terra batida como ratos, embaraçando-se entre os pés.

Wrath jamais estivera ali antes. Sendo Rei, ele estivera apenas nas partes embelezadas da propriedade.

Aquele era um local adequado para um demônio, pensou, quando Abalone se deteve diante de uma extensão de parede indistinta das outras.

– Aqui – sussurrou o macho. – Mas não sei como entraram.

Ahgony e Tohrture começaram a tatear ao redor, utilizando a luz da tocha.

– O que é isso? – perguntou Ahgony. – Encontrei uma aba.

A "parede" era de fato falsa, uma invenção construída para se parecer com parte da construção de pedra e argamassa. E dentro dela...

– Não, meu senhor – Ahgony disse, antes que Wrath sequer tivesse se dado conta de ter avançado um passo. – Eu entro primeiro.

Com a tocha erguida, o Irmão penetrou na escuridão, as chamas revelando o que parecia ser uma sala de trabalhos abarrotada: de um lado, havia uma mesa tosca sustentada por pernas sem graça, sobre a qual havia jarros de vidro tampados com fechos de metal, um pilão, uma tábua de corte e muitas facas. E, no meio do salão de teto baixo, um caldeirão sobre uma braseira.

Wrath se aproximou.

– Traga-me a luz.

Ahgony direcionou a tocha para a coisa.

Um cozido repulsivo, agora frio, mas obviamente tendo sido cozido, jazia como os restos do alagamento de um esgoto.

Wrath mergulhou um dedo e emergiu com um pouco do sedimento marrom. Cheirando-o, ele descobriu que, apesar de sua consistência e da cor forte, aquilo tinha pouco cheiro.

– Não experimente, meu senhor – disse Tohrture. – Se precisar, permita-me.

Wrath limpou o dedo no manto e prosseguiu para junto dos frascos. Ele não reconheceu nem as diversas raízes retorcidas, tampouco as lascas de folhas, ou os pós negros. Não havia receita alguma, nenhum pedaço de pergaminho com anotações para o preparador.

Portanto, eles conheciam os ingredientes de cor.

E utilizaram aquele espaço por algum tempo, ele deduziu, passando os dedos pelo tampo da mesa sujo e depois inspecionando a ventilação rudimentar acima do caldeirão.

Ele se voltou para o grupo e se dirigiu a Abalone.

– Você honrou a sua linhagem. Provou o seu valor esta noite. Vá e saiba que o que for acontecer agora não recairá sobre você.

Abalone se curvou profundamente.

– Meu senhor, mais uma vez, eu não valho nada.

– Isso cabe a mim decidir e já dei a minha declaração. Agora vá. E cale-se a respeito disso tudo.

– O senhor tem a minha palavra. É tudo o que tenho a oferecer, mas é sua e de mais ninguém.

Abalone buscou o diamante negro e depositou um beijo na pedra. Depois se foi, suas passadas leves recuando conforme ele retornava pelo corredor.

Wrath esperou até que seus ouvidos nada mais ouvissem. Em seguida, num tom abafado, disse:

– Quero que cuidem desse jovem. Deem-lhe o bastante do tesouro para que a riqueza acompanhe as suas próximas gerações.

– Como desejar, meu senhor.

– Agora, fechem a porta.

Sem barulho. Sem fissuras. Fecharam-se com nem mesmo um rangido.

Por um bom tempo, Wrath caminhou pelo espaço claustrofóbico, imaginando o fogo ardendo e lançando seu calorão enquanto partia partes de plantas, de raízes, dos pós... transformando a natureza num veneno.

– Por que ela? – perguntou. – Se mataram meu pai e queriam o trono, por que não eu?

Ahgony meneou a cabeça.

– Também me questiono. Talvez eles não quisessem um herdeiro. Quem o sucede? Quem seria o próximo no trono se não tiver filhos?

– Existem primos. Distantes.

As famílias reais tendiam a ter um número limitado de filhos. Se a rainha sobrevivia ao parto, eles não queriam arriscá-la desnecessariamente, ainda mais se o primogênito fosse macho.

– Pense, meu senhor – insistiu Ahgony. – Quem estaria na fila do trono? Talvez alguém que ainda esteja para nascer? Eles podiam estar esperando o momento propício até o nascimento e, depois disso, eles tentariam atingi-lo.

Puxando as mangas do manto, Wrath olhou para os braços. Logo após a transição, ele teve a pele gravada com a árvore genealógica da família, e ele tracejou o que estava permanente em sua pele, acompanhando os vivos, os mortos, os que tinham filhos e quem esperava filhos...

Fechou os olhos, e a solução para a equação se apresentou.

– Sim. Sim. Isso mesmo.

– Senhor?

Wrath deixou que as mangas do manto voltassem a cobri-lo.

– Sei em quem estão pensando. Um primo meu cuja companheira está num estágio avançado de gestação agora. Numa noite dessas, eles disseram que rezavam à Virgem Escriba para que fosse um macho.

– De quem está falando?

– Enoch.

– Isso mesmo – Tohrture disse com gravidade. – Eu deveria ter suspeitado.

Sim, pensou Wrath. Seu conselheiro-chefe. Querendo o trono para um filho que levaria a fortuna da família até o futuro, e até lá o próprio macho colocaria a coroa sobre a cabeça por diversos séculos.

No silêncio, ele pensou em sua sala de recepção, na mesa com pergaminhos cobrindo cada centímetro da sua superfície, os bicos de pena e a tinta, as listas de tarefas que o aguardavam. Ele amava tudo aquilo, as conversas, os julgamentos, o processo tranquilizante de chegar a uma conclusão refletida.

Então, viu o cadáver do pai com as mãos enluvadas e as unhas azuladas da sua shellan.

– Temos que cuidar disso – declarou.

Tohrture assentiu.

– A Irmandade encontrará e despachará...

– Não.

Os dois Irmãos o encararam.

– Eles perseguiram o meu sangue. Eu derramarei os deles em retribuição... pessoalmente.

Os rostos dos dois guerreiros treinados se tornaram impassíveis, e ele entendeu o que eles estavam pensando. Mas isso não importava. Ele devia vingança à sua linhagem e à sua amada.

Do lado oposto, havia um banco embaixo da mesa, e ele o puxou. Sentando-se, ele indicou o caldeirão.

– Ahgony, vá e louve a vida da minha companheira. Deixe que saibam que ela sobreviveu. Tohrture, fique aqui comigo, e aguardemos o retorno dos assassinos. Assim que souberem da novidade, eles voltarão aqui para uma segunda tentativa... E eu estarei aqui para recebê-los.

– Meu senhor, talvez eu possa oferecer meus serviços de uma maneira diversa. – Ahgony olhou para o Irmão. – Permita-nos acompanhá-lo de volta à sua companheira, e permita-nos abordar quem quer que venha até aqui.

Wrath cruzou os braços sobre o peito e se recostou contra a parede.

– Leve a tocha com você.

Capítulo 41

Beth simplesmente tinha que se levantar e se olhar no espelho.

Apesar de estar num território absolutamente novo de exaustão, ela precisava se levantar da cama, andar rígida atravessando o carpete macio e acabar diante das luzes reluzentes sobre as pias do banheiro. Enquanto prosseguia, seu corpo era uma contradição de dores, músculos tensos e partes internas liquefeitas e molengas, e o cérebro aparentemente resolvera acompanhar esse último: não conseguia sustentar sequer um pensamento, fragmentos do dia e da noite prévios regurgitavam para a frente, mas não tinham a tração para oferecer qualquer cognição concreta.

Captando seu reflexo, ficou chocada: era como se estivesse olhando para seu fantasma, e não por estar pálida. Na verdade, a pele estava radiante e os olhos cintilavam mesmo ela estando tão cansada, como se tivesse ido para uma loja Sephora e feito maquiagem com um profissional. Diabos, mesmo seus cabelos pertenciam a um comercial da Pantene.

Não, a parte espectral se devia à camisola Lanz que vestira: de flanela, tão ampla quanto uma tenda de circo, o desenho branco e azul-claro mais parecendo uma nuvem ao seu redor, espalhando-se por todos os lados.

Aquilo a fez se lembrar do filme *Os Fantasmas de Divertem*. Geena Davis e uma versão mais magra e menos irada de Alec Baldwin presos na vida além da morte, perambulando pela casa em lençóis largos, tão amedrontadores quanto Gasparzinho.

Olhando para baixo, inclinou-se e apanhou o kit de medicamentos que não chegara a ser usado. Ao fechá-lo, guardou-o onde o achara, na bancada entre as duas pias.

Deus do céu, quer fossem os efeitos retardados, quer todos aqueles hormônios ainda em sua corrente sanguínea, a experiência inteira era uma paisagem onírica, uma recordação embaçada ao mesmo tempo em que fora uma experiência vívida e arrebatadora.

Mas o que viera antes do cio se tornara claro como água. Como alguém cujos sintomas não faziam sentido até receber um diagnóstico, ela pensou em retrospecto a respeito dos últimos quatro meses... e uniu as mudanças de humor, o desejo de ter um filho, os desejos de comer algo específico, o ganho de peso.

Tensão pré-menstrual, ao estilo das vampiras.

Aquela coisa toda de período fértil vinha acontecendo já há algum tempo. Ela apenas não identificara os sinais...

Concentrando-se novamente no espelho, olhou com maior atenção. Não, as feições eram as mesmas. Ela só sentia que deveria estar diferente.

Como na época da transição.

Wrath a ajudara a superar aquilo também. E foi engraçado, assim como no cio, sentira esquisitices algum tempo antes que a transição acontecesse: inquietação, aumento de apetite, dores de cabeça sob o sol.

Só lhe restava imaginar se descobrir que estava grávida seria tão importante quanto descobrir que era uma vampira.

Pousando a mão sob o baixo ventre, ela pensou... provavelmente, sim.

Por algum motivo, relembrou acordar após a transição. A primeira coisa que fizera foi ir até o banheiro para se ver no espelho. Pelo menos, na época, as presas revelaram alguma modificação. Agora, qualquer tipo de modificação que poderia estar acontecendo era internamente.

Pelo menos seu abdômen ainda estava inchado. Mas talvez isso se devesse somente ao peso ganho graças à sua dieta à base de sorvete.

Ou talvez estivesse grávida. Agora, por exemplo.

Enquanto assistia ao cara do comercial da AT&T infinity x infinity*, ela sabia que, mesmo Wrath tendo-a servido, ela teria que estar louca

---

* Nesse comercial, um homem entrevista quatro crianças a respeito de qual o maior número que conhecem. Após uma resposta inesperada de uma delas, ele faz um gesto como se sua cabeça estivesse explodindo. (N.T.)

se acreditasse que ele tivesse magicamente dobrado uma esquina numa estrada para aparecer mostrando-se todo feliz em começar uma família.

Mais uma vez, pressupondo que estivesse grávida.

Deparando-se com o reflexo do seu olhar, ela se perguntou a que diabos ela tinha dado início. Havia coisas na vida que não podiam ser desfeitas.

Aquela era uma delas...

O estômago emitiu um som como se seu coração estivesse desabando até o traseiro. Relanceando para lá, murmurou:

– Ok, pessoal, vamos em frente.

Com as entranhas remoendo toda a comida que despejara lá, ela se virou e foi para a cama.

Só que não foi lá que ela foi parar.

Em vez disso, seguiu para o closet, pegou um roupão e enfiou os pés dentro do par rosa de botas UGG que Marissa comprara para todas as fêmeas da casa como uma piada.

Os aposentos da Primeira Família eram tão suntuosos que Beth não passava muito tempo olhando para eles ou pensando em sua decoração e, como de costume, sentiu-se aliviada ao sair de lá. Sim, claro, o lugar era adorável, se você fosse um sultão. Pelo amor de Deus, era o mesmo que tentar dormir na caverna de Ali Babá, com as joias reluzindo no teto e nas paredes... E não eram falsas.

E não, ela nunca se acostumara com o vaso sanitário de ouro.

A coisa toda era um absurdo...

Puxa vida, pensou, quando a porta secreta se fechou atrás dela. Como alguém poderia educar uma criança num ambiente como aquele?

Uma criança parcialmente normal, quer dizer.

Tomando as escadas que levavam ao segundo andar, percebeu que havia todo um outro aspecto em relação a filhos que ela nunca considerara: estivera tão concentrada em ter um, que não considerara em ter um naquele estilo de vida.

O bebê seria um príncipe ou uma princesa. O primeiro, um herdeiro ao trono.

Ah, e uma observação: como se conta a um filho que o pai dele levou um tiro na garganta de alguém que almejava a coroa?

Céus, por que não pensara nisso tudo antes?

Que era no que Wrath pensara, não era?

Terminando de descer as escadas, seguiu para o escritório de Wrath, só parcialmente ciente do burburinho vindo pelo vestíbulo.

Ficou um pouco surpresa por não vê-lo atrás da escrivaninha. Imaginara, quando Fritz lhe levara a comida, que seu *hellren* ficara preso no trabalho.

Entrando no cômodo, encarou a barcaça de madeira que era o trono e depois estreitou o olhar, tentando imaginar um filho – ou uma filha – sentado ali. Porque as Antigas Leis que se danassem: se tivessem uma garotinha, Beth se certificaria de que o maridão mudasse as leis.

Se a monarquia britânica podia, então os vampiros também podiam.

Deus do céu... estava mesmo pensando nisso?

Esfregando as têmporas, reconheceu que tudo aquilo era apenas a ponta do iceberg no qual Wrath se chocava, e, nesse meio-tempo, ela só vinha sonhando com produtos Fisher Price, apreciando um debate interno dos prós e contras das fraldas de pano contras as descartáveis, que tipo de babá eletrônica comprar, e se ela gostava ou não dos novos modelos de berço da Pottery Barn.

Coisas de bebê e de crianças pequenas. O tipo de coisas que vira Bella e Z. discutirem, comprarem e usarem.

Nada do que estivera no seu radar se referia à educação da criança até a idade adulta. Que fora o foco de Wrath.

Subitamente, as pressões inerentes à imensa cadeira entalhada nunca lhe pareceram tão reais: embora as tivesse testemunhado em primeira mão, o verdadeiro fardo de tudo aquilo não fora completamente absorvido até agora... quando ela visualizou um filho seu sentado onde seu companheiro se sentava todas as noites.

Ela deixou a sala muito rápido.

Havia dois outros lugares em que ele podia estar: na academia ou, talvez, na sala de bilhar.

Ah, espera, ninguém mais ficava nessa última.

Caramba, que confusão aquela...

Erguendo a camisola e o roupão, ela desceu as escadas num trote, até o balançar das suas entranhas deixá-la nauseada e ela ter que desacelerar um pouco.

No instante em que ficou debaixo dos arcos, congelou.

Apesar do fato de não ser hora da refeição, a casa inteira estava à mesa e algo terrível acontecera: sua família era como uma amostra de si mesmos do museu Madame Tussauds, todos dispostos imóveis em suas cadeiras, com as feições certas, mas as expressões erradas.

E os olhos de todos se fixaram nela.

Quando a cabeça de Wrath se ergueu e se virou na sua direção, foi como se a sua transição estivesse acontecendo novamente, quando ela saíra do porão da casa do pai e encontrara a Irmandade em volta da mesa. A diferença, claro, foi que na época houve surpresa na sala.

Agora era algo completamente diferente.

– Quem morreu? – perguntou ela.

No Antigo País, Xcor e seu Bando de Bastardos ficavam num castelo que parecia ter se erguido da terra, como se as pedras de sua construção tivessem sido rejeitadas pela terra, expelidas tal qual um tumor. Situada sobre um monte surrado e, de outro modo, desabitado, a construção carranqueava sobre a pequena aldeia medieval dos humanos, a fortificação nem tão régia, mas mais rancorosa. E, na parte interna, não era menos desagradável: fantasmas de humanos mortos percorriam os diversos cômodos e, principalmente, o salão principal, derrubando objetos das mesas, balançando candelabros de ferro, derrubando pilhas de madeira das lareiras.

De fato, tudo combinava muito bem.

No Novo Mundo, porém... eles moravam numa rua sem saída, numa casa colonial com o quarto principal da cor dos intestinos de alguém.

– Conseguimos! De verdade, o trono é nosso!

– Vamos governar para sempre!

– Uuuurrrrraaa!

Enquanto os guerreiros se parabenizavam e seguiam se embebedando, ele se sentou no sofá da sala de estar e sentiu saudades do salão principal do castelo. Parecia-lhe um local mais apropriado para testemunhar a história que mudaram.

Tetos a dois metros e meio do chão e sofás aveludados não estavam à altura de um evento dessa magnitude.

Além disso, o castelo deles... Costumava ser a sede da Primeira Família da raça. O destronamento de Wrath no mesmo lugar em que ele nascera e fora criado teria tido uma ressonância muito maior.

Talvez o subúrbio simplório em que estavam estivesse lhe roubando a alegria que os guerreiros partilhavam.

Não, era outra coisa: aquela disputa com Wrath não tinha acabado.

Não havia como ter terminado assim, tão fácil.

Refletindo sobre a sua jornada até aquele momento, Xcor só conseguia balançar a cabeça. Antes de vir para o Novo Mundo, sobrevoando o oceano à noite, as coisas lhe pareceram sob controle. Após a morte de Bloodletter, ele assumira o comando dos seus soldados e se deleitara por séculos com o conflito contra a Sociedade Redutora, depois que a Irmandade viera para Caldwell.

No fim, porém, depois dos seus sucessos no campo de batalha, não restou ninguém exceto os humanos para perseguir, e era difícil se divertir com aqueles ratos sem cauda.

Desejara o trono assim que aterrissara porque... ele estava ali.

E talvez ele soubesse que a não ser que assumisse a coroa, ele e o Bando de Bastardos seriam caçados: cedo ou tarde, a Irmandade descobriria a presença deles e haveria de querer estabelecer sua superioridade.

Ou eliminá-los.

Com muito esforço, contudo, a mesa fora virada: ele conquistara o poder deles e do Rei. E era isso o mais estranho. A sensação de estar, de alguma forma, além de qualquer controle era ilógica...

Enquanto Balthazar emitia uma gargalhada, e Zypher se servia de mais gim – ou seria vodca? –, o mau humor de Xcor se fez ver.

– Ele ainda não respondeu – interrompeu ele.

O grupo se virou para ele com o cenho franzido.

– Quem não respondeu? – perguntou Throe, abaixando a taça. Os outros bebiam em copos de plástico vermelho ou direto das garrafas.

– Wrath.

Throe balançou a cabeça.

– Ele não tem como responder, pois não tem mais poderes legais. Não há nada que ele possa fazer.

– Não seja ingênuo. Haverá uma resposta ao nosso tiro de canhão. Isso ainda não acabou.

Ele se pôs de pé, um rufar inquieto dentro do corpo, instigando movimentos nervosos que ele lutava para conter.

– Sem querer ofender – disse Throe. – Não vejo o que ele pode fazer.

Afastando-se de toda aquela jovialidade, Xcor disse:

– Preste atenção, isso não acabou. A pergunta é, dependendo da reação dele, nós nos sustentaremos?

– Aonde você vai? – Throe questionou.

– Sair. E não serei seguido, obrigado.

O "obrigado" estava mais para "vá se foder", ele pensou, ao se desmaterializar através da porta frágil e reaparecer no jardim da frente.

Não havia mais casas naquela parte do bairro, a única outra construção era uma estação de bombeamento sanitário municipal.

Inclinou a cabeça para trás e observou o céu. A lua não iluminava, pois a cobertura de nuvens que prometia mais neve bloqueava a luz.

Sim, naquele momento de triunfo, ele não sentia nenhuma alegria, nem sensação de realização. Ele esperava estar... bem, *feliz* não seria a palavra certa, visto que essa emoção não fazia parte do seu léxico. Em vez disso, ele estava tão vazio quanto estivera quando chegara àquelas paragens e inquieto a ponto de se sentir ansioso.

Ah, cacete... Ele sabia qual era a causa da sua preocupação.

Era a sua Escolhida, claro.

Enquanto seus homens aproveitavam a ilusão da vitória, só havia um lugar em que ele queria estar – mesmo que isso, indubitavelmente, colocasse sua vida em risco.

E para o norte ele foi.

Viajando pelo ar frígido, suas moléculas formaram uma onda aos pés de uma das montanhas nos limites do território de Caldwell.

De pé em meio aos pinheiros e carvalhos, os coturnos plantados na neve dura, ele olhou para cima, mesmo sem conseguir enxergar o ápice da montanha.

Na verdade, ele não conseguia enxergar além de um metro de distância.

O cenário embaçado diante dele não era fruto do clima ou do terreno. Era magia. Algum tipo de truque que ele não conseguia entender, mas não tinha como questionar a sua existência.

Ele seguira a sua Escolhida até ali.

Quando ela fora até a clínica, ele se sentira aterrorizado que os Irmãos a tivessem ferido em retaliação por ela tê-lo alimentado, e esperara até que ela fosse atendida e a seguira até ali. Verdade, ela fora manipulada para lhe ceder a veia. Salvar a sua vida não fora uma escolha verdadeira, mas fruto de um logro criado por Throe... E, pela primeira vez, ele se arrependia de ter enviado o lutador para a Irmandade. Se não tivesse tentado punir o macho com aquilo, nenhum deles jamais a teria conhecido.

E essa *perdição* continuaria desconhecida para ele.

De fato, o desconhecimento da existência daquela fêmea, do cheiro e do sabor do sangue dela, de todas aquelas lembranças roubadas no carro, teriam sido uma bênção para ele.

Em vez disso, era como ele tivesse aproximado uma serra da perna e a amputado ele mesmo.

Inconscientemente, ele se ofereceu para cruzar o caminho dela.

Fitando o limite do nevoeiro, ele se preparou e cruzou a barreira. A pele registrou um aviso imediato, seus instintos internos ativados pelo campo de força, atiçados pelo senso de terror infundado. Prosseguindo, as botas esmagaram a terra, somente um leve aclive informando que ele estava de fato começando a subir a montanha.

Naquele momento de triunfo, o único lugar em que ele queria estar era com a fêmea que não podia ter.

Capítulo 42

De modo geral, se o seu marido se recusa a dizer sequer uma palavra até que vocês dois estejam sozinhos atrás de portas fechadas, a coisa está feia.

Enquanto ouvia as portas do escritório dele se fechando, Beth foi até a lareira e esticou as mãos para se aquecer. Subitamente, estava com muito frio... Ainda mais depois que Wrath não foi para trás da mesa e se sentou no trono do pai.

Seu *hellren* se acomodou num dos dois sofás azuis franceses, e a coisinha afeminada emitiu um protesto bem pouco feminino quando o peso dele aterrissou.

George se acomodou aos pés do seu dono, o cachorro olhando para cima como se ele também estivesse esperando o que se seguiria.

Wrath só ficou olhando para a frente, mesmo sem conseguir enxergar nada, as sobrancelhas unidas debaixo dos óculos escuros, a aura tão negra quanto seus cabelos.

Virando-se, ela deu as costas para a fonte de calor e cruzou os braços.

– Você está me assustando.

Silêncio.

– Por que não está sentado atrás da escrivaninha? – perguntou, áspera.

– Porque ela não é mais minha.

Beth sentiu o sangue fugindo da cabeça.

– O que você... Desculpe, o que foi que disse?

Wrath tirou os óculos e apoiou um cotovelo no joelho enquanto esfregava os olhos.

– O Conselho me removeu.

– Mas... quê? Como? O que eles fizeram?

– Não importa. Mas eles me pegaram – ele riu numa explosão. – Olha aqui, pelo menos toda essa papelada não é mais problema meu. Eles podem se governar sozinhos, vão se divertir pra caramba debatendo e discutindo idiotices...

– Baseados em quê?

– Sabe o que é o pior? Eu odiava esse trabalho e agora que ele se foi... – ele esfregou o rosto de novo. – Tanto faz...

– Não entendo. Você é o Rei legítimo, e a raça é uma monarquia. Como fizeram isso?

– Não importa.

Beth estreitou o olhar.

– O que você não está me contando?

Ele se levantou num salto e começou a andar de um lado para o outro, tendo memorizado a disposição dos móveis há muito tempo.

– Isso nos dará mais tempo juntos. Não é algo ruim, ainda mais se você estiver grávida. Inferno, se você tiver um filho agora, uma parte de tudo o que me enchia a cabeça não tem mais importância...

– Eu vou descobrir e você sabe disso. Se você não me contar, vou encontrar alguém que me conte.

Wrath foi até a escrivaninha e passou a mão pela ponta entalhada. Depois tateou o trono, acariciando as subidas e descidas na madeira.

– Wrath. Fale. Agora.

Mesmo ela demandando daquele jeito, demorou um pouco até ele falar. E quando por fim o fez, a resposta dele não era nada do que ela esperava... E mais devastadora do que poderia ter imaginado.

– Eles se basearam... em você.

Ok, hora de se sentar.

Indo para o mesmo sofá em que ele se sentara antes, ela quase desabou sobre as almofadas.

– Por quê? Como? O que eu fiz?

Deus do céu, a ideia de que ela lhe tivesse custado o trono por algo que tivesse feito...

– Não é nada que você tenha feito. É... Quem você é.

– Que ridículo! Eles nem me conhecem!

– Você é meio-humana.

Bem, isso a calou.

Wrath se aproximou e se ajoelhou diante dela. Pegando-lhe as mãos, ele as segurou nas suas, muito maiores.

– Escute aqui, e você tem que entender isso muito bem: eu te amo, você por inteiro, cada parte sua. Você é perfeita do jeito que é...

– A não ser pela parte em que a minha mãe era humana.

– Esse é o problema deles – ele rebateu. – Não dou a mínima para o maldito preconceito deles. Isso não me afeta em nada...

– Isso não é beeeem verdade, não é? Por minha causa, você não vai mais sentar naquele trono, certo?

– Sabe do que mais? Essa merda não tem valor para mim. Você é que é importante. Você importa. Todo o resto, *todos*, podem ir se foder.

Ela relanceou para o trono.

– Está tentando me dizer que não se importa que o trono do seu pai não seja mais seu?

– Eu odiava o trabalho.

– Isso não é relevante.

– O passado é o passado, e os meus pais estão mortos há séculos.

Ela meneou a cabeça.

– E isso importa? Eu sei porque você aceitou o trabalho, por causa deles... Não minta para mim, e, mais importante, não minta para si mesmo.

Ele se empertigou.

– Não estou mentindo.

– Acho que está, sim. Eu o observei nesses dois anos. Sei o que o motiva, e seria um erro acreditar que todo esse comprometimento desaparecerá só porque outra pessoa diz que você não pode mais usar a coroa.

– Primeiro, não é "outra pessoa". É o Conselho. Segundo, é um fato consumado. O que está feito, está feito.

– Deve existir alguma coisa que você possa fazer. Algum modo de...

– Deixe estar, Beth – ele se levantou, a cabeça se dirigindo na direção genérica do trono. – Vamos seguir em frente...

– Não podemos.

– O caralho que não.

– Uma coisa seria você se demitindo, abdicando ou sei lá como isso é chamado. Isso seria livre escolha. Mas você não se sai bem acatando ordens de outros – ela insistiu causticamente. – Já discutimos isso antes.

– Beth, você tem que abrir mão disso...

– Pense no futuro, daqui a um ano, dois anos... acha mesmo que não vai me culpar por isso?

– Claro que não! Você não pode mudar quem você é. Não é culpa sua.

– Você diz isso agora, e eu acredito em você... Mas daqui a uma década, quando você estiver diante do seu filho ou da sua filha, acha mesmo que não vai se ressentir por eu ter lhes roubado d...

– Da oportunidade de levar um tiro? De ser criticado por todos? De ser colocado num pedestal no qual não queriam estar? Inferno, não! Toda essa porcaria era parte do motivo de eu não querer filho nenhum!

Beth balançou a cabeça mais uma vez.

– Não tenho tanta certeza disso.

– Céus – murmurou ele, travando as mãos nos quadris. – Faça-me um favor e não decida por mim, ok?

– Não podemos ignorar a possibilidade de...

– Desculpe, mas deixei passar alguma coisa? Uma cartomante lhe deu uma bola de cristal ou algo assim? Sem querer ofender, mas você, assim como eu, não tem como saber o futuro.

– Exato.

Wrath lançou as mãos para o alto e voltou a andar.

– Você não entende, simplesmente não entende. O voto de desconfiança foi aprovado, estou castrado como governante, não tenho nem poder nem autoridade nenhuma. Portanto, mesmo que existisse algo a fazer do ponto de vista legal, não sou mais a pessoa que pode mudar as coisas.

– Quem é, então?

– Um primo distante. Um cara bem legal.

O tom do seu *hellren* sugeria que "bem legal" era eufemismo para "um idiota completo".

Beth cruzou os braços sobre o peito.

– Quero ver a proclamação ou documento... Existe um, não? Não acredito que eles simplesmente lhe deixariam um recado na secretária.

– Ai, meu Deus, Beth, será que você não pode...

– Saxton está com o papel? Ou eles mandaram por intermédio de Rehv...

– Porra! Será que você não pode ser normal? – berrou ele. – Você acabou de passar pelo cio! A maioria das fêmeas ficaria na cama por uma semana, por que não faz o mesmo? Você queria um filho, vá se deitar, maldição, é isso o que você deveria estar fazendo... Estou surpreso que durante aquele maldito tempo em que ficou com Layla ela não tenha lhe dito para...

Enquanto ele falava e falava, ela sabia que aquilo era apenas uma maneira de ele se livrar da tensão através das palavras. Mas eles não tinham tempo para ele continuar com aquilo indefinidamente.

Levantando-se, ela se aproximou dele e...

Slap.

Quando Beth o atingiu com a palma da mão, o som que se seguiria sumiu e seu amado companheiro se calou.

Fitando-o com calma, ela disse:

– E agora que tenho a sua atenção, e você não está mais alucinado como um lunático, eu gostaria muito que me dissesse onde posso encontrar o que quer que tenham nos mandado.

Wrath deixou a cabeça pender para trás como se estivesse absolutamente exausto.

– Por que está fazendo isso?

De repente, ela pensou no que ele lhe dissera quando seu cio começara, e ele a encontrara tentando pegar as drogas.

Numa voz entrecortada, ela respondeu:

– Porque eu te amo. Além disso, ou você não quer reconhecer isso ou não consegue enxergar o futuro, mas isso importa muito, muito mesmo para você. Estou te dizendo, Wrath, esse é o tipo de coisa da qual as pessoas nunca se recuperam. E como já disse, se você quisesse desistir? Tudo bem. Seria uma escolha sua. Mas maldita seja eu se eu deixar que alguém tire isso de você.

Ele abaixou o queixo.

– Você não entende, *leelan*. Acabou.

– Não se eu puder impedir.

Houve um bom momento de pausa... Em seguida, ele a puxou para si e a esmagou ao seu encontro, abraçando-a com tanta intensidade que ela quase sentiu os ossos se dobrando.

– Não sou forte o bastante para isso – sussurrou ele ao seu ouvido, como se ele não quisesse que ninguém mais ouvisse isso saindo da sua boca. Jamais.

Percorrendo as mãos pelas costas amplas, ela o abraçou firme.

– Mas eu sou.

Demorou uma eternidade.

Wrath esperou no quarto secreto com cheiro de terra e temperos para sempre. Na escuridão, seus pensamentos eram tão altos quanto gritos, vívidos como raios, indeléveis como uma inscrição em pedra.

E bem quando ele pensou que nunca aconteceria, que ele e seu companheiro silencioso ficariam para sempre no escuro, literal e figurativamente, houve um som de algo raspando e o painel camuflado começou a deslizar para o lado.

– Não importa o que aconteça – sussurrou ele para o Irmão –, você não vai interferir. Isso é uma ordem, preste bastante atenção.

A resposta de Tohrture não passou de um sussurro.

– Como desejar.

A luz tremeluzente de uma tocha lançou uma iluminação fraca, mas foi mais do que suficiente para Wrath identificar o macho: era um clérigo da periferia da corte... mas cujo pai fora um curandeiro da raça.

Um mantenedor de ervas e poções.

O macho murmurava baixinho:

– ... fazer mais numa só noite. Não posso fazer o impossível...

Enquanto o macho se aproximava da mesa de trabalho, o corpo de Wrath agiu sem pensar. Lançando-se das sombras desajeitadamente, ele agarrou o braço fino, colocando sua força no movimento sem nenhuma graciosidade. Em resposta, houve um grito agudo de surpresa, mas logo a tocha se virou e Wrath o soltou quando as chamas se aproximaram dos seus olhos.

– Feche a porta! – comandou, tentando segurar o clérigo pela cintura.

Mesmo não havendo comparação entre os seus tamanhos, Wrath sendo o dobro dele, o manto do clérigo escorregava e a presa se debatendo era difícil de segurar. E a tocha era um perigo que ambos tentavam controlar. Com sombras percorrendo as paredes e o caldeirão e a mesa, Wrath queimou as mãos quando tentou...

Então, o capuz que usava para proteger sua identidade pegou fogo.

Quando um calor ardente subiu pela lateral na direção dos seus cabelos, ele saltou para trás e tateou em busca da adaga para cortar o tecido, só que a adaga estava debaixo do manto. Ele só sentia o contorno do seu cabo na bainha.

Recuando, ele tentou puxar o tecido pesado de sobre sua cabeça, mas teve que retrair a mão com um grito de dor. No segundo seguinte, as chamas o envolviam, e embora ele tentasse abafá-las, era como se defender de uma nuvem de vespas. Debatendo-se, cego de agonia e calor, ouvindo sons abafados, percebeu...

Ele não sairia vivo dali.

Com a respiração superficial, o coração acelerado, a alma gritando pela injustiça de tudo aquilo, ele desejou ser um macho diferente, um macho da espada e não da pena, um que pudesse dominar outro com confiança e presteza...

O dilúvio que veio de cima era fedorento e desagradável e tão viscoso que se parecia mais com uma manta de lã do que com um líquido. Com um sibilo e um chiado, e com um fedor que fez seus olhos arderem, as chamas sumiram, o fogo foi apagado, os agitos tresloucados cessaram.

Um barulho alto garantiu que Tohrture jogava o caldeirão pesado de lado.

– Não beba, meu senhor! Cuspa o que lhe caiu na boca!

Wrath se inclinou e expeliu o que ficara entre seus lábios. E quando um pano foi colocado em suas mãos, ele conseguiu limpar os olhos.

Apoiando as palmas nas coxas, ele inspirou profundamente na esperança de que com isso parasse de arfar, o esforço fazendo sua cabeça girar. Ou talvez fosse a fumaça. A dor. A meleca que fora despejada em sua cabeça.

Depois de um instante, ele percebeu que a luz se firmara e se virou na direção da fonte de iluminação. O Irmão reteve o controle sobre a tocha... assim como sobre o clérigo submisso, o macho encurvado sobre si mesmo, as pernas largadas.

– Como você... – um acesso de tosse interrompeu a pergunta de Wrath. – O que fez com ele?

– Cortei os tendões atrás dos joelhos para que ele não pudesse fugir.

Wrath se retraiu ante tal pensamento. Mas a utilidade do gesto era evidente.

– Ele é seu para fazer o que bem desejar, meu senhor – disse Tohrture, recuando.

Enquanto Wrath olhava para o clérigo, foi difícil não contrastar a maneira calma e o esforço bem-sucedido do Irmão com sua aparência esfarrapada e suja. Para Tohrture, aquilo não passara de um trabalho rápido.

Arrastando-se até o macho abatido, ele forçou o clérigo a ficar de costas, e houve uma medida de satisfação quando aqueles olhos se arregalaram quando a identidade de Wrath ficou aparente.

– A quem você serve? – inquiriu Wrath.

A resposta foi um gaguejo que não serviu para nada e, antes que Wrath soubesse o que estava fazendo, ele agarrou a roupa do clérigo e o suspendeu. Balançando-o, a cabeça pendida chacoalhando de um lado para o outro, Wrath se sentiu tomado por um desejo incomensurável de matar.

No entanto, não havia tempo para examinar tal sentimento desconhecido.

Sustentando o macho mais acima, até ficarem cara a cara, Wrath grunhiu:

– Se me contar quem mais está nisso, eu pouparei a sua shellan *e o seu filho. Mas, se eu descobrir que deixou alguém de fora? A sua família será amarrada pelos pés e pela cabeça, e pendurada nas paredes pelos tornozelos e ficará lá até morrer.*

Enquanto Tohrture formava um sorriso sedento de sangue nos lábios, o rosto do clérigo ficava ainda mais pálido.

– Meu senhor – sussurrou o macho. – Poupe-me também, poupe-me e eu lhe contarei tudo.

Wrath encarou os olhos suplicantes, observando as lágrimas se formarem e escorrerem... e pensou em sua shellan, *em seu pai.*

– Por favor, meu senhor, tenha piedade, eu lhe imploro, tenha piedade!

Depois de um bom tempo, Wrath inclinou a cabeça uma vez.

– Prossiga.

Houve uma cadeia de nomes, e Wrath reconheceu todos eles.

Era um misto completo dos seus conselheiros, começando com Ichan e terminando antes de Abalone, que já lhe provara onde estava a sua lealdade...

A vibração interna de violência se iniciou assim que o último nome foi pronunciado e o clérigo se calou... e a necessidade de matar não tinha como ser negada.

A sua mão tremeu quando se debateu no cabo da adaga, e ele puxou a arma com movimentos trêmulos, o ângulo errado para a retirada, a lâmina ficando presa na bainha.

Mas ele conseguiu libertá-la.

Deixando o clérigo cair no chão, ele segurou o pescoço do macho e começou a apertar.

– Meu senhor... – o clérigo começou a se debater, agarrando-se ao pulso de Wrath. – Meu senhor, não! O senhor prometeu...

Wrath levantou o braço.

E percebeu que barrara o coração, a jugular e os órgãos vitais com a maneira com que o segurava.

– Meu senhoooor...

– Isso é pelo meu sangue!

Despejou toda a sua força num arco descendente e se deparou com o olhar aterrorizado do clérigo quando a ponta afiada da adaga perfurou o globo ocular do macho e prosseguiu direto até o cérebro atrás dele, parando somente quando toda a lâmina estava encravada no crânio.

O corpo por baixo dele precipitou-se numa série de espasmos, braços e pernas se debatendo, o olho restante revirando para trás, até revelar somente a parte branca.

E então, tudo ficou inerte a não ser por repuxões menores dos músculos faciais e das mãos.

Wrath se curvou, caindo ao lado do cadáver.

E quando olhou para a adaga saindo do rosto do macho, ele foi tomado por uma náusea e teve que se virar de lado, apoiando as mãos no chão de terra batida, e vomitar até que os braços não o sustentassem mais.

Rolando de lado, ele deitou o rosto ardente sobre o braço sujo.

Ele não chorou.

Mas quis.

Ante a percepção de ter matado, desejou voltar para o mundo que conhecia antes, no qual o pai morrera de causas naturais, e sua shellan *tivera apenas um desmaio causado pela gestação... E a sua maior preocupação na corte era as fofocas a respeito da sua companheira.*

Essa nova versão da realidade não era nada de que desejaria tomar parte.

Não havia luz ali. Apenas a escuridão.

– Nunca matei antes – disse baixo.

Apesar de toda a sua força, a voz de Tohrture soou gentil.

– Eu sei, meu senhor. O senhor fez bem.

– Não.

– Ele não está morto?

Sim, estava.

– Falei sério a respeito da shellan *e do filho dele. Eles serão poupados.*

– Claro.

Enquanto a lista de nomes repassava em sua mente, a necessidade de matar foi reavivada, mesmo quando seu estômago mal sossegava, e seus esforços eram uma zombaria ante o que a Irmandade poderia fazer.

De fato, ele não estaria vivo se Tohrture não tivesse interferido.

Wrath se levantou do chão, a cabeça caída. Como ele iria...

Uma palma larga se apresentou diante dele.

– Meu senhor, permita-me ajudá-lo.

Wrath ergueu o olhar para os olhos límpidos e claros e pensou que eles eram como a luz, lançando luz sobre a escuridão, mostrando um caminho para fora da floresta.

– Nós o treinaremos, senhor – disse Tohrture. – Nós ensinaremos o que o senhor precisa saber a fim de que possa ahvenge *a sua linhagem. Limparei esse sangue e farei com que pareça que ele tenha sofrido um acidente, o que nos dará o tempo de que precisamos. E, daqui por diante, os alimentos serão preparados nos seus aposentos pelo nosso* doggen *particular, não por alguém afiliado à corte, e todos os alimentos serão trazidos dos campos pelas mãos dos Irmãos. Nós comeremos e beberemos em sua presença antes que o senhor o faça, e dormiremos do lado de fora dos seus aposentos. Essa é a nossa promessa solene.*

Por um instante, tudo o que Wrath conseguia fazer era fitar aquela palma, esticada para ele como uma bênção da própria Virgem Escriba.

Ele abriu a boca para agradecer, mas nada saiu dos seus lábios.

Em resposta, ele segurou o que estava estendido diante dele... e se sentiu sendo puxado até conseguir ficar sobre os próprios pés.

Capítulo 43

Ar fresco era bom para a mente e para a alma.

Enquanto Layla caminhava pelo jardim, ela tomou cuidado para atravessar o terraço coberto de neve, abrindo os braços para se equilibrar, avançando devagar. Não queria correr o risco de cair.

Engraçado como sua avaliação de tudo, desde superfícies potencialmente escorregadias e escadas até seleção de alimentos, tinha se intensificado.

– Vamos passear – disse para o filho no ventre.

Era loucura, claro, falar com quem ainda não nascera. Mas ela pensava que se pudesse manter o diálogo aberto, talvez o bebê continuasse preferindo ficar por perto. Se ela conseguisse comer as coisas certas, não caísse e descansasse... de algum modo, no fim de sabe-se lá quantos meses, ela poderia segurar o filho ou a filha nos braços, e não apenas dentro do corpo.

Caminhando pelo gramado branco de neve, distanciando-se das luzes da casa, ela descobriu que as botas que apanhara no corredor dos fundos eram quentinhas, grossas e confortáveis. O mesmo valia para a parca e as luvas. Deixara chapéu e cachecol para trás, pois desejava que o ar frio clareasse sua mente.

Avançando ainda mais na propriedade, a piscina se exibia com a sua cobertura de inverno, mas ela a imaginou com a luz submersa, as ondulações azuladas convidativas e suaves em sua pele e articulações. Por mais que apreciasse a piscina coberta do centro de treinamento, o ar de lá cheirava a cloro, e depois de ter se acostumado aos banhos naturais e límpidos do Santuário, ela não apreciava....

Abruptamente, parou de andar. Parou com os pensamentos errantes. Parou com tudo, a não ser com a respiração e as batidas do coração.

Fechando os olhos, ela repassou o que acontecera na sala de jantar, vendo a angústia no rosto de Wrath enquanto o anúncio era feito, ouvindo a indignação e a agressão nas vozes dos Irmãos, observando como Rehv continuava olhando para o Rei como se ele estivesse vendo coisas que ela não podia.

Xcor estava por trás de tudo aquilo.

Só podia. Seria impossível passar da orquestração da tentativa de um assassinato para uma espera indolente enquanto a *glymera* era bem-sucedida naquilo que ele desejava. Não, ele aguardava nas sombras. Em algum lugar.

Com o estômago queimando, ela voltou a caminhar, passando pela área da piscina até os jardins formais projetados geometricamente. E continuou se afastando, chegando ao muro de contenção de seis metros de altura que circundava todo o complexo.

Avançando ainda mais, ela sentiu as orelhas dormentes. Assim como o nariz. Mas não se importou.

Imagens de Beth aparecendo na entrada da sala de jantar e Wrath encarando-a da cabeceira da mesa digladiavam-se com uma montagem mais trágica e muito mais traiçoeira de...

Recusava-se a pensar naquilo.

Ou, pelo menos, tentava não pensar.

Permitira mesmo que Xcor entrasse naquele carro? Ele se sentara mesmo ao lado dela, desarmado, sua coleção de armas deixadas sobre o capô do Mercedes... E conversara com ela? Segurara a sua mão?

– Pare com isso – admoestou-se.

Nenhum bem viria dessas recordações, daquela centelha ardente.

Layla diminuiu os passos. Parou. Lembrou-se com exata precisão e sem nenhum arrependimento o modo como Xcor olhara para ela.

Sabia tão pouco a respeito dele. À parte suas aspirações políticas, ele era um completo desconhecido, e mortal também. No entanto, ela teve o pressentimento, dado o constrangimento dele em relação a ela, de que ele não se satisfazia com fêmeas com assiduidade.

Com seu rosto desfigurado, o motivo era evidente.

Mas com ela... Ele era diferente.

À parte a gestação, que ela buscara ativamente, ela nunca surtiu muitos efeitos em nada na vida. Contudo, não poderia simplesmente assistir indiferente se houvesse talvez um mínimo que pudesse fazer para auxiliar Wrath naquela terrível situação.

Ela sentia culpa. Por tantas coisas.

Entretanto, ela poderia tentar fazer algo a respeito.

Pegando o celular, aquele que Qhuinn insistira para que ela levasse para onde quer que fosse, ela colocou na tela de discagem.

Xcor lhe dissera como chamá-lo, os dígitos ficando gravados em sua memória no instante em que deixaram os lábios dele.

Jamais imaginara utilizá-los.

A cada toque dos dedos na tela, o telefone emitiu um tom diferente, a sequência completada em sete toques.

Ela pairou sobre o botão "ligar". Depois o apertou.

O corpo todo tremia enquanto ela aproximava do ouvido o aparelho fino como um cartão. Um toque eletrônico soou uma vez... duas vezes...

Layla se virou.

De algum lugar à sua esquerda, do lado oposto do muro, ela ouviu um som distante, tão tênue que, se não espelhasse exatamente o ritmo do que soava em seu aparelho, talvez ela não tivesse notado.

O celular escorregou da sua mão e quicou sobre a neve aos seus pés.

Ele os encontrara.

De pé no chuveiro da casa de Assail, Sola não sabia há quanto tempo estava sob o esguicho quente, deixando que a água açoitasse seus ombros e caísse pelas suas costas, fechando os olhos e se recostando contra a parede.

Por algum motivo, ela estava gelada, mesmo havendo vapor suficiente no banheiro para qualificá-lo como uma sauna, e ela estava quase certa de que sua temperatura interna subira para quarenta graus.

Nada alcançava o gelo que se apossara do meio do seu peito.

Ela dissera à avó que partiriam antes do amanhecer em direção a Miami.

Em retrospecto, investir numa casa segura no coração dos negócios da família de Benloise fora algo muito idiota. Mas, com um pouco de sorte,

Eduardo, pressupondo que ele ainda estivesse na face da Terra e fosse beneficiário no testamento do irmão, estaria tão ocupado comprando Bentleys azuis e lençóis da Versace com estamparia de pele de animais que não iria atrás dela.

Pressupondo que ele soubesse o que o irmão fizera com ela. Ou planejara para ela.

Ricardo sempre fora muito recluso.

Meu Deus... o que Assail fizera ao homem?

Um lampejo do rosto dele, com sangue ao redor da boca e no queixo, aumentou a sua sensação de frio, e ela se virou...

– Cacete! – gritou quando olhou pelo vidro embaçado.

A figura masculina que aparecera na porta do banheiro estava parada como uma estátua e era poderosa como um tigre. E a fitava com o olhar de um predador.

No mesmo instante, ela se aqueceu por dentro da pele, porque ela sabia o motivo de ele estar ali, e ela também queria aquilo.

Assail avançou até a porta de vidro que os separava e a escancarou. Ele arfava, e sob os *spots* de luz que o iluminavam de cima, seus olhos estavam tão reluzentes quanto fósforos acesos.

Ele entrou no box totalmente vestido, os sapatos Gucci sem dúvida arruinados, a jaqueta marrom-escura de camurça absorvendo a água que caía e ficando com cor de sangue.

Sem nenhuma palavra, ele segurou seu rosto entre as mãos e o trouxe até a sua boca, os lábios esmagando-a enquanto ele a empurrava até o mármore com todo o corpo. Sola cedeu com um gemido, aceitando a língua que a penetrava, agarrando-o pelos ombros através das roupas refinadas.

Ele estava completamente excitado e enterrou o quadril contra ela, empurrando o pênis rígido e esfregando-o no ventre, o H dourado do cinto arranhando-a. Mais beijos, do tipo desesperado, ávido, de que você se lembra mesmo tendo oitenta anos e estando velha demais para esse tipo de coisa. Depois, as mãos nos seus seios escorregadios, os dedos pinçando os mamilos até a distinção entre dor e prazer desaparecer, e tudo o que ela soube era que se não gozasse naquele instante acabaria morrendo...

Como se pressentisse o que ela precisava, Assail caiu de joelhos, passou uma das pernas dela sobre o ombro e desceu para junto dela, os lábios devorando seu sexo do mesmo modo com que ele atacara sua boca.

Aquele tipo de sexo era um castigo, uma acusação pela escolha dela, uma expressão física da raiva e da desaprovação dele.

E talvez isso a transformasse numa depravada, mas ela adorou.

Ela quis que ele a procurasse daquele modo, irritado e no limite, despejando-se dentro dela a fim de que ela não se sentisse tão culpada... Nem tão oca.

Agarrando seus cabelos molhados, ela inclinou o quadril e forçou-o ainda mais para dentro de si, usando a panturrilha contra as costas dele até ele encontrar um ritmo que...

Sola mordeu o lábio ao gozar com selvageria, o torso batendo contra o mármore com um guincho agudo.

Antes que se desse conta, estava no chão do chuveiro, esticada diante dele enquanto ele despia a jaqueta e a camisa de seda ensopadas do tronco esculpido. Quando ele pegou o cinto, ela se esticou para ele, as mãos impacientes para afagar a pele macia e os contornos rijos.

Ele não disse nada.

Não disse nada ao afastar as pernas dela e montá-la, não quando o pênis rijo a penetrou e começou a bombear, nem mesmo quando se apoiou acima dela e a encarou fixo nos olhos como se a desafiasse a deixar para trás tudo o que ele poderia lhe dar.

As costas amplas de Assail recebiam o jato d'água, protegendo-a, mantendo a vista dela clara, só para que ela pudesse enxergar desde a expressão violenta até os músculos definidos dos ombros e as sombras dos peitorais. O cabelo molhado balançava com o ritmo, gotas d'água caíam das pontas das ondulações como lágrimas e, de vez em quando, os lábios se retraíam...

De modo vago, algo se registrava como errado, um alerta nos recessos da sua mente. Mas isso era tão fácil de ignorar, no instante em que nova onda de prazer se aproximava, cessando seus pensamentos de modo que ela apenas se apercebesse das sensações... Assail era tudo o que ela percebia.

Quando seu sexo prendeu a ereção dele, Assail também começou a gozar, o corpo se retraindo...

Sem preservativo. Merda!

Bem quando esse pensamento passou pela sua cabeça, logo desapareceu, seu prazer redobrando, fazendo com que, em vez de empurrá-lo, ela o segurasse pelos quadris, afundando as unhas nele.

Isso foi mais ou menos quando seu clímax chegava ao fim e as coisas ficaram meio... estranhas.

Seu corpo parou para se recuperar, e ela sentiu que ele a penetrava mais fundo, terminando o que havia começado.

Só que ele não tinha terminado.

Depois que acabara de ejacular, a pélvis dele travada na dela, ele começou a recuar quase que completamente. E ela esperou que ele se deitasse ao seu lado no mármore; talvez a suspendesse nos braços e a carregasse para fora para secá-la e deitá-la na cama; talvez fizesse algum comentário sobre o fato de não terem feito sexo seguro...

Talvez lhe dito o que lhe mostrara: que não queria que ela fosse embora.

Em vez disso, ele sustentou o peso do corpo numa mão e segurou o pênis resplandecendo com a outra. Puxando-o ritmadamente, ele gemeu, como se estivesse para gozar novamente.

O segundo orgasmo o atingiu e ele o direcionou no seu sexo... E não parou por ali. Depois de ter coberto seu centro, ele se ergueu, mudando de posição para gozar no ventre dela, nas costelas, nos seios, no pescoço, no rosto. Ele parecia ter um estoque infinito de sêmen, e conforme os jatos quentes atingiam sua pele sensível, ela se viu gozando junto com ele, escorregando as mãos para cima e para baixo do corpo, sentindo o líquido quente com o qual ele a cobria, afagando-se nos seios.

No quartinho dos fundos da sua mente, ela entendeu que havia algum propósito naquilo.

Mas, assim como em relação à ausência de preservativo, ela estava envolvida demais no momento para se importar.

Era como se ele a estivesse... marcando... de alguma maneira.

E, para ela, estava tudo bem.

Capítulo 44

Xcor estava completamente desorientado no meio do nevoeiro e sabia que estava chegando a hora de retornar. Ele estivera subindo a montanha sem destino certo pelo que lhe pareceram horas, e ainda não alcançara nem o topo nem qualquer tipo de fortaleza. Tudo o que ele via eram somente árvores perenes. Um riacho ocasional congelado. Rastros de cervos na neve...

O telefone tocou baixo no seu bolso.

Mesmo imprecando contra a interrupção, reconheceu que era apropriado cessar aquela loucura. Devia ser um dos Bastardos procurando-o. Além disso, mesmo que encontrasse o covil da Irmandade, o que ele esperava fazer? Uivar do lado de fora da janela da Escolhida até que ela concordasse em se encontrar com ele?

Tudo o que isso conseguiria era atrair um bando de guerreiros ao seu redor, e embora tivesse ouvido que vermelho era a cor do amor, derramamento de sangue não era um substituto adequado para uma rosa.

Pegando o aparelho, atendeu com brusquidão.

– Alô.

Um som agudo reverberou em seu ouvido, tão alto que o fez afastar o aparelho do ouvido.

Retornando com raiva, bradou:

– *O que foi?*

Nenhuma resposta.

– Maldição, Throe...

De súbito, todos os instintos que tinha, e até os que um dia possuiria, começaram a gritar... Não um alerta, como se estivesse para ser atacado.

Abaixando a mão, virou-se lentamente, temendo que aquilo fosse algum tipo de erro interno...

Sua respiração saiu num longo suspiro quando ele absorveu o que via diante de si.

Era... ela.

Saindo do denso nevoeiro, a sua Escolhida se materializara... E o impacto da presença dela o derrubou, mesmo ele permanecendo de pé. Ah, que linda visão, o espírito gentil dela fazendo-o sentir o monstro que habitava nele com toda clareza.

– Por que está aqui? – perguntou ela com voz trêmula.

Ele olhou ao redor.

– Onde estou?

– Eu... Você não sabe?

– A Irmandade não pode estar longe, mas não vejo nem encontro nada nesse maldito nevoeiro.

Abraçando-se, ela pareceu estar em conflito, mas... por que não estaria? Ele devia estar perto de onde ela estava, ainda que não fosse possível avaliar isso em questão de metros ou quilômetros.

– Com tem andado? – perguntou ele baixinho. – Eu gostaria que houvesse luar. Eu poderia vê-la melhor.

Mas ele podia senti-la, assim como a fragrância dela. Ah, aquela fragrância...

– Eu telefonei para você – sussurrou ela, depois de um momento.

Ele sentiu as sobrancelhas se erguerem.

– Era você? Agora há pouco?

– Sim.

Por um segundo traiçoeiro, o coração dele bateu mais forte, como se ele tivesse corrido até ela. Mas... depois...

– Você ficou sabendo.

– Sobre o que você fez com Wrath.

– Essa foi a escolha do Conselho.

– Não minta para mim.

Ele fechou os olhos. Céus, não poderia.

– Eu lhe disse que o trono seria meu.

– Onde estão os seus soldados?

– Como se eu tivesse vindo aqui para tirar o Rei Cego do seu lar?

A voz dela se mostrou mais forte.

– Tirou o que quis dele, e usou seus amados para fazer isso. Por que se importar com ele agora?

– Não era ele que eu queria ver.

A respiração da Escolhida saiu apressada, ainda que essa admissão não fosse uma surpresa.

E que Deus se apiedasse dele, Xcor avançou um passo, mesmo que, segundo tudo o que era adequado e justo, ele devesse correr: ela era mais perigosa para ele do que qualquer Irmão, ainda mais quando os tremores suaves que vibravam pelo corpo delgado eram registrados por ele.

Ele enrijeceu por completo. Seria impossível não reagir.

– Você sabe, não sabe? – disse ele num grunhido fraco. – Estava me telefonando para saber se poderia me dissuadir das minhas intenções. Prossiga. Pode ser honesta, só estamos você e eu aqui. Sozinhos.

Ela suspendeu o queixo.

– Jamais entenderei seu ódio por aquele macho bondoso.

– O seu Rei? – ele riu com escárnio. – Um macho bondoso?

– Sim – ela rebateu com vontade. – Ele é uma boa alma que tem um verdadeiro vínculo de amor com a sua companheira, um macho que jura todas as noites fazer o melhor para a raça...

– É mesmo? E como ele tem conseguido realizar esse objetivo louvável? Ninguém nunca o vê, sabe disso, não? Ele nunca se mistura, nem com os aristocratas, nem com o povo. Ele é um recluso que não faz nada em tempos de guerra. Se não fosse eu, seria outro...

– Isso é errado! O que fez foi errado!

Ele balançou a cabeça, de pronto admirando a ingenuidade dos princípios dela e entristecido por ela ter que se debater com isso.

– É assim que o mundo funciona. A força domina a fraqueza. É algo tão universal quanto a gravidade e o entardecer.

Mesmo por sobre as roupas de inverno, ele conseguia ver os seios se elevando acima dos braços cruzados, e os olhos dele se abaixaram brevemente antes de se fecharem.

– Nunca gostei de inocência – murmurou ele.

– Desculpe pela ofensa, então.

Erguendo as pálpebras, ele disse:

– Mas descubro que, como em tudo que se relaciona a você, as revelações continuam aceleradas.

As mãos longas dela se esticaram na direção dele, implorando em pleno ar.

– Por favor. Apenas pare com isso. Eu...

Quando ela só conseguiu engolir em seco, ele se viu enrijecendo.

– Você fará o quê?

Com movimentos nervosos, ela andou diante dele. E mesmo assim, ele não conseguiu mover um músculo sequer.

– O que, exatamente – perguntou ele com gravidade –, você fará?

Ela parou. Ergueu o queixo adorável. Desafiou-o com o olhar e com o corpo, mesmo ela sendo noventa quilos mais leve e não tendo treinamento algum.

– Você pode me possuir.

– Está quente aqui, ou estou ficando louca?

Quando ninguém lhe respondeu, Beth relanceou para o lado oposto da sala. Saxton, Rehv e Wrath estavam calados, sentados nos sofás azuis. Os dois primeiros fitavam o fogo crepitando, e ela não sabia para onde os olhos de Wrath estavam voltados.

Inferno, mesmo ele estando no mesmo cômodo, ela não fazia a mínima ideia de onde ele estava.

Tirando o roupão, ela o depositou na enorme mesa entalhada e leu novamente a proclamação. A poltrona escolhida por ela era a que Rehv costumava se sentar, a *bergère* macia, era como ela achava que ele a chamava, na lateral de onde ficava o trono de Wrath.

Ela se recusava, apesar do que tinha em mãos, a se referir à enorme cadeira de outro modo que não como sendo a do seu companheiro.

Baixando o olhar novamente para o pergaminho, ela balançou a cabeça ante todos aqueles símbolos que foram escritos à tinta com tanto esmero. No que se referia ao Antigo Idioma, ela era um tanto lerda, tendo que pensar na definição de cada letra antes de poder formar uma frase inteira. Mas, vejam só, na segunda tentativa tudo estava na mesma que na primeira.

Colocando o papel duro e pesado com todas as suas franjas coloridas de volta à mesa, ela percorreu os dedos pelas fitas de cetim presas por lacres de cera. Aquelas coisas eram tão estreitas e lisas como as fitas usadas nos cabelos das meninas, perfeitas para prender um rabo de cavalo.

Não que ela estivesse com bebês na cabeça ou qualquer coisa parecida.

– Então não há nada mesmo que possamos fazer a respeito? – disse, depois de um tempo.

Caramba, como ela estava com calor. Flanela não fora uma boa escolha... Ou isso, ou ela estava estressada.

Saxton pigarreou quando ninguém se ofereceu para responder.

– Eles seguiram as regras, sob o ponto de vista processual. E do ponto de vista legal, os fundamentos deles estão corretos. Tecnicamente, de acordo com as Antigas Leis, qualquer filho... – mais pigarreados. E ele olhou para Wrath como que para medir se a situação ficaria quente. – ... que vocês dois venham a ter herdaria o trono, e existe uma cláusula acerca do sangue do regente.

A mão dela pousou no baixo ventre. A ideia de que um grupo de pessoas pudesse perseguir seu filho, mesmo ele ainda não tendo nascido e talvez nem mesmo tendo sido gerado, bastava para que ela quisesse descer para o tatame e dar alguns golpes.

Na época em que vivia no mundo dos humanos, ela sofrera discriminação, de tempos em tempos, por ser mulher, por (tosse) DickCretino (tosse). Ela não tinha nenhuma prática em discriminação racial, porém. Como alguém com aparência caucasiana, mesmo que, no fim, ela só fosse meio-branca por ser apenas meio-humana, essa parte do assunto nunca fora um problema.

Caramba... ter uma opinião a respeito de um indivíduo baseado nas características ligadas à loteria dos espermas era loucura. As pessoas não podiam escolher seu sexo ao saírem do ventre, como também não podiam mudar a combinação dos seus pais.

– Essa *glymera* – murmurou. – Um bando de cretinos.

– A propósito, eu devo ser o próximo – disse Rehv. – Eles sabem da minha ligação com vocês dois.

Ela se concentrou no macho com moicano.

– Sinto muito.

– Não sinta. Fiquei nesse trabalho para ajudar vocês dois e a Irmandade. – Depois, acrescentou com aspereza: – Estou com as mãos cheias lá no norte para me manter ocupado.

É mesmo, ela pensou. Era fácil esquecer que ele não só era o *lídher* do Conselho, como também rei dos *sympathos*.

– E você não pode despedi-los nem nada assim? – ela perguntou ao macho. – Quer dizer, como *lídher*, você não pode... Não sei, conseguir outra lista de pessoas?

– Vou pedir para o nosso amigo advogado aqui intervir se eu estiver dizendo besteira, mas, pelo que sei, a filiação ao Conselho é determinada pela família. Então, mesmo que eu tivesse base para dar um chute nos traseiros dos filhos da mãe, eles seriam substituídos por membros das mesmas linhagens, que, provavelmente, teriam a mesma opinião sobre o assunto. Porém, indo direto ao ponto, o que está feito está feito. Mesmo que eles fossem substituídos por outras pessoas, essa ação ainda fica valendo.

– Eu não consigo parar de me perguntar se existe uma maneira...

– Podemos parar com isso agora? – Wrath a interrompeu. – Não podemos dar um basta nessa porcaria toda? Sem querer ofender, mas todos os ângulos foram analisados, você leu o documento... O que está feito, está feito.

– Não consigo acreditar que tenha sido tão fácil – ela fitou o trono. – Quero dizer, um pedaço de papel e tudo acabou?

– Temo pelo futuro – murmurou Saxton. – O sistema de valores deles não é nada bom para pessoas como eu. Ou para as fêmeas. Fizemos tantos progressos nos últimos dois anos, tirando a raça da Idade da Pedra. Mas agora? Isso vai ser apagado por completo, gravem as minhas palavras.

Wrath se levantou num salto.

– Olha aqui, eu preciso sair.

Com duas passadas largas, ele se aproximou dela, uma mão esticada no ar para ela pegar e o pilotar nos últimos centímetros.

Ela aceitou a palma dele e o puxou para si, inclinando a cabeça de um lado para que ele pudesse lhe beijar a jugular, depois do outro, para que ele fizesse o mesmo do lado esquerdo, e então aproximou os lábios da boca dele para que a resvalasse ali também.

E depois ele e George saíram.

Observando-o sair, ela odiou o modo como ele estava cansado, como estava fraco e debilitado, ainda que, do ponto de vista físico, isso se devesse mais pelo que ela fizera com ele durante seu cio. Do ponto de vista mental e emocional? Uma fila bem comprida de pessoas era responsável por isso.

Ainda que ela também fosse uma delas.

– Tem que haver um modo – disse ela para ninguém em particular.

Céus, rezou para que seu *hellren* não estivesse indo para a academia. A última coisa de que ele precisava era mais exercícios; descanso e comida eram o que o seu corpo necessitava no momento.

Mas ela conhecia aquela expressão no rosto dele bem demais.

Capítulo 45

Xcor nunca fora um macho das letras. Não apenas não instruído na literatura, ele era, na realidade, analfabeto, e, com frequência, Throe usava palavras em inglês ou na língua materna que ele não compreendia.

Entretanto, alguém poderia supor, mesmo com seu nível de inabilidade, que aquelas quatro palavras ditas para ele, pelo menos se consideradas individualmente, não ofereceriam nenhum desafio à compreensão.

Seu cérebro, no entanto, se recusava a processá-las.

– O que você disse? – perguntou ele asperamente.

Quando Layla repetiu o que dissera, sua fragrância estava acentuada por uma pontada de medo:

– Você pode me possuir.

Xcor fechou os olhos e cerrou os punhos. Seu corpo já traduzira o discurso dela e respondera por vontade própria, os músculos comichando para segurá-la, deitá-la no chão frio, montar nela para marcá-la como sua.

– Você não sabe o que diz – ele se ouviu dizendo.

– Sei.

– Você está grávida.

– Eu... – mesmo com as pálpebras abaixadas, ele a visualizou engolindo em seco. – Isso significa que não me quer?

Ele demorou um instante para respirar, os pulmões ardendo.

– Não – grunhiu. – Não significa.

De fato, enquanto a imaginava com outro, a pontada de dor que trespassava seu peito era o suficiente para empalidecê-lo. No entanto, apesar do sêmem de outro plantado no ventre dela, ele a tomaria, a possuiria e ficaria com ela...

A não ser por uma coisa.

Abrindo os olhos, ele revisou todos os detalhes acerca dela, desde a beleza dos cabelos soltos até as feições delicadas e refinadas e o pescoço que ele desejava ter sob sua boca. Havia mais para ver, claro, mas era o rosto dela que ele mais precisava ter nos olhos da mente.

Fora um tipo de loucura com ela desde o início, desde que ela fora levada até aquele bordo na clareira, desde que ele recebera o pulso dela e bebera de sua fonte, e se sentira infectado por uma doença.

– Responda uma coisa – o olhos dele continuaram a vagar, medindo cada nuance da expressão assustada dela.

– O quê? – ela o incentivou, quando ele não falou de imediato.

– Não fossem os eventos ocorridos, você teria se oferecido para mim?

Ela abaixou o olhar. Apertou os braços ao redor do coração. Pendeu a cabeça.

– Responda – pediu ele com gentileza. – Diga a verdade, para que nós dois possamos ouvi-la.

– Mas o que está feito, está feito e...

Ele esticou a mão e ergueu o queixo dela com o mais suave dos toques.

– Diga. Você precisa ouvir a verdade, e eu juro que já recebi flechadas mais duras do que essa.

Lágrimas se empoçaram nos olhos dela, tornando-os luminosos, como o luar sobre a superfície de um lago.

– Não. Eu não teria.

Ele sentiu o corpo cambalear, como se tivesse recebido um golpe. Mas, conforme prometido, permaneceu de pé em meio à agonia.

– Então, a minha resposta para você é não. Mesmo que houvesse um modo de desfazer tudo isso para o seu Rei, e não há, eu jamais a tomarei contra a sua vontade.

– Mas escolhi isso. É a minha vontade.

Xcor meneou a cabeça.

– Induzida por outra coisa.

Ele recuou um passo.

– Você deveria voltar... – ele olhou para a névoa ao redor, ainda completamente perdido. – Para onde quer que precise ir.

– Você me quer – agora a voz dela era segura e firme. – Consigo sentir isso.

– Claro que sim. Mas não como um cordeiro no altar do sacrifício. A minha fantasia... não é essa.

– O motivo importa?

– Alguns presentes são mais dolorosos do que insultos. – Ele foi se virar, mas se descobriu inerte. – Especialmente quando nada pode ser feito para o seu Wrath. Ele foi substituído.

– Se removeram o Rei de direito, podem remover outro. Você pode recolocar Wrath.

– Você me dá crédito demais.

– Por favor.

A imperturbabilidade dela o enraiveceu, mesmo sendo uma virtude, supôs ele.

– Por que isso importa tanto para você? A sua vida não mudará. Estará segura aqui, ou aonde quer que queira ir. A Irmandade não foi desmantelada...

– Eles irão atrás de você.

– Então nós os mataremos. Eu tenho esperanças de que eles enxerguem os benefícios de se curvarem com graciosidade.

De fato, ele não acreditava que estava dizendo aquilo. Mas, para não perturbá-la, ele deixaria Wrath viver, desde que não se metesse em seu caminho.

Layla balançou a cabeça.

– A lealdade deles não permitirá isso – as mãos se ergueram para as faces e as pressionaram como se ela estivesse imaginando um horror. – Haverá mais guerras. Por sua causa.

– Então, me odeie. Será melhor para nós dois se você fizer isso.

Ela o encarou longamente.

– Temo não poder fazer isso.

Xcor fez o seu melhor para ignorar o modo como o seu coração perdeu uma batida.

– Vou me retirar.

– Como encontrou este lugar?

– Eu a segui até em casa há algum tempo. Você estava num carro, voltando da clínica. Eu me preocupei com você.

– E por que... veio aqui hoje?

– Tenho que ir.

– Não vá.

Por um momento, ele brincou com um sonho em que ela lhe dizia isso, por causa dele. E não apenas com esperanças de persuadi-lo.

Essa tolice não durou. Ainda mais quando ele se visualizou aterrorizando aquele humano no restaurante deserto, por nenhum outro motivo senão porque podia, e depois se lembrando de ter removido as espinhas de todos aqueles *redutores* e entregando-as para qual membro da aristocracia, mesmo? Como se o destinatário nem ao menos importasse. Depois disso, lembrou-se de ter decapitado assassinos. Esfaqueando-os nas entranhas. Dilacerado seus membros...

Havia tantos atos de violência em seu passado.

Além de toda depravação pela qual fora submetido no campo de guerra de Bloodletter.

E, acima de tudo isso, havia o seu rosto.

Ele teve a intenção de apenas começar a descer a montanha. Diferentemente dela, ele não poderia se desmaterializar; tentara repetidamente acelerar a subida fazendo isso e falhara em meio ao nevoeiro.

Sim, teve a intenção de deixá-la para trás. Por todos os motivos que lhe dissera e por alguns outros que manteve para si mesmo.

Em vez disso, ouviu-se dizer:

– Encontre-me sob o bordo. À meia-noite de amanhã.

– Com que – ela puxou a parca mais firmemente ao seu redor, como se fosse ser comida viva – propósito?

– Não o que a preocupa.

Então, ele se virou e começou a andar, até seus pensamentos o deterem. Olhando por sobre o ombro, perguntou:

– Escolhida, sabe voltar para casa?

– Ah, sim... Claro... – só que quando ela olhou para trás, ela pareceu ficar confusa. – É por ali...

Ela não parou para esconder as palavras. Ela, honestamente, parecia não saber onde estava.

Fechando os olhos, ele imprecou. Ele jamais deveria ter ido até ali... *Nunca.*

E se ele a deixasse ali e ela não conseguisse encontrar refúgio antes do nascer do sol? E se estivessem na metade do caminho para onde ela precisava ir?

Pousando as mãos sobre o quadril, ele inclinou a cabeça para trás e vasculhou os céus, pensando que talvez eles pudessem lhe oferecer algum juízo, porque, obviamente, ele perdera o seu.

De todos os modos para morrer, ele pensou...

Jamais imaginou que poderia ser por conta de uma fêmea.

Enquanto supervisionava a multidão gótica no Iron Mask, Trez não poderia dizer que estava animado por estar de volta. Seus negócios sempre lhe foram importantes; bem, antes eram os negócios de Rehv, depois, quando o Reverendo se afastou – ou melhor, escancarou sua saída –, Trez assumira o comando do ramo das boates e entretenimento. Ainda assim, quer o negócio tivesse sido de Rehv ou seu, ele amara gerenciar as operações, lidando com as pessoas, planejando novos lugares, vendo o dinheiro crescer. Sim, claro, lidar com os humanos era um pé no saco, mas isso era verdade quer você estivesse dirigindo, fazendo compras no supermercado ou tentando ganhar o seu sustento.

Verdade, as drogas e a bebida não ajudavam muito esse último, mas tanto fazia...

Naquela noite, porém, enquanto ele observava a dúzia de garotas fazendo ronda, sentando em colos, flertando, conduzindo homens pela mão e desaparecendo nos banheiros privativos... ele se sentiu enojado por tudo aquilo.

Especialmente por se lembrar do que concordara fazer por s'Ex.

Caramba, era tão tentador fingir que resolvera o problema... que manter o executor feliz faria tudo desaparecer.

Errado.

O problema era que ele continuava pensando que, caso tivesse mais tempo, encontraria uma saída.

– Alguma possibilidade de você estar me procurando?

A fêmea humana parada diante dele tinha longos cabelos escuros, naturalmente, como tantas das que acabavam parando ali, e o corpo era cheio de curvas, como uma pista de corrida. E tão rápido quanto.

E com a pele artificialmente empalidecida a ponto de parecer farinha e os lábios pintados da cor do sangue, ela era uma impostora de vampira num mundo de impostores, tudo aglutinado num personagem provavelmente nascido de um cenário emocional bipolar.

Não que ele estivesse generalizando, nem nada assim.

– Não – disse ele. – Não estou procurando por você.

– Certeza? – ela fez um rodopio diante dele, mostrando o traseiro enorme. – Por que valho a pena procurar...

Pelos olhos da mente, ele só enxergava a sua Escolhida, deitada diante dele, tão linda e limpa.

– Desculpe – murmurou, ao se virar e se afastar.

Depois que Selena deixara a ele e a iAm na cozinha, ela não voltara: quando todos foram chamados para a sala de jantar para ouvir as novidades horríveis a respeito do Rei, ele esperara vê-la lá. Não rolou.

E ele queria ir até a casa de campo de Rehv para vê-la. As coisas entre eles ficaram em aberto demais para o seu gosto, mas ele tinha a sensação de que ir até o fundo da questão o faria se sentir ainda pior.

E a ela também.

Ele só precisava mesmo deixar a coisa toda com ela se...

Do lado oposto, uma das prostitutas profissionais, uma morena com calça de couro vermelha justa, se deparou com seu olhar, e ele a mediu dos pés à cabeça.

Sim, pensou. Ela serviria.

Quando gesticulou para que ela se aproximasse, ela ficou mais do que contente em abrir caminho em meio à multidão e se aproximar.

– Oi, chefe.

Merda, ele odiava total e absolutamente fazer aquilo.

– Tenho um cliente particular para o qual preciso de serviços especiais. Está interessada?

– Sempre – ela relanceou ao redor. – Ele está aqui hoje?

– Em outro lugar. Amanhã ao meio-dia. Vou pedir para mais duas irem.

– Divertido. Só não peça para a Willow, está bem? Ela anda um saco...

– Entendido.

– Obrigada por se lembrar de mim, chefe – ela sorriu e lhe mostrou o quadril. – Vou garantir que o seu amigo se divirta.

Enquanto ela flanava para longe, Trez pensou que talvez, quem sabe... É, era provável que ele... acabasse vomitando no piso preto polido.

Em busca de ar fresco, ele foi para a entrada, e fez que estava apenas checando as coisas com Ivan e com o cara novo na frente da fila de espera. E depois, apenas começou a andar para nenhum lugar específico, mesmo sem estar de casaco e seus Ferragamos não serem adequados para calçadas escorregadias.

Na sua solidão, ele não estava nada sozinho: pensamentos sobre Selena, seu irmão, seus pais, abarrotavam o espaço ao seu redor, fazendo-o considerar seriamente a possibilidade de se embriagar.

iAm lhe disse que o acordo feito com s'Ex era uma ideia idiota. E, imediatamente, voltara para a cozinha para preparar frango *cacciatore*.

Ainda assim, levando-se tudo em consideração, aquele encontro deles fora muito melhor do que alguns dos últimos...

– Quer comprar crack? H?

Erguendo uma sobrancelha, Trez relanceou para o cara branco que estava encostado do outro lado da loja do tatuador. Classudo.

Assim que abriu a boca para mandar o cara ir pastar, não... O vento mudou de direção, e ele foi atingido no rosto por uma torta de creme com cheiro de *redutor*.

Isso o fez parar de imediato.

– Então, o que vai ser? – o assassino perguntou.

Trez olhou para a esquerda e para a direita sem nenhum motivo, a não ser pelo fato de que subitamente se interessara em comprar algo que jamais usaria de um idiota que não fazia a mínima ideia de que estava falando com o inimigo.

Entrando na escuridão, Trez colocou a mão no bolso das calças como se estivesse pegando a carteira.

– Quanto?

– Por qual?

Trez manteve a farsa, olhando ao redor como se estivesse nervoso. De perto, aquele era definitivamente um *redutor*, o fedor doce muito pior do que o de um humano sem tomar banho por uma semana após ter trabalhado numa fábrica clandestina, que, por acaso, estaria cheia de talco de bebê.

E contrabandeando dois gambás mortos debaixo de cada braço.

– Os dois. Ei, tudo bem se a gente for um pouco mais pra lá?

O assassino se virou e começou a falar preços, enquanto avançava ainda mais no beco ao lado da loja. Ele não chegou à parte da troca de mercadoria pelo dinheiro.

Trez assumiu o controle com facilidade, aproximando-se do desgraçado por trás, agarrando-o pela cabeça e girando-a a ponto de a única coisa que a mantinha grudada à coluna fosse a pele. Pegando o peso morto pelo tronco, ele empurrou o assassino para trás de uma pilha de *pallets* e começou a vasculhar seus bolsos.

Dez saquinhos de pó. Vinte pedras, mais ou menos... coisa pequena. Setecentos em dinheiro, aproximadamente.

Nada muito grande. Na verdade, dificilmente se destacaria naquela parte da cidade, a não ser pela parte de ser um *redutor*.

Empurrando o corpo que ainda se movia no chão, ele pegou o telefone e apertou um número. Foi atendido no terceiro toque.

– Butch? Ei, cara, o que você está fazendo? Hum-hum. Ok. Certo. – olhou para o assassino e pensou que a maneira com que ele mexia pernas e braços mais se parecia com uma mosca numa janela. – Estou com um amigo aqui que eu gostaria que você conhecesse. Não, não do tipo que se leva para jantar em casa. Isso mesmo, ele não vai a parte alguma. Leve o tempo de que precisar.

Depois que desligou, olhou para os saquinhos na mão. Estavam marcados com o símbolo da morte... no Antigo Idioma.

Alguém da raça estava traficando. E estavam trabalhando com o inimigo para fazer isso.

A pergunta seguinte? Quem era o filho da mãe.

Capítulo 46

Já estava perto do amanhecer quando Beth decidiu que simplesmente tinha que sair dos aposentos que ela e Wrath partilhavam. Ele ainda não voltara e a perspectiva de passar mais um minuto com o caos em sua mente era o bastante para ela considerar pular de uma ponte.

Primeira parada? O quarto de Layla, mas a Escolhida não estava lá. Provavelmente uma coisa boa, visto que ela supunha que só conseguiria amolar a pobre fêmea a respeito dos primeiros sintomas da gestação, o que seria loucura por dois motivos: um, se ela tivesse concebido, devia estar o quê, grávida há vinte e quatro horas? E dois, Layla passara por aquele horrível sangramento.

Não era exatamente uma boa combinação, se é que Beth não desejava ficar absolutamente insana.

Refazendo seus passos pelo corredor das estátuas, ela ficou pensando... cozinha! Sim, a cozinha seria a sua próxima parada, desde que não quisesse ficar amolando Wrath na academia.

Ele obviamente precisava de um tempo.

Enquanto descia as escadas, achou impossível não processar a realidade paralelamente. A primeira camada era aquela diante dela: Wrath e o destronamento, a calmaria triste na casa, a preocupação com o futuro da raça. A segunda era totalmente interna e completamente física: um repuxão na pélvis, seria a implantação... ou a aproximação da sua menstruação, o que significaria que não tinha dado certo? Uma dor nos seios, sintoma da concepção... ou o resultado de todo aquele sexo? Ondas de calor, o desequilíbrio hormonal residual... ou a camisola de flanela?

Somente a gravidade da situação em que se encontravam, graças às ações do Conselho, a impedia de se entregar por completo às minúcias do seu corpo. E, nesse meio-tempo, bem fundo no coração, ela não sabia se desejava estar grávida... ou não.

Na verdade, isso era mentira.

Pousando a mão sobre o ventre, ela se viu rezando para que não tivesse dado certo. A única coisa pior do que Wrath perdendo o trono... era ele descobrir que seria pai logo em seguida.

Se ele já estava sentindo que perdera o legado dos pais, isso seria o mesmo que atirar uma rocha para ele segurar enquanto se debatia para ficar à superfície: sem dúvida, ele se sentiria como se tivesse decepcionado essa criança também.

No piso do vestíbulo, ela passou pela sala de jantar e foi até a cozinha. Deus, que vazio esquisito... A cozinha sempre fora um lugar pleno de atividades, mesmo durante os intervalos entre as refeições. Entrar ali enquanto as persianas se fechavam e não encontrar nada no fogão, no forno e nas bancadas a assustou.

Maldição... o que iria acontecer agora?

A Irmandade se dividiria? Para onde ela e Wrath iriam? Tecnicamente, não permaneceriam nos aposentos extraluxuosos do terceiro andar, já que não eram mais a Primeira Família.

Na verdade... seria um alívio sair de lá.

Embora o motivo por trás da mudança fosse uma droga.

Abrindo o freezer, ela viu... um monte de coisas que não queria comer. Mas deveria estar com fome, certo? Ela apenas beliscara as coisas que Fritz lhe trouxera, há quantas horas? E, com certeza, não comera nada durante o cio.

Ela precisava usar o banheiro.

Desaparecendo no lavabo perto da cozinha, cuidou do assunto, lavou as mãos e deu mais uma chance à geladeira.

Alguém acabara de colocar uma panela grande de alguma coisa na última prateleira. Uma espiadela rápida... frango *cacciatore*. Normalmente, um prato em que valeria a pena mergulhar de cabeça, ainda mais se iAm fosse o responsável pelo seu preparo. Contudo, uma fungada nele a fez decidir que não, obrigada. O mesmo aconteceu com as sobras do presunto cozido. Um Tupperware com linguini à bolonhesa. Sopa de tomate...

Abrindo o freezer novamente, ela tirou uma caixa de waffles... depois a colocou de volta no lugar.

– Humpf.

Sorvete, nem pensar. Só de pensar naquela coisa cremosa teve vontade de vomitar...

Ela hesitou um segundo e olhou para si mesma.

– Alguém aí embaixo? – perguntou para a pélvis.

Ok, estava confirmado: tinha perdido o juízo por completo.

Depois de um passeio pela despensa, que se mostrou tão proveitoso quanto tentar arranjar comida na lavanderia, Deus do céu, ela retornou à geladeira e pegou um vidro de picles adocicados Vlasic.

– Picles – murmurou. – Picles. Um clichê, sem dúvida.

Só que, quando abriu o vidro e apanhou uma rodela do molho adocicado, ela a devolveu na mcsma hora.

Como último recurso, abriu a gaveta de legumes...

– *Isso* – disse apressada, apanhando um petisco. – Sim, sim, sim...

Enquanto carregava uma maçada de cenouras orgânicas até a gaveta de facas, ela não conseguia acreditar que estava animada com tanto betacaroteno.

Detestava cenouras. Ok, não completamente, se elas estivessem na salada, ela não as separaria, mas nunca, em toda a sua vida, ela as comeu por livre escolha, tirando-as da geladeira assim.

Diante da pia, apanhou uma, pegou o descascador e fez uma bela pilha de tiras laranjas dentro da cuba. Uma bela lavada. Cortar ao meio. Depois duas vezes no sentido do comprimento. E, *voilà*, legumes cortados em tiras.

Morder. Mastigar. Engolir.

Estavam tão frescas que estalavam toda vez que ela mordia uma, e o sabor adocicado e terroso era melhor do que qualquer chocolate.

Mais uma, pensou ao acabar o último pedaço. Só que, quando ela acabou com a número dois, ela pensou: que tal mais uma?

Enquanto se entretinha com a terceira, voltou a pensar no decreto do Conselho. Sua motivação em tentar fazer alguma coisa a respeito não era segredo algum. Apesar de a identidade racial da mãe não ser culpa sua, ela se sentia responsável por trazer essa porcaria para a soleira de Wrath.

Se conseguisse pensar num modo de virar a mesa...

Em relação ao Conselho, as coisas estavam andando a passos largos. Uma ajuramentação oficial do cara chamado Ichan fora marcada, e Rehv ficou sabendo disso porque, como uma idiota, a secretária do Conselho se esquecera de tirar o nome dele da lista de e-mails.

O encontro seria à meia-noite.

Relanceou acima do forno duplo. O relógio digital marcava 4h40. Então tinham dezenove horas.

Que diabos poderia ser feito em dezenove horas?

Voltando a atenção para as suas cenouras, ela...

O som do sistema de segurança anunciando a abertura e o fechamento da porta externa foi uma surpresa. Franzindo o cenho, saiu pela despensa, abriu uma das portas vai e vem que os criados usavam e...

Layla estava saindo da biblioteca, parecendo ter saído de um acidente de carro: o cabelo estava bagunçado, o rosto, pálido como um lençol, e as mãos cobriam as bochechas.

– Layla – Beth a chamou. – Você está bem?

A Escolhida deu um pulo tão alto que teve que afastar os dois braços para se equilibrar.

– Ah! Hum... Sim, sim, estou. Estou bem, obrigada. – A fêmea abruptamente franziu a testa. – E você? Você está...

Havia tantas maneiras de terminar aquela frase, devido à sua situação atual: você está... suicida?... Dando um tempo entre uma sessão de choro e outra?... Grávida, também?

– Ah, estou bem... Isso, estou bem.

As duas podiam continuar com aquela brincadeira de se esquivarem por horas.

– Bem, vou subir. Vou me deitar. Tomar um banho e me deitar. – Enquanto tirava a parca, o sorriso de Layla era tão genuíno quanto o de Courtney Stodden.*

– Eu te vejo... Bem, mais tarde. Te vejo mais tarde. Tchau. Tchau...

* Courtney Stodden é uma celebridade americana que foi criticada por, aos 16 anos, se casar com o ator Doug Hutchison, de 51 anos. (N.T.)

A Escolhida subiu os degraus como se estivesse sendo perseguida, mesmo não havendo ninguém atrás dela.

Quando Beth retornou à cozinha, sentiu-se mal por não ter perguntado à fêmea o que a estava incomodando, mas a triste verdade era que ela já tinha muito com que se preocupar... Não havia mais espaço para o drama pessoal de ninguém em sua cachola.

De volta à pia, descascou mais uma cenoura. Cortou-a na metade e virou-a...

A solução chegou com tanta clareza que ela quase arrancou a ponta do dedo com a faca.

Pousando a faca na bancada, pegou as duas metades da cenoura... uniu-as, encontrando as ranhuras certas que as encaixavam como se fossem uma só.

Depois as afastou. Uniu-as. Separou-as.

Das duas maneiras... as metades ainda eram cenouras.

Jogando os pedaços no balcão, ela partiu correndo.

Foi uma cerca que os salvou.

Enquanto Xcor se materializava no jardim da frente da morada na periferia, ele teve que esperar um instante para se recuperar, mesmo com o sol ameaçando aparecer no leste.

Essa foi por pouco... ele mal conseguira devolver Layla a tempo. E mesmo agora, ele não sabia ao certo se conseguira mesmo.

Mas fizera o possível.

Depois que ficou evidente que ela estava tão desorientada quanto ele no meio do nevoeiro, ele a segurou pela mão e começaram a subir a colina. Não pediu confirmação se o complexo secreto da Irmandade ficava mesmo no topo ou não – para isso, ele confiou nos mesmos princípios que regeram seu covil muito mais apropriado no Antigo País: quanto mais alta a localização, mais defensável ela ficava.

Apressando-a o quanto pôde, acabou diante de um muro de contenção de concreto de seis metros de altura, um sinal muito bom de que estavam próximos do lar dela. O problema era que ela estava perturbada demais para se desmaterializar.

Confrontado com a escolha direita-esquerda, ele esteve bem ciente de que de sua escolha dependia a segurança dela.

No que se referia a tantas coisas.

Ele soube que mesmo que conseguisse improvisar algum abrigo para eles, algo capaz de protegê-los dos raios solares durante todo o dia, a ausência dela seria notada e questionada assim que ela regressasse ao entardecer. Como ela conseguiria apresentar respostas que não complicassem sua vida de maneira irreparável, ele não sabia.

Escolhera a direita, baseado na teoria de que o lado direito era o certo* e estava fazendo o que era certo para ela.

Quando encontraram uma moita viva bem aparada, bem cuidada... e várias outras irmãzinhas delas, ficou claro que estavam na trilha para a casa principal. Ele não a acompanhou até lá. Acompanhou-a até o primeiro canteiro e depois soltou sua mão, sibilando para que fosse, que fosse rápido.

Ele também estava correndo contra o tempo.

Xcor a observou se apressar por apenas um minuto, depois a perdeu de vista em meio ao nevoeiro, nem mesmo os sons das suas passadas alcançando seus ouvidos.

Era como se ela tivesse desaparecido para sempre.

Por mais que uma parte sua tivesse ficado tentada a se sentar e absorver o sol, ele se forçou a ir embora, descendo até literalmente tropeçar numa estradinha de terra batida.

Apesar de só conseguir enxergar poucos metros adiante, a superfície reta lhe propiciou a oportunidade de se apressar, o que não fora possível no terreno desnivelado. Correu rápido, a gravidade a seu favor, e sua única preocupação era se alguém subisse a montanha e o visse com o auxílio de faróis.

O que não aconteceu. Conseguira atravessar todo o caminho nivelado e, no fim, sair do nevoeiro.

No entanto, a sensação de medo que experimentara ao entrar... E se Layla não tivesse entrado a tempo? E se alguém tivesse se encontrado com ela e a tivesse questionado? E se...

Verificara o celular à toa e depois fora forçado a fechar os olhos e rezar para que tivesse forças e foco suficiente para desaparecer de lá.

A única coisa que o possibilitou de sair de lá foi que ele não poderia morrer sem saber o que acontecera com ela.

---

* A palavra "right", no inglês, significa tanto "direito" quanto "certo". (N.R.)

Pegando o celular uma vez mais, ele tinha um resto de esperança de que ela tivesse telefonado e ele não tivesse ouvido o toque em sua fuga montanha abaixo... Mas, Deus do céu, não...

Avançando em direção à entrada da casa colonial, a luz tênue no céu fez sua pele formigar e seus olhos se encherem de água, o que cessou assim que ele entrou na casa.

Para uma cena de abjeta devassidão.

A única coisa que deixaria o quadro completo seria a presença de fêmeas. Como as coisas estavam, o ar estava carregado do cheiro de rum e gim, tomado por risadas pesadas, com o tipo de agressividade masculina provinda de uma vitória.

– Você voltou! – exclamou Zypher. – Ele voltou!

Os gritos teriam sido altos o suficiente para acordar todo o bairro, caso tivessem vizinhos. No caso, tomou conta da casa.

– E temos novidades – anunciou Throe, com uma satisfação levemente acentuada pela embriaguez. – A cerimônia de posse será hoje à meia-noite. Na biblioteca de Ichan. Fomos convidados, claro.

A tentação de mandá-los em seu lugar era grande. Mas ficou calado. Com nada além de um simples aceno, subiu as escadas.

Felizmente, seus soldados estavam acostumados a vê-lo se retirar e a deixá-lo quieto em seu canto.

Ao fechar a porta do quarto, o barulho do andar de baixo diminuiu um pouco, mas não se extinguiu. No entanto, estava acostumado a se desligar do grupo de machos.

Indo para a cama, que estava uma bagunça de lençóis e cobertas, sentou-se, desarmou-se e pegou o celular. Amparando-o nas mãos, fitou a tela.

Não havia como ligar para ela: qualquer que fosse o telefone usado por ela, o número era protegido.

Deitando-se de costas e fitando o teto, ele tomou conhecimento de um vazio que era uma revelação.

A ideia de que ela pudesse estar morta e ele não saber disso o atingira profundamente, sentindo como se a sua personalidade tivesse sido dividida em duas partes.

Para nunca mais se unirem.

Capítulo 47

Onde ele estava?

Enquanto Sola perdia tempo, revendo as coisas que guardara na mala, continuava olhando por sobre o ombro, esperando vê-lo aparecer para tentar dissuadi-la a ficar.

Mas ele já fizera isso, não fizera?

No chuveiro.

Caramba, só para variar, as lembranças de estar com ele não a excitaram. Fizeram com que ela ficasse com vontade de chorar.

– Não entendo por que estamos partindo tão cedo – anunciou a avó ao vir do porão. – O dia nem nasceu ainda.

A avó estava vestida na versão amarela do vestido de ficar em casa, mas estava pronta para a viagem, com seus sapatos bons e a bolsa combinando pendurada no pulso em sua alça de couro falso. Atrás dela, o par idêntico de seguranças de Assail carregava uma mala cada um, e não pareciam nada contentes. Apesar de não terem rostos propícios para demonstrar alegria.

– É uma viagem de vinte e quatro horas, vovó. Precisamos ir andando.

– Não vamos parar?

– Não – ela não podia assumir esse risco estando com a avó. – Você pode dirigir na metade do caminho. Você adora dirigir.

A avó emitiu um som que para qualquer outra pessoa equivaleria a um palavrão.

– Deveríamos ficar. O lugar é bonito. Gosto da cozinha.

Não era a cozinha o motivo de a avó querer ficar. Inferno, a mulher podia cozinhar num acampamento sem nem piscar... E já fizera isso.

Ele não é católico, Sola quis contar. Na verdade, é um traficante de drogas ateu. E logo será distribuidor...

E se ela estivesse grávida?, perguntou-se. Porque fazia uns dois dias que não tomava a pílula. Isso não seria... uma "pra foder", como dizem.

Arrancando-se desse seu mundinho particular, Sola fechou o zíper da mala e se ergueu.

– E então? – caçoou a avó. – Vamos? Não vamos?

Como se soubesse exatamente o que Sola estava esperando.

Ou quem, no caso.

Sola não tinha muito orgulho sobrando ao olhar ao redor novamente, perscrutando a entrada que vinha da sala de jantar, o arco que era usado a partir do andar de cima ou do escritório, o corredor baixo no topo da escada que dava para o porão. Tudo vazio. E não havia passos apressados, nenhum barulho vindo de cima, como se alguém estivesse se vestindo correndo para descer.

Desconsiderando-se a chuveirada, como ele poderia não aparecer para se despedir...

Naquele instante, a avó respirou fundo, e a cruz dourada que usava sobre o peito captou a luz do teto.

– Vamos – Sola disse para si mesma.

Dito isso, ela apanhou a mala e seguiu para a porta. Do lado de fora, um Ford igual a qualquer outro estava estacionado perto da casa, um carro alugado com o nome emergencial de Sola.

Aquele que ninguém em Caldwell sabia que ela tinha. E no porta-luvas, havia outros documentos para a avó.

Usando o alarme, ela destravou as portas e abriu o porta-malas. Os homens de Assail, nesse meio-tempo, ajudavam a avó a descer as escadas, carregando as malas dela e o casaco, que ela obviamente se recusara a vestir.

Enquanto acomodavam a senhora no assento do passageiro, e as malas no compartimento traseiro, Sola vasculhou com o olhar a parte de trás da casa. Assim como antes, ela esperou vê-lo, talvez correndo do quarto principal antes que ela partisse. Ou talvez vindo do porão e atravessando o vestíbulo para sair às pressas. Talvez derrapando ao fazer a curva, tendo estado no andar superior...

Naquele instante, algo estranho aconteceu. Todas as janelas da casa tremeluziram, os painéis de vidro nos parapeitos das janelas e nas portas de correr mostrando um sutil tremular.

Mas...

As persianas, ela pensou. Persianas desciam pelas janelas, o movimento sutil do tipo que você nem percebe... a menos que esteja olhando diretamente para ele no segundo em que está acontecendo. E depois? Era como se nada tivesse mudado. Toda a mobília ainda era visível, as luzes ficariam ligadas, tudo normal, normal, normal.

Mais um dos truques de segurança dele, ela deduziu.

Levando todo o tempo do mundo para abrir a porta, pôs um pé para dentro e olhou ao redor. Os dois guarda-costas recuaram e cruzaram os braços.

Queria lhes dizer... não, eles não pareciam interessados em transmitir uma mensagem para Assail.

Pareciam simplesmente irritados, agora que deixaram a avó segura dentro do sedã.

Sola esperou mais um minuto, os olhos fixos na porta aberta. Através da soleira, viu os sapatos e os casacos na parede dos fundos. Com uma aparência tão comum... Bem, comum para uma pessoa rica. Mas a casa não era nada do tipo classe média, e não só por valer alguns cinco milhões de dólares. Ou dez.

Virando-se, ela foi para trás do volante, fechou a porta, e inspirou fundo a fragrância de limão do aromatizador do carro. Sob o qual se sentia um leve odor de cigarro.

– Não sei por que vamos embora.

– Eu sei, vovó, eu sei.

O motor foi ligado e ela passou a marcha ré no carro. Manobrou e lançou mais um olhar para a porta aberta.

E não havia mais motivos para se demorar.

Pressionando o acelerador, ela piscou forte quando os faróis iluminaram a passagem de carros e depois a estradinha de uma pista que as levaria para fora da península.

Ele não iria atrás dela.

– Você cometeu um erro – a avó disse numa bufada. – Um erro daqueles.

Mas você não conhece toda a história, Sola pensou, chegando à placa de pare e ligando a seta.

O que Sola não sabia... era que nem ela conhecia.

Assail assistiu à partida dentro do anel de árvores na parte dos fundos da sua casa.

Através das janelas da cozinha, ele a viu parada junto à mesa, mexendo na mala como se estivesse procurando algo que estava deixando para trás.

Aqui fora, meu amor, ele pensou. O que você perdeu está aqui.

E logo a avó apareceu com os primos, e ficou claro que a fêmea não aprovava a partida.

Apenas mais um motivo para adorá-la.

Era óbvio também que os gêmeos se opunham à partida. Pensando bem, eles nunca tinham comido tão bem, e demonstravam respeito por quem os enfrentava.

E esse não era um problema para a *grandmahmen* de Marisol.

Enquanto Assail testemunhava sua fêmea perscrutando como se estivesse esperando que ele se apresentasse, sentiu uma leve satisfação com a tristeza dela. O mais importante, contudo, era convencer a sua fera interior a deixá-la escolher seu caminho.

Ele não tinha como argumentar com a autopreservação, assim como não podia prometer se afastar dos seus negócios. Não trabalhara com afinco para acabar numa sucessão de noites sedentárias... mesmo que fosse para passá-las com ela. Além disso, ele tinha a preocupação de que as coisas não tivessem chegado ao fim com a família de Benloise. Só o tempo diria se havia algum irmão à solta, ou talvez um primo com um olhar cobiçoso e um coração vingativo para desforrar o que fora feito à sua família.

Ela estaria mais segura sem ele.

Enquanto Marisol guardava a mala no carro, a avó era acomodada na frente do veículo. E mais uma pausa. De fato, ela olhou ao redor, e ele sentiu que ela o vira, mas não. Seus olhos passaram por ele em seu esconderijo nas sombras.

Entrou no carro. Fechou a porta. Ligou o motor. Manobrou.

Logo... tudo o que restou foram as luzes traseiras desaparecendo pela passagem de carros.

Os primos se demoraram um instante. Ao contrário da fêmea, eles sabiam exatamente onde ele estava, mas não se aproximaram. Recuaram para dentro da casa, deixando a porta aberta para ele quando ele já não mais suportasse o sol que nascia.

Seu coração uivava no peito quando, por fim, ele saiu do esconderijo em que se enfiara.

Andando sobre a neve, seu corpo estava com as juntas tão frouxas a ponto de ele se perguntar se desmaiaria. A cabeça dava voltas e voltas, bem como as entranhas. A única coisa sólida eram seus instintos masculinos, que incessantemente lhe diziam que ele precisava ir até a estrada e parar diante dela, preparar-se para segurar aquele carrinho sem-vergonha e exigir que ela voltasse com ele para casa.

Assail se forçou a retornar para casa, em vez disso.

Na cozinha, os primos se serviam de sobras especialmente preparadas para eles, embrulhadas em papel alumínio no freezer. O clima era como se alguém tivesse morrido.

– Onde estão os celulares? – perguntou ele.

– No escritório – Ehric franziu o cenho ao arrancar um Post-it do embrulho. – Preaqueça a cento e noventa graus.

O irmão foi para a parede onde estavam os fornos e começou a apertar botões.

– Convecção?

– Não diz aqui.

– Merda.

Em outra situação, Assail teria considerado impossível acreditar que Evale estivesse desperdiçando sua escassa vontade de falar com culinária. Mas Marisol e a avó mudaram tudo... No breve período em que estiveram ali.

Deixando os primos, não se surpreendeu por não ser convidado a participar da refeição. Depois de séculos de existência transitória, ele tinha a sensação de que eles agora se transformariam em acumuladores desse tipo de comida.

No escritório, sentou-se atrás da escrivaninha e olhou para os dois aparelhos idênticos diante dele. Naturalmente, sua mente voltou ao momento em que os conseguira: Eduardo no chão e depois Ricardo preso à parede de tortura.

Ordenando às mãos que os apanhasse, ele...

Seus braços se recusavam a obedecer ao seu comando, e, de fato, seu corpo se recostou contra o encosto da poltrona. Enquanto fitava adiante sem ver absolutamente nada, ficou claro que a sua motivação o desertara.

Abrindo a gaveta central, tirou um dos seus frasquinhos e inalou cocaína, primeiro numa narina, depois na outra.

A sensação de formigamento pelo menos o fez se soerguer e, um momento depois, ele conseguiu pegar os aparelhos... e conectá-los ao computador.

Seu foco era artificial, a atenção forçada, mas ele sabia que teria que se acostumar com isso.

Seu coração, por mais negro que fosse, o deixara.

E estava a caminho de Miami.

Capítulo 48

Na verdade é bem possível, se você correr por bastante tempo e em grande velocidade, fazer seu corpo sentir como se tivesse passado por uma briga.

Enquanto Wrath continuava a bater seus Nikes na esteira, ele pensou em seu último treino com Payne.

Mentira para ela. Na época em que assumira o trono a sério, os Irmãos e Beth o confrontaram com uma série de "diretrizes" com o objetivo de ele dar um tempo no antigo perfil de risco físico. Não fora uma reunião muito feliz, e ele quebrara as regras pelo menos uma vez, pelo que todos sabiam, e várias outras sem que ninguém o flagrasse. E depois que fora descoberto lutando no centro da cidade, ele concordara novamente em portar as adagas apenas em trabalhos cerimoniais, e, desde então, o cheiro do desapontamento de sua *shellan* bastara para mantê-lo na linha.

Bem, por isso e pelo fato de ter perdido o que lhe restava de visão mais ou menos nessa época.

Eles todos tinham razão. O Rei precisava estar respirando acima de tudo; matar assassinos nos becos escuros de Caldwell já não era mais seu objetivo principal.

Tampouco treinar com os Irmãos.

Nenhum deles queria tirar a sorte grande e feri-lo.

Só que, nessa época, Payne se prontificara, e apesar de ele achar, a princípio, que ela era um macho, quando a verdadeira identidade dela foi descoberta, ele lhe deu um passe livre... exatamente porque ela era uma fêmea.

Pensou nela entrando sorrateira no vestiário masculino e colocando uma adaga em seu pescoço.

Ele agora achava... Que poderia lutar com quem quisesse. E com isso, ele lhe devia um pedido de desculpas.

Abaixando a mão, aumentou a velocidade da esteira. Aquela máquina fora customizada com ganchos no console e um cinto acolchoado feito para ele. Com cordas elásticas entre a máquina e ele, Wrath podia soltar as mãos e ainda deixar a máquina ligada. Sutis puxões em sua cintura indicavam onde ele estava em relação à superfície rolante.

Algo conveniente numa noite como aquela. Não, espere... Já era dia.

Acompanhando o ritmo veloz, ele viu que, como sempre, sua mente tinha um modo de funcionar além do ponto de exaustão, como se, com o corpo ocupado, ela tivesse permissão para vagar. Infelizmente, como um helicóptero com bitolas defeituosas, ele continuava batendo em despenhadeiros rochosos: seus pais, sua *shellan*, a possível chegada de um filho, todos os anos vazios diante dele.

Se ao menos ele tivesse a sua visão... Pelo menos assim, ele poderia sair e enfrentar o inimigo. Mas agora ele estava preso, pela sua cegueira, por Beth, pela possibilidade de ela estar grávida.

Claro, se ela não estivesse em sua vida, ele se lançaria numa campanha de matança até um dia morrer com honra no campo de batalha. Ainda que, inferno, sem ela, ele provavelmente jamais teria se importado em ascender ao trono.

Ele sabia que nunca deveria ter colocado aquela maldita coroa na cabeça.

Depois de tudo o que o pai fizera num período tragicamente curto, ele deveria ter seguido seus instintos e se afastado de tudo. A raça se virara muito bem sem um regente por alguns séculos – provavelmente, teria continuado assim indefinidamente.

Pensou em Ichan. Talvez o filho da mãe acabasse descobrindo que as populações modernas não precisavam de reis.

Ou, mais precisamente, talvez Xcor e os Bastardos aprendessem essa lição.

Tanto faz.

Wrath foi aumentar a velocidade mais uma vez e descobriu que já estava no máximo permitido pela máquina. Praguejando, aceitou a velocidade incrível em que corria, e pensou no pai, sentado atrás daquela escrivaninha que ele já não podia ver, nem usar, rolos de pergaminho e potes de tinta, bicos de pena e livros com capa de couro cobrindo a superfície entalhada.

Ele conseguia visualizar o macho atrás de tudo aquilo, um meio sorriso de contentamento no rosto, enquanto derretia cera pra pressionar o brasão do anel real nela...

– Wrath!

– O q... – deixa para as solas de borracha derraparem quando ele puxou a chave de segurança e pulou para as barras laterais. – Beth...?

– Wrath, meu Deus...

– Você está bem...

– Wrath, encontrei a solução...

Ele mal conseguia respirar.

– A respeito... de quê?

– Sei o que temos que fazer!

Wrath franziu o cenho, plantando as mãos nos apoios para o caso de as suas pernas de geleia desabarem debaixo do corpo. Contudo, mesmo em meio à sua hipoxia, ele sentia o cheiro da sua fêmea, carregado de determinação e objetivo, seus sentidos naturais aguçados alcançando-o com clareza.

Pegando a toalha que colocara sobre o console, ele enxugou o rosto.

– Beth, pelo amor de Deus. Você pode, por favor, parar...

– É só nos divorciarmos.

Não só pelo sufocamento induzido pelos exercícios, ele parou de respirar.

– Desculpe – disse, rouco. – Acho que não ouvi o que você disse.

– Vamos dissolver o nosso vínculo. Retroativo a ontem, quando, para todos os efeitos, você ainda era Rei.

Wrath começou a balançar a cabeça, com todo tipo de pensamento tomando conta da sua mente.

– Não estou ouvindo bem o que você está...

– Se você se livrar de mim, você vai se livrar dos motivos que eles usaram. Sem motivos, sem destronamento. Você fica com o trono e...

– Você perdeu completamente a porra do juízo! – ele berrou. – Mas que *idiotice* é essa que você disse?

Houve uma ligeira pausa. Como se ela estivesse surpresa por ele não gostar da sua brilhante ideia.

– Wrath, estou falando sério. Esse é o modo de você conseguir o trono de volta.

Enquanto o macho vinculado dentro dele começava a berrar a plenos pulmões, ele se viu bem perto de explodir, mas ele já devastara uma sala inteira do complexo. E os Irmãos o matariam caso ele destruísse a academia.

Procurando manter um tom de voz equilibrado, fracassou miseravelmente:

– De jeito *nenhum*!

– É só um pedaço de papel! – exclamou ela de volta. – O que isso importa?

– Você é a minha *shellan*!

– Mas é igual às cenouras!

E *isso* o fez parar de gritar. Balançando a cabeça para clarear as ideias, ele disse:

– Desculpe, o que você disse?

Foi um pouco difícil passar do término do relacionamento deles para malditas raízes leguminosas.

– Preste atenção, você e eu estamos juntos porque nos amamos. Um pedaço de papel não vai mudar...

– Não, absolutamente não, não vou dar aos filhos da mãe a chance de acabar com...

Ela o segurou pelo braço e apertou.

– Escute. Quero que você se acalme e preste atenção.

Foi uma coisa muito estranha. Por mais alterado que estivesse, quando ela lhe dava uma ordem direta como aquela, ele obedecia como um soldado raso.

– Pré-date a dissolução do casamento... da vinculação, sei lá. Não lhes dê nenhuma satisfação, pois você não vai querer que isso pareça uma decisão retrógrada. Depois decida se quer ou não continuar a ser Rei. Desse jeito, a culpa não será minha. Mas agora, goste ou não, eu sou o motivo por você ter perdido o trono e não posso viver o resto da minha vida me sentindo responsável por algo assim. Isso acabaria comigo.

– Sacrificar você não é o caminho...

– Não estaremos me sacrificando nem um pouco. Não me importo em ser rainha ou não. Só quero estar ao seu lado... E nenhuma coroa ou decreto ou sei lá o que vai mudar isso.

– Você pode estar grávida agora. Está me dizendo que quer trazer esse filho ao mundo na condição de *bastardo*?

– Ele não seria isso para mim. Nem para você.

– Mas os outros...

– Quem, por exemplo? Está me dizendo que Vishous daria menos valor ao nosso filho? Tohr? Rhage? Qualquer um dos Irmãos... ou as *shellans*? Que tal Qhuinn e Blay? Qhuinn não está vinculado a Layla. Isso significa que você menospreza o filho deles?

– As pessoas nesta casa não são os "outros" a que me refiro.

– Quem, então, mais precisamente? Nunca vimos a *glymera*, graças a Deus, e não creio que um dia eu tenha me deparado com o que vocês chamam de povo. Bem, a não ser por Ehlena e Xhex, acho. O que quero dizer é que esses cidadãos da raça nunca vêm aqui... e isso vai mudar? Acho que não. – Ela apertou o braço dele de novo. – Além disso, você não estava preocupado em colocar nosso filho no trono? Isso cuidaria desse problema também.

Wrath se soltou dela e desejou poder andar, só que não conhecia o *layout* da sala de pesos tão bem a ponto de não cair de bunda no chão.

Contentou-se em enxugar o rosto de novo.

– Não desejo o trono a ponto de me divorciar de você. Simplesmente não. É o princípio da coisa, Beth.

– Bem, se isso o faz se sentir melhor. *Eu* me divorcio de você.

Ele piscou por trás dos óculos escuros.

– Isso não vai acontecer. Sinto muito, mas não vou fazer isso.

A voz da sua *leelan* se partiu.

– Não posso passar o resto da vida pensando que isso é culpa minha. Não posso.

– Mas não é. Sinceramente, não é. Escute... eu... eu tenho que me libertar do passado, sabe? Não posso mais me apegar aos meus pais assim. Isso não é saudável – deixou a cabeça pender. – Maldição, quero dizer... Imaginei que já tivesse deixado tudo passar. Isto é, a perda deles.

– Não creio que as pessoas consigam superar esse tipo de coisa... ainda mais do jeito que aconteceu com você.

Sobrevieram-lhe imagens da sua figura esquelética pré-transição fechada naquele esconderijo, testemunhando tudo por um buraco na madeira, enquanto os pais eram dilacerados. Era sempre o mesmo filme, as mesmas espadas, os mesmos gritos de dor e horror... e sempre terminava do mesmo modo, com as duas pessoas mais importantes da sua vida até então mortas. Para sempre.

Ele não perderia Beth. Nem mesmo figurativamente.

– Não – disse ele, em caráter final.

Esticando a mão, ele a pousou sobre o ventre dela.

– Já perdi meus pais e não há nada que eu possa fazer para mudar isso. *Não* vou perder o meu futuro... Nem mesmo pelo trono.

Capítulo 49

Um dos problemas com casamentos, vinculações, sei lá o quê... era que, quando a pessoa que você amava vetava alguma coisa, não havia muito mais a ser feito.

Enquanto Beth saía da academia com seu *hellren*, ela estava murcha como um balão sem ar. Sem argumentos, sem planos, odiava onde estava, mas todas as vias para um lugar melhor estavam obstruídas por um "não" pelo qual não podia passar.

Em vez de segui-lo até o chuveiro, ela foi para o escritório e se sentou à mesa, fitando a tela de descanso do computador com desenhos de bolhas flutuando ao redor da imagem do Outlook...

A onda de calor veio não sabia de onde, explodindo em sua pélvis e se espalhando como um fogo numa floresta até as pontas dos dedos, as solas dos pés, o alto da cabeça.

– Céus... – murmurou. – Eu conseguiria fritar um ovo no meu peito.

Alargar a gola da camisola adiantou um pouco, mas logo seu fogo interno sumiu do mesmo modo como surgiu, deixando apenas uma camada de suor na pele.

Tirando a tela de descanso, ela viu o Outlook se autoatualizar com as mensagens enviadas/recebidas. A conta que estava configurada naquele computador era a caixa de mensagens geral para o Rei, e ela se preparou para uma lista de e-mails não lidos no topo da lista.

Só havia um.

Uma representação tangível da mudança de poder, supôs...

Franzindo o cenho, sentou-se mais para a ponta da cadeira. A linha "assunto" dizia: *Com Pesar*. E era de um macho cujo nome ela reconhecia só porque estivera na lista de assinaturas daquele maldito pergaminho.

Abrindo a mensagem, ela leu uma vez. Duas. E uma terceira vez.

Para: Wrath, filho de Wrath
De: Abalone, filho de Abalone
Data: 04430 12:59:56
Assunto: Com Pesar

Meu senhor, é com pesar que recebo o futuro. Estive na reunião do Conselho e executei o voto de desconfiança, com suas bases antiquadas e discriminatórias. Estou nauseado comigo mesmo e com a raça no tocante às ações recentes da *glymera*, mas, acima de tudo, com relação à minha falta de coragem.

Há muito, muito tempo, meu pai, Abalone, serviu o seu pai. As histórias de família foram recontadas, ainda que seus detalhes não sejam mais sabidos: quando se formou uma conspiração contra seus pais, o meu pai ficou ao lado do Rei e da rainha, honrando assim a minha linhagem para todo o sempre ao agir assim. Em retribuição, o seu pai muniu as gerações de minha família com liberdade financeira e elevação social.

Esta noite, não correspondi às expectativas desse legado. E vejo que não consigo digerir essa minha covardia.

Não concordo com as ações tomadas contra o senhor, e acredito que outros sintam o mesmo. Trabalho com um grupo de cidadãos a fim de ajudá-los a lidar com suas preocupações e a abordar a *glymera* para reparações apropriadas. Em meu relacionamento com esses cidadãos, ficou claro que existem muitos na base da raça que se lembram de todas as coisas que seu pai fez por eles e por seus familiares. Ainda que nunca o tenham visto, essa afeição se estende para o senhor e para a sua família. Sei que eles partilharão da minha tristeza, assim como de minhas preocupações, com relação ao nosso destino agora.

Em reconhecimento a essa minha falha, demiti-me do Conselho. Continuarei trabalhando junto aos cidadãos, visto que eles necessitam de um defensor e, embora eu seja remisso nesse papel, devo tentar fazer algum bem neste mundo ou jamais conseguirei dormir novamente.

Eu gostaria de ter feito mais pelo senhor. O senhor e a sua *shellan* estarão sempre presentes em meus pensamentos e em minhas orações.

Isso tudo é muito errado.

Atenciosamente,
Abalone, filho de Abalone

Que senhor mais adorável, Beth pensou ao sair do Outlook. E ele provavelmente devia se livrar do sentimento de culpa. Dado o poder de coerção da aristocracia em suas abordagens, ele não teria chance alguma de todo modo.

A *glymera* tinha maneiras de arruinar vidas que não se relacionavam em nada com caixões.

Verificando o relógio na parede, ela deduziu que Wrath apareceria a qualquer minuto. E, então, eles iriam... Bem, ela não fazia a mínima ideia. Normalmente, àquela hora, eles iriam para a cama, mas isso não parecia ter o mínimo apelo.

Talvez pudessem se transferir de quarto. Ela não achava que poderia sequer ver a suíte cheia de joias.

Meio sem ter o que fazer, foi para o Internet Explorer e iniciou a tela do Google, balançando a cabeça ante o botão *Estou com Sorte*.

Ah, sim, muita sorte...

Céus, se pelo menos V. não odiasse tudo que se referia à Apple, ela poderia ter um iPhone na mão e perguntar ao Siri o que fazer.

Ela gostou de ver Wrath defendendo o casamento deles, mas, puxa...

Por absolutamente nenhum motivo concreto, a cena do filme *A Princesa Prometida* lhe veio à mente, aquele em que eles estavam se casando no altar diante do padre com sotaque forte.

Beth congelou de súbito.

Depois, digitou rapidamente e apertou o maldito botão da sorte.

O que apareceu foi...

– Ei, está pronta para ir?

Beth lentamente levantou os olhos na direção do marido.

– Sei o que temos que fazer.

Wrath se retraiu como se alguém tivesse derrubado um piano no seu pé. E logo em seguida seu rosto foi o de alguém com uma terrível dor de cabeça.

– Beth. Pelo amor de Deus...

– Você me ama, por inteiro?

Ele deixou o corpo imenso encostar na parede de vidro do escritório, enquanto George se enrolou deitando-se, como se antecipasse que aquilo ali fosse demorar.

– Beth...

– E, então, ama ou não ama?

– Sim – seu *hellren* gemeu.

– Tudo em mim, a parte humana e a parte vampira?

– Sim.

– E você não discrimina um lado ou o outro, certo?

– Não.

– Então é como no Natal. Quero dizer, vocês não comemoram essa data, mas como é o que eu e Butch costumávamos fazer, você, sei lá, deixou que montássemos a árvore e toda a decoração, e agora todos aqui em casa trocam presentes, certo?

– Certo – murmurou ele.

– E quando vem o solstício de verão, isto é, se você fosse oferecer um daqueles bailes, você não o consideraria mais ou menos importante do que o Natal, correto?

– Correto. – Ele disse isso num tom que sugeria que, em sua mente, ele estava respondendo à pergunta: *se eu colocar uma arma aqui e puxar o gatilho, vou me livrar desse sofrimento, correto?*

– Nenhuma diferença. Mesmo?

– Nenhuma. Podemos parar agora?

– As minhas crenças, os meus costumes, são tão importantes quanto os seus, sem nenhuma diferença, correto?

– Isso mesmo.

– Absoluta?

– Sim.

Ela se ergueu num rompante.

– Encontre-me no vestíbulo em duas horas. Vista algo bonito.

– Mas... que diabos você está aprontando?

– Algo que já discutimos há algum tempo, mas que nunca demos continuidade.

– Beth, o que está havendo?

– Nada – ela correu para o armário para poder chegar ao túnel antes que ele. – Tudo.

– Por que não está me contando?

Ela hesitou antes de desaparecer.

– Porque temo que, se contar, você vai discutir comigo. Daqui a duas horas. No vestíbulo.

Ao passar pela porta secreta, ela ouviu seu *hellren* praguejar, mas não tinha tempo para discutir com seu homem.

Ela tinha que encontrar Lassiter. E John Matthew.

Já.

Selena vivenciou seu primeiro travamento genuíno naquela manhã.

Sentada à mesa da casa de Rehv, ela segurava uma xícara de café e um bolinho caseiro quando a cabeça começou a se agitar em relação ao destino do Rei, aos beijos de Trez, ao olhar feio de iAm, ao seu destino incerto...

Mais especificamente, a respeito dos beijos de Trez.

Ela não o vira nem em público, nem reservadamente, desde que saíram do banheiro dele e desceram, encontrando o irmão na cozinha.

Ela estava meio que contente com isso.

Os assuntos inacabados entre eles – os assuntos *sexuais* inacabados – eram intensos demais para ela naquele momento. Quando esteve envolvida naquele instante, tudo lhe pareceu tão natural, predestinado até, mas, com a mente clara e os olhos arregalados no pós-evento, ela ficou se perguntando no que é que esteve pensando.

O futuro estava chegando, e ele seria difícil o suficiente sem a pressão de se apaixonar.

E era para esse caminho que as coisas com ele estavam indo...

Enquanto seu cérebro se revirava em seu crânio, ela sorveu um gole de café, queimou o lábio e, frustrada, resolveu que não havia açúcar suficiente em sua cafeína. E ela colocara grãos demais no moedor. E a água estivera quente demais, por isso havia um ligeiro sabor residual.

Na verdade, a mistura estava perfeita. Era seu senso interno de si mesma que estava encontrando dificuldade para se equilibrar.

Mas ela poderia fazer alguma coisa a respeito do Java, como os Irmãos chamavam o café.

Movendo-se na direção do açucareiro, esticou o braço, inclinou o tronco a partir dos quadris e...

Seu corpo não chegou a endurecer, mas congelou naquela posição, como se todas as articulações envolvidas no movimento tivessem se solidificado de pronto.

O terror quadruplicou seus batimentos cardíacos, o suor brotou no rosto e no tronco. E quando ela foi abrir a boca para respirar mais profundamente, descobriu que a mandíbula estava travada, apesar de que talvez isso fosse resultado do medo.

Abruptamente, o silêncio a pressionou.

Não havia ninguém mais ali na casa. As outras Escolhidas tinham subido ao Santuário para visitar Amalya, a *directrix* após o destronamento de Wrath. Rehvenge estava em Caldwell. Os *doggens*, que agora se revezavam entre o acampamento e a mansão da Irmandade, ficaram na cidade ante as más notícias.

Num cálculo frenético, tentou se lembrar quanto tempo demorara até que as suas irmãs fossem permanentemente afetadas.

Não foram dias. Talvez meses, em termos terrenos.

Santa Virgem Escriba... e se fosse aquilo?

Concentrando toda a sua energia, ela tentou dobrar as articulações travadas, e não conseguiu nada. De fato, a única coisa que se movia eram as lágrimas que se empoçavam em seus olhos e escorriam pelos cílios. E isso era simplesmente bizarro: apesar de toda a sua imobilidade, ela conseguia sentir tudo. As trilhas quentes pelo seu rosto. O calor do ar que a atingia nas têmporas e nas pontas das orelhas. O ar frio sobre seus sapatos de sola fina. A sensação de ardência na língua e no fundo da garganta da queimadura do café.

Ela até sentiu a fome que a atraíra para a cozinha na tentativa de satisfazê-la.

O que faria se não conseguisse...

O tremor começou nas coxas, iniciando-se com uma contração e depois emanando em ondas. Os braços foram os seguintes. Depois os ombros.

Como se seu corpo estivesse lutando para se libertar de uma prisão, balançando as barras metafóricas que se fecharam ao seu redor.

– Olá?

A voz masculina estava longe, ecoando a partir do lado da casa que dava para o lago, e ela tentou responder. O que saiu foi um gemido fraco, e nada mais, todo o resto vibrava, dos dentes aos dedos dos pés, ela estremecia com violência...

Bem quando Trez entrou, seu corpo se libertou do confinamento invisível, os membros explodindo, batendo em objetos, voando livremente. Em seguida, ela desabou, a cabeça batendo na beira da caneca de café, o bolinho voando do prato, o açucareiro se chocando e o impacto tremendo do peito na mesa como uma bomba explodindo.

– Selena!

Trez a pegou antes que ela caísse no chão, os braços fortes alçando-a e segurando-a firme, enquanto dentro do seu corpo tudo que estivera rígido se tornou liquefeito. Ela não se reclinou em seus braços, se derreteu. E não por estar excitada.

– O que está acontecendo? – perguntou ele, carregando-a para fora da cozinha e depositando-a no sofá diante da lareira do vestíbulo.

Embora abrisse a boca para falar, nada saiu dela. Em vez disso, os detalhes dos painéis de madeira escura, a lareira de pedras do rio e a coruja empalhada sobre a cornija se tornaram superclaros, os olhos praticamente ardendo com a acuidade da sua visão.

Abaixando as pálpebras, ela gemeu.

– Selena? *Selena.*

Havia uma letargia curiosa agora, tão intensa que ela conseguia sentir a energia ser sugada num vórtex do qual ela temia nunca conseguir se libertar. Vagamente, percebeu que entendera errado a doença. Ela sempre presumira que fossem as juntas, quando, na verdade, ela sentiu como se o problema fossem os músculos.

Por superstição, nenhuma das irmãs falara a respeito das particularidades. Só lhe contaram os estágios finais.

Agora desejou ter perguntado para aquelas que sofreram. Especificamente quando a rigidez começara nela há... quanto tempo?

Já fazia um tempo.

Definitivamente, ela estava embarcando nos estágios finais agora...

Algo resvalou sua boca. Algo úmido, quente... *sangue.*

– Beba – ordenou Trez. – Beba, maldição, *beba*...

A língua dela saiu e experimentou o gosto, o sabor dele a fez gemer de sede. No entanto, não achou que conseguisse engolir...

Sim, sim, na verdade, conseguia, sim.

Franzindo os lábios, selou-os sobre o corte que ele fizera no pulso... Ah, que alimento glorioso... A cada sugada, ela sentia a força invadi-la, preenchendo-a onde a letargia a deixara vazia.

E quanto mais bebia, mais ela queria, a avidez aumentando em vez da saciedade.

Mas Trez parecia não se importar. Nem um pouco.

Com mãos gentis, ele a reposicionou para que ela ficasse deitada em seu colo, as pernas esticadas, os braços acima da cabeça. E enquanto sorvia dele, ele era tudo o que ela via, os belos olhos amendoados, os lábios perfeitamente moldados, a pele escura e o cabelo bem curto.

Ela sentiu suas prioridades mudando para um ponto de desespero, semelhante ao que sentira antes em sua presença, para uma necessidade sexual que roubara seus pensamentos coerentes a tal ponto que já não existiam mais.

De fato, nos recessos profundos da sua consciência, ela soube que qualquer ação tomada naquele seu estado muito provavelmente seria lamentada, mas não se importou. Se não por algo mais, seu primeiro verdadeiro episódio da doença a fez querer avançar com ele em vez de recuar.

E talvez ela não se apaixonasse.

Talvez... ela pudesse se endurecer contra isso.

A rigidez, afinal, era o seu futuro.

Capítulo 50

Parado à soleira do seu quarto, John Matthew conseguia sentir que uma convulsão estava ameaçando aparecer.

Enquanto sua irmã continuava a falar, e ele sentia sua cabeça assentir, ele se retraiu para aquele lugar onde a epilepsia nascia, algum tipo de emaranhado de impulsos elétricos ameaçando tomar conta de tudo, a não ser pelo fato de ele estar cheio daquilo tudo. Bem quando o zunido começou a aumentar, ele o interrompeu pela força do seu desejo.

Não. Vai. Acontecer.

Inacreditável estar mentalizando Dana Carvey do programa *Saturday Night Live*. Mas lá estava ele.

E funcionou. Não de pronto, mas gradualmente, aquele chiado e a ardência começaram a diminuir, a intensidade das luzes recuando.

– Então... você pode? – perguntou Beth, de olhos arregalados. – Em, mais ou menos, uma hora, que é o tempo que Lassiter precisa para ficar pronto.

Concentrando-se novamente, ele ligou algumas das coisas que ela dissera, o cérebro unindo substantivos e verbos até...

Ai, meu Deus, ele pensou.

Caramba, pela primeira vez, ficou contente por ser mudo. Porque, se tivesse que falar, ela captaria que ele estava num momento estranho, emocionalmente falando. Do jeito que as coisas eram, suas mãos estavam mais estáveis do que sua voz jamais se mostraria.

Algo no pedido dela o emocionou demais.

Seria uma honra, ele sinalizou.

Antes que ele pudesse abaixar os braços, a irmã se lançou sobre ele, abraçando-o com tanta força que quase arrancou fora a sua cabeça. E quando ele fechou os olhos e retribuiu o abraço, o tempo parou...

Uma visão o acometeu do nada. Num minuto, ele estava de pé do lado de fora do seu quarto e de Xhex. No seguinte?

Ele só enxergava lágrimas... Não, era a chuva. Chuva no para-brisa de um carro, um carro que ele adorava. E quando ele foi virar a chave na ignição...

Beth se afastou, e ele a observou de uma vasta distância enquanto a boca dela se movia e ela lhe dizia mais coisas. Ele assentiu nos momentos certos, mas assim que ela foi embora e ele fechou a porta, toda aquela parte se foi.

Apoiando a testa no painel da porta, ele não entendia por que seus olhos se enchiam de lágrimas, ou por que seu peito se inflava de tanto orgulho e felicidade.

– Você está bem? – Xhex sussurrou atrás dele.

Virando-se na escuridão, ele assentiu e, em seguida, percebeu que ela não conseguia vê-lo.

– Eu sei, eu sei – disse ela. – Mas é que às vezes eu tenho que perguntar em voz alta.

Houve um clique quando ela acendeu a luz do abajur ao seu lado da cama. Piscando ante a luminosidade, ele limpou o rosto, disfarçando como se só o estivesse esfregando. Mas ela era *sympatho*, por isso, o que ele sentia ficava bem evidente para ela.

Não entendo, sinalizou. *Por que a minha cabeça fica tão confusa no que se refere a ela?*

O olhar cinza metálico da sua companheira se prendeu ao dele, e ele não fez nada para evitar o *laser* ali contido: se ele queria mais informações a respeito daquilo, ela era a sua melhor chance.

– A sua aura tem aquela sombra – murmurou ela, balançando a cabeça. – Nunca vi nada assim antes. É como se... Não sei, como se você estivesse processando a vida paralelamente? Ou isso ou...

O quê?, ele exigiu saber.

– Existem dois de você aí dentro.

É assim que me sinto. Ele esfregou o cabelo já bagunçado. *Ainda mais perto dela.*

– Ela é a sua irmã.

Mas havia mais por trás, ele pensou. Não romanticamente nem nada assim. Mas...

– Venha – Xhex disse, levantando-se da cama. – Precisamos nos aprontar. Que ideia brilhante a dela.

Enquanto a sua fêmea se aproximava nua, o corpo firme e musculoso conseguiu clarear-lhe as ideias: subitamente, ele só tinha sexo na cabeça – e que alívio. Pelo menos com relação a isso ele poderia fazer alguma coisa.

– Deixe-me ajudá-lo no chuveiro – disse ela, inserindo a mão entre as dobras do roupão dele e segurando-lhe a ereção. – Você tem que estar bem, mas bem limpo mesmo para isso.

John ficou mais do que feliz em ser conduzido pelo cabo entorpecido até o banheiro, e quando saíram de lá, quarenta e cinco minutos mais tarde, ele estava mais relaxado, e tão limpo quanto um lençol saído da lavanderia.

– Sim, o smoking – sua fêmea disse, enquanto ele estava diante do closet, encarando as roupas penduradas nos cabides. – Sem dúvida nenhuma.

Assentindo, ele pegou a camisa branca engomada, tirando-a do cabide e vestindo-a. Xhex teve que abotoar, pois, por algum motivo, suas mãos tremiam como se ele estivesse nervoso. As calças ele conseguiu vestir sozinho, mas não os suspensórios. E nem fale da gravata borboleta e da faixa da cintura... Ele apenas ficou parado como uma mocinha enquanto ela ajustava tudo com presteza.

O lado bom foi que assim ele conseguiu ficar olhando para ela.

– Agora o paletó – ela segurou a peça para ele como se ela fosse o homem, guiando a peça fina de lã pelas costas dele, depois se virando para ajustar a lapela. – Caramba...

O que foi?, sinalizou.

O olhar dela cintilava enquanto ela o fitava dos pés à cabeça.

– Você deixa esse *look* sexy demais...

John estufou os peitorais, mais parecendo um pombo. Difícil não fazer isso quando a sua fêmea o come com os olhos daquele jeito.

E você ainda está nua. Ele sorriu. *O seu conjunto de aniversário é o meu predileto.*

Só que ela não estava completamente nua. Esticando o braço, ele tocou o colar que lhe dera, um com um diamante de lapidação quadrada no centro.

Xhex não era de demonstrar emoções, mas cobriu a mão dele com a sua e levou a palma dele até sua boca. Beijando-a, ela murmurou:

– Eu sei. Eu também te amo. Para sempre.

Ele se inclinou sobre ela e resvalou os lábios com os seus.

Alguns minutos mais tarde, eles saíram do quarto; ela vestindo calças pretas e uma camisa de seda branca. O que, ao lado do já mencionado conjunto usado no aniversário, formava um belo *look*. Ainda mais porque, para variar, ela calçava espetaculares sapatos de salto alto, daqueles que fazem um homem querer transar com a mulher.

Algo que ele planejava fazer assim que tivessem um minuto a sós.

Outras pessoas saíam dos seus aposentos: Blay e Qhuinn, ambos de terno. Z. e Bella, com a pequena Nalla em mais um lindo vestidinho rosa em seda e tule... que a deixava a coisa mais adorável desse mundo.

E ele nem se ligava muito em crianças.

Enquanto o grupo passava pelo corredor das estátuas e chegava às escadas, não disseram muita coisa. Desde que Rehv colocara a proclamação sobre a mesa de jantar, não houve muita conversa na casa. E não haveria por um tempo.

Mas aquilo ajudaria.

No vestíbulo, outras pessoas já aguardavam, mas Wrath e Beth ainda não, e John se juntou ao grupo, que ainda estava bem calado. Inferno, até mesmo Rhage parara com suas palhaçadas costumeiras. Apesar de que aquele anjo bocudo ainda não...

– Mas que porra é essa?

Ante o som da voz de V., John se virou com o restante deles... e quando viu o que havia no alto da escada, piscou uma vez. Duas. Doze vezes.

Lassiter estava parado no alto dos degraus acarpetados, o cabelo loiro e preto penteado num topete altíssimo, com uma Bíblia pesada sob o braço, um piercing captando a luz...

Mas nada daquilo era o que mais chocava.

O anjo caído estava vestindo uma fantasia branca de Elvis. Igualzinha, com calças boca de sino, mangas balão, e lapelas tão grandes que seria possível armar uma barraca por trás delas. Ah, e as asas em arco-íris, que se revelaram quando ele suspendeu os braços, ao estilo de um bom pregador.

– Hora de começar a festa – ele disse, descendo trotando, as lantejoulas piscando e reluzindo. – E onde diabos está o meu púlpito?

V. tossiu a fumaça que acabara de inalar.

– Ela pediu para você realizar a cerimônia?

O anjo ergueu o seu já suspenso colarinho.

– Ela disse que queria a coisa mais sagrada da casa para realizar.

– Ela deve ter perdido o juízo – alguém comentou.

– Essa é a Bíblia do Butch? – perguntou V.

O anjo mostrou o livro.

– É. E esse é o Novo Testamento dele. Também tenho um sermão escrito por mim mesmo.

– Que os Santos nos protejam... – disse uma voz do lado oposto.

– Espere, espere, espere – V. levantou a mão. – Eu sou filho de uma deusa, e ela escolheu *você*?

– Pode me chamar de Pastor... E antes que o senhor Red Sox fique todo ouriçado, quero que todos saibam que sou legítimo. Acessei a Internet, fiz um curso de uma hora para ser ministro, e estou ordenado, *baby*.

Rhage levantou a mão.

– Pastor de merda, tenho uma pergunta...

– Sim, meu filho, você *vai* para o Inferno – Lassiter fez o sinal da cruz e depois olhou ao redor. – Então, onde está a noiva? O noivo? Estou pronto para casar alguém.

– Eu não trouxe tabaco suficiente para isso – reclamou V.

Rhage suspirou.

– Tem bebida no bar, meu Irmão... Ah, não, espere. Não temos mais um bar.

– Acho que vou me injetar com morfina intravenosa...

– Posso colocar? – perguntou Lassiter.

– Foi o que ela disse – alguém interrompeu...

– Puxa... Uau. Isso é... Bem, olha só essa roupa...

Todos olharam por sobre os ombros quando Beth falou. Ela vinha da biblioteca, com Saxton ao seu lado e Rehv atrás deles. Esse último trazia um pergaminho enrolado debaixo do braço e uma expressão de divertimento no rosto.

– Eu sei, não é? – Lassiter disse, fazendo uma pirueta, a capa flanando.

Não que John Matthew tivesse prestado atenção ao macho. Nem em nada mais.

Sem nem pensar a respeito, ele se adiantou na direção da irmã. Ela estava usando um vestido branco simples com dobras, um que a cobria dos ombros até abaixo dos joelhos. E quando ela se aproximou, ele o reconheceu como sendo algo que as Escolhidas da casa usavam quando queriam ficar confortáveis. Ao contrário delas, porém, seu cabelo estava solto, descendo pelas costas em cachos.

Ela parecia inocente. E adorável. E perfeita.

Você está linda, ele sinalizou.

– Obrigada – ela sacudiu o vestido. – Layla me emprestou. Então, está pronto para me conduzir até o altar?

Demorou um pouco até John fazer suas mãos se mexerem direito. E quando ele sinalizou sua resposta, ele pensou que em meio a toda a tolice que a *glymera* estava fazendo, ao estresse da casa e à tristeza de Wrath... aquilo era algo que ele sentia como se tivesse esperado durante toda uma vida. Algo que ele atravessara uma vasta distância para fazer. Algum tipo de objetivo que ele queria alcançar sem nem saber que estava lá.

Sim, estou, sinalizou com orgulho.

Beth nunca amou tanto o seu irmão. Quando ele se aproximou, ela sentiu a força tranquila que ressoava dele para ela... e era disso que precisava.

Mesmo tendo organizado tudo, ela não sabia como Wrath reagiria.

Relanceando por sobre os ombros largos do irmão, ergueu as sobrancelhas novamente para Lassiter. Pelo menos seu *hellren* seria poupado de ver o anjo naqueles trajes.

– Você amou, pode confessar – Lassiter disse, erguendo a Bíblia no alto. – Isto é, você me disse para procurar na Internet. Foi o que fiz. Até imprimi o meu diploma, ou sei lá como aquilo é chamado.

Abrindo a capa da versão da Bíblia do Rei Jaime, ele pegou um pedaço de papel e balançou para que todos vissem.

– Viram? É legal.

Beth se inclinou na direção dele.

– Puxa.

– É, não é? Que nem o de Harvard.

– Impressionante.

– Vou emoldurar essa coisa, pode crer – ele guardou o papel. – E depois que terminei, pesquisei casamentos humanos. Eu sabia que iria precisar de umas vestes cerimoniais, e isso foi do que eu gostei mais. Encontrei no site *Gould's Costumes and More*... pá! Não passo de um cão de caça.*

Beth esfregou as têmporas. Vishous. Ela tinha que ter pedido para Vishous fazer aquilo.

– Como conseguiu fazer isso no seu cabelo?

– Aqua Net. Grampos de cabelo. A edição de dezembro da *Cosmo*, para as festas de fim de ano. Mais uma vez, obrigado, Internet.

Rhage balançou a cabeça.

– Você tem bolas? Ou anjos nascem sem saco?

Lassiter sorriu timidamente.

– Estou muito bem, obrigado. Lá no Antigo País, eu costumava badalar ao meio-dia e à meia-noite.

Devia muito, *mas muito mesmo*, ter pedido a Vishous...

– Bem, agradeço tudo o que você...

Quando todos se calaram, ela olhou para o topo das escadas. Wrath aparecera e estava no alto, orgulhoso e ereto, com George ao seu lado. Diferentemente de John, não estava de smoking, mas vestira certo terno do qual ela se lembrava muito bem.

Era o que ele vestira no primeiro encontro oficial deles na casa de Darius.

– Para que toda essa multidão? – perguntou.

– Apenas desça, por favor – ela respondeu.

Enquanto ele descia, as palmas dela começaram a suar, e, no instante seguinte, a mãe de todas as ondas de calor a acometeu, o calor se propagando por ela.

Caramba, ela mal conseguia esperar até estar grávida ou ter superado por completo o cio. Esse seu micro-ondas interno estava acabando com ela.

Quando o único par de sapatos de Wrath que não eram coturnos chegaram ao mosaico, ela pensou que ele não poderia estar mais magnífico.

---

* Verso de uma música cantada por Elvis, "Hound Dog": "I'm nothing but a hound dog". (N.T.)

Os cabelos estavam espalhados sobre os ombros largos, as pontas chegando ao quadril, e com aquela gravata... ele mais parecia um poderoso homem de negócios. Que poderia matar se sentisse vontade.

E se isso não fez com que seus hormônios ficassem loucos...

– O que estamos fazendo aqui, Beth? – perguntou.

– Estamos nos casando.

Quando ele se retraiu, ela se apressou antes que ele fizesse alguma cena.

– Você disse que os meus costumes contavam, que eles eram igualmente importantes. Então, estamos nos casando. Agora. Do meu jeito.

Ele balançou a cabeça.

– Mas já estamos vinculados. Por que...

– Para que você possa se divorciar de mim e ficar com o trono. – Quando o queixo dele caiu, ela o interrompeu. – Diante da nossa família. Aqui. Com um verdadeiro ministro.

Lassiter levantou a mão.

– Estou feliz em servir. E também realizo batizados. Só estou avisando...

Wrath balançou a cabeça de novo.

– Isso é...

– Está dizendo que o meu lado humano vale menos?

– Bem, não, mas...

– Então, se realizarmos essa cerimônia aqui, agora, não teremos perdido nada, certo? Você pode se divorciar de mim segundo a lei dos vampiros, nós ainda estaremos unidos *e* conseguiremos manter o trono. – Ela ergueu o queixo, mesmo ele não conseguindo enxergá-la. – Sou boa de cálculos, não acha?

Houve um prolongado silêncio. E então, um dos Irmãos disse:

– Cacete. Eu amo essa fêmea! Simplesmente *amo*!

Capítulo 51

Enquanto Wrath se permitia ser conduzido pelo vestíbulo, George, como sempre, estava com ele.

Sinceramente, mesmo que tivesse visão, ele teria que ser acompanhado.

Continuou esperando que seu "de jeito nenhum" interno explodisse. Mas Beth o enquadrara, do melhor modo possível, e tinha razão: já que as normas culturais dela eram tão importantes para eles como casal, bem... se estivessem "casados" segundo as tradições humanas, então estariam vinculados. Ponto.

No entanto, ele não sabia muito bem o que estava sentindo. Em retrospecto, eles fizeram as coisas de acordo com as tradições da raça originalmente e, ainda que nada daquilo tivesse nenhuma ressonância para ela, Beth entrara de cabeça.

Pareceu-lhe justo que ele fizesse o mesmo por ela.

– Está pronto? – Lassiter lhe perguntou com suavidade.

As pessoas estavam se movendo ao redor, espalhando-se pelo imenso vestíbulo.

– O que eles estão fazendo? – Wrath sussurrou de volta.

– Estão formando duas filas para que se forme um corredor que começa na sala de jantar e termina em nós. Estamos cerca de quatro metros diante da sala de bilhar. Ela não está aqui, as portas estão fechadas para que não possamos vê-la.

Wrath se lembrou de quando se vincularam. A Virgem Escriba estivera com eles. Beth usara o vestido de gala vermelho de Wellsie e quase desmaiara quando os Irmãos gravaram as nove letras do nome dela em suas costas. John Matthew, Blay e Qhuinn, na época, não faziam parte do cenário. Nem Rehv e Xhex, Payne, Manny, os irmãos Sombra e outros.

Ou Xcor e seus Bastardos.

E, desde então, eles perderam Wellsie. Ninguém mais, porém.

De algum lugar, uma música suave flutuou pelo vestíbulo, uma clássica que ele ouvira antes, normamente em coisas femininas relacionadas... a casamentos, naturalmente.

– Pronto? – perguntou Lassiter.

– Sim.

Céus, não era aquilo o que ele esperava estar fazendo.

– Acabei de acenar para Fritz – sussurrou o anjo. – E ele está abrindo as portas.

Wrath pigarreou e se inclinou para a frente.

– O que... o que ela está vestindo?

– Um vestido branco. Na altura das panturrilhas. Solto. Ela está sendo acompanhada pelo irmão e está segurando uma rosa cor-de-rosa que Rhage apanhou de um buquê sobre a cornija da lareira. – Houve uma pausa. – Os olhos dela estão fixos em você, e o sorriso dela... vale um milhão de dólares, meu amigo. Um milhão.

De pronto, toda aquela coisa de trono e dos motivos pelos quais eles estavam fazendo aquilo sumiram: quando captou o cheiro da sua *leelan*, ele só pensou que ela era tudo para ele, e não só porque ela podia estar salvando seu trono aqui e agora.

Ai, caramba, ela também podia estar grávida.

– Queridos amigos – começou Lassiter –, estamos aqui reunidos para testemunhar a união de Elizabeth, filha de Darius, e de Wrath, filho de Wrath.

Então estavam deixando de lado os nomes formais dos vampiros. Legal. Fazia aquilo parecer mais humano.

– Quem entrega a mão dessa fêmea... digo, mulher, em casamento?

Wrath esperava que um dos Irmãos traduzisse a resposta de John. Na verdade, o macho comunicou sua resposta de maneira alta e clara: assobiou uma nota ascendente que anunciava declaradamente que ele era o cara que apresentava a irmã.

Seguindo seus instintos, e por não fazer ideia do que a cerimônia requeria, Wrath ofereceu a mão. Quando ela foi segurada por John Matthew, e os dois apertaram as mãos com firmeza, houve um juramento feito e reconhecido nesse gesto, do tipo de "cuidarei bem dela" em troca de um "é bom mesmo".

Deixa para mais pigarreios. Como se talvez alguns dos Irmãos estivessem ficando emocionados.

Lassiter tossiu um pouco, e depois seguiu-se o som de páginas sendo viradas de um lado para o outro.

– Hum... Ok, muito bem, escute aqui, eu vou meio que improvisar, está bem? Existe algum motivo pelo qual vocês não devam estar fazendo isso? Não? Maravilha.

Beth riu.

– Acho que você deveria esperar que nós respondêssemos isso.

– Todos juntos, então? E vocês aí de trás também... Algum motivo para isso não acontecer?

A casa inteira, juntamente com sua *shellan* e ele, gritaram:

– Não!

– Cara, estamos indo muito bem – mais páginas viradas. – Ok, eles falam um monte de coisas aqui... Wrath?

Por algum motivo, ele começou a sorrir.

– Sim?

– Você aceita essa incrível mulher que acabou de salvar a sua pele como sua esposa? Você promete amá-la e confortá-la, honrá-la e ficar ao lado dela na saúde e na doença, renunciando a todas as outras, sendo-lhe fiel até que a morte os separe? Merda, eu deveria ter perguntado para você antes, Beth... Que tal responder?

– Não – Wrath interferiu com um sorriso. – Eu vou primeiro. Sim, aceito.

Algumas fungadelas na congregação. E nessa hora a voz de Rhage sibilou:

– O que foi? Isso é bonito, ok? Danem-se todos vocês.

– Agora, Beth, você aceita esse cabeça-dura como marido? Você promete amá-lo e confortá-lo, honrá-lo e ficar ao lado dele na saúde e na doença, renunciando a todos os outros, sendo-lhe fiel até que a morte os separe?

– Aceito – sua Beth respondeu. – Absolutamente.

– Legaaal – Lassiter virou mais algumas páginas. – Certo, alianças? Temos alianças, pessoal?

– Coloque o meu anel no polegar dela – disse Wrath, tirando o imenso diamante negro que o pai usara. – Pegue.

– E ele pode usar o meu – Beth disse. – É o da mãe dele.

– Ah, que bonitinho, estou sentindo muito amor por aqui. – Lassiter pegou o anel de Wrath. – Ok, vamos agitar as coisas aqui. Eu abençoo essas alianças. Beth, pegue o seu de volta e coloque em qualquer dedo que caiba. Ou primeira falange, sei lá, isso mesmo. Muito bem, repita depois de mim: Ah, mer... caramba, quero dizer. Eu deveria fazer isso com Wrath primeiro, acho eu.

– Não – Beth disse, com uma risada. – Está perfeito assim.

– Perfeito – concordou Wrath.

Tudo parecia tão... certo. Era natural e real, e a falta de formalidade também funcionava, ainda mais diante do ridículo sistema de valores da aristocracia.

Inferno, Lassiter era o antídoto em carne e osso contra tudo aquilo.

– Ok, então, Beth, repita depois de mim. Eu, Beth, uma gata totalmente maravilhosa...

Beth deu uma risadinha.

– Eu, Beth...

– Onde está a parte "gata totalmente maravilhosa"? O quê? Vamos lá, eu tenho uma licença da Internet. Sei o que estou fazendo.

Wrath acenou para sua *leelan*.

– Ele tem razão. Você é maravilhosa mesmo. Acho que todos temos que ouvir isso.

– Posso ouvir um amém? – Lassiter exclamou.

– Amééééém! – ecoou pela mansão.

– Está bem, está bem – disse ela. – Eu, Beth, uma gata totalmente maravilhosa...

– ... aceito esse cabeça-dura, Wrath...

– ... aceito esse cabeça-dura, Wrath...

– ... como marido, e prometo ser fiel, amar e respeitar...

– ... como marido, e prometo ser fiel, amar e respeitar...

– ... na alegria e na tristeza, na saúde e na doença...

E de repente, aquilo não foi mais engraçado. Quanto mais ela falava, mais sério Lassiter ficava, e mais emocionada a *shellan* de Wrath ficava, como se as palavras que ela dizia tivessem grande valor e significado.

Ele se deu conta de que aquilo era tradição para ela.

Ela continuou com a voz embargada:

– ... na alegria e na tristeza, na saúde e na doença...

– ... por todos os dias da nossa vida, até que a morte nos separe. Essa é a minha promessa solene.

– ... por todos os dias da nossa vida, até que a morte nos separe. Essa é a minha promessa solene.

Lassiter virou outra página.

– Receba essa aliança como símbolo do meu amor e da minha fidelidade. Em nome do Pai, do Filho e do Espírito Santo.

Subitamente, Wrath cerrou os molares para refrear as próprias emoções quando ela repetiu as palavras e ajustou o anel de rubi no seu dedo mindinho.

– Agora, meu senhor – disse Lassiter com suavidade –, repita depois de mim...

Beth nunca foi daquelas meninas que ficavam imaginando o dia do seu casamento. Encenando com Barbie. Comprando revistas de noiva assim que completavam vinte anos de idade.

Tinha quase certeza, porém, de que se tivesse sido assim, nenhuma das hipóteses se pareceria em nada com aquilo: cercada de vampiros, possivelmente grávida, com um anjo caído vestido de Elvis devastando a cerimônia do Livro de Oração Comum.

E, mesmo assim, enquanto fitava seu futuro marido, ela não conseguia imaginar nada de que fosse gostar mais. Pensando bem, quando se está diante da pessoa certa, nenhuma das coisas que diziam na televisão, nenhum vestido Vera Wang, nenhuma cascata de champanhe, nem um DJ ou arranjo de mesa ou tipo de festa importavam.

– Eu, Wrath, te recebo, Beth – Lassiter começou.

– Pode deixar comigo – seu marido disse num tom retumbante. – Eu, Wrath, te recebo Beth, como minha legítima esposa, e prometo ser fiel, amar e respeitar, na alegria e na tristeza, na saúde e na doença, por todos os dias da nossa vida, até que a morte nos separe. Essa é a minha promessa solene.

Deixa para um caso sério de umidade ocular.

Enquanto Beth fungava e sorria ao mesmo tempo, Wrath colocava o imenso anel do Rei em seu polegar. Com sinceridade grave, ele disse:

– Receba essa aliança como símbolo do meu amor e da minha fidelidade. Em nome do seu Pai, do seu Filho e do seu Espírito Santo.

Houve uma salva de palmas, espontânea e ensurdecedora. E Lassiter teve que gritar para ser ouvido:

– Pelo poder investido em mim pelo Google, eu os declaro marido e mulher!

As palmas ficaram mais altas quando Wrath passou os braços ao redor dela, curvando-a tão para trás que a única coisa mantendo-a longe do chão era a força dele.

Aquele era um gesto que ele fazia com frequência, uma forma inconsciente de declarar e provar que tinha habilidade física para cuidar dela.

– Tire os meus óculos – sussurrou ele, quando a cortina dos seus cabelos caiu ao redor deles, concedendo-lhes privacidade. – Quero que veja meus olhos, mesmo que eles não a vejam.

As mãos de Beth estavam tremendo quando se aproximaram do rosto dele. Escorregando os óculos pelas têmporas, o olhar extraordinário dele foi revelado, e ela se lembrou da primeira vez em que o vira: no quarto de hóspedes do porão da casa do seu pai.

Ainda eram exatamente como foram. Num tom verde-claro brilhante, eles reluziam de dentro para fora a ponto de ela ter que piscar, e não só por conta das lágrimas em seus olhos.

– Lindos – sussurrou.

– Inúteis – ele rebateu com um sorriso, como se ele também estivesse se lembrando daquela conversa.

– Não, eles me mostram todo o amor do seu coração. – Ela o tocou no rosto. – E isso é *bem* útil.

A boca de Wrath desceu sobre a sua, resvalando-a uma vez, duas. E então, ele a beijou profunda e lentamente.

Quando ele começou a endireitá-la, ele recolocou os óculos escuros no seu lugar, e encarando o pessoal da casa, ela corou e olhou para todos eles. Tanto amor os rodeava.

E isso a fez se sentir invencível contra o que viesse para cima deles.

Por sobre a confusão, Lassiter exclamava:

– Obrigado, obrigado. Muito obrigado.

Wrath se inclinou de lado, coçou a orelha de George e segurou seu arreio. Depois, os três desceram pelo corredor formado em direção à sala de jantar.

De algum modo, Fritz conseguira organizar um banquete em cima da hora, a mesa fora magicamente disposta durante a cerimônia com itens simples, porém em abundância.

Mas, antes, os negócios.

Quando Rehv passou pelos arcos, ele acenou para Beth, e ela se inclinou para o marido.

– Está na hora de assinar – disse.

Foi doloroso ver a felicidade incontida do marido se enrijecer.

– Vai ser tudo igual, certo? – sussurrou ela. – Estamos casados. Estamos bem.

– É... – houve uma longa pausa. – Ok, posso fazer isso.

Só que ele se demorou o quanto pôde para chegar até onde Rehv desenrolava o pergaminho com fitas vermelhas e pretas, descendo-o da metade para baixo.

– Trouxe uma caneta azul para a sua assinatura – informou Rehv, pegando o objeto de dentro do seu casaco. – Esse documento foi preparado por Saxton, e está pré-datado de três semanas atrás. Ele me garantiu que o palavrório está protegido e que não há nada que eles possam contestar.

– Protegido – Wrath murmurou.

Rehv estendeu a caneta.

– Assine, e eu cuidarei da entrega... com prazer.

Beth largou a mão dele para lhe dar espaço, mas ele não queria isso, obviamente. Segurando a palma dela, ele ficou diante do pergaminho.

– O que diz aqui? – inquiriu com aspereza.

Beth olhou para os símbolos e não viu nada além de padrões em tinta azul.

– Aqui diz... – Rehv se inclinou – que a união está anulada.

– Como se jamais tivesse existido? – murmurou Wrath.

Rehv bateu no pergaminho.

– É uma declaração política. Uma função política. Isso aqui não tem nada a ver com vocês dois.

– A minha assinatura vai ficar nesse documento. E o nome dela está aí. Então, isso é a nosso respeito.

Rehv retrocedeu também. Então, só restou Wrath e a escrita que ele não conseguia enxergar.

Todos os Irmãos e os membros daquela casa estavam na periferia, todos quietos.

Ele não iria assinar, Beth pensou. Ele simplesmente não conseguiria...

Capítulo 52

Vendo Selena sugar sua veia, Trez ficou absolutamente satisfeito em deixar o que quer que estivesse acontecendo em Caldwell de lado por causa daquilo.

Ele ainda estava na boate, terminando alguma porcaria de contabilidade que deveria ter sido cuidada há vários dias, quando recebera a mensagem de texto a respeito da reunião. Imediatamente voltou para casa, esperando se encontrar com Selena. Quando ela não apareceu, ele disse a si mesmo para relaxar, deixá-la vir quando pudesse e blá-blá-blá.

Isso durou um minuto e meio antes que ele desaparecesse de lá, deixando iAm muito puto no vestíbulo com o Maldito Gato, que era como ele chamava o animal, nos braços.

Assim que chegou à casa de campo, sentiu a presença de Selena e ficou todo excitado, mas isso tudo mudara quando a encontrou na cozinha, no meio de algum tipo de colapso. Convenhamos, quando foi que ela se alimentou pela última vez...

Sem motivo algum, seu pau e suas bolas urraram ao pensar nela partilhando aquilo com outra pessoa, e para voltar para o lado bom da força, ele se concentrou nos puxões em seu pulso, na visão dos lábios dela contra sua pele, na realidade em que era ele quem estava cuidando dela.

Por quanto tempo, porém?, uma parte sua se perguntou.

– Cale a boca – quando os olhos dela se voltaram para os seus, ele balançou a cabeça. – Não você.

Acariciando os cabelos dela com as pontas dos dedos, ele se maravilhou com a diferença entre eles, como tudo era suave nela, como sua fragrância era fresca como o ar primaveril mesmo estando no inverno, como os cílios eram longos em contraste com o rosto pálido enquanto ela abaixava as pálpebras.

Ele poderia continuar assim para sempre.

Mas, no fim ela o soltou, retraindo as presas e afastando a boca. Em seguida, um pouco de tortura: a língua rosada escapou da boca rapidamente para lamber as perfurações da mordida, fechando-as... Ligando-o.

Reclinada nos seus braços, os olhos dela estavam embaçados debaixo dos cílios pesados, sem foco por conta da satisfação.

– Não parei de pensar em você – disse ele com suavidade. – Nem por um segundo.

– É mesmo?

– É – ele assentiu quando resvalou o lábio inferior dela com o polegar. – E não só porque... temos assuntos inacabados.

O sorriso dela o teria derrubado se ele não estivesse sentado.

– Isso nós temos mesmo.

Céus, ele amava a quietude dali. Nada de música alta, de humanos abarrotando o espaço, nenhuma pressão do mundo exterior, ou do s'Hisbe. Nem mesmo a Irmandade e suas companheiras, por mais legais que eles fossem. Apenas os dois.

Enquanto sua ereção engrossava ainda mais, ele teve que ajustar o quadril debaixo da cabeça dela. E logo ele se ouviu dizer:

– Quero fazer amor com você. Agora.

Merda, ele dissera aquilo mesmo? No entanto, todos os motivos para manter a cabeça no lugar pareciam estar tão longe, nada além de trovões distantes num céu noturno que, no momento, estava claro e cheio de estrelas.

Só que quando uma sombra cruzou o rosto dela, a saciedade preguiçosa foi substituída por uma dúvida que o fez querer se chutar no traseiro.

Contudo, em vez de se afastar, a mão dela se ergueu e o acariciou no rosto.

– Eu quero isso.

– Tem certeza? – cacete, como ele estava duro. Duro demais para fazer a coisa certa.

Quando ela assentiu... Ele soube que ambos estavam perdidos.

– Por favor – ela sussurrou com voz rouca. – Acabe com esse sofrimento, afaste esse ardor.

A mão dela escorregou pelo próprio corpo, parando sobre a junção das pernas, e ele quase chegou ao clímax ali mesmo, as bolas se contraindo e o pau forçando o tecido das calças, até ele ter que cerrar os molares.

Seu primeiro pensamento foi o de tomá-la ali mesmo. Nada inteligente.

Ele não pararia, mesmo se alguém chegasse.

Com uma descarga de energia, Trez se pôs de pé com ela nos braços, amparando-a com cuidado.

– Onde fica o seu quarto?

– No andar de cima. No fundo.

Avançando, ele subiu os degraus que rangiam, até o segundo andar, seguindo para a suíte que ficava acima da ala da cozinha, abrindo a porta com um chute. Dentro, a mobília vitoriana era de mogno pesado com muitas curvas, e a cama era toda de uma madeira espetacular, a moldura perfeita para ela enquanto ele a depositava sobre a colcha de veludo.

Ajeitando o corpo dela mais para cima, ele se sentou em cima dela, tomando cuidado para não apoiar seu peso.

– Eu quero... Ver você.

A mão dela subiu para o nó do manto, mas ele a deteve.

– Não, eu quero fazer isso.

O cinto era branco e macio como o resto que ela vestia, e enquanto suas mãos escuras desfaziam o laço, ele lambeu os lábios. Afastando as duas metades do manto, ele se deliciou com o que revelara.

– Ah, cacete...

Sim, os mamilos dela endureceram quando o ar frio os golpeou.

Sem conseguir se conter, ele se inclinou e lambeu um, sugando-o para dentro da boca enquanto continuava afastando o tecido que a cobria. Em seguida, ele cuidou do outro, enquanto afagava o caminho até as coxas.

A fragrância dela foi direto para o seu sexo, o pau se debatendo, querendo se libertar.

E, caramba, o som dela gemendo o nome dele o fez vergar. Mas logo ele voltou a agir, tocando-a entre as pernas, encontrando o centro úmido e quente, esfregando o topo. Quando as unhas dela se enterraram em seus braços, ele sorriu ao encontro do seio.

– Goze para mim – ele grunhiu ao sugá-la.

Nesse mesmo instante, o corpo dela endureceu, um cordão repuxando, o tronco dela se elevando ao encontro do peito dele quando ele passou para a boca, enfiando a língua dentro dela enquanto ele a ajudava a transpor o orgasmo. Quando ele chegou ao fim, ela se deixou cair, arfando.

– Por favor... – a voz dela estava entrecortada. – Sei que existe mais.

– É, existe sim – ele recuou e quase partiu a camisa pela metade. – Cacete... Quero dizer... Caramba...

Ele sabia que tinha que vigiar sua língua, e jurou melhorar o vocabulário.

As calças não receberam tratamento melhor do que a camisa, e quando ele as jogou para o alto, nem se importou quando aterrissaram sobre um dos espirais da cabeceira.

– Você é... Magnífico.

Quando ela disse isso, Trez parou e olhou para os olhos dela, só que ela não estava olhando para o seu rosto. Não. O olhar dela estava fixo mais embaixo, e uma espiadela rápida confirmou que seu pau estava ereto e orgulhoso, pronto para fazer seu trabalho.

– Posso tocar em você? – perguntou ela timidamente. Só que ela já estava esticando a mão, a pele pálida...

O gemido que ele emitiu foi alto o bastante para balançar o espelho ao lado da porta, e ele caiu de lado.

– Cuidado... Ai, meu Deus...

Ele iria gozar, ainda mais quando ela mexeu...

– Ai, Céus – disse ele num sibilo, ao morder o lábio inferior.

Selena se ajoelhou, os seios fartos oscilando, o cabelo se soltando do coque. Segurando-o com as duas mãos, ela encontrou um ritmo, subindo e descendo, para cima e para baixo, chegando até a ponta e descendo até a base. Enquanto ela trabalhava nele, o quadril dele acompanhava, o ritmo acelerando cada vez mais.

Com um empurrão repentino, ele a deitou de costas e afastou-lhe as mãos do seu corpo.

– Mas eu quero...

Ele a interrompeu com a boca, abrindo caminho com a língua.

– Quero gozar dentro de você.

O sorriso dela era sensual como o inferno, os olhos cintilantes.

– E depois eu posso explorar?

– Você vai acabar me matando, fêmea.

Quando montou nela, ela abriu as pernas para dar mais espaço.

– Só estou pensando em você – ele se ouviu dizer.

E, para falar a verdade, o passado ficou no passado, provavelmente porque ele passara as horas em que estiveram afastados pensando nela no chão do banheiro, retorcendo-se sob sua boca, querendo mais. Sim, o desespero para entrar nela, para tê-la e gozar dentro dela era mais forte do que todas as coisas que ele odiava em si mesmo. Nada o deteria dessa vez.

Ainda mais que, durante o tempo em que estiveram separados, ele se lembrou de um fato muito importante:

Ela também estivera com muitos machos.

Aquela era parte do seu trabalho, mesmo que ele detestasse pensar nisso. Como uma Escolhida que servia às necessidades de sangue dos outros, ela fora treinada sexualmente e estivera com os machos a quem servira. Era assim que as coisas funcionavam.

E por mais que isso o deprimisse, ele supunha que isso os igualava, ainda que o sexo que ela tivera era parte de um papel sagrado para salvar vidas. O dele não passara de um vício.

Tempo passado, porém. Legal.

Armando-se, ele direcionou o pau e diminuiu a distância, pressionando-se a ela, encontrando o lugar certo. Com um gemido, ele se suspendeu sobre os dois braços, amparando a cabeça dela, e quando seus olhos se encontraram, ele soube que ela parara de respirar, como se estivesse se preparando para o seu tamanho.

– Eu vou devagar – murmurou ele, beijando-a com suavidade.

A voz dela não passou de um sussurro:

– Obrigada.

Quando ele se aproximou, ela ficou curiosamente parada, os olhos fechados, as presas descendo. Ele só conseguia pensar no quanto ela estava bonita contra o veludo vermelho da colcha, o cabelo escuro emaranhado nos travesseiros, o rosto corado.

– Você é apertada – ele disse entredentes. – Bom Deus.

– Não pare.

– Não vou...

– Continue. Continue.

Trez franziu o cenho, pensando que aquela era uma maneira estranha de...

Aconteceu tão rápido que ele não teve como parar: Selena o segurou pelos quadris, travando-o no lugar, e investiu contra ele, fazendo-o atravessar uma barreira... Que não deveria estar ali.

Quando ela emitiu um gemido de dor, nada fez sentido.

– Mas que...

Ele não terminou a frase. Não conseguia concluir o pensamento. O aperto interno dela ao seu redor foi demais, e o orgasmo que vinha fervendo explodiu para fora do corpo dele, invadindo o dela.

Em reação, Selena travou as pernas ao redor do traseiro dele, um suspiro saindo dela enquanto ele tentava manter os movimentos de penetração a um mínimo. Virgem? Virgem...

E foi então que ele se lembrou, lá no banheiro... *Possua-me, ensine-me. Virgem.*

Trez recuou tão rápido que ela fez uma careta, e ele quase saiu não só da cama, mas do quarto também.

O sangue em sua ereção murchando fez suas entranhas enrijecerem.

– Selena... Caramba, por que não me disse nada?

Os olhos dela se abaixaram quando ela puxou o manto para cima.

– Eu queria você. Ainda quero. É simples assim.

Ele esticou a mão para afrouxar a gravata que o sufocava, mas se lembrou de que estava nu.

– Nem um pouco simples – disse, rouco. – Isso não é nada simples.

A última coisa de que ele precisava era outra fêmea com a qual estaria obrigado a se casar. E se Phury, como Primale, quisesse que ele fosse em frente com aquilo? Que diabos ele poderia fazer então?

Ainda mais porque... estava se apaixonando por Selena.

Enquanto Trez ficava parado e nu do outro lado do quarto, Selena pensou que não era daquele jeito que ela quisera que as coisas se desenrolassem.

Mas ela esteve certa ao não contar nada. No último minuto, ela tomou a decisão consciente de não contar nada a ele, precisamente por aquele motivo.

– Como é... Como... Por que... – O balbuciar de Trez não era um bom sinal. – Pensei que você fosse uma *ehros*.

– Eu sou.

– Então por que era virgem?

– Não fui usada desse modo.

Ele ergueu as mãos em frustração.

– Por que eu? – Abruptamente, ele praguejou – quero dizer...

– Como já disse, eu queria estar com você. Ainda quero – depois de uma pontada de dor, ela só conseguira uma pitada de prazer – ela queria saber o que mais existia em se fazer amor.

Abaixando a cabeça às mãos, ele apenas ficou parado.

– Caralho.

– Só para que fique tudo bem claro entre nós – disse ela com rispidez –, não espero nada de você. Se é isso o que o preocupa. Não haverá nenhuma vinculação.

Não com o futuro dela. Apesar de que, pelo modo com que Trez a fitava, isso não faria parte do jogo de qualquer forma...

– Acha que o seu Primale vai pensar assim?

Ela ergueu o queixo.

– Quem é que vai contar? – quando isso pareceu detê-lo, ela deu de ombros. – Não serei eu. E não há mais ninguém nesta casa com a gente. Então, se você não contar, ele jamais saberá.

Na verdade, ela não tinha certeza do que Phury faria se descobrisse. Tecnicamente, agora que fizera sexo com outro que não fosse o Primale ou um Irmão, ela estava desgraçada. Mas era difícil saber nesses tempos atuais o quanto dos antigos hábitos ainda sobrevivia.

Não que isso importasse. O tempo dela estava chegando ao fim.

Motivo pelo qual, quando Trez parara notando que seu sexo era apertado demais, ela cuidara do assunto com as próprias mãos. Ela estivera determinada a não perder essa chance, ainda mais depois do episódio lá embaixo, à mesa da cozinha.

Abruptamente, ela pensou naquela com quem ele estava comprometido e sentiu uma pontada de dor atravessar seu peito.

– Não se preocupe – disse ela com exaustão. – Não há nada a ser feito.

– Eu tenho honra, sabia – ele retrucou.

– Não quis ofender.

Ele fechou os olhos e murmurou:

– Você não deveria estar se desculpando.

– Não vejo onde está o problema. O meu corpo é meu para dar a quem eu quiser, e eu escolhi você, e você me quis.

Ante isso, ele abriu os olhos.

– Eu machuquei você.

– O doloroso foi você ter parado.

Trez sacudiu a cabeça.

– Isso está errado.

– Segundo quem?

– Você não sabe nem metade da história – mas, pelo menos, ele se aproximou e se sentou na cama. Levando a cabeça de volta às mãos, ele expirou profundamente. – Eu não deveria ter sido o primeiro, Selena. Qualquer um, menos eu.

– Repito, não acha que sou eu quem deve julgar isso?

– Mas você não me conhece.

– Conheço o suficiente – afinal, ele lhe contara sobre as humanas. Sobre os pais dele. O compromisso dele com outra. O que mais poderia haver?

– Não. Não conhece...

Um som irrompeu no quarto, e levou um instante até ela perceber que era o telefone portátil tocando.

– Está de brincadeira...? – ele reclamou ao se esticar por cima dela até o travesseiro. Sobre ele, estava o seu celular com a tela para cima, tendo escorregado do bolso da calça que acabara sobre a cabeceira.

Ele consultou o número, e depois olhou para o relógio.

– Que horas... Ah, merda...

– O que foi?

– Tenho que atender esse telefonema – ele olhou ao redor, como que procurando por um pouco de privacidade. – Volto já.

Enquanto o via sair para o corredor, o corpo nu resplandecente, só a vista da parte posterior bastou para que ela acessasse a possibilidade de estar com ele mais uma vez ou não.

Fechando os olhos, ela se esticou e descobriu uma dor na pélvis que nunca estivera lá antes.

Sim, doera um pouco. Mas não o suficiente para que ela lamentasse alguma coisa, ou não desejasse repetir aquilo.

Algo lhe dizia que aquele não seria seu futuro, porém.

Ela deveria ter lhe dito algo.

Mas não havia como retomar aquela decisão.

Capítulo 53

No fim, Wrath assinou a maldita declaração de anulação.

O anel de sua mão em seu dedo mindinho foi o que o fez decidir: o rubi era o símbolo da jura solene de Beth para com ele, e o anel o fez pensar em tudo o que a sua fêmea fizera por ele. A fim de se vincular a ele, ela depositara sua fé, seu coração, seu futuro nele e em seu povo, tradições e costumes, afastando-se do seu lado humano inteiramente, a ponto de não ter mais nenhum contato com aquela raça, nada além dele e dos Irmãos, o trabalho dele tomando a frente em suas vidas.

Sim, claro, ela ganhara muito. Mas perdera tudo o que conhecera. E fizera por ele, por eles.

Naquele instante, a coisa mais importante não era o trono. Não, era honrar os padrões que ela mesma estabelecera: ele tinha que colocar a sua assinatura onde estava a sua palavra. Mesmo odiando a coisa toda, desde os aristocratas e o Bando de Bastardos até a sensação de perda que acompanhava aquele maldito pedaço de papel, ele tinha que honrar o que dissera a Beth.

As tradições dela eram tão importantes quanto as suas.

E se ele não fizesse aquilo? Ele a estaria tratando com o mesmo desrespeito que o Conselho tratara.

E aquela *era* a maneira mais lógica de passar a perna na *glymera*.

Um belo dedo do meio para as maquinações deles.

– Onde está a caneta? – grunhiu.

Quando Rehv pôs a coisa na sua mão da adaga, ele apertou a palma de Beth.

– Onde assino?

– Bem aqui – disse ela, um tanto seca. – Aqui.

Ele deixou que ela guiasse a ponta da caneta para onde devia estar a linha, e depois rabiscou sua assinatura.

– O que vai acontecer agora? – interrogou ele.

Rehv riu com uma pontada de maldade.

– Eu enrolo essa missiva e a enfio onde o sol não bate – Ouviu-se o barulho do papel sendo enrolado. – Eles organizaram a "coroação" para hoje à noite. Pena que tenho que esperar até lá. Venha, Saxton, você está com cara de quem precisa comer um pouco. Está prestes a desmaiar.

Wrath relanceou para o grupo silencioso e imóvel.

– Então, vocês vão ou não comer?

Quando um início de conversa preencheu o silêncio, como se seus Irmãos soubessem que ele precisava que as atenções se voltassem para outro canto, ele pegou no braço de Beth.

– Tire-nos daqui – disse com brusquidão.

– Pode deixar.

Com rápida eficiência, sua *shellan* o conduziu para longe do barulho e da comida, e quando ele captou um leve cheiro de madeira queimando, suspeitou que ela o tivesse levado para a biblioteca.

– Deite-se, George – ela disse, parando no que ele deduzia que fosse a entrada. – Eu sei, eu sei, você não quer ficar aqui fora, mas só precisamos de um minutinho.

Boa pedida, ele pensou ao soltar a guia e avançar sozinho, a mão da adaga esticada à frente. Quando ele sentiu a cornija da lareira, desejou enxergar o fogo crepitando. Ele queria cutucar algo quente e fazer arder mais.

Um clique duplo lhe disse que ela havia trancado a porta.

– Obrigada – sua Beth lhe disse.

Ele se virou.

– Sou eu quem agradece.

– Vai ficar tudo bem.

– Se está falando sobre o Bando de Bastardos, eu não teria tanta certeza assim. Haverá outra abordagem. Ganhamos um tempo, mas não resolvemos o problema.

Caramba, o amargor em sua voz em nada se parecia com ele. Mas aquela situação o mudara.

Graças a Deus seu pai estava morto, e isso era algo que ele nunca se imaginou pensando...

De trás dele, Beth pressionou o corpo no dele. As mãos escorregando pelos ombros e massageando os músculos tensos.

– Foi uma bela cerimônia.

Ele teve que rir.

– Elvis fez um trabalho maravilhoso.

– Sabe qual o costume dos humanos depois de tornarem a união oficial?

– Qual é?

Quando os braços deram a volta na cintura dele, ela foi para a frente, se ergueu nas pontas dos pés e beijou a lateral do pescoço dele. E, sabe, o humor dele começou a melhorar...

– Consumação – murmurou ela. – É tradição para o homem e a mulher selarem o acordo, se é que me entende.

Wrath começou a sorrir, mas logo se lembrou da última vez em que estiveram juntos... E as circunstâncias.

– Tem certeza de que está pronta para isso, depois... bem, você sabe.

– Muita certeza.

Para provar isso, ela se esfregou nele, e ele teve que imprecar. Imediatamente faminto, refreou esse seu lado selvagem e abaixou a cabeça para tomar a boca da esposa na sua.

– Erga-me – pediu ela com um suspiro.

Conforme ele obedecia, ela erguia o vestido que usava até a cintura, as pernas se abrindo para envolvê-lo pelo quadril.

– Não está usando calcinha – ele grunhiu.

– Eu quis estar preparada para isso.

– Céus, estou contente por não ter sabido disso... Eu teria...

Ele nem se deu ao trabalho de terminar a frase. Em vez disso, ela o segurou firme pelo pescoço, e ele enfiou a mão entre eles para desabotoar as calças. No mesmo instante, seu pênis se libertou, latejante e ardente, e quando a acomodou um pouco para baixo, ele encontrou seu centro...

– Merda! E se você estiver grávida? – ele falou sem pensar, afastando-a. – Cacete...

– Mulheres grávidas fazem sexo. De verdade. Fazem, sim.

Esticando-se, ela sugou o lábio inferior dele e deu uma mordiscada com as presas.

– A menos que esteja dizendo que não me quer?

Ele cambaleou nos sapatos.

– Nada disso.

Ele resolveu qualquer tipo de confusão penetrando-a lentamente, pressionando, voltando para o lar com gentileza. Ela não pareceu sentir nenhuma dor, mas ele não estava disposto a correr riscos, enquanto espalmava as nádegas dela, erguendo-a e mergulhando-a nele.

– Eu te amo – disse ao encontro dos cabelos dela. – Para sempre.

Enquanto ela murmurava o mesmo, uma pontada de paranoia retirou um pouco do calor do seu corpo.

Será que seu pai dissera a mesma coisa para a sua mãe?

E ele sabia como aquilo tinha terminado.

Sem saber por que, o aviso de V. voltou à mente, o campo todo branco e o futuro em suas mãos. O que...

– Wrath – sua esposa sussurrou. – Volte para mim. Concentre-se no aqui, no agora...

Com um gemido de submissão, ele deixou de lado aquela coisa toda, fazendo o que ela ordenara, sentindo e conhecendo somente a sensação dele entrando e saindo dela. O orgasmo foi calmo, uma onda que se aproximou e se retraiu com todo o impacto de uma brisa de verão. Mas ao entrar em sua fêmea, e sentir o contato dela ao seu redor, aquele lhe pareceu mais poderoso do que os que fizeram suas bolas ricochetearem.

Ele não queria deixá-la.

Jamais.

Do lado de fora do quarto de Selena, Trez atendeu ao telefonema, mas não foi recebido por um "alô".

– Onde diabos você está – o executor da rainha ralhou. – E *onde* está o que você me prometeu.

Trez cerrou os olhos.

– Estou a caminho.

– Não pense em me foder nessa.

A conexão foi interrompida.

– Trez? – Selena o chamou de dentro do quarto. – Está tudo bem?

Não. Não estava nada bem.

Como já podia ser meio-dia?

Ele abriu a porta.

– Sim. Mas eu tenho que ir.

Praguejando baixinho, ele foi direto para as calças e as puxou. E quando suas bolas foram pinçadas pelo zíper, ele deliberadamente puxou ainda mais forte, a dor se espalhando pela pélvis e deixando-o nauseado.

Aquele telefonema de s'Ex foi um lembrete de todos os motivos pelos quais era uma ideia cretina ter ido até ali.

Virgem.

Cacete.

Ao pegar a camisa e passar um braço pela manga, ele estava bem ciente de Selena estar sentada calada na cama.

Virgem.

Aceitando a deixa, todas aquelas mulheres com quem ele transara voltaram num rompante, mais uma vez amontoando-se. E logo pensou nas que emprestaria para s'Ex naquele dia.

– Isso não vai mais acontecer – disse ele, gesticulando para a cama, para ela.

Uma vez já fora demais.

Em resposta, Selena não revelou nada, mas seu cheiro disse tudo: uma tristeza emanava de todos os seus poros.

E, mesmo assim, ela enfrentou o seu olhar.

– Como quiser. Mas estarei aqui, se mudar de ideia.

Caramba, ela não era nada além de autocontrole ao fitá-lo, quase o desafiando a ficar afastado.

O autocontrole dele não era nada bom. Mas a situação em que ele se encontrava era bem ruim.

iAm já corria perigo. E se Selena se envolvesse com ele?

Ele não queria que ela caísse no seu Inferno.

Ah, e quanto a Phury? Ele se sentia mal por não contar nada ao Primale. Mais um modo pelo qual a desonrou... Mas nada de bom poderia vir ao revelar aquilo.

– Eu tenho que ir – murmurou.

– Como quiser.

Ele queria muuuuito que ela parasse de dizer aquilo.

Faltou pouco para Trez cambalear para fora do quarto, e ele não se lembrou de nada do trajeto escada abaixo, em meio à casa escura, a saída para o jardim frio e coberto de neve. Fechando os olhos, demorou um pouco para ele se concentrar o bastante para se desmaterializar...

... mas, no fim, ele acabou chegando ao Commodore, retomando sua forma na saída de serviço, atrás do lixo. Saindo de trás dele, nem o entregador de materiais de limpeza aguardando na área de espera, nem o mensageiro na bicicleta que descia o beco o notaram.

Mas havia um bom número de pessoas à sua espera no décimo oitavo andar.

Assim que saiu do elevador, imprecou baixinho.

iAm estava recostado contra a porta fechada, todo casual, a não ser pelo olhar letal. Junto dele? As prostitutas que Trez arranjara para s'Ex.

O executor da rainha, sem dúvida, devia estar esperando no terraço. Ou andando de um lado para o outro nos quartos depois de ter invadido o apartamento, num acesso de fúria.

Trez enfiou a mão no bolso... Nada de chaves. Cacete.

Tinha se esquecido delas? Ou estavam no chão do quarto de Selena?

Maldição.

– Está sentindo falta de alguma coisa? – seu irmão perguntou com ironia.

– Oi, chefe – uma das prostitutas o cumprimentou.

– Chefe...

– E aí?

As mulheres falaram todas ao mesmo tempo, enquanto ajeitavam as extensões dos cabelos e as taças dos sutiãs. Todas usavam uma versão "legalizada" da profissão, mas tudo era curto, justo e decotado.

Não que fossem ficar vestidas por muito tempo.

– Permita-me – murmurou iAm, pegando a própria chave.

Depois de destrancar a porta e abri-la, acenou para que as garotas entrassem.

Enquanto elas entravam, o macho estreitou o olhar.

– Que merda você está fazendo?

– Cuidando do assunto – Trez sibilou de volta. – Do único jeito que eu sei.

Passando pelo irmão, entrou na sala de estar. E bem como a aparição que era, o algoz da rainha esperava do outro lado do vidro na sacada, o manto negro rodopiando ao vento frio.

Quando as três prostitutas o notaram, pararam de imediato, quer enfeitiçadas, quer aterrorizadas. Talvez os dois.

– Um minuto, garotas, por favor – Trez disse, seguindo para as portas de correr. – Eu o mandarei para vocês no quarto no fim daquele corredor.

– Tudo bem, chefe – a que estava na frente respondeu.

Ele esperou até que elas tivessem saído da sala antes de deixar s'Ex entrar. O que foi bom, pois o executor estava irritadíssimo, quase arrancando o capuz da cabeça.

Apontando um dedo no nariz de Trez, ele bradou:

– No futuro, seja pontual. Ou o nosso acordo será cancelado.

Bem quando Trez estava prestes a avançar para cima da cara do macho, iAm interveio.

– Tivemos um compromisso obrigatório com o Rei. Nada de que conseguíssemos nos livrar, e nada que voltará a acontecer.

Olhos negros e brilhantes se direcionaram para o irmão.

– Certifique-se disso.

iAm assentiu uma vez, o rosto enganadoramente calmo: o que o entregava era um repuxar na sobrancelha esquerda... Merda, Trez ficaria ouvindo a respeito de *tudo* isso assim que aquilo acabasse.

Maravilha. Mais uma coisa com que se animar.

s'Ex alcançou o broche enorme à altura do pescoço. Tão grande quanto o punho de um lutador, era formado por pedras pretas e grandes, o metal se retorcendo ao redor e dentro dele, e quando ele retirou a peça, o manto caiu no chão.

Expondo um visual normal formado por calças pretas de combate e uma camiseta justa.

O que não era normal era o resto dele: cada centímetro da pele era marcado pelas tatuagens ritualísticas, os braços e ombros musculosos todos desenhados com aquela coisa. E, mesmo assim, ele ainda conseguia se passar por humano.

Uma boa notícia para as prostitutas.

– Apesar do fato de você estar atrasado – s'Ex ralhou –, fiz um favor a vocês.

– Então nossos pais estão vivos? – perguntou Trez.

– Ah, sim, isso também. No entanto, estão sendo despejados, a pedido da rainha. Da última vez que verifiquei, a sua mãe estava tendo um ataque de nervos, porque as joias estavam sendo reempossadas – o executor sorriu lentamente. – Sua Majestade, na verdade, está feliz com o sofrimento deles. Se eu não soubesse, diria que vocês planejaram isso à perfeição.

– Qual é o favor?

– Sua Majestade estará ocupada com outros assuntos que não se referem a você por um tempo.

Trez estreitou os olhos.

– Como assim?

– Por uns nove meses.

– Desculpe, o que disse? Não estou entendendo...

– Ela está grávida.

Trez parou de respirar. E depois forçou os pulmões a retomarem sua programação, enquanto lançava um olhar para o irmão.

– Como diabos isso foi acontecer?

– De todas as pessoas, eu acreditei que *você* não precisaria de um gráfico.

– Mas pensei que o consorte dela tivesse morrido dez anos atrás.

– É. Uma pena – s'Ex estalou os dedos. – Ele sofreu uma queda grave.

– Então, de quem é?

s'Ex sorriu com malícia.

– É um milagre.

Puta... merda...

s'Ex assentiu.

– É uma boa hora para vocês, porque ela vai ter que esperar para ver se é outra filha. Nessa hora, o mapa estelar terá que ser consultado para que se saiba quem será a próxima rainha. Obviamente, se for um filho, você se ferrou. Se não, talvez ainda tenha uma chance... Afinal, você está prometido para uma filha em particular. Se a outra for a rainha? Você se livrou.

iAm exalou lentamente.

– Isso é... Uma notícia incrível. Em potencial.

– Mas você ainda me deve – grunhiu s'Ex. – Daqui por diante? Você vai cuidar de mim... ou eu vou cuidar de vocês dois.

– Não se preocupe com isso – Trez ajeitou as calças, apertando o cinto, a mente funcionando a toda. – Você vai ter o que quiser.

– É assim que eu gosto.

Céus... aquilo mudara tudo. Ou, pelo menos, poderia mudar.

Um resultado muito melhor do que ele poderia orquestrar.

Enquanto o olhar obsidiano de s'Ex passava para o corredor pelo qual as garotas seguiram, Trez voltou a se concentrar.

– Algumas regrinhas.

O executor voltou a olhar para ele.

– Não estou ouvindo isso.

Trez se aproximou, enfrentando o macho imenso cara a cara.

– As regras são as seguintes: não vai machucá-las. Sexo brutal é permitido desde que seja consensual, mas sem cicatrizes nem marcas permanentes. E você não pode comê-las. Esses são os meus únicos limites, e não são negociáveis.

Com Sombras, era sempre bom estabelecer limites. Ainda mais com um Sombra como aquele.

– Espere, elas são suas? – o macho perguntou.

– São.

– Porra, por que você não disse logo? – s'Ex ergueu a palma. – Prometo. Nada permanente e nenhum lanchinho.

Que alívio, Trez pensou ao aceitar aquela palma para um aperto de mãos.

– Mas eu as estou dando para você pelo tempo que você quiser. E o apartamento também, claro. E quando quiser algo novo? Sabe onde me encontrar.

Enquanto o executor sorria antes de se retirar, Trez o segurou um pouco mais.

– Mais uma coisa, essas são humanas. Até onde sabem, os vampiros não passam de ficção, e você vai ter que deixar isso assim se quiser que o acordo continue.

s'Ex pareceu entediado.

– Tudo bem. Mas seria muito mais divertido do outro jeito.

Enquanto ele se afastava, as passadas pesadas ecoaram pelo corredor, e depois se ouviram vozes. Seguidas pelo bater da porta.

Trez foi direto para o bar mesmo tendo passado pouco tempo depois do meio-dia, e apanhou uma garrafa de Maker's Mark. Nem se incomodou em pegar um copo – direto da garrafa estava bom para ele.

Enquanto a bebida queimava sua garganta até chegar ao estômago, seu único pensamento era que ele deveria estar se sentindo mais aliviado. Mas, pensando bem, ele ainda não estava completamente livre.

E ele roubara a virtude de uma boa fêmea cerca de meia hora antes.

Nenhum cartão de "saída livre da prisão" mudaria isso.

– Sete vidas – disse iAm ao se aproximar e estender a mão.

Trez entregou a garrafa de uísque.

– Ainda não...

O gemido que veio de longe era de uma fêmea. Assim como outro que se seguiu.

– Ele deve estar cuidando das três ao mesmo tempo – iAm murmurou.

Uma imagem rápida do executor deitado de costas com uma fêmea sobre os quadris, outra sobre seu rosto, enquanto dedilhava uma terceira, fez Trez apanhar a garrafa de volta e virar uma golada.

Maldição, Trez pensou, só podia ter esperanças de conseguir se antecipar ao apetite daquele ali.

CAPÍTULO 54

A neve voltou a cair às seis, como se tivesse esperado que o sol se pusesse antes de aparecer, e, perto da meia-noite, a tempestade não dava sinais de que diminuiria.

Enquanto Xcor fitava para fora da janela do quarto, ele acompanhava os flocos grossos caindo, graças à iluminação da pracinha diante da casa.

– Você não vem?

Ante o som da voz de Throe, Xcor olhou por sobre o ombro. Seu lutador estava na soleira, usando um terno apropriado.

Sua Escolhida estaria à sua espera, Xcor pensou. Naquele tempo ruim.

Presumindo que ela fosse.

– Sim – respondeu asperamente, saindo da cadeira que colocara junto à janela.

Pegando os coldres, ajustou-os nos ombros e cintura e depois inseriu as várias pistolas e adagas. Mas, quando foi pegar a foice, Throe meneou a cabeça.

– Acho que deveria deixar isso aqui, não?

– Ela vem comigo.

Depois que Xcor a colocou às costas, cobriu tudo com seu casaco de couro.

– Vamos.

Ao passar por Throe, recusou-se a fitá-lo nos olhos. Ele sabia o que encontraria caso o fizesse e não estava interessado no interrogatório.

Juntando-se aos Bastardos no andar de baixo, ele permaneceu calado ao passarem para a noite fria e desmaterializarem-se no jardim de trás...

... para a propriedade formal da casa moderna de Ichan, filho de Enoch.

Em meio à neve rodopiante, ele viu que outros já haviam chegado, membros do Conselho em roupas elegantes passeavam pelos cômodos da casa, passando diante das janelas iluminadas.

A celebração estava garantida, e era, de fato, um triunfo... Ou deveria ser. Mas ele só conseguia pensar na fêmea que estava numa campina, à sua espera, tomara que protegida dos elementos rigorosos do inverno. Relanceando para o céu, a neve caiu em seus olhos e ele piscou.

Por quanto tempo ela ficaria...

– Por aqui – disse Throe, indicando a entrada que tinha a mesma sutileza de um *outdoor* de estrada. – Como se alguém não fosse notar.

Tantos holofotes, todos concentrados no vidro colorido ao redor da porta vermelha, que tinha um símbolo com um tipo de sol nela.

– Que extravagante – murmurou Throe ao avançarem pela neve. – Infelizmente, o interior é ainda pior.

Xcor, ao contrário, não tinha nenhuma opinião a respeito da decoração. E não ficou nem um pouco impressionado com os funcionários uniformizados que abriam a porta e passavam com bandejas de prata com bebidas e comidinhas.

Não, ele estava muito longe dali, debaixo de um bordo, à espera da chegada de uma fêmea para que pudesse lhe dar seu casaco contra as intempéries.

Ele não estava ali...

– Posso pegar o seu casaco? – um *doggen* perguntou junto ao seu cotovelo.

Ao erguer os olhos, o mordomo recuou um passo.

– Não.

– Como quiser, senhor – a mesura que ele fez foi tão baixa que o *doggen* quase tocou no piso lustrado. – Sim, claro.

Naquele instante, Ichan se aproximou com o floreio do líder de uma banda, vestindo um smoking com terno de cetim vermelho-sangue e um par de sapatos que tinha as iniciais do seu nome em fios de ouro. Muito elegante, pelo menos na cabeça dele.

– Bem-vindos, bem-vindos. Sirvam-se de um drinque... Claus, pode servi-los?

Xcor deixou os Bastardos responderem por ele, resolvendo passar para o cômodo seguinte.

De fato, os aristocratas se calavam quando ele passava, seus olhos se arregalando por medo e respeito, motivo pelo qual ele colocara todas as suas armas. Ele queria que sua pessoa fosse um lembrete potente de quem, exatamente, estava no comando ali.

Enquanto avançava, notou, sem nem pensar, que Throe estivera certo em relação à decoração. A "arte" moderna abarrotava os espaços, preenchendo cantos e paredes, tomando cadeiras, mesas e sofás que eram tão contorcidos que alguém haveria de se perguntar onde se poderia sentar ali. E o esquema de cores estava presente em todos os cantos, a única coisa em comum aparentemente era que eram tons berrantes, discordantes, que afrontavam a retina...

Quanto tempo ela esperaria? Estaria usando um casaco?

Claro que sim.

E se alguém a interrogasse enquanto estivesse saindo? E se fosse flagrada voltando para casa?

– Xcor? – Throe o chamou baixo.

– Sim.

– Está na hora – Throe acenou na direção de uma biblioteca que não passava de estantes e livros, a mobília, ainda bem, tendo sido retirada.

Ou, pelo menos, parte dela. Centralizada no meio do cômodo, havia uma cadeira imensa, no estilo de um trono, assim como uma mesa com um pedaço grande de pergaminho, cera para o brasão, e muitas, muitas fitas.

Ah, sim. O local para o apogeu de Ichan.

Que não duraria muito tempo.

Xcor avançou e se posicionou na entrada do cômodo, deparando-se com os olhares de cada um dos membros da *glymera* que passavam por ele. Quando não restou nenhum para se reunir, ele voltou a atenção para o grupo, seus Bastardos ao seu lado de forma que seus corpos impediam a saída da biblioteca...

De trás deles, a porta de entrada se abriu uma vez mais, uma rajada de ar frio entrando como um convidado errante. Relanceando por sobre o ombro, ele franziu o cenho.

Convidado errante, de fato: Rehvenge, o *lídher* titular do Conselho, entrou como se possuísse o lugar, o casaco comprido de marta flanando atrás ele, uma bengala vermelha que não era um guarda-chuva ajudando-o a prosseguir.

Ele sorria, e os olhos violeta revelavam um cálculo que não passava de um aviso.

– Estou atrasado? – disse alto. Ao se aproximar de Xcor, aqueles olhos se fixaram nos dele. – Eu detestaria perder isso.

Quem diabos o convidara?, Xcor se perguntou. O macho estava do lado do Rei, um informante que estava mais para leopardo em meio à névoa deles.

De dentro da biblioteca, Ichan se virou num meio-gesto, segurando uma piteira antiquada de ébano, para de repente ficar imobilizado quando viu quem chegava.

Rehvenge levantou a bengala à guisa de um cumprimento.

– Surpresa – disse o macho ao se misturar ao grupo. – Ah, vocês não me esperavam? Eu estava na lista de convidados.

Quando Throe deu um passo à frente, Xcor o segurou e o arrastou de volta.

– Não. Ele pode não estar sozinho.

Em sintonia, as mãos dos seus soldados desapareceram dentro dos casacos. Assim como a dele.

No entanto, nenhum Irmão apareceu.

Então aquela era apenas uma mensagem, Xcor pensou.

Ichan relanceou pelo cômodo como se esperasse que Xcor lidasse com a intromissão, mas, quando ninguém do grupo de lutadores fez nada, o aristocrata limpou a garganta e se aproximou de Rehvenge.

– Uma palavra, por favor – disse Ichan. – Em particular.

Rehvenge sorriu como se já estivesse com as presas na garganta do idiota.

– Não, em particular não. Não para isso.

– Você não é bem-vindo aqui.

– Quer tentar me tirar daqui? – Rehvenge movimentou o quadril para a frente. – Quer tentar, para ver o que acontece? Ou talvez pedirá a um dos seus capangas ali para fazer isso por você?

Ichan ficou boquiaberto, sua bravata desaparecendo.

– Achei que não mesmo.

Quando Rehvenge pôs a mão dentro do casaco, Ichan guinchou em alarme, e os aristocratas se juntaram como gados prestes a serem abatidos.

Xcor relanceou por sobre o ombro mais uma vez. A porta fora deixada aberta, os empregados distraídos demais para fechá-la... Ou, talvez, eles tivessem simplesmente desaparecido.

Rehvenge a deixara aberta de propósito, não deixara? O macho já estava planejando a sua saída.

– Trago saudações de Wrath, filho de Wrath – disse o macho, ainda com o maldito sorriso no rosto. – E eu tenho um documento que gostaria de partilhar com vocês.

Quando pegou o tubo de cartão debaixo do braço e puxou a tampa, os aristocratas arfaram, como se esperassem que uma bomba explodisse.

E talvez houvesse uma espécie de bomba ali dentro.

Rehvenge desenrolou um pergaminho com fitas vermelhas e pretas penduradas na ponta. Em vez de ler o que estava escrito, ele simplesmente mostrou o papel.

– Acho que você deveria fazer as honras – disse ele a Ichan.

– O que quer... – as palavras morreram quando o macho viu o que estava diante dele. Depois de um instante, disse: – Tyhm. *Tyhm!*

– Sim, acho que verá que isso é legal. Wrath não está vinculado a ela. Eles se divorciaram há três semanas... Não sou advogado, mas tenho quase certeza de que não podem basear um voto de desconfiança num caso inexistente.

O advogado magro e alto cambaleou até lá e se inclinou, como se a proximidade visual aumentasse a sua compreensão do que quer que houvesse ali.

E, de fato, a expressão no rosto dele era toda a tradução de que o grupo necessitava: descrença se tornou um tipo de horror, como se um explosivo tivesse sido detonado de verdade diante dele.

– Isso é forjado! – declarou Ichan.

– Existem testemunhas, e eu sou uma delas. Talvez você queira que Wrath e a Irmandade venham até aqui para atestar a sua validade? Não? Ah, não se preocupem. Não esperávamos uma réplica de vocês. Não há nenhuma.

– Vamos embora agora – Xcor sussurrou.

Se ele fosse Wrath, seu movimento seguinte seria atacar a casa, e não havia cobertura suficiente ali dentro, com aquela arte moderna horrível e os espaços abertos oferecendo pouca proteção.

Enquanto as vozes dos aristocratas se misturavam e aumentavam de volume, ele e os seus soldados se desmaterializaram no jardim da frente. Preparados para um combate, sacaram as armas.

Só que não havia ninguém ali.

Nenhum Irmão. Nenhum ataque. Nada...

O silêncio era ensurdecedor.

Capítulo 55

Como em todas as grandes mudanças da vida, o sol e a lua não prestavam atenção aos dramas no planeta, suas programações insensíveis às mudanças dos destinos dali de baixo.

Já passava da meia-noite quando Wrath despertou ao lado de sua *shellan* em seu leito matrimonial, o braço ao redor da sua cintura, a mão espalmada sobre um seio. E, por um instante, ele se perguntou se aquilo tudo tinha ou não acontecido: o cio, a confusão do Conselho, a reação.

Talvez tudo não tivesse passado de um maldito pesadelo.

Aconchegando-se mais perto, ele manteve sua excitação afastada. Ele deixaria a iniciativa sexual para a sua *leelan*, pelo menos até que soubessem se ela estava ou não grávida. E se estivesse... Bem, nesse caso, ele não sabia ao certo o que fazer...

Puta merda, ele estava mesmo pensando naquilo?

– Você acordou – disse Beth.

– Como soube? – ele murmurou junto aos cabelos dela.

Ela se virou nos seus braços.

– Só soube.

Ficaram deitados ali por um bom tempo, e, puta merda, como ele desejou poder enxergá-la. Em vez disso, teve que se contentar em sentir-lhe as feições com as pontas dos dedos.

– Como se sente?

– Vitoriosa – ele conseguiu perceber o sorriso dela no rosto. – Deus, eu amo Rehvenge. Ele cuidou do Conselho direitinho.

Quando ele não disse nada, ela suspirou.

– Essa é uma coisa boa, Wrath. Eu prometo.

– É. É, sim – ele a beijou na boca e depois se afastou. – Estou morrendo de fome. Quer comer alguma coisa?

– Na verdade... não. Não estou com fome, mas acho que já deve estar na hora da Primeira Refeição. A menos que já a tenhamos perdido.

– Acho que já passou da hora. E vocês chamam de "desjejum", não? – Ele saiu da cama e foi até o banheiro, soltar George. – Duvido que alguém esteja de pé. A festa seguiu até as cinco da tarde.

Quando ele abriu a porta, o golden o atacou com cumprimentos, a coleira balançando, o rabo açoitando o batente, a perna de Wrath, a parede enquanto girara e girava, espirrando ao sorrir.

– Wrath?

– Oi, garotão – disse ele ao se ajoelhar. – E aí, cara? Quem é o meu garoto?

– Wrath.

– Sim?

– Vamos trabalhar depois que você comer.

– Está tentando me fazer voltar à ativa? – ele afagou a cabeça do cachorro quando ele espirrou de novo.

– Sim, estou.

Ele esfregou o próprio rosto.

– Chuveiro. Comida. E depois vamos conversar.

– Trabalhar, você quer dizer.

A boa notícia era que ninguém haveria de querer nada dele enquanto ele estivesse no banheiro. E quando ele entrou debaixo do jato antes que ele esquentasse, não sabia por que estava se apressando. Aquela sua esposa bateria no chicote até que ele voltasse ao trono, assinando papéis.

Com tal perspectiva sobre sua cabeça? Ele deveria estar se lavando na pia e usando um secador de cabelos para se enxugar...

A princípio, não entendeu muito bem o que estava ouvindo. Mas, logo em seguida, acima do barulho do chuveiro, ele o reconheceu como ânsia de vômito.

Ele saiu do box de mármore tão rápido que quase escorregou no piso liso.

– Beth! Beth...

– Estou bem – ela disse de um canto.

Apressando-se para a divisória do vaso sanitário, ele abriu a mão e tateou até encontrar sua companheira de joelhos diante do vaso, uma mão segurando os cabelos, a outra se apoiando na cerâmica.

– Vou chamar a doutora Jane.

– Não, não vai...

Ela foi interrompida por um acesso de náusea e, enquanto estava de pé ao seu lado, ele desejou ser ele a pessoa a arquejar e vomitar.

– Foda-se isso... – murmurou, avançando para pegar o telefone.

Só que o aparelho tocou antes que ele conseguisse ligar para o ramal da clínica. Caramba, talvez a esposa de V. também lesse mentes...

– Jane?

– Hum... não, senhor. É o Fritz.

– Ah, sim... você pode chamar...

– Wrath, pare. Estou bem – Beth disse diretamente atrás dele.

Ele se virou. O cheiro da sua esposa certamente não sugeria uma emergência médica, e o tom dela parecia aborrecido, não aterrorizado.

– Hum...

– A quem devo chamar, senhor? – perguntou o mordomo ao telefone.

Beth interrompeu mais uma vez:

– Wrath, sério. Não incomode a mulher, está bem? Não está acontecendo nada.

– Então por que você estava vomitando?

– O que disse? – Fritz perguntou. – Senhor?

– Não você – murmurou Wrath. – Ou ela vem aqui ou...

– Está bem, está bem... Eu vou até lá – murmurou Beth. – Só deixe eu me vestir.

– Vou com você.

– Eu tinha a sensação de que você iria mesmo.

Exalando uma imprecação, ele ficou imaginando como lidaria com aquilo: ou ela estava grávida – e, nesse caso, por quanto tempo ele ficaria com medo? Uns dezoito meses? – ou não estava, e nesse caso ele teria que ajudá-la a superar o desapontamento.

Ou... merda, talvez ela estivesse abortando...

Essa era a terceira opção e, céus, agora era ele quem estava com vontade de vomitar.

– Obrigado, Fritz – disse ele. – Eu estarei...

– Senhor, eu só queria que soubesse que haverá trabalhadores na casa esta noite.

– Trabalhadores?

– Para a sala de bilhar. Os estragos foram... Vastos. O piso precisa ser trocado por completo, embora a boa notícia seja que os artesãos originais estão disponíveis. Contratei-os para virem aqui, e coordenei tudo com Tohr. Ele ia discutir isso com o senhor?

– Aconteceram muitas coisas.

– Mas não se preocupe, senhor. Tomamos medidas de segurança adequadas. Os trabalhadores foram verificados por Vishous e os Irmãos estarão no comando da supervisão. Lamento não haver outra solução, a menos que não desejem utilizar mais o espaço.

– Tudo bem. Não se preocupe.

– Obrigado, meu senhor.

Quando Wrath desligou, concentrou-se novamente no problema da sua fêmea. Marchando para o closet, colocou um par de calças de couro e uma camiseta.

– Vamos – anunciou, colocando a guia em George.

– Wrath, eu vou ficar bem... – houve uma pausa. – Ai, caramba.

As passadas dela se apressaram por ele, indo direto para o banheiro.

Calmamente, Wrath voltou ao telefone. Para pedir ao mordomo que passasse a ligação para a doutora Jane.

Foi um pouco difícil discutir com o maridão sobre a visita da doutora Jane, já que Beth não conseguia tirar a cabeça do vaso sanitário. Toda vez que ela achava que a náusea tinha parado, ela se levantava, voltava para o quarto... E dois minutos mais tarde, estava ajoelhada de novo no piso de mármore, sem conseguir vomitar mais nada.

– Não preciso me deitar – reclamou, olhando para o teto sobre a cama.

Quando Wrath não respondeu, ela virou a cabeça no travesseiro e lançou um olhar letal na direção dele. Ele estava sentado na ponta da cama, os ombros erguidos, o maxilar travado, o corpo imenso inerte como uma rocha.

– Estou bem – insistiu.

– Hum-hum.

– Esses meses vão ser bem longos se você se preocupar com qualquer coisinha.

– Você acabou de tentar vomitar o seu fígado.

– Não tentei, não.

– Então era o pâncreas?

Ela cruzou os braços diante do peito.

– Eu consigo sentir que está me encarando – disse Wrath.

– Bem, estou mesmo. Isso é ridículo.

A batida à porta foi baixa. Assim como o "olá?".

– Entre – disse Wrath ao se levantar. Esticando a mão, ele esperou que a doutora Jane se aproximasse dele.

– Olá, vocês dois – disse a fêmea ao entrar... E desacelerou, dando uma olhada na suíte. – Meu Deus, olhem só para este lugar...

– Exagerado, não? – disse Beth.

– São de verdade? – Jane arfou, apertando a mão de Wrath. – Quero dizer... Os rubis e as esmeraldas. Nas paredes?

– Sim, são de verdade – Wrath deu de ombros, como se aquilo não fosse nada de mais. – Faziam parte do tesouro no Antigo País. Darius fez com que fossem instaladas aqui.

– Belo papel de parede... – a doutora Jane se concentrou em Beth e sorriu ao se aproximar. – Ouvi dizer que passou mal?

– Estou bem.

– Não, não está – interferiu Wrath.

– Sim, estou.

A doutora Jane pousou a antiquada maleta de médica sobre a mesinha de cabeceira e pigarreou.

– Bem, que tal se eu der uma olhada em você assim mesmo? Pode me dizer o que aconteceu?

Beth deu de ombros.

– Eu vomitei...

– Umas duas dúzias de vezes – Wrath interveio.

– Não foram duas dúzias de vezes!

– Muito bem, três dúzias...

A doutora Jane levantou as mãos e olhou de um para outro.

– Hum... sabe o que eu gostaria de fazer, se estiver tudo bem para você, Wrath? Que tal se eu conversar sozinha com a sua companheira...

Não estou te expulsando. Eu só acho que talvez as coisas andem um pouco melhor se eu e ela pudermos ficar sozinhas... um minuto?

Wrath grudou as mãos nos quadris.

– Ela vomitou. Pelo menos uma dúzia de vezes. Se ela quer dourar a pílula, muito bem. Mas foi isso o que aconteceu.

– Tudo bem, obrigada por me contar. Agradeço mesmo – a médica sorriu. – Ei, sabe o que poderia ajudar? Se você for buscar refrigerante e bolacha de água e sal na cozinha.

Wrath estava fuzilando.

– Você está me dando uma tarefa para se livrar de mim.

– Como um macho vinculado, eu sei que você vai querer cuidar dela. E pensei que, como ela está enjoada, ter essas coisas no estômago pode fazer com que ela se sinta melhor.

– Sabe que posso chamar Fritz.

– Sei disso. Mas você também pode descer e cuidar disso para ela.

Wrath estava de pé, franzindo o cenho e rangendo os dentes.

– Sabe de uma coisa, Jane? Está passando tempo demais com Rhage.

– Porque eu o estou manipulando? – o sorriso da médica se ampliou ainda mais. – Talvez. Mas se você for agora, vai voltar beeeem antes de eu ter terminado aqui.

Wrath ainda resmungava quando assobiou para George e segurou sua guia.

– Não vou demorar.

Aquilo foi mais um aviso do que qualquer outra coisa.

Mas ele saiu.

A doutora Jane esperou que a porta se fechasse antes de voltar os olhos tranquilos para ela.

– Então. Deixe-me adivinhar, você acha que está grávida.

Beth sentiu a boca se abrir.

– Bem, eu...

Num tom gentil, a médica disse:

– Você não vai atrair azar. Dizer isso em voz alta não muda nada. Eu garanto. Só quero saber o que está pensando.

Beth pousou as mãos na barriga arredondada.

– Eu não sei, estou me sentindo meio boba. Mas essa náusea não se parece em nada com que já senti antes. É mais... Não é só o meu estômago... É como se todo o meu corpo estivesse nauseado, sabe? E Layla vomitou assim que o sangramento dela parou.

A doutora Jane assentiu.

– Verdade. Mas antes que a gente comece a comparar vocês duas, quero lembrar que cada gestação é diferente. Mesmo na mesma mulher. Dito isso, você acabou de passar pelo seu cio, e talvez esteja grávida. Mas ainda é muito cedo para termos certeza.

– Foi o que pensei. E... Mesmo assim... Eu não sei. Eu meio que estou encarando isso como um sinal. Ah, inferno, talvez não seja nada de mais.

– Bem, deixe-me dizer uma coisa, o fato de você ter uma parte humana nessa mistura só acrescenta outra camada de complicações, que tornará um diagnóstico e o tratamento ainda mais difíceis. Por isso, eu quero ter uma conversa franca com você. Acho que seria uma boa ideia para você e para mim sabermos por quem você quer ser atendida caso esteja grávida. Ficarei mais do que feliz em acompanhá-la, mas essa não é a minha especialidade. Bem, Layla procurou Havers...

– Não posso ir para lá. Wrath vai querer ir comigo nas consultas, e ninguém vai acreditar que não estamos juntos se ele aparecer comigo grávida na clínica. Quero dizer, a última coisa de que precisamos é que nos acusem de fraude.

– Concordo. Então tenho uma ideia.

– Qual?

– Existe uma excelente obstetra em Caldwell. Todos falavam dela no hospital. Ela tem um *feeling* para casos e necessidades especiais, e acho que Manny pode tentar localizá-la... Ver se ela a atende, pagando consultas particulares. E entre eu e Ehlena do lado vampiro, e ela na ponta humana? E com equipamentos? Eu me sentiria mais à vontade desse modo.

Beth assentiu.

– É. É uma boa ideia.

– Perfeito. Vou cuidar disso. Nesse meio-tempo, vou examiná-la e lhe dar alguma coisa para o enjoo...

– Sinceramente, eu estou me sentindo bem agora. Parece que só acontece quando estou de pé.

– Muito bem, deixe-me ver a sua pressão, ok?

– Fique à vontade.

Quando Beth ofereceu o braço, ela passou por um instante de completa perplexidade. Seria possível que todo aquele sexo tivesse funcionado?

Do ponto de vista da procriação, queria dizer.

A doutora Jane ajustou a faixa do esfigmanômetro, e o instrumento começou a fazer barulho ao ser inflado, o aperto em seu bíceps fazendo-a pensar em todo tipo de coisa invasiva que aconteceria com ela se, de fato, estivesse grávida. Exames de sangue. Ultrassons. Exames. Para alguém saudável a vida inteira, ela não sabia ao certo como lidaria com tudo aquilo.

Não havia volta, porém.

Houve um sibilo longo enquanto a doutora Jane observava o mostrador e auscultava pelo estetoscópio.

– Perfeito. Deixe-me ver a sua pulsação – depois de um instante com os dedos pressionados no pulso de Beth, ela assentiu. – Ok. Muito bem.

A médica se aprumou e ficou só olhando para ela.

– Você está me olhando com olhar de médica – Beth disse, subitamente assustada.

– Desculpe, é um ato reflexo – a médica guardou os instrumentos na maleta. – Tenho um trato a propor. Eu poderia agir de modo agressivo e revirar você de ponta-cabeça, mas a sua pressão e a sua pulsação estão boas, assim como a sua coloração, e você não está vomitando no momento. Eu gostaria de aguardar um pouco para ver o que acontece, contanto que não esteja sangrando aí embaixo. Está?

– Não. Nenhum sangramento.

– Ótimo. Desde que concorde em me chamar se alguma coisa mudar, eu fico no meu canto, de prontidão.

– Trato feito...

Wrath entrou num rompante, com Fritz logo atrás.

– Ai, meu Deus – disse Beth ao ver o carregamento... Que os dois traziam. – Isso é um *engradado* de refrigerante?

– Dois – seu marido anunciou. – E temos reforços no corredor.

A doutora Jane riu, colocando-se de pé.

– A sua esposa está bem. E prometeu me chamar... Mas tenho um pressentimento que você o fará, se ela não o fizer.

Wrath assentiu.

– Pode apostar nisso.

Beth revirou os olhos, mas, por dentro, não se importava que ele fosse insistente assim. Seu marido estava cuidando muito bem dela, quer ela estivesse grávida ou não.

E isso era amor.

Capítulo 56

Depois que Wrath acompanhou a doutora Jane até a porta, ele voltou direto para a cama. Quando se sentou, Beth tomou a mão dele e a apertou.

– Eu vou ficar bem – ela garantiu.

Céus, ele esperava que sim.

– Você está bocejando?

– Sim. De repente, fiquei tão cansada.

– Deixe-me pegar um refrigerante...

– Não, não, obrigada... Só quero descansar por alguns minutos. Depois posso pensar em enfiar alguma coisa aqui dentro.

– Ainda está enjoada?

– Não. Só não quero ficar – o polegar dela acariciava a mão dele de um lado para o outro. – Nós podemos fazer isso, Wrath. Tudo isso.

Como ele não queria deixar sua paranoia à solta, ele assentiu.

– É. Vai ficar tudo bem.

Só que, por dentro, ele não sentia isso. Nem um pouco.

– Você deveria descer e ir trabalhar – murmurou ela, como se já estivesse quase dormindo. – Saxton acabou ficando. Ele pode te ajudar a dar uma olhada nos e-mails.

Como se a *glymera* tivesse alguma coisa a lhe dizer naquela noite...

Quando ele descera para ir buscar a comida com Fritz, ele se deparara com Rehvenge, que ficou mais do que satisfeito em relatar a cerimônia de coroação frustrada de Ichan. Ele não parava de se gabar, Rehv estava mais alto do que uma pipa no céu com essa vitória: os aristocratas levaram um belo golpe, a perna em que se apoiavam tendo sido cortada na altura do joelho.

Mas não havia motivos para serem ingênuos e acreditar que não iriam atrás dele de novo.

Eles só teriam que encontrar outra maneira de atingi-lo.

Graças a Xcor.

Caramba, se pelo menos ele conseguisse botar as mãos naquele filho da mãe...

– Não consigo dormir assim – disse Beth. – Com você pairando sobre mim.

– Eu quero ficar.

– Não há nada a ser feito aqui. Estamos no modo de espera até que saibamos se estou ou não grávida.

– Quem lhe dará comida quando você quiser?

O tom dela se tornou gentil:

– Eu me saí muito bem antes de te conhecer.

Ora, ora...

No fim, ele concluiu que ela precisava descansar mais do que ele precisava dar uma de babá de uma fêmea adulta. Depois de depositar um ou dois beijos nos lábios dela, ele permitiu que George o acompanhasse para fora da suíte, descendo as escadas. Chegando ao segundo andar, ele parou. O último lugar em que queria estar era no seu escritório...

O som de marteladas no andar de baixo chamou sua atenção. Mas que...?

– Escadas – disse ao cão.

Enquanto George o conduzia para o primeiro andar, os barulhos ficaram mais altos, mas ainda estavam abafados, e seu nariz captou o cheiro de pó de concreto no ar. E de algo mais...

– Ei – Rhage disse. – E aí?

Wrath levantou a palma para que o Irmão batesse nela.

– Nada. O que está acontecendo aqui?

– Estão removendo o piso. Colocamos um plástico grosso na soleira da porta para minimizar a poeira. Fritz tinha esperanças de que deixássemos ela aberta só para poder limpar toda manhã depois que eles fossem embora. Vetamos isso.

– Boa decisão.

Do lado oposto da cobertura, vozes masculinas conversavam entre si em meio a marteladas na pedra, uma troca nascida da grande familiaridade entre eles.

– Quantos trabalhadores?

– Sete. Queremos que eles acabem logo com o serviço, porque estamos todos um pouco nervosos. John está aqui comigo.

– Oi, J.M. – disse Wrath, acenando na direção do cheiro do macho.

– Ele disse oi... E quer saber como Beth está.

– Ela está bem. Bem mesmo... Obrigado por tudo, filho.

– Ele disse que foi um prazer.

Bom garoto. Se tornando um macho incrível, Wrath pensou.

– Então, quero entrar para conhecê-los – disse de repente, sem motivo nenhum.

Houve um momento de silêncio, durante o qual ele estava disposto a apostar que Rhage e John estavam se comunicando com os olhos, pensando algo do tipo "nem pensar".

– Bem, estou contente que concordem – Wrath murmurou e incitou George.

O cachorro sinalizou quando chegaram à barreira, parando, e Wrath esticou a mão, a palma encontrando o plástico duro e grosso. Abaixando a guia, ele usou as duas mãos para afastá-lo, sem arrancá-lo de onde estava preso no alto.

As vozes se calaram imediatamente.

A não ser por uma que sussurrou:

– Puta... *merda*.

De uma vez só, barulhos de choque, como se as ferramentas tivessem sido largadas no chão... E depois mais movimentação.

Como se os sete machos de considerável tamanho tivessem se ajoelhado.

Por um instante, os olhos de Wrath se encheram de lágrimas atrás dos óculos.

– Boa noite – disse, tentando parecer casual. – Como vai o trabalho?

Nenhuma resposta. E ele conseguia cheirar a incredulidade chocada... Algo parecido com cebolas fritas, não de todo desagradável.

– Meu senhor – foi um cumprimento baixo. – É uma grande honra estar em sua presença.

Ele abriu a boca para desconsiderar aquilo... Só que, ao inalar, ele percebeu que era verdade. Para cada um deles. Eles estavam sinceramente maravilhados e conquistados.

Numa voz rouca, ele disse:

– Bem-vindos à minha casa.

Quando John se enfiou por trás do plástico, ficando atrás de Wrath, ele só conseguiu pensar: já era hora.

Os sete trabalhadores estavam apoiados sobre um joelho, as cabeças baixas, os olhos se erguendo e abaixando como se Wrath fosse o sol e eles não conseguissem fitá-lo por muito tempo.

Então, o Rei falou, e as poucas palavras que saíram de sua boca foram transformadoras, os trabalhadores olhando para ele com... Um tipo de amor.

Wrath fez que olhava ao redor.

– Então, como acham que vai ser o trabalho?

Os machos olharam de um para outro, até que o capataz, o macho que os apresentou um a um enquanto eles estavam ajoelhados, disse:

– Estamos retirando o piso. Depois temos que colocar um novo.

Nova troca de olhares, enquanto Wrath continuava a mexer a cabeça da esquerda para a direita, da direita para a esquerda, como se estivesse observando tudo.

– O senhor... – o capataz pigarreou como se estivesse sofrendo. – O senhor preferiria outra equipe?

– O quê?

– Nós o desagradamos de algum modo, para que o senhor viesse até aqui?

– Céus, não. Eu só estava curioso. Só isso. Não entendo nada de construção.

O capataz relanceou para os outros machos.

– Bem, é por que isso está abaixo da sua posição, meu senhor.

Wrath deu uma gargalhada.

– Até parece. É um trabalho honesto. Não há vergonha nenhuma nele. Então, quais os nomes de vocês?

Os olhos do capataz se arregalaram como se essa fosse a última coisa que ele esperava ouvir. Mas depois se levantou do chão e ajeitou o cinto de ferramentas.

– Meu nome é Elph. Esse é... – ele fez as apresentações rapidamente.

– Todos têm família? – perguntou Wrath.

– Tenho uma filha e uma companheira – disse Elph. – Embora a minha *shellan* tenha morrido no parto.

Wrath pousou a mão sobre o coração como se tivesse sido atingido.

– Ah, mas que droga. Eu sinto muito.

O capataz piscou para o Rei.

– E-eu... Obrigado, senhor.

– Há quanto tempo você a perdeu?

– Doze anos – o macho pigarreou. – Doze anos, três meses e dezessete dias.

– Como está a sua filha?

O capataz deu de ombros. Depois balançou a cabeça.

– Ela está bem...

O que estava mais atrás, que dissera "puta merda", falou:

– Ela está paralisada. E é um anjo.

O olhar que ele recebeu do seu superior foi imediato, como se o cara não quisesse que Wrath fosse incomodado.

– Ela está bem – ele interrompeu.

– Paralisada? – Wrath pareceu empalidecer. – Por causa do parto?

– Hum... sim. Ela se machucou. Ela nasceu sem assistência. A não ser a minha, que de pouco adiantou.

– Onde diabos estava Havers?

– Nós não conseguimos ir para a clínica.

As narinas de Wrath inflaram.

– Você está mentindo para mim.

As sobrancelhas do capataz se ergueram em surpresa.

– Não foi culpa de ninguém, meu senhor. A não ser minha.

– Pensei que você estivesse no ramo da construção. Ou você frequentou a escola médica?

– Não.

– Então, como pode ser culpa sua? – Wrath balançou a cabeça, desconsolado. – Desculpe. Escute, estou feliz que a sua filha tenha sobrevivido.

– Ela é a minha maior bênção, meu senhor.

– Sem dúvida. E sei que você deve sentir muito a falta da sua companheira.

– Todas as noites. Todos os dias. Embora a minha segunda *shellan* me faça seguir em frente.

Wrath assentiu como se entendesse totalmente o macho.

– Entendo. Completamente. Algo semelhante aconteceu com meu Irmão, Tohr.

Houve uma longa pausa. O capataz disse lentamente:

– Não sei o que mais lhe dizer, meu senhor. A não ser que o senhor nos honrou imensamente com a sua presença.

– Você não tem que dizer nada. E é melhor eu deixá-los trabalhar. Estou tomando o seu tempo – Wrath ergueu a sua mão da adaga numa saudação casual. – Até mais.

Quando a cobertura de plástico voltou a cair após a saída do Rei, os trabalhadores estavam estupefatos.

– Ele é sempre assim? – o capataz perguntou atordoado.

Rhage assentiu.

– Ele é verdadeiramente um macho de valor.

– Eu não achava que ele seria... assim.

– Assim como?

– Tão acessível.

– Baseado em quê?

– Em boatos. As pessoas dizem que ele é distante. Intocável. Desinteressado em pessoas como nós – o capataz se sacudiu como se não acreditasse que tivesse dito aquilo em voz alta. – Quero dizer...

– Não, não se preocupe. Já posso imaginar de onde vieram esses boatos.

– Ele se parece com o pai – o mais velho, no fundo, disse. – Cuspido e escarrado.

– Você o conheceu? O pai de Wrath? – perguntou Rhage.

O macho assentiu.

– Eu vi os dois juntos uma vez. Wrath, o jovem, tinha cinco anos. Ele sempre ficava ao lado do pai quando o Rei concedia audiências para o povo. Eu tive um conflito com o meu senhorio, que fazia parte da *glymera*. O Rei me deu ganho de causa, veja só – um ar de tristeza tomou conta da aura do macho. – Lembro quando o Rei e a rainha foram mortos. Tínhamos certeza de que o herdeiro tinha sido assassinado também... Quando ficamos sabendo do contrário... Esse Wrath tinha ido embora.

– Ouvi dizer que ele levou um tiro recentemente – o capataz disse a Rhage. – É verdade?

– Não falamos sobre esse assunto.

O capataz se curvou.

– Claro. Minhas desculpas.

– Como já disse, não se preocupe. Vamos, J.M., vamos deixar esses camaradas trabalharem – quando John assentiu, Rhage completou: – Avisem se precisarem de alguma coisa.

John foi atrás do Irmão, mas parou na partição do plástico. Os trabalhadores ainda estavam olhando para o lugar em que Wrath estivera, como se estivessem revivendo a cena. Como se tivessem testemunhado um evento histórico.

Saindo da sala de bilhar, ele se perguntou se Wrath sabia do efeito que tivera sobre eles.

Provavelmente, não.

Capítulo 57

Enquanto Anha estava sentada à penteadeira, ela não sentia nada além de um resíduo de cansaço do seu episódio: a cada noite que passava, ela se sentia mais ela mesma, o corpo recobrando as forças, a mente clareando.

Mas tudo mudara.

Primeiro, a Irmandade se mudara para os aposentos adjacentes. Todos os doze. E faziam turnos de trabalho, de modo que a porta do seu quarto com Wrath nunca estivesse desprotegida.

E também havia os alimentos. Wrath se recusava a permitir que ela comesse qualquer coisa que nem ele nem um dos Irmãos tivesse provado primeiro, seguido de um período de espera.

E ainda havia a preocupação presente no rosto de seu hellren, *toda vez que o pegava desprevenido.*

Falando em preocupação, onde ele estava?

– O seu Rei logo retornará.

Ela arfou e olhou por sobre o ombro. Torhture estava sentado num canto, "lendo" um livro de sonetos. Na verdade, ela não achava que ele estivesse seguindo nenhum dos símbolos. Em vez disso, os olhos dele estavam sempre na janela bloqueada, na porta, nela, na janela, na porta, nela... Em certa ocasião, ele quebrou o padrão ao falar com um dos Irmãos ou experimentando a comida preparada na lareira.

– Para onde ele foi? – ela perguntou mais uma vez.

– Ele logo retornará – o sorriso dele deveria lhe transmitir segurança. A sombra em sua expressão seguramente não.

Anha estreitou os olhos.

– Ele não me explicou nada disso.

– Está tudo bem.

– Não acredito em você.

O Irmão apenas lhe sorriu daquele seu modo, sem lhe oferecer nada mais.

Anha abaixou a escova de cabelos e se virou por completo.

– Ele acredita que fui envenenada. De outro modo, por que tanta proteção? A comida. A preocupação.

– Está tudo bem.

Bem quando ela ergueu as mãos em sinal de frustração, a porta se abriu...

Ela se levantou tão rápido, que a penteadeira balançou, derrubando vidrinhos e potes.

– Santa Virgem Escriba! Wrath!

Erguendo as saias, ela correu descalça pelo piso de carvalho até o horror diante dela: suspenso entre dois Irmãos, seu companheiro estava todo ensanguentado. Sua roupa simples manchada na parte da frente por causa do corte no lábio, o rosto contundido, as juntas dos dedos pingando no tapete, a cabeça caída inerte como se ele não conseguisse erguê-la.

– O que fizeram com ele?! – berrou, quando a porta do quarto foi fechada e trancada.

Antes que pudesse se conter, ela se lançou sobre os que o seguravam, os punhos não surtindo nenhum efeito sobre eles enquanto o manobravam até a cama.

– Anha... Anha, pare... – quando eles o deitaram, Wrath levantou uma mão. – Anha... pare.

Ela quis segurar a mão dele e se agarrar a ela, mas ele parecia machucado por todos os lados.

– Quem fez isso com você?

– Eu pedi que fizessem.

– O quê?

– Você ouviu bem.

Recostando-se, ela sentiu que queria bater nele ela mesma.

A voz de Wrath estava tão fraca, que ela se perguntava como ele ainda estava consciente.

– Existe uma missão a cumprir. Por minhas próprias mãos – ele as flexionou e se retraiu. – Nenhum outro me contentará.

Anha fitou o companheiro com olhos arregalados, e depois fez o mesmo com o grupo de machos ali reunidos, assim como com os que chegavam, obviamente por terem-na ouvido gritar.

– Vocês vão se explicar agora – ela bradou. – Todos vocês. Ou eu saio deste quarto.

– Anha – a voz de Wrath estava falha, e ele tinha dificuldade para respirar. – Seja razoável.

Ela se levantou e pousou as mãos nos quadris.

– Devo arrumar as malas ou um de vocês vai falar comigo?

– Anha...

– Fale ou faço as malas.

Wrath exalou uma imprecação rouca.

– Não há nada com que se preocupar...

– Quando você chega aos seus aposentos matrimoniais parecendo ter sido atropelado por uma carruagem, isso me preocupa! Como ousa me excluir disso?

Wrath ergueu uma mão como para esfregar o rosto e se retesou quando o contato foi feito.

– Acredito que seu nariz esteja quebrado – constatou ela.

– Entre outras coisas.

– É o que parece.

Wrath finalmente olhou para ela.

– Realizarei um ahvenge. *É isso.*

Anha se ouviu arfar. Depois, seus joelhos enfraqueceram, e ela se sentou sobre a plataforma da cama. Ela não era ingênua, e, mesmo assim, ouvir a confirmação das suas suspeitas foi um choque.

– Então, é verdade. Provocaram a minha doença.

– Sim.

Tracejando os ferimentos do seu hellren *com um novo olhar, ela meneou a cabeça.*

– Não permitirei isso. Se é preciso vingar algo, deixe que esses machos capazes o façam.

– Não.

Ela relanceou para a mesa entalhada pesada que recentemente fora trazida para ali, aquela na qual ele se sentava com tanta alegria por horas e horas, governando, refletindo, planejando. Depois, fitou o rosto machucado.

– Wrath, você não foi talhado para tarefas de natureza violenta – disse, rouca.

– Eu serei.

– Não. Eu proíbo.

Foi a vez dele de a encarar.

– Ninguém comanda o Rei.

– A não ser eu – ela rebateu com suavidade. – E nós dois sabemos disso.

Ante isso um riso suave se fez no recinto... respeitoso.

– Eles fizeram o mesmo com o meu pai. – A voz de Wrath saiu sem emoção. – Só que o envenenaram até a morte.

Anha ergueu uma mão à garganta.

– Mas, não... a morte dele foi natural.

– Não. E como filho dele, sou obrigado a corrigir esse erro, assim como o seu – Wrath enxugou um pouco de sangue dos lábios. – Ouça, Anha, e preste muita atenção... Não serei castrado em relação a isso por ninguém, nem por você. A alma do meu pai me atormenta agora, andando pelas paredes da minha mente, falando comigo. E você fará o mesmo se eles conseguirem colocá-la num túmulo. Fui fadado a viver com o primeiro tormento. Não espere *que eu passe pelo mesmo com você.*

Ela se inclinou com urgência.

– Mas você tem a Irmandade. É para isso que eles estão aqui, para o que eles servem. Eles são a sua guarda particular.

Enquanto ela implorava junto ao seu companheiro, o peso e o número dos machos ali presentes a pressionaram, de um bom modo.

– Ordene-os – implorou ela. – Mande-os para o mundo para executar essa tarefa.

A mão ensanguentada se esticou, e ela pensou que fosse para segurar a sua. Em vez disso, porém, ela parou em seu vestido, abaixo do corpete... sobre seu ventre.

– Você está grávida – disse ele, rouco. – Consigo sentir o cheiro.

Ela também acreditava nisso, ainda que por motivos diversos.

O olho ainda aberto de Wrath se fixou nos dela.

– Então eu não posso permitir que outros façam o que é o meu dever. Mesmo que eu pudesse olhar para você sabendo que sou tão fraco... eu jamais conseguiria olhar para o rosto do meu filho ou da minha filha com a certeza de que me faltou a coragem para cuidar da minha linhagem.

– Por favor, Wrath...

– Que tipo de pai eu seria?

– Um pai vivo.

– Não por muito tempo, porém. Se eu não proteger o que é meu, isso será tirado de mim. E eu não vou *perder a minha família.*

Vencida, Anha sentiu lágrimas descerem pelo seu rosto, as trilhas queimando sua face.

Baixando a cabeça sobre o anel de diamante negro ensanguentado, ela chorou.

Pois, em seu coração, ela sabia que ele tinha razão, e odiou o mundo em que viviam... e no qual, no devido tempo, ela colocaria um filho seu.

Capítulo 58

No centro da cidade, no coração urbano de Caldwell, Xcor correu em um beco, as botas de combate esmagando a neve suja e salgada, o ar frígido batendo em seu rosto, sirenes e gritos ao longe oferecendo um tipo de narrativa para a sua batalha.

Mais à frente, o assassino corria tão rápido quanto ele. No entanto, o maldito não estava tão bem armado, ainda mais depois de ter descarregado sua munição e, depois, num ataque típico de adolescente, ter lançado a automática na direção de Xcor.

Bela manobra. Só faltou chorar pela mamãezinha.

E assim a perseguição tivera início.

Xcor estava feliz em deixar que o *redutor* desgastasse seu coração ausente. Desde que toda aquela corrida não acabasse no tipo de complicação na qual ele se metera na outra noite.

Ele não tinha interesse algum em se deparar com outro humano.

Depois de mais uns quatrocentos metros, o assassino chegou ao fim do beco, onde foi obrigado a copiar um vídeo musical e se agarrar a uma cerca de arame de seis metros de altura, começando a escalá-la com destreza admirável.

A verdade era que Ômega lhe dera um tipo de superpoder após sua iniciação.

Não que isso fosse salvá-lo.

Xcor deu três passadas amplas e lançou o corpo no ar, o peso viajando para cima e acabando nas costas do *redutor* bem quando o assassino chegava ao alto da cerca. Grudando-se nele e puxando-o com força, ele desgrudou o morto-vivo da cerca, girando no ar, acabando por cima dele ao chegarem ao chão.

A foice urrava para sair para brincar. Mas, em vez de libertá-la, ele desembainhou a sua priminha do quadril.

O facão tinha um cabo de metal e uma empunhadura de borracha, e parecia uma extensão do seu braço quando ele a ergueu acima do ombro.

Bem, ele poderia terminar aquilo com presteza mirando o centro do peito. Mas que graça haveria? Golpeando no rosto, ele girou a cabeça e arrancou a orelha...

O grito resultante foi um tipo de música, ecoando em seus ouvidos.

– Outro lado – grunhiu, forçando a cabeça. – É preciso deixar simétrico.

A lâmina do facão assobiou pelo ar uma segunda vez, e a acuidade de Xcor fez com que nada além do apêndice fosse tocado. E a dor bastou para incapacitar a presa... Bem, isso e o fato de que o assassino sabia que o que viria seria muito pior.

O medo tendia a levar à paralisia.

E o morto-vivo tinha razão em estar aterrorizado.

Numa série rápida de golpes, Xcor avançou corpo abaixo, encravando a lâmina nos ombros para cortar os tendões e incapacitar o tronco, e depois seguiu para a parte posterior dos joelhos.

Sentando sobre os calcanhares, ele observou o corpo se debatendo e aspirou o fedor... Bem como o sofrimento: ser a causa de tamanha dor alimentava a sua fera interior, uma refeição consumida pelo lado mau dentro dele, que se sentia ávido por ainda mais.

Hora de ser um pouco mais invasivo. E ele resolveu cortar o pé esquerdo... Lentamente. Com apenas metade da força, ele golpeou uma vez, duas... Três vezes, antes que a lâmina o atravessasse por completo. O pé direito se mostrou uma conquista igualmente prazerosa.

Em meio ao seu trabalho, a sua mente se retraiu para pensamentos que, por certo, só o deixariam ainda mais depravado.

Ele continuava pensando na última jogada de Wrath. Tyhm, o advogado, analisara posteriormente o documento de dissolução da vinculação e o considerou legal, mas Xcor sabia que ele havia sido pré-datado.

Que não viessem lhe dizer que o Rei não assinara aquela linha assim que o pergaminho de desconfiança aterrissara em sua mesa.

Seguindo para baixo do joelho, ele prosseguiu com seu trabalho, e o ritmo dos golpes o fez se lembrar do Antigo País, quando ele cortava lenha para aplacar sua frustração.

A pergunta que ele queria respondida era: qual a extensão daquele pedaço de papel? O Rei de fato desprezara sua companheira?

É uma união de amor.

Ao ouvir a voz da sua Escolhida na cabeça, uma onda de energia o tomou, e bem quando ele se deparava com as coxas do *redutor*. Nada mais de se refrear: pôs os músculos para trabalhar, dilacerando pele e ossos, sangue negro atingindo-o no rosto, as presas escancaradas.

O assassino se agarrava ao chão através da neve, as unhas arranhando o asfalto logo abaixo, enquanto os gritos diminuíam em sua garganta, o choque sobrepondo-se à respiração e aos batimentos cardíacos, deixando-o inanimado.

Mas ele não morreria assim.

De fato, só havia um modo de matá-lo.

Xcor reduziu o *redutor* em pedaços, deixando apenas a cabeça atada ao tronco, poças daquele sangue negro se formando sob os ponteiros da bússola formados no lugar em que os membros estiveram presos.

Quando não restou mais nada a cortar, Xcor se agachou e inspirou fundo. Já não era mais divertido, agora que o *redutor* estava comprometido. O sofrimento ainda estava presente, mas já não era tão evidente.

Contudo, ele não queria que essa sua tarefa chegasse ao fim. Como um viciado se agarrando a uma dose que não supriria suas necessidades, ele, no entanto, não conseguia dar cabo da coisa.

E quando seu telefone tocou, ele decidiu ignorá-lo. Não queria ouvir as reclamações de Ichan, o aristocrata vinha deixando recado atrás de recado tentando recuperar o trono que quase fora seu. E também Tyhm andava ligando.

Entretanto, a pequena conspiração deles fracassara, e a mente de Xcor ainda tinha que refletir sobre a próxima abordagem.

Erguendo o facão bem alto, ele então enterrou a lâmina de aço afiada no peito oco, e imediatamente teve que recuar para proteger os olhos da luz brilhante e da onda de calor.

Ao ser derrubado pelo impacto, seu telefone voltou a tocar.

– Maldição – enfiando a mão no bolso interno do casaco, pegou o aparelho maldito. – *O que foi?*

Houve uma pausa. Então, a voz mais doce que ele já ouvira invadiu seu ouvido.

– Estou esperando você.

Xcor cambaleou mesmo já estando prostrado no chão.

– Estou a caminho.

– Você não veio antes, quando disse que viria.

Mentira. Assim que conseguiu se afastar dos Bastardos, desmaterializou-se até o bordo, e encontrou as pegadas de Layla na neve. Agora, porém, ela devia ter retornado ao ponto de encontro.

– Não consegui me livrar de certos compromissos – a maldita reunião. O desassossego que se seguiu. – Mas isso já está resolvido. Fique tranquila.

Ele queria ficar ao telefone com ela, mas encerrou a ligação. Erguendo-se, olhou para baixo e reconheceu que parte da sua ira se devia ao fato de não tê-la visto...

Abruptamente, praguejou. Os membros que haviam sido fatiados não foram incinerados.

Todavia, não limparia nada naquela noite. Os humanos que encontrassem os restos mortais teriam algo com que se ocupar.

Desmaterializando-se para o norte, ele se desfez ao sabor dos ventos... E tomou forma novamente na base da campina. Ele a viu de imediato, parada debaixo da imensa árvore, o manto pálido reluzindo na luz do luar.

Apressado, tentou se desmaterializar até ela, impaciente demais para subir a distância a pé. Mas sua mente estava tumultuada demais para que ele se concentrasse.

Tendo que atravessar a distância fisicamente, ele começou a caminhar, mas logo estava trotando e... Em seguida, correndo.

Ela era o único objetivo que importava no momento e, quando chegou nela, estava sem fôlego. Sem pensamentos.

Apaixonado.

Layla cobriu o nariz com a mão.

Quando Xcor se aproximou, o cheiro que o cercava era fétido, tão enjoativo que a deixou sem ar. E quando ele notou a sua reação, imediatamente escondeu as mãos ensanguentadas atrás do corpo e deu um passo para o lado, para que o vento não passasse por ele antes de chegar a ela.

– Perdão – disse ele, rouco. – Eu estava no campo de batalha.

Como ela não captou nenhum rastro de sangue da sua raça, suspirou de alívio.

– Nosso inimigo?

– Sim.

– Então está tudo bem.

Quando ele arregalou os olhos, ela balançou a cabeça.

– Não tenho problema algum com a sua defesa da nossa raça.

– Isso é reconfortante.

Ela tentou visualizá-lo em batalha, e descobriu que isso não era nem um pouco difícil. Com seu pescoço grosso e ombros largos, ele era, de fato, nascido para a violência. Mas, mesmo com o fedor de assassinos sobre ele, ela não sentia medo.

– Esperei por você na neve – sussurrou.

– Preocupei-me que o fizesse.

– Está feito. Isto é, o Conselho sabe sobre Wrath.

Ele estreitou os olhos.

– Então é por isso que veio me ver? Para se vangloriar?

– Não, nada disso. Eu só tinha esperanças...

Quando ela não concluiu seu pensamento, ele cruzou os braços, o peito parecendo ainda mais largo.

– Coloque em palavras.

– Você sabe exatamente o que estou dizendo.

– Desejo ouvir as palavras.

– Deixe Wrath em paz.

Xcor se afastou dela, andando de um lado para outro.

– Responda-me uma coisa.

– Qualquer coisa.

– Não será uma resposta prudente, Escolhida – ele a fitou, os olhos reluzindo na escuridão. – Na verdade, este encontro não é seguro para você.

– Você não me machucará.

– Tamanha fé a que deposita num monstro.

– Você não é um monstro. Se fosse, teria me matado naquela noite no carro.

– A minha pergunta é... – ele se esquivou. – Wrath renunciou de fato àquela fêmea? E você pode tentar mentir para mim, mas eu saberei a verdade.

Talvez não, Layla pensou. Pois ela praticara a resposta daquela pergunta. Por horas.

Enfrentando o olhar dele, ela disse sem nenhuma afetação:

– Sim, ele a abandonou. A declaração é pré-datada, mas é verdadeira. Ele desistiu de seu único amor para manter aquilo que você procura roubar dele.

Horas diante do espelho. Sentada no banheiro, sobre o banquinho forrado, diante da iluminação das muitas luzes que ela deixou ligadas, repetindo aquelas palavras uma vez após outra. Até saírem mecanicamente, até que seu significado se perdesse e se tornassem apenas sílabas. Até ela conseguir dizer a mentira sem hesitar nem titubear.

E ela sabia que dizer uma meia verdade lhe daria maior credibilidade.

– Que sacrifício – murmurou ele.

Ele, também, nada revelou.

Houve um longo silêncio, preenchido pelas batidas do coração dela.

– Deixe essa busca nefasta para trás – disse ela. – Por favor.

– E quanto à sua oferta prévia? Ela ainda vale?

Ela engoliu em seco. Por tantos motivos, ela não conseguia se imaginar fazer sexo com ele. Ele era um inimigo assim como a Sociedade Redutora, e havia, sim, uma faceta dele que era monstruosa. Acima de tudo, ela nunca imaginara entregar seu corpo em troca de algo.

E ela não era ingênua. Sim, sentira uma atração quando ele se aproximara e se encontrara com ela no carro. Mas aquilo era um trato de negócios.

Layla ergueu o queixo.

– Sim, vale.

– E se eu concordasse com os seus termos, eu teria que esperar pelo nascimento do seu filho? Ou poderia tomá-la de imediato?

Com aquilo, o cheiro no ar se alterou, um tempero escuro se elevando e sobrepujando o fedor que a deixara enjoada.

As mãos dela foram para o ventre, um terror súbito tomando conta de si. E se ela colocasse em perigo o bebê que se formava dentro dela? Só que as outras Escolhidas continuaram se relacionando com o antigo Primale, não? Sem nenhum prejuízo.

– Pode me ter quando desejar – disse ela num fio de voz.

– E se eu a quisesse aqui, agora. No frio. De pé, totalmente vestido?

O coração dela bateu forte, o peito se contraiu ao reconhecer a excitação dele, e ela a temeu. Ainda assim, manteve-se firme, conectando-se com o fato de que ela tinha algo que ele queria e, com essa realidade, existia uma possibilidade de que Wrath, Beth e o filho deles pudessem ficar a salvo.

– Eu faria o que me pedisse – ela se ouviu dizer.

– Tudo pelo seu Rei.

– Sim. Por ele.

Xcor sorriu, mas sem calor, nem humor algum.

– Refletirei sobre os seus termos. Encontre-me aqui amanhã, à meia-noite, e eu lhe darei a minha resposta.

– Pensei que fosse para isso que tinha me chamado aqui hoje.

– Mudei de ideia.

Ela esperou que ele se desmaterializasse. Em vez disso, ele lhe deu as costas e desceu andando pelo caminho que subira, as passadas largas ampliando a distância entre eles.

Fechando os olhos, ela...

– O que disse a ele? – uma voz masculina a interrogou por trás.

Capítulo 59

Trez resolvera que já bastava.

Ao se desmaterializar nos fundos da casa de campo de Rehv, ele estava pronto para se explicar, para conversar, para deixar as coisas às claras com a sua Escolhida. Ele e Selena vinham andando em círculos já há bastante tempo, e agora que tinha um fôlego, pelo tempo que durasse, ele tinha que priorizar a sua situação com aquela fêmea.

Junto com os apetites de s'Ex, claro.

Merda. Ao que tudo levava a crer, o executor usara as garotas com tanto empenho que elas não conseguiram ir trabalhar à noite. Recebera mensagens de texto das três, e a boa notícia era que pelo menos nenhuma delas se arrependeu de nada: cada uma delas perguntou se poderia ver o executor de novo.

Se continuasse assim, elas acabariam lhe pagando para ver aquele filho da puta.

Inferno, elas nem pegaram o dinheiro que ele prometera pagar pelos serviços prestados.

Reassumindo sua forma no lugar de sempre no jardim, ficou aliviado em ver as luzes acesas no quarto dos fundos que era dela... E em nenhum outro cômodo. Graças a Deus. Entrando na casa pela porta dos fundos na cozinha, ele não chamou pelo nome dela, não fez nenhum barulho. Em vez disso, perambulou como um fantasma pela casa vazia, circundando a base das escadas, subindo sem que nenhum degrau rangesse.

No alto, foi para a esquerda, e quando chegou à porta parcialmente fechada, ele sentiu o peito se apertar.

– Selena...?

O cheiro dela estava no ar; ele sabia que ela estava ali.

– Selena? – empurrou a porta um pouco mais, e foi então que ouviu o barulho de água corrente.

Ele teve que abaixar a cabeça para passar pela viga e entrar e, assim que virou à esquerda novamente, ele captou a umidade do ar e o calor...

Ah... Caramba.

Encontrou-a na banheira. Toalhas na cabeça, corpo esticado numa poça funda de águas claras, mãos descansando nas laterais da banheira de porcelana antiquada.

– Eu poderia ter me levantado – disse ela sem se dar ao trabalho de abrir os olhos. – Mas eu queria que você me visse nua.

Trez pigarreou com uma tossida, que é o que você faz quando alguém te atinge no plexo solar.

– Hum... podemos conversar?

– Acho que já conversamos – ela suspendeu as pálpebras e o fitou. – Ou há mais?

Com isso, ela mudou a posição das pernas, ondulando a água sobre aquele corpo incrível, as curvas amplificadas como se ela estivesse se movimentando... os mamilos erguidos, a água lambendo-os, e as pontas úmidas para o ar.

– Há mais – ele grasnou, lambendo os lábios.

– Então, não se faça de rogado, puxe uma cadeira. A menos que queira se juntar a mim.

Cacete.

– Existe a possibilidade de você sair daí? E se vestir?

– Se quiser você mesmo fazer isso, por favor, siga seus impulsos.

É, porque colocar as mãos naquele corpo molhado ajudaria muuuuito.

Praguejando baixinho, Trez apanhou uma cadeira, porque, no fim, ficou com receio de tropeçar e cair em cima dela, caso continuasse em pé.

A água fez um barulho como se ela estivesse se soerguendo.

– Trez? Você está bem?

– Não.

Muitas vezes na vida ele caíra de despenhadeiros, quando coisas que ele fizera ou lhe foram feitas retornavam com graves consequências. Nada como aquilo.

– Trez? – quando ele não respondeu, ela disse: – Você está me assustando.

– Eu... – puxa vida, por onde começar? – Selena, eu sinto muito.

– Por quê? – A tensão engrossou a voz dela. – Pelo que está se desculpando?

A vergonha fez a glote dele se fechar tanto que ele mal conseguia puxar ar para os pulmões.

– Preciso ser franco com você. Cem por cento franco.

– Pensei que já tivesse sido.

Ele só conseguiu sacudir a cabeça.

– Escute, você sabe que eu tive... Contato extensivo com humanos.

– Não foi exatamente assim que você disse antes – ela observou.

Mais balançadas de cabeça.

– O meu negócio é... um clube. Sabe o que é isso?

– De rúgbi? Ou basebol?

– De dança. É um lugar onde as pessoas bebem e... Ouvem música – Jesus Cristo. – E fazem outras coisas.

– E...?

Ele abaixou as mãos. Ela se sentou na banheira e os mamilos róseos ficaram bem na superfície da água, que os lambia novamente... Não que ela estivesse notando.

– Você se importaria em sair daí e vestir um roupão?

– Não tenho nada do que me envergonhar.

Absolutamente não.

– Eu sei. É que está difícil de me concentrar.

– Talvez eu queira que você se debata.

Ok, muito bem, virgens não deviam ser tão tentadoras. Pensando bem, ela já não era, pois ele cuidara disso, não?

Merda.

– Missão cumprida – murmurou.

– Você estava me contando sobre o seu trabalho?

Ele focou o olhar no chão. Ladrilho branco simples, antigo e bem esfregado, do tipo que parece recente mesmo com as beiradas lascadas.

– Trez? – Pelo canto do olho, ele viu que ela esticara o pé e girara a torneira para colocar mais água quente na banheira. – Você dizia?

Just do it![*]

Maravilha, a vida fora reduzida a uma propaganda da Nike.

– Eu trafico mulheres. Entende o que isso significa?

Ela franziu o cenho.

– Você as leva para a rua?

– Eu as vendo. Seus corpos. Para homens, normalmente.

Deixa para o silêncio.

Ele a fitou nos olhos.

– Sou pago para isso. Eu as vendo. Entendeu?

Depois de um instante, as belas mãos desceram das laterais da banheira e cobriram os seios.

Exatamente, ele pensou.

– E isso não é o pior.

Outra grande pausa. E então ela disse:

– Acredito que agora eu gostaria de me vestir.

Ele se pôs de pé e seguiu para a porta.

– É, foi o que pensei.

No campo coberto de neve, Layla se virou. Estava prestes a gritar quando reconheceu o macho que saiu de trás da grande árvore. Era o soldado, aquele que se ferira e que fora levado ao centro de treinamento da Irmandade. Aquele que deixara de corrigi-la quando ela pensara que ele era afiliado aos Irmãos.

Aquele que a levara até ali para ajudar Xcor numa noite distante.

– Sinto muito – disse ele, curvando-se, os olhos ainda fixos nela. – Aquilo não foi um cumprimento apropriado.

Ela estava para fazer uma mesura quando se lembrou de que ele não merecia seu respeito. Ele, assim como Xcor, estava do outro lado.

– Está com uma aparência ótima nessa noite fria – murmurou ele.

O sotaque dele não se parecia em nada com o de Xcor, cada palavra era pronunciada perfeitamente, a voz era bem modulada em vez de grunhida. Mas ela não se deixava enganar. Ele já a usara como um instrumento antes.

---

* O slogan da Nike é "Just Do it", que poderia ser traduzido como "Apenas faça" ou até "Vá em frente". (N.R.)

Sem dúvida o faria novamente.

– Então, qual era o teor da conversa entre vocês? – perguntou ele, com o olhar se estreitando.

Layla ajustou o manto pesado para ainda mais perto do corpo.

– Imagino que se quer saber, deve interrogá-lo você mesmo. Se me dá licença, preciso ir...

A mão que a segurou pelo braço machucou sua pele, e o belo rosto se obscureceu a ponto de se tornar ameaçador.

– Não, não creio. Quero que me diga o que estavam discutindo.

Erguendo o queixo, ela fixou o olhar no do guerreiro.

– Ele quis saber se era real.

As sobrancelhas se abaixaram, a pegada afrouxou um pouco.

– O que disse?

– O divórcio. Ele queria saber se Wrath desistira de fato da sua rainha, e eu lhe garanti que era verdade.

O soldado abaixou a mão.

– Presumindo que você seja confiável.

– Se eu sou ou não, isso não muda a verdade. Você a encontrará em outras paragens, estou certa.

Na verdade, provavelmente não, visto a falta de contato dos residentes da mansão com o resto da raça. Mas aquele macho não precisava saber disso.

– Então era um comprometimento arranjado sobre o qual o Rei pouco se importava.

– Muito pelo contrário, o amor deles era evidente para todos. Ele estava verdadeiramente vinculado – Layla forçou um dar de ombros casual. – Repito, ouvirá isso também de outros, estou certa.

Throe balançou a cabeça.

– Se fosse assim, ele não a deixaria ir.

– Talvez deva considerar isso ante qualquer outra ambição em relação ao trono – Ela deu um passo imperceptível para trás. – Um macho que deixa de lado sua companheira fará qualquer coisa para manter o que outros almejam tirar dele. O adversário que vocês procuram não será derrotado, e ele irá atrás de vocês. Escreva o que eu digo.

– Coisinha atrevida você, não?

– Repito, esse é apenas um fato para você confirmar quando bem quiser. Ou não. De todo modo, isso não me compete.

Quando ele permitiu que ela desse mais um passo para longe dele, ela pensou que havia grandes chances de conseguir escapar.

– Havia mais alguma coisa – disse ele –, não havia?

– Não.

– Então por que ele não se desmaterializou?

Ela franziu o cenho, não tendo pensado naquilo antes.

– Terá que perguntar a ele.

– Não é do feitio dele – os olhos do soldado percorreram o corpo dela. – E acho que posso deduzir. Cuidado, Escolhida. Ele não é quem você pensa. Ele é capaz de traições que uma fêmea como você nem consegue imaginar.

– Se me der licença, preciso ir agora – ela fez uma mesura e se esforçou para se concentrar, se concentrar...

– Cuide-se.

Essas palavras a perseguiram enquanto ela desaparecia na campina... e encontrava o caminho de volta para a entrada da mansão.

Enquanto ela contemplava a porta maciça, um tremor a percorreu. Aquele lutador lhe parecia mais perigoso do que Xcor: este jamais a feriria. Ela não sabia como podia ter tanta certeza, mas era como as batidas do seu coração, algo que ela sentia no meio do peito.

O outro macho? Não era o caso. Nem um pouco.

Fechando os olhos, odiou esse impasse com Xcor. Como ela passaria as horas até a noite seguinte? E por que ele a fazia esperar?

Ela já sabia qual seria a resposta dele.

Capítulo 60

Selena vestiu toda a sua roupa. Tudo, até mesmo a roupa de baixo. Apesar de as mãos estarem tremendo muito, e ela mal conseguir controlá-las.

Quando conseguiu sair do quarto, encontrou Trez sentado numa cadeira diante da mesa que ela às vezes usava para escrever em seu diário. Na verdade, estava contente por ter fechado o volume de capa de couro depois de ter escrito a passagem da noite anterior.

Toda sobre ele, claro.

E ela tinha a sensação de que haveria um adendo.

Ele olhou para ela, os olhos escuros reluzindo por um instante.

– Está pronta para fazer isso agora?

Santa Virgem Escriba, de todas as coisas que ela pensou que ele lhe diria... aquela não era uma delas.

– Como pode... Vendê-las? – disse, rouca.

Ele suspirou.

– Elas querem o dinheiro. Eu faço acontecer. De um modo seguro.

– E elas... Você recebe por isso também?

– Sim.

Ela tinha que se sentar, antes que acabasse caindo... E foi na direção da cama sem pensar. *Não, ali não.* Em vez disso, ela escolheu a namoradeira que estava diante da lareira. Acomodando-se, colocou os pés debaixo das nádegas e certificou-se de que a saia cobrisse toda a pele.

– Há quanto tempo? – ela se ouviu perguntar.

– Anos. Décadas. Primeiro fui supervisor. Agora sou o chefe.

– Não consigo imaginar... Isso.

Ele esfregou as têmporas.

– Sei que não.

Abruptamente, Selena notou que se esforçava para ficar parada. Sua bússola interna girava tão rápido, que ela mal conseguia formar uma frase.

– Sabe de uma coisa? Apenas me conte tudo de uma vez. No momento, minha cabeça está pensando em tantas coisas horríveis, e eu...

– A pior parte é que estive com alguns milhares de mulheres. Fácil.

A princípio, ela pensou, não, não podia ter ouvido certo. Mas a onda de calor que a perpassou sugeriu que, de fato, ela ouvira corretamente.

– Milhares – disse com a voz fraca.

– Essa é uma estimativa conservadora. Pode ser umas dez. Mil, isto é. Merda, talvez até mais.

Selena piscou. Ok, quando ele dissera previamente que tinham sido "muitas" mulheres, ela pensara em cerca de duas dúzias, no máximo. Mas a quantidade a que ele se referia? Mesmo para os padrões de uma *ehros*, isso era... Inimaginável.

Enquanto tentava imaginar todos os tipos diferentes de cenários em que ele...

– Algumas dessas mulheres eram você...

– Sim. Durante muito tempo, eu não venderia uma prostituta que não tivesse experimentado.

Com uma onda de náusea atravessando seu íntimo, Selena só conseguiu encará-lo.

– Você está certo – ela se ouviu dizer –, eu não te conheço.

– Meu Deus, Selena, eu sinto tanto, eu jamais deveria ter estado com você. Não porque não a quisesse, mas porque eu... Porque eu sabia que essa seria a sua reação se eu lhe contasse a verdade. E, na verdade, na noite passada, eu vim aqui para tentar explicar, mas daí eu...

Ela cobriu o rosto com as mãos, imagens dele beijando-a, acariciando-a, possuindo-a atingiram-na como golpes.

– Acho que vou passar mal.

– Eu não a culpo – disse ele, desolado.

E, no entanto, não havia motivo para reformar a realidade como uma maneira de recuperar a virtude que ela perdera espontaneamente.

– Eu o seduzi. – Ela abaixou as mãos. – Pedi aquilo que tive.

– Não, fui eu...

– Pare. Apenas pare.

– Ok. Sinto muito.

Ela também. Porque a triste verdade era que ela gostara de estar com ele. De fato, enquanto acontecia fora uma espécie de paraíso. Infelizmente, aquela ilusão foi um ato transitório e, agora que chegara ao fim, foi como se o prazer jamais tivesse acontecido.

– Selena, o que quer que esteja pensando, você pode me dizer...

– Eu queria ter nascido em outra vida – ela disse num rompante. – Eu gostaria de ter me apaixonado por um macho solteiro e encontrado um lugar modesto no mundo ao lado dele. Não acredito que teria procurado por nada desse tipo, não importando o pouco que tivéssemos.

– Você ainda pode ter isso – a voz dele ficou sem inflexão alguma. – Isso ainda pode acontecer com você; qualquer macho haveria de querê-la.

Ah, sim, mas existia apenas uma pessoa que *ela* queria. E mesmo se Trez fosse um santo, o que, obviamente, ele não era, ela tinha pouco tempo.

– Está tudo bem – ela se conteve para refrear as lágrimas, e foi bem-sucedida. Afinal, logo ela estaria sozinha. – A vida é o que é. Aprendi há muito tempo que não há como negociar com o destino.

Ficaram em silêncio por um bom tempo.

– Eu não a amo – ele rangeu os dentes. – Não sei por que sinto que tenho que te dizer isso, mas é isso.

– Aquela com quem está comprometido? Sim, você já disse isso antes – abruptamente, ela olhou na direção dele, notando sua cabeça abaixada, a sua aura de tristeza. – É irônico, você e eu não somos tão diferentes.

Quando os olhos dele se voltaram para ela, ela deu de ombros.

– Também não escolhi meu destino. A tragédia é que algumas coisas nos seguem como sombras, elas estão conosco aonde quer que vamos.

– É. Eu só nunca me importei com isso. Até conhecer você.

Ela pensou no cemitério do Santuário, nas irmãs que foram relegadas a uma vida curta, e que tiveram que esperar para morrer na prisão dos seus corpos. Então, lembrou-se da sensação dele se movendo dentro dela, o líquido quente fluindo em todos os seus músculos e ossos.

– Você as amou? – perguntou ela.

– Quem? Ah, as humanas... Não. Nunca. Nenhuma. Inferno, metade do tempo eu nem me lembro de ter gostado – ele estalou o pescoço como se os músculos dos ombros estivessem enrijecendo novamente. – Eu não sei mesmo que merda eu estava pensando. Eu estava descontrolado e tentando sair da minha cabeça. O problema é que agora todas aquelas mulheres estão dentro de mim.

– Dentro...?

– O meu povo acredita que você se envenena se tem... se você fica com outras pessoas como eu fiz. E foi o que eu fiz... Eu me envenenei. Isso tem me consumido até não haver mais nada aqui dentro.

Quando ele tocou o meio do peito, ela percebeu que ele estava, de fato, oco, a luz do seu olhar desaparecera, o corpo já não tinha alma, a sua aura dissipada como se nunca tivesse existido.

Tomada de tristeza, ela balançou a cabeça.

– Você estava errado.

– Sobre o quê?

Tão vazio, ele... Estava oco até a alma.

– O que eu vejo agora... é a pior parte de tudo.

Enquanto Assail pairava ao lado da margem do rio Hudson, mais uma vez estava vestido de preto e com uma máscara negra sobre o rosto. Atrás dele, Ehric estava calado e atento, vestindo o mesmo que ele.

Os dois seguravam pistolas.

– Eles estão atrasados – disse o primo.

– Sim – Assail aguçou os ouvidos. – Vamos dar mais cinco minutos. Nenhum a mais.

Mais à esquerda, uns quatro metros para dentro do limite das árvores, o seu Range Rover blindado aguardava, com Evale no banco do motorista com o motor ligado.

Assail olhou para o céu noturno. Após a tempestade no início da noite, a lua agora tinha algumas nuvens passando diante da sua face, e ele desejou que elas se demorassem. Não precisavam de mais luz, apesar de que o lugar em que estavam ser discreto o suficiente: remoto, na curva do rio, com a floresta tocando a sua margem congelada. Além disso, o caminho até ali era quase uma pista única esburacada, até mesmo o SUV encontrando dificuldade em seu modo *off-road*.

– Estou preocupado com você.

Assail relanceou por sobre o ombro.

– O que disse?

– Você não dorme.

– Não estou cansado.

– Você tem consumido muita coca.

Assail se virou e rezou pelo aparecimento de quem aguardavam por um novo motivo.

– Não se preocupe, primo.

– Você sabe se elas chegaram ao destino delas?

Fazia tanto tempo que Ehric não perguntava sobre alguém que Assail teve que se virar para ele novamente. Na verdade, seu primeiro instinto foi o de encerrar o interrogatório rapidamente, entretanto, a preocupação genuína que encontrara no rosto endurecido o deteve.

Ele voltou a fitar as águas escuras e geladas.

– Não, não sei.

– Você vai ligar para ela?

– Não.

– Nem mesmo para ter certeza de que elas estão seguras?

– Ela não quer isso – e os motivos por trás daquela espera à margem do Hudson eram prova suficiente da sensatez da decisão dela em deixá-lo. – Foi um rompimento rápido.

Até mesmo ele escutou o vazio em sua voz.

Meu Deus, como ele desejava jamais ter conhecido aquela mulher...

O som a princípio foi indiscernível em relação aos sons noturnos ambientes, mas o zunido logo se tornou mais evidente: vindo da esquerda, anunciava que talvez a espera deles chegasse ao fim.

O barco de pesca que resfolegou na curva estava tão baixo no rio quanto uma folha flutuando e quase tão silencioso quanto. Como previsto, havia três homens nele, todos vestidos de preto, e todos tinham linhas na água, como se estivessem apenas navegando com o propósito de se alimentarem das águas abertas.

Aproximaram a proa primeiro.

– Pegaram alguma coisa? – Assail perguntou o que lhe fora instruído.

– Três trutas.

– Eu pesquei duas ontem à noite.

– Quero mais uma.

Assail assentiu, guardando a pistola e avançando. Daquele momento em diante, tudo ficou silencioso e veloz: uma lona foi suspensa e quatro mochilas trocaram de mãos, saindo do barco para ele e depois para Ehric, que as pendurou nos ombros. Em troca, Assail entregou uma maleta de metal preta.

O mais alto dos homens ajustou o código que lhe fora passado, abriu a tampa, inspecionou os bolos de notas e assentiu.

Um aperto de mãos rápido... E Assail e Ehric recuaram para as árvores. Mochilas no porta-malas, Ehric no banco de trás, Assail no do passageiro.

Enquanto iam embora, sacolejando na estradinha esburacada, as janelas estavam entreabertas para captar qualquer cheiro ou barulho.

Não aconteceu nada.

Quando chegaram à estrada, pararam e esperaram ainda escondidos pelas árvores. Nenhum carro indo, nem vindo. O caminho, como dizia o ditado, estava livre.

Após o comando de Assail, o acelerador foi acionado e eles seguiram na noite.

Com o equivalente a quinhentos mil dólares em cocaína e heroína.

Até ali, tudo bem.

Depois de extrair tudo dos celulares de Benloise, ele passou o pente fino nos números e nas mensagens, especialmente nas internacionais. Encontrara dois contatos da América do Sul com quem houvera muitas comunicações, e quando ele telefonara do aparelho de Ricardo, ele fora direcionado para uma série de conexões seguras, uma sequência de cliques acontecendo antes que ele começasse a tocar propriamente.

Desnecessário dizer, houve muita surpresa depois que Assail se apresentou e explicou o objetivo do seu telefonema. Benloise, contudo, informara seus compatriotas a respeito de seu novo e importante cliente, portanto não foi uma surpresa total para eles que um que fora atacadista se tornara supérfluo... E fora eliminado.

Assail lhes oferecera um acordo para iniciarem o relacionamento deles com o pé direito: um milhão em dinheiro por meio milhão em produtos, como um gesto de boa-fé.

Afinal, parcerias tinham que ser cultivadas.

E ele aprovara os homens enviados para fazer a transação. Eles estavam um degrau acima se comparados com os assassinos contratados por Benloise, totalmente profissionais.

Agora, ele e os primos simplesmente tinham que dividir o produto para a venda nas ruas, e contratar o *Redutor Principal* para a distribuição. E o negócio poderia recomeçar como se Benloise nunca tivesse existido.

Perfeitamente orquestrado.

– Correu tudo bem – Ehric comentou ao saírem na estrada que os levaria até a casa envidraçada de Assail.

– Sim.

Conforme avançavam, ele ficou olhando através da janela, vendo as árvores passarem. Uma casa. Um chalé.

Ele deveria estar mais contente. Aquilo, afinal, lhe traria imenso retorno financeiro. E ele amava dinheiro e todo o seu poder. De verdade, amava.

Em vez disso, a única coisa em sua mente era a preocupação se a fêmea chegara de fato inteira a Miami com a avó.

E não havia nada que ele pudesse fazer a respeito.

Ela se fora.

Para sempre.

Capítulo 61

Quando Beth acordou, a primeira coisa que fez foi analisar o corpo para ver se precisava correr para o banheiro. Quando a resposta foi um "agora não", colocou-se na vertical e virou os pés na direção do chão. Por quanto tempo dormira? As persianas ainda estavam erguidas, então ainda não era dia, mas, caramba, ela sentia como se tivesse ficado fora do ar por dias.

Olhando para si mesma, colocou as mãos na barriga...

Puxa vida! Ela não se lembrava de ter engolido uma bola de basquete.

Sob suas palmas, sua barriga estava inchada e dura, a protuberância tão grande que ela duvidava ser capaz de vestir suas calças.

Seu primeiro instinto foi apanhar o telefone e ligar para a doutora Jane, mas logo girou o botão do pânico, diminuindo-o, e apoiou os pés no chão.

– Tudo bem – murmurou. – Estou me sentindo bem...

Ao se aproximar do closet, sentiu como se seu corpo fosse uma bomba prestes a explodir e, puxa, odiou isso: ela não sabia o quanto considerara a sua saúde algo garantido até, deliberadamente, tentar se complicar...

Sem nenhum motivo aparente, o anel de rubi escorregou do seu dedo.

Olhando para baixo, ela viu o anel quicar no tapete e franziu o cenho ao se abaixar para pegá-lo. Ela e Wrath tinham destrocado os anéis porque os dois vinham tendo problemas com os que não serviam, e o símbolo do casamento deles tinha significado, não importando em que mão estivesse.

Ou caindo, como era o caso...

– Mas que diabos? – arquejou.

Quando foi recolocar o anel, notou que seus dedos estavam, de fato, esqueléticos, a pele esticada sobre juntas proeminentes e palmas afundadas.

Seu coração começou a bater forte, e ela se apressou para o espelho do banheiro, acendendo as luzes...

Beth arfou. O reflexo que a fitava estava todo errado, total e absolutamente errado. Em uma só noite, literalmente, seu rosto ficara encovado, toda a gordura desaparecendo das maçãs do rosto e das têmporas, o queixo pontudo como uma faca, os tendões do pescoço saltados.

O medo tomou conta do seu peito. Ainda mais depois que ela ergueu os braços e puxou a pele na região dos tríceps. Frouxo. Frouxo demais.

Era como se ela tivesse perdido dez quilos em questão de horas, a não ser pela barriga.

Tentando não enlouquecer de vez, partiu para o closet para encontrar algo para vestir. No fim, acabou pegando um par de calças de ginástica de amarrar e uma das poucas camisas de Wrath. Essa última era como uma nuvem de algodão ao seu redor, e isso significava, quando tivesse outro acesso de calor, que haveria muita ventilação ali.

Pelo menos os seus chinelos ainda cabiam.

Partindo para o segundo andar, enfiou a cabeça no escritório de Wrath, mas não o viu à escrivaninha. Talvez estivesse se exercitando?

Já descia mais um lance de escadas quando o encontrou.

Ele e George vinham da sala de jantar juntamente com uma fila de *doggens*, todos carregando todo tipo de bandejas de prata passando pela gravura da macieira em flor.

No instante em que captou o cheiro dela, ele parou.

– *Leelan*! Tem certeza de que deveria estar de pé?

No fim, o cheiro da comida foi uma tremenda distração: a fome que sentiu ante esse cheiro bastou para ela parar de imediato.

– Hum... Eu estou me sentindo bem. Na verdade, estou com fome.

Assim como morta de medo.

Enquanto os empregados continuaram até a sala de bilhar, passando pela barreira plástica, Wrath se aproximou da escada.

– Vamos até a cozinha.

Terminando de descer até estar junto dele, ela deixou que ele lhe tomasse o braço, apoiando-se em sua força, inspirando bem fundo. Ela devia ter imaginado tudo aquilo. Mesmo. Bem, provavelmente.

Merda.

– Sabe, eu dormi muito bem – murmurou para se autoassegurar. O que não funcionou.

– É?

– Hum-hum.

Juntos, andaram ao longo da grande mesa de jantar e passaram pelas portas vaivém no canto oposto. Do outro lado, iAm estava mais uma vez junto ao fogão, mexendo numa panela grande.

O Sombra se virou e imediatamente franziu o cenho ao vê-la.

– O quê? – ela pousou as mãos na barriga. – O que você...

– Nada – disse ele, batendo a colher de pau na panela de ferro. – Vocês gostam de sopa de galinha?

– Sim, parece uma ótima ideia – Beth sentou num banquinho alto. – E talvez um pouco de pão, também.

Fritz se materializou junto ao seu cotovelo com uma baguete e um pratinho com manteiga.

– Para a senhora, madame.

Ela teve que rir.

– Como soube?

Enquanto Wrath se sentava no banquinho ao seu lado, George estacionou entre os dois.

– Eu o deixei de sobreaviso.

Uma tigela fumegante de sopa parou diante dela, colocada pelo Sombra.

– Bom apetite.

– Ele também? – perguntou, indicando iAm.

– É, o Sombra também ficou sabendo.

Pegando a colher que Fritz lhe oferecia, ela a mergulhou, ciente dos três machos encarando-a – Wrath, com tamanha intensidade que era quase como se tivesse recuperado a visão...

– Mmmmm... – disse, sendo sincera. A sopa estava perfeita, simples, não muito pesada e quentinha, quentinha.

Talvez fosse porque ela tivesse passado pelo cio e ficado sem comer por quanto tempo?

– Então, o que está acontecendo na sala de bilhar? – perguntou, tentando distrair os machos.

– Estão limpando a minha bagunça.

Ela estremeceu.

– Ah.

Wrath tateou à procura da baguete e partiu a ponta dura, deixando-a de lado. O pedaço seguinte que partiu para ela estava macio no meio e crocante do lado de fora, e a manteiga que ele espalhou era sem sal.

A combinação perfeita para a sopa.

– Gostaria de algo para beber? – Fritz ofereceu.

– Vinho? – sugeriu iAm antes de se corrigir. – Não, vinho não. Leite. Você precisa de cálcio.

– Boa ideia, Sombra – Wrath disse, acenando para Fritz. – Integral.

– Não, isso vai me deixar enjoada – e isso os fez parar de imediato. – O que já acontecia antes de, bem, vocês sabem. Mas do desnatado eu gosto.

E assim continuou, os três a servindo: mais sopa? iAm enchia sua tigela de pronto. Mais pão com manteiga? O marido assumia o comando. Mais leite? O mordomo corria para a geladeira.

Ser cercada por tudo aquilo a ajudou a se acalmar. Mas ela sentiu a necessidade de tentar deixar as coisas claras antes que a alimentassem até que explodisse.

– Rapazes. Agradeço muito tudo isso, mas não sabemos se estou grá...

Ela não terminou o pensamento, quanto mais a frase.

De uma vez só, tudo o que ela comera voltou para a saída de emergência ao mesmo tempo, o seu estômago se revirando sem nenhum aviso.

Ela mal chegou ao banheiro dos funcionários a tempo.

Sim, tudo saiu, da sopa ao pão. E depois, quando ela podia jurar que não só o estômago, mas toda a cavidade torácica estava oca, a náusea a manteve dobrada sobre o vaso sanitário até que seus olhos ficassem marejados, a cabeça latejasse e a garganta não passasse de uma ferida ardente.

– Ei, como estamos indo?

Claro, era a doutora Jane.

– Oi, tudo bem?

Demorou bastante até ela conseguir dizer qualquer outra coisa. E, só pra constar, ela odiava como os sons que ela emitia ecoavam no vaso sanitário.

Quando houve uma pausa nos acontecimentos, por assim dizer, ela apoiou a testa suada e quente no braço, esticou a mão para dar a descarga de novo... E descobriu que não tinha mais forças para abaixar a alavanca.

– Acho que temos que levá-la para a médica – disse Jane.

– Pensei que você fosse uma – ralhou Wrath.

– Temos mesmo? – argumentou Beth.

O fato de Beth voltar a vomitar mais ou menos respondeu àquilo...

Enquanto Wrath permanecia do lado de fora do banheiro dos funcionários anexo à cozinha, ele estava prestes a gritar devido à sua falta de visão: não havia nada como sua companheira estar numa emergência médica para deixá-lo absolutamente irritado por ser cego.

Com suas pupilas de merda, ele não conseguia ver o rosto dela para captar sua coloração, sua expressão, seus olhos. E quanto ao seu olfato apurado? Voara pela janela também, aquele vômito entupira suas narinas, impossibilitando-o de captar qualquer indício emocional.

A única coisa que estava funcionando? Seus ouvidos, de modo que cada nova rodada de enjoo ia direto para seu cérebro.

– Ok, vamos – Beth concordou por fim.

– Espere um minuto, porra – bradou ele –, para onde?

A voz de Jane soou neutra.

– Para a médica...

– *Você* é a maldita médica...

A companheira de V. pousou uma mão em seu braço.

– Wrath. Ela precisa de um especialista, e encontramos um.

Mas que merda? Espere um minuto...

– Não está me parecendo Havers – ele ralhou.

– E não é. É uma humana...

– Ahhhh, não, isso não vai acontecer...

E mais uma onda de náusea.

Por detrás dos óculos escuros, ele fechou os olhos.

– Cacete.

Contra o pano de fundo do sofrimento da sua esposa, a doutora Jane lhe dava todo tipo de motivos racionais pelos quais sua *shellan* teria que ser cuidada com atenção. Mas, céus, a ideia de ela ir para o mundo humano, durante o dia... Porque, ora veja, as persianas tinham acabado de abaixar...

Sabe de uma coisa? Ele quis mesmo que a vida o tirasse de sua lista de encrencas. Ele estava ficando farto de situações impossíveis.

– ... Mestiça, complicações desconhecidas, incapaz de fazer uma avaliação...

Ele interrompeu o pequeno discurso da médica.

– Sem querer ofender, mas não vou deixar a minha mulher sair sem uma retaguarda poderosa, e ninguém pode sair de casa agora...

– Então eu vou com ela.

Wrath relanceou por sobre o ombro ao som da voz de iAm. Seu primeiro instinto foi de partir para cima do cara por ser um macho vinculado e dizer ao Sombra que ele mesmo cuidaria daquilo, muito obrigado. O problema era que ele não podia cuidar porra nenhuma e somente um completo cretino ficaria no caminho da sua companheira para ter o tratamento médico necessário.

Wrath deixou a cabeça cair para trás numa imprecação.

– Tem certeza de que ela precisa disso? – perguntou, sem saber direito com quem estava falando.

– Sim – a doutora Jane respondeu com seriedade. – Estou absolutamente certa.

iAm falou de novo:

– Nada acontecerá com ela sob a minha vigilância. Juro pela minha honra.

Ele teve a sensação de que o Sombra lhe oferecia a palma e, sem dúvida, quando Wrath estendeu a mão às cegas, naturalmente, o outro macho a segurou.

– O que posso fazer por você? – Wrath se ouviu dizer enquanto apertavam as mãos.

– Nada agora. Apenas deixe que eu cuide dela.

– Ok. Tudo bem – só que quando Wrath recuou um passo, ele não se sentia em paz com nada daquilo. Contudo, que outra escolha ele tinha?

Balançando a cabeça, ele pensou: viu, é exatamente por isso que eu não queria um filho. Aquela coisa de gravidez *não* era para ele.

Que diabos ele iria fazer se a perdesse...

– Wrath – fraca, Beth o chamou. – Wrath, onde você está?

Como se ela soubesse que ele estava a dois pensamentos da insanidade, encaminhando-se para a loucura total.

– Estou bem aqui.

– Pode me levar para cima? Eu acho que eu deveria tentar me alimentar antes e não quero fazer isso assim, diante de todos.

– Além do que – disse a doutora Jane –, preciso telefonar para ver se podem nos atender.

– Wrath? Pode me levar?

Voltando à ação, ele avançou e apanhou sua amada nos braços com gentileza, suspendendo-a do chão.

E sabe o que aconteceu? Ele voltou a sentir os pés no chão. Calmo. Preparado para aguentar o que fosse necessário para poupar Beth de se preocupar com ele.

– Obrigada... – Sussurrou ela, quando a cabeça se encaixou na curva do braço.

– Pelo quê?

Ela não respondeu até George guiá-los até a base das escadas e Wrath começar a subir.

A resposta de Beth foi apenas uma palavra:

– Tudo.

Capítulo 62

Eram sete e trinta e três da manhã quando Sola saiu para o terraço e viu o oceano de verdade.

– Quase vale a pena essa viagem longa – murmurou para si mesma.

Com o sol nascendo, a vasta expansão de água azul se misturava à cor do céu matutino, somente as nuvens cor de pêssego da aurora marcavam o horizonte entre os céus e a terra.

Acomodando-se na espreguiçadeira, gemeu quando todas as juntas que tinha, e algumas que nem sabia que tinha, gritaram. Caramba, como estava dolorida. Pensando bem, vinte e quatro horas atrás do volante de um carro eram capazes de provocar isso numa garota. E não eram apenas os ossos que doíam. A panturrilha direita tinha espasmos, como se estivesse prestes a sofrer uma câimbra, apesar de ela ter usado o *cruise control* durante praticamente oitenta porcento do trajeto.

Uau, o ar era fresco e gostoso ali, mesmo sendo dezembro.

E a umidade era maravilhosa. Sua pele estava praticamente se embebedando dela; o cabelo também, o rabo de cavalo já se eriçando nas pontas.

– Vou dormir agora – anunciou a avó.

Sola olhou para trás, através da tela da porta.

– Eu também. Daqui a pouco eu vou.

– Nada de fumar – foi a reprimenda.

– Parei já faz dois anos.

– E não vai voltar.

Dito isso, a avó assentiu e saiu da saleta de estar.

Sola voltou a se concentrar no oceano. Sua casa em Miami ficava no quinto andar de um prédio mais antigo, num condomínio simples, de quatrocentos e cinquenta metros quadrados, comprado há alguns anos em dinheiro e depois decorado com móveis baratos adquiridos pela Internet. Contudo, o complexo tinha uma piscina e quadras de tênis, que estavam praticamente desertos por conta da aproximação das festas e dos pássaros prestes a migrar para o sul para passsar o resto do inverno.

Arqueando as costas, tentou aliviar a coluna. Sem sorte. Provavelmente teria que procurar um massagista depois da longa viagem.

Uma coisa boa era que nunca mais teria que se preocupar em fazer o mesmo trajeto.

Caramba, como aquilo era deprimente.

Enfiando a mão no bolso de trás da calça, pegou seu iPhone. Nenhum telefonema. Nenhuma mensagem.

Ela não acreditara que deixar Assail fosse doer tanto. E, mesmo assim, ela não podia dizer que se arrependia.

Ficou se perguntando o que ele estaria fazendo àquela hora. Provavelmente, indo descansar, após uma noite de negociatas na parte obscura da economia de Caldwell.

Ele voltaria a procurar aquela mulher? Aquela com quem ela o vira transar?

Fechando os olhos, inspirou fundo algumas vezes, e o fato de ela sentir o cheiro salgado do ar ajudou. Ela já não estava lá, lembrou-se. Não estava mais com ele. Não que um dia tivessem estado juntos.

Então, o que ele fazia e com quem fazia não era do seu interesse.

Não mais.

Aquilo daria certo, ela disse a si mesma ao guardar o aparelho e fitar o oceano. Fizera a coisa certa...

Contudo, ainda assim, imagens de Assail invadiam sua mente, sem aviso nem permissão, assumindo o lugar da bela vista diante dela.

Inclinando-se para a frente, tateou a coxa direita e depois pressionou os dedos no curativos. Quando uma dor a perpassou tronco acima, atigindo-a no coração, ela disse a si mesma como fora parar naquela situação. Por que tivera que se mudar.

Exatamente como suas preces foram atendidas.

Sim, a viagem lhe dera algo além de músculos doloridos e uma cabeça cansada: todos aqueles quilômetros de estrada fizeram maravilhas para a sua perspectiva a respeito de tudo.

Lá no norte, dissera a si mesma que a fuga acontecera por sua causa.

Mas agora, com o sol nascendo diante dela, os raios se lançando sobre a água, os golfinhos brincando nas ondas matutinas... ela percebeu que não. Fora um pretexto.

Porque admitir a si mesma que acreditava em Deus era aterrorizante demais, louco demais.

Afastada de tudo o que deixara no norte, num território neutro onde poderia recomeçar, ela conseguia ser honesta consigo mesma. A oração que fizera, a última, de fato fora atendida... e vindo até ali ela estaria honrando a sua parte no acordo.

Com um enorme sacrifício, ao que tudo levava a crer... porque ela sabia que demoraria muito, muito tempo até que deixasse de consultar o telefone.

Erguendo-se da espreguiçadeira, ela voltou a entrar e, ao parar para trancar a porta, olhou através da porta de correr e se lembrou do primeiro andar da casa de Assail. E ao pegar a mala que deixara ao lado da porta, só conseguiu pensar que a arrumara enquanto ainda estava com ele.

A mesma coisa com a escova de dente: a última vez que a usara fora no banheiro do andar de cima da casa dele.

E quando pegou os lençóis, lembrou-se de ter se deitado ao lado dele depois de ele ter se aproximado dela no chuveiro e a possuído com poder desmedido.

Fechando os olhos, ela escutou os ruídos desconhecidos ao seu redor: alguém falando alto no estacionamento de trás, alguém no andar de cima ligando o chuveiro, um cachorro latindo no apartamento ao lado.

A casa de Assail era tão silenciosa.

– Merda – disse em voz alta.

Quanto tempo levaria até que parasse de medir tudo em relação ao que deixara para trás?

Foi exatamente o mesmo quando sua mãe morrera. Nos meses que se seguiram, o metrônomo de sua vida fora guiado pelas nuances da sua mãe: o último filme que viram juntas, as coisas que elas compraram na loja naquela mesma tarde, o último presente de aniversário dado e recebido, aquele Natal que, claro, ninguém sabia que seria o último, o fim da tradição.

Todas as lembranças incansáveis duraram um ano, até que cada um dos aniversários, internos e externos, tivesse se exaurido. Vivenciá-los fora o mesmo que bater de frente num muro toda vez, mas ela conseguira, não? Colocara um pé diante do outro até que, ávida, retomara uma medida de normalidade...

Ah, caramba. Ela não deveria estar comparando o seu afastamento de um traficante com o luto pela perda da mulher que a dera à luz e que a criara por todo o tempo até a avó assumir o comando.

Mas era isso mesmo.

Antes que Sola finalmente conseguisse adormecer, acabou esticando a mão até a mesinha de cabeceira, abrindo a gaveta e colocando a Bíblia que pertencera ao pai debaixo do travesseiro.

Era importante apegar-se a alguma coisa. Qualquer coisa.

A alternativa? Ela temia acabar recarregando o maldito Ford que alugara e voltar direto para lá. E essa estupidez simplesmente não era uma opção.

Depois de tudo pelo que passara nos últimos tempos, ela não estava nem um pouco disposta a saber o que acontecia com as pessoas que quebravam o acordo com o grandão.

E não, ela não estava se referindo ao Papai Noel.

Capítulo 63

Era muito bom que Beth jamais tivesse tido uma fantasia hipotética sobre como seria descobrir-se grávida.

Enquanto aguardava sentada numa bonita sala de espera, cercada por poltronas estofadas em tons neutros, revistas sobre menopausa e maternidade, e mulheres que ou estavam na casa dos vinte ou dos cinquenta anos, ela estava bem ciente de que, o que quer que resultasse daquela consulta, positivo, negativo ou cedo demais para saber, jamais teria fantasiado aquele cenário: sem marido; acompanhada por um Sombra com armas escondidas em quantidade suficiente para explodir um carro-tanque, ou, quem sabe, um avião de carga; tendo sugado uma veia, por causa de *sangue*, pelo amor de Deus, uns vinte minutos antes de sair de uma casa do tamanho e do feitio do Palácio de Versalhes.

É, não era exatamente o que se encontraria em, digamos... Apanhou a revista mais próxima de si. *Modern Motherhood*, por exemplo.

Folheando a revista, viu todo tipo de Mãe Satisfeita segurando Anjos Celestiais na Terra nas páginas coloridas que discorriam sobre a santidade que era amamentar, a importância do contato de pele contra pele e da primeira consulta pós-parto.

– Vou passar mal – murmurou, largando a revista de lado.

– Merda – iAm disse, dando um salto. – Vou encontrar o ban...

– Não, não – ela o puxou de volta para a poltrona. – O que eu quis dizer é... não, foi só um comentário.

– Certeza?

– Absoluta. E da próxima vez em que me sentir aborrecida, prometo ser bem específica. Nada de metáforas com enjoos.

iAm teve que se espremer de volta na poltrona: o Sombra era tão grande que sobrava sobre os apoios de braço e do encosto estofados, e atraía muita atenção.

E não necessariamente por causa do seu tamanho.

Toda mulher desacompanhada que chegava, passava por ali ou trabalhava na recepção olhava para ele, de um modo que provava que você não ficava morta do pescoço para baixo se estivesse grávida ou se seus ovários estivessem murchando ou se estivesse esgotada com telefone tocando, pacientes demais e uma enorme papelada.

– Já foi casado? – perguntou para o cara.

Sem prestar muita atenção, ele meneou a cabeça, aqueles olhos negros percorrendo os arredores como se estivesse pronto para defender a vida dela com a sua.

O que, na verdade, era muito gentil.

– Já se apaixonou?

Outro meneio.

– Quer ter filhos?

Olhando para ela, deu uma risada forçada.

– Ouvi dizer que você já foi repórter.

– O meu "quem-o que-onde-por que-quando" apareceu de novo, não é?

– Sim. Mas tudo bem, não tenho nada a esconder – ele cruzou as pernas na altura dos tornozelos. – Sabe, com a situação do meu irmão todos esses anos, eu nem penso nisso, entende? Eu preciso dar um jeito no caso dele e acho que isso não vai acontecer tão cedo.

– Sinto muito – ela já ouvira o bastante pela casa para entender mais ou menos a situação. – Para ser bem franca, eu acho que uma noite dessas vou descer e descobrir que vocês dois foram embora.

Ele assentiu.

– É bem possível.

– Marklon, Beth? – chamou uma enfermeira de uma porta aberta na ponta oposta.

– Sou eu – pondo-se de pé, ela ajustou a bolsa no ombro e seguiu até lá. – Estou chegando.

Céus, falando em enjoo... Ante a perspectiva de encontrar-se de fato com a médica, ela pensou que daquela vez iria vomitar de novo...

A enfermeira sorriu e deu um passo para trás, indicando uma saleta de triagem atrás dela.

– Só vou pesá-la e medir a sua pressão agora.

– Pode segurar isso? – pediu a iAm, passando a bolsa para ele.

– Ok.

Enquanto ele pegava a bolsa, a enfermeira parou para encarar o Sombra dos pés à cabeça. Depois corou e teve que pigarrear.

– Bem-vindo – disse a ele.

iAm apenas assentiu e continuou perscrutando as salas dos fundos. Talvez um par de ninjas saltasse da sala de exames ou algo assim.

Beth teve que sorrir quando a enfermeira voltou a se concentrar e anotar seus sinais vitais.

Depois disso, a mulher a acompanhou por um corredor com mais ou menos uma dúzia de salas. Conforme avançavam, a decoração era nos mesmos tons de marrom e creme da sala de espera, com "arte" por trás de vidros emoldurados, fazendo o máximo para transformar um espaço repleto de equipamentos médicos e funcionários de jaleco num local não institucional.

– Cinco minutos, por favor – disse a enfermeira, mais uma vez dando um passo para trás.

Quando iAm passou, ela recuou mais um passo, os olhos se arregalando como se ela estivesse gostando do perfume dele.

A enfermeira se recompôs e entrou, fechando a porta.

– Se puder se sentar na mesa de exames, por favor. E o senhor pode se acomodar onde preferir...

O Sombra escolheu a cadeira diante da entrada, encarando a porta como se estivesse desafiando algo ou alguém a entrar ali.

Com outro sorriso, Beth teve que se perguntar o que a enfermeira acharia se soubesse que ele estava pronto para atacar quem quer que aparecesse ali cuja aparência ele não gostasse. E matar.

Talvez até esquartejar e fazer um cozido.

Céus, esperava que fosse mesmo galinha naquela sopa...

– Senhora Marklon? Oi?

Ela se sacudiu.

– Pois não?

A parte do histórico médico foi rápida, pois antes da sua transição ela fora perfeitamente saudável, e não tinha intenção de contar que apenas dois anos antes se tornara uma vampira.

Claro.

– E com quanto tempo acha que está? – foi a pergunta final.

– Nem sei se estou grávida, para ser bem franca. Mas é uma possibilidade, pois ando bastante enjoada... Eu só quero saber se estou bem.

– Fez exame de farmácia?

– Não. Deveria?

A enfermeira balançou a cabeça.

– Podemos fazer um exame de sangue, se a médica quiser. E quanto ao enjoo, se você estiver grávida, muitas mulheres têm enjoos matinais que, na verdade, duram um dia inteiro no primeiro trimestre, e isso não quer dizer nada de mais.

– Bom Deus, não consigo acreditar que estou falando sobre isso.

A enfermeira apenas sorriu e terminou de escrever no prontuário.

– Ok, agora é hora de você colocar essa camisola – um quadrado de papel foi colocado na sua mão. – Já mando a médica para cá.

– Obrigada.

A porta se fechou atrás da enfermeira com um clique.

– Não posso deixá-la sozinha – disse iAm se levantando e se virando, para ficar de frente para a parede e colocar a cabeça entre as mãos. – Mas sugiro veementemente que não conte ao seu marido que ficou nua comigo na mesma sala. Gosto dos meus braços e pernas onde eles estão, muito obrigado.

– Concordo.

Quando ela retirou as roupas rapidamente e se cobriu com a camisola fina, ela quis mesmo que Wrath estivesse com ela. Na verdade, aquela era uma lição e tanto sobre o quanto a presença dele a acalmava. Ficavam distantes tão raramente que era fácil se esquecer do que ele significava para ela, ainda mais quando a situação era estressante.

Em seguida, foi só esperar.

– Então, se você fosse se casar, que tipo de mulher você gostaria que fosse?

iAm relanceou para ela.

– Não podemos falar sobre basebol ou qualquer outra coisa?

Puxa, mancada.

– Ou caras, se esse for o caso. Desculpe, não quis ofendê-lo.

Ele riu de novo.

– Não sou gay.

– Então, como ela seria?

– Caramba, você não desiste, não é?

Foi a vez dela de rir.

– Olha só, estou sentada aqui, morrendo de frio nessa coisa de papel, prestes a ouvir que só estou gripada e não deveria ter vindo. Faça-me o favor de me distrair, está bem?

iAm voltou a se sentar.

– Bem, como eu já disse, nunca pensei muito nisso.

– Posso te descolar alguém...

– Não – exclamou ele. – Nãããããooo. Não, não, não, nem pense nisso, garota.

Ela ergueu as mãos.

– Ok, ok. É só que... você parece um cara legal.

Ele não respondeu.

E quando ele continuou calado, ela acreditou que o tivesse deixado encabulado...

– Posso contar uma coisa que ninguém sabe? – disse ele de repente.

Beth se sentou mais ereta.

– Ah, sim, por favor.

O Sombra exalou profundamente.

– A verdade é...

Ah, meu Deus, por favor, não permita que a médica entre antes que ele...

– Nunca estive com uma fêmea antes.

Quando as sobrancelhas de Beth dispararam para o meio da testa, ela comandou que elas voltassem para o lugar imediatamente. Não queria que ele levantasse o olhar e visse a surpresa no seu rosto.

– Bem, isso é...

– Ridículo. Eu sei.

– Não, não, nem um pouco.

– Trez mais do que compensou por isso – murmurou. – Se tirássemos a média da vida sexual dele com a minha, ainda estaríamos na curva de Wilt Chamberlain.*

---

* Wilton Norman Chamberlain foi um jogador de basquete norte-americano. Será sempre lembrado como um dos maiores jogadores de basquete de todos os tempos. (N.T.)

– Uau. Quero dizer...

– Antes de o meu irmão fugir do s'Hisbe, eu era tímido demais. E depois que a merda bateu no ventilador para ele? Eu fiquei ocupado tentando impedir que ele pirasse de vez. Além disso, sei lá, não me ligo em piranhas. A nossa tradição diz que você honra seu corpo partilhando-o com alguém com quem esteja comprometido. Acho que não consigo tirar essa besteira da minha cabeça.

Depois de um minuto, ele a encarou.

– O que foi?

– Eu... é só que eu nunca o ouvi falar tantas palavras de uma só vez. É legal ver você se abrir.

– Pode manter isso entre nós?

– Sim, claro.

Ela esperou alguns segundos.

– Mas se eu conhecer alguém, assim, alguém que possa combinar, posso apresentar para você?

Ele balançou a cabeça.

– Obrigado. Mas acho que não sou um bom partido.

– Então, o que vai fazer? Viver a vida inteira sozinho?

– Eu tenho o meu irmão – disse ele asperamente. – Confie em mim. Isso já é mais do que o suficiente para me manter ocupado.

– É, acho que sim.

Quando ele voltou a ficar quieto, ela deduziu que ele não queria mais conversar. Em vez disso, ele disse mais uma coisa:

– Eu só tenho um segredo.

– Qual é?

– Não conte a ninguém... mas eu gosto daquele seu maldito gato.

Virando a cabeça de lado, Beth sorriu para o Sombra.

– Eu acho que... ele também gosta bastante de você.

Demorou mais uma hora até a porta voltar a se abrir.

E só foi outra enfermeira.

– Olá, sou a Julie. A doutora Sam está presa numa emergência. Ela pede desculpas e me pediu para fazer um exame de sangue para apressar as coisas, está bem?

Por um átimo, Beth se preocupou com essa ideia brilhante. Havia diferenças anatômicas entre as duas espécies. E se descobrissem algu...

– Senhora Marklon?

Mas iAm disse que cuidaria de qualquer problema, ela se lembrou. Podia confiar que ele faria isso.

– Sim, claro. Qual braço você quer?

– Deixe-me dar uma olhada nas suas veias.

Cinco minutos, um tufo de algodão com álcool, duas picadas e três tubos de sangue mais tarde, ela e iAm estavam sozinhos novamente.

Por um tempo.

– Sempre demora assim? – perguntou ele. – Com os humanos?

– Não sei. Nunca fiquei doente, e, por certo, nunca me questionei se estava ou não grávida antes.

O Sombra se ajeitou na cadeira.

– Quer ligar para Wrath?

Ela pegou o telefone.

– Estou sem sinal. E você?

Ele verificou o telefone dele.

– Nenhum.

Fazia sentido. Estavam num dos prédios mais novos do Hospital St. Francis, um prédio de doze ou quinze andares de aço e vidro, e estavam no segundo andar. Bem no meio dele.

Sem nem uma janela por perto.

A porta se abriu e mais tarde... Muito mais tarde... Ela se lembraria da sua primeira impressão:

Gosto dessa mulher.

A doutora Sam tinha pouco mais de um metro e meio de altura e uns cinquenta anos de idade... e estava toda concentrada na paciente.

– Olá. Sou Sam, e sinto muito mesmo por tê-la feito esperar.

Mudando de lado a prancheta que segurava, estendeu a mão e sorriu, mostrando dentes brancos e um rosto que envelhecia com graciosidade. O cabelo loiro curto era um belo trabalho de tingimento, e ela tinha algumas pulseiras de ouro e um anel de diamante na mão esquerda.

– Você deve ser Beth. Manny é um velho amigo meu. Eu costumava atender casos de obstetrícia para ele no PS de tempos em tempos.

Por nenhum motivo em especial, Beth sentiu uma vontade imensa de chorar... e a suprimiu.

– Sou Beth. Marklon.

– E você é...? – perguntou a iAm, estendendo a mão.

– Um amigo.

– Meu marido não pôde vir – Beth informou, enquanto os dois se cumprimentavam.

– Ah, sinto muito.

– Ele... ele não vai poder acompanhar as consultas.

A doutora Sam apoiou o quadril na mesa de exame.

– Ele é militar?

– Hum... – ela relanceou para iAm. – Sim, é.

– Agradeça a ele por mim, pelos serviços prestados, sim?

Céus, como ela odiava mentir.

– Com certeza.

– Ok, vamos trabalhar – ela abriu o prontuário. – Você tem tomado vitaminas pré-natais?

– Não.

– Será a primeira coisa na nossa lista. – A médica ergueu o olhar. – Tenho alguns tipos orgânicos que não a deixarão nauseada...

– Espere, quer dizer que estou grávida?

A médica franziu o cenho.

– Eu... eu... Desculpe, pensei que tivesse vindo fazer o seu primeiro ultrassom, não?

– Não, eu vim pra saber se estou com uma virose estomacal ou se estou... Você sabe.

A médica puxou a cadeira na qual a enfermeira estivera sentada. Depois, segurou as mãos de Beth.

– Definitivamente, você está grávida. E já faz um tempo. É por isso que precisamos que você comece a tomar já essas vitaminas... e você vai precisar ganhar um pouco de peso.

Beth sentiu o sangue fugir da cabeça.

– Eu... Isso não é possível.

– A julgar pelos seus resultados de Beta HCG, eu diria que você está no segundo trimestre, embora esses níveis variem significativamente. Mas, neste instante, tenho cem porcento de certeza de que você está grávida. Por isso, como eu estava dizendo, espero que você me deixe fazer o ultrassom para sabermos em que pé estamos.

– Eu... eu... eu... eu... eu...

– Sim, ela quer – disse iAm de trás. – Pode fazer agora?

– Eu... eu...

– Sim, agora mesmo. – Mas a doutora Sam não se mexeu. – Só quero saber se Beth concorda. Gostaria de conversar em particular com o seu amigo?

– Não posso estar com quatro meses... você não entende... não é possível.

Talvez aquilo fosse uma coisa de vampiros, pensou. Talvez os exames estivessem errados porque ela era uma...

– Bem, volto a repetir, os níveis de Beta HCG são apenas um indicador bem no começo da gestação, apenas na medida em que estão crescendo – a médica se levantou e abriu uma gaveta, pegando um aparelho quadrado com um sensor preso por um cabo grosso. – Posso verificar os batimentos cardíacos?

– Não é possível – Beth se ouviu dizer. – Não é.

– Vai me deixar ver se existe um batimento?

Beth se deixou cair na mesa e sentiu a médica encostar uma coisa do tamanho de um dedão na sua barriga...

Um sonzinho ritmado soou alto.

– Isso mesmo, temos batimentos cardíacos. Bem fortes. Cento e quarenta é o ideal, e é isso o que temos aqui.

Beth só conseguiu ficar piscando para o teto.

– Pegue a máquina de ultrassom – disse, áspera. – Agora.

Capítulo 64

Enquanto andava de um lado para outro sobre o piso de mosaico, John sabia de duas coisas: fazia horas desde que Beth saíra, e Wrath estava no limite.

O Rei se acomodara no último degrau da escada central, balançando o corpo para a frente e para trás, como se estivesse contando a passagem do tempo com o corpo inteiro.

Sem um motivo em especial, John foi até o arco da sala de bilhar coberto pelo plástico. Os trabalhos tinham avançado durante a noite, e, apesar da grande metragem, quase todo o piso já fora removido. Naquela noite, supostamente entregariam o mármore novo que começaria a ser assentado. Também teriam que trabalhar nas paredes, o que, provavelmente, demoraria mais...

Uau, estava mesmo tentando se ocupar.

Deixando o plástico cair de volta, relanceou para Wrath. Haveriam de pensar que, num momento como aquele, John seria a última pessoa a fazer companhia para o cara, já que ele era mudo e o Rei, cego.

Mas Wrath não queria saber de conversa, então, estava dando certo.

Todos tinham sumido assim que Beth saíra com o Sombra, e John teve toda a intenção de fazer o mesmo. Marido era muito mais importante que irmão, ainda mais em casos como aquele. Mas, já lá em cima, e mesmo depois de ter feito sexo com Xhex, seus passos o trouxeram de volta para ali.

E então ele esperou.

Engraçado, tinha a sensação de que, se fosse qualquer outra pessoa, Wrath já o teria expulsado.

– Seu telefone já tocou? – Wrath perguntou sem levantar o olhar.

John emitiu um assobiou curto, decrescente, o mais próximo que ele conseguia chegar de um "não". Porém, se o telefone tivesse tocado, os dois o teriam ouvido.

– Mensagem?

John balançou a cabeça, antes de se lembrar de assobiar de novo...

De repente, a campainha do átrio tocou, e uma imagem apareceu na telinha do monitor discretamente instalado no gesso da imensa entrada.

Beth. iAm. Nos degraus da porta da frente.

Enquanto Wrath saltava, ficando de pé, John se apressou para apertar o botão antes que Fritz aparecesse, assobiando num tom crescente para que o marido soubesse que era a esposa quem chegava.

No instante em que apertou o botão, a porta interna no vestíbulo foi escancarada.

John jamais se esqueceria da aparência de Beth, enquanto ela entrava apressada em casa: seu rosto estava tenso e pálido, os olhos arregalados, os movimentos desajeitados e descoordenados. Ela carregava o casaco em vez de estar usando-o, e deixou-o cair no chão junto com a bolsa.

Objetos comuns se espalharam pelo piso. Uma carteira. Uma escova de cabelos. Protetor labial.

Por que ele estava prestando atenção àquilo...?

Em seguida, tudo o que ele conseguiu ver foi a irmã correndo por sobre o piso de mosaico... Como se estivesse sendo seguida por um lunático.

E quando se lançou para cima de Wrath, não foi com alegria.

Ela estava aterrorizada.

Em resposta, Wrath a segurou sem esforço algum, erguendo-a do chão, a tensão que marcava sua mandíbula não tendo relação alguma com o peso que ele suspendia.

– O que foi, *leelan*? – perguntou ele.

– Estou grávida. Eu estou...

– Ah, meu Deus.

– ... esperando um menino.

John afastou os braços para se equilibrar. Não podia ter ouvido direito. Não havia como...

Wrath lentamente voltou a colocá-la no chão. E logo precisou de um tempinho, deixando-se cair naquele degrau de baixo como se seus joelhos não aguentassem mais seu peso.

E, puxa, vejam só, John fez o mesmo, com uma mistura curiosa de desespero e alegria descrente roubando-lhe todas as forças até ele se ver sentado no chão.

Como era possível...?

No silêncio que se seguiu ao grande anúncio feito por Beth, Wrath não conseguia fazer seu cérebro funcionar. Ou suas pernas, ou braços. E quando caiu no degrau no qual esquentara a bunda, sentiu como se estivesse em algum tipo de pesadelo.

– Eu não... Entendo. – Um filho? Estavam esperando um filho? – O seu cio foi na outra noite... Duas, no máximo.

– Eu sei, eu sei – concordou ela com a voz embargada.

No mesmo instante, ele entrou em ação. Que sua cabeça confusa se fodesse – sua *shellan* precisava dele. Controlando-se, pegou-a no colo, ciente de que John e iAm eram os únicos por perto, e ficou grato por isso.

– Conte o que a médica disse.

O cheiro das lágrimas dela o matou, mas ele se manteve firme enquanto ela pigarreava umas duas vezes.

– Fui lá para ouvir que era cedo demais. Eu não deveria estar no quarto mês de gestação...

– *O quê?*

– Foi o que ela disse – Beth sacudiu a cabeça ao encontro do peito dele. – Isto é, sei que andei me sentindo estranha, mas pensei que era porque o cio estava se aproximando... Em vez disso, eu já estava grávida... Quero dizer, eu engravidei antes de entrar no cio.

Jesus... Cristo.

Ela se afastou um pouco.

– Francamente, notei que as minhas roupas estavam mais apertadas há um mês. Talvez um pouco mais? Pensei que fosse porque eu vinha descontando na comida, ou porque não estava me exercitando... E meu humor também estava oscilando e, agora que penso a respeito... Meus peitos também estavam doloridos. Mas não menstruei, nem nada assim... Então, eu não sei! Ah, meu Deus, e se eu prejudiquei o bebê ao ficar com a Layla? E se...

– Beth, psiu... Beth, preste atenção. O que a médica disse sobre o bebê?

– Ela disse... – sua companheira fungou. – Ela disse que ele é lindo. Ele é perfeito. E tem o coração de um leão...

Nessa altura, Beth começou a soluçar, como para liberar a emoção mais do que qualquer outra coisa. E enquanto ele a abraçava, fitava por sobre a cabeça dela.

– Um filho? – disse, rouco.

– A médica disse que ele é grande e forte. Eu o vi se mexer – disse, em meio às lagrimas. – Eu não sabia que era um bebê, pensei que fosse indigestão...

– Então você estava grávida antes do cio.

– É a única explicação que tenho – choramingou.

Wrath a estreitou ainda mais nos braços, bem perto do coração, que batia forte.

– ... um filho?

– Sim. Um filho.

De repente, ele sentiu o maior e mais contente sorriso que já se formou em seu rosto, a coisa se esticando até as bochechas doerem, fazendo seus olhos marejarem pelo esforço, repuxando as têmporas até elas queimarem. Mas a alegria não era apenas aparente. Uma onda enorme o queimou por dentro, limpando-o em lugares que ele nem sabia que estavam sujos, tirando as teias de aranha que se formaram nos cantos, fazendo-o se sentir vivo de um modo que ele não se sentia há muito, muito tempo.

Antes de entender o que estava fazendo, ele se pôs de pé com Beth nos braços, inclinou o corpo para trás e gritou a plenos pulmões, com mais orgulho do que seu corpo de mais de dois metros conseguia conter:

– Um fiiiiiilhooooo! Vou ter um fiiiiilllllhooooooo!

Capítulo 65

Beth se apaixonou por seu filho naquele instante.

Enquanto Wrath gritava para a lua com orgulho paterno, ela sorriu em meio ao choro e à preocupação. Já fazia tanto tempo desde que o vira tão feliz... e lá estava ele, no meio da novidade que ela pensou que o deixaria enlouquecido, radiante como o sol.

E o filho deles era a causa.

– Onde diabos estão todos? – reclamou ele ao se virar para as escadas.

– Só faz dois segundos que você os chamou...

As pessoas vieram correndo apressadas, um congestionamento se formando no alto das escadas, apesar da coisa ser imensa, o som de passos ecoando pelo vestíbulo enquanto os Irmãos desciam com suas companheiras.

– Tome – disse ela, pegando um pedaço de papel. – Mostre isso para eles, é uma foto do ultrassom.

Wrath mudou o peso dela, segurando-a com um braço para pegar a foto e a suspender com se fosse do tamanho de um *outdoor*, e feita de ouro.

– Olhem! – exclamou. – Vejam! Meu filho! Meu filho!

Beth teve que rir mesmo com as lágrimas correndo soltas.

– Vejam!

Os Irmãos formaram um círculo ao redor do que ele segurava, e ela ficou maravilhada... todos eles tinham os olhos úmidos, os sorrisos contritos e másculos eram provas de que refreavam a emoção.

E então ela olhou para Tohr. Ele estava mais atrás, com Autumn bem perto dele. Quando a companheira dele ergueu o olhar, aflita, ele pareceu se preparar internamente para se aproximar.

– Estou muito feliz por vocês – disse o Irmão para ambos.

– Ah, Tohr – disse ela, esticando as mãos.

Quando o Irmão as segurou, Wrath abaixou o braço como que para esconder a foto.

– Não – Tohr o interrompeu. – Deixe isso erguido e sinta muito orgulho. Tenho um bom pressentimento a esse respeito, e estou muito feliz por vocês... de verdade.

– Ah, caramba – disse Wrath, puxando o Irmão para um abraço forte. – Obrigado, cara.

Havia tantas vozes e pessoas os cumprimentando, mas havia um rosto que ela queria ver.

John também estava de lado, mas, quando a fitou, sorriu, apesar de o sorriso não ser como o de Wrath. Ele estava preocupado.

Eu vou ficar bem, ela articulou com os lábios.

Mesmo sem saber se acreditava nisso. Culpava-se por não saber que estava grávida, por tentar estimular o cio artificialmente e, principalmente, por ter sido bem-sucedida. E se a náusea violenta fosse o início de um aborto? E se...

Afastando-se desse precipício, ela se ateve a duas coisas: uma, ouvira as batidas do coração, bem fortes e ritmadas; dois, a médica estava muito animada com o bebê.

Abruptamente, o mar de pessoas se abriu... e lá estavam eles.

Bella, com Nalla nos braços, e Z. ao lado das suas garotas.

Beth recomeçou a chorar quando a fêmea se aproximou. Deus, era impossível não se lembrar de como Nalla dera início àquilo, precipitando uma necessidade que se tornara inegável.

Bella também chorava, quando parou.

– Só queríamos dizer: eba!

Naquele instante, Nalla esticou-se na direção de Beth, um sorriso só de gengivas no rosto, alegria pura irradiando.

Não havia como negar aquilo.

Beth pegou a garotinha do colo da mãe e a posicionou contra o peito, capturando uma das mãozinhas e dando beijos, muitos beijos.

– Está pronta para ser... – Beth olhou para Z. e para o marido. – ... uma irmã mais velha?

Sim, Beth pensou. Porque era isso o que a Irmandade e as suas famílias eram. Próximos como irmãos, mais unidos do que o sangue, porque escolheram ser assim.

– Sim, ela está – disse Bella, enxugando os olhos e olhando para Z. – Está mais do que pronta.

– Meu irmão – Z. estendeu a mão, o rosto marcado em um meio sorriso, os olhos amarelados calorosos. – Parabéns.

Em vez de dar a mão a ele, Wrath enfiou a foto do ultrassom bem diante do rosto do Irmão.

– Você está vendo? Vê o meu filho? Ele é grande e forte, não é, Beth?

Ela beijou o cabelinho macio de Nalla.

– Sim, ele é.

– Grande e forte, certo?

Beth riu um pouco mais.

– Grande e forte. Absolutamente perfeito.

– Perfeito! – Wrath exclamou. – E foi uma médica quem disse, quero dizer, ela até fez faculdade de medicina...

Até Z. começou a rir com aquilo.

Beth devolveu Nalla aos pais.

– E a doutora Sam disse que já fez mais de quinze mil partos durante toda a sua carreira...

– Viram! – exclamou Wrath. – Ela sabe das coisas. O meu filho é perfeito! Onde está o champanhe? Fritz! Traga o maldito champanhe!

Balançando a cabeça, Beth inspirou fundo e resolveu seguir a onda. Havia ainda muita coisa pela frente, encabeçadas pelo parto... que, céus, já a assustava. Com tantos contratempos à frente, e tantas coisas desconhecidas, era tentador se perder no olho do furacão.

Mas, pela próxima hora, ela só queria viver naquela alta octanagem da alegria de Wrath, ser parte da comemoração daquele milagre.

Era engraçado: todo aquele tempo eles estiveram discutindo a respeito de filhos... enquanto já havia um no forno.

A vida, às vezes, era bem irônica.

Recostando-se nos braços do marido, ela ficou olhando enquanto ele cumprimentava os Irmãos, e até aceitou uma taça de Fritz.

Seu *hellren* era um cara grande. Mas naquele instante? Era maior do que o Monte Everest.

– Você pode me colocar no chão – disse ela com um sorriso.

A carranca que lhe foi lançada era mais dura que qualquer muro.

– De jeito nenhum! Você é minha esposa e está esperando o meu filho. De jeito nenhum vou deixar que seus pés toquem o chão pelos próximos três anos.

Com isso, ele se inclinou e a beijou na boca.

Ah, diabos, talvez ela devesse dizer que aquilo era mais uma coisa do tipo "nosso", não só "dele", mas não era assim que ela se sentia. Ela teve tanto medo que ele não aceitasse e amasse uma criança que estava aliviada e contente demais por ele já estar sendo possessivo.

Por já estar amando.

O que era a melhor coisa do mundo para o filho deles que nem nascera ainda: quando Wrath, filho de Wrath, decidia que alguma coisa era dele, ele arrastaria a lua até a Terra se fosse necessário.

Quando ele virou o rosto para o dela, o amor fez com que os olhos dele brilhassem fervorosamente, a ponto de ela ver a luz verde por trás dos óculos escuros.

A casa inteira gritou de alegria... E todos beberam.

Menos ela, claro.

– Porque ela estava grávida – pensou, com um sorriso que rivalizava com o de Wrath.

Wrath ficou naquela onda o quanto pôde. Com os Irmãos ao seu redor e um novo propósito, ele soube que aquela seria uma das melhores noites da sua vida. Ou... Caramba, ainda era dia, não era?

Quem se importava, mesmo?

Era difícil explicar, mesmo para si próprio, o que, exatamente, mudara. Mas, de repente, tudo parecia diferente, do modo como apertava as mãos dos Irmãos e sorria para as companheiras deles até a maneira como segurava Beth.

E ela era a melhor parte de tudo.

Com o champanhe sendo servido, e as risadas ecoando pelo vestíbulo, ele não acreditava que tivesse chegado àquele ponto da vida. Na noite anterior, ele estava sem o trono e potencialmente sem uma companheira. E lá estava ele, ainda com uma coroa sobre a cabeça e sua esposa grávida de um filho seu.

De quatro meses.

Recuou no tempo, retrocedendo em semanas e meses. Houve uma vez, uns quatro meses antes, em que Beth fora encontrá-lo no seu escritório durante o dia. Àquela altura, fazia um tempo que não tinham ficado juntos, e ele ficara surpreso, de uma boa maneira, com a agressividade dela.

Depois... pensando bem, o cheiro dela mudara, aprofundando-se, ainda que não da maneira como o de uma vampira muda durante a gestação.

Durante todo aquele tempo, ela esteve grávida.

O destino lhe pregara uma peça com o que ela queria, mas achava que nunca teria, e com o que ele nem sabia de que precisava.

Quando ouviu a companheira bocejar, entrou em estado de alerta imediato.

– Ok, hora de subir.

A aglomeração se acalmou de pronto, e ele sentiu que o foco era a sua Beth. Ela receberia muito daquilo dali por diante, não só da sua parte, mas também dos Irmãos. Eles já se sentiam protetores em relação a ela. Gestante? Aquilo só aumentaria vinte vezes mais.

– E acho que tenho que me alimentar de novo – sua Beth disse, quando ele começou a subir as escadas, com George guiando-o com uma pressão suave na perna.

– Pode deixar – ele franziu o cenho. – O que a médica disse do enjoo?

– Ela acha que estou com uma virose. Mas, também, ela não sabe nada sobre o cio e talvez seja essa a causa, não?

– Vou falar com Havers; você não precisa ir vê-lo.

– Isso seria ótimo. Estou bem nervosa.

– Não se preocupe. Eu cuido disso.

E ele, positivamente, cuidaria. Ele se sentia no controle do Universo, uma antiga parte sua despertando novamente.

George o guiou até a porta que dava para o terceiro andar e, quando chegaram ao topo, Wrath seguiu pela esquerda.

Quando a proteção foi aberta, ele entrou, levando-a imediatamente para a cama.

– Quer que eu encha a banheira? Ou ligue o chuveiro? A pia?

Ela riu.

– Só quero ficar deitada um pouco. Sinto como se tivesse andado de montanha-russa, e que ela foi rápido demais.

Sentando-se ao lado dela, ele encontrou o ventre com a mão.

– Adoro isso.

– Adora o quê?

– Esse montinho que está crescendo aqui – ele sorriu. – É o nosso filho.

– É, sim.

– Eu queria poder ver. A foto.

– Eu também.

– Mas está tudo bem – ele esfregou fazendo círculos, tentando imaginar como seria o filho. – E ele é forte.

– Sim. Assim como o pai dele.

– Aqui. Pegue a minha veia – ele esticou o pulso na direção dela. – Por favor.

– Ah, obrigada.

Enquanto ela cravava as presas na pele dele, ele quis que fosse no pescoço, mas não confiava em si mesmo. Sentia-se energizado, e esse tipo de coisa levava a um escape em especial... E aquilo não aconteceria enquanto ela estivesse grávida. Não mesmo. Não enquanto o filho estivesse ali...

A mão da esposa aterrissou no seu pênis duro, e ele quase saiu de dentro da pele.

– Cacete!

Ela soltou a veia dele.

– Podemos fazer sexo, sabe.

– Ah, não. Não.

– Wrath, não estou doente... E nós não temos mais que nos preocupar se eu vou ou não engravidar, não é? – o sorriso dela acompanhou o seu tom de voz. – Você já cuidou direitinho desse assunto.

– Cuidei, não cuidei?

– Estou tão feliz com isso – disse ela, quando ele sentiu o toque dela em seu rosto. – A respeito da sua reação, mais do que tudo.

Provavelmente ele surpreendera a ambos com a sua reação.

Afagando sua barriga, ele pensou no que estava crescendo dentro dela.

– Sabe qual é a melhor parte disso tudo?

– Conta – ela sussurrou.

– Você está me dando uma coisa... de que eu nem sabia que precisava. É o maior presente que jamais receberei, é como se estivesse me completando em lugares que eu nem sabia que estavam vazios. E, mesmo assim... apesar disso tudo, eu não te amo mais por isso. Você continua sendo tão importante para mim quanto sempre foi – ele se curvou e pressionou um beijo sobre a camisa que ela usava, que era dele, na verdade, e isso não era maravilhoso? – Eu estava completamente vinculado a você antes disso e estarei depois... Para sempre.

– Você vai me fazer chorar de novo.

– Então chore. E me deixe cuidar de você. Pode deixar.

– Eu te amo tanto.

Ele se moveu acima dela e a beijou. Uma vez. Duas. Três.

– Eu. Também. Te amo. Agora termine de se alimentar e descanse... Vou fazer com que tragam comida para cá.

– Não, comida, não. Por favor. Agora só estou precisando da sua força.

Que assim seja, pensou ele.

Wrath ficou sentado na beira da cama pelo tempo em que ela se nutriu do seu pulso. Então, ajudou-a no chuveiro, secou-a e a acomodou entre os lençóis.

– Só vou descansar um tempinho – disse ela, já sentindo as pálpebras pesadas enquanto as persianas começavam a se erguer no começo da noite.

– Descanse pelo tempo de que precisar.

Um filho. *Um filho.*

– Vou me amarrar à escrivaninha – disse, antes de se deter.

Engraçado, era isso o que sempre lhe dizia todas as noites depois da Primeira Refeição, o modo deles de dizerem que ele iria "vestir a coroa" e lidar com os problemas.

– Fico feliz – disse ela, com uma voz sonolenta.

Engraçado... naquela hora, toda aquela coisa de ser Rei já não parecia mais um fardo.

Na verdade, enquanto pegava a guia de George, ele se sentiu tremendamente à vontade ao descer as escadas e seguir para o seu escritório. Ao entrar no cômodo, encontrou a escrivaninha, andou ao redor dos cantos entalhados... e fez uma pausa antes de se sentar no trono do pai.

Foi com uma sensação de admiração que ele baixou seu peso lentamente. O trono rangeu como sempre... e ele se perguntou se, quando o pai se sentava, isso também acontecia. Ele não se lembrava desse detalhe da sua juventude e desejou que a sua memória estivesse melhor.

Em vez de chamar Saxton, ou de verificar os e-mails pelo computador ativado por voz, ele franziu o cenho e tentou rememorar as lembranças do passado. Elas eram confusas, aquelas de que ele conseguiu se lembrar... Por conta dos seus olhos deficientes.

Deus, ele nunca pensara a respeito do lado humano da esposa como quer que fosse, mas desejava demais que o novo DNA que ela acrescentava à equação cuidasse desse defeito. Seria maravilhoso se seu filho nascesse com boa visão.

Mas e se não nascesse?

Bem, ele mesmo trilhara esse caminho, e estaria ali para apoiar o filho. Ser cego não era maravilhoso, mas não significava que ele deixaria de viver.

Caraaaaamba, e pensar que ele estava disposto a sacrificar uma criança só porque tinha medo que ele ou ela pudesse ter um defeito. Estupidez. Estupidez pura. E uma tremenda fraqueza da sua parte.

Ainda bem que o destino sabia o que era melhor...

– Meu senhor – disse Fritz.

– Entre! – puxa, ele estava bem alegrinho, seria melhor diminuir um pouco a vivacidade antes que ele mesmo ficasse enjoado com isso.

– Um dos operários pede uma audiência.

Ah, sim. E, por um instante, ele reverteu para o seu antigo eu querendo se livrar daquilo, mas logo se pôs de pé.

– Eu vou descer... não.

Pensando melhor, voltou a se recostar no trono.

– Mande-o subir, mas o acompanhe, está bem? E peça a um dos Irmãos para ajudar.

Ele não estava pronto para confiar em pessoas vagueando pela casa.

– Imediatamente – disse o mordomo. – Será um prazer!

Ao que tudo levava a crer, ele não era o único animado ali.

Baixou o olhar para o chão.

– Não sei o que estou fazendo aqui, George.

A bufada de apoio que obteve em resposta era exatamente o voto de confiança de que ele precisava. A *glymera* que se fodesse, de verdade.

Pouco depois, a voz de Vishous irrompeu na sala.

– Trouxe um visitante, tudo bem?

– Mande-o entrar.

Houve um pouco de movimentação, e logo os cheiros na sala mudaram, tão sobrepujantes que Wrath se encolheu.

Ele nunca sentira tamanha... Gratidão? Seria isso mesmo? Reverência? Era um buquê de emoções profundas, isso era fato.

– O capataz está curvado diante da sua mesa, meu irmão – disse V. – Ele tirou o chapéu.

O fato de o homem estar chorando foi algo que Vishous sensatamente deixou fora do seu relato.

Wrath se levantou e deu a volta. Antes que ele pudesse dizer alguma coisa, porém, uma cascata de palavras saiu da boca humilde.

– Sei que foi o senhor. Sei que só pode ter sido – a voz do homem soou embargada. – Não tenho como agradecer, como soube?

Wrath deu de ombros.

– Só imaginei que a sua filha precisava de uma cadeira de rodas melhor. E algumas rampas.

– E a van. Aquela van... como...

– Deduzi que o dinheiro andasse curto, apesar de você ser perfeitamente capaz de sustentar a sua família. E quanto ao motivo, você está me ajudando aqui, eu quis ajudá-lo também.

– A minha segunda *shellan*... Ela não tem palavras para agradecer o bastante. Nem eu. Mas podemos lhe oferecer isso. É um tributo indigno para Vossa Alteza.

Wrath franziu o cenho, um repentino *flash* do passado voltando à mente. E que o fez piscar várias vezes.

Conseguiu se lembrar de pessoas que fizeram isso para o pai dele, oferecendo símbolos de gratidão ao Rei.

– Sinto-me honrado – disse emocionado, estendendo as mãos.

O que foi depositado em suas mãos era macio, suave.

– O que é isso?

Houve um momento de constrangimento. Como se o capataz não estivesse entendendo.

E foi nesse instante que Wrath chegou a uma encruzilhada. Estranhamente, pensou no filho.

Passando o peso leve para apenas uma mão, com a outra...

Tirou os óculos escuros.

– Sou cego – disse ao cidadão. – Não consigo enxergar. Por isso eu sabia o que era importante para você e para a sua família. Tenho um pouco de experiência em me ajustar ao mundo.

O arquejo foi audível.

Wrath sorriu.

– Sim, a história de Rei Cego não é apenas um boato. É a mais pura verdade, e não tenho vergonha disso.

Puxa vida... até dizer essas palavras, ele não percebera o quanto se sentia inferior. O quanto ele se mantivera escondido. Quantas desculpas arranjara por conta de algo sobre o qual não tinha nenhum controle. Mas aquilo era passado.

Enxergando ou não, ele tinha um exemplo a dar para o mundo, e maldito fosse ele se não lhe fizesse jus.

Houve uma pausa longa. E o capataz não era o único surpreso. V. emanava doze tipos de "Ai, meu Deus", enquanto fumava tal qual uma chaminé em um dos cantos.

O capataz pigarreou.

– Isso é... A minha companheira tece tecidos ao estilo do Antigo País. Ela vende seus produtos para a raça para fazerem estandartes e roupas. Esse é... o tecido mais delicado que ela já fez, um que ela terminou há diversos anos, mas nunca teve coragem de vender. Ela demorou um ano para terminar... – A voz do macho se partiu. – Ela disse que agora sabe por que nunca conseguiu se desfazer dele. Ela pediu para eu lhe dizer que ela agora sabe que o estava guardando em sua homenagem.

Wrath deixou os óculos de lado e passou a mão pelo tecido.

– Nunca senti nada mais macio, parece com cetim. De que cor ele é?

– Vermelho.

– É a minha cor predileta – Wrath fez uma pausa. Depois se decidiu. Ao inferno... – Vou ter um filho.

Deixa para o segundo arquejo.

– Isso mesmo, o meu amor e eu... nós tivemos sorte – abruptamente, a realidade do seu filho não ser o herdeiro do trono o atingiu, e sentiu um pouco de tristeza. De verdade, mas acompanhada de alívio. – Usarei isso para recebê-lo. Quando ele nascer.

Eeeeeee, fez-se um terceiro arquejo.

– Não, ele não é o herdeiro do trono – disse Wrath. – A minha esposa é parcialmente humana. Portanto, ele não pode se sentar em meu lugar... E tudo bem.

Seu filho trilharia o seu próprio caminho. Ele seria... livre.

E enquanto Wrath dizia a verdade, sem desculpas ou explicações, enquanto se trajava com as vestes da honestidade, enquanto dizia as palavras que manteve escondidas sem notar que fazia isso...

Ele percebeu que também estava livre. E que seus pais, se tivessem tido a oportunidade de olhar por sobre seu ombro, o teriam aprovado.

Exatamente do modo como ele era.

Capítulo 66

O shopping Caldwell Galeria ficava aberto até as dez horas da noite.

Xcor se materializou num canto escondido do imenso estacionamento, depois andou a passos largos por entre os carros estacionados, diminuindo a distância até a entrada com o enorme letreiro vermelho acima de portas multicoloridas.

Ele não fazia ideia do que estava fazendo ali. Prestes a caminhar em meio aos humanos. Com um propósito que, tivesse um dos seus soldados lhe sugerido, ele jamais os deixaria se esquecerem.

Empurrando as portas de vidro, ele franziu o cenho. Roupas femininas aos montes à direita e à esquerda, de todas as cores, a ponto de ele considerar com carinho pôr em uso um lança-chamas só para poupar as suas retinas.

Mais adiante, havia seção após seção de caixas de vidro com coisas estranhas reluzentes dentro delas, lenços pendurados em cabides, e espelhos... Maldição, havia espelhos por todos os lados.

Baixou os olhos ao passar por eles. Não queria um lembrete da sua feiura. Particularmente não naquela noite...

Será que pelo menos eles tinham aquilo que ele procurava naquele lugar?

Andando pelo primeiro andar, conseguia sentir os olhos dos consumidores sobre si, e ficou claro que eles estavam se perguntando se acabariam no noticiário noturno por alguma infelicidade. Ignorou-os e seguiu adiante, subindo umas escadas que se moviam.

Foi no segundo andar que ele encontrou o departamento masculino.

Sim, ali todo tipo de camisas, calças, suéteres e jaquetas estavam dispostos em cabideiros e sobre mesas. E, assim como no andar de baixo, música tocava em tons agradáveis do teto, enquanto luzes de cima recaíam sobre a mercadoria.

Que diabos ele estava fazendo ali...

– Olá, posso ajudá-lo... Opa!

Quando ele se virou e se pôs em sua pose de ataque, o vendedor humano negro deu um pulo para trás e levantou as mãos.

– Desculpe-me – murmurou Xcor. Pelo menos não tinha sacado suas armas.

– Sem problema – o homem bonito e bem-vestido sorriu. – Está procurando por algo específico?

Xcor relanceou ao redor, e quase retrocedeu para aquela escada estranha.

– Necessito de uma camisa nova.

– Ah, que ótimo, tem um encontro?

– E calças. E meias. – Pensando bem, ele nunca vestira cuecas. – E roupas íntimas. E um paletó.

O vendedor sorriu e levantou a mão como se fosse dar um tapinha nas costas do cliente, mas se conteve, pois, obviamente, repensou a respeito desse contato. Em vez disso, perguntou:

– Que tipo de *look* está querendo?

– Vestido.

O cara parou como se não soubesse muito bem se aquilo era uma piada ou não.

– Ah... ok, posso cuidar desse lance de "não pelado". Além disso, é perfeitamente dentro da lei. Venha comigo.

Xcor o seguiu, porque não sabia mais o que fazer. Ele lançara os dados, não havia por que não seguir adiante.

O homem parou diante de um mostruário de camisas.

– Bem, então vou seguir com a ideia de que se trata de um encontro. Casual? Você não mencionou nenhum terno.

– Casual. Sim. Mas eu quero parecer... – bem, algo que não fosse ele, pelo menos. – Apresentável.

– Então acho que o que você precisa é de uma camisa social com botões.

– Camisa social.

O homem o encarou sério.

– Você não é daqui. É?

– Não, não sou.

– Dá para perceber por causa do sotaque – o vendedor passou a mão pelas atordoantes pilhas quadradas com colarinhos. – Esses são os cortes tradicionais. Só de olhar dá para saber que as europeias não vão dar certo, você é musculoso demais nos ombros. Mesmo que peguemos o tamanho certo de colarinho e de manga, você vai ficar apertado. Gosta de alguma dessas cores?

– Não sei do que eu gosto.

– Veja esse – o homem apanhou uma azul que lembrou a Xcor a tela de fundo do seu celular. – Isso combinado com seus olhos. Não que eu me preocupe com isso, mas vamos trabalhar com o que temos. Tem ideia de qual seja o seu tamanho?

– 666.

– Temos que ser um pouco mais exatos – o vendedor pegou uma fita métrica. – Pescoço? Braços?

Como que para ajudar na ideia cognitiva da coisa, o vendedor fez um círculo diante do próprio pescoço.

Xcor olhou para si mesmo. Ele estava usando a camiseta mais limpa que tinha, um par de calças de combate e as botas.

– Eu não sei.

O homem avançou com a fita métrica na mão, mas depois hesitou.

– Já sei, que tal se eu lhe der isso, e você passar ao redor do pescoço para eu poder ver que número é.

Xcor pegou a coisa e fez conforme instruído.

– Ok. Uau – o vendedor cruzou os braços diante do peito. – Bem, você não vai usar gravata, vai?

– Gravata?

– Vou considerar isso como um não. Vai me deixar medir o seu braço?

Xcor esticou o esquerdo e o homem se moveu rapidamente.

– No comprimento, pelo menos, é quase normal. Largura? Estamos falando de coisas grandes aqui, fácil, fácil. Mas acho que tenho uma noção.

Um minuto e meio mais tarde, Xcor tinha três camisas diferentes para experimentar.

– E quanto a calças? – perguntou o vendedor.

– Não sei meu tamanho, nem minha preferência – o melhor era ser eficiente. – O mesmo vale para os paletós.

– Eu tinha um pressentimento de que você diria isso. Venha comigo.

Antes que se desse conta, estava nu no provador, enfiando o corpo em roupas, as armas escondidas sob a pilha de coisas que estivera vestindo antes.

– Que tal? – seu novo melhor amigo perguntou do lado de fora da porta.

Xcor se olhou no espelho e sentiu as sobrancelhas se erguendo. Ele estava... Bonito não era a palavra. Isso ele nunca seria. Mas não parecia tão idiota quanto se sentia, ou tão rústico quanto estivera no seu próprio guarda-roupa.

Tirando a jaqueta preta que lhe foi sugerida, ele embainhou as facas e pistolas e depois voltou a vestir a coisa. Ficou um pouco apertada nas costas, e ele não conseguia abotoá-la, mas era muito mais bonita do que o seu casaco de couro cheio de manchas de sangue. E as calças se esticavam apenas ligeiramente sobre as coxas.

Saindo do provador, ele entregou as outras duas camisas.

– Vou levar tudo isso.

O vendedor bateu palmas.

– Bonito. Uma grande melhora. Precisa de sapatos?

– Quem sabe depois.

– Vamos ter uma liquidação no fim do mês. Volte, então.

Xcor o seguiu até o caixa, e pegou uma tesoura de um pote de canetas e cortou as etiquetas penduradas nos pulsos e na cintura.

– Vocês têm cheiro?

– Hum, está se referindo a perfumes?

– Sim.

– Ficam em outro departamento, do outro lado. Posso lhe mostrar onde fica. Na verdade, veja isso – ele abriu uma gaveta. – Tenho algumas amostras aqui, sim, o bom e velho Drakkar. Égoïste, esse é muito bom. Polo, o original. Ah, experimente esse.

Xcor aceitou o frasquinho, abriu a tampa e cheirou. Fresco, limpo... o que a beleza cheiraria se tivesse uma fragrância.

Basicamente, tudo o que ele não era.

– Gostei.

– Calvin Klein Eternity. Muito tradicional... E elas adoram.

Xcor assentiu como se entendesse o que ele estava falando. Que mentira.

O vendedor computou tudo.

– Ok, o seu total ficou em quinhentos e um e noventa e dois.

Xcor pegou as notas que enfiara no bolso de trás.

– Tenho isso – disse, mostrando o dinheiro na palma da mão.

As sobrancelhas do vendedor se ergueram.

– Bem, não é tudo isso – houve uma pausa. – Você pode... Ok, preciso de cinco dessas, quatro dessas e duas dessas pequeninas aqui.

Xcor tentou facilitar o processo do homem pegando notas específicas que, ao que parecia, significavam alguma coisa.

– E aqui está o seu troco e a nota fiscal. Quer uma bolsa para as suas roupas antigas?

– Sim, por favor. Obrigado.

Uma sacola branca grande com uma estrela vermelha foi passada por cima do balcão.

– Obrigado por vir, meu nome é Antoine, a propósito. Se quiser, volte para comprar sapatos.

Depois de enfiar as roupas antigas na sacola, Xcor se viu curvando-se à altura da cintura.

– O seu auxílio foi muito apreciado.

Antoine levantou a palma como se estivesse prestes a bater no seu ombro de novo. Mas, mais uma vez, ele se segurou e só sorriu.

– Acabe com ela, cara.

– Ah, não – Xcor meneou a cabeça. – Isso não será necessário. Dessa, eu gosto.

Layla deixou a mansão às onze e quarenta e oito, saindo sorrateira pelas portas francesas da biblioteca. Ninguém pareceu notar. Em retrospecto, Rhage e John Matthew estavam de olho nos operários na sala de bilhar, Wrath estava no escritório com Saxton, Beth descansava, os outros Irmãos lutavam e Qhuinn e Blay estavam aproveitando a noite de folga.

Ah, e os funcionários estavam ocupados com a limpeza após a Primeira Refeição celebratória.

Não que ela tivesse estado de olho em todos da casa.

De jeito nenhum.

Desmaterializando-se no terraço dos fundos, ela viajou pela campina com a qual já estava familiarizada e assumiu a forma na base do bordo.

Vestida em seu manto tradicional, ela tinha um casaco por cima para mantê-la aquecida, em cujo bolso ela trazia gás lacrimogêneo.

Qhuinn insistira em lhe ensinar defesa pessoal, além de instruí-la a dirigir. Portanto, caso o outro macho aparecesse, ela estaria preparada.

Escorregando a mão para dentro do bolso do casaco, espalmou o cilindro grosso e tomou cuidado ao dar a volta na árvore. E observou com atenção a extensão de campina coberta de neve.

Estava sozinha.

Santa Virgem Escriba, ela iria mesmo...

Bem na base da elevação, uma figura apareceu do nada, e quando a brisa mudou de direção, ela captou o cheiro.

Era ele. E... Algo mais? Algum tipo de fragrância absolutamente máscula e... Deliciosa.

Xcor demorou para se aproximar, as passadas equidistantes e sem pressa enquanto subia a colina e se aproximava dela, carregando algo debaixo do braço. O corpo dela reagiu imediatamente à presença dele, o coração acelerou, as palmas suaram, a respiração ficou superficial.

Ela disse a si mesma que era o medo. E, predominantemente, isso era verdade. Mas havia algo mais...

As roupas dele estavam diferentes, percebeu quando ele ficou diante dela. Mais refinadas. Atraentes.

Como se talvez ele tivesse se arrumado para ela?

Tentando aliviar a queimação de dentro dos seus pulmões, inspirou profundamente e franziu o cenho.

– Seu cheiro... Está diferente.

– Pior?

Ela meneou a cabeça.

– Não. Nem um pouco. E as suas roupas... você está bem elegante.

Ele não disse nada, tampouco seu rosto exprimiu qualquer reação, portanto, ela não tinha como tirar nenhuma conclusão.

O silêncio se estendeu. Até ela não aguentar mais.

– Então...?

Pelo menos ele não fingiu não entender a indicação dela.

– Pensei sobre o que me ofereceu.

E agora o coração dela batia tão forte que ela mal conseguiu ouvir a voz dele.

– O que me diz? – ela interrogou com voz rouca.

– Concordo com seus termos.

Era o que ela esperava. Mesmo assim, ela começou a tremer incontrolavelmente.

– Em troca do seu uso, cessarei todos os esforços em relação ao trono.

Pelo menos existia algum consolo nisso, só que agora ela sabia que tinha que cumprir a sua parte no acordo.

– Não se preocupe – disse ele com rispidez. – Não será esta noite.

O alívio dela saiu numa expiração audível, que deixou a expressão dele sombria.

– O seu alívio não será infinito – ele tirou o que trazia debaixo do braço. – Você me dará o que quero, cedo ou tarde.

Com uma sacudida rápida, ele soltou o que se mostrou ser uma colcha e a estendeu no chão.

Fitando-a, Layla ficou sem saber o que fazer.

– Sente-se – ordenou ele. – E coloque isso ao seu redor.

Quando ela obedeceu, ele lhe entregou uma manta, e ela se perguntou o que ele faria em seguida...

Xcor se sentou ao lado dela e passou os braços ao redor dos joelhos. Olhando para a frente, a expressão dele era indecifrável.

Aproveitando a deixa dele, ela o imitou, até mesmo assumindo a mesma posição.

Pelo menos ela salvara Wrath. Contanto que seu filho estivesse a salvo, ela continuaria a fazer o que fosse preciso pelo seu Rei.

Não importa o preço.

Capítulo 67

Na noite seguinte, Beth estava deitada no leito matrimonial, segurando uma extraordinária peça de tecido.

– Isso foi *feito* por alguém?

– É, pela *shellan* do capataz.

Estreitando o olhar, ela tentou imaginar como aquela trama delicada e incrivelmente fina poderia ter sido tecida por algo que não fosse uma máquina.

– É absolutamente incrível.

– Eu lhes disse que nós o usaremos quando nosso filho nascer.

Retraindo-se, ela tentou ignorar a pontada de puro terror que a atravessou. Wrath, que entrava em pânico a respeito de toda essa coisa de trabalho de parto antes mesmo de terem concebido, parecia ter se esquecido dessa parte no momento. Ela, por sua vez? Mais do que compensava essa falta.

– Sim, claro – murmurou. – Eu amei a cor.

– Eu só precisava fazer alguma coisa para os dois. Ele é um bom homem. Mas eu não esperava nada em troca...

Enquanto Wrath saía do closet, ele estava usando seu uniforme, e ela precisou de um instante para admirar a vista. O cabelo estava solto, quase chegando às firmes nádegas. Os braços magníficos mostravam cada músculo que tinham, graças à camiseta justa. E aquelas calças de couro...

– Parece que ela trabalhou nisso por um ano...

– Você vai transar comigo de novo? Ou vou ter que esperar cinco meses?

Parou. Nos trilhos.

Mas, pelo menos, ela soube que o marido estava prestando atenção.

– Puxa vida, Wrath... Como eu disse ontem mesmo, estou grávida, não toda quebrada.

– Ah...

Ela fitou o quadril dele, observando a excitação dele tomar forma, desejando aquela grande ereção rígida dele.

– Bem, pelo menos dá para ver que você me quer – murmurou.

– Nunca duvide disso.

– Então, que tal agora? Porque você... me parece bem – os olhos dela subiram e desceram pelo corpo dele novamente. – Você cresceu de repente? Quero dizer, é um taco de basebol que você traz aí no bolso da calça ou só está contente em me ver? Vem cá, para eu ter uma amostra da sua mercadoria, grandão.

Ele deixou a cabeça pender para trás.

– Beth...

– O que foooooi? Qual é o problema... Olha aqui, a gente vai ter que falar a respeito disso. Essa coisa de abstinência não vai ser boa nem para mim, nem para você.

– O meu filho está aí, ok? E isso... Não me parece... certo.

Beth não teve a intenção de rir, mas não conseguiu se conter.

– Desculpe – ela ergueu as mãos enquanto ele franzia a testa como se estivesse bravo. – De verdade, não estou caçoando de você.

– Ah, claro.

– Venha cá – ela estendeu os braços. – E, não, não estou tentando seduzi-lo. Palavra de honra.

Ele avançou com os pés descalços, as meias pretas pendendo das mãos frouxas. Parecia ridículo fazer o Rei dos vampiros se sentar para uma conversinha para animá-lo, ainda mais com o físico dele. Mas ela acabaria ficando louca se não se conectasse sexualmente a ele. E ele também.

– Eu gostaria de estar com você – disse ela –, mas só se você se sentir confortável com isso. Isso não vai atingir o bebê, e você pode telefonar para a médica e perguntar você mesmo isso a ela. Ou fale com Z.; ele e Bella ficaram juntos enquanto ela estava grávida. Ela me disse. Fale com quem precisar, mas, por favor, repense a sua posição. Estar com você tem que fazer parte disso tudo.

Enquanto ele estalava os dedos como se estivesse considerando tudo, ela olhou para as tatuagens que percorriam a parte interna dos braços dele.

Tentou imaginar o seu filho com um conjunto daquelas e esticou a mão, virando a dele para poder passar as pontas dos dedos pelos símbolos.

– Ele vai ter isso também? – tantos nomes, ela pensou. – Ou por eu ser a mãe dele, ele não vai ter permissão...

– À merda com tudo isso. Ele pode tê-las, sim, e vou fazer com que V. faça para ele. Mas só se ele quiser.

– Estou surpresa.

– Com o quê?

– Com o tanto que desejo que ele as tenha. Quero que ele seja exatamente como você.

Houve uma longa pausa, e Wrath teve que limpar a garganta.

– Acho que esse é o melhor elogio que alguém já me fez.

– Sei lá... só sinto que você é o homem perfeito.

– Agora está me deixando encabulado.

Ela deu uma risada.

– É verdade.

– Eu xingo. Direto. Tenho o pavio curto. Vivo mandando nas pessoas, inclusive em você.

– Você também é um excelente lutador. E excelente amante, só que meu filho nunca, jamais fará sexo... Não, de jeito nenhum, e se um dia tivermos netos, eles terão sido concebidos miraculosamente. Espere, onde eu estava mesmo? Ah, sim, você também é muito leal. Nunca olhou para outra mulher.

Wrath ergueu o indicador.

– E isso seria verdade mesmo se eu pudesse enxergar.

– E você é inteligente. Lindo...

Ele se inclinou na direção dela.

– Está tentando me amaciar só para eu fazer sexo com você?

– Está funcionando?

– Talvez – ele a beijou com suavidade nos lábios. – Só me dê um tempinho. Ontem mesmo você teve que ser levada às pressas para o médico porque não parava de vomitar.

Ela percorreu o rosto e o maxilar dele com a mão.

– Eu espero por você. Sempre.

– Fico contente – ele se sentou ereto. – Então, como está seu estômago? Quer comer? A médica disse que você precisa ganhar peso, não foi?

– Nada me apetece. Mas vou dar uma chance para aquelas bolachas de água e sal e o refrigerante. Layla jurou que fazem bem.

– Legal. Quando vai ter que voltar à médica?

– Bem, essa foi a outra parte da consulta. iAm teve que fazer um pouco de mágica na pobre mulher... Naturalmente, seu exame de sangue não foi nada parecido com algo que já tivesse visto antes, embora o hormônio gestacional estivesse correto. Ela quer que eu volte em um mês, se nada mudar até lá. A doutora Jane disse que vai tentar comprar uma máquina de ultrassom para a clínica; eles têm um equipamento portátil para a parte de ortopedia, mas não é específico para gestação, fazendo imagens em 3D. Infelizmente, o equipamento é bem caro...

– O que quer que precisem, eles terão.

Beth assentiu e se calou.

Depois de um momento, pegou a mão grande do marido e esfregou o polegar sobre o anel de diamante negro.

– O que vai fazer hoje à noite?

– Vou me amarrar à escrivaninha.

Ela sorriu.

– Adoro quando você diz isso agora.

– Sabe... eu também. – Ele deu de ombros. – É engraçado, eu me sentia inadequado para o trabalho. Você sabe, quando comparado ao meu pai, blá-blá-blá. Mas era eu quem não me aprovava, não ele. E, sei lá, vou deixar essa besteira pra trás.

– Fico feliz.

– É, vai ser bom – ele franziu o cenho. – Eu só queria que houvesse uma maneira de... Sei lá, gostei de ajudar aquele capataz. E existem mais como ele por aí, só pode ter. Mas não sei como chegar até eles. Meu pai costumava fazer isso, falar com o povo, as pessoas de verdade, não essa maldita coisa de *glymera*...

Beth se ergueu na cama.

– Eu tenho uma ideia. Sei exatamente o que fazer.

Ele relanceou na direção dela, e o sorriso que se formou no rosto dele era a coisa mais sexy nele todo.

– Sabe de uma coisa? – disse ele. – Eu amo a sua cabeça. Amo mesmo.

Wrath girou a perna num arco, formando um círculo completo. E o contato foi feito exatamente onde ele pretendera, bem no alto, no rosto.

Tohrture foi empurrado com o impacto, virando num círculo, desembainhando a espada no mesmo movimento, de modo que a lâmina passou perto do peito de Wrath. Só que não estava perto o bastante. Nenhum sangue foi derramado, nenhum tecido foi rasgado.

Mas Wrath sabia muito bem que não deveria se vangloriar com essa pequena vitória. Arremessando-se para trás, deu uma cambalhota e aterrissou com firmeza, armando sua pose de combate, levantando as duas adagas.

– Solte as adagas – Ahgony bradou.

Sem pestanejar, ele as largou, enfrentando o oponente com as mãos limpas.

Tohrture o atacou sem reservas, nem de velocidade, nem de força, e Wrath ficou bem parado. No último segundo, enquanto o grito de guerra do Irmão ecoava pela caverna iluminada por tochas, Wrath se agachou no chão e pegou o lutador pelo tornozelo num ataque explosivo.

Tohrture caiu para a frente, e como Wrath aprendera, a última coisa que você quer é um Irmão com uma espada em cima de você. Rastejando para longe do caminho, ele saltou de pé. Aquilo era crucial. Sempre fique de pé.

Tohrture fez o mesmo, erguido um segundo depois, espada firme no alto, olhos determinados. Ambos arfavam, e agora, depois de algumas semanas de treinos, Wrath já não era o único com hematomas.

A espada emitiu um sibilo quando Tohrture começou a girá-la para frente e para trás dos dois lados do seu imenso corpo.

Wrath não estava ciente das avaliações que fazia: onde o peso do seu oponente estava distribuído, a direção do olhar dele, como os grupos musculares se contraíam. Mas tudo isso era parte do seu treinamento, coisas que antes lhe eram desconhecidas e agora eram a sua segunda natureza...

De repente, ele foi atacado pelas costas, um peso enorme derrubando-o no chão. Antes que ele conseguisse tomar fôlego, foi virado de costas e preso pela garganta enquanto um punho enluvado com espinhos se erguia...

Crack!

O impacto o deixou atordoado, os braços caindo no chão de terra batida.

– Alto! – Ahgony exclamou.

No mesmo instante, o peso saiu de cima dele, Night saltando para longe, o rosto mostrando preocupação, não agressão.

Wrath se forçou a rolar e apoiar o peso do tronco no chão. Esforçando-se para respirar pela boca ensanguentada, ele deixou o fluxo de sangue cair no chão com a ajuda da gravidade.

A dor se espalhou pelo rosto, e ele esperou até que ela diminuísse, lembrando-se do começo de tudo aquilo, como a sensação de um machucado o frustrava, o aterrorizava, o distraía. Não era mais assim. Agora ele conhecia o padrão do alívio: como o torpor inevitavelmente chegaria, quanto tempo sua mente precisaria para clarear e para ele se pôr de pé.

Ploc. Ploc. Ploc

O sangue bem rubro formou uma poça debaixo do rosto dele.

– Já basta por hoje – anunciou Ahgony. – Belo treino, senhor.

Wrath se ergueu de joelhos fazendo o tronco ficar ereto. Ele sabia que ainda não deveria tentar ficar de pé. Seu crânio ainda estava leve demais para isso. Espere... espere...

– Senhor, permita-me – disse Night, oferecendo-lhe a mão.

– Devemos chamar o curandeiro? – alguém perguntou.

Wrath fechou os olhos e sentiu o corpo cedendo. Mas logo visualizou sua amada shellan, *deitada na cama, a pele da cor das nuvens.*

Levantando-se sozinho, ele cuspiu o resto de sangue da boca.

– De novo – disse para o grupo. – Vamos fazer isso... de novo.

Houve um segundo de pausa, a luz das tochas tremeluzindo sobre os outros machos na caverna secreta de treinamento.

E então, os Irmãos se curvaram diante dele de uma maneira que ele notou que vinham fazendo recentemente, não para seguir regras da corte, não, e não quando para cumprimentar ao chegar ou sair, como era o costume aristocrático.

Aquilo era respeito.

– Como quiser, meu senhor – disse Ahgony, antes de gritar uma vez mais: – Preparar!

Capítulo 68

– Para onde vai?

Abalone parou no processo de vestir o casaco. Fechando os olhos, recompôs a expressão antes de se virar e ficar de frente para a filha.

– A lugar nenhum, querida – ele sorriu. – Como vão as suas aulas...

– Por que a carta? – ela bateu no envelope que tinha em mãos. – Aonde você vai?

Ele pensou na proclamação pendurada acima da lareira. Aquela que trazia o nome do seu pai. E depois se preocupou com o que ela segurava na mão delicada.

– Fui chamado pelo Rei – disse, sério. – Preciso obedecer.

A filha empalideceu, cruzando os braços.

– Vai voltar?

– Não sei – avançando, segurou-a pelos braços e trouxe-a para perto. – Isso depende de Sua Majestade.

– Não vá!

– Você será bem cuidada – desde que os bens dados ao seu pai pelo pai do Rei atual continuassem sendo dela. Mas, mesmo assim, ele tinha muito escondido em lugares secretos. – Fedricah sabe de tudo e cuidará de você. – Ele deu um passo para trás. – Não posso envergonhar a nossa linhagem. O seu futuro depende disso.

Se ele não agisse de acordo após o seu ato de covardia, ele sabia que ela seria a próxima. E isso ele não permitiria.

– Fique bem – disse com voz trêmula.

– Pai! – exclamou ela quando ele se virou seguindo para a porta.

Acenando para o mordomo, ele não conseguiu ver quando o *doggen* se adiantou para impedir o avanço da filha dele.

Do lado de fora, ele ainda ouvia sua amada filha chamando por ele e chorando. E demorou um tempo até ele conseguir se concentrar para se desmaterializar, ainda que, no fim, conseguiu.

Prosseguindo para o endereço fornecido, ele se materializou diante de...

Bem, se aquele era o lugar da sua execução, era um local bem elegante para se perder a vida. A mansão estava localizada na melhor região de Caldwell, uma beleza arquitetônica com luzes fluindo pelas janelas e uma linda arandela diante da porta da entrada.

Ele conseguia ver figuras se movimentando do lado de dentro. Figuras grandes.

Com o medo apertando-lhe o peito e enfraquecendo-lhe os joelhos, ele caminhou até a entrada. Havia um botão de campainha ao lado da argola de latão, e assim que ele o apertou, a porta se abriu amplamente.

– Olá! Você deve ser Abalone?

Ele só conseguiu piscar. A morena diante dele vestia roupas largas, os cabelos se encaracolavam nas pontas, os olhos azuis brilhantes eram amigáveis e gentis.

– Sou Beth – ela estendeu a mão. – Estou muito feliz que tenha vindo.

Ele baixou o olhar para a mão e franziu a testa. O que... O anel de Rubi Saturnino estava no dedo dela? Santa Virgem Escriba, aquela era...

Abalone caiu de joelhos diante dela, curvando a cabeça quase até o piso polido.

– Vossa Alteza, não sou digno de...

Duas imensas botas negras apareceram no seu campo de visão.

– Ei, meu chapa. Obrigado por vir.

Aquilo tinha que ser um sonho.

Abalone ergueu os olhos para cima, mais para cima, bem para cima... Para ver o mais tremendo macho vampiro que jamais vira. De fato, com aqueles cabelos negros compridos e os óculos escuros, ele sabia exatamente quem ele era.

– Vossa Alteza, eu...

– Sem querer ofender, mas você pode se levantar? Eu gostaria de fechar a porta. Minha esposa está pegando friagem.

Erguendo-se do chão, ele percebeu que se esquecera de tirar o chapéu. Com um movimento desajeitado, ele o arrancou da cabeça e o colocou diante do corpo.

E depois, ele só conseguiu olhar de um lado para outro, e depois para trás, onde dois outros machos tão grandes que só podiam ser Irmãos moviam cadeiras pelo vestíbulo.

– É ele? – o mais bonito deles perguntou.

– Ele mesmo – respondeu o Rei, abrindo o braço para a direita. – Vamos entrar, Abe...

– Vocês vão me matar? – Abalone deixou escapar sem se mexer.

As sobrancelhas da rainha se ergueram.

– Não. Bom Deus, não... Por que faríamos isso?

Wrath pousou uma mão no ombro de Abalone.

– Preciso de você vivo, amigo. Preciso da sua ajuda.

Convencido de que acordaria a qualquer minuto, Abalone seguiu atordoado até um espaço adorável, que devia servir como sala de jantar, a julgar pelo incrível candelabro e pela imensa lareira. No entanto, não havia nenhuma mesa comprida, nenhuma fileira de cadeiras, nenhum aparador para servir. Em vez disso, diante da lareira, um par de poltronas foram dispostas uma de frente para a outra, e havia outros sofás e poltronas confortáveis mais para o lado. Uma escrivaninha fora arranjada num canto, na qual um belo macho loiro com um terno alinhado de três peças mexia em papéis.

– Sente-se, Abe – disse o Rei, enquanto ele mesmo se sentava numa das poltronas.

Abalone obedeceu – afinal, aquilo era muito melhor do que a guilhotina.

O Rei sorriu, suas duras feições aristocráticas tornando-se calorosas de certa forma.

– Não sei o quanto você sabe sobre o meu pai. Mas ele costumava fazer audiências com os cidadãos. Minha esposa leu o seu e-mail na noite da reunião do Conselho, e você mencionou que trabalha numa organização deles, certo?

Abalone olhou do Rei para a companheira dele, que se acomodara numa das outras poltronas e se servia de um refrigerante.

Os dois haviam mentido, pensou ele subitamente. Eles estavam juntos, sim, a deferência e a devoção de um para o outro era óbvia.

– Abe?

– Hum... – não era nada do que ele esperava encontrar, apesar de estar extasiado ante a ideia de que a *glymera* tivesse sido ludibriada. – Sim, mas... é mais uma afiliação, de fato. Existem coisas que precisam ser resolvidas e... não que eu estivesse pretendendo fazer o seu papel...

O Rei ergueu as mãos.

– Ei, estou grato. Eu só quero ajudar.

Abalone engoliu em seco.

– Quer um refri? – alguém perguntou.

Foi o Irmão de cabelos bem pretos, cavanhaque e olhos prateados, além de algumas tatuagens nas têmporas.

– Por favor. Obrigado – respondeu Abalone com voz fraca.

Dois segundos depois, o lutador lhe entregou um copo de Coca gelada. O que Abalone considerou a melhor bebida que já experimentara.

Recompondo-se, murmurou:

– Perdoem-me. Eu temia ter caído em desgraça.

– Nem um pouco – Wrath sorriu novamente. – Você vai ser muito, muito útil para mim.

Abalone fitou as bolhas dentro do copo.

– O meu pai serviu ao seu.

– Sei disso. E muito bem, devo acrescentar.

– Através da generosidade da sua linhagem, a minha prosperou – Abalone tomou mais um gole, a mão trêmula fazendo os cubos de gelo baterem. – Posso dizer algo a respeito do seu pai?

O Rei pareceu enrijecer.

– Sim.

Abalone olhou para os óculos escuros.

– Na noite em que ele e a sua mãe foram mortos, uma parte do meu pai também morreu. Ele nunca mais foi o mesmo depois daquilo. Lembro-me da nossa casa ficar de luto por sete anos completos, os espelhos cobertos por panos pretos, o incenso queimando, a soleira da porta com o batente negro.

Wrath esfregou o rosto.

– Meus pais eram boas pessoas.

Abalone deixou o copo de lado, saiu da poltrona e ficou de joelhos diante do Rei.

– Eu lhe servirei assim como o meu pai fez, até os meus últimos dias.

Abalone estava vagamente ciente de que outros entraram na sala e olhavam para ele. Não se importou. O círculo se fechava... e ele estava preparado a seguir adiante com orgulho.

Wrath assentiu uma vez.

– Vou nomeá-lo meu secretário. Aqui e agora. Saxton – exclamou –, o que tenho que fazer?

Uma voz aculturada respondeu com tranquilidade:

– Acabou de fazer. Eu cuido da papelada.

O Rei sorriu e estendeu a palma.

– Você é o primeiro membro da minha corte. Bum!

– Sei onde esteve ontem à noite.

Xcor parou no meio do beco... e não se virou.

– Sabe...

A voz de Throe era inflexível.

– Eu o segui. Eu a vi.

Agora ele se virou sobre as botas de combate. Estreitando o olhar para seu tenente, ele disse:

– Cuidado com o que vai dizer agora. E nunca mais faça isso.

Throe bateu a bota no chão.

– Eu falei com ela. Que diabos você...

Xcor se moveu com tanta rapidez que, em meia batida de coração, o outro macho estava preso contra a parede de tijolos de um prédio, esforçando-se para respirar pelo pescoço esmagado.

– Isso não cabe a você questionar – Xcor fez questão de não sacar a adaga, mas foi muito difícil. – O que acontece em minha vida particular não lhe diz respeito. E, permita-me deixar isso bem claro: não se aproxime dela novamente, se quer morrer de causas naturais.

A voz de Throe saiu estrangulada:

– Quando tomarmos o trono...

– Não. Chega disso.

As sobrancelhas de Throe se ergueram no alto da testa.

– Não?

Xcor soltou o macho e andou um pouco.

– Minhas ambições mudaram.

– Por causa de uma *fêmea*?

Antes que conseguisse se conter, ele pegou uma das pistolas e a apontou para a cabeça de Throe.

– Cuidado com o tom.

Throe lentamente levantou as mãos.

– Só estou questionando essa mudança.

– Não é por causa dela. Não tem nada a ver com ela.

– Com o que, então?

Pelo menos Xcor podia dizer a verdade.

– Aquele macho desistiu de uma fêmea com a qual estava vinculado a fim de manter o trono. Tenho certeza de que ele fez isso. Se ele se dispôs a isso? Ele pode ficar com a maldita coisa.

Throe exalou profundamente.

E não disse nada mais. O guerreiro apenas encarou os olhos de Xcor.

– O que foi? – interrogou Xcor.

– Se quer que eu diga mais alguma coisa, vai ter que abaixar essa arma.

Demorou um pouco para que o braço dele atendesse ao comando do cérebro.

– Fale.

– Está cometendo um erro. Nós conseguimos fazer grandes progressos... E haverá outro ângulo de abordagem.

– Não da nossa parte.

– Não tome essa decisão baseado numa paixão passageira.

Ali estava o problema. Ele temia já estar muito além disso.

– Não estou.

Throe andou ao redor, com as mãos nos quadris, a cabeça balançando de um lado para o outro.

– Isso é um erro.

– Então faça a sua própria conspiração e tente vencer. Se não der certo, prometo que lhe darei um belo enterro se eu ainda estiver por perto para presenciar.

– As suas ambições serviam às minhas – Throe o encarou de frente. – Não quero renunciar ao futuro com tanta jovialidade.

– Não sei o significado da palavra "jovialidade", mas pouco me interesso pela sua definição. É assim que estão as coisas. Você pode ir embora se quiser, ou pode ficar e lutar conosco, como sempre fizemos.

– Você está falando sério.

– O passado não me interessa como me interessava antes. Portanto, vá, se quiser. Leve os outros, se desejar. Mas a nossa vida no Antigo País nos bastou por muitos anos, então não entendo por que a identidade do Rei deva lhe preocupar.

– Isso é porque a minha lâmina não foi afiada na pedra da coroa...

– O que vai fazer agora? É só isso o que me interessa.

– Temo não conhecê-lo mais.

– Certa vez isso teria sido uma bênção.

– Não mais.

Xcor deu de ombros.

– Isso só depende de você.

Throe olhou para cima como se buscasse inspiração dos céus.

– Muito bem – disse secamente.

– Muito bem, o quê?

– Por mais que eu tente – o rosto do macho ficou rígido –, a minha lealdade está com você.

Xcor assentiu uma vez.

– O seu compromisso é aceito.

Mas ele não se enganava. A ambição de Throe estava entre eles agora, e nenhuma troca de palavras, nem mesmo de pergaminhos, mudaria isso.

Não tinham chegado ao fim daquilo, nem um pouco. E talvez demorasse noites, semanas ou anos antes que a separação acontecesse de fato... mas o que era devido os seguiria daquele momento em diante.

E ele temia que a moeda fosse a fêmea.

Capítulo 69

Sentado à sua escrivaninha no Iron Mask, Trez estava farto da boate. O barulho, o cheiro, os humanos... Inferno, até a papelada o estava irritando.

Afastando uns cento e cinquenta recibos, ele estava prestes a explodir ao esfregar os olhos. E depois, ao abaixar as mãos, os olhos se reajustaram à luz fluorescente, a visão ficando turva.

Outra enxaqueca?

Ele pegou um pedaço qualquer de papel e viu se conseguia ler.

Não havia nenhum campo cego... ainda.

Desistindo de tentar fazer qualquer coisa, ele se recostou na cadeira, cruzou os braços sobre o peito e ficou olhando para a porta. As batidas distantes do baixo o fizeram pensar em adquirir protetores auriculares.

O que ele queria mesmo era sair correndo dali. E não só da boate. Ou daquela que estava para começar a funcionar no depósito do outro lado da cidade. Ele queria se livrar de todo o empreendimento, desde a venda de bebidas até as prostitutas, do dinheiro à loucura.

Pelo amor de Deus, toda vez que fechava os olhos, via o rosto de Selena. Ouvia a voz dela ao dizer que queria se vestir. Sentia o cheiro do desapontamento dela.

Ao repassar o "relacionamento" deles, se é que podia ser chamado assim, ele definia as coisas em termos de retiradas. Conversas fracassadas. Meias verdades. Segredos escondidos.

Tudo da parte dele.

E isso era estranho. Seu irmão vinha amolando-o para que parasse com aquela vida há quanto tempo? Dizendo-lhe que deveria se conter e parar de fazer sexo desenfreado, avisando-o de que o tempo estava encurtando, esperando e desejando que alguma reviravolta acontecesse, mesmo quando não havia nenhuma esperança disso acontecer. Nesse meio-tempo, ele vinha transando com prostitutas em locais públicos, ficando com enxaquecas, e viajando numa imensa onda de autodestruição, erguendo o colarinho, sem dar a mínima.

A despeito de todos os esforços de iAm, fora Selena quem conseguira que ele se enxergasse como era de fato.

Parecia desrespeitoso para com o irmão admitir isso, mas era isso mesmo.

Céus, ele rezava para que a rainha tivesse uma filha que fosse escolhida. Talvez assim, pelo menos parte do seu pesadelo chegaria ao fim...

A batida na porta foi suave, e ele percebeu o cheiro do perfume antes mesmo de ela ser aberta.

– Entre – murmurou.

A garota que entrou tinha pernas compridas o bastante para ser modelo, mas o rosto não ajudava muito: o nariz era um pouco grande demais, os lábios pequenos demais, os olhos descentralizados. E tudo isso depois da plástica. Ainda assim, de longe ou no escuro, ela era de arrasar.

– Você queria me ver?

A voz era do padrão dos telefonemas sexuais, rouca e grave, e o cabelo, colocado por cima do ombro, era naturalmente espesso.

– Isso – que bom que ela não o conhecia o bastante para saber que ele estava meio-morto. – Tenho um cliente especial...

– É o cara de que elas estão falando? – os olhos dela se arregalaram. – O deus do sexo?

– É. Quero saber se você quer ir a um apartamento amanhã para se encontrar com ele – ele e s'Ex tinham um acordo semanal, mas quando o seu chantagista liga e pede uma garota, você faz o que lhe é pedido. – Vou te apresentar a ele e...

– Ai, cacete, claro. As outras garotas ficaram falando dele... ele é um tipo de garanhão.

Ela começou a passar as mãos pelo corpo, apalpando os seios e o sexo.

– Amanhã ao meio-dia – ele passou o endereço do Commodore. – Encontro você lá.

– Obrigada, chefe.

Enquanto os olhos dela se estreitaram, ele teve um pressentimento sobre o que viria em seguida. Como esperado, ela disse:

– O que posso fazer para mostrar a minha gratidão?

Ele balançou a cabeça.

– Nada. Apenas seja pontual amanhã.

– Tem certeza?

Fitando-a, uma parte sua quis ceder. Seria muito mais fácil, como mergulhar numa piscina em pleno verão, *splash*, e você já não está mais com calor. O problema era que, nessa hipótese, ele não sabia nadar. E toda vez que se permitia mergulhar para se refrescar, ele acabava debaixo d'água, sem conseguir respirar.

A luta para conseguir emergir à superfície simplesmente não valia o alívio temporário.

– Obrigado, gata. Mas vou passar.

A mulher sorriu.

– Arranjou uma mulher por aí, chefe?

Trez abriu a boca para dizer não.

– É, isso mesmo.

Rá-rá, pensou ele. 'Tá bom.

Depois do feliz encontro deles, Selena não fora mais para a mansão da Irmandade, e ele certamente não voltara à casa de campo.

Ele ainda conseguia se lembrar exatamente como ela estava ao encará--lo. No fim, ele se levantara e saíra do quarto dela, depois que o silêncio se estendeeeeeeeeera demais. Sim, claro, ele poderia tê-la pressionado por algum tipo de rompimento definitivo ou algo assim. Mas o resultado era que, quer ele tivesse que voltar para o s'Hisbe ou não, ele ainda tinha se contaminado.

O que quer que ele tivesse a oferecer para ela ou para qualquer outra pessoa não valia nem gastar a saliva para se desculpar.

– Aiiii, que grande novidade – disse a prostituta. – Posso contar para as outras garotas?

– Sim, claro. Tanto faz.

Ela só faltou sair dançando do escritório.

Quando a porta foi fechada, ele voltou a olhar para ela. Na tábua lisa, só enxergava Selena, como se ela tivesse morrido e seu fantasma tivesse vindo assombrá-lo.

Por um instante, enlouqueceu o bastante para desejar que houvesse assuntos inacabados entre eles para que ele tivesse uma desculpa para procurá-la. Pensando melhor, a verdade era que ele poderia procurá-la por diferentes motivos... e tudo o que teria para oferecer seria ele mesmo.

O que não bastara ontem. Nem bastaria hoje. Ou amanhã...

Em seu interior, uma mudança estava acontecendo. A princípio, ele reconheceu como um pensamento errante. Mas depois, conforme esse pensamento ressoou, ele percebeu que ia muito, muito além disso.

Ao vislumbrar o futuro, ele não via nada de substancial a não ser seu irmão. Era só iAm, a extensão de qualquer valor que ele tinha naquele mundo. De repente, a ideia de se entregar para a rainha e a filha dela, tornando-se um escravo sexual aprisionado nas paredes do palácio, útil apenas pelo seu pau e seu sêmen ejaculado... Não lhe pareceu nada muito diferente do modo como vinha levando a vida.

Ele vinha fodendo coisas com certa regularidade, e isso não importara.

Nenhuma daquelas mulheres lhe foi importante.

Por que com a maldita filha da rainha seria diferente?

Bem, merda... a única coisa que mudaria era que seu irmão estaria livre para cuidar da vida dele.

Libertado.

E essa era a única coisa honrada que Trez poderia fazer.

Recostando-se em sua cadeira, ele percebeu que... aquele não era um modo ruim de concluir as coisas.

Sola saiu do condomínio apesar de ser noite. Ela simplesmente não conseguia aguentar aquele confinamento, e o terraço não estava aplacando a sua vontade de sair para o mundo.

Descendo as escadas de concreto, passou pela piscina iluminada através do caminho entrecortado em meio aos arbustos. Do lado oposto, a praia se estendia por mais de um quilômetro nas duas direções, o vento forte e quente batendo em seu rosto.

Ela escolheu o lado direito sem nenhum motivo aparente e enfiou as mãos nos bolsos da jaqueta leve que usava, sentindo o telefone.

Que permanecera silencioso.

Ao olhar para o mar escuro e ouvir as ondas chegando à costa, ela sabia que ele não tocaria.

Ah, sim, claro, recebera telefonemas da avó. Até da companhia telefônica. Ou do funileiro, por conta da batida nova do carro.

Mas nada daquele código de área.

Parando, observou o luar que vinha de trás dela se estender pelo mar inquieto. Mesmo se sentindo nauseada, recolocou-se no porta-malas daquele carro, sentindo o frio e a vibração, o medo de saber que o que quer que fosse acontecer em seguida doeria. Muito.

Prendendo tudo isso no peito, lembrou-se mais uma vez por que o telefone continuar silencioso era algo bom...

A princípio, ela não entendeu o que a sobressaltou.

Não, não um cheiro; o vento vinha na sua direção. E não foi nada que ela tivesse visto... Ao vasculhar o cenário atrás de si, vendo os arbustos velhos, outro condomínio, algum tipo de gramado, uma piscina... nada se mexia. Também não foi nenhum som.

– Assail? – ela disse para o vento.

Andou na direção dos arbustos. Depois trotou.

Mas, quando se aproximou deles, ele não estava lá.

– Assail? – ela chamou. – Sei que está aí!

A voz dela não teve longo alcance por causa do vento. Retrocedendo, ela correu para perto de casa.

– Assail?

O coração batia rápido dentro do peito, uma esperança traiçoeira vibrava dentro dela até ela sentir como se estivesse flutuando pela areia.

O seu otimismo foi como gasolina num tanque, porém. Quanto mais demorava em obter uma resposta, menor o nível ficava... até acabar.

– Assail...?

Ela olhou ao redor, rezando para vê-lo mesmo isso sendo a última coisa de que precisava.

Mas o homem de cabelos negros que ela procurava não atendeu ao seu chamado... E, no fim, a sensação de estar sendo observada sumiu.

Como se o vento a tivesse levado embora.

Como se jamais tivesse existido.

No caminho de volta para seu apartamento, ela deixou as lágrimas caírem sem se importar em enxugá-las. Estava escuro ali fora. Não havia ninguém para vê-las.

E nada para esconder.

Ela estava... Sozinha.

Capítulo 70

E assim se passaram as semanas e os meses, as estações passando do frio do inverno para os ventos fortes da primavera e depois para as noites perfumadas da promessa do início do verão.

Em maio, Wrath já se acostumara a medir o tempo não pelo calendário, ou pelas subidas e descidas das persianas da mansão, tampouco pelas refeições servidas em sua casa.

Mas pelas noites que passava ouvindo as histórias do seu povo.

As reais. Aquelas que falavam de vida e de morte. E vinculações e divórcios. E doenças e saúde. Foi engraçado: por mais importante que a cerimônia de vinculação vampírica fosse para ele, a vinculação humana por que passara com Beth pontuava melhor o metrônomo da existência.

Suas audiências com os cidadãos comuns eram todas marcadas pelo pacato e constante Abe, também conhecido como Abalone, mas as reações de Wrath ante os diversos assuntos eram apenas suas. Havia muito a fazer, mediando disputas de família, abençoando os filhos e filhas que nasciam, partilhando do luto por aqueles que sofriam perdas e da alegria daqueles que tiveram boa sorte.

Como sempre, Beth esteve ao seu lado, sentando-se com Abe durante as audiências, verificando a documentação com Saxton quando fosse necessário... a barriga crescendo a cada momento.

– Já chegamos, senhor – Fritz informou atrás do volante do Mercedes. – Na casa do senhor Darius.

– Obrigado, cara.

Enquanto ele e George saíam do banco de trás, ele parou e se inclinou para dentro.

– Ei, pode ir buscar mais morangos? Ela anda com desejo de cenouras de novo também. E picles. É melhor pegar dois vidros com aquelas coisas azedas.

– Volto bem rápido, meu senhor! E também acho bom pegar um pouco de *frozen yogurt*, não? Ela gosta com gotas de chocolate.

– Ai, caramba, isso mesmo. E não se esqueça das beterrabas. E da carne.

– Não esquecerei.

– Apresse-se, ok? iAm a está trazendo da Pottery Barn.

Wrath fechou a porta.

– Vamos lá – disse a George.

E o cachorro sabia para onde ir, guiando-o direto para a entrada... que Wrath abriu com a mente.

– Olá, querida, cheguei em casa! – exclamou.

– Trouxe flores? – Lassiter gritou de volta.

– Não para você.

– Maldição. Bem, estou de plantão com Tohr hoje, por isso podemos nos apressar? Temos uma lista de compromissos, mas quero voltar logo para assistir *Hell's Kitchen*.

– Você não grava essa porcaria? – Wrath reclamou, enquanto ele e George entravam na antiga sala de jantar.

– Sim, mas tenho pouco controle sobre meus impulsos. Passou às nove, sabe? E eu odeio esperar. Coloquei água fresca para George ao lado da sua cadeira, a propósito.

– Pelo menos você ama cachorros. É a única coisa que o salva.

– Rá! Eu tenho asas e um halo, seu resmungão filho da mãe. Estou salvo eternamente.

– Que sorte a nossa.

– Ei, irmão – disse V. ao entrar pela passagem em arco e acender um cigarro enrolado à mão. – Onde está a nossa garota?

Lassiter interrompeu:

– Ela volta logo, não volta?

Wrath teve que sorrir ao se acomodar. A única vez em que o filho da mãe ficava sério era no que se referia a Beth, e ele tinha que admitir, isso era até admirável.

– Ela já voltou? – Rhage perguntou ao entrar na sala.

– Quanto tempo demora para encomendar móveis infantis? – Butch perguntou, entrando em seguida.

– Semanas – respondeu Z. – Você não faz ideia.

E assim prosseguiram, todos chegando com a mesma pergunta, de Blay a Qhuinn, e de Phury a Rehvenge.

O único que não perguntou em voz alta foi John, mas ele nem precisava. O irmão de Beth fora uma presença preocupada e silenciosa desde que anunciaram a gravidez surpresa. E Wrath amava o cara por isso. John nunca se intrometia, mas estava sempre presente, ouvindo Beth, dando seu apoio, conversando com ela, trazendo filmes para ela.

Engraçado, a gravidade com que ele tratava a situação fazia Wrath pensar em Darius.

Céus, ele desejava que o Irmão tivesse sobrevivido para ver o que viria... Em quatro semanas?

Deus do céu...

Toda vez que Wrath pensava no *evento* iminente, descobria que não conseguia respirar. Mas ele se forçava a se lembrar das consultas a que iAm vinha levando sua esposa. A gestação de Beth era perfeita. Ela estava saudável, feliz, comendo e bebendo, e se alimentando de sangue também – não que a doutora Sam, a médica humana com quem ela se consultava, soubesse disso. E os batimentos cardíacos estavam ótimos. E seu filho estava ótimo.

Estava quase fácil demais.

Restavam quatro semanas...

– *Leelan* – exclamou Wrath, explodindo para fora da poltrona.

Houve todo tipo de cumprimento em vozes másculas, mas os Irmãos abriram caminho para que ela conseguisse ir direto para os braços dele. E quando ele a suspendeu, tomou cuidado para não pressionar a barriga.

– Como está? – sussurrou ao ouvido dela, sabendo que, um dia desses, ela iria responder que estava com contrações.

– Bem, obrigada. Ai, meu Deus, comprei tudo de bom! Tive que comprar azul, quero dizer, e daí?, vamos ter um menino... O berço e o trocador são perfeitos, certo, iAm?

O Sombra respondeu:

– Perfeitos.

Sem dúvida o pobre coitado não tinha interesse algum naquilo tudo, mas isso não importava. Ele era mais um que ficara vidrado em Beth e a protegera no mundo humano, e claro que Wrath sabia o motivo. Era o modo de iAm pagar pela estadia dele e do irmão "é complicado" na mansão depois que o apartamento deles no Commodore se mostrara um lugar inseguro. Além disso, era óbvio que ele gostava de Beth de um modo não romântico.

– São, não são? – Beth abraçou o pescoço de Wrath com tanta força que ficou difícil de engolir. – Estou tão animada! Quero conhecê-lo agora!

– Isso é a "arrumação do ninho"? – Wrath perguntou na direção em que ouvira a voz de Z. pela última vez.

– É. E vai ter mais. Você ainda tem que escolher o lixo para fraldas e as mamadeiras.

– Nós vamos de Born Free – Beth informou, como se ele soubesse o que aquilo significava. – Caso eu não tenha leite suficiente.

Wrath apenas se sentou na poltrona, ajeitando-a no colo, satisfeito em relaxar e deixá-la contente com seu relatório. E os Irmãos e guerreiros? Eles se reuniram ao redor dela, fazendo as perguntas que os irmãos mais velhos fariam.

Qualquer um deles daria a vida por ela e pelo bebê em seu ventre.

Era o bastante para fazer um macho ter que piscar mais rápido.

Enquanto Wrath segurava sua fêmea, ele se viu fazendo um círculo com a mão no ventre duro, a mente voltando para o momento perfeito pouco antes do pôr do sol. Depois que superara sua hesitação em relação ao sexo, as coisas voltaram a ser como eram antes, logo que se conheceram.

Fluxos hormonais sendo o que são e tudo o mais.

Àquela altura do jogo, eles tinham que fazer com ela por cima, e tudo bem para ele. Ele adorava espalmar os agora pesados seios com as mãos e sentir o centro dela absorvê-lo de uma maneira diferente devido ao modo como o corpo dela mudara.

A bem da verdade, talvez houvesse tempo para uma rapidinha antes que...

– Olá, Abes.

– E aí, Ab.

– Como andam as coisas, Albacore?

Naturalmente, Lassiter se recusava a acertar o nome.

Enquanto Abalone gaguejava nos cumprimentos, só restava sorrir. O cara ainda não estava acostumado com os Irmãos, mas eles estavam com ele. Assim como Wrath.

– Meu senhor, minha senhora, boa noite.

– Abalone, como vai a sua filha? – perguntou Beth.

– Isso mesmo, Abe, como foi o encontro da noite passada?

Momento de silêncio. A Irmandade havia adotado o macho e a filha dele e coitado do Valentão que saísse com a garota e não a tratasse bem.

– Bem, não creio que eles tenham se entendido. Mas ela voltou trinta minutos antes da hora combinada.

– Muito bem – Wrath assentiu. – Isso significa que ele pode manter as pernas. Então, o que temos esta noite?

– A lista está cheia – relatou o aristocrata. – O primeiro casal que veremos acabou de ter um neto, e eles querem perguntar se podem trazer a mãe com o menino. A filha deles não é casada com o pai, porém, e eles não querem ofendê-lo.

– Não ficarei ofendido.

O tom de Abalone permaneceu calmo.

– Mas é importante para eles pedirem a sua permissão pessoalmente com relação a esse assunto.

– Tudo bem. Sem problemas. Quando veremos o garoto?

Abalone riu.

– Amanhã à noite?

– Estarei aqui. E depois, quem vem?

– Um primo meu, na verdade. Ele está querendo permissão para...

Enquanto o cavalheiro continuava, detalhando as relações familiares, Wrath, mais uma vez, se maravilhava. Abe era tão discreto e respeitoso, sem nunca pisar onde não devia, e mesmo assim toda noite ele aparecia com essa sua fonte de conhecimento e compaixão.

Era bem impressionante.

E enquanto se recostava e ouvia todo o preâmbulo, ele se surpreendeu ao ver que poderia fazer aquilo para sempre. Poderia mesmo.

Especialmente com a sua *shellan* à frente, seu cachorro ao seu lado e os Irmãos cercando todos eles.

Com uma sensação de medo terrível, Anha pôs a mão sobre o ventre estendido, e viu seu companheiro se vestir para a noite.

Na luz suave das velas e da lareira, tudo a respeito dele era diferente. Ela notara a mudança que acontecia com ele nos últimos meses, mas, naquela noite, tudo o que fora sutil pareceu se misturar de uma vez, a culminação tendo chegado.

O corpo dele estava diferente, mais duro, mais definido. Mais largo.

E a expressão dele não era a mesma. Pelo menos não com essa nova disposição sobre os ombros.

Como se percebesse seu olhar, ele se virou para ela.

– Quanto tempo ficará fora? – perguntou ela. – E não minta. Sei o propósito da sua saída.

Ele lhe deu as costas, indo para junto da mesa de carvalho sobre a qual vestimentas que ela nunca vira se materializaram, trazidas pela Irmandade. Todas as peças eram pretas.

– Voltarei ao amanhecer.

A voz dele estava mais baixa que o normal, mais fria que de costume. E ela percebeu que ele estava ajustando uma tira de couro sobre o peito. Assim como os Irmãos usavam.

– Você vai lutar? – ela sussurrou pela garganta contraída.

Quando ele, por fim, lhe respondeu, foi depois que ajustou as duas adagas negras, empunhaduras para baixo, sobre o coração:

– Voltarei ao amanhecer.

– Você vai matá-los, não vai?

– Quer mesmo que eu responda?

– Sim.

Wrath, seu companheiro, seu amor, o pai de seu filho que ainda estava para nascer, aproximou-se dela onde ela se sentava junto à penteadeira. Ele se pôs de joelhos, o que foi um alívio, porque, assim, ele ficava quase familiar. Especialmente quando a fitou nos olhos.

– Vou fazer o que precisa ser feito – disse ele.

Ela pousou as mãos no rosto dele, tracejando seu contorno, pensando nas madrugadas em que ele retornara ensanguentado e mancando, inchado e enrijecido. Mas, recentemente, ele conseguira se equiparar aos machos, e não retornava machucado.

Portanto, ela devia ter sabido que era chegada a hora.

– Fique em segurança – implorou ela. – Precisamos de você.

– Voltarei para você. Sempre.

Com isso, ele a beijou com sofreguidão, depois saiu pela porta do quarto. Antes que ela se fechasse atrás dele, ela viu que a Irmandade estava perfilada nos dois lados do corredor, cada um com uma tocha.

Eles se curvaram quando o seu hellren *passou por eles.*

Sozinho...

Abaixando a cabeça entre as mãos, ela sabia que só havia uma coisa que poderia fazer... rezar.

Capítulo 71

Enquanto Wrath atendia ao seu primeiro compromisso, Beth se esgueirou para a cozinha e apanhou um potinho de morangos frescos que Fritz comprara para ela no supermercado local.

Caramba, depois desses meses todos, ela se acostumara a ser mimada, um benefício que Bella lhe disse para aproveitar, mas o qual ela demorara a aceitar placidamente: todos estiveram, e estavam, sendo tão atenciosos, os Irmãos e as suas companheiras, os funcionários, John Matthew, os Sombras. Era incrível.

Assim como a gestação.

Por algum milagre, ela a estava enfrentando exatamente como uma gestação normal, já no oitavo mês e se sentindo maravilhosa. Estava cheia de energia, não tinha tornozelos inchados, nem estrias, e um bebê que dava cambalhotas debaixo das suas costelas toda vez que ela comia. Especialmente se fosse algo doce.

Nada daquilo para o qual se preparara.

Desastres? Claro que sim, ficara sabendo de todos. Após o choque inicial no consultório, naturalmente consultara a Internet e se assustou até não poder mais com todas as coisas diversas que poderiam dar errado. A única coisa boa foi que, àquela altura, ela já tinha superado o temido primeiro trimestre, que era quando a maioria dos abortos acontecia – apesar de que, infelizmente, aquele cio fora uma surpresinha sobre a qual ela não conseguira relaxar por completo por mais de um mês.

Mas, sim, as preocupações praticamente já tinham passado, agora que ela estava nas quatro semanas finais. Sim, claro, o parto era preocupante, mas, não, ela não pretendia passar por ele sem a ajuda de um planejamento quanto aos anestésicos. E toda vez que ela ficava um pouco ansiosa, simplesmente se lembrava de que milhões e milhões de mulheres e fêmeas já fizeram aquilo antes.

O que o planejamento do parto *incluía* era iAm e Trez estarem permanentemente disponíveis nas próximas quatro semanas. A doutora Sam prometera estar disponível não importando a hora, dia ou noite – um pequeno comprometimento que ela suspeitava que iAm tivesse inserido na mente dela com um truque de mãos.

Ele executara alguns deles – discretamente, claro.

Com isso, foram bem-sucedidos em manter a identidade da raça em segredo.

Ela tinha esperanças de que, como tantas mulheres, ela entrasse em trabalho de parto à noite, a fim de que Wrath pudesse assistir a pelo menos parte dele. Mas ambos concordaram que, apesar de isso o matar, a segurança dela e do bebê vinham em primeiro lugar.

E isso significava que ela teria que ir até a doutora Sam.

– As frutas estão do seu agrado, senhora? – Fritz perguntou.

Olhando para o outro lado da cozinha do pai, ela assentiu.

– Estão perfeitas.

Enquanto o mordomo reluzia como se tivesse ganhado na loteria, ela terminou o que havia na tigelinha e permitiu que ele a pegasse para ela.

Voltando para a sala de jantar, tomou cuidado para não fazer barulho ao atravessá-la para se sentar na sua poltrona.

Wrath estava sentado na poltrona de sua preferência, a da esquerda, que ficava imediatamente diante da escrivaninha de Saxton. À sua frente, no par da sua poltrona, um macho estava sentado com as mãos agarrando os joelhos, os ombros encurvados, o rosto triste. As roupas que ele vestia não eram luxuosas, eram do tipo que se compram diretamente na Target, e o relógio em nada se parecia com um Rolex, sendo apenas um modelo com pulseira de borracha preta.

Wrath se inclinou para a frente e ofereceu sua palma.

– O que aconteceu?

O homem balançava para frente e para trás na poltrona.

– Ela... – de repente, ele olhou para Beth, o rosto empalidecendo ainda mais.

Ao enrijecer, Beth pousou a mão sobre a barriga.

Ah... inferno.

– Fale comigo – pediu Wrath num tom baixo.

– Ela... – a partir desse ponto, o macho começou a sussurrar tão baixo que não se conseguia ouvir nada.

Mas ficou claro que Wrath entendeu cada palavra. Enquanto via as mãos do marido se crisparem e os braços se retesarem, ela soube do que se tratava.

Mortes. De parto.

Há muito tempo ela sabia como a raça dos vampiros sofria no leito do parto, como assim chamavam, mas ela não pensara muito a respeito dessas perdas antes. Agora, fazendo aquilo com o povo? Rotineiramente ficava horrorizada.

Tantas mortes. Mães e filhos.

Assim como a sua própria mãe morrera.

Era uma tragédia que a medicina parecia não saber muito bem como reduzir. Podiam dizer o que quisessem sobre Havers, mas sua clínica estava preparada com todo tipo de tecnologia moderna e, mesmo assim, as coisas aconteciam. Ao que tudo indicava, o tempo todo.

Wrath esticou os braços e pousou as mãos sobre os ombros do macho. Também falou baixo, mas o que quer que estivesse dizendo, o marido que perdera tudo simplesmente assentia.

Ficaram naquela posição por um bom tempo.

Quando o encontro chegou ao fim, os dois se levantaram e se abraçaram, o cidadão muito menor do que o seu marido.

Antes de sair, ele beijou o anel de Wrath.

Abalone acompanhou o cidadão para fora, falando com ele num tom de voz baixo, enquanto Wrath voltava a se sentar. As sobrancelhas estavam unidas, a boca fechada numa linha dura.

Quando ela se levantou, sentiu uma dor e teve que esticar as costas. Aproximando-se, desejou puxá-lo para si, mas imaginou que um lembrete da gestação era, provavelmente, a última coisa de que ele precisava naquele instante.

– Não posso ajudá-lo – disse Wrath, numa voz emocionada. – Não posso ajudar... Na situação em que ele se encontra.

– Às vezes, saber que não se está sozinho basta.

– Não tenho tanta certeza disso.

Mas ele lhe segurou as mãos e as levou até os lábios, beijando-lhe as juntas uma a uma. E quando uma onda súbita de exaustão a acometeu, ele pareceu perceber.

– Por que não vai para casa? – sugeriu.

– Como soube?

– Você acabou de bocejar.

– É mesmo?

– Faça com que Fritz a leve.

Ao arquear as costas, ela quis ficar, mas tinha que ser realista.

– Talvez ter ficado andando pelo shopping por todo aquele tempo acabou sendo um pouco demais.

– Vá lá, descanse. Em algumas horas eu chego em casa e coloco algum programa bobo da TV para assistirmos, OK?

– Isso seria o paraíso.

– Que bom. – ele a beijou uma vez. E então pareceu ter que repetir o gesto. – Eu te amo.

– Também te amo.

– Fritz! – seu marido gritou. – Carro!

Ela se certificou de afagar George algumas vezes, explicando para onde estava indo antes de sair. Em seguida, partiu noite afora, entrando no Mercedes, seguindo para a mansão.

Deixando a cabeça pender no encosto, começou a se sentir sonolenta.

– Acho que não vou ser boa companhia – disse para Fritz.

– Apenas descanse, senhora.

– Boa ideia, Fritz.

Quando Beth partiu, Wrath se recostou na poltrona e não relaxou nem um pouco.

... ela morreu na minha frente...

... segurei meu filho sem vida em meus braços...

– Senhor?

– Sinto muito, o que foi? – ele se sacudiu. – O quê?

Abalone pigarreou.

– Gostaria de fazer uma pausa, senhor?

– Sim. Só me dê um minuto, por favor – pegando a guia e George, ele disse: – Cozinha.

Passando pela porta vaivém, ficou aliviado por Fritz já ter saído e pelos Irmãos ficarem mais afastados.

Merda, no instante em que sentira o cheiro do sofrimento e da tristeza daquele homem, soubera que tudo estava perdido para ele, e não no sentido material. As pessoas não ficavam com aquele tipo de agonia por causa de coisas. E, como de costume, Abalone sabia de toda a história, mas Wrath preferia deixar que as pessoas lhe contassem os detalhes pessoalmente. Ele queria ouvir em primeira mão deles.

Não fora o parto a clamar a vida daquela fêmea.

Fora um acidente de carro.

Wrath esperara que tivesse sido o primeiro, mas não foi assim que o destino prevera. Não, a fêmea sobrevivera ao parto, assim como o filho. Eles foram mortos por um motorista embriagado ao saírem da clínica de Havers.

A crueldade casual do destino às vezes era de proporções épicas.

Inacreditável.

Aproximando-se da mesa, puxou uma cadeira e se sentou. Tinha quase certeza de estar diante das janelas, não que conseguisse enxergar através delas.

Tantas histórias ele ouvira, mas aquela... Céus, aquela o atingiu.

Não soube quanto tempo ficou sentado ali, mas, no fim, V. colocou a cabeça para dentro.

– Você está bem?

– Não.

– Quer remarcar, certo?

– Isso.

– Tudo bem.

– V.?

– Sim?

– Lembra-se da visão que teve de mim? A que eu estava olhando para um rosto no céu e eu tinha o futuro nas mãos?

– Lembro.

– O que...

De repente, ele reviveu a angústia daquele cidadão.

– Não, deixa pra lá. Não quero saber.

Às vezes, não era bom ter informações. Se aquele cidadão de antes tivesse sabido do futuro, isso não teria mudado o resultado. Ele apenas teria passado o tempo que lhe restava com a sua fêmea e seu filho aterrorizado pelo que viria.

– Vou cuidar de tudo por aqui – disse o Irmão depois de um instante.

A porta se fechou num *flip-flap*.

Sem nenhum motivo aparente, pensou no pai e na mãe, e se perguntou como teria sido a noite do seu nascimento. Nunca falaram sobre aquilo, mas ele também nunca perguntara. Sempre havia alguma outra coisa acontecendo. Além disso, ele fora jovem demais para se preocupar com esse tipo de coisa.

Ao tentar visualizar a chegada do seu filho, ele não conseguia imaginar a sequência de eventos. Era um caso hipotético emotivo demais para imaginar.

Mas de uma coisa ele tinha absoluta certeza.

Ele só não sabia como conseguir aquilo.

Enquanto ruminava o assunto, as lembranças dos últimos meses se infiltraram. Histórias e problemas, presentes dados e recebidos. Depois de todo esforço de antes para desempenhar o papel de Rei, fora uma espécie de revelação de fato amar o que fazia.

E ele sequer sentira falta de lutar.

Inferno, existiam tantos outros desafios para enfrentar e superar: as guerras, afinal, nem sempre eram travadas no campo de batalha e, às vezes, os inimigos não vinham armados convencionalmente. Às vezes, eles eram nós mesmos.

Finalmente, ele compreendia por que o pai se satisfizera tanto no trono. Entendia totalmente.

E era engraçado: a única coisa que tantas pessoas tinham em comum era o amor pelos seus familiares. Seus companheiros, seus pais, seus filhos; tudo isso parecia vir antes.

Sempre.

Primeiro a família.

A geração seguinte... Primeiro.

Relembrou a noite em que seus pais foram assassinados. E o que fizeram antes que aquela porta fosse derrubada? Escondê-lo. Mantê-lo a salvo. Preservá-lo... E não para garantir o futuro do trono. Não foi isso o que disseram quando o trancaram no espaço escondido.

Eu te amo.

Aquela fora a única mensagem que importara quando o tempo deles chegara ao fim.

Não: *Seja um bom Rei.* Nem: *Siga meus passos.* Tampouco: *Deixe-me orgulhoso...*

Eu te amo.

Era o laço que unia, mesmo através da fronteira da morte e do tempo.

Ao imaginar seu filho chegando ao mundo, ele tinha toda a certeza de que a primeira coisa que lhe diria seria: *eu te amo.*

– Wrath?

Ele deu um salto e se virou na direção da voz de Saxton.

– Oi. Desculpe, eu estava um pouco distraído.

– Terminei a papelada de ontem e a de hoje também.

Wrath se virou para as janelas que não enxergava.

– Trabalhou rápido.

– Na verdade, já são três da manhã. Faz cinco horas que você está sentado aí.

– Puxa.

E mesmo assim ele não se mexeu.

– A maioria dos Irmãos foi embora há várias horas. Fritz ainda está aqui. Está lá em cima limpando.

– Ah...

– Se não precisar de mais nada...

– Preciso de uma coisa – ele se ouvir dizer.

– Claro. Como posso ajudar?

– Preciso fazer uma coisa pelo meu filho.

– Um tipo de legado?

Enquanto Wrath passava o assunto na cabeça, ele ficou um pouco assustado. Céus, há quem acredite que as grandes guinadas na vida venham com um sinal de aviso na estrada proverbial, um numerinho amarelo que anuncia a direção que você vai tomar e também um aviso do tipo “reduza a velocidade”.

Em retrospecto, ele e a sua *shellan* estiveram grávidos por muitos meses antes do cio dela.

Então, a vida fazia o que bem queria, não fazia?

– É. Algo assim.

Capítulo 72

Foi conforme ele prometera.

Wrath cumprira a palavra dada a sua shellan. *De fato, estava voltando ao amanhecer.*

Ao cavalgar de volta para casa, estava exausto a ponto de sentir agonia, sem conseguir se sustentar além de passadas vagarosas. Mas, também, havia outro motivo para o seu progresso lento.

Apesar de ter ido sozinho, não voltava assim.

Havia seis corpos sendo arrastados no chão atrás dele e do seu cavalo, e mais dois atrás de sua sela. Os primeiros ele prendera pelos tornozelos com cordas; os últimos estavam presos ao cavalo por ganchos e rede.

E não restara muito dos outros que ele matara para levar consigo.

Ele não sentia o cheiro de nada além do sangue que derramara.

Não ouvia nada além do som arrastado dos corpos pela estrada.

Não sabia de nada a não ser do fato de ter matado a todos com as próprias mãos.

O vale cercado de árvores era o último trecho que deveria cruzar antes de chegar ao castelo... e de fato, ao chegar a uma clareira, lá estava ele, com a sua feiura saindo da terra.

Não se deleitava com o que fizera. Ao contrário de um gato de celeiro que aprecia o seu dever, os ratos que ele matara não foram uma fonte de alegria dissimulada para ele.

Mas ao pensar no rebento que ainda não nascera, ele sabia que tornara o mundo um lugar mais seguro para seu filho ou filha. E ao pensar na sua amada, assim como na morte do pai, ele estava bem ciente de que o que fora tão pouco característico de sua natureza havia sido, de fato, necessário.

A ponte levadiça sobre o fosso desceu apressada, permitindo-lhe a entrada como se ele estivesse sendo esperado.

E estava.

Anha saiu correndo na direção da plataforma, o luar diminuído iluminando seu cabelo e suas vestes vermelhas.

Ele a conhecia há tão pouco tempo, quando isso era medido pela passagem das estações. Mas, no decorrer de todos os eventos, ele acreditava que estivessem juntos por uma vida toda.

A Irmandade estava com ela.

Puxando as rédeas, ele soube que ela viu tudo quando as mãos dela cobriram a boca e Tohrture teve que segurá-la pelo cotovelo para ampará-la.

Desejou que ela não tivesse vindo. Mas não havia volta para nada daquilo.

Desmontando, mesmo estando na metade da ponte, ele deixou o cavalo onde estava e cruzou o resto da prancha.

Pensou que talvez ela corresse dele, mas foi o contrário.

– Você está bem? – perguntou ela ao se lançar para ele.

Seus braços estavam fracos ao envolvê-la.

– Sim.

– Você está mentindo.

Ele abaixou a cabeça para os cabelos perfumados.

– Sim.

Pelo menos com ela, ele não tinha que fingir. A verdade era que ele ainda temia pelo futuro. Ele podia ter se vingado daqueles traidores, mas haveria mais.

Reis eram alvos da ambição de outros.

Essa era a realidade.

Fechando os olhos, desejou que houvesse um modo de escapar daquele legado, e se preocupou com o seu futuro filho, se ele tivesse um. Filhas ainda tinham uma chance. Filhos eram amaldiçoados.

Mas ele não tinha como mudar para o que nascera. Apenas rezava para que a coragem que o acompanhara naquela noite surgisse novamente quando fosse necessário.

Pelo menos ele agora provara para si e para a sua amada que não era um líder apenas em tempos de paz. Durante a guerra, ele empunharia uma espada se precisasse.

– Eu te amo – disse.

Enquanto sua companheira estremecia ao seu encontro, ele soube que ela estremeceria novamente no dia seguinte à noite, quando visse o que ele iria fazer com as cabeças daqueles corpos.

As mensagens tinham que ser enviadas a fim de serem recebidas.

– Vamos para os nossos aposentos – disse, acomodando-a junto ao peito.

Ao acenar para os Irmãos, soube que eles cuidariam de seu cavalo... e da sua presa. Haveria tempo para as decapitações mais tarde. Agora? Ele só queria um pouco de sanidade naquela loucura.

Seguindo para o castelo, ela era, como sempre, seu esteio.

– Se tivermos um filho... – disse ele.

– Sim? – ela olhou para ele. – O que foi?

Wrath fitou o rosto erguido olhando para o seu, o lindo rosto que definia suas horas assim como seus anos.

– Espero que ele encontre alguém como você.

– Verdade? – sussurrou ela.

– Sim. Rezo para que ele tenha pelo menos metade da sorte que eu tenho.

Enquanto Anha o apertava pela cintura, sua voz ficou rouca.

– E se for uma filha... Um macho tão bom quanto o pai dela.

Wrath beijou-a no alto da cabeça e continuou em frente, passando pelos muros e subindo até o quarto, a Irmandade com eles, mas mantendo uma distância discreta.

Sim, ele pensou, para sobreviver, não se pode estar sozinho.

É preciso ter uma parceira de valor.

Tendo isso? Você é mais rico do que qualquer rei ou rainha que tenha vagado pela Terra.

CAPÍTULO 73

Wrath viu a mãe pela primeira vez em trezentos e trinta anos no dia seguinte.

De certa forma, ele sabia que aquilo era um sonho. Ele era cego há tempo demais para pensar que a realidade mudara subitamente.

Além disso, ora veja, ela estava morta há séculos.

No entanto, quando ela apareceu na escuridão, estava tão viva quanto ele poderia desejar que estivesse, movendo-se com facilidade, vestindo seus trajes de veludo vermelho à moda antiga.

– *Mahmen*? – disse ele, maravilhado.

Levantou a cabeça, e percebeu com um sobressalto que a erguia do travesseiro. E, caramba, aquele era o seu quarto... Dava para saber pelo leve brilho nas paredes.

Seu primeiro instinto foi se virar e ver...

Beth estava bem ao seu lado, deitada em segurança, adormecida sob as cobertas, o rosto virado para ele, os cabelos escuros espalhados pelo travesseiro igual ao seu. E ele via pelo formato da barriga que, sim, ela ainda estava grávida...

Céus, ele conseguia *enxergá-la*.

– Beth – disse ele com voz áspera. – Beth! Eu estou vendo você, *leelan*, acorde, estouvendovocê estouvendovocê estouvendovocê...

– Wrath.

Ante o som da voz da sua *mahmen*, ele voltou a se virar. Agora ela estava bem ao lado da cama, os braços cruzados, as mãos enfiadas dentro das mangas volumosas do vestido.

– *Mahmen*?

– Não sei se você se lembra disso, mas um dia veio me ver.

Céus, a voz dela era tão suave, bem como ele se lembrava, e quase fechou os olhos só para poder memorizar o som. Só que não, não perderia nem um nanossegundo de visão.

Espere, o que ela disse?

– Fui?

– Eu estava morrendo. E você apareceu na neblina do Fade. E me disse para segui-lo para casa. Você me fez parar e voltar com você.

– Não me lembro...

– Essa é uma dívida que tenho com você há muito tempo – o sorriso dela era tão pacífico quanto o de Mona Lisa. – E que pagarei agora. Porque eu te amo muito, muito mesmo...

– Pagar? Do que está falando?

– Acorde, Wrath. Acorde agora – abruptamente, aquela voz mudou, tornando-se urgente. – Chame o curandeiro... Você tem que chamar o curandeiro se quer salvar a vida dela.

– A vida dela... A vida de Beth?

– Acorde, Wrath. Agora, chame o curandeiro.

– O que você...

– *Acorde, Wrath.*

Num rompante, como se ele tivesse sido catapultado do sono REM, Wrath se ergueu na cama.

– Beth! – gritou.

– O que o que o que...

Ao se virar para a esposa, amaldiçoou a escuridão que o cercava. Maldito sonho, provocando-o com o que ele já não tinha.

– O que foi?

– Caramba, desculpe, sinto muito – ele esticou a mão e a acalmou, acalmando a si próprio. – Foi um sonho.

– Puxa, você me assustou – ela riu, e ele ouviu quando ela se largou no travesseiro de novo. – Ainda bem que dormimos com a luz do banheiro acesa.

Franzindo o cenho, ele se virou para o lado da cama em que a mãe estivera e...

– Não, ela não estava aqui de verdade.

– Quem?

– Desculpe – estalando o pescoço, ele passou as pernas pela beira da cama. – Já volto.

Espreguiçou-se, e enquanto sua coluna estalava algumas vezes, pensou na conversa que tivera com Payne ao voltar para casa. Treinariam juntos novamente, e não porque ela era fêmea.

Era porque ela era uma tremenda lutadora, e ele queria voltar a ficar em forma.

No banheiro, fez um carinho em George, que estava enroscado na cama de cachorro que Butch lhe dera de Natal, se aliviou e lavou o rosto.

Quando voltou para a cama, teve a intenção de retornar para a terra de Morfeu. Só que quando se deitou, franziu a testa.

– Hum... você... você está se sentindo bem?

Sua Beth bocejou.

– Sim, claro. Mas estou contente por ter voltado antes, o sono ajudou. E deitar me fez bem, mas ainda estou com dor nas costas por ter passeado tanto no shopping.

Tentando parecer casual, ele perguntou:

– Quando vai ser a sua próxima consulta com a médica?

– Só na sexta. Vamos todas as semanas agora. Por que quer saber?

– Por nada.

Quando ele se calou, ela se enroscou nele e soltou um suspiro como se estivesse se acomodando para valer. Ele só aguentou um minuto e meio.

– O que acha de ligar para a médica?

– Ligar para ela? Agora, você quer dizer?

– É, agora.

Ele a sentiu se retrair.

– Mas por quê?

Pois é, como se ele pudesse lhe dizer algo do tipo: *porque a minha falecida mãe mandou.*

– Não sei. Talvez, sei lá, ela pudesse te atender ou algo assim.

– Wrath, isso não é nada apropriado. Ainda mais porque não há nada errado – ele a sentiu remexer no cabelo. – Você está assim por causa daquele macho? O que perdeu a esposa e o filho?

– Não foi durante o parto.

– Ah. Eu pensei...

– Talvez a gente pudesse só ligar para ela.

– Mas não tem por quê.

– Qual o número dela? – ele apanhou o telefone. – Vou ligar para ela.

– Wrath, você perdeu o juízo?

Merda, ligaria para o serviço de informações mesmo.

Beth continuou falando com ele enquanto ele esperava ser atendido pela telefonista.

– Oi, sim, em Caldwell, Nova York. O número da doutora Sam... Qual é o sobrenome dela mesmo?

– Você ficou maluco.

– Vou pagar para ser atendido... Não, não você, senhorita – quando ele se lembrou do sobrenome, ele informou e o soletrou. – Sim, por favor, pode passar a ligação para o consultório, obrigado.

– Wrath, isso é...

Assim que a ligação foi passada, Beth de repente se calou.

– Beth? – perguntou ele, preocupado.

– Desculpe – disse ela. – Senti uma fisgada nas costas. Sabe do que mais? Da próxima vez que for andar tanto assim, vou usar tênis. Agora, pode desligar isso e...

– Ah, oi, essa é uma emergência médica. Preciso que a doutora Sam venha até a minha casa, a minha esposa é paciente dela... trinta e seis semanas... Sintomas? A minha esposa está grávida, quanto tempo você demora?

– Wrath? – Beth o chamou baixinho.

– Como assim, você não pode...

– *Wrath.*

E isso o fez se calar... e entender que a sua mãe estivera certa. Virando a cabeça para a esposa, perguntou:

– O que foi?

– Estou sangrando.

A definição de terror muda quando a situação não diz respeito só a você. E nada se refere menos a você do que quando você está com trinta e seis semanas de gestação e sente uma poça se formar entre as pernas... e não é a bolsa se rompendo.

A princípio, Beth pensou que tivesse perdido o controle da bexiga, mas assim que afastou as cobertas e mudou de posição, viu algo nos lençóis.

Nunca vira tanto sangue antes.

E, caramba, a lombar subitamente estava *acabando* com ela.

– O que foi?! – interrogou Wrath.

– Estou sangrando – repetiu.

As coisas aconteceram bem rápido depois disso. Foi quase como estar na parte de trás de um carro acelerado demais, com tudo passando rápido demais para poder ser alcançado: Wrath gritando ao telefone, outro telefonema sendo feito, a doutora Jane e V. chegando apressados. E depois tudo ainda mais rápido, movendo-se, movendo-se, movendo-se ao seu redor, enquanto ela, curiosamente, ficava inerte e atordoada.

Quando foi transferida para a maca, ela olhou para o seu lugar na cama e estremeceu ante a mancha brilhante. Era enorme, como se alguém tivesse derramado um galão de tinta debaixo dela.

– O bebê vai ficar bem? – murmurou, um tipo de choque tomando conta de tudo. – Ele... Wrath vai ficar bem?

As pessoas lhe ofereceram compaixão, mas nenhuma resposta concreta.

Mas Wrath, o grandão, estava bem ao seu lado, segurando-lhe a mão, orientando-se com a ajuda da lateral da maca.

John apareceu quando chegaram ao segundo andar. Ele estava apenas de cueca samba-canção, o cabelo todo desgrenhado, os olhos alertas. Ele lhe segurou a outra palma.

Ela não se lembrou de muito da corrida até o túnel, a não ser pelo fato de a dor estar aumentando. Ah, e as luzes do teto chicoteavam enquanto ela continuava deitada, a pulsação ritmada como se ela estivesse num filme de *Guerra nas Estrelas* com imagens aceleradas.

Por que não conseguia ouvir nada?

Enquanto olhava para as pessoas ao seu redor, as bocas se mexiam, os olhos se voltavam com urgência para ela.

– O pequeno Wrath vai ficar bem? – mesmo a sua voz estava abafada, o volume diminuído. Tentou fazer com que aumentasse. – Ele vai ficar bem?

E logo passavam pela entrada normal do centro de treinamento, seguindo adiante, para uma porta de emergência criada especialmente para ela, para aquela situação.

Só que aquele não era o parto planejado. Ela deveria ir para o mundo humano, onde havia pessoas que cuidariam dela e do pequeno Wrath, veriam quais problemas ele poderia ter, cuidariam dela, e iAm estaria se fosse durante o dia, e o grande Wrath e John, se fosse de noite.

O pequeno Wrath, ela pensou.

Era possível que tivesse acabado de dar um nome ao filho.

Quando chegou à clínica, ela só conseguia pensar que não deveria estar ali. Ainda mais quando olhou para as imensas luzes da sala de cirurgia.

Por algum motivo, pensou em todas as vezes em que fora até ali, para dar apoio a um Irmão ferido em combate, ou para acompanhar Layla, ou...

A doutora Jane colocou o rosto diante do dela. Seus lábios se moveram lentamente.

– ... eth? Consegue me ouvir, Beth?

Ah, que bom, alguém aumentou o volume do mundo.

Mas a sua resposta não foi registrada. Ela não conseguia ouvir a própria voz.

– Ok, certo. – a doutora falava tudo com clareza. – Quero fazer um ultrassom para excluir a possibilidade de placenta prévia, que é uma complicação quando a placenta vai parar na parte inferior do útero. Mas estou preocupada que seja uma ruptura.

– O q-quê? – gaguejou Beth.

– Está sentindo dor?

– Nas costas.

A doutora Jane assentiu e pousou a mão na barriga de Beth.

– Se eu pressiono...

Beth gemeu.

– Só garanta que Wrath fique bem.

Eles aproximaram a máquina de ultrassom, e a camisola dela foi cortada. Quando o gel foi espalhado sobre a barriga dela e as luzes foram diminuídas, ela não olhou para o monitor. Ficou olhando para o rosto do marido.

Aquele rosto másculo e lindo estava completamente aterrorizado.

Ele não estava de óculos... E seus olhos verde-claros estavam sem foco, passeando pela sala como se estivesse desesperado para ver alguma coisa, qualquer coisa.

– Como soube? – sussurrou. – Que eu estava em apuros...

Os olhos dele se voltaram na direção dela.

– A minha mãe me contou. Num sonho.

Por algum motivo, isso a fez chorar, a imagem do marido ficando borrada quando a natureza descontrolada da vida veio se empoleirar da pior maneira possível: ela não se importava com nada que não fosse o bebê, só que não havia absolutamente nada que ela pudesse fazer para alterar o resultado daquilo. Seu corpo e seu filho estavam com os dados nas mãos.

Sua mente, sua vontade, sua alma? Todos os seus sonhos e desejos, esperanças e loucuras?

Não estavam nem na mesa.

O rosto da doutora Jane voltou.

– ... eth? Está me ouvindo?

Quando ergueu a mão para afastar o cabelo do rosto, percebeu que tinham colocado a cinta do aparelho de pressão e um acesso intravenoso. E aquele não era o seu cabelo; eram lágrimas.

– Beth, o ultrassom não está me mostrando o que eu gostaria de ver. O coração do bebê está desacelerando, e você está com uma hemorragia. Precisamos tirá-lo, ok? Tenho quase certeza de que você tem uma ruptura e está correndo tanto perigo quanto ele. Ok?

Ela só conseguiu olhar para Wrath.

– O que fazemos?

Numa voz que estava tão partida que mal era compreensível, ele disse:

– Deixe-a operá-la com Manny, está bem?

– Está bem.

A doutora Jane apareceu em seu campo de visão.

– Vamos ter que dar uma anestesia geral, não quero fazer uma epidural porque não temos tempo.

– Está bem.

– Eu te amo – disse para Wrath. – Ah, meu Deus... o bebê...

Capítulo 74

Wrath só conseguia se basear nos cheiros. Antisséptico no ar. Sangue, o que o aterrorizou. Medo, da sua Beth e dos outros que o cercavam. Tranquilidade e perspicácia da parte da doutora Jane, Manny e Ehlena.

Tinha esperanças de que esse último fosse a salvação.

Abruptamente, outra fragrância entrou na mistura. Adstringente.

Houve um pequeno rangido atrás dele, como se alguém estivesse empurrando uma cadeira. Depois, uma mão larga o empurrou para baixo, fazendo-o se sentar, e pegou a dele num aperto que quase esmagou seus ossos.

John Matthew.

– Oi, cara – ele disse, ciente de que o tempo parava. – Oi... cara.

No fim, Wrath só conseguiu retribuir o aperto na palma do irmão dela, os dois ficando lado a lado juntos, imóveis enquanto termos médicos eram trocados e barulhos de metais e sibilos, sussurros e sucções se sucediam.

A voz da doutora Jane era equilibrada. As respostas de Manny também.

Eram o inverso da situação: quando a coisa estava feia, eles ficavam mais concentrados e controlados.

– Ok, eu o peguei...

– O que está acontecendo? – interrogou Wrath.

O assobio crescente ao seu lado foi a única resposta que ele obteve.

E depois... o som do primeiro choro de um bebê.

– Ele está vivo? – Wrath perguntou como um idiota.

Outro assobio.

E logo ele se esqueceu por completo do filho.

– Beth? E quanto a Beth?

Ninguém respondeu.

– Beth? – exclamou. – John, que porra está acontecendo?

O cheiro de sangue era soberano no ar. Espesso. Espesso demais.

Ele não conseguia respirar. Não conseguia pensar. Nem sequer estava vivo.

– Beth... – sussurrou para a escuridão.

Demorou uma eternidade até que a doutora Jane se aproximasse dele. E pela proximidade e direção da voz, ele soube que ela se ajoelhara diante dele.

– Wrath, temos um problema. O bebê está bem, Ehlena está cuidando dele. Mas Beth ainda está sangrando mesmo depois de eu ter fechado a cesárea. A hemorragia dela é grave e não há sinais de coagulação. O mais seguro é fazer uma histerectomia. Você sabe o que é isso?

Ela falava com ele como se ele fosse um idiota, e isso era bom.

– Não – mesmo já tendo ouvido aquela palavra antes. Inferno, àquela altura, ela teria que definir até o mais comum dos termos.

– Preciso retirar o útero dela. Se eu não fizer isso, Wrath, ela vai morrer. E isso significa que ela não vai mais poder ter filhos...

– Não dou a mínima para o resto a não ser ela. Faça o que precisar fazer. Faça, *agora*!

– Ok, vamos em frente, Manny.

– Onde está o meu filho? – ele disse abruptamente. – Me deem o meu filho!

Nem um instante mais tarde, um pequeno fardo foi colocado em seus braços. Tão leve. Leve demais para estar vivo, no entanto seu filho estava quente e respirando. Vivo.

Queria segurá-lo porque a sua *shellan* estava naquela criança. Em cada molécula do seu corpo, ela estava com ele, e isso significava que enquanto segurasse o pequeno contra seu coração... ele estaria segurando a sua Beth.

– O que está acontecendo? – sussurrou, sem esperar por uma resposta.

Deixou as lágrimas caírem. Provavelmente no rosto do filho.

Quem se importava?

Capítulo 75

Beth saiu do mundo embaçado como uma rolha ressurgindo à superfície de uma água parada. Subindo lentamente, com as coisas entrando e saindo de foco. Mas no segundo que seu cérebro voltou, ela gritou:

– Wrath...!

– Aqui, estamos aqui.

Retraindo-se, ela se virou no leito hospitalar e sentiu um instante de "ai, não" em sua barriga.

Mas logo nada mais importou. Juntos à sua cama numa poltrona que não era grande o suficiente para seu marido, ele e seu filho eram como duas gotas d'água.

O choro que surgiu foi absolutamente incontrolável, formando-se tão rapidamente que foi como se tivesse explodido da sua alma. Ah, caramba, sua barriga doía demais.

Ao esticar a mão para a lateral da cama, o acesso intravenoso repuxou, mas ela não se importou. E seus homens se aproximaram dela, com Wrath segurando o recém-nascido, abaixando ao seu lado na cama.

– Ah, meu Deus, esse é o meu bebê – ouviu-se dizer.

O pequeno Wrath, sim, esse era o nome correto, pois ele era o reflexo perfeito do pai. Mesmo o cabelo fininho já formava um bico de viúva no centro da testa. E como se ele a reconhecesse de alguma forma, abriu os olhos enquanto o pai deixava que ela segurasse o fardo precioso.

– Ei, meu grandão.

Porque mesmo pesando tão pouco – uns três quilos, talvez? –, pelo modo como aquela coisinha a encarava, era como se ele já fosse mais alto que o pai.

– Você é lindo – ela lhe disse.

E então, ela viu os olhos. As pupilas eram normais, as íris azul-escuras, e não verde-claras.

Ela olhou para o marido.

– Ele é perfeito.

– Eu sei. Disseram que ele se parece comigo.

– Parece mesmo.

– A não ser pelos olhos. Mas eu o teria amado de qualquer forma.

– Eu também.

Ela o acarinhou e ninou, segurando-o no tecido vermelho que a *shellan* do capataz fizera à mão. Até perceber que alguma coisa não estava certa.

Seu marido estava reservado demais para aquele momento especial.

– Wrath? O que não está me contando?

Quando ele esfregou o rosto, o terror que ela sentiu voltou.

– O quê? Alguma coisa errada com ele?

– Não.

– Onde está o "mas"?

– Eles tiveram que tirar as suas entranhas. Você estava sangrando demais.

Ela franziu a testa e balançou a cabeça.

– O que disse?

Wrath tateou até encontrar o braço dela.

– As suas partes internas se foram.

Um frio a atingiu.

– Uma histerectomia?

– É. Foi assim que chamaram.

Beth exalou. Outra coisa que não fizera parte do plano. E foi um choque perceber que aquela parte que a definia como mulher... como uma fêmea... já não estava mais dentro dela.

Mas, em seguida, olhou para baixo, para seu filhinho perfeitamente formado e saudável. E a ideia de não vivenciar aquele momento? Que talvez não pudesse estar ali com seu marido e seu filho?

O útero que se danasse.

– Tudo bem – disse. – Está tudo bem.

– Eu sinto muito...

– Não – ela balançou a cabeça com veemência. – Não, não sentimos muito. Temos nossa família e temos muita, muita sorte. *Não* sentimos muito.

E foi nessa hora que Wrath começou a chorar, lágrimas cristalinas caindo pelo maxilar forte e atingindo as tatuagens nos antebraços.

Enquanto ela fitava aqueles nomes, ela sorriu e visualizou o pequeno Wrath, grande e alto, forte como o pai.

– Conseguimos – anunciou, com uma onda súbita de otimismo. – Conseguimos!

Wrath começou a sorrir, e depois encontrou a boca dela para beijá-la.

– Sim, você conseguiu.

– É preciso dois – ela o afagou no rosto. – Você e eu. Juntos.

– Eu só fiz a parte boa – ele disse, com um sorriso.

Algumas horas mais tarde, Beth saiu da cama e tomou um banho de esponja no banheiro. Depois, vestiu a camisola e, com a ajuda de Wrath, saiu do quarto com o pequeno Wrath nos braços...

Para enfrentar uma saraivada de aplausos.

Ela quis ir para a mansão para se encontrar com todos os residentes, mas eles vieram vê-la. Quase cinquenta deles, desde os Irmãos até os *doggens*, todos amontoados no corredor de concreto do centro de treinamento, perfilados dos dois lados.

Difícil não se emocionar.

Mas, o que importava? Eram todos da família.

– Vida longa ao Rei! – foi o canto entoado.

Segurando o filho contra o peito e protegendo os ouvidos de P.W., ela começou a rir. E foi então que ela viu o irmão. Ele estava radiante, o sorriso tão amplo e orgulhoso, as mãos cruzadas diante do coração como se estivesse morrendo de vontade de segurar o bebê.

Andando devagar até ele, ela não disse nada. Apenas passou P.W. para ele.

A alegria que sentiu quando John segurou o fardinho vermelho de maneira desajeitada devia ser a melhor coisa do mundo. Perdendo só para Wrath.

Abruptamente, a aglomeração começou a cantar no Idioma Antigo:

– *Vida longa ao Rei...*

– Bem, na verdade, não.

Quando Wrath disse aquelas palavras, ela e todos os outros apenas encararam o último vampiro de puro sangue do planeta.

Wrath pigarreou e levantou os óculos para esfregar o nariz.

– Aboli a monarquia ontem à noite.

Deixa para grilos cricrilando.

– O q-quê...? – ela disse.

– Você me disse que não queria ser a causa de eu desistir do trono. Você não é. No fim, a escolha foi minha. Cedo ou tarde, mais alguém vai tentar me atacar e, por extensão, você e ele. E se eu morrer? Meu filho vai ter que acabar lutando para manter algo que não deveria ser decidido pela linhagem. Deveria ser decidido pelo mérito.

Beth levou as mãos ao rosto.

– Ai, meu Deus...

– Portanto, agora somos uma democracia. Saxton me ajudou a legalizar isso. E as eleições vão acontecer daqui a pouco tempo. Conversei com Abalone, ele vai coordenar tudo. Inferno, o cara já tem até uma bela lista de candidatos. Ah, e sabe o melhor? A *glymera* está desempregada. Acabei com o Conselho. Até mais ver, cretinos.

– Estou *tão* feliz por estar aposentado – Rehv intercedeu. – De verdade.

Wrath olhou na direção de Beth.

– É o melhor para nós. Para P.W. E quem sabe, talvez ele decida se candidatar. Mas será escolha dele. Não será um fardo, e ninguém, de nenhum segmento da nossa sociedade, poderá lhe dizer que a fêmea que ele escolher não está à altura dele. *Jamais.*

Com isso, Wrath enfiou a mão no bolso das calças negras de combate que usava e... pegou um punhado de... papel?

Não, eram fragmentos de pergaminho.

Enquanto os jogava no chão, ele disse:

– Ah, eu rasguei o divórcio falso também. A cerimônia humana é absolutamente legal. Mas eu fiquei pensando que nosso filho tem dois tipos de sangue nele, e eu quis que as duas tradições contassem.

Beth abriu a boca para dizer alguma coisa. No fim, porém, ela só conseguiu se aproximar do corpo forte do marido e se segurar.

Naturalmente, não restou um olho seco no centro de treinamento.

Mas era isso o que acontecia quando um mortal qualquer... Fazia algo à altura de um super-herói.

Capítulo 76

Cerca de um mês mais tarde, Wrath entendeu do que se tratava a visão de V. O rosto no céu, o futuro em suas mãos...

P.W. já funcionava como um reloginho, dormindo durante o dia, acordado a noite toda, o que era simplesmente perfeito. Beth se recuperara da cesariana como um foguete, alimentava-se bem, comia bem, e era a melhor mãe do planeta.

Tudo muito natural... Ela era incrível... E estava tão feliz, verdadeiramente feliz.

A realidade de ter um filho era melhor do que qualquer sonho que pudesse ter.

E, ah, P.W. estava se acomodando ao planeta como um bom soldado. Comia, fazia cocô, dormia, fazia cocô, comia. Raramente chorava ou fazia manha, e não apresentava nenhum problema em ser passado de colo em colo durante as refeições enquanto cada um dos membros da casa tinha a oportunidade de pegá-lo.

Até mesmo o cachorro e o gato gostavam dele. O garoto dormia em um berço na suíte da Primeira Família e, ao que tudo levava a crer, George e Boo acreditavam que aquele era um posto de guarda. Quando o retriever não estava ajudando Wrath a se movimentar, ele ficava com o menino, deitado diante da maldita coisa, de guarda, vinte e quatro horas por dia, sete dias na semana. E quando George estava de serviço com seu outro dono? O felino assumia o turno enquanto o bebê dormia.

Portanto, sim, era apenas uma normal e agradável noite do mês de junho quando Beth anunciou que iria correr depois da Primeira Refeição, e Wrath resolveu levar P.W, o cachorro e o gato num passeio pelo primeiro andar. O garoto sempre parecia gostar disso e, como sempre, no minuto em que eles começaram a andar, a cabeça dele virava de um lado, de outro, como se estivesse avaliando a propriedade.

Estavam na biblioteca, passando pelas portas francesas, quando P.W. emitiu um guincho e fez força como se algo tivesse chamado sua atenção.

– O que foi, garotão?

Wrath reposicionou o filho... Céus, como amava essa palavra, *filho*... e depois deduziu.

– Está olhando para a lua? Só pode ser, é, acho que é isso mesmo.

Destravando a porta balcão, ele a abriu e inspirou fundo. O verão estava chegando com toda força, a noite estava quente como água de banho, e enquanto P.W. esticava os braços para cima, o pai pensou: isso mesmo, ele está olhando para o cara lá de cima.

Ou para... a face.

Com a sensação de que a realidade se amalgamava de alguma maneira específica, mágica, Wrath colocou o filho na posição ereta e o deixou de frente.

Levantou-o no alto.

Segurava o futuro... nas mãos.

E seu filho viu a lua pela primeira vez, com olhos tão perfeitos quanto o restante dele.

– Vou lhe dar tudo o que eu puder – disse Wrath, contente por não haver mais ninguém ao seu redor. – Tudo o que precisar, eu lhe darei. E vou te amar até o meu último respiro.

De repente, ele percebeu que não estava mais só.

As pessoas fluíam pelas portas da casa. Uma grande multidão.

Girando, segurou o filho de modo protetor, preparando-se para receber uma má notícia.

– O que foi?

Foram buscar Beth enquanto ela estava na esteira. Todos eles. Todos os membros da Irmandade.

Mas não foi Tohr quem falou. Foi Saxton.

E quando ele terminou, ela se sentiu atordoada e quase tropeçou.

O trajeto de volta pelo túnel, seguindo para casa, foi do mesmo tipo de sonho distante por que passara quando fora levada às pressas para o parto. Ela não se lembrou de nada daquela correria, não das pessoas que a acompanhavam, nem de nada do que foi dito.

E quando chegou ao vestíbulo, viu que todos da mansão haviam se reunido novamente, cada um deles trazendo no rosto a mesma expressão que ela sentia no seu.

O destino assumira as rédeas novamente.

E tudo o que podiam fazer era seguir essa nova direção.

Ela liderava o grupo passando pelo primeiro andar, a cada curva esperando encontrar Wrath e P.W.

A porta aberta do terraço foi a dica de onde estavam.

Ao sair na noite, ela viu o marido segurando o filho no alto para a lua cheia, o globo brilhante como o sol, o cenário banhado em luz branca.

Era como se ele estivesse fazendo uma oferenda.

Com uma guinada rápida, Wrath se virou de pronto, protegendo o filho deles nos braços imensos.

– O que foi?

Mesmo Saxton tendo sido o mensageiro, todos olharam para ela.

Avançando um passo, desejou estar trajando outra coisa que não fosse a roupa de ginástica. Um vestido de baile, talvez.

– Beth, que merda está acontecendo?

Ela tentou encontrar as palavras certas, freneticamente unindo substantivos e verbos aleatórios em sua cabeça. No fim, porém, ela foi breve e direta.

Abaixando-se sobre um joelho, pendeu a cabeça.

– Vida longa ao Rei.

Como uma só, a multidão atrás dela a imitou, um coro das quatro palavras se elevando na noite enquanto os corpos se abaixavam para o piso de pedra.

– Desculpe – Wrath balançou a cabeça. – Eu não ouvi isso, ouvi?

Ela se levantou. Mas foi a única.

– Você foi eleito vitaliciamente por uninamidade. Rei da raça. Abalone liderou os esforços, e todos aqueles cidadãos que você ajudou votaram. Cada um deles. Você foi escolhido pelo seu povo para liderar. Você é o Rei.

Enquanto a cantoria começava, Wrath pareceu não ter ideia de como reagir. E o canto era tão alegre, vozes masculinas e femininas elevando-se para o céu noturno, uma celebração do presente e do futuro.

– E, quem sabe – disse Beth, ao olhar para o filho –, talvez ele cresça igual ao pai, sendo escolhido também. Mas é o povo quem vai decidir, você depositou o voto nas mãos deles, e eles lhe deram o trono.

Wrath limpou a garganta. Uma vez, e de novo.

No fim, só conseguiu sussurrar:

– Eu queria que o meu pai e a minha mãe estivessem vivos para ver isso.

Beth passou os braços ao redor do marido e do filho, abraçando-os. E quando olhou por cima do ombro do seu homem e viu a face da lua, ela teve a súbita sensação de que o realinhamento tinha chegado ao fim, uma nova era finalmente chegava.

– Acho que estão – disse ela com suavidade. – Acho que os dois estão olhando para cá agora mesmo e estão muito, muito felizes com isso.

Os pais, afinal, sentiam um imenso orgulho em ver a coragem dos seus filhos recompensada pelo mundo.

E por saber que o amor os cercava.

Em todos os lugares.

Para sempre.